本書整理榮獲内江師範學院精品工程項目基金資助

薛瑞兆 編撰

新編全金詩

第一册

中華書局

圖書在版編目(CIP)數據

新編全金詩/薛瑞兆編撰. —北京:中華書局,2021.5
ISBN 978-7-101-14955-5

Ⅰ.新… Ⅱ.薛… Ⅲ.古典詩歌-詩集-中國-金代
Ⅳ.I222.746.4

中國版本圖書館 CIP 數據核字(2020)第 253752 號

責任編輯:張　耕

新編全金詩

(全五册)

薛瑞兆 編撰

*

中華書局出版發行

(北京市豐臺區太平橋西里 38 號　100073)

http://www.zhbc.com.cn

E-mail:zhbc@zhbc.com.cn

北京瑞古冠中印刷廠印刷

*

850×1168 毫米 1/32 · 132½印張 · 10 插頁 · 3000 千字

2021 年 5 月北京第 1 版　2021 年 5 月北京第 1 次印刷

印數:1-1500 册　定價:598.00 元

ISBN 978-7-101-14955-5

前言

女真自公元十二世紀在白山黑水間崛起，滅遼克宋，建立起一代封建王朝。金朝亦稱金源，指金水發源地，即今黑龍江省境内的松花江支流阿什河，當時作「按出虎水」①，女真語意「金」，以其地産金而名水。女真發祥於此，因以「金」爲國號，定都阿什河上源，是爲上京會寧府，地當哈爾濱市阿城區。後世因以金源稱金朝。

女真世代以種養漁獵爲生，質樸粗獷，蠻勇好鬥，經歷了肅慎、挹婁、勿吉、靺鞨等先世的繁衍，長久處于原始的蒙昧狀態中。唐宋時期，女真先後附屬於渤海與契丹，并深受這兩個民族的影響。渤海同唐朝建立藩屬關係，爲自身經濟文化發展帶來動力，成爲女真效仿的榜樣；契丹與北宋既交流又競争的經驗，促進了遼社會的封建化，也爲女真所借鑒。因此，自公元十二世紀在白山黑水間崛起，女真實現了對渤海與契丹的超越，成爲中國歷史上第一個入主中原并按傳統模式建立起一代封建王朝的北方民族。其疆域遼闊，南同趙宋劃淮分治，西達隴右，與西夏相接，東飲鴨江，與高麗爲鄰，北至外興安嶺及黑龍江全部流域，

①《金史》卷二四《地理志》上，中華書局一九七五年，第五五〇頁。

稱霸諸雄。當女真的鐵騎踏破遼、宋都城的大門，盡情攫取那裏各種燦爛的文化元素，將兩國宫藏府庫的典籍、儀仗、鐘磬、禮器及諸多技藝精英席捲一空時，他們也就走上融入華夏文明的路程，歷經百餘年而造就一代金源文化。

一　金詩發展的社會環境

自金初，女真君主竭力推行「本朝之制」①。滅遼國，命契丹按「猛安謀克」編制；入中原，則「禁民漢服，及削髮不如法者死」②。然而，由于女真同漢、契丹在經濟文化方面存在顯著差距，這些行徑遭到强烈抵制。海陵王執政後，被迫停止以女真之制同化天下的政策。具有諷刺意味的是，諸猛安謀克移居關内後，紛紛改易姓名，從語言、飲食、起居、節序、婚喪等方面，無不「强效華風」③。因此，女真君主不得不轉而遏制「漢化」傾向，以重振女真民族精神。然而，令人始料未及的是，他們制定的種種政策反而加深了那種「漢化」程度。

①《金史》卷七一《斡魯傳》，中華書局一九七五年，第一六三三頁。
②宋徐夢莘《三朝北盟會編》卷一三二引《金虜節要》，上海古籍出版社二〇〇八年，第九六〇頁。
③宋范成大《攬轡録》，《叢書集成初編》本，中華書局一九八五年，第五頁。

一是推行女真民族文化教育。女真崛起後，即抓緊建立自己的民族文化教育體系。天會初，選諸路子弟習女真字，拔其優者送上京，由女真字專家教授。學成後，派往各地教授生徒，爲女真學的發展奠定了基礎。大定中，又「擇猛安謀克内良家子弟爲學生，諸路至三千人」①。這樣，經過幾代女真君主的努力，終于建立起京師「六學」的漢、女真兩個文化教育體系。京師之外，還有女真府學二十二處，遍及中原、燕雲、東北、西北各地，促進了少數民族地區的經濟文化建設，消彌或縮小了女真同其他民族之間的文化差距。例如皇宫后妃也都知書達禮。顯宗孝懿皇后徒單氏爲章宗之母，「好《詩》《書》，尤喜《老》《莊》學，純淡清懿，造次必于禮」②。南渡後，諸猛安謀克好文之風日盛，「妻母報嫂」的婚俗猶如明日黄花，「丁憂廬墓」之制則爲越來越多的女真人奉行。

二是將漢語經典譯成女真文字。大定四年，詔設譯經所，「頒行女真大小字所譯經書，每謀克選二人習之」③。章宗時，又「置弘文院」④，加强譯經力量。因此，自大定至泰和，一大

---

①《金史》卷五一《選舉志》，中華書局一九七五年，第一一四〇頁。
②《金史》卷六四《后妃傳》，中華書局一九七五年，第一五二五頁。
③《金史》卷五一《選舉志》，中華書局一九七五年，第一一四〇頁。
④《金史》卷一〇《章宗紀》，中華書局一九七五年，第二三二頁。

批漢語經典文獻被譯成女真文字。如經部之《易》《書》《詩》《禮》等等①；史部之《貞觀政要》《白氏策林》《史記》《漢書》《唐書》等等②；子部之《論語》《孟子》《老子》《揚子》《文中子》《劉子》《莊子》等等③。這些經書史籍及諸子百家，不過是當時宏大譯書工程中的約略記載而已。可以説，如此大規模地將漢語經典文獻譯成其他民族文字，在人類文明發展史上具有重大意義，反映了女真對中原文化的自覺追求，從而加快了女真民族融入華夏文明的進程。

三是創立女真策論進士科。先是女真君主在中原、燕雲恢復科舉選士，以中原、燕雲之士治理中原、燕雲之地。繼之經過長期醖釀，於大定十三年創立女真策論進士科，詔令猛安謀克子弟赴試，開闢了北方民族科舉選士的新紀元。金代科舉制度的發展，深深吸引了漢、女真、渤海、契丹等民族士人，極大激發了當時社會文化教育的熱情。「文治既洽，教育亦

①《金史》卷五一《選舉志》：大定二十八年，上諭宰臣曰：「女真進士惟試以策，行之既久，人能預備。今若試以經義可乎？」宰臣對曰：「《五經》中《書》《易》《春秋》已譯之矣，俟譯《詩》《禮》畢，試之可也。」中華書局一九七五年，第一一四二頁。

②《金史》卷九九《徒單鎰傳》：大定五年，「翰林侍講學士徒單子温進所譯《貞觀政要》《白氏策林》等書。六年，復進《史記》《西漢書》，詔頒行之。」今按，徒單子温爲平章政事合喜之侄，《金史》卷八六《李石傳》涉及；大定初，仕爲翰林侍講學士兼同修國史，官至安化軍節度使。大定十年，「以贓罪伏誅」，《金史》卷六《世宗紀》有説。

③《金史》卷八《世宗紀》，中華書局一九七五年，第一八四頁。

至，名氏之舊與鄉里之彦，率由科舉之選。父兄之淵源、師友之講習，義理益明，利禄益輕，一變五代、遼季衰陋之俗。」①一大批經由科舉培養的各民族士人脱穎而出，躋身津要，徹底改變了金初「借才異代」的局面。

需要指出的是，女真融入華夏文明的過程是從金王朝的上層開始的。例如熙宗完顏亶少時賦詩染翰，雅歌儒服，「盡失女真故態」②；世宗完顏雍一生倡導女真文化，而自己却朝服乘馬，「效宋真宗故事」③；章宗完顏璟「嗜好書劄，悉效宣和，字畫尤爲逼真」④。這些最高統治者的實際行動很容易抵消他們自己頒布的政令可能起到的作用。因此，女真在接受中原先進生産方式的同時，也就不可避免地受到中原文化的影響。可以説，女真正是憑藉這種影響，才得以跨越原始的部落社會形態，建立起一代封建王朝，即所謂「金用武得國，無以異於遼，而一代制作能自樹立唐、宋之間，有非遼世所及，以文而不以武也」⑤。

金代文化形成的基礎是北方民族同中原、燕雲漢民族的融合，并伴隨中原文化的北移

---

①《遺山先生文集》卷一八《内相文獻楊公神道碑銘》，《四部叢刊》本。
②宋宇文懋昭《大金國志》卷一二《熙宗孝成皇帝》四，中華書局一九八六年，第一七九頁。
③《金史》卷一九《世紀補》，中華書局一九七五年，第四一一頁。
④宋周密《癸辛雜識續集》下《章宗效徽宗》，中華書局一九八八年，第二一二頁。
⑤《金史》卷一二五《文藝傳》，中華書局一九七五年，第二七一三頁。

而深入，具體表現在四方面：

一是漢語文字在女真及其他北方民族中獲得前所未有的普及。自金初，漢語是包括漢、女真、渤海、契丹、奚等北方民族的通用語。「凡聚會處，諸國人言語不通，則各以漢語爲證，方能辯之。」①後來，金君主從維繫自身尊嚴和統治出發，「依仿漢人楷字，因契丹字制度，合本國語」②，創制女真字。由于創制日近，義理尚淺，無法取代漢字的地位，即使皇家子弟讀書，也是每日先教漢字，後習女真語。當時，漢語文字的應用範圍之廣、影響程度之深，竟爲入關後的北方民族融入中原文明掃清道路，以至越來越多的女真人對自己的語言文字「或不通曉」了③。

二是女真同其他民族的通婚越來越普遍。女真初入中原即與漢族通婚，而在社會下層是受限制的。後來出於緩和民族矛盾、增殖人口的目的，轉而鼓勵那些遷入内地的猛安謀克「與契丹、漢人婚姻，以相固結」④。

---

① 宋許亢宗《宣和奉使行程録》，見崔文印《靖康稗史箋證》本，中華書局一九八八年，第三一頁。
② 清畢沅《續資治通鑑》卷九三「徽宗宣和元年」，中華書局一九七九年，第五册二四一二頁。
③《金史》卷三九《樂志》上，中華書局一九七五年，第八九一頁。
④《金史》卷四四《兵志》，中華書局一九七五年，第九九一頁。

應當指出的是，各民族間的文化交流是相互的。女真人的一些適應北方環境的生活方式，如便于騎射和勞動的服裝，及飲豆漿、吃葱韭、燒火炕等等，也爲中原漢人所接受；女真人的音樂、舞蹈及其他伎藝，也爲中原漢人所歡迎。各族人民在長期共同的社會生活中，語言障礙消失了，生活習俗接近了，甚至在民族心理方面也趨於一致。因此，女真同漢、契丹、渤海之間的民族畛域日益沖淡。入元後，生活在中原的女真與契丹即被劃入漢人範疇。

三是女真全面接受以孔、孟爲代表的儒家思想。自金初，女真以渤海、契丹爲榜樣，自覺接受華夏文明。特别是大批遼、宋士人歸附後，他們也將儒家文化帶入女真社會。熙宗時，上京始建孔廟，封孔子後裔爲衍聖公，詔令天下效法，稱「孔子雖無位，其道可尊，使萬世景仰」①。實際情况是，女真君主在推進封建化的進程中，急需從意識形態方面鞏固政權。特别是金世宗鑒於熙宗與海陵王相繼被臣下所弑，有目的地將儒家忠孝觀念作爲調整君臣、宗族和家庭關係的準則加以强調。這位女真君主多次詔令頒布所譯《孝經》《論語》《孟子》等，企圖以儒家思想馴伏女真人的野性，嘗言：「朕所以令譯五經者，正欲女真人知仁義道德所在耳」②。這樣，經過金統治者的不斷提倡，儒家學説漸次成爲女真人的文化思想。

①《金史》卷四《熙宗紀》，中華書局一九七五年，第七七頁。
②《金史》卷八《世宗紀》，中華書局一九七五年，第一八四頁。

同時，由于女真注重實用，較少傳統觀念的束縛，有利于醫學、數學、天文學等自然科學及音韻學的發展，使吏治更爲有效。客觀而言，金文化未如宋文化廣博精深，而在純樸實用方面却爲兩宋所不及，即所謂「宋自南渡以後，議論多而事功少，道學盛而文章衰，中原文獻實并入于金」①。無論漢人，或是女真、契丹、渤海等，莫不以華夏文明爲宗，相互學習，彼此融合，共同將中原文化發展爲各民族的共同文化。

因此，從這樣的意義上説，金代文化具有突出的多元性與包容性。當時，女真及其他北方民族的學者和作家大批湧現，并在社會生活中發揮越來越重要的影響，已然成爲中國歷史進程中的嶄新氣象。例如女真完顏勗、完顏宗憲、完顏永成、徒單鎰、紇石烈邈、完顏從郁及契丹耶律履、耶律霖、渤海張浩、王庭筠、鮮卑元好問等等，前後相望，競争風流，爲一代文化的發展做出了傑出貢獻。歷史表明，這種以華夏文明爲基礎的各民族之間的共處與融合，爲中華民族及其文化的形成奠定了重要基礎，使之獲得强勁而持久的發展動力。

然而，「世多以金偏安一隅，又國祚稍促，遂謂其文不及宋元。不知有元一代文章皆自金源啓之。無論遺山老人才力沉雄，超出南宋諸公之上，即如趙閑閑、王滹南等，視虞

① 清紀昀等《四庫全書總目》卷一九〇《御定全金詩》，中華書局一九九七年，下册第二六五八頁。

(集)、范(椁)輩何多讓焉」[①]。與江南相比，北方風氣粗獷，人之氣質渾厚，發爲文章，類皆華實相扶，骨力遒勁，一掃柔弱浮靡之風。正如時人所説：「中州萬古英雄氣，也到陰山敕勒川」[②]。

四是女真對封建正統地位的自覺追求。女真有國百餘年，同以往鮮卑、渤海、契丹相比，對中原文化更加認同，接受更加自覺。特别是金太祖完顔阿骨打的三個孫子熙宗完顔亶、海陵王完顔亮、世宗完顔雍，先後繼承大統，治理大金帝國長達半個世紀，俱以追求封建正統地位爲己任，改革舊法，建立新政。例如金熙宗率先在上京會寧建立孔廟，稱其道可尊，力圖將女真融入華夏文明之中。再如海陵王不滿足京師僻處東北一隅，同南宋、高麗、西夏分治的格局。他力排衆議，將京師從會寧遷至燕京，以實現統一南北、嗣承正統的宏偉目標。這些治國方略的持續實施，使金朝制度大率「與中國等」[③]，促進了女真社會的封建化，使各領域都發生了顯著而深刻的變化，爲大定、明昌盛世的形成奠定了重要基礎。與此同時，以深諳中原文化著稱的世宗皇帝，却充滿憂患意識。他多次告戒諸王勿忘傳統，以保

---

① 清譚宗浚《金文最序》，《金文最》卷首，中華書局一九九〇年。
② 《遺山先生文集》卷一一《論詩絶句》之七，《四部叢刊》本。
③ 宋張棣《金圖經·儀衛》，見李澍田等《金史輯佚》，吉林文史出版社一九九〇年，第七九頁。

持女真賴以崛起的民族個性。

第一，實行中原禮儀。女真君主强調大金王朝「紬遼宋主，據天下之正」①，是對契丹與趙宋的合法代替。其禮儀大率依唐宋制度，也保留了部分舊有習俗。因此，女真功臣依中原禮制受祭②，金源内地的長白山、混同江（黑龍江）也都依例贈封，立祠受祭。這與契丹區分「南北」、僅在「南面」實行封建禮制不同。而女真禮制的封建化，使之擺脱了部落社會「無知夷狄」的狀態③。

第二，崇奉傳統德運。由章宗發起的「德運」之議，標誌着大金統治者已將自己的發跡納入華夏封建文明序列。所謂德運，指古人將王朝的興衰同木、火、土、金、水等五行相生相剋之説相聯繫。自漢以降，每朝都以某「德」興運，代代相承。終金之世，雖多次集議，衆説紛紜，却從未改變「土」運④，以此上承北宋「火」德。實際上，德運之説「不可據爲典要。後代泥于其説，多侈陳五行傳序之由，而牽合遷就，附會支離，亦終無一當」⑤。大金皇帝所以

①《金史》卷二八《禮志》，中華書局一九七五年，第六九四頁。
②《金史》卷三五《禮志》，中華書局一九七五年版，第八一六頁。
③宋徐夢莘《三朝北盟會編》卷一六六引《金節要》，上海古籍出版社二〇〇八年，第一一九七頁。
④《金史》卷一一《章宗紀》：泰和二年，「更定德運爲土，臘用辰」。中華書局一九七五年，第二五九頁。
⑤清紀昀等《四庫全書總目》卷八二《大金德運圖説》，中華書局一九九七年，第一〇九〇頁。

崇奉德運之説，無非藉以宣示女真入主中原的正統合法性。

金代名士趙秉文撰《蜀漢正名論》，論證「中國」與「夷狄」之間的發展關係，以爲「《春秋》諸侯用夷禮，則夷之；夷而進于中國，則中國之」[①]。當時，晉、鄭、宋、魯、衛等國視秦、楚爲「夷狄」；至秦漢，秦、楚則成爲「中國」的一部分。南北朝期間，南朝稱北朝爲「索虜」，北朝稱南朝爲「島夷」，各以「中國」自居。隋唐統一後，彼此都是「中國」了。趙氏還提出「漢」與「非漢」、「正統」與「非正統」的區别，在于是否有「公天下之心」，而不在于所居之地僻陋與否。「西蜀，僻陋之國，先主、武侯，有公天下之心，宜稱曰『漢』。漢者，公天下之言也。自餘則否。」[②]這些論述從封建歷史觀出發，重點是爲女真「夷」之身份辯護，以抵禦來自南宋的攻擊，目的是將大金王朝置於傳統道德的制高點。

第三，以繼統者修史。女真君主注重修史，以同前代封建王朝開創的傳統接軌，是其標榜嗣承正統地位的重大舉措之一。皇統中，耶律固、蕭永祺等奉旨修成《遼史》。章宗朝，或以前修未善，又命党懷英、陳大任等重修。《遼史》修成而未刊行，與女真不願同契丹發生繼統聯繫有關。此外，有金一代亦設「國史院」，由執政首輔監修，領修、修撰等職官俱由著名

① 《滏水集》卷一四，叢書集成初編本，中華書局一九八五年，第一九七頁。

② 《滏水集》卷一四《蜀漢正名論》，《叢書集成初編》本，中華書局一九八五年，第一九七頁。

詞臣充任，人才濟濟。太宗朝已有「起居注」，熙宗朝始修「實録」，而且各朝「實録」比較完備，元人賴以修成《金史》，「迥出宋、元二史之上」，稱爲「良史」①。

二　金詩發展的歷史進程

金詩的發展可略分爲四個時期。一是借才異代的初創期。從金太祖收國元年到海陵王正隆末，約爲金詩發展的第一階段。當時，女真滅遼克宋，戰爭頻仍，無暇修文，包括詩歌在内的文學創作尚處于萌發狀態。其間，金之京師從上京會寧遷至中都燕京，成爲女真實現崛起的重要標誌。同時，金初詩壇也逐漸聚攏了一批卓越人才，如韓昉、張斛、張浩、宇文虚中、高士談、吴激、蔡松年等等，多爲遼、宋士人，後世遂稱之「借才異代」②。這些人因家國

---

① 清趙翼《廿二史札記》卷二七，遼寧教育出版社二〇〇〇年，第四七六頁。

② 清莊仲方《金文雅序》：「金初無文字也，自太祖得遼人韓昉，而言始文。太宗入宋汴州，取經籍圖書，宋宇文虚中、張斛、蔡松年、高士談輩，後先歸之，而文字煨興，然猶借才異代也。」見《金文雅》卷首，光緒辛卯江蘇書局重刊本。今按，唐吴兢《貞觀政要》卷三：「貞觀二年，太宗謂右僕射封德彝曰：『致安之本，惟在得人，比來命卿舉賢，未嘗有所推薦，天下事重，卿宜分朕憂勞，卿既不言，朕將安寄？』對曰：『臣愚，豈敢不盡情，但今未見有奇才異能。』太宗曰：『前代明王使人如器，皆取士于當時，不借才於異代，豈得待夢傅説逢吕尚然後爲政乎？且何代無賢，但患遺而不知耳！』」金趙秉文《滏水集》卷一〇《參知政事李蹊授左丞誥》：「君不借才於異代，所資者當世之英豪。天將降任於是人，必付以大賢之事業。」

命運及個人榮辱的影響，致使作品内容千差萬别，却多崇尚東坡蘇軾引領的詩風，追求質樸明快的審美效果，即所謂「金源文物纂遼宋，國初尚有宣政風」[①]。他們各以自己的傑出創作爲金初詩壇的形成奠定了基礎，使金詩得以在較高的起點向前發展。

二是國朝文派的形成期。從金世宗大定初到金章宗泰和末，爲金詩發展的第二階段。在此期間，金與南宋劃淮爲界，達成和議，使遭受破壞的中原與北方經濟得以恢復和發展，爲文學繁榮提供了良好的社會環境，一時人才濟濟，名家輩出。代表人物有蔡珪、劉迎、王寂、趙渢、王庭筠、党懷英、周昂等等，多是遼、宋士人的後裔。如果説這些人的前輩難以擺脱固有的民族意識，在作品裏或多或少地流露出無奈仕金的哀怨，滯留北方的牢騷以及對故國家園的懷念，那麽，他們這一輩早已成爲大金帝國的忠實臣民，在思想情感與利害關係上同女真王朝融爲一體了。因此，這時期詩人在繼承前輩創作成果的基礎上，已然形成與社會發展相適應的心理與視野，使作品内涵與風貌呈現出新的特點，即所謂正傳之宗的「國朝文派」[②]。同時，由于承平日久，侈靡成風，詩歌創作也出現脱離社會現實、徒事藻繪的不良傾向。

---

①元郝經《陵川集》卷九《讀党承旨集》，《文淵閣四庫全書》本。

②《中州集》卷一《蔡太常珪》，中華書局上海編輯所一九六二年，第三三頁。

三是貞祐南渡的發展期。從衛紹王大安初到金哀宗天興末，爲金詩發展的第三階段。女真在同蒙古及其他民族的衝突中慘遭敗績，自宣宗貞祐二年，被迫放棄中都，南遷汴梁。各族人民頓時陷入由戰亂、天災、病疫疊加而形成的水深火熱之中。當時，尖鋭的民族矛盾成爲文風轉變的契機，即所謂「南渡後，文風一變，文多學奇古，詩多學風雅，由趙閑閑、李屏山倡之」①。其間，金國雖已走向衰敗，而詩歌創作却異常活躍，文學批評與理論思辨達到了新的高度，不事雕琢、重在達意的文藝思想占據了主導地位，從而促成審美傾向的轉變，一掃虚飾浮艷之風，催生出一批關心社會民生的現實主義作品。代表人物有趙秉文、楊雲翼、李純甫、劉從益、趙元、麻九疇等等。

四是金源遺響的結束期。從金國滅亡到元好問逝世，爲金詩發展的最後階段。在此期間，女真王朝的百餘年統治結束了，而詩壇却發出嘹亮遺響。金元易代之際是一個特殊的歷史時期，中原及淮河南北仍處於動亂之中。蒙古因忙於擴張而頻繁發動戰争，國家治理完全襲用前金制度，并任用各地新興漢族軍閥，實施以漢人治理漢地的策略。其間，各地名士或高蹈山林，或依附新貴，紛紛形成以鄉籍爲紐帶的詩人群體。例如隱居在山西河汾的張宇、麻革、段克己與段成己兄弟、陳賡與陳庾兄弟、房皥、曹之謙等，「以金源遺逸抗節林

① 金劉祁《歸潛志》卷八，中華書局一九八三年，第八五頁。

泉，均有淵明義熙之志。人品既高，故文章亦超然拔俗，吉光片羽，彌足寶貴」[①]，時稱「河汾諸老」。

再如「燕中詩人」，包括王萬慶、敬鉉、趙著、吕鯤等等，多與兩代耶律中書令過從甚密，「當其得意時，視《北征》《南山》反有德色，然每見中令一詩出，必歡喜贊嘆，失喜噎嘔」[②]。以其倡導「以唐人爲指歸」[③]，引領了一時詩風。

再如「秦中名勝」，以楊奂、張徽、陳邃、李庭等人爲代表，「樽酒論文，彈琴煮茗，雅歌投壺」[④]，爲後世留下了大量詩篇。這些人的作品歷來被視爲金詩的重要組成部分，與河汾諸老、燕中詩人等，共同唱響大金王朝的挽歌。

至于全真詩家與禪門詩僧，是當時兩個特殊的詩人群體，也爲金詩的發展作出過重要

---

①清紀昀等《提要》，見元房祺《河汾諸老詩集》卷首，《文淵閣四庫全書》本。

②《遺山先生文集》卷三六《雙溪集序》，《四部叢刊》本。

③元王惲《秋澗集》卷四三《西岩趙君文集序》：「西岩崛起畎畝，從龍山吕先生學。金自南渡後，詩學爲盛，其格律精嚴，辭語清壯，度越前宋，直以唐人爲指歸。逮壬辰北渡，斯文命脉，不絶如綫，賴元、李、杜、曹、麻、劉諸公爲之主張，學者知所適從。惟虎岩、龍山二公，挺英邁不凡之材，挾邁往淩雲之氣，用所學所得，偃然以風雅自居，視李協律、趙渭南伯仲間也。雅爲中書令耶律公賓禮，至令其子雙溪從之問學。由是趙、吕之學，自爲燕薊一派。」《四部叢刊》本。

④元駱天驤《類編長安志》卷九《勝游》，中華書局一九九〇年，第二四八頁。

貢獻。例如全真于顯道《寄沔池納蘭縣令》，真切展現了其悲世憫人的教義宗旨，對於金末喪亂中的爲政者寄以希望與要求，對於飽受戰火蹂躪的紜紜衆生給予同情與救助：「爲官公正勝爲道，此語宜書仕子紳。莫謁麻衣方外客，且將良藥濟殘民。」①全真張志謹《披雲道人頌》云：「坦蕩逍遥客，無拘自在仙。身似鑽泥藕，心如出水蓮。」②文字之清淨，意藴之綿長，在香火繚繞中透出一種別樣的灑脱與清新。

再如釋木庵《七夕感興》：「輕河如練月如舟，花滿人間乞巧樓。野老家風依舊拙，蒲團又度一年秋。」爲遺山先生「擊節稱嘆」，稱之「境用人勝，思與神遇，故能游戲翰墨道場而透脱叢林窠臼，於蔬筍中別爲無味之味。皎然所謂『情性之外，不知有文字』者，蓋有望焉」，因許以「百年以來爲詩僧家第一代者」③。

① 金于顯道《離峰老人集》卷上，明正統《道藏》本，文物出版社等一九九四年，第三二册五三〇頁。

② 陳垣等《道家金石略》，文物出版社一九八八年，第四八五頁。今按，張志謹字伯恭，號寧神子，温縣人。泰和間，泛海爲商。後辭親棄業，入全真教，功行勤懇。元光二年，謁長春師丘處機，賜號寧神子，及付以嗣行教化事，謝不敢當。丁未歲（蒙古定宗二年、一二四七）卒，著有《無相集》。見佚名《重修天壇靈都萬壽宮碑》，載《道家金石略》第五八四頁。

③ 《遺山先生文集》卷三七《木庵詩集序》，《四部叢刊》本。

需要説明的是，易代之際詩人元好問，號遺山，生長雲朔，乃鮮卑拓跋魏諸孫，天稟多豪健英傑之氣。登興定五年進士第，嘗任縣令，供職史院，橐筆翰林。金亡後，以著作爲己任。由于親身經歷了國破家亡的慘痛遭遇，而寫下大量傷時憫亂的篇章。用情既深，内涵愈豐，加之才力富健，精思鋭筆，其廉悍沉摯之處尤爲突出，使金源詩歌放射出奪目光輝。正如後人所説：「國家不幸詩家幸，賦到滄桑句便工。」[①]

此外，王若虚、李俊民、楊弘道、杜仁傑、劉祁等，在干戈紛擾的現實中，或留下游歷山川、憑吊古迹的作品，以排遣無奈的易代心緒；或痛定思痛，潛心思考金朝覆亡的經驗教訓以及一代詩風得失。其中，值得提及的是，神川遁士劉祁在繼承緣情而發的詩歌創作理論基礎上，提出一代有一代之詩的審美思想：「唐以前之詩在詩，至宋則多在長短句，今之詩在俗間俚曲也。」[②]詩人以少見的理論勇氣超越了封建士大夫的偏狹，揭示了俗間俚曲以其見喜怒哀樂之真情，故能蕩人血氣，具有强烈的審美感染力，代表了文藝發展的方向，從而揭示了新興文藝繁榮時代的新篇章。

---

①清趙翼《甌北詩抄・題元遺山詩》：「身閲興亡浩劫空，兩朝文獻一衰翁。無官未害餐周粟，有史深愁失楚弓。行殿幽蘭悲夜火，故都喬木泣秋風。國家不幸詩家幸，賦到滄桑句便工。」《國學基本叢書》本，商務印書館民國二十七年。

②金劉祁《歸潛志》卷一三，中華書局一九八三年，第一四五頁。

三　金詩發展的文化意義

金詩作爲金源文化的重要組成部分，無論思想内涵，或是藝術風貌，都屬於中華民族文化的範疇。同時，由於當時特殊社會形態的影響，金詩也凸顯出自己的鮮明個性。

一是女真詩人的傑出創作爲一代文學留下獨特印記。女真崛起前，曾擁有自己民族形式的歌詩，如巫歌、謡諺、自度曲等。當時，一些作品雖被譯成漢語文字而保存下來，却遠離了民間歌謡的風貌，已無從窺見其語言及韻部結構了。女真崛起後，諸猛安謀克競相學習中原文化，很快爲漢詩的完美格律、深邃意境所吸引，而那些質樸的文學樣式只能在女真下層社會流傳。

這種情況在大定間有所變化。金世宗竭畢生精力重振民族精神，使女真文學得以復蘇，并親自創作了爲女真崛起而歌的「本曲」。大定二十五年，世宗率女真諸王回上京體驗傳統生活，在皇武殿宴宗室及群臣故老。《金史·世宗紀》把這次活動當作一件大事記載下來：

上曰：「吾來數月，未有一人歌本曲者，吾爲汝等歌之。」命宗室子弟叙坐殿下者皆坐殿上，聽上自歌，其詞道王業之艱難，及繼述之不易。至「慨想祖宗，宛然如睹」，慷慨悲激，不能成聲，歌畢泣下。

幸好，這支「本曲」保存在《金史·樂志》中，題爲《本朝樂曲》：

猗歟我祖，聖矣武元。誕膺明命，功光于天。拯溺救焚，深根固蒂。克開我後，傳福萬世。無何海陵，淫昏多罪。反易天道，荼毒海内。自昔肇基，至于繼體。積累之業，淪胥且墜。望戴所歸，不謀同意。宗廟至重，人心難拒。勉副樂推，肆予嗣緒。二十四年，兢業萬幾。億兆庶姓，懷保安綏。國家閑暇，廓然無事。乃眷上都，興帝之第。屬兹來游，惻然予思。風物減耗，殆非昔時。于鄉于里，皆非初始。雖非初始，朕自樂此。雖非昔時，朕無異視。瞻戀慨想，祖宗舊宇。屬屬音容，宛然如睹。童嬉孺慕，歷歷其處。壯歲經行，恍然如故。舊年從游，依稀如昨。歡誠契闊，旦暮之若。于嗟闊别兮，云胡不樂。

這首「本曲」本應是通俗流暢的女真創業史詩，惟其如此，才會引起慷慨悲激的感情共鳴。而被譯成漢語古體詩，語言艱澀，韻味索然，完全失去了女真歌詩的質樸生動。但是，經過幾代女真君主的苦心經營，金王朝終于培養出一大批女真文化人才，推出以女真文字創作的文學作品。二十世紀五十年代，在山東蓬萊發現了奥屯良弼所撰女真字詩石刻，譯成漢文：

在朝賞心笑談求，稚返蓬瀛長住留。五馬載車無比貴，一旗出導惠及流。筆柳喜高□□柳，琴瑟□□心月□。小城雖僻於菟遠，南衙大授夏非秋。①

可見，這首詩的意象與格律完全是按漢語律詩的思維定勢創作而成，不過徒具女真文

① 金啓孮《論金代的女真文學》，《内蒙古大學學報》一九八四年第四期。

字的外殼。

應當强調的是，女真及其他民族詩人不乏思慮之深邃，才情之博雅，格律之精妙，可與歷代名家争雄者。可以説，這些北方民族是以自己的優秀創作擺脱了以往在古代文壇上所處的點綴角色或陪襯地位。例如海陵王完顔亮，其在藩邸時嘗有題扇詩曰：「大柄若在手，清風滿天下。」胸中大志勃然而出，氣度不凡，一片天籟。登帝位後所作《南征維揚望江左》：「萬里車書盡會同，江南豈有别疆封。屯兵百萬西湖上，立馬吴山第一峰。」[①]骨力遒勁，自然明快，反映出女真在崛起階段的英姿颯爽、奮發向上的氣度，仍保持着北方民族性格的天然本色。

再如金章宗完顔璟，即位前，他的女真語在諸王中最爲優秀，入朝嘗以女真語謝恩而受到世宗嘉獎；即位後，仍致力貫徹乃祖重振女真民族精神的遺志。他的詩作典雅精工，瑰麗纖巧，與海陵相比，又别是一家。其《宫中絶句》：「五雲金碧拱朝霞，樓閣峥嶸帝子家。三十六宫簾盡卷，東風無處不揚花。」《夜飲》：「夜飲何所樂，所樂無喧嘩。三杯淡醽醁，一曲冷琵琶。坐久香成穗，夜深燈欲花。陶陶復陶陶，醉鄉豈有涯。」這些詩作雕琢細膩，展示了盛世王朝女真君主的得意心態與雍容風度，刻劃出封建深化的宫廷生活，頗似南唐李後

① 宋岳珂《桯史》卷八《逆亮辭怪》，中華書局一九八一年。

主風韻。

再如密國公完顔璹，章宗、宣宗之弟，末帝哀宗之叔，時稱「有俊才」。他是女真宗室的著名詩人，不幸生逢國祚危亡之際，王朝的命運與個人的遭遇都陷入痛苦的境地而無力掙扎。反映在詩篇裏，則是情調低沉淡然，既没有抗爭，也較少哀怨。例如《絶句》：「孟津休道濁于涇，若遇承平也敢清。河朔幾時桑柘底，只談王道不談兵。」於是，他將自己的視角轉向山林田園：「陂水荷凋晚，茅簷燕去凉。遠林明落景，平麓淡秋光。群牧歸村巷，孤禽立野航。自諳閑散樂，園圃意猶長。」①作品描述的情景宛如一幅水墨畫，文華落盡，瀟灑淡遠，深得唐人山水田園詩真諦。這位女真皇叔完全涵泳在中原文化的精神之中了。

恰好，這三位女真宗室的作品分别代表了大金帝國從創業、守成到衰亡的不同歷史時期的詩風，透露出女真人在詩歌創作上接受中原文化影響的軌跡。這種影響浸潤到民族心理結構的審美層次，不僅是表層藝術形式的同一，以至於在深層的思想内涵方面也很少表現出差異。而且，這種影響使女真人徹底融入華夏文明之中。

二是金詩透出鮮明而强烈的中州意識。當大金王朝的統治結束，中原仍處于野蠻的血腥喪亂之中，元好問尚未拭乾痛失親人摯友的淚水，即裒集一代之詩而名之曰《中州集》。

①《中州集》卷五《密國公璹》之《北郊散步》，中華書局上海編輯所一九六二年。

既攗拾中原、燕雲、東北與西北的漢、女真、渤海、契丹等各民族詩家，也輯入南宋奉使金國而遭羈留者的作品。這使「中州」脱離地理範疇而成爲一個文化概念，并獲得嶄新意義。這種稱名與女真帝國無關，也不涉及蒙古新貴，避開了令亡金士人頗爲尷尬的民族歸屬與國家認同問題。尤其難能可貴的是，遺山作爲鮮卑族後裔，竟以中原文化傳人的自覺擔當來搶救一代詩歌文獻。不久，南宋名儒家鉉翁被驅北上，閲《中州集》後，以同是天涯淪落人，擯棄了曾因南北對峙而産生的偏狹，有感題記云：

世之治也，三光五岳之氣，鍾而爲一代人物。其生乎中原，奮乎齊魯汴洛之間者，固中州人物也。亦有生於四方，奮於遐外，而道學文章爲世所宗，功化德業被于海内，雖謂之中州人物可也。蓋天爲斯世而生斯人，氣化之全，光岳之英，實萃於是，一方豈得而私其有哉？迨夫宇縣中分，南北異壤，而論道統之所自來，必曰宗於某；言文脈之所從出，必曰派於某。又莫非盛時人物範模憲度之所流衍。故壤地有南北，而人物無南北，道統文脈無南北。雖在萬里外，皆中州也，況於在中州者乎？余嘗有見於此。自燕徙而河間，稍得與儒冠縉紳游。暇日獲觀遺山元子所裒《中州集》者，百年而上，南北名人節士、巨儒達官所爲詩，與其平生出處，大致皆采録不遺。而宋建炎以後，銜命見留，與留而得歸者，其所爲詩，與其大節始終，亦復見紀。凡十卷，總而名之曰《中州集》。盛矣哉！元子之爲此名也。廣矣哉！元子之用心也。夫生於中原，而視九州四海之人物，猶吾同國之人；生於數十百年後，而視數十百年前人物，猶吾生并世之人。片言一善，殘編佚詩，搜訪惟恐其不能盡。余於是知元子胸懷卓犖，過人遠甚。彼小智自私者，同室藩籬，一家爾汝，視元子之宏度偉識，溟涬下風矣。嗚呼！若元子者，可謂天下士矣。數百載之下，必有謂予言爲然者。①

這種關於「中州」内涵的理解，反映了當時「南」「北」在長久分治歷史條件下的趨同心聲，既爲江南漢族士人自覺堅守，也爲北方各民族士人執著奉行。因此，這種「中州」意識歷經歲月積澱而融入南北各民族的血液中，成爲中華民族文化持續發揚光大的厚重根基。

尤其難能可貴的是，遺山爲保存和弘揚中原文化，嘔心瀝血，鞠躬盡瘁，被譽爲一代文宗。他不僅創作了大量優秀的文學作品，如《遺山先生文集》《遺山樂府》；編纂了一批當代歷史著作，如《壬辰雜編》《金源君臣言行録》；整理出一代文獻，如《中州集》《中州樂府》，而且，還言傳身教，指授并影響了元初一大批年輕俊秀，如商挺、王磐、徐世隆、郝經、白樸、王博文、王惲、胡紫遹、劉因、魏初、姚燧等。這些金人子弟陸續進入政壇文苑後，如群星般嶄露頭角，具體參與了元世祖忽必烈倡導的變革蒙古舊法、建立中原新制的浩大社會工程，爲扭轉當時社會的文化危機不遺餘力地鼓而倡之。郝經《再送常山劉道濟序》云：「中國之勢不振，正大之道不明，禮樂之治不興，天地一元之氣湮淪茫昧、杳然廓然者，豈無所自

①元蘇天爵《元文類》卷三八，上海古籍出版社一九九三年，第四七六頁。

而然乎？」①王惲《西岩趙君文集序》云：「異時有大辭伯出，如王臨川、元新興，纂李唐之英華，續中州之元氣，序文章之宗派者」②，亦有所取焉。這些俊秀甚至以「中州元氣」作爲衡量士人品格高下的尺度③，以「中州氣象」作爲評價詩作意韻優劣的準繩④。

由此可見，「中州」意識已然成爲那個特殊歷史時期的民族魂魄，并漸次化作各民族共同的文化思想。因此，從這樣的意義上説，女真與漢、渤海、契丹等各族人民創造的一代歌詩，爲中華民族文化的發展做出了卓越貢獻。正所謂「江山代有才人出，各領風騷數百年」⑤。

三是「南冠」的氣節及其詩作在北方形成了積極而廣泛的社會影響。所謂「南冠」，指南宋奉使金國而遭羈留者，或隱而爲民，獨善其身；或殞命北方，草木與俱；或堅守節旄，

---

①《陵川集》卷三〇，《文淵閣四庫全書》本。

②《秋澗集》卷四三，《四部叢刊》本。

③元魏初《青崖集》卷二《寄答雷按察》：「中州元氣文章伯，四海今知有使君。」《文淵閣四庫全書》本。

④《青崖集》卷二詩題：「徽州學正胡泳子游，自京都來過予於維揚，以士常中郎長詩見示。又省掾王約彦博謂子游文筆有中州氣象，用是不敢以常書生遇之。」

⑤清趙翼《甌北詩抄·閑居讀書作》（論詩）：「李杜文章萬口傳，至今已覺不新鮮。江山代有才人出，各領風騷數百年。」《國學基本叢書》本，商務印書館民國二十七年。

議和南歸。這些人在當時民族衝突中均遭遇不幸，各以獨特視角反映了當時中原、燕雲與東北等廣大區域各民族的社會生活，因而構成金詩的有機組成部分。例如朱弁、洪皓、張邵、司馬朴、滕茂實、魏行可等等，各自經歷了種種艱難困苦的考驗，以超越「生」與「死」的境界來詮釋傳統忠節觀念。

金宋「紹興和議」達成後，僅朱弁、洪皓、張邵三人得以歸國復命，并使其不辱使命的故事代代留傳下來。

> 金人迫弁仕劉豫，且訹之曰：「此南歸之漸。」弁曰：「豫乃國賊，吾嘗恨不食其肉，又忍北面臣之？吾有死耳。」金人怒，絶其餼遺以困之。弁固拒驛門，忍饑待盡，誓不爲屈。金人亦感動，致禮如初。久之，復欲易其官，弁曰：「自古兵交，使在其間，言可從從之，不可從則囚之殺之，何必易其官？吾官受之本朝，有死而已，誓不易以辱吾君也。」且移書耶律紹文等曰：「上國之威命朝以至，則使人夕以死，夕以至則朝以死。」又以書訣後使洪皓曰：「殺行人非細事，吾曹遭之，命也，要當舍生以全義爾。」乃具酒食，召被掠士夫飲，半酣，語之曰：「吾已得近郊某寺地，一旦畢命報國，諸公幸瘞我其處，題其上曰「有宋通問副使朱公之墓」，於我幸矣。」衆皆泣下，莫能仰視。……金人知其終不可屈，遂不復强。①

---

①《宋史》卷三七三《朱弁傳》，中華書局一九九七年，第一七册一一五五二頁。

然而，這些堪比蘇武的宋使歸國後，却未能享受鮮花與掌聲的歡迎。朱弁因「言敵情」爲當局所惡，「有司校其考十七年，應遷數官，（秦）檜沮之，僅轉奉議郎」，次年卒。洪皓屢同執政者抵牾而遭貶謫，最後死於窮荒邊郡①。這些宋使的命運如此多舛，所處社會環境如此險惡，竟甚于羈留北方之時，令人感慨唏嘘。

需要强調的是，這些宋使在敵强我弱的態勢下，明知不可爲而爲，以個人的重大犧牲爲趙宋王朝贏得尊嚴，却未能將那個王朝從昏憒中唤醒。例如張邵，升秘閣修撰，主管佑神觀。不久，「左司諫詹大方論其奉使無成，改台州崇道觀」②。問題不在於詹氏之論，而在於朝廷竟聽從了那些有悖實際的荒謬意見，給以降職處分。實際情况是，宋朝百萬大軍尚且不能保家衛國，而通過招募一些文弱書生充當使節，「假官」談判，雖挺身而出，口誅筆伐，如何能够「有成」？因此，這些使節的「榮歸」「復命」，却招來嫉恨與排斥，竟被率意處置，多不得善終。

與此迥然不同的是，這些「南冠」却贏得女真的由衷敬重。例如，朱弁「以使事未報，憂憤得目疾，其抑鬱愁嘆無憀不平之氣，一於詩發之。歲久成集，號曰《聘游》。虜中名王貴人

①《宋史》卷三七三《洪皓傳》，中華書局一九九七年，第一七册一一五五七頁。

②《宋史》卷三七三《張邵傳》，中華書局一九七七年，第一七册一一五五五頁。

亦多遣其子弟就學，公以此又得時因文字往來説以和好之利，而碑版篇咏流行北方者亦甚多，得之者相誇以爲榮」①；宋紹興八年（金天眷元年、一一三八），「金使烏陵思謀、石慶充至，稱弁忠節」②。再如，陳王「悟室（完顔希尹）敬（洪）皓，使教其八子」③；張邵「在會寧，金人多從之學」④。在女真人眼裏，這些宋使忠節有學問，他們各以自己的言行充分展現了中華文明的精萃所在，并由此獲得「敵國」的尊重與信賴，遂紛紛以子弟教育相託付。

從這樣的角度看，那些「南冠」的奉使故事揭示出一個簡明而易懂的道理：女真之崛起決非偶然。如果説大宋王朝的昏憒腐朽是成就女真崛起的外部條件，那麼，女真對包括忠節在内的儒家價值觀念的敬畏以及對中原文明的渴求，則構成這個北方民族得以入主中原并建立起一代封建王朝的内在因素。而且，他們學得有模有樣，即使亡國之際，末代君主「圖存於亡，力盡乃斃」，無愧於「國君死社稷」的封建禮教遺訓⑤。

此外，這些宋使因長期羈留而有機會瞭解燕雲與金源的人情事物，或詩或文，比較客觀

① 宋朱熹《朱文公文集》卷九八《奉使直秘閣朱公行狀》，《四部叢刊》本。
② 《宋史》卷三七三《朱弁傳》，中華書局一九七七年，第一七册一一五五三頁。
③ 《宋史》卷三七三《洪皓傳》。
④ 《宋史》卷三七三《張邵傳》。
⑤ 《金史》卷一八《哀宗紀》，中華書局一九七五年，第四〇三頁。

地反映了那裏各民族的社會生活與山川風貌，因而極具文獻價值與歷史意義。他們在那片廣袤的土地上留下自己的足跡，也播撒了華夏文明的種子，爲那裏最終成爲中華疆域版圖不可分割的組成部分做出了重要貢獻。

四是金詩保存了大量民間形態的作品。全真道教詩中的「聯珠」「疊字」「藏頭」「攢字」諸體詩，僅「聯珠」「疊字」見於詩家偶爾爲之，以其在詩朋唱和中頗具彰顯文字功力之效，仍不失風雅。至於「藏頭」「攢字」，或因其俗，未見士人染指。例如重陽王喆《贈道友韓茂先》，爲「七言詩藏頭」，未注「拆起字」：

兀騰騰任自然，中認取水中蓮。綿俗冗何時盡，器塵勞每日牽。子拽回無一籠，兒見處有三田。分清淨公休挫，上言誰韓茂先。①

破解藏頭拆字的要點是，結合詩意，從末句尾字「先」拆得「兀」，補作首句第一字。然後以此類推，逐句拆補，可露頭還原如下：

兀兀騰騰任自然，火中認取水中蓮。連綿俗冗何時盡，一器塵勞每日牽。牛子拽回無一籠，龍兒見處有三田。十分清淨公休挫，坐上言誰韓茂先。

再如丹陽馬鈺《贈李大乘》爲「攢五拆字」五言絶句，全詩各句僅存尾字：

---

①金王喆《重陽全真集》卷二，明正統《道藏》本，文物出版社等一九九四年，第二五册七〇一頁。

□□□□李，□□□□憩。□□□□憑，□□□□惠。①

如何恢復成「五言」詩，極富挑戰。「攢五拆字」的要點是，先從首句末第「五」字「拆解」、「聚集」所需其餘四字，安排於各自所在位置，即可完成任務：

十八木子李，自古人心憩。二馬心上憑，一心十口惠。

可見，一旦揭開蒙在上面那層紙，也就没有什麽秘密可言了。這些藏頭、攢字詩流行於民間，爲城鄉百姓喜聞樂見。當時，全真教領袖王喆、馬鈺等充分利用這些形式活潑、懸念旁出的游戲形式，以引聚徒衆，傳播教派理念。後來，隨着全真道教的迅速擴張，他們爭取的重點也從社會下層民衆轉向達官貴人、宗室國戚，那些游戲詩也漸次從全真家作品中消失，并因歲月滄桑而變成陌生，以至後人如墜迷霧，懵然不知所以了。

需要説明的是，這些游戲詩是全真道士無意間爲後世留下的一項重要文化遺産，不啻爲考察宋元民間文藝的活化石，如同諸宫調講唱文藝《西厢記》《劉知遠》一樣，在中國文藝發展史上具有「金代」唯一性，因而文獻價值是極其珍貴的。

至于全面評價一代歌詩的成就、特色與局限，勾勒諸家詩風意藴之短長，揭示金詩繼承漢魏唐宋經驗而形成的發展軌跡，那也許是文學史家們可以勝任的任務了。

① 金馬鈺《洞玄金玉集》卷四，明正統《道藏》本，文物出版社等一九九四年，第二五册五八六頁。

四　金人關於金詩的整理研究

（一）《中州集》的遞嬗纂輯

當女真王朝被摧毁，易代戰火尚未熄滅，一代文宗元好問即發願搶救金源文獻，「不可遂令一代之美泯而不聞」①，致力於蒐集整理金詩，編纂《中州集》。其序有云：

商右司平叔衡嘗手抄《國朝百家詩略》，云是魏邢州元道道明所集，平叔爲附益之者。然獨其家有之，而世未之知也。歲壬辰，予掾東曹，馮内翰子駿延登、劉鄧州光甫祖謙約予爲此集。時京師方受圍，危急存亡之際，不暇及也。明年滯留聊城，杜門深居，頗以翰墨爲事。馮、劉之言，日往來於心。亦念百餘年以來，詩人爲多。苦心之士，積日力之久，故其詩往往可傳。兵火散亡，計所存者才什一耳。不總萃之，則將遂湮滅而無聞，爲可惜也。乃記憶前輩及交遊諸人之詩，隨即録之。會平叔之子孟卿攜其先公手抄本來東平，因得合予所録者爲一編，目曰《中州集》。嗣有所得，當以甲乙次第之。

由此看來，這部《中州集》源於魏道明《國朝百家詩略》，繼承了那部「詩略」的文獻成果。魏道明字元道，號雷溪子，易州人。與兄上達、元真、元化等俱第進士，皆有詩學。而元道最知

① 元郝經《遺山先生墓銘》，見清胡聘之《山右石刻叢編》卷二九，《歷代碑志叢書》本，江蘇古籍出版社一九九八年。

名，官至安國軍節度使[①]，嘗著《鼎新詩話》行世，現殘存《蕭閑詞注》三卷。

同時，這部《中州集》也包括商衡「附益」，以「獨其家有之，而世未之知也」。商衡字平叔，曹州人。崇慶二年詞賦進士，歷州縣，拜監察御史。天興元年，以「秦藍總帥府經歷官」被俘，「引佩刀自刎」[②]。遺山評曰：「（衡）性嗜學，藏書數千卷，古今金石遺文人所不能致者，往往有之。南渡以來，士大夫以救世之學自名，高者闊略而無統紀，下者或屑屑於簿書米鹽之間。公資雅重，遇事不碌碌，人所不能措手，率優爲之。苟可以利物，則死生禍福不復計。平居以大事自任，而人亦以大任期之，至今評者以公用違其長，使之卒然就一死，爲世所惜也。」[③]

《中州集》成書經歷了兩個階段：一是壬辰歲（金哀宗天興元年、一二三二），馮延登、劉祖謙嘗約遺山共爲此事。「時京城方受圍，危機存亡之際，不暇及也。」明年，馮、劉死於金亡之難，遺山北渡，被拘管聊城。其間，受已逝諸友倡議的啟發，遂杜門深居，將魏氏《國朝

① 《中州集》卷首，中華書局上海編輯所一九六二年。另，金魏道明《大金洪崖山壽陽院記》末署「正義大夫前安國軍節度使兼邢州管内觀察使提舉常平倉事護軍巨鹿郡開國侯食邑一千户實封一百户賜紫金魚袋致仕」「泰和六年七月」，見陳垣等《道家金石略》，文物出版社一九八八年，第一〇五五頁。

② 《金史》卷一二四《忠義傳》四，中華書局一九七五年。

③ 《遺山先生文集》卷二一《商平叔墓銘》，《四部叢刊》本。

百家詩略》、商氏「附益」及本人「記憶前輩及交遊諸人之詩，隨即録之」，合爲一編。

二是此後「往來四方，采摭遺逸，有所得輒以寸紙細字親爲記録，雖甚醉不忘」，「以甲乙次第之」①。這樣，遺山以擔荷歷史重任的使命感，歷時十六載，完成了《中州集》的編纂，收詩家二百五十一人，詩作二千零六十首，爲保存一代文化遺産并確立金詩的歷史地位，做出了不可磨滅的貢獻。

（二）《中州集》的版本傳播。

《中州集》完成於金亡不久，在元代至少刊印四次：

一是己酉歲（蒙古定宗海迷失后稱制元年、一二四九），由真定提學趙國寶資助付梓，是爲「己酉」本。卷首冠以遺山自序，卷末載有名士張德輝後序。

二是蒙古憲宗五年（一二五五）再刻，稱「乙卯新刊」②，是爲「乙卯」本，即日本「宫内廳」藏本。所謂「新刊」，或書商鑒於初刻本選詩不主一格，蕪雜冗長，成爲繼續刊印流通的障礙，影響其射利目的，於是一部分詩人被汰除，一部分詩作被删去，且於卷末附以《中州樂

①《中州集》卷首，中華書局上海編輯所一九六二年。

②《中州集》卷首，全國高校古籍整理研究工作委員會編《日本宫内廳書陵部藏宋元版漢籍影印叢書》第一輯，綫裝書局二〇〇一年。

府》。元張德輝《中州集後序》云：

作詩爲難，知詩爲尤難。唐僧皎然謂鍾嶸非詩家流，不應爲詩作評。其尤難可知已。半山老人作《唐百家詩選》，迄今家置一本；曾端伯選宋詩，不可謂無功，而學者遂有二三之論。予謂裕之此集，今四出矣。評者將附半山乎，曾端伯乎，季孟之間乎？東坡有言，我雖不解書，曉書莫如我。是則又不知皎然師果爲真識否也？[①]

張氏爲遺山摯友，其「作詩爲難，知詩爲尤難」的議論，閃爍其詞，似礙於情面，以掩飾對這部總集的不予首肯。如按通常選詩標準與編輯體例衡量，《中州集》確有可商榷之處，由此引發書商擅自改編删節，也就不奇怪了。後來，這部「新刊」竟成爲現存詩、詞兩集及其合刊的源頭。

三是至大三年（一三一〇），平水書商曹氏進德齋遞修刻印本，是爲「庚戌」本，國家圖書館現藏兩部：一爲詩集獨立刊本，所收與「乙卯」本無甚顯著差異；一爲詩詞兩集合刊本，而合刊之「樂府」系配以「影元抄本」[②]，實際是詩集獨立刊本的變種。

四是至順二年（一三三一），翰林國史余謙校訂再刊，是爲「辛未」本。其序云：

①《中州集》卷末，中華書局上海編輯所一九六二年。

②北京圖書館編《北京圖書館古籍善本書目·集部》，書目文獻出版社，第二八〇〇頁。

遺山著述甚富，其所作《金史》纖悉不爽，蔚爲一代鴻筆。至所編《中州集》，流傳不廣，人莫之覯。是集世無行本，惟架閣黄公在軒手鈔二十卷，藏之篋中。予爲補其殘闕，正其謬誤，凡閱月而告成。至篇什次第，悉依原本，匯付剞劂，俾海内騷雅共珍之。①

所謂原本，當指己酉初刻本。至於「二十卷」云云，不過手鈔字跡放大而致卷帙增加。後經整理付梓，其「篇什次第」，「悉依原本」。從元初「己酉」，至元末「辛未」，前後相去八十餘年。由於初刻經費系友人資助，似印量不多，遂有「流傳不廣，人莫之覯」之歎。《中州集》「己酉」「辛未」等初刻系列版本俱散佚，而《永樂大典》殘帙引録百餘條，有些同現存版本迴異，當是初刻本所收，極具文獻價值。

一是保存了現存《中州集》未見詩人。例如卷二八一三梅字韻引《中州集》林少卿《淡墨梅花》七絶二首：

> 妙入端毫太逼真，便分南嶺一枝春。風天月夕閑舒卷，疑有清香暗襲人。
> 不爭光暖戀陽阿，臈雪春風奈爾何。一縷淡妝冰幅上，宛然疏影在清波。

林少卿事迹不詳，其人其詩失載於現存諸本《中州集》。再如卷二八〇九梅字韻引《中州集》房灝《王鼎玉索賦蕚緑梅》：

---

① 清施國祁《元遺山詩集箋注》卷首「序例」，《四部精要》本，上海古籍出版社一九九三年，第三頁。

一株香雪冠溪南，萬紫千紅總覺漸。只爲平生太清絶，白頭才得著青衫。

房氏及其詩作亦失載於現存諸本《中州集》。房灝即房皞，灝、皞音同，均含廣而浩蕩之意。其字希白，號白雲子，平陽人。貞祐南渡，避亂入宋，漂泊荆楚。後北歸隱於鄉，爲河汾諸詩老之一。或謂《中州集》不收時人作品，實際不盡如此。《中州集》卷八「張介」，字介甫，平州人。正大元年經義進士魁，歷鞏縣、穀熟二縣令。天興二年，仕爲兖王國用安參議①。遺山似不甚了解，誤作「彭城人」。元世祖中統初，嘗供職中書省交鈔提舉司②，而《中州集》亦收其詩。

二是保存了現存《中州集》未收詩作。例如卷二〇三五四夕字韻引《中州集》朱弁詩：

元夕廳設醮

春容先督府，月色滿江城。燈賞無仙夢，齋居絶市聲。兩年憂旱虐，八郡望秋成。憑藉剛風力，青章達九清。

元夕

立馬行歌隘市門，賣薪攜子出前村。聲翻保界金鼇動，光奪瓊樓玉兔昏。守舍呻吟宜老病，通

① 《金史》卷一一七《國用安傳》，中華書局一九七五年，第二五六五頁。
② 《秋澗集》卷八〇《中堂事記》，《四部叢刊》本。

宵奔走付兒孫。潘郎豈是無情思，點檢霜髭愧緑尊。

現存諸本《中州集》收「朱奉使弁」三十九首，未見以上二首。再如卷八五六九生字韻引《中州集》李純甫《戒殺生》，現存諸本亦未見：

遁庵習氣未全忘，底用塗糊紙半張。我噉黄虀真有味，不知地獄與天堂。①

三是《永樂大典》所録或有重要差異。例如卷九〇三詩字韻引《中州集》劉從益《和陶淵明雜詩》四首：

俗士苦紛競，此心本無塵。功名乃物外，了不關吾身。吾身復何有，形神假相親。天地開一室，日月挾兩鄰。有生即有化，如晏之必晨。但得酒中了，亦足稱達人。

揮戈欲卻日，小力自不量。何如任天遠，閉門坐齊芳。詩書列四隅，著我於中央。夏臥北窗風，隆冬曝朝陽。但有藜藿羹，亦足充饑腸。

少爲饑所驅，老爲病所迫。人生能幾何，東陌復南陌。急須沽酒來，一笑舉太白。浩歌草木振，起舞天地窄。同歡二三子，誰主誰復客。浮沉大浪中，必竟歸真宅。

歲月去何速，老炎變新涼。遊子久不歸，回回望大梁。風埃慘如此，何處真吾鄉。野菊明落日，林楓染飛霜。勸我一杯酒，悠然秋興長。②

①《永樂大典》卷八五六九生字韻引《中州集》，《海外新發現》本，上海辭書出版社二〇〇三年，第一五七頁。

②《永樂大典》，中華書局一九九八年，第九册八五六三頁。

現存諸本《中州集》俱作二首，即一與二、三與四各合而爲一。如略加比較，孰是孰非，則不難斷定：録爲四首者，叙事用韻，各自成章；而合爲二首者，有悖詩律，不倫不類。再如卷九〇三詩字韻引《中州集》劉澤《與劉之昂酬唱有詩》：

侯門舊説炎如火，陋巷今猶冷似冰。半夜杯盤長袖舞，白頭書册短檠燈。①

現存《中州集》「劉户部光謙」小傳附録缺題。這些差異表明，《中州集》初刻本更爲豐富、完整、準確，充分體現了遺山以詩存史的良苦用心。

（三）《中州集》的文獻局限。

《中州集》的編纂始於金亡之際。當時，易代戰火留下的廢墟與血腥尚未清理，兵禍與病疫仍在相伴肆虐，遺山忍受顛沛流離、饑寒交迫的痛苦，以博大的胸懷、超凡的毅力、不倦的追求、艱辛的勞作，完成了這部宏篇鉅制。同時，所輯詩家名下各繫以小傳，或記其仕宦出處，或記其交遊軼聞，或評論其詩格高下，起到因詩存人、以詩存史的作用。因此，可以説，這種編纂模式頗具創造性，爲保存和發揚歷史文化遺産積累了寶貴經驗，開闢了嶄新途徑，迄今仍具參考價值。

然而，由於種種條件的制約，這部詩史也留下諸多遺憾。一是不收時人作品，致使金末

①《永樂大典》，中華書局一九九八年，第九册八五六三頁。

許多重要詩作未能輯入，以總集視之，遺逸甚多，不夠完整。二是詩人事跡或得之傳聞之間，訛誤疊出。例如卷六《李右司獻能》謂「年二十一，以省元賜第，廷試第一人」，而金劉祁《歸潛志》卷二稱「南渡，擢南省魁，復中宏詞」，未涉廷試第一。貞祐選舉，史載較詳，當時趙秉文主省試，「得李獻能賦，雖格律稍疏，而詞藻頗麗，擢爲第一。舉人遂大喧噪，訴於臺省，以爲趙公大壞文格，且作詩謗之，久之方息」①。後來竟以省試第一傳爲廷試第一，而廷試第一者另有其人。金高有鄰《京兆泮宫登科題名記》著録「貞祐三年狀元程嘉善」「貞祐三年經義狀元劉汝翼」②，碑版鑿鑿，無可置疑。另，小傳「正大八年，河中破，奔陝州，就權陝州行省左右司郎中，軍變遇害」云云，與史載有别。天興元年九月，獻能充陝州行省左右司員外郎。時河解帥趙偉屯金雞堡，軍務隸陝省，行省月給糧以贍其軍。天興二年十月，軍食盡，屢白陝省，而無糧可給。偉私謂其軍曰：「我與李員外郎有隙，坐視我軍饑餓，不爲存恤。」③於是密遣軍士入陝州，殺行省以下官員多人。獻能最爲所恨，被害尤酷。另，天興二

①《金史》卷一一〇《趙秉文傳》，中華書局一九七五年。

②路遠《金代京兆府學登科進士輯考》，《碑林集刊》第十七輯，三秦出版社二〇一一年。今按，此碑刊於《重修碑院七賢堂記》碑陰，「龍山高有鄰撰，承安二年十一月二十三日」，現存西安碑林。以其殘損嚴重，已無法通讀，以至入清後不知何人何時所撰，見清王昶《金石萃編》卷一五八《進士題名記》。

③《金史》卷一一六《徒單兀典傳》，中華書局一九七五年。

年，遺山年四十四，獻能小二歲，卒年四十二，則其登第時年二十三，而非「二十一」。

再如卷四《常山周先生昂》謂「德卿年二十一擢第」，而《金史》卷一二六《文藝傳》作「年二十四擢第」，當有所本。另，昂大定二十二年及第①，而小傳未涉登第榜次。此外，小傳亦未交代卒年，僅謂「出佐三司非所好，從宗室承裕軍。承裕失利，跳走上谷。衆欲徑歸，德卿獨不可。城陷，與其從子嗣明同死於難」②。承裕於《金史》卷九三有傳，大安三年拜參知政事，行省戍邊。「八月，至會河川。元兵踵擊之，金兵大潰，承裕走入宣德。大元兵入居庸關，中都戒嚴。識者謂金之亡，決於是役。」其時，昂以權行六部員外郎歿於國難，年五十三。

再如卷七《張内翰本》謂「貞祐二年進士」，亦屬記誤。貞祐初，蒙古自北方步步緊逼，西夏與南宋又從西、南不斷騷擾，使金國陷入嚴重危機。二年六月，被迫遷都，故御史臺言：「明年（貞祐三年）省試以中都、遼東、西北京等路道阻，宜於中都、南京兩處試之。」③不

① 元蘇天爵《滋溪文稿》卷四《金進士蓋公墓記》謂蓋公大定二十二年進士，周昂爲同年。中華書局一九九七年，第五五頁。
② 金劉祁《歸潛志》卷二周嗣明小傳：「從其叔北征，在軍中。軍敗，父子俱縊死。」中華書局一九八三年，第一三頁。
③ 《金史》卷五一《選舉志》，中華書局一九七五年，第一一三九頁。

久，中都陷落，會試地點僅餘南京汴城。爲籠絡士人，遂詔免府試，取士從寬，釋褐從優。另，自海陵正隆間，三年一舉已成制度。至崇慶二年、貞祐三年兩舉，因遭戰亂而有所變化，分别演爲四年一舉、二年一舉。特别是崇慶歷時不長，二年五月改至寧，九月更貞祐，而年號更改如此頻繁，即使時人也難以把握，《中州集》王亳州賓、中編修萬全、李宜陽過庭、李警院天翼、劉神童微等，俱作「貞祐二年」進士。

再如卷八《趙亮功》録詩一首，小傳僅「華州人，嘗監富平酒」數字。而此人名天佑，其字亮功。北宋紹聖四年（一〇九七）攝高陵縣尉[①]。靖康後入金，仕爲富平酒監。少時「與其鄉人喬元龍、左先之遊汴梁太學。日沉醉，無所事，同舍以爲言不恤也。忽一日沉醉中，亮功高誦《春秋》，而元龍草聖於壁上。一舍盡驚，當時謂之少華三先生」[②]。幸運的是，明代方志保存了趙天佑事跡及部分佚詩。

凡此種種疏失，《中州集》其他小傳也都程度不同地存在。雖然，那些瑕疵是因當時複雜而艱難的社會環境造成的，屬於「技術」範疇，并不影響這部總集的傑出歷史功績，但是也説明，《中州集》雖稱爲一代「詩史」，却不能簡單地將之當作一代「史實」。

---

① 《（嘉靖）高陵縣志》卷四《官師志》，《中國方志叢書》本，臺北成文出版社一九七〇年。

② 金宋九嘉《集種師道趙天佑馮叔獻諸作勒石序》，見《（嘉靖）高陵縣志》卷四《官師志》。

五　清人關於金詩的整理研究

郭元釪輯纂《全金詩增補中州集》七十二卷，成爲清人整理研究金詩的重要成果。郭元釪字于宫，揚州江都人。少時里居，性耽吟詠。及長，工詩文。清聖祖玄燁先後於康熙三十八年、四十四年兩次南巡揚州，郭氏以諸生兩次獻詩，皆蒙嘉獎，因召赴京，入館預修《佩文韻府》。編纂餘暇，頗留意擴拾《中州集》以外金詩，日積月累，漸成卷軸，至康熙五十年定稿，上奏章曰：「伏乞皇上聖鑒，賜之刊正，使有成書，將一代人文千載如見，不惟存詩而已。」[①]同時，他還將金詩提到超宋軼元的高度，給予了前所未有的評價，「清真淡宕，有宋詩之新而無其鄙俚，有元詩之麗而無其纖巧，文質得宜，正變有體」，以至於有過譽、迎奉之嫌。清之滿人系金之女真後裔，初興時建國號嘗名「後金」。郭氏有心爲金詩鼓吹張目，不啻爲大清祖先樹立功德碑，頗得玄燁歡心，遂御筆賜序，冠以「欽定」，殊榮無比。尋再擢中書舍人。康熙六十一年九月，聖祖駐蹕熱河，元釪槖筆從駕。初冬，病還，逾月卒[②]。

康熙皇帝《全金詩序》云：

---

① 清郭元釪《上全金詩奏章》，見《全金詩增補中州集》卷首，上海古籍出版社一九九四年。

② 《（乾隆）江都縣志》卷二三《人物・文學》，《中國地方志集成》本，江蘇古籍出版社一九九一年。

金有天下，武功文治，燦然昭明。人材之萃，多在大定、明昌之間，駸駸乎盛矣。然北元南宋，終金之世，爭伐聘問，殆無暇日。其典章名物，湮歿於當時而不傳於後者，不知凡幾也。太原元好問撰《中州集》，以人屬詩，以事屬人，後世有詩史之目。而渾源劉祁亦著《歸潛志》，可與《中州集》相參互證焉。蓋其人文之可考者，猶賴此兩書之存也。朕嘗覽《金史》，多採用好問《中州集》，益信所謂詩史不虚也。因是亦欲得金詩之全，以補《金史》之所未備，卓然成一代之書。會有《全金詩》之進，遂命更加搜緝，凡金人集之斷簡殘篇有可存者，皆令附以入。及諸山經地志，川澤之紀聞，掇摭薈蕞，鉅細不遺，使觀者弗厭其詳，而皆有以自擇焉。夫金世德久遠，涵濡蒸育，才俊輩出。迄今反覆斯編，可以見邦國之光與篤生之富矣。顧金去今垂六百年，其禮樂聲明，載在藝林之詠言者，若非《中州》《歸潛》二書，後之人亦烏從而知之。况夫兼二書之所未備，可不永其傳也哉。①

這部清修金詩總集較之《中州集》，「所增補者，卷六倍之，人幾三倍之，詩倍之」②，就規模而論，取得了重要突破。具體言之，一是匯聚了海陵王完顔亮、章宗完顔璟等一批女真人作品，凸顯了一代歌詩的「金源」特色。二是輯入部分金人集部詩作，如《滏水集》《遺山先生文集》《莊靖集》《二妙集》《河汾諸老詩集》等，極大豐富了金詩的内容。三是將山經地志、野史筆記、石刻題跋中的金人零散篇什蒐集起來，使一代詩作初具「全」的特徵。例如卷

①清郭元釪《全金詩增補中州集》卷首，上海古籍出版社一九九四年。
②清紀昀等《四庫全書總目》卷一九〇《御定全金詩》，中華書局一九九七年，下册第二六五八頁。

五一至卷五三所輯《中州集》以外詩家，包括麻秉彝、伊剌霖、梁襄、王萬慶、翟升、李廣、雷仲澤、楊用道、楊容、石玠、楊鵬、盧庸、杜仁傑、劉仲游、高逸、陳君可、鄔元章、齊希謙、張聖予、惠吉、胡光謙、翟欽甫、鄭輝、雷發、藺世一、張旻、劉仲傑、程自修、王澮、張子和、王彪、譚處端、離峰老人、秦志安、李志方、無名老人、然逸期、趙抱淵、吕道安、白道玄、萬松老人、釋重玉、釋圓機、釋木庵等。因此，這部總集當時被譽爲「金源一代之歌詠，彬彬乎備矣」①。

四是小傳抄自《中州集》，并附以金、元兩史與《中州集》《歸潛志》有關傳記，及部分墓志、碑記、題跋等等，爲深入考察一代詩人提供了比較豐富的文獻資料。

特别是郭氏「增補」一代詩集，開風氣之先，引發了張金吾《金文最》、施國祁《金史校訂》及《元遺山詩集箋注》、孫德謙《全金詞》等紛紛跟進，爲一代文獻的全面整理，進而促進金代歷史、文化與文學研究奠定了重要基礎，頗具開創之功。

同時，這部總集也因「增補」而使其局限與生俱來，存在種種顯而易見的問題。

從輯佚范圍看，缺少廣度與深度。例如，《永樂大典》《詩淵》等明代大型類書保存的金人詩作，未見檢索；王寂《拙軒集》及《遼東行部志》《鴨江行部志》所載詩篇，未予輯録；《道藏》所收金代全真家詩集，亦未抄出。至於方志、石刻中的金人詩篇，雖有擴拾，而遺逸

① 清紀昀等《四庫全書總目》卷一九〇《御定全金詩》，下册第二六五八頁。

甚多，離「全」尚遠。因此，其《全金詩增補中州集》之命名，比較恰當地反映了從《中州集》向一代總集過渡的狀態。

從編纂體例看，所輯詩家按帝藻、公族、金源、諸相、狀元、宋耆舊、大家、名家、諸家、異人、隱德、河汾諸老、道釋、宴會、名媛仙鬼謡諺、遺獻等十六類編次。以其無時序，或使同期詩人不相關聯，甚至同一詩人的作品分置幾處，造成諸多混亂。總之，一代詩歌文獻未能體現當時社會發展演變而形成的歷史層次感。

從整理角度看，所輯詩家及其作品有「增」無「訂」。一是延續了《中州集》的全部文獻謬誤，兹不贅述；二是新增部分考訂不足，問題紛呈。例如卷五一白君舉，輯補《題靖節圖》《酬元遺山》二首。小傳云：「君舉失其名，號寓齋，陝州人。登金泰和三年詞賦第，官岐山令，詩名與元遺山相頡頏。……弟華字文舉，亦登貞祐三年進士第，官樞密院判。……仲子樸，字仁甫，號蘭谷，有《天籟集》詞。」此説未能分别賁、華兄弟二人。賁字君舉，「中泰和三年詞賦進士第，歷懷寧主簿、岐山令，遠業未究而成殂謝」[①]，當在泰和末或大安初。而華字文舉，號寓齋，貞祐三年進士，歷省掾，入翰林，仕至樞密院判官、右司郎中。天興二年三月，扈從哀宗至歸德，奉旨召鄧州節度使移剌瑗勤王，竟從瑗降宋。金亡北歸，隱於滹陽。士論

① 《遺山先生文集》卷二四《善人白君墓表》，《四部叢刊》本。

以華夙儒貴顯，國危不能以義自處爲貶云[①]。現存《永樂大典》所録寓齋詩，如《送梁貢父還燕》《送張孝純還燕》《趙提學示屏梅詩約同韻》等，俱撰於金亡後。此外，當時文獻僅及白華，未言其與趙秉文、元好問、李治等交往。特别是元、白爲中州世契，遺山文集屢見與之酬答篇什。至於白樸，壬辰圍城中方八歲，倉皇失母，賴遺山收養，挈以北渡，後成爲一代曲家詞人。寓齋歸後，以詩謝遺山云：「顧我真成喪家狗，賴君曾護落巢兒」[②]。

再如卷五一張子權，輯入《甲申元日》《遊黄華》三首，出自《(嘉靖)彰德府志》卷七《選舉志》，實則張冠李戴。敏修與子權同爲金代彰德府籍進士，二人名字在題名録上前後相連，郭氏一時看走眼，誤將張敏修抄作張子權。敏修字忠傑，林州人，大安元年進士，釋褐登仕郎、吉州鄉寧縣主簿[③]。正大中，仕爲南京漕司判官。天興二年，官至吏部郎中[④]。金亡，北渡居館陶，後歸鄉里。

再如卷五二梅澤，輯其《望終南山》五絶一首，小傳僅三字「長安人」。而梅澤爲宋人，

①《金史》卷一一四《白華傳》，中華書局一九七五年，第二五一三頁。
②元王博文《天籟集序》，見元白樸《天籟集》卷首，《四印齋所刻詞》本，上海古籍出版社一九八九年。
③金張汝納《重立晉大夫荀叔廟碑》，見清胡聘之《山右石刻叢編》卷二三，《歷代碑誌叢書》本，江蘇古籍出版社一九九八年，第一五册八八四頁。
④《金史》卷一一九《完顔仲德傳》，中華書局一九七五年，第二六〇七頁。

字説之，鄉籍吴郡。崇寧元年，宦游陝西。宣和二年，以朝請大夫知歙州[①]，嘗於鄠縣賦詩刻石，名《圭峰草堂雜題》，包括《過草堂望終南山》七絶一首，《經樊川懷杜牧之》七絶一首，《行役述懷》七絶與五絶各一首。跋云：「有宅一區，有田一頃，有酒一樽，有書萬卷。嗚呼余乎，胡爲乎爭名于時，隔此真趣，而心與形役，自勞其生乎？崇寧改元三月十四日，吴郡梅澤説之題。」[②]而郭氏誤將北宋職官當作金之長安人。

再如卷六一木庵，輯《七夕感夕》一首，且附高克恭《贈英上人》：「爲愛吟詩嬾坐禪，五湖歸買釣魚船。他時如覓雲蹤跡，不是梅邊即水邊。」而此英上人爲元代高僧，名英字實存，號白雲，錢塘人，唐代詩人厲玄後裔。嘗入仕，喜爲詩，歷遊閩海、江淮、燕汴。後棄官爲浮屠，結茅天目山中。其詩有超然塵外趣，然未脱宋末江湖詩派遺風，著有《白雲集》。英上人與高克恭交往。克恭字彦敬，西域人，後徙房山，仕爲元浙江行省左右司郎中。大德初，官至刑部侍郎。而金釋性英，字粹中，號木庵，亦稱英上人。自幼從遼東外家，弱冠爲舉業，後遁入佛門，住龍門、嵩少、仰山二十年。與當時名流交往，詩道益進，爲趙秉文、楊雲翼、李純甫等所激賞。嘗著《木庵詩集》，元好問爲序。可見，郭氏將金、元兩位名英上人詩僧混爲一人。

① 宋趙不悔等《（淳熙）新安志》卷九《叙牧守》，《宋元方志叢刊》本，中華書局一九九〇年，第八册七七四八頁。

② 清王昶《金石萃編》卷一四三《梅澤詩并題記》，《歷代碑誌叢書》本，江蘇古籍出版社一九九八年，第七册二九九頁。

再如卷六一無名老人，輯補《題熊耳山》一首及殘句若干，小傳無考。所謂無名老人，非無名者。其姓陶氏，嘗著《天遊集》行世。李俊民《莊靖集》卷八《無名老人天遊集序》記其事跡，未稱名字。或許莊靖先生以爲衆所皆知，故尊而諱之。幸好，元李道謙《終南山祖庭仙真内傳》卷中所載小傳彌補了這個缺憾：其名彦明，字明甫，號無名子，平陽襄陵人。年逾三十，渡河而南。大定中，經靈寶縣令許安仁指點，投奔終南，師從丹陽馬鈺，加入全真道教，丹陽遂賜以名號。服勤三年，然後出關，棲於抱犢山、桃花山、女几山等地三十餘年，傳播教派理念。正大四年卒，年八十六[①]。等等。

綜上所述，清人郭元釪「欲得金詩之全，以補《金史》之所未備」，完成了他那個時代學者的使命。但是，如將《全金詩增補中州集》放在當時樸學之風已經興起的歷史背景下考察，那麽，這部總集所取得的成就未免顯得有些單薄。

六　現代關於金詩的整理研究

自上世紀九十年代以來，學界先後推出《全金詩》與《全遼金詩》。前者在總結《中州集》《全金詩增補中州集》經驗的基礎上，重新編纂，歷時十載，結集一百六十卷，收詩家五百

① 明正統《道藏》本，文物出版社等一九九四年，第一九册五二八頁。

三十四人、詩作一萬二千零六十六首①，使金詩結集體現出「全」的規模。然而，這部總集也存在一些問題。一是部分小傳考訂有誤。如《中州集》卷五龐鑄《田器之燕子圖》及當時題詠者，包括王良臣，均以字稱，而《全金詩》將王良臣之名與字（大用）當作二人。同時，也混入部分非金人詩，如北宋葛次仲《送别》、白皞《題代州壽寧觀》；元田天澤《藺相如墓》、朱仲明《玉皇洞》；明劳堪《靈巖寺次蘇潁濱韻》等。二是輯佚缺乏深度，特别是方志與石刻中的金詩挖掘不够，等等。這些問題反映了編纂者的學術視野不寬，研究積累不足，與當時學界關於金代歷史、文化與文學研究正處於起步階段的狀況相仿佛。

後者由山西大學文學院閻鳳梧、康金聲主編②。這部《全遼金詩》「金詩」部分同《全金詩》相比，取得了些許進步，如規避了前述《全金詩》的若干誤收；新補金詩數十首。然而，令人難以置信的是，這部遼金詩總集未能發揮後發優勢，却製造出更多謬誤。

一是輯入大量非詩歌作品。例如杜充《石席銘》；「宗弼」《鏡銘》（署名謬誤）；張嗣京《三清殿銘》；張彌學《座右銘》；無名氏《四照鏡銘》；「柴震」《九陽鐘銘》（撰者宋人）；鄭時舉《三清觀鐵盆銘》；侯善淵《三聖銘》二篇；郭嵩《普照寺鐘銘》等銘文。再如趙秉文

① 薛瑞兆、郭明志編纂《全金詩》，南開大學出版社一九九五年。

② 閻鳳梧、康金聲主編《全遼金詩·全金詩》，山西古籍出版社二〇〇一年。

《東坡真贊》《達摩西壁圖贊》等贊文。

此外，還將一些碑記的銘文贊頌摘出，獨立爲「詩」。如孫九鼎《重修唐太宗廟頌詩》；程莘《南澤州刺史左公德政頌》；毛麾《康澤王廟迎神辭》；秦果《雄山先師殿頌詩》；趙秉文《雙溪客歌》《裕州學廟》及《哀先鋒副統辭》等數十篇；趙時中《龍山贊》等等。這些銘文贊頌哀辭雖爲韻語形態，却非傳統意義「詩歌」，學界早已形成共識。

二是輯入部分非金人詩作。例如宇文虛中名下所補《平遼碑》七律一首，輯自清陳衍《金詩紀事》卷四，實際作者爲元人迺賢，出自西域葛羅禄氏，先寓南陽，後徙鄞縣。初辟爲浙東東湖書院山長，以薦授翰林編修，出佐軍事，卒於軍。著有《金臺集》《河朔訪古記》等。在《金臺集》裏，這首詩題作《讀金太祖武元皇帝平遼碑》，文字則毫爽不差。

再如朱自牧名下所補七言古詩《襄陵行》《曲沃道中與老農語》二首，輯自《（成化）山西通志》卷一六《詩》。然而，這兩首詩也見於元王惲《秋澗集》卷七。由於《秋澗集》早於成化《志》近二百年，從根本上動摇了朱自牧擁有那兩首詩著作權的基礎。王惲字仲謀，號秋澗，元初著名文人，嘗宦遊山西，在當地留下不少詩篇，《元史》卷一六七有傳。

再如李晏名下所補《題郝文忠公墓》七絶一首，輯自《（光緒）陵川縣志》卷二八。所謂郝文忠，指郝經，陵川人。中統元年，以翰林侍讀學士佩金虎符，充國信使赴宋議和。然入宋境即被拘於真州十五年。至元十二年，始得放還，卒於歸國途中，謚文忠，《元史》卷一五七有傳。而李晏爲金代名臣，《金史》亦有傳，承安二年卒，與郝文忠之卒相去八十餘年。方志修纂者製造了金人李晏憑弔元人郝經的故事，《全遼金詩》從之。

再如新增釋志益《參頌》《辭世頌》，小傳云：「釋志益（一二三九至一三一四），世稱益公和尚，與王庭筠有過從。」括號内所注生卒年，未知所據。問題是，女真亡國在天興三年初（一二三四），而釋志益生時，金亡已五載，則志益和尚所作應列入元詩。至於「與王庭筠有過從」云云，如小傳紀年屬實，也就成爲天方夜譚了。

再如王氏女《妾薄命歎》長詩，輯自宋人沈氏《鬼董》卷一。這部志怪小説集成書於南宋紹定年間，與金末正大年間約略相值，所記皆江南風物，如「仰登衡嶽峰，俯臨湘水涯」「淩晨拾杜若，薄暮搴江離。入溪攬辟芷，陟山采辛夷」等等，與詩中所涉「近世岳將軍，一家遭斧鉞」契合。可見，王氏女非金人，不當收入遼金兩朝詩集。

再如王篤祜《西溪偕友飲同至靈泉》《出城西登鳳山望西溪行道靈泉慨然成詠》二首，小傳稱「全椒（今安徽滁縣）人。陵川縣有其詩墨跡」，據「陵川縣二仙廟所藏金碑」輯入。然而，那塊碑未見任何證據可以證明其朝代歸屬①。此外，《陵川縣志》還輯録此人其他詩

①王立新主编《三晉石刻大全·晉城市陵川縣卷》，詩碑現存崇文鎮嶺常村西溪二仙廟内。兩詩分别於詩末署：「王篤祜」「全椒王篤祜」。三晉出版社二〇一三年，第五八六頁、五八七頁。今按，金時「全椒」爲南宋屬地，在今安徽省滁州市。

作，并未歸入「金」。如繼續勾稽有關文獻，或「元」或「明」，似不難確定。編纂一代詩集，以其規模龐雜，偶有疏失是可以理解的。問題是，將那塊碑的時代劃入「金」，過於離譜。

三是重出現象屢見。例如《全遼金詩》將《中州集》卷五《馮内翰延登》小傳所載《賦德順道院隴泉》《登封途中遇雨留僧舍》二詩，歸其子馮源如，另立爲一家。此外，又在馮延登名下輯入，遂將二詩著作權同時給予馮氏父子二人。

再如所補武天和及其《鳥影過寒塘》七絶一首，輯自《（雍正）山西通志》卷二二六《藝文志》，案云：「此詩已見於秦略詩目中。《山西通志》《陵川縣志》歸武天和名下，姑録俟考」。而在秦略名下仍保留這首詩。方志輯録依據不足，不存在將武天和另立一家的必要條件。

再如劉紹先《贈馬天來》七絶一首，輯自《（光緒）山西通志》，小傳云：「約泰和初前後在世，與介休人馬天來唱酬。」此「劉紹先」實「劉少宣」之誤，少宣名勳，出自《中州集》卷七《馬編修天來》，中華書局上海編輯所排印本將「少」印成「紹」，光緒《志》又將「宣」抄作「先」。《全遼金詩》不知所以，既從馬天來小傳抄出，置於「劉少宣」名下，又爲「劉紹先」立傳，製造出一位「新」的詩人。

再如張子權《甲申元日》《游黄華》二首，輯自《全金詩增補中州集》卷五一，源於《（嘉靖）彰德府志》卷七《選舉志》，而撰者實爲張敏修，係郭元釪誤抄，《全金詩》誤從，而《全遼金詩》竟將那二首詩的著作權同時給予了張子權、張敏修兩人。

再如梁詢誼《赴官咸平道中》殘詩一則，輯自元好問《續夷堅志》卷一。梁詢誼即梁持勝。《中州集》卷五《梁太常持勝》：「持勝，字經甫，絳州人。本名洵義，避宣宗諱改，父襄。」《歸潛志》卷五：「梁翰林詢誼，字仲經，父絳州人。户部尚書襄子也。」其名下所輯《赴官咸平道中》，與梁持勝名下所收《赴官有作》題目雖異，却是同一詩作，而《全遼金詩》未明梁持勝名字變化，遂將詢誼、持勝當作二人，也將同一詩作分屬兩家，等等。

四是小傳考訂粗疏，訛誤甚多。例如王礎籍貫「大名莘（今山東莘縣）人」，出自《拙軒集》卷六《先君行狀》。而《全遼金詩》編者檢索片面，僅匆匆閱讀了那篇「行狀」開頭部分，却忽略了其下文字：「自六世祖入遼，『羈縻於景州南部落，子孫因家焉』。」景州，遼興宗重熙年間置，原爲薊州遵化縣。「不肖孤寂等，期以某月日，奉先大夫先夫人喪，葬薊州遵化縣仁壽鄉靈應山之東原，從治命也。」則籍貫當作薊州遵化或薊州玉田①。

再如楊庭秀小傳：「貞祐三年，與李公直等人同遭誣陷被殺」，出自民國張鵬輯《楊晦叟遺集》。張氏從《金史》抄出晦叟事跡數則置於卷首，其中包括「貞祐三年」被殺事。然而，張氏漏抄了那段叙事所冠「前年」二字。《金史》卷一一四《宣宗紀》於貞祐三年三月項下，記

①《中州集》卷二《王都運寂》作「薊州玉田人」。今按，《金史》卷二四《地理志》謂薊州屬中都路，轄縣五，包括遵化與玉田。或王氏後遷玉田，或遺山記誤，俟考。

載李公直、楊庭秀等遭誣陷被殺案獲平反，并追述「前年」冤獄：至寧元年六月，蒙古鐵騎南下圍中都，夏人則東犯慶陽，殺同知府事。李公直、楊庭秀等人因團集州民，謀舉兵入援中都，被誣爲異志，遭遇冤獄。該年兩度更改年號，先是崇慶二年（一二一三）五月改元至寧，繼之九月更爲貞祐。而《全遼金詩》編者未檢《金史》，遂以爲楊氏卒於貞祐三年。

再如李復小傳謂「與金滑州軍事判官姜國器同時，曾爲《重修宣聖廟記》捐資，署『同管勾進士』」。而檢覈所據文獻「《山左金石志》卷九」，當作「卷一九」，即該卷所載金姜國器《重修宣聖廟學記》，碑末署「大定十六年八月初一日」，「管勾修造進士趙洵仁仲篪」「同管勾進士劉磐、李復古、尹天民」等立石。以心無所繫，遂將「李復古」抄作「李復」，而編纂如此草率，令人如何采信？

再如劉從益小傳謂卒於「正大三年」，所據文獻注爲《金史》卷一二六《文藝傳》、《滏水集》卷一二《故葉令劉君遺愛碑》。然兩書并無其卒年的確切記載，《中州集》卷六《劉御史從益》如之，惟劉祁《歸潛志》卷九涉及：「正大初，先君由葉令召入翰林，諸公皆集余家，時春旱有雨，諸公喜而共賦詩……。是日，諸公極驩，皆霑醉而歸。後月餘，先君以疾不起。」即卒於正大元年（一二二四）。劉祁爲從益長子，所記當不誣。

再如釋寶瑩小傳：「約大定十九年（一一七九）前後在世。岐山令白賁、樞密院判官白華之胞弟。」所據文獻「《遺山先生文集》卷二四」，篇名當是《善人白公墓表》：「子男五人：

長曰彦升；次曰賁；次曰華；次曰僧寶瑩，以詩筆見推文士間，有集行於世；次曰麟，蚤卒。」另，《遺山先生文集》卷二五《南陽縣太君墓誌銘》亦述及。其長兄賁卒於泰和末或大安初，次兄華卒於金亡後，而弟竟「大定十九年前後在世」，不知如何推算得出。

再如釋普明小傳：「興定末年前後在世。文獻稱太白山普明。」録其《達摩西歸相贊》七言絶句一首，詩末題「太原比丘祖昭繼明謹書，大安己巳嵩高少林重刊」。普明詩後，另有釋教亨七言絶句一首，詩末題「興定壬午端月」。清陸增祥《八瓊室金石補正》卷一一八所録兩詩前後秩序井然，普明詩系大安元年重刊，教亨詩爲興定六年（元光元年）即時鐫刻。普明生平雖無從考證，其皇統三年所撰《故義井寺住持遠公和尚塔銘并序》流傳至今①，可證所謂「興定末年前後在世前後」云云，不過是無根之談。

再如王彪小傳稱「貞祐五年經義狀元（一説興定二年）」。所據文獻《歸潛志》卷五。所謂貞祐五年，即興定元年，其年九月壬午「改元興定」，《金史》卷一五《宣宗紀》有説。然其年非選舉年，神川先生記誤。另，據《金史》卷五一《選舉志》：興定二年，「特賜經義進士王彪等十三人及第」。《全遼金詩》注意到興定二年説，但棄之未取，原因在於缺乏尋求内在依據的研究基礎。

①清陸耀遹《金石續編》卷二〇，《歷代碑誌叢書》本，江蘇古籍出版社一九九八年。

再如元嚴小傳：「元好問之妹，承安前後在世。」而元嚴實爲遺山次女、盧氏楊思敬之妻，生於大安二年至興定二年間。夫歿爲女冠，修道於盧氏山中，後召爲宫教。正大七年，遺山有《寄女嚴》詩；天興三年，作《千秋録》付之。清施國祁校曰：「遺山無妹，乃次女也，南人傳訛耳。」[①]《全遼金詩》編者失於檢索與研究，遂致訛誤。

再如石抹世勣登第榜次，《全金詩》小傳作「承安五年詞賦、經義兩科進士」，所據文獻「《金史》卷一一四《忠義傳》」，而《全遼金詩》既從「承安五年進士」説，却將所據文獻改作「《增補中州集》卷三八」，即《中州集》卷八《太常石抹世勣》。但是，《中州集》小傳實作「承安中進士」，與其説法不合。可見，《全遼金詩》編纂者想當然地以爲《中州集》小傳所記與《金史》本傳相同。

再如趙慤小傳籍貫謂「東平（今遼寧開原）」，其子趙渢小傳又稱「東平（今山東東平）」；朱之才與朱瀾父子如之，同一地名，今釋兩説：父「洛西三鄉（今河南宜陽）」，子「洛西三鄉（今河南洛寧）」。他如李汾因趙秉文「惡其不敬，罷職他去」，「恒山公武仙任其爲尚書省講議官」；李獻卿「曾任華陰縣主簿、坊州幕佐、正議大夫、監部郎中行部事」；釋休庵「俗名普信」；陳庾「正大年間進士」，俱脱離文獻依據，率意而爲，而類似問

①《元遺山詩集箋注》卷一一，《四部精要》本，上海古籍出版社一九九三年。

題竟比比皆是。

五是藏頭詩斷句失誤。由於《全遼金詩》編者不了解藏頭詩體，以爲《全金詩》所斷六字句難以釋讀，便强行改作三字句，致使王喆七十五首、馬鈺一百五十六首、劉處玄四十一首、王處一十首、譚處端三首，計二百八十五首藏頭詩皆標點錯誤，使所藏之「頭」無法還原，也就難以破解隱藏其中的文字信息了。

凡此種種説明，《全遼金詩》存在的問題是系統性的。由於其編纂團隊成員多未見從事金代歷史、文化與文學研究，加之編纂倉促，校訂草率，致使謬誤叢生，也就遑論學術含量了。

尤其嚴重的是，《全遼金詩》顯然吸收了前此出版的《全金詩》的大量成果，卻没有依照學術規範予以説明，甚至連引用書目都未列入；相反還採取了一系列「改造」措施，試圖對此進行掩飾。例如《全金詩》據《(雍正)山西通志》卷二二六《藝文》輯入姚仿、趙安時、王隆吉、王肩元、王伯迪、顔諮、李安時、趙大端、袁從義等一批金人詩作，《全遼金詩》統統改作「光緒十八年《山西通志》卷二二六」。問題是，雍正《通志》與光緒《通志》的内容、卷次并不相同，前者二百三十卷，後者僅一百八十四卷，如何檢索出「二百二十六卷」？況且，光緒《通志》未設「藝文」，亦未系統輯録歷代山西境内發生的詩文，《全遼金詩》編纂者如何從中蒐得那些作品？

再如佚名《吕洞賓造像碑題詩》，原無題目，爲《全金詩》所擬[①]，而《全遼金詩》僅注輯自「《塔營子古城吕洞賓造像碑爲金代文物考》」，至於所載刊物名稱、年代、期次，既未注明原始出處，也未示以轉引文獻，令人如何檢索覆核？

再如劉仲遊《觀京兆府學》二首，《全金詩》注爲輯自「《金石萃編》卷一五六」，當作「卷一五七」，屬於筆誤，而《全遼金詩》亦作「卷一五六」，照抄《全金詩》而未檢原書[②]。如此等等，不一而足。

至於「蔡松年詩以《石蓮盦匯刻九金人集》爲底本」[③]，尤其荒誕。石蓮盦匯刻所收蔡氏《明秀集》乃「詞」集，如何爲「詩」作底本？楊弘道詩「據四庫全書本《小亨集》卷一、二、三、四、五，以《中州集》《盧龍縣志》校」云云[④]，亦令人懵然。《中州集》《盧龍縣志》未輯録楊氏詩，如何參校？這些形同造假的説法幾乎貫穿全集。

綜上所述，只有認真總結經驗教訓，分清是非，徹底消除那些不當行徑造成的影響，才

---

①陳志健《塔營子古城吕洞賓造像碑爲金代文物考》，見《遼金契丹女真史研究》一九八八年第一期。

②薛瑞兆等《新編金詩校訂——兼評〈全遼金詩〉》，《北方論叢》二〇〇四年第一期。

③閻鳳梧等《全遼金詩·凡例》，山西古籍出版社二〇〇一年，上册第三頁。

④閻鳳梧等《全遼金詩》，山西古籍出版社二〇〇一年，下册第二三四七頁。

能促進學術研究的健康發展，推出與新時代相適應的研究成果。特别是金代各族士人創造的璀燦詩篇，因戰火與偏見而遭受嚴重損毁，已是百不存一，亟須以求是的精神做好一代詩歌文獻的搶救和整理。有鑒於此，筆者不揣愚拙，重加蒐集考訂，試圖爲學界提供一部内容更爲充實、形式更爲完善的金詩總集，略盡自己的綿薄之力。

凡例

一　本編匯集金朝歌詩，計收詩家六百餘人、詩作一萬二千餘首，擬名《新編全金詩》，與後續《新編全金詞》《新編全金曲》《新編全金文》組成《金代文學文獻集成》，旨在挖掘、保存和弘揚一代文學文獻。

二　本編以古、近、雅、民歌、謠諺爲限，編爲一百五十卷。或一家分爲若干卷，或數家合爲一卷。凡有别集存世者，一般按原編輯入，或據數量多寡略加調整；集外另有輯佚，或增以卷帙，或附於卷末。

三　本編收録斷限，自金太祖收國元年至金哀宗天興三年。易代之際詩家，凡由遼、宋入金者，所存歌詩一併輯入。金亡入元而以遺民自居，或入元雖仕而在金已有詩名，所作亦輯入，如元好問、李俊民、楊奂、楊弘道、李庭、李治、杜仁傑等。

四　本編從《中州集》「南冠」例，收朱弁、洪皓等人詩作。所謂「南冠」，指南宋奉使金國而遭羈留者，或終老於金，或議和南歸。這些人在當時民族衝突中多遭遇不幸，各以獨特視角反映了金朝社會生活，因而構成了金詩的有機組成部分。

五　本編以詩人生卒年爲序，或參考其登第、仕履、交遊等有關信息編次。一無可考者，編入雜録。

六　本編詩人小傳包括姓名字號、籍里科第、仕履封贈、交遊著述及生卒年、名家評語等，力求簡潔確切，所據詳明。如遇疑難，則於當頁欄下加注考辨；如小傳與所輯詩作出處相同，則僅注一處。

七　本編詩人小傳籍貫一律冠以當時歷史地名，同時加括弧注以現今地名。如遇訛誤或歧異，則於當頁欄下考辨。少數籠統者如關中、遼東、陜、燕等不注。

八　本編所收詩作如遇歸屬歧異，則從一而録，略加説明；如係底本誤收，經辨正而删歸附録。

九　本編所收詩作均注明出處。如輯自詩家别集或總集，則於小傳後説明所據底本及參校本。例如《中州集》，以元至大三年平水曹氏進德齋遞修本爲底本（國家圖書館藏本），校以日本宫内廳書陵部藏宋元版漢籍影印叢書本（元乙卯本）、明弘治九年李瀚刻本（弘治本）、明毛晋汲古閣刊本（汲古閣本）、文淵閣四庫全書本（文淵閣本）、涵芬樓影印武進董氏誦芬室景元刊本（四部叢刊本）及清郭元釪《全金詩增補中州集》、清顧嗣立《元詩選》及《永樂大典》《詩淵》等有關文獻校訂；如輯自他處零散篇什，則於篇末注明出處，包括著者、書名、卷次、篇目及版本等有關信息。

十　本編因作品校訂而徵引文獻，凡列入參考書目版本備覽者，一般從略至書名卷數；其他則隨文按規範注明，以便檢索覆核。

十一　本編所輯金代全真道教及其他教派詩作，集中編爲兩册。其中，藏頭、攢字、聯珠、疊字諸體，乃當時文字游戲。後兩種屢見士流酬唱，不失風雅；前兩種多流行市井間，爲金詩文獻所獨存，具有重要的文獻價值。至於藏頭，分爲兩類：一是有提示，詩末注「拆某字起」，「某」即詩末尾字或其偏旁部首，藉此使首句第一字露頭還原，然後逐句拆補，使之成爲完整詩篇；一是無提示，須自行據詩末尾字所含偏旁部首及字音字意等，擇取同首句乃至全篇情境相符文字，按上述程序與方法完成。本編在輯録「藏頭」詩的同時，并附以「露頭」後樣式，以備參考。

十二　本編所收詩作涉及版本衆多，文字頗多歧異。因涉及校勘中的字形辨析，一些簡體字如「万」、「无」、「尔」等，一仍原貌，不改爲繁體。至於個別俗體字、異體字，或略加校訂，或徑改，不作整齊劃一。

總目

第一册

卷一

卷二

卷三

卷四

卷五

卷六

卷七

卷八

卷九

馬定國　張子羽　釋香嚴　可道上人
鮮于可　高鵾化　王景徽　吴　縯
趙亮功　晁　會　白　賁　劉　撝
趙　慤　杜　佺　李　楫　邊元勳

卷一〇

完顏亮　蔡松年　李　森　李　曼
劉長言　韓汝嘉　趙　曄　張　瓚
佚　名

卷一一

施宜生　傅慎微　李之翰　王　競
桑之維　任　瀛　康　淵　三興居士
釋净如　釋普明　釋善浦　張净宇
釋法和　楊用道　劉　彧　劉　瞻
元日能　佚　名

卷一二

完顏雍　朱自牧　釋法澄　韓　璘
王　雷　王端卿　佚　名　□　直
王仲通　孫九鼎　劉　汲　王元節

卷一三

蔡　珪　邊元鼎

卷一四

雷　發　麻秉彝　王　璹　王　珣
趙　揚　郭長倩　喬　扆　趙思誠
牛仲山　鄭子聃　楊邦基　丁暐仁
姚孝錫　閻學士　釋惠才　釋皓公
釋慧洪　釋無名　釋自覺

卷一五

劉　迎

卷一六

楊伯雄　申良佐　宋　楫　鄭　輝

第五册

第一册目録

新編全金詩卷二

新編全金詩卷三

新編全金詩卷四

新編全金詩卷五

新編全金詩卷六

新編全金詩卷七

新編全金詩卷八

新編全金詩卷九

新編全金詩卷一〇

新編全金詩卷一一

新編全金詩卷一二

新編全金詩卷一三

新編全金詩卷一四

丁暐仁

新編全金詩卷一五

新編全金詩卷一六

新編全金詩卷一七

新編全金詩卷一八

新編全金詩卷一九

新編全金詩詩卷二〇

新編全金詩卷二一

新編全金詩卷二二

新編全金詩卷二三

新編全金詩卷二四

新編全金詩卷二五

新編全金詩卷二一六

新編全金詩卷二七

新編全金詩卷二八

新編全金詩卷二九

新編全金詩卷一

左企弓

左企弓，字君材，薊州（今天津市薊州區）人。好讀書，通《左氏春秋》，在遼登進士第。天慶末，累遷廣陵軍節度使，同中書門下平章事、知樞密院事。保大二年（金天輔六年）三月①，守司徒，封燕國公。十二月，金太祖克燕京，企弓與虞仲文等奉表降，授太傅、中書令。天輔七年五月，赴廣寧樞密院，過平州，時遼留守張覺遣人責其叛降而殺之②，終年七十三，謚恭烈③。兹輯一首。

獻金太祖詩

併力攻遼盟共尋，功成力有淺和深。君王莫聽捐燕議，一寸山河一寸金。宋佚名《大宋宣和遺事》前集，《叢書集成初編》本，中華書局一九八五年，第四六頁。另，《金史》卷七五《左企弓傳》僅録後二句，中華書局一九七五年。

---

①《遼史》卷二九《天祚皇帝紀》，中華書局一九八三年。
②《金史》卷一三三《張覺傳》，中華書局一九七五年。
③《金史》卷七五《左企弓傳》，中華書局一九七五年。

虞仲文

虞仲文，字質夫，寧遠（今遼寧省葫蘆島市興城市）人。遼進士，累遷翰林侍講學士。保大二年（金天輔六年）三月，拜參知政事①。十二月，燕京下，降金，授樞密使、侍中，封秦國公。次年五月，與左企弓等赴任廣寧途中，被遼兵殺於平州②，年五十五，謚文正③。仲文幼時即能詩，人以神童目之。亦善畫人馬墨竹④。兹輯一首。

雪花四歲作。

瓊英與玉蘂，片片落前池。問着花來處，東君也不知。《中州集》卷九《虞令公仲文》。

張通古

張通古，字樂之，易州易縣（今河北省保定市易縣）人。遼天慶二年進士，補樞密院令史。天會

---

① 《遼史》卷二九《天祚皇帝紀》，中華書局一九八三年。
② 《金史》卷一三三《張覺傳》，中華書局一九七五年。
③ 《金史》卷七五《虞仲文傳》，中華書局一九七五年。
④ 元夏文彦《圖繪寶鑒》卷四，《歷代名畫記》本，京華出版社二〇〇〇年。

三年，降金，仕爲樞密院主奏。四年，除工部侍郎兼六部事。天眷元年，以右司侍郎奉使江南①。使還，擢參知行臺尚書省事。天德初，遷行臺左丞，進平章政事，封譚王，改鄆王。以疾求解機務，不許。拜司徒，進瀋王。正隆元年致仕，封曹王。是年卒，年六十九。史稱通古天資樂易，不爲表襮，雖爲宰相，自奉如寒素，該綜經史，善屬文云②。兹輯五首。

被命按山東路因遊靈巖

萬壑千巖裏，林開一徑深。數年勞想望，此日快登臨。勝境情難盡，危塗力不任。樓臺相映抱，松柏自蕭森。花散諸天雨，燈傳古佛心。鶴泉寒漱玉，園地舊鋪金。石磴崎嶇上，桃谿窈窕尋。淵明能止酒，叔夜況携琴。所恨無長暇，徒勤惜寸陰。清宵誰我伴，乘興但孤斟。

《（道光）長清縣志》卷末《靈巖志略》，題後署「皇統參知政事張通古」，《中國方志叢書》本，臺北成文出版社一九七〇年。另，民國繆荃孫《遼文存》亦録，題作《靈壁寺》，光緒二十二年上海來青閣刊本。

乙丑歲遊山詩并序。

頃在闕下，閱摩詰所畫輞川圖，爱其山水幽深，恐非人世所有，疑當時少加增飾。暨奉命來長

---

①《金史》卷四《熙宗紀》，中華書局一九七五年。

②《金史》卷八三《張通古傳》，中華書局一九七五年。

安，暇日與都運劉彦謙、總判李願良同遊此川。將次藍田，望玉山，已覺氣象清絶。自川口至鹿苑寺，左右峰巒重複，泉石清潤，花草蒙茸，錦繡奪目，與夫浮空積翠之氣，上下混然，宛如在碧壺中，雖顧、陸復生，不可狀其萬一。方知昔之所見圖本，乃當時草草寓意耳。

遊輞川問山神

古棧松溪曲繞巖，亂山隨步翠屏開。不知摩詰幽棲後，更有何人曾到來。

代山神答

好山好水人誰賞，古道荆榛鬱不開。一自施僧爲寺後，而今再見右丞來。

鹿苑寺

前旌臨輞水，一雨霽藍關。怒浪平欺石，晴雲猶戀山。金王寂《遼東行部志》：「辛亥，僧上首性潤邀予啜茶於東軒，壁間有張譚王樂之皇統乙丑歲游山詩。碑中有《游輞川問山神》詩云云，《代山神答詩》云云。按公自序云云。時公方爲行臺尚書右丞，以王摩詰亦唐之右丞也，故尾句及之。又《鹿苑寺》詩云云，予戲謂坐客曰：『前旌之説，大似松下喝道。』至其次云云，予曰：『賴有此耳。』坐上爲之絶倒。」《遼海叢書》本，遼瀋書社一九八五年，第四册二五三三頁。

奉使還贈别燕人周金

良人輕一别，奄忽易春秋〔一〕。明月望不見，白雲徒自愁。征鴻悲北渡，江水奈東流。會話知何日，如今已白頭。宋李心傳《建炎以來朝野雜記》乙集卷一二《張通古能詩聰慧》：「北人張通古者，紹興八年以行臺侍郎來使。通古稍能詩，其還也，歸正燕人周襟與通古舊知，奏乞送至境上。通古至安豐，贈詩爲别曰云云。通古性聰慧，秦檜嘗以胡邦衡封事示之，一覽即能誦。」《叢書集成初編》本，中華書局一九八五年。另，宋徐夢莘《三朝北盟會編》卷一九一《韓肖胄同簽書樞密院事爲大金國信報謝使錢恤副之》亦録：「有歸正人周金者，與通古有舊，陳奏取旨，乞送通古至對境。通古至安豐軍，金贈詩爲别曰云云。」上海古籍出版社二〇〇八年，下册第一三七五頁。今按，「金」與「襟」音同，或有一誤，此從《三朝北盟會編》，而詩歸張通古。另，原詩無題，此據文意擬。

【校記】

〔一〕易：《三朝北盟會編》作「幾」。

佚句

遊高冠

人間無此景，樹下悟前生。金王寂《遼東行部志》：「觀其（張通古）《遊高冠》古詩中有云云之句，平淡渾成，意趣高遠。向使生晉唐間，必當升陶彭澤之堂、入韋蘇州之室矣。蓋公胸次自有一丘一壑，故信口肆筆，絶無俗語。自公仙去，於今三十年，未嘗見如此人物，縱有亦未易識也。悲夫！」《遼海叢書》本，遼瀋書社一九八五年，第四册二五三三頁。

張斛

張斛，字德容，漁陽（今天津市薊州區）人。遼亡之際入宋，官武陵守。皇統元年①，金與南宋達成和議，次年理索北歸，授秘書省著作郎。其詩多有佳句，爲宇文虚中激賞。遺山稱其文筆字畫有前輩風調。嘗著《南遊》《北歸》二集行世。兹輯十九首。

沙邊

晚雨漲平堤，沙邊獨杖藜。長風催鴈北，衆水避潮西。楚客相逢少，吴天入望低。故園無路到，春草自萋萋。

東川春日

巴蜀三年客，江湖萬里情。滄波何處盡，歸棹幾時行。世態浮雲變，春愁細草生。羣山遮望

①金完顏宗弼《上宋高宗第三書》：皇統元年十一月七日，「淮北、京西、陝西、河東、河北，自來流亡在南者，願歸則聽之。理雖未安，亦從所乞。外有燕以北逋逃及因兵火隔絶之人，並請早爲起發。」見宋徐夢莘《三朝北盟會編》卷二〇六，上海古籍出版社二〇〇八年，第一四八七頁。

眼，片月上高城。

巫山對月懷湖外親友

衆壑斂新雨，孤舟增暮寒。巫山今夜月，湘水幾人看。不得臨湖醉，惟愁下峽難。雙魚憑寄遠，尺素勸加餐。

武陵春雪

天風吹雪滿千山，不見桃花泛碧瀾。洞裏仙人貪種玉，豈知人世有春寒。

盧臺峭帆亭

高秋客未還，何處望鄉關。喬木蒼煙外，孤亭落照間。雨晴山覺近，潮滿水如閑。目斷峒陽路，歸雲不可攀。

高寺

高寺鳴鐘後，孤舟落鴈邊。已知歸逕晚，故就上方眠。石峻溜聲急，月高松影圓。明朝下煙靄，迴首阻清川。

寓中江縣樓

武江斜轉石，文岫獨參天。江曰玄武，山曰文達。緑漲他山雨，青浮近市煙。松薪炊白粲，水蔓繫紅鮮。自喜飄蓬跡，安居過兩年。

迴文二首

野曠悲行客，湍驚礙去船。夜江清泛月，秋草碧連天。

緑逕斜縈草，紅梢半落花。曲池風碎月，欹岸雨摧沙。

仙門驛聽泉

一亭圍古木，雙磵瀉清流。行到雲山暮，卧聞風雨秋。客塵何日浣，病渴此時瘳。歸去南溪上，輕舟細浪浮。

夜雨南山

雨夜宿山齋，夜深雨聲息。石室含餘清，風枝墮殘滴。

平安關道中二首

高林俯青冥，柯葉森若織。陽光已轉午，陰嶺仍半黑。峥嶸亂石間，行子有苦色。臨深地勢入，涉險天宇塞。四顧無所投，跡藹去未息。悵然增百憂，冥冥羨歸翼。

窮冬十日陰，積雪千山路。晴雲開半嶺，落日猶在樹。悠悠客心速，慘慘天色暮。寒鳥各有依，解鞍尚無處。游魚誤銜鈎，玄豹終隐霧。行行謝冠冕，復我林壑趣。

將渡江

無數飛花委路塵，不堪重醉楚城春。明朝回首江南岸，煙雨昏昏不見人。

還家

雲林無俗姿，相對可終老。如何塵中人，不見青山好。

訪香林老

風雨無時浪蹴天，南浮舟楫信多艱。半生夢破寒江月，萬里春回故國山。歸客自傷青鬢改，高僧長共白雲閑。誅茅借我溪西地，未厭相從水石間。

海邊亭爲浩然賦

夙有滄洲趣，雲扃夢幾回〔一〕。臨深疑地盡〔二〕，望遠覺天開。月湧冰輪出，濤翻雪陣來。無機同海客，鷗鳥莫相猜〔三〕。

【校記】

〔一〕扃：明佚名《詩淵》第五册三一三四頁録此詩作「窗」。〔二〕深：《詩淵》作「流」。〔三〕莫：《詩淵》作「更」。

南京遇馬丈朝美

浮雲久與故山違，茅棟如存尚可依。行路相逢初似夢，舊游重到復疑非。滄江萬里悲南渡，白髮幾人能北歸。二十年前河上月，尊前還共惜清輝。《中州集》卷一《張秘書斛》。

賦小孤山

天圍秋漲闊，山背夕陽孤。岸樹晴猶濕，汀煙近却無。

佚句

巫山對月

雲開千里月，風動一天星。

河池出郭

細草沙邊樹，疏煙嶺外村。

中秋

月色四時好，人心此夜偏。

松門峽

春木有季色[一]，野雲無俗姿。

【校記】

〔一〕季：汲古閣本、文淵閣本《中州集》及《全金詩增補中州集》卷五作「秀」。

賦禮部侍郎張浩然遼海亭

晴光摇碧海，遠色帶滄洲。

賦臨漪亭

雨聲喧暮島，水色借秋空。

秋興樓

碣石晚風催雁急，昭祁寒漲與雲平。《中州集》卷一張斛小傳。

韓　昉

韓昉，字公美，燕京（今北京市）人。遼天慶二年擢進士第一，累遷乾文閣待制，加衛尉卿、知制誥。遼亡入宋，金人索之，歷諫議大夫，禮部尚書，翰林學士兼太常卿、修國史。在禮部七年，制度因革，多所裁定。除濟南尹，拜參知政事。皇統四年，表乞致仕，不許。六年，除汴京留守，封鄆國公，再上表乞，致仕。天德初，加開府儀同三司，薨，年六十八。史稱「昉性仁厚，待物甚寬。……雖貴，讀書未嘗去手，善屬文，最長於詔册，作《太祖睿德神功碑》，當世稱之」云①。兹輯一首。

①《金史》卷一二五《文藝傳》，中華書局一九七五年。

海棠

綽約半姿出洞天，精神元在未開前。若教香引蜂和蝶，未必花中唤作仙。明佚名《詩淵》，撰者署「元韓公美」，書目文獻出版社一九九三年，第四册二三二九頁。今按，《詩淵》所輯金詩一律歸入「元」，署名或用其字。

王樞

王樞，字子慎，良鄉（今北京市房山區良鄉鎮）人。遼時登科，官儒林郎①。蕭后稱制，從郭藥師入宋，守燕山。天會三年，復從藥師降金，直史館。五年，奉使高麗②。累官翰林學士，出爲成德軍節度使③，

---

①宋徐夢莘《三朝北盟會編》卷二三引許采《陷燕記》：宣和七年十二月六日，遼燕山守將郭藥師與金人戰，敗歸燕山。「遂令儒林郎王樞草降表云云」。上海古籍出版社二〇〇八年，第一七三頁。

②《三朝北盟會編》卷九八引趙子砥《燕雲録》：「（建炎元年）九月，金人遣燕人直史館王樞奉使高麗，令吴鼐（原注：南官）撰册文。」第七二六頁。

③北京圖書館善本組輯《析津志輯佚·人物》：「仕至翰林學士，出爲成德軍節度使，没於貞祐之變。」北京古籍出版社一九八三年，第一四三頁。今按，王樞由遼入宋，再入金，時在金初。所謂没於貞祐之變云云，已爲金末，當是記誤。

卒。茲輯一首。

三河道中

十載歸來對故山〔一〕，山光依舊白雲閑。不須更讀元通偈，始信人間是夢間。《中州集》卷九《王内翰樞》。

【校記】

〔一〕對：《析津志輯佚·人物》録此詩作「到」。

任熊祥

任熊祥，字子仁，燕人。遼天慶八年進士，仕爲樞密院令史。天輔七年，金太祖以燕京六州畀宋，遂至汴，授武當丞。及金取均、房州，再入金，仍爲樞密院令史，累官同知汴京留守事。天德初，擢山東東路轉運使。海陵王以其選舉主文稱旨，遷翰林侍講學士，致仕。大定初，起爲太子少師。七年，復致仕①。茲輯一首。

①《金史》卷一〇五《任熊祥傳》，中華書局一九七五年。

遊靈巖留題

岱嶽看未厭，復來遊方山。林中路十里，乘興一躋攀。忽至靈巖寺，峰巒四壁環。殿閣相掩暎，絶景非塵寰。古佛道場在，宛然寺中間。袈裟變爲鐵，傳付一何慳。錫杖引出泉，萬古流潺潺。相逢佛日老，談道叩玄關。揖我石上坐，清風爲解顔。翻思平生事，宦途歷險艱。却羨高飛鳥，猶能倦知還。幾時謝冠蓋，來伴白雲間。《（道光）長清縣志》卷末《靈巖志略》，撰者署「山東路轉運使任熊祥」，《中國方志叢書》本，臺北成文出版社一九七〇年。

邢具瞻

邢具瞻，字巖夫，利州龍山（今遼寧省朝陽市喀喇沁左翼蒙古族自治縣）人①。天會二年進士。與吴激、蔡松年爲文章友，仕至翰林待制。皇统七年，受田瑴黨籍案牽連被殺②。明昌三年，詔平反，

①《中州集》小傳作「遼西人」。今按，金魏道明《明秀集注》卷二〔臨江仙〕之二《雪晴過邢巖夫用舊韻》注云：「巖夫名具瞻，利州龍山人。天會二年平州榜及進士第。有俊才，工詩文，累官待制。將命江南，題詩金山寺，膾炙人口。皇統中，以黨議死，時人哀悼之。」《四印齋所刻詞》本，上海古籍出版社一九八九年，第六八五頁。

②《金史》卷四《熙宗紀》，中華書局一九七五年，第八三頁。

追復官爵①。兹輯一首。

出塞

樓外青山半夕陽，寒鴉翻墨點林霜。平沙細草三千里，一笛西風人斷腸。《中州集》卷八《邢内翰具瞻》。

張浩

張浩，字浩然，遼陽（遼寧省遼陽市）渤海人。本姓高，自曾祖仕遼而改張氏。天輔中，以策謁金太祖完顔阿骨打，命承應御前文字。天會八年，賜進士第，授秘書郎。熙宗朝，除禮部尚書、平陽尹。海陵時，擢參知政事，進尚書右丞。大定二年，拜太師、尚書令，封南陽郡王。三年，薨，謚文康②。浩好賢樂善，博通經史，尤長於詩，嘗著《華表山人集》行世③。兹輯一首。

春丁即事

三代文章復炳然〔一〕，泮宫俎豆會群賢〔二〕。闌珊燈火人歸後，門掩西風又隔年。《（成化）山西通

---

①《金史》卷九《章宗紀》，中華書局一九七五年，第二二〇頁。

②《金史》卷八三《張浩傳》，中華書局一九七五年。

③明李賢《大明一統志》卷二五《遼東都指揮使司》，三秦出版社一九九〇年，第四三二頁。

志》卷一六《詩集》，撰者署「張浩然」，名下注「元平陽路總管」，詩題作《隰州學春丁》。《四庫全書存目叢書》本，齊魯書社一九九六年。另，《（康熙）隰州志》卷二四《藝文》亦録，題作《春丁即事》，從之。《中國地方志集成》本，鳳凰出版社二〇〇五年。今按，《金史》卷八三《張浩傳》：皇統中爲平陽尹，「平陽多盜，臨汾男子夜掠人婦，浩捕得，榜殺之，盜遂衰息。近郊有淫祠，郡人頗事之。廟祝、田主爭香火之利，累年不決。浩撤其祠屋，投其像水中。强宗黠吏屏跡，莫敢犯者。郡中大治。乃繕葺堯帝祠，作擊壤遺風亭」。《（成化）山西通志》所謂「元平陽路總管」云云，記誤。

【校記】

〔一〕三：《（康熙）隰州志》作「一」。　〔二〕群：《（康熙）隰州志》作「郡」。

花思名

花思名，始末未詳。嘗與張浩同賦隰州廟學春丁，或其友人、幕僚，即浩詩所謂「群賢」之一。茲輯一首。

春丁即事

昨帶燈火已闌珊，向晚東風卻作寒。須信人間歡會少，金荷倒捲不辭乾。《（康熙）隰州志》卷二四《藝文》，《中國地方志集成》本，鳳凰出版社二〇〇五年。

王　礎

王礎，字鎮之，號退翁，薊州玉田（今河北省唐山市玉田縣）人。遼保大二年進士，補弘文館校書郎，累遷忻州秀容縣丞。入金，歷析木、平山、唐縣令。嘗於任内興廟學，集聚諸生，親爲指授。以京兆轉運判官致仕。礎嗜書卷，喜佛學，飯蔬衣褐，翛然如僧。嘗作詩百篇，平淡簡古，如其爲人。大定十七年，卒，壽八十二①。兹輯一首。

雞山

記得垂髫此地遊，鷄山孤立水東流。而今重過山前路，山色青青人白頭。金王寂《鴨江行部志》：「道出鷄山，先人《鷄山》詩云云。」《遼海叢書》本，遼瀋書社一九八五年，第四册二五四〇頁。

李仁仲

李仁仲，出處未詳。天眷中，官登州刺史，有詩刻石。兹輯一首。

---

① 金王寂《拙軒集》卷六《先君行狀》，《文淵閣四庫全書》本。

題九龍池

游宦驅馳厭嘔心，□然乘暇訪虚真。□行敢憚祈山鬼，□道何辭謁水神〔一〕。□沼有爲興雨霧〔二〕，□山無許見煙塵。有兵火云。風雲肯假幽人力，更放清流濟遠民。《（民國）牟平縣志》卷九《文獻志·金石》題作「登州刺史李仁仲謁姑餘迴訪九龍池」，末署「天眷三年十月十七日，敦武校尉閻家寨巡檢周謹立石」。《中國方志叢書》本，臺北成文出版社一九七〇年。另，《（光緒）增修登州府志》卷六五《金石上》亦録，詩末署「天眷庚申下元暇日」。光緒刊本。

【校記】

〔一〕神：原作泐字，據文意及詩韻補。另，此聯所泐其他兩字，以意揣之，當是「山」與「水」。姑仍之，以備參考。〔二〕霧：《（光緒）增修登州府志》作「露」。

張元

張元，燕山白檀（今北京市密雲區）人。天會五年擢進士第，釋褐軍事判官。茲輯三首。

題掛甲山佛閣寺摩崖并引。

僕燕山白檀人也，前年□□□□舉進士擢第，因而倅於是郡。郡處□□□山水之間，土地褊隘，風俗儉陋，其□□，其事簡。每至公餘日暇，嘗陪太守清河暨同知彭城二公，累同游宴□□池之上。但見山光融融，水色濛濛，柳風散緑，花雨新紅，亦疑天地二氣，呀呷□□，化一片清翠之景，飄落于西慈南池□□。於是列華筵，陳綺席，泛芳樽，啜佳釀，羞嬌舞妓齒乎座前，急管繁弦奏乎雲璈。熙熙然，怡怡然，如入乎武陵桃源之内，余飲清樂，浩而無涯，日中而出，日暮而還。僕又以暑雨之月，公署褊濕，亦嘗引頑僕，策羸蹄，詠清歌，酌白醪，而於是憩焉。僕性曠識拙，緣以清景所誘，遂命筆題之耳。時天會七年孟秋八日，軍事判官張元述。

山根蘸水水涵山，一片方池古淡間。莎徑雨餘無一事，柳塘風息白雲閑。然知東魏風光窄，誰爲西慈景色慳。郡倅公餘無一事，狂詩羸得恣吟刪。

玄郭都來百步間，池塘□在郭門前。奇峰倒影緑壓地，翠沼暈波青印天。俗客漫通車馬跡，郡寮長列羅綺筵。竚看吟倅回朝旆，直把風光誇到燕。

清河太守好開罇，長是開筵池沼濱。紅粉兩行歌舞妓，朱衣一簇綺羅人。占將罨畫溪邊景，偷得錢塘江上春。異日政成三考後，不知誰解繼芳塵。馮吉平主編《三晉石刻大全·臨汾市吉縣卷》，題作「摩崖詩」，兹據文意重擬。三晉出版社二〇一七年，第四四頁。

孫陶

孫陶，始末未詳。天眷二年，以朝散大夫同知武州軍州事題詩東雪山寺。兹輯一首。

遊東雪山寺

我本東南士，從宦西北州。崎嶇亦良苦，職事思其憂。牒訴奈倥傯，囹圄多淹留。但恐力不給，決遣無少休。邇來稍得暇，還作南山遊。既已償素願，而更明雙眸。不能騎欵段，且欲訪良儔。坡陁路縈繞，嵯峨巒峻幽。仰看一輪照，下瞰百丈湫。朱橋跨溪穩，碧澗奔湍遒。入寺殿突兀，經藏俯鐘樓。金牓書大字，岌岌懸銀鉤。躋攀幾層級，扶我上上頭。鑿巖開基廣，懸崖置屋稠。主僧延揖坐，暫息風颼飀。無言對石磬，談論真相投。酌水發新火，茶烹乳滿甌。梵宇概莊嚴，依時佛事修。有僧獨閉户，穽然更無求。室空何所有，冬夏一敝裘。十載此山中，藐視公與侯。雪庵謁老僧，白眉佛體柔。相從到琴臺，登陟如飛猴。危坐巨石上，千峯挽回舟。兹時正炎暑，涼氣已驚秋。瀑泉引東巖，高注瀉層丘。潺湲漱鳴玉，頓覺清氣浮。喬松偃青蓋，鱗皴蟠蒼虬。永晝靜可聽，萬籟聲悠悠。花卉自開落，煙雲時散收。重重鎖香霧，杳杳環寒流。蘆芽嶺遥接，佳木枝相樛。碑亭觀妙製，字字鐫琳璆。勝景興清致，一覽寧咨諏。夜寓上方宿，欹枕成冥搜。聊因記所見，以遣羈旅愁。余於天眷二年四月晦到官，至六月望來遊此寺，遂賦詩揭牓殿楹。主僧昱公命工礱石刊之，以貽來者。朝散大夫同知武州軍州事孫陶書。北京大學圖書館藏拓片，典藏號二一〇六三八，清拓，出處未詳。今按，該館另藏有孫陶天會十一年《遊雪山寺後記》拓片，亦不知出處，而宇文虚中同年所撰《游武州東雪山寺記》揭示了東雪山寺所在。所謂武州，係遼代建置，爲朔州屬縣，約今之山西神池、五寨等地，入金後移治寧遠，見《金史》卷二四《地理志》。

釋海慧

釋海慧，出處未詳。皇統初，有詩題壽陽方山。兹輯一首。

神福山顯教妙嚴長者贊西堂海慧大師依韻云

玄談洞世契圓機，遠訪靈踪入翠微。龍化泉池清湛湛，虎馳經路緑依依。天供玉饌凌晨獻，齒放金光永夜輝。神福萬株松下看，重重華藏示真歸。辛酉十二月十八日書。史景怡主编《三晉石刻大全·晉中市壽陽縣卷》收影印拓片并録文，三晉出版社二〇一〇年，第六〇頁。

釋無住

釋無住，出處未詳。皇統初，有詩題壽陽方山。兹輯二首。

奉和海慧大師題贈方山妙嚴長者贊無住沙門

提振宏明化大機，□□掃妙剖離散。古今一念通三際，動静雙忘越四依。指示賴耶心放曠，決開疑網智騰輝。有時引虎雲端現，笑傲烟蘿獨步歸。

寄題方山妙嚴長者無住沙門奉題

拂袖皇都入翠微，論成千載轉光輝。馱經白虎沿溪去，拔树黄龍泛海歸。長嘯林間風颼颼，高吟雲内雨霏霏。十玄門奥知音少，六相堂深達者稀。案上金文鋪錦綉，手中玉偈握珠璣。遠□接□張天覺，勝化塵□□□□。皇統元年（下闕），天寧□（下闕）。史景怡主编《三晉石刻大全·晉中市壽陽縣卷》收影印拓片并録文，三晉出版社二〇一〇年，第六〇頁。

佚名

詛祝歌

取爾一角指天、一角指地之牛，無名之馬，向之則華面，背之則白尾，横視之則有左右翼者。

《金史》卷六五《始祖以下諸子》：「國俗，有被殺者，必使巫覡以詛祝殺之者，迺繫刃于杖端，與衆至其家，歌而詛之曰云云。其聲哀切悽惋，若蒿里之音。既而以刃畫地，劫取畜産財物而還。其家一經詛祝，家道輒敗。」中華書局一九七五年，第一五四〇頁。

世祖時童謡

欲生則附於跋黑，欲死則附於劾里鉢、頗剌淑。《金史》卷六五《始祖以下諸子》：「世祖初立，跋黑果有異志，誘桓赧、散達、烏春、窩謀罕離間部屬，使貳於世祖。世祖患之，乃加意事之，使爲勃堇而不令典兵。跋黑既陰與桓赧、烏春謀計，國人皆知之，而童謡有云云。」中華書局一九七五年，第一五四二頁。今按，以上兩首爲女真巫歌童謡之漢語譯文，已失去原本的風調韻味。姑録之，以備參考。

新編全金詩卷二

蔡靖

蔡靖，字安世①，餘杭（今浙江省杭州市）人②。北宋元符三年進士③。大觀元年，官左司員外郎④。政和五年，爲中書舍人，遷太子詹事⑤。宣和五年，由河間府移知燕山府⑥。七年三月，擢燕山府路安

---

①《蕭閑老人明秀集》卷二《一剪梅·送珪登第後歸鎮陽》「白璧雄文冠玉京」，金魏道明注：「公（松年）父大學，諱靖字安世，以雄文茂德爲世祖所重。白璧雄文，宋制誥語。政和中知燕山府。」《四印齋所刻詞》本，上海古籍出版社一九八九年，第六八六頁。

②《蕭閑老人明秀集》卷一《念奴嬌》「只有平生生處樂，一念猶難磨滅」，金魏道明注：「公本杭人，長於汴都，言其思鄉也。」入金後居真定。《四印齋所刻詞》本，上海古籍出版社一九八九年，第六七二頁。

③王慶生《金代文學家年譜》上册第四四頁引宋葉夢得《石林燕語》卷四，考証「蔡靖及第在元符三年」，從之。

④清徐松輯《宋會要輯稿·崇儒》二之二四：「（大觀元年）九月十五日，左司員外郎蔡靖言，建州額養文士一千三百二十八人，依條合差教授二員爲額，乞差三員，詔依。」中華書局二〇〇六年，第三册二一九九頁。

⑤《宋會要輯稿·職官》七之二四：「（政和五年二月）十四日，以翰林學士承旨强淵明、翰林學士劉炳並爲賓客，中書舍人蔡靖、陳邦光並爲詹事。」中華書局二〇〇六年，第三册二五四六頁。

⑥宋徐夢莘《三朝北盟會編》卷一八：宣和五年九月，「知河間府蔡靖、同知燕山府詹度兩易其地。」上海古籍出版社二〇〇八年，第一三〇頁。

撫使兼知燕山①；十二月，燕山陷落，入金。天會四年冬，汴京破，金人取其家屬往燕山團聚②。授乾文閣待制，與宇文虚中等受命討議制度③。十三年，以乾文閣直學士爲追册景宣皇帝、惠昭皇后讀寶官④。皇統間卒⑤。子松年、孫珪，俱金名士。

兹輯一首。

臥雲堂

先生臥兮白雲飛，先生覺兮白雲歸。白雲終日自來往，先生高臥曾不知。白雲聚散忽悠揚，

---

①《三朝北盟會編》卷二三引馬擴《茆齋自叙》：宣和七年三月，「貫至燕中，撫犒郭藥師以下常勝軍，罷王安中，陞蔡靖爲宣撫兼知燕山府。」上海古籍出版社二〇〇八年，第一五九頁。

②《三朝北盟會編》卷七二：靖康元年十二月九日，「取蔡京、童貫、王黼、張孝純、蔡靖、李嗣本等家屬二十餘家，及李綱、吴敏、徐處仁、陳遘、劉韐、折可久、可求，開封府唯命是聽。」上海古籍出版社二〇〇八年，第五四二頁。

③宋李心傳《建炎以來繫年要録》卷八一引王繪《紹興甲寅通和録》：「聿興言：『自古享國之盛，無如唐室。本朝目今制度，并依唐制，衣服宫室之類，皆自宇文相公共蔡太學并本朝數十人相與計議。』繪問蔡太學見任，答云：『見在乾文閣待制。他兒子蔡松年，見在三太子處作令(史)。更近來，本朝又於燕山府用一萬貫錢，買一所宅子。蔡太學云，猶勝他汴京宅子。』」中華書局一九八八年，第一三四一頁。

④金佚名《大金集禮》卷三《天會十三年奉上景宣皇帝謚號》：「西京留守高慶裔、乾文閣直學士蔡靖，攝門下侍郎，讀寶。」《叢書集成初編》本，中華書局一九八五年，第三五頁。

⑤《蕭閑老人明秀集》卷一《水調歌頭·送陳詠之歸鎮陽》金魏道明注引《蔡大學墓表》：「陳沂字詠之，大學子壻，天眷中官承德。」《四印齋所刻詞》本，上海古籍出版社一九八九年，第六六六頁。今按，靖之卒當在皇統間。

先生一枕春夢長。誰謂白雲偏無事，雲比先生猶更忙。《（嘉靖）湖廣圖經志書》卷六《荆州詩》，撰者署「蔡靖」，名下注「中書舍人」，《日本藏中國罕見地方志叢刊》本，書目文獻出版社一九九一年，上册七三五頁。

劉　豫

劉豫，字彦游①，景州阜城（今河北省衡水市阜城縣）人②。北宋元符間進士。宣和中，除河北西路提刑，金兵入中原，棄官走。南宋建炎二年，知濟南府。三年（天會七年）降金，授安撫使，知東平府兼諸路馬步軍都統管。天會八年，册爲齊國皇帝，建元阜昌，始都大名，後遷汴梁。豫籍民兵三十萬南侵，敗於藕塘。十五年，金廢齊國，降封蜀王，遷之黄龍府。皇統二年，改封曹王。六年，卒，年七十一③。嘗著文集十卷行世。兹輯九首。

雜詩六首

竹塢人家瀕小溪，數枝紅杏出踈籬。門前山色帶煙重，幽鳥一聲春日遲。

---

①《中州集》小傳作「字彦由」，此從《金史》卷七七《劉豫傳》、《宋史》卷四七四《姦臣傳》。

②《中州集》小傳作「阜城人」，《金史》《宋史》作「景州阜城人」。今按，景州爲宋置，金因之，轄縣六，包括阜城，隸河北東路，見《金史》卷二五《地理志》。另，元王惲《秋澗集》卷三《閑談劉齊王故事》詩序：「七月十三日，宿阜城縣廨，教諭劉元輔話廢齊祖塋在縣南二十里，今謂之御莊，至今石馬在焉。」《四部叢刊》本。

③宋楊堯弼《僞齊録》卷上，《藕香零拾》本，中華書局一九九九年。

風荷柄柄弄清香，輕薄沙禽落又翔。紅日轉西漁艇散，一川山影暮天凉。
古渡停驂日向沉，凄凉歸思梗清吟。碧山幾點塞天闊，紅葉一林秋意深。
倚嵓蕭寺據危崖，文室軒窗面水開。雪霽暮寒山月上，數竿脩竹一枝梅。
畫色晴明著色圖，山光凝翠接平湖。煙嵐自古人難畫，遠即深深近却無。
寒林煙重暝棲鴉〔一〕，遠寺疏鐘送落霞。無限嶺雲遮不断，數聲和月到山家。

【校記】

〔一〕暝：元乙卯本、明弘治本《中州集》作「瞑」。

客館

雪消北嶺安排暖，寒入東風阻節春。絶塞亂山圍古驛，他時説着也愁人。《中州集》卷九《劉曹王豫》。

題泗泉

泗泉奇且奥，聲勢各喧豗。虎豹巖邊去，蛟龍窟裏來。混流烟作陣，巧激雪成堆。派必人疏導，源應鬼鑿開。乍深濤不起，瀠繞浪相催。可把江心比，嘗將海眼猜。始微纔迸玉，終盛若奔雷。澗爲寒無卉，丘因潤有苔。已觀離竇側，俄見過城隈。石勁崖難漱，沙虚岸易頹。

邇雖逾濟漯，遐亦到蓬萊。洗鉢僧常至，乘槎客未回。我來源際瞰，誰自谷中摧。洶湧曾浮磬，潺湲好泛杯。狹寧容蟻穴，湍可暴魚腮。擘華非夫爾，排淮乃力哉。傍如巫女峽，上類楚陽臺。漏澤空神異，襄陵但水災。林幽多鳥鵲，地僻少塵埃。重愛兹佳趣，題詩愧不才。

蘇門

太行雄偉赤霄逼，枝分蘇門爲肘腋。孕奇産秀氣蟠鬱，湧作琉璃十頃碧〔一〕。初疑驪龍蟄山趾，仰噴明珠飛的皪。忽如湘靈理新粧，大鑑開匣作磨拭〔二〕。峰巒倒影浸雲烟，蘋藻照沙改顔色。相輝一段佳風月，餘潤幾州分動植〔三〕。昔聞隱淪神仙人〔四〕，高標清與溪山敵。悠悠往事散浮雲，嘯有遺臺行有跡〔五〕。我居東秦濟水南，無限泉池日親炙。一行作吏別經年，情思塵埃何處滌。靈祠因禱來憑欄〔六〕，頓爽骨毛决胸臆〔七〕。飄飄蘭舟七八客，樽俎笙簫隨分入。勝概繽紛眼不供〔八〕，恨乏魯戈揮晷刻〔九〕。歸城簿領厭沉迷〔一〇〕，春睡每酣魂夢適〔一一〕。心約他時杖屨遊〔一二〕，醉漱溪流枕溪石。清郭元釪《全金詩增補中州集》卷一，上海古籍出版社一九九四年。另，《（嘉靖）輝縣志》卷九亦録，《天一閣藏明代方志選刊續編》本，上海書店一九八九年。明謝肇淛《北河紀餘》卷三亦録，題作《登蘇門山百泉》，《文淵閣四庫全書》本。

【校記】

〔一〕十：《（嘉靖）輝縣志》《北河紀餘》作「千」。　〔二〕鑑：原作「盤」，此從《（嘉靖）輝縣志》《北河紀餘》。〔三〕潤：《北河紀餘》作「澤」。分：《(嘉靖)輝縣志》《北河紀餘》作「及」。〔四〕神仙人：《(嘉靖)輝縣志》《北河紀餘》作「有仙人」。〔五〕遺臺：《(嘉靖)輝縣志》《北河紀餘》作「遺屋」。〔六〕靈祠：《(嘉靖)輝縣志》《北河紀餘》作「雲祠」。〔七〕決：《(嘉靖)輝縣志》《北河紀餘》作「快」。〔八〕繽紛眼不供：《(嘉靖)輝縣志》《北河紀餘》作「紛并接不暇」。〔九〕揮晷刻：《(嘉靖)輝縣志》《北河紀餘》作「延晷刻」。〔一〇〕歸城：《(嘉靖)輝縣志》《北河紀餘》作「歸來」。〔一一〕每酣魂夢適：《(嘉靖)輝縣志》《北河紀餘》作「每着蝶夢適」。〔一二〕屨：《(嘉靖)輝縣志》《北河紀餘》作「履」。

張孝純

張孝純，字永錫，滕陽(今山東省棗莊市滕州市)人。宣和末知太原，金兵圍，守踰年，經慘戰而城破。女真敬其忠，換相職，仕齊國劉豫。天會十二年(齊阜昌五年、南宋紹興四年)，私遣其客赴臨安，上書言利害①。十五年，齊廢，汴京建行臺，起爲左丞相，踰年得請歸鄉里。皇統四年，著有《高尚

① 宋楊堯弼《僞齊録》卷下《僞齊宰相張孝純上大宋書》，《藕香零拾》本，中華書局一九九九年。今按，民國江陰繆荃孫跋云：右《僞齊録》二卷，「《北盟會編》以爲楊堯弼，今從之。書的系南宋高宗時人撰，中有『趙構』，注『指斥御名』四字可證。此徐星伯先生治樸學齋鈔本，訛錯尚多，別無他本可校，先以付梓。」另，宋李心傳《建炎以來繫年要録》卷一〇五「紹興六年九月壬申」：「是日，僞齊故相張孝純遺其客薛筇間道走行在，上書言利害。」下有小字注：「孝純所(轉下頁)

處士修真記》①，不久卒，謚安簡。子公藥字元石，以蔭補官，終於昌武軍節度副使，亦有詩傳。兹輯三首。

中運使寄酒清明日到以詩謝之

芳樽到日恰清明，似與嘉辰默計程。擬助林園延勝賞，肯容桃李落繁英。老來官爵渾無味，閑裏杯盤却有情。見説使車臨岱麓，儻能相過共飛觥。《中州集》卷九《張丞相孝純》

挽張叔夜二首

疇昔中朝士，簪坤仰令名。思威彰輔郡，忠孝衛都城。許國志何壯，爲山功莫成。西風故林道，蕭瑟感秋聲。

季世遭奇禍，煩冤痛可論。交情傷死别，親屬慟遺言。空想還家夢，難招去國魂。一朝成萬

（接上頁）上之書，《僞齊録》有之，不得其年。其書有云：『自太原失守，於今十年。』以年計之，當是紹興五年，而書中所引多紹興三年事，不知何也。……今且依徐夢莘《北盟會編》附此，疑非今年也。」另，《三朝北盟會編》卷首引用書目列有張孝純《論劉豫謀入寇書》，實未見引用，當有闕佚。而《金史》未爲張孝純立傳，或以上書事所致。

① 陳垣等《道家金石略》録文，末署「皇統四年歲次甲子七月初三日，儀同三司致仕上柱國應國公食邑三千户食實封三百户張孝純謹記」，文物出版社一九八八年，第一〇〇七頁。

古，斜日下平原。宋趙彦衛《雲麓漫抄》卷四：「張忠文公叔夜嵇仲，靖康間以南道總管知鄧州，首提兵勤王，以不推戴異姓，取過軍前。……丁未年三月二十七日離京北去，道中不食。至白溝，或曰過界河也，仰天大呼，遂不復語，明日薨在易州孤山寨。……及録到挽詩四首，李儔二首云云，清河張孝純二首云云。……李儔、張孝純皆本朝舊臣，視忠文公自當媿死，何顔面復爲此詩？故書之以戒爲臣不忠者。」中華書局一九九六年。

杜充

杜充，字公美，相州（今河南省安陽市）人。北宋紹聖間進士。靖康初，知滄州。南宋建炎二年，代宗澤爲留守，拜尚書右僕射、同平章事，授江淮宣撫使，留守建康①。建炎三年（天會七年），兵敗降金。初至雲中，命知相州。天會十五年，除燕京三司使。天眷三年，終於中山行臺右丞相②。充有文才，時稱「辭清婉，字畫亦遒逸可爱」云③。兹輯一首。

塵

汩汩勞生爲爾忙，只除不到白雲鄉。步回洛浦生羅襪，歌斷秦樓蔌杏梁。閑撲衣襟迷遠望，

---

①《宋史》卷四七五《姦臣傳》，中華書局一九七七年。

②《金史》卷四《熙宗紀》：「（天眷）三年十一月甲子，行臺尚書右丞相杜充薨。」中華書局一九七五年。

③金劉祁《歸潛志》卷一三《游林慮西山記》，中華書局一九八三年，第一六五頁。

靜穿窗隙鎖斜陽。帝城别有風流在，輦路春風十里香。《中州集》卷九《杜丞相充》。

李　儔

李儔，富陽（今浙江省杭州市富陽區）人。南宋建炎元年，爲虞部員外郎①。三年（金天會七年），知和州，城陷降金②。齊國劉豫立，授監察御史③、河南酒監。齊廢後，官同知汴京留守④。茲輯二首。

挽張叔夜二首

聲名凛凛動寰區，忠義存心老不渝。奮不顧生惟盡節，慮無遺策悉嘉謨。獨提南服三千旅，首冒重圍萬死塗。時事已更身已逝，惟將陰德付鵷雛。

① 宋李心傳《建炎以來繫年要録》卷七：建炎元年秋七月丙午，「虞部員外郎李儔調芻粟」。中華書局一九八八年，第一八五頁。
② 宋李心傳《建炎以來繫年要録》卷二九：建炎三年十一月戊申，「是日，完顏宗弼犯和州，守臣李儔以城降。」第五七一頁。
③ 《建炎以來繫年要録》卷三七：建炎四年九月戊申，以「知和州李儔」「爲監察御史」。中華書局一九八八年，第七〇五頁。
④ 《建炎以來繫年要録》卷一一七：紹興七年十一月丁未，齊廢後，「以金人完顏呼沙呼爲汴京留守，僞齊河南酒監李儔同知留守。」中華書局一九八八年，第一八八五頁。

命世文章伯，鴻樞柱石臣。殞身因衛社，嗣德豈無人。丹旐西原路，輀車萬里春。一門蒙待遇，徒有淚沾巾。宋趙彦衛《雲麓漫抄》卷四，中華書局一九九六年。

孔彦舟

孔彦舟，字巨濟，相州林慮（今河南省安陽市林州市）人。早年亡命爲盗，靖康初應募從軍，累官蘄黄鎮撫使。後率部降齊國劉豫，爲伐宋行軍都統。齊廢，從金帥宗弼取河南，遷工、兵部尚書，河南府尹，封廣平郡王。正隆元年，例降金紫光禄大夫，改南京留守。六年，卒，年五十五①。兹輯四首。

岩桂秋香

岩前叢桂競敷榮，萬斛天香趁月明。點點黄金秋露重，亭亭翠蓋曉風輕。栽培固已勞先輩，攀折還須屬後生。濟濟英才集芹泮，肯教郄銑擅芳名。

溪桃春萼

誰把夭桃遶谷栽，春風樹樹有花開。氣蒸曉日霞千片，光絢晴雲錦一堆。泮沼石泉通碧洞，

①《金史》卷七九《孔彦舟傳》，中華書局一九七五年。

崖巒瑶草絶蒼苔。落英莫逐波流去，恐惹漁人遠入來。《（嘉靖）湖廣圖經志書》卷一七《辰州詩》，《日本藏中國罕見地方志叢刊》本，書目文獻出版社一九九一年，下册第一四八三頁。

北江

凝眸俄望野雲稠，雲下人家自一流。山獵水漁無課税，刀耕火種度春秋。等閑出入隨刀弩，些小爭紛罰馬牛。銅柱不磨遺跡在，相逢何必問花紬。

明溪

郡城北去是明溪，巡檢溪頭足品題。官制有方憑扼塞，疆場無事息征鼙。凍雲密密冬天樹，清唱遲遲午候雞。此去雲巖還五日，蹦趺須擬接仙梯。《（嘉靖）湖廣圖經志書》卷一七《辰州詩》，《日本藏中國罕見地方志叢刊》本，書目文獻出版社一九九一年，下册第一四九一頁。

佚句

南行口號

苦被杜鵑頻喚著，參差兵馬過衡陽。清郭元釪《全金詩增補中州集》卷五一，上海古籍出版社一九九四年。

劉麟

劉麟，字元瑞，景州阜城（今河北省衡水市阜城縣）人。劉豫長子。宋建炎三年（金天會七年），豫以濟南降金，麟從之。齊國立，豫稱帝，授麟興平軍節度使，充諸路兵馬大總管。及金以軍廢齊，執麟遷臨潢。不久起復，歷燕京等路轉運使，擢參知政事，進尚書左丞，封韓國公。年六十四卒①。兹輯一首。

登太白樓

暇日閑登太白樓，樓前洸水漾波流。新詩得句揮銀管，美酒當筵泛玉甌。村落人家分遠近，陂塘魚鳥自沉浮。何當唤起騎鯨客，醉倚天風詠不休。《（雍正）山東通志》卷三五之一下《藝文志》，撰者署「劉麟」，歸入「宋」，《文淵閣四庫全書》本。

楊興宗

楊興宗，高陵（今陝西省西安市高陵區）人。趙宋建炎南渡，興宗以「龍南」爲其集命名。兹輯一首。

---

①《金史》卷七七《劉麟傳》，中華書局一九七五年。

出劍門

嘔啞鳴櫓下長川，萬疊青峰只眼前。山鷓啄殘紅杏粉，杜鵑啼破緑楊煙。夢迴蜀棧雲千片，醉枕巴江月一船。物色誰分杜陵老，風騷牢落劍南天。《中州集》卷八《楊興宗》。

吴鼒

吴鼒，字英蕤，洛陽（今河南省洛陽市）人。北宋進士。汴京陷落，被俘入金①，嘗供職翰苑②。與

---

① 宋李心傳《建炎以來繫年要録》卷七八「紹興四年甲子」注引《宣撫處置使司劄子》：「使司昨於建炎四年七月二十四日，差使臣楊安賫文字，前去僞地河東、雲中府以來，尋宇文相公投下。今據本人回司供析，稱當年十一月初三日到雲中府，尋見吴先生名鼎，係西京人，充宇文相公門下幹當。」案引張匯《節要》，稱「色呼美門下被虜人洛陽進士吴才鼎，爲立名曰思謀。疑楊安所稱吴鼎，即是此人，當考」。中華書局一九八八年，第一二七九頁。其中，「才鼎」非所疑之「鼎」，乃「鼒」之誤。《（乾隆）鳳臺縣志》卷九《僑徙》載其小傳：「吴鼒字英蕤，洛陽人。嘗於天慶觀訪潛叟喬道人可度，留題七言古詩於寒碧軒。其門人侯即跋其後云：『陳瑩中有言，愛其人敬其字，是以東坡美之。先生殁已十五年，潛叟出此詩覽之，句法豪爽，筆力蒼遒，灑然有古人風。恐他年散落，命工摹勒上石，以示愛敬之意焉。』」《中國地方志集成》本，鳳凰出版社等二〇〇五年。

② 宋徐夢莘《三朝北盟會編》卷九八引趙子砥《燕雲録》：「（宋建炎元年、金天會五年、一一二七）九月，金人遣燕人直史館王樞奉使高麗，令吴鼒撰册文。」上海古籍出版社二〇〇八年，第七二六頁。今按，文中「吴鼒」名下原有小字注「南官」，當是鼒入金後受命爲官，或供職翰苑。

宋使朱弁、洪皓等唱和往來①。兹輯一首。

雪中過寒碧軒訪潛叟道人

琳宫邃宇藏風煙，篔簹競長碧玉椽。鏦鏦繞屋蓊佳色，門階户席俱森然。我來正值天飛雪，點綴瓊花更奇絶。旋然石鼎煮新茶，坐看遥山吐微月。月澄疏影夜沉沉，窗前愈見歲寒心。道人莫厭勤灑掃，此君與我相知深。《（乾隆）鳳臺縣志》卷一七《藝文》，《中國地方志集成》本，鳳凰出版社等二〇〇五年。

朱之才

朱之才，字師美，號霖堂居士，福昌（今河南省洛陽市宜陽縣）人②。北宋崇寧二年進士，入金仕齊爲諫官，坐直言黜泗水令。尋乞閑退，寓居嵫陽，因家焉。昆弟數人，皆有文名。嘗著《霖堂集》傳世。子瀾，字巨觀，亦以詩聞。兹輯十七首。

①宋朱弁《寒食感懷次韻吴英叔》，見《中州集》卷一〇《朱奉使弁》；宋洪皓《和吴英叔寒食》，見《鄱陽集》卷二。

②《中州集》卷二小傳作「洛西三鄉人」。今按，三鄉爲嵩州福昌縣境内鄉鎮，在「洛」之「西」，而洛西非當時地理行政區劃名，見《金史》卷二五《地理志》，中華書局一九七五年。

南越行

南越太后邯鄲女，皓齒明眸照蠻土。珊瑚爲帳象作床，錦繖高張擊銅鼓。太液池内紅芙蓉，自憐謫墮蠻煙中。灞陵故人杳無耗，深宫獨看南飛鴻。隨兒作帝心不願，惟願西朝柏梁殿。茂陵劉郎亦可人，遣郎海角來相見。金猊夜燎龍涎香，明珠火齊爭煌煌。番禺秦甸隔萬里，今夕得遂雙鴛鴦。白首相君佩銀印，干戈欲起蕭墻釁。莫言女子無雄心，置酒宫中潛結陣。漢家使者懦且柔，纖手自欲操霜矛。孤鸞竟落老梟手，可憐空奮韓千秋。樓船戈鋋師四起，或出桂陽下灕水。越郎追斬吕嘉頭，九郡同歸漢天子。尉他墳草幾番青〔一〕，霸業猶與炎洲横。玉璽初從真定得，黄屋却爲邯鄲傾。五羊江連湘浦竹，嬌魂應伴湘娥哭。

【校記】

〔一〕他：《全金詩增補中州集》卷七作「佗」，同。今按，《史記》卷一一三《南越列傳》：「南越王尉佗者，真定人也，姓趙氏。」唐司馬貞索引：「尉，官也；他，名也。」

後薄薄酒二首

薄酒可以謀醉，不必霞滋玉味。粗布可以御冬，不必狐貉蒙茸。醜婦可以肥家，不必楚女吴娃。獨夫長夜商祚訖，羲和湎淫紊天曆。李白跌宕三百盃，阮籍沉酱六十日。眠瓮吏部寡廉恥，解貂常侍隳法律。儻使飲薄酒，未見有此失。秦昭狐腋幾喪首，鄭臧鷸冠貽厥咎〔一〕。尨裘金玦豈不哀，繡衣朱襮固無取。皆緣粗衣惡不御，賈禍招譏亦何有。夏姬滅兩國，驪姬禍五世。捧心顰眉亡夫差，墮髻啼粧敗梁冀。醜婦似可惡，終不至顛沛。勸君飲薄衣粗娶醜婦，此樂人間最長久。

薄酒粗衣吾何悲，醜婦自醜吾不知。道眼混圓宜不二，孅惡妍陋無殊歸。瓦罍石臼斟吾酒，脱粟藜羹皆可口。醉境陶然無後憂，玉盌浮蛆彼何有。漢文天子猶弋綈，士服粗布乃所宜。要繩屐葛同一煖，霞縠冰紈徒爾爲。無鹽如漆后齊桓，孟光舉臼配伯鸞。古來傾城由哲婦，有德乃令家國安。我能遣婦縫粗，對婦飲薄，傍人大笑吾不惡。

【校記】

〔一〕鷸：汲古閣本、文淵閣本《中州集》作「鷊」。

寓言二首

獸有善觸邪，草有能指佞。獸草非有心，不移本天性。前王着臣冠，俾爾效端鯁。如何不稱服，觸指反忠正。吾欲取二物，豢植列臺省。一令邪佞徒，奔逃亟深屏。

風雨晦時夜，雞鳴有常聲。霜雪枯萬幹，松柏有常青。内守初已定，外變終難更。若人束世利〔二〕，浮沉無定情。俯仰效桔橰，低昂甚權衡。反出木鳥下，徒爲萬物靈。

【校記】

〔一〕東：原作「求」，四部叢刊本《中州集》如之，此從其餘諸本《中州集》。

謝孫寺丞惠梅華

我來泗水上，居與墟墓鄰〔一〕。彌望多棗栗，礙眼皆荆榛〔二〕。忽忽度歲月，不知時已春。朝來佳公子，遺我梅花新。秀色照窗几，妙香襲衣巾。莽如瓦礫場，驚睹瓊瑶珍〔三〕。念昔客江南，千樹臨江津。吴儂不知貴，但與桃李倫。自從墮東土，夢繞江之濱。嘆彼和鼎實，亦復生不辰。窮愁坐空山，豺虎雜鳳麟。此贈意不淺，難爲俗子陳〔四〕。

【校記】

〔一〕墟墓：《詩淵》第四册二五五三頁録此詩，作「誰爲」。〔二〕礙：《詩淵》作「刺」。皆：四部叢刊本《中州集》作「昏」。〔三〕睹：原作「賭」，此從汲古閣本、文淵閣本《中州集》。〔四〕爲：《詩淵》作「與」。

次韻東坡跋周昉所畫欠伸美人

巫峽昭君有奇色，毛生欲畫無由得。但作東風背面身，看來已可傾人國。朝來睡起鬢髮垂，手如春笋領蝤蠐。繡帷幽夢斷難續，想像翠黛顰修眉。春光三月濃於酒，燕燕雙飛鸎唤友。

不教膩臉露桃花，且喜腰支似楊柳。君不見漢宫多病李夫人，轉面不顧君王嗔。古來畫工畫意亦自足，煙霧玉質何由真。

暴雨

掣電奔雷晻靄間，崩騰白雨襲人寒。頽山黑霧傾濃墨，倒海衝風瀉急湍。勢似陽侯夸海若，聲如項籍破章邯。炎歊一濯須臾耳，已看天圍碧玉寬。

宿閑厩

淡煙衰草慵回首，晚日殘霞欲斷魂。脱帽卸鞍投逆旅〔一〕，蕭蕭黄葉水邊村。

【校記】

〔一〕帽：《詩淵》第五册三六三〇頁録此詩作「帕」。

十月十五日夜作連珠詩四首

披衣開户幾宵興，永夜無眠魂九升。坐覺飛霜明瓦屋，天如寒鑑月如冰。

天如寒鑑月如冰，僵卧家僮喚不應。却憶少年游太學，蕭然獨對短檠燈。

蕭然獨對短檠燈，引睡翻書睡幾曾。自笑年來憂患熟，跏趺真作坐禪僧。

跏趺真作坐禪僧，不學窗間故紙蠅。湛若琉璃含寶月，此中無減亦無增。

卧病有感二十韻

皋蘇粲園英，澤芝紛水葉。赤弁蟻名舞纖肌〔一〕，黄袍雀緩老頰〔二〕。鳴飛各有適，吾獨嗟衰茶〔三〕。齒髮久已踈，又復失調燮。粱肉謝鼎俎，參苓富巾篋。葵扇風未來，桃笙汗初浹。呻吟和哀蟬，夢寐追化蝶。撫枕念平生，世故飽更涉。弱齡負奇志，胷蜺蟠煒曄〔四〕。夜傒傅巖訪，朝待渭濱獵。荀爽歲九遷，康侯日三接。功業著鐘鼎，聲名垂史牒。那知事大謬，舉趾得躓跲。多難集暮年，百願亡一愜。寒灰消寸心，清淚腐雙睫。坐令孤鵬騫，化作瘴鳶跕。憂來復自慰，人生幾蓂莢。呼吸過百歲，俯仰失千劫。乘流須縱櫂，遇坎即停楫。些語不成騷，商歌鼓長鋏。

【校記】

〔一〕蟻名：原無，據元乙卯本《中州集》補。　〔二〕雀：原無，據元乙卯本《中州集》補。　〔三〕嗟：《全金詩增補中州集》卷七作「嘆」。　〔四〕蟠：汲古閣本、文淵閣本《中州集》及《全金詩增補中州集》作「盤」。

復用九日詩韻呈黄壽鵬

忽忽天星二十九，當年曾醉瓊林酒。癸未歲登科第，適二十九年。春風射策紫垣深，猶記靈和殿前柳。與君雖異千佛名，出入南宫同户牖。春蠶食葉七千人，看君運筆如揮帚。妙齡忠氣軼衡嵩，餘子紛紛真培塿。那知晚節岱陽城，白髮蒼顔兩閑叟。君材有如萬斛舟，顧我碌碌才筲斗。時窮壯士或飯牛，遇合封侯起屠狗。東皋有田供王賦，天寒且輟扶犁手。寂寥圭竇對書册，火冷燈青夜方久。先生乘興肯相過，亦有青錢沽玉友。

七夕長短言

牛不可以服箱，女不可以成章。其名則然實豈爾，政如箕斗難挹揚。河漢特水象，安有波浪爲津航。惟鵲乃巢居，詎能上天構橋梁。星經有躔次，東西永相望。今夕復何夕，乃謂合并如鸞凰。一人唱誕惑萬世，浪令兒女爭猖狂。瓠牛載槃何等秩，金梭擲地殊荒唐。吾命有貴賤，吾性本直方。探官與乞巧，是豈吾所臧。何如舉酒邀明月，更遣清風屏炎熱。星光落盞黄金空，露華糝袂真珠滑。我方幕天席地醉兀兀，癡牛騃女知何物。

水月有興

明月落湖水，天淵體俱一。浩蕩碧琉璃，奩此寒玉璧。微風觸湖波，合散作六七。浮光逐水紋，金蛇勢盤詰〔一〕。人心湛寂初，與月同清質。外累一汩之，萬態紛殊跡。因知養心者，無爲風浪失。《中州集》卷二《朱諫議之才》。

【校記】

〔一〕詰：文淵閣本《中州集》作「結」。

謝書巢惠梅花

巢翁遠送梅花树，正在東風四日前。紅蘂無言餘舊雪，白頭相見又新年。喜從嘉树來江雨，憶共香秔上海船。春夜不眠賓客醉，只留孤鶴伴清妍。明佚名《詩淵》，書目文獻出版社一九九三年，第四册二五五三頁。今按，原録二首，前後相聯，一是《謝孫寺丞惠梅》，即《中州集》所輯《謝孫寺丞惠梅華》；二是《謝書巢惠梅花》，撰者注爲「前人」，現存諸本《中州集》未見。

佚句

失題

魯甸分鴻影，齊山入馬蹄。

門靜堪羅雀，書成不換鵝。

雨過好花紅帶潤，日長嘉樹緑移陰。《中州集》卷二朱之才小傳。

釋法慶

釋法慶，出處未詳。北宋末，嘗嗣法佛國白禪師，掌書記。初住泗州普炤，後遷嵩少。汴京破，被虜於北方牧牛。惟一講僧識之，後居東京遼陽。皇統三年，留偈而逝，壽七十三。兹輯二首。

臨終書偈二首

今年五月初五，四大將離本主。白骨當風颺却，免占檀那地土。

七十三年如掣電，臨行爲君通一線。鐵牛蹦跳過新羅，撞破虚空七八片。明釋明河《補續高僧傳》卷二〇《咸平府大覺寺法慶禪師傳》，《高僧傳合集》本，上海古籍出版社一九九五年，第七三八頁。

佚名

失題

藝祖憲章誰遺迴，門門户户有人開。清晨山後九州没，日落河頭萬騎來。地近蓬蒿堆百骨，巷無人跡長蒼苔。可憐司馬碑猶卧，誰奏伊公一笛哀。宋徐夢莘《三朝北盟會編》卷一〇〇引宋高世則

《書趙子砥〈燕雲録〉》：「靖康初，洛陽城陷，成皋人有詩云云。」上海古籍出版社二〇〇八年，第七三九頁。

失題

濃磨一鋌兩鋌墨，畫出千年萬年樹。誤得百鳥盡飛來，踏枝不著空歸去。宋徐夢莘《三朝北盟會編》卷一八一《紹興七年十一月十八日丙午》（金熙宗天會十五年、齊劉豫阜昌八年、一一三七）：「豫初僭立，奔附者衆，識者譏之云云。輕薄子撰造詩曲，指爲笑端，不可勝記。」上海古籍出版社二〇〇八年，第一三〇八頁。

洛陽題壁

世變時移兩忽然，空餘洛邑舊山川。兵屯宫殿鬧如市，民静閭閻冷斷煙。漢後幾經成大火，周時初建取中天。興亡令我掀眉笑，不悟邯鄲枕上篇。宋徐夢莘《三朝北盟會編》卷一〇〇《諸靖康雜記》：「金人據西京，有題詩於壁者云云。」上海古籍出版社二〇〇八年，第七三九頁。

臻蓬蓬歌

臻蓬蓬，外頭花花裏頭空。但看明年正二月，滿城不見主人公。明王昌會《詩話類編》卷二八：「宣和初，收復燕山，以歸朝金民來居京師，其俗有《臻蓬蓬歌》，每扣鼓和臻之音，爲節而舞，人無不喜聞其聲而效之。其歌云云。此本虜讖。是年正月，徽宗南幸，次年二聖北狩。」《四庫全書存目叢書》本，齊魯書社一九九六年。今按，所謂歸朝金民，當是亡遼燕山漢人，流落汴京，後多北歸。

伎人歌

百尺竿頭望九州，前人田土後人收。前人得時休歡喜，更有收人在後頭。明王昌會《詩話類編》卷二八：「宣和初，收復燕山，以歸朝金民來居京師……有伎者以數丈長竿繫椅於杪。少頃，下投於小棘坑中，無偏頗之失。未投時誦詩云云，此亦虜讖，而兆禍可怪。」《四庫全書存目叢書》本，齊魯書社一九九六年。

題關中驛舍壁二首

鼙鼓轟轟聲徹天，中原廬井半蕭然。鶯花不管興亡事，妝點春光似去年。

渭平沙淺鴈來棲，渭漲沙移鴈不歸。江海一身多少事，清風明月淚霑衣。宋陳巖肖《庚溪詩話》卷下：「靖康之變，中原爲虜竊據，當時文人勝士陷於彼者不少。紹興庚申、辛酉，河南關陝之地暫復，有自關中驛舍壁間得詩二絶云云。」《文淵閣四庫全書》本。今按，南宋紹興庚申、辛酉，即紹興十年、十一年（金熙宗天眷三年、皇統元年，一一四〇年、一一四一）。另，宋趙溍《養疴漫筆》亦録，《叢書集成初編》本，中華書局一九八五年。

新編全金詩卷三

滕茂實

滕茂實，字秀穎，東陽（今浙江省金華市東陽市）人①。北宋政和八年進士，累遷奉議郎。靖康元年，假工部侍郎從樞密路允迪使金被留，因雲中，移代州。聞欽宗將至，自爲哀詞，且篆「宋工部侍郎滕茂實墓」九字，授友人董詵。欽宗及郊，具冠幘迎謁，拜伏號泣。女真迫其易服，不從；茂實請從舊主同行，不許。金人向宋朝索要其家屬來居②，遂往來并、代間，布衣終身，卒於天會六年。董詵南歸後，以哀詞言於朝，贈龍圖閣直學士，謚忠節③。嘗著《秀穎詩編》行世。兹輯八首。

① 《中州集》小傳作「姑蘇人」。今按，關於秀穎鄉貫，文獻記載頗紛紜。《宋史》卷四四九《滕茂實》作「杭州臨安人」；宋李心傳《建炎以來繫年要録》卷五「建炎元年五月壬寅」：「諸書或以茂實爲嚴州人。案《政和八年進士題名記》云：『滕茂實，字秀穎，杭州臨安人。』」宋周密《齊東野語》卷一一《滕茂實》作「吴人」，然《中州集》小傳謂「臨終，令黄幡裹屍而葬，仍大刻九字云『宋使者東陽滕茂實墓』。士大夫哀其忠，爲之起墳於雁門，歲時致祭」。自稱東陽，當從之。

② 金佚名《大金弔伐録》卷三《與宋主書》所附《取干戻人札子》，《叢書集成初編》本，中華書局一九八五年。

③ 《宋史》卷四四九《滕茂實傳》，中華書局一九七七年。

哀隆德守臣張確確浮休張舜民之弟嘗爲烏延帥幕獨不廷謁童貫作詩弔之

睢陽萬古一張巡，忠義傳家有世臣。顔子伏膺當入室，潘郎望拜肯同塵。圍城已陷天猶晦，仗劍臨危氣益振。餘子鄰邦盡曹李，偷生端作九泉人。

天寧節有感

節臨重十慶天寧，古殿焚香祝帝齡。身在北方金佛刹，眼看南極老人星。千官花覆常陪燕，萬里雲遥阻在廷。松柏滿山聊獻壽，小臣孤操亦青青。汴梁故老云：徽宗本以五月五日生，以俗忌，移之十月十日。故此詩有「重十」之句。

後蔬盤可喜偶成

過雨盤蔬日日新，從今休嘆庾郎貧。寒虀安取咄嗟辦〔一〕，火食不憂生死隣。野莧何施雖可鄙，美芹欲獻去無因。干戈萬里風塵晦，慙媿平生肉食人。

【校記】

〔一〕辦：弘治本《中州集》作「辨」。

五日

節物驚心動遠思，薰風又見浴蘭時。空尋好句書紈扇，無復佳人繫綵絲。酒注菖蒲唯欲醉，筒包菰黍不勝悲。明年此日當何處，風裏孤蓬自不知。

喜雨

旱嘆雨霑渥，豐穰都不疑。商羊應屢舞，布穀强多知。龍見寧非數，雲行自有時。當年班夏令，曾得近丹墀。

偶成

纖雲卷盡見秋容，古木交陰一掃空。雪壓羣山曉來雨，葉侵缺甃幾番風。欲歸未得人將老，屢送還來鬼亦窮。賴得子卿佳傳在，整冠時讀慰飄蓬。

立春

東皇布政物皆春，山色禽聲便可人。滿谷和風消積雪，半窗晴日動游塵。宫花插帽枝枝秀，菜甲堆槃種種新。拘窘經時成土俗，聊從一醉適天真。

臨終詩并序

厶奉使亡狀〔一〕，不復反父母之邦，猶當請從主行，以全臣節，或怒而與之死。幸以所仗節幡裹其尸，及有篆字九，爲刊之石，埋於臺山寺下〔二〕，不必封樹。蓋昔年大病，夢遊清凉境界，覺而失病所在，恐于此有緣。如死窮徼，則乞骸骨歸。悉如前禱，預作哀詞，幾于不達。方之淵明則不可，亦庶幾少游之遺風也。

虀鹽老書生，謬列王都官。索米了無補，從事敢辭難。殊隣復盟好〔三〕，仗節來榆關。城守久不下，川塗望漫漫。僉輩果不惜，一往何當還。牧羊困蘇武，假道拘張騫。流離念窘束，坐閲四序遷。同來悉言歸，我獨留塞垣。形影自相吊，國破家亦殘。呼天竟不聞〔四〕，痛甚傷肺肝。相逢老兄弟〔五〕，悼歎安得驩。金人自南歸，得志鞍馬間。波瀾卷大厦〔六〕，一木難求安〔七〕。就不違我心〔八〕，渠不汗我顔。昔燕破齊王，群臣望風犇。王蠋猶守節，燕人有甘言。經首自絶脰，感槩今昔聞。未嘗食齊禄，徒以世爲民。况我禄數世，一死何足論。遠或死江海，近或死朝昏。斂我不須衣，裹尸以黄幡。題作宋臣墓，篆字當深刊。我室尚少艾〔九〕，兒女皆童頑〔一〇〕。四海無置錐，飄流倍悲酸。誰當給衣食，使不厄飢寒。歲時一酹我，猶足慰我魂。我魂亦悠悠〔一一〕，異鄉寄沉冤。它時風雨夜，草木號空山。《中州集》卷一〇《滕奉使茂實》。

【校記】

〔一〕厶奉使亡狀：厶，汲古閣本、文淵閣本《中州集》作「某」，同。另，《（咸淳）臨安志》卷六六《人物》録此詩，「厶」、「亡」作「滕茂實」、「無」。〔二〕寺：文淵閣本《中州集》作「之」。〔三〕復：《（咸淳）臨安志》作「敗」。〔四〕竟：《（咸淳）臨安志》作「曾」。〔五〕老：《（咸淳）臨安志》作「有」。〔六〕波瀾卷大廈：《（咸淳）臨安志》於此句前有「金人自南歸，得志鞍馬間」，當是遺山爲金諱而删。〔七〕難：《（咸淳）臨安志》作「乃」，且於此句下有「世事寧有此，聊發我所存。爵禄非所慕，金珠敢懷貪」，爲《中州集》諸本所無。〔八〕就不：《（咸淳）臨安志》作「縱或」。〔九〕艾：弘治本《中州集》作「女」，《（咸淳）臨安志》作「妻」。〔一〇〕皆：《（咸淳）臨安志》此句作「當」。〔一一〕亦：《（咸淳）臨安志》作「自」。

魏行可

魏行可，建州建安（今福建省南平市建甌市）人。南宋建炎二年（金天會六年、一一二八），以太學生應募奉使，補右奉議郎，假朝奉大夫、尚書禮部侍郎，充河北金人軍前通問使，仍命兼河北、京畿撫諭使。金人知其布衣借官，待之甚薄，因留不遣。行可嘗謂部屬曰：「人誰無死，爲國死猶生也。」紹興六年（金天會十四年），飲泣而卒。十三年（金皇統三年、一一四三），張邵歸國，言其執節歿於王事，贈朝奉郎、秘閣修撰①。兹輯一首。

自誓

萬里心馳懷故國，千行淚灑望行宫。孤臣不死忠誠在，爲報無忘此犬戎。北京大學古文獻研究所編《全宋詩》引《（弘治）建寧府志》卷二九，北京大學出版社一九九八年，第二四册一六〇二一頁。

朱弁

朱弁，字少章，號觀如居士，南宋理學家朱熹叔祖，徽州婺源（今江西省上饒市婺源縣）人。宋建炎二年（金天會六年），以通問副使使金被留。金人迫其仕劉豫，守節不屈，憂憤得目疾。女真敬其忠，遣子弟就學，遂得與時賢往來，因文字酬答説以和好之利，故碑版題詠流行北方者甚多②。皇統三年，宋金和議成，與洪皓、張邵歸國，僅轉奉議郎，次年卒。史稱「弁爲文慕陸宣公，援據精博，曲盡事理。詩學李義山，詞氣雍容，不蹈其險怪奇澀之弊」③。嘗著《聘遊集》四十二卷及其他著述多種，

---

①《宋史》卷四四九《忠義傳》四，中華書局一九七七年。

②宋朱熹《晦庵先生朱文公文集》卷九八《奉使直秘閣朱公行狀》，《四部叢刊》本。

③《宋史》卷三七三《朱弁傳》，中華書局一九七七年。

僅《風月堂詩話》《曲洧舊聞》尚存。兹輯四十五首。

蘇子翼送黄精酒

仙經何物堪却老，較功無如太陽草。龍銜雞銜名雖異，菟公羊公事可考。蘇君真是神仙裔，橘井陰功貫穹昊。雲笈書成數萬言，銀關珠宫用心早[一]。獨知此物有奇效，福地名山爲儲寶。不憚林泉新斸掘，斥去杵臼謝篩擣。况從高士論麯糜，更課公田收秫稻。一朝靈液浮瓮盎，三冬浩氣生襟抱。且欣軟飽得澆腸，漫説逆流工補腦。眼碧那憂散黑花，髪白故應還翠葆。賈傅只嫌松醪陋，劉墮敢誇桑落好。直須五斗論解酲，寧待三杯乃通道。誰知萬里落荒人，亦許匏尊自傾倒。爲君唤迴雪窖春，八載羈愁供一掃。曼倩宜分此日桃，安期莫詫他年棗。何煩更採石斛花，已覺容顔不枯槁。根連石室喜入夢，句擬桐溪愧摛藻。平生我亦愛書札，朱髓緑腸勤探討。幸君汲引成此志，鶴駕騣騣望仙島。吞腥啄腐非夙心，歲晚兹言良可保。

【校記】

〔一〕關：汲古閣本、文淵閣本《中州集》作「闕」。

初春以蔓菁作虀因憶往年避難大隗山采蘋澗中爲虀虀成汁爲粉紅色而香美特異乃信鄭人所言爲不誣矣今食新虀因成長韻

藏蔬飽三冬，媚盤無靃靡。陳虀解束縛，冰雹散刀几。春畦蕪菁苗，入眼漸可喜。青黃含風露，採摘從此始。持歸作新虀，一飽競鮮美。芬香溢肺肝，甘脆響牙齒。捫腹幽窗下，芻豢詎能比。憶昔避難初，竄身重嵓裏。雲煙昏具茨，老稚且棲止。燕兵大搜索，焚蕩石牛底。脱命擲虎山，野哭紛四起。暮投山前店，茅棟例燒毀。潛伏窟室中，衣敝不蓋體。妻孥坐相對，生意薄於紙。晨朝行澗中，采芹澗邊洗。鄭人誇此虀，他菜非所擬。氤氳投瓦盎，觸鼻似蘭芷。一杯紅粉羹，析酲勝仙醴。乃知野人獻，凉薄未宜鄙。今來滯殊鄉，白首家萬里。猶能對葷羶，咀嚼出宮徵。回思十年夢，爭奪殊未已。飽食但謀身，吾顙良有泚。

北人以松皮爲菜予初不知味虞侍郎分餉一小把因飯素授廚人與園蔬雜進珍美可喜因作一詩

吾老似出家，晚悟愧根鈍。滋旨却羶葷，禪悦要親近。偉哉十八公，玆道亦精進。舍身奉刀几，割體絶嗔恨。鱗皴老龍皮，鳴齒溢芳潤。流膏爲伏龜，千歲未須問。便堪奴笋蕨，詎肯友芝菌。跏趺得一飽，萬事皆可擯。侍郎文懿後，落落衆推俊。澹然世味薄，内典得所信。香厨留淨供，頻食不言頓。晏然默不語，草木雷音震。得法於此公，骨髓傳心印。應憐持節人，餉此爲問訊。欲將無上味，爲我洗塵坌。食之不敢餘，感激在方寸。

予以年事漸高氣海不能熟生煖冷旅中又無藥物遂用火攻之策灼艾凡二百壯吟呻之際得詩二十韻

不作漳濱臥，年侵血氣衰。據鞍思少壯，攬鏡嘆清羸。有病方求艾，無營莫問蓍。心知出下策，理勝遇中醫。陽燧神逾速，銅仙術盡施。論功鄙炮製，取穴辨毫釐。火帝恩光異，炎官績用奇。書螢比差似，珠蟻迫方知。忖物嗟炮鱉，觀形笑灼龜。煙微初炙手，氣烈漸鑽皮。閉目書徒展，支頭枕屢移。發狂還自哂，賈勇僅能支。宋鷁追風日，吴牛喘月時。忠言勞緩頰，善謔爲開眉。服氣工夫遠，燒丹歲月遲。衛生防後患，伐性釋前疑。展轉那成夢，呻吟且當詩。因心念民瘼，出位嘆身卑。欲已七年病，當從百世師。保身將保國，未可廢箴規。

元夕有感

朔雪餘千里，東風徧九州。關河中土異，燈火上元愁。緑蟻嘗新釀，青貂戀故裘。紫姑無用卜，世事正悠悠。

憶鍾離濬

浚都同聚讀書螢，楚岸春風憶送行。三十年前初識面，四千里外更關情。出疆我亦徒勞爾，入仕君今何似生。旅鴈相逢須一問，要從郵上得新聲。

炕寢三十韻

風土南北殊，習尚非一躅。出疆雖仗節，入國暫同俗。淹留歲再殘，朔雪滿崖谷。禦冬貂裘弊，一炕且跧伏。西山石爲薪，黝色驚射目。方熾絶可邇，將盡還自續。飛飛湧玄雲，焰焰積紅玉。稍疑雷出地，又似風薄木。誰容鼠棲冰，信是龍銜燭。陽曦助喘息，未害揺空腹。惠氣生袴襦，仍工展拳足。豈惟脱膚皸，兼復平體粟。負暄那用詫，執熱定思沃。收功在歲寒，較德比時燠。雖餘炙手焰，寧有爛額酷。矧當凝沍辰，炎帝獨回轂。玄冥真退聽，祝融端可録。嗟予亦何者，萬里歌黄鵠。偃仰對窗扉，妍煖謝衾褥。壯懷羞竈媚，晚悟笑突曲。因思墮指人，暴露苦皸瘃。頻年未解甲，蹈此鋒刃毒。遥知革輅中，旰食安豆粥。陪臣將命來，意懇誠亦篤。有奇不能吐，何術止南牧。君心想更切，臣罪何由贖。此身雖自温，此志轉煩促。論武貴止戈，天必從人欲。安得四海春，永作蒼生福。聊擬少陵翁，秋風賦茅屋。

秋泉次韻

新醅瀹瀹溢瓶盆，漱石秋泉帶雨渾。翡翠盃深雲液凝，鸕鷀杓滿月波翻。照人光入樽罍瑩，流齒香隨語笑噴。已拚扶頭日三丈，朝酲未解任昏昏。

夜雨枕上

淅淅風聲止，凄凄雨氣凉。愁工縈客思，夢故遶江鄉。書疏親朋少，干戈歲月長。平城弭節地，可復見秋霜。

客懷

兵氣常時見，客懷何日開。形骸病自瘦，鬢髮老相催。已負秦庭哭，終期漢節回。風雷識我意，一雨洗氛埃。

歲序

歲序忽將晏，節旄嗟未還。低雲慘衆木，寒雨失群山。喪亂關詩思，謳謠發病顔。夢魂識舊隱，時到碧溪灣。

白髮

白髮使車前，煙波思渺然。霜清穫稻日，風急授衣天。客館但愁坐，釣舟誰醉眠。乘槎會有便，真到斗牛邊。

有感

容貌與年改，鬢毛隨意斑。鴈邊雲度塞，鳥外日銜山。仗節功奚在，捐軀志未閑。不知垂老眼，何日覩龍顔。

劉善長出示李伯時畫馬圖

俯首舉尾拳一蹄，掣韁欲嗅驕不嘶。奚官聳肩兩足垂，意貌自與造父齊。雞目麟鬐鳳皇臆，玉山禾遠未容食。籋雲追電有餘地，置之畫圖人豈識。精神權奇孰可班，當在白兔青龍間。君知此馬從何來，龍眠胷中十二閑。

謝崔致君餉天花

三年北饌飽羶葷，佳蔬頗憶南州味。地菜方爲九夏珍，天花忽從五臺至。崔侯胷中散千卷，金甌名相傳雲裔。愛山亦如謝康樂，得此携歸豈容易。應憐使館久寂寥，分餉明明見深意。堆槃初見瑶草瘦，鳴齒稍覺瓊枝脆。樹雞濕爛慚扣門，桑蛾青黄謾趨市。赤城菌子立萬釘，今日因君不知貴。乖龍耳僅免一割，沙門業已通三世。偃戈息民未有術，雖復加湌秪增媿。雲山去此縱不遠，口腹何容更相累。報君此詩永爲好，捧腹一笑萬事置。

戰伐

戰伐何年定，悲愁是處同。黄雲縈晚塞，白露下秋空。魚躍深波月，烏啼落葉風。誰知渡江夢，一夜繞行宫。

龍福寺煮東坡羹戲作

山寺解塵鞅，溪邊有微行。手摘諸葛菜，自煮東坡羹。雖無錦繡腸，亦飽風露清。鈎簾坐捫腹，落日千峯明。

丙申中秋不見月

中秋萬里月，何處駕冰輪。底事隔年會，不憐今夕人。兔疑停杵臼，蟾豈避風塵。默識常娥意，承平賞更新。

十七夜對月

病骨怯風露，愁懷厭甲兵。人居絶域久，月向此宵明。輪仄初經漢，光分半隱城。遲遲不肯下，應識異鄉情。人謂少章此詩似微升古塞外，而末章尤爲淒絶，必有能辨之者。

睡軒爲趙光道作

深炷爐香睡息勻，翛然一覺得天真。生涯聊示人間世，緣境都忘藥裏身。窺牖屢來從汝唤，叩門空去任渠嗔。更須滿壁圖雲水，卧想江湖渺莽春。

南齋即事

頻年行役夢庭闈，陟岵常嗟脚力疲。每訴酒巡嫌客惡，力營官事笑兒癡。雲山幸不持錢買，花竹何妨帶雨移。此味貴人元未識〔一〕，恐緣詩好被渠知。

【校記】

〔一〕貴：原作「責」，四部叢刊本《中州集》如之，此從其餘諸本。

餞和父之并州

有北何堪説，如南未是歸。并門子徑往，漢節我方畿。筆硯論心久，干戈會面稀。新程相憶處，路入嶺雲微。

獨坐

草凍慵抽碧，桃癡懶暈紅。黄雲猶漢野，紫塞漫春風。使節空留滯，侯圭未會同。堦除雪不掃，獨立數歸鴻。

寒食

絶域年華久，衰顔淚點新。每逢寒食節，頻夢故鄉春。草緑唯供恨，花紅只笑人。南轅定何日〔一〕，無地不風塵。

【校記】

〔一〕轅：弘治本《中州集》作「軒」。

上巳

行行春向暮，猶未見花枝。晦朔中原隔，風煙上巳疑。常令漢節在，莫作楚囚悲。早晚鸞旗發，吾歸敢恨遲。

送春

風煙節物眼中稀，三月人猶戀褚衣。結就客愁雲片段，喚回鄉夢雨霏微。小桃山下花初見，弱柳沙頭絮未飛。把酒送春無別語，羡君纔到便成歸。

天問絶句

穴邊酣戰君臣蟻，波上群嬉婢妾魚。苦樂不同同一宇，問天此理竟何如。

客夜

城月四更上，窗風一室幽。纖雲縈鴈塞，重霧逼貂裘。兵革何年息，乾坤此夜愁。殊鄉兩行淚，騷屑洒清秋。

攄抱

客滯殊方久，山圍絶塞深。秋風入横笛，夜月傍沾襟。造膝他時語，捐軀此日心。飛霜滿明鏡，髪短不勝簪。

重九

九日今何地，寒深紫塞霜。敢嫌蘆酒濁，且對菊花嘗。歲月雙蓬鬢，乾坤百戰場。賜萸知未舉，夢自識鴛行。

次韻劉太師苦吟之什

長城五字屹逶迤，可笑偏師敢出奇。句補推敲未安處，韻更瘀絮益難時。癡迷竟作禽填海，辛苦真成蟻度絲。却羡彌明攻具速，劉侯漫説也能詩。

善長命作歲除日立春

土牛已着勸農鞭，葦索仍專捕鬼權。且喜春盤兼守歲，莫嗟臘酒易經年。東風漸入江梅夢，朔雪猶迷塞柳天。元會明朝定何處，羈臣揮淚節旄前。

次韻子文秋興

逸興常時有，逢秋一倍多。山長含楚雨，天遠接吴波。尋壑同元亮，浮家伴志和。釣竿行入手，還着向來蓑。

冬雨

冬雨不成雪，北風寒未深。山藏千壘秀〔一〕，雲結四垂陰。迴灑凌朝閣，殘聲入夜衾〔二〕。端能洗兵甲，足慰此時心。

【校記】

〔一〕壘：汲古閣本、文淵閣本《中州集》作「疊」。〔二〕殘聲：弘治本《中州集》作「聲殘」。

寒食感懷次韻吴英叔〔一〕

疾風甚雨老難禁，嶺外無餳誰解吟。雙鬢客塵諳世變，兩眉鄉思儘愁侵。榆錢何處迎新火，杏粥頻年繫此心。落日高城魂易斷，天臨牛斗五湖深。

【校記】

〔一〕詩題「英叔」，或作「英菽」，吴鼒字。《（乾隆）鳳臺縣志》卷九《僑徙》載其小傳：「吴鼒字英菽，洛陽人。嘗於天慶觀訪潛叟喬道人可度，留題七言古詩於寒碧軒。」本集卷二録其詩。

春陰

關河迢遞繞黃沙，慘慘陰風塞柳斜。花帶露寒無戲蝶，草連雲暗有藏鴉。詩窮莫寫愁如海，酒薄難將夢到家。絶域東風竟何事，秪應催我鬢邊華。

寒食

清明六到客愁邊，雙鬢星星只自憐。兵氣尚纏巢鳳閣，節旄已落牧羊天。紙錢灰入松楸夢，餳粥香隨榆柳煙。北向鴈來寒霧隔，音書不比上林傳。

李任道編録濟陽公文章與僕鄙製合爲一集且以雲館二星名之僕何人也乃使與公抗衡獨不慮公是非者紛紜於異日乎因作詩題於集後俾知吾心者不吾過也庚申六月丙辰江東朱弁書

絶域山川飽所經，客蓬歲晚任飄零。詞源未得窺三峽，使節何容比二星。蘿蔦施松慙弱質，蒹葭倚玉怪殊形。齊名李杜吾安敢，千載公言有汗青。濟陽公，謂宇文叔通。叔通受官而少章以死自守，恥用叔通見比，故此詩以不敢齊名自託。至于書年爲「庚申」，與稱「江東朱弁」者，蓋亦有深意云。

秋夜

秋夜雖漸永，未抵客愁長。秋月雖已圓，不照寸心方。將心貯此愁，真作萬斛量。爲月憐此夜，誰共千里光。空令還家夢，欲趁征鴻翔。《中州集》卷一〇《朱奉使弁》。

别百一侄寄念二兄

昔我别汝父，見汝立扶牀。汝今已婚宦，我鬢宜俱蒼。向來青雲器，不佩紫羅囊。竹林我未孤，玉樹汝非常。青衫初一尉，遠在子真鄉。念將東南歸，拜我溱洧傍。上能論道義，次猶及文章。自慚老仍僻，何以相激昂。日暮嵩雲飛，秋高塞鴻翔。了知還家夢，先汝渡江航。迢迢建業水，高臺下鳳凰。鼻祖有故廬，勿令草樹荒。我欲種松菊，繼此百年芳。汝歸約我兄，晚歲同耕桑。請策葛陂龍，來尋金華羊。明程敏政《新安文獻志》卷五一上，黄山書社二〇〇四年。

葡萄

葡萄産西域，漢使斸根回。自到中原後，先從上苑栽。北京大學古文獻研究所編《全宋詩》卷一六三三引明佚名《新編增廣事聯詩苑叢珠》卷一一，北京大學出版社一九九八年，第二八册一八三二二頁。

紹興十三年自雲中奉使回送伴至虹縣以舟入萬安湖有詩二首

萬頃玻璃一葉船，衝蘆曳藻入蒼煙。

雲中六閏食無魚，清夜時時夢斫鱸。離汶未逾千里道，度淮先泛萬安湖〔一〕。《永樂大典》卷二二七〇湖字韻引《泗州志》，中華書局一九九八年，第一册八四〇頁。今按，第一首僅殘存二句。

【校記】

〔一〕安：原作「象」，此從詩題。今按，萬安湖即潼陂。唐李吉甫《元和郡縣志》卷九《虹縣》：「潼陂，一名萬安湖，周回二十里，在縣北五里。」

元夕廳設醮

春容先督府，月色滿江城。燈賞無仙夢，齋居絶市聲。兩年憂旱虐，八郡望秋成。憑藉剛風力，青章達九清。

元夕

立馬行歌隘市門，賣薪攜子出前村。聲翻寶界金鼇動，光奪瓊樓玉兔昏。守舍呻吟宜老病，通宵奔走付兒孫。潘郎豈是無情思，點檢霜髭愧緑尊。《永樂大典》卷二〇三五四夕字韻引《中州集》，中華書局一九九八年，第八册七六三六頁。今按，現存諸本《中州集》未見以上二首。

栽花

種柳五年高出屋，攀條坐愛春陰緑。環池又栽數品花，蜀葵玫瑰與石竹。明彭大翼《山堂肆考》卷一九七，《文淵閣四庫全書》本。

佚句

謝范祖平朝散惠花

平生所愛曾莫倦，天遣花王慰吾願。姚黄三月開洛陽，曾觀一尺春風面。宋朱弁《曲洧舊聞》卷四：「予在南平城，作《謝范祖平朝散惠花》詩云云。蓋記此事也。祖平字準夫，忠文公之諸孫也。以雄倅致仕，居許下被俘。惠予花時，年六十一歲矣。」《叢書集成初編》本，中華書局一九八五年。

奉使潭園馬上口占

黄金臺下古燕都，潭碧淵淪粉堞隅。元劉應李等《大元混一方輿勝覽》卷上《大都路大興府》，四川大學出版社二〇〇三年，第二九頁。

新編全金詩卷四

洪 皓 一

洪皓，字光弼，饒州鄱陽（今江西省上饒市鄱陽縣）人。北宋政和五年進士。建炎三年（天會七年）奉使金國。初至雲中，女真迫其仕劉豫，不從，遂流遞金源冷山。陳王完顏希尹義之，使教其子弟。天眷三年，至燕京，宇文虛中薦授翰林直學士、中京副留守，力辭不受。皇統三年，宋金和議成，獲赦南歸，竟爲當途者所嫉，連遭貶逐①。紹興二十五年（金貞元三年、一一五五），卒於英州，年六十八。史稱「皓雖久在北廷，不堪其苦，然爲金人所敬，所著詩文，争鈔誦求鋟梓」②。嘗著文集五十卷及《帝王通要》《姓氏指南》《金國文具録》《春秋紀詠》等，僅《松漠紀聞》及部分詩文存世。兹輯一百三十八首。

---

①《宋史》卷四七三《秦檜傳》：「洪皓歸自金國，名節獨著，以致金酋室撚語，直翰苑不一月逐去。室撚者，粘罕之左右也。初，粘罕行軍至淮上，檜嘗爲之草檄，爲室撚所見，故因皓歸寄聲。檜意士大夫莫有知者，聞皓語，深以爲憾，遂令李文會論之。」中華書局一九七七年。

②《宋史》卷三七三《洪皓傳》，中華書局一九七七年。

洪皓詩載《鄱陽集》，以《文淵閣四庫全書》本爲底本，校以清洪氏《晦木齋叢書》本（哈佛大學圖書館藏本圖像本，略稱晦木齋本）等有關文獻。

次大風韻

原按：集中次韻詩於原作姓名往往不載，豈當時龔璹之流後皆降仕，故削而不録，抑詩散佚者多，或詳彼略此，今無可據考，姑仍舊文。

飛廉薄怒意云何，肆暴傷春氣不和。可但揚沙迷白晝，也應震海湧滄波。終霾捲地將飄屋，陰曀驚林定折柯。便欲奮飛聯六鷁，宋都未過且悲歌。原注：此詩至《汶河石橋》，疑皆皓奉使時途中作。

都亭驛

都驛荒凉尚邃深，息肩藉庇有餘陰。故宫今已生禾黍，翻作行人倍痛心。

羑里廟

羑河依舊羑城空，十畝頹基象四墉。重易待更三聖備，諸侯那得七年從。斯文未喪今猶在，遺像雖存祭不供。尚有神靈能濟旱，往來拜謁日憧憧。

講武城

長笑袁本初，妄意清君側。垂頭返官渡，奇禍憐幕客。曹公走熙尚，氣欲陵韓白〔一〕。欺孤計已成，軍容漫輝赫。跨漳築大城，勞民屈群策。北雖破烏丸，南亦困赤壁。八荒思并吞，二國盡勍敵。西陵寄遺恨，講武存陳跡。雉堞逐塵飛，濁流深莫測。回首銅雀臺，鼓吹喧黽蟈。

【校記】

〔一〕韓白：晦木齋本作「長白」。今按，《抱樸子·君道》：「韓白畢力以折衝，蕭曹竭能以經國。」

夜渡沙河

秋聲已策策，行役敢遲遲。潦漲流偏急，舟橫岸自移。披襟從露浥，攬轡覺神疲。曉入邯鄲道，黄粱熟未知。

望蓬鵲山

内丘應有越人踪，血食依山近邑中。前代醫流兼咒法，上池水飲獲神功。假真昔歎多盧異，生死今慚少虢同。秦技嫉能遭横逆〔二〕，停車弔爾意潛通。

【校記】

〔一〕技：晦木齋本作「伎」。

洨河石橋

洨河建石橋，可但驢馬渡。長耳留蹄涔，嗟我來何暮。四隅柱干霄，停驂俯一顧。上鏤過客名，旁鐫海怪怖。開元雙折柱，隸畫尚堅固。神物久護持，趙人速驚諕〔一〕。泉南應伯仲，松江説無處。引領渺煙波，恨不奮飛去。洨水出常山石邑井陘東南，入於泜，見《説文》及《前漢·地理志》。據皓本傳，至太原留幾一年，此其經涉之地也〔二〕。

【校記】

〔一〕速：晦木齋本校曰：「疑誤。」另，「諕」原作「嫭」，此從晦木齋本。〔二〕此注原置於詩題後，兹移詩末。

次韻春日即事六首

暮春百卉未舒紅，盡日尋芳溯晚風。誰道倦遊鞍馬上，且投佳句錦囊中。

遠訪夭桃映面紅，俯臨寒食困和風。幽燕在昔多佳麗，應有留題外户中。

恨無六翮不能飛，一見慈顏戲彩衣。躍馬問鞍驚被執〔一〕，式微空賦未容歸。

如膏細雨沐輕紅，更有催花少女風。薄暮濃雲横漢外〔二〕，西山數點有無中。

何須百鳥獻花紅，懶似吾師有祖風。儒釋自來曾結社，不妨俱隱小堂中。

禁煙未睹燕子飛〔三〕，料峭寒生透寢衣。欲去踟躕情味惡，春歸底事不同歸。此詩當是在雲中作。皓前後兩至雲中，未知詩作於何時。疑再至被留時作〔四〕。

【校記】

〔一〕問：晦木齋本校曰：「疑誤。」　〔二〕漢：晦木齋本作「漠」。　〔三〕燕子飛：晦木齋本作「燕雙飛」。　〔四〕此注原置於詩題後，茲移詩末。另，「疑再至被留時作」原缺，據晦木齋本補。

過窮頭嶺

驅車陟峻阪，牛斃轍亦敗。羊腸雖云險，茲險最奇怪。千里無爨煙，四顧多障礙。烟草何茫茫，信是要荒外。平生嘗險阻，已負垂裳戒〔一〕。今茲有此行，其又誰怨憝〔二〕。上天實爲之，於我無可奈。死生安之命，靡靡詠行邁。致命爲見危，委質復何悔。我躬既不閲，我後恤不逮。

【校記】

〔一〕裳：晦木齋本作「堂」。　〔二〕憝：晦木齋本作「懟」。

所居三章，二章章八句，一章章十句。

昔我所居，巨室高門。或出或處，笑傲乾坤。終日熙熙，省定晨昏。致君澤民，兹志常存。一章。

今我所居，圭竇蓽門。俯首折腰，如坐覆盆。終日譊譊，形弊神昏。死所未知，舊事誰論。二章。

人亦有言，禍福無門。忠孝弗著，淫侈實繁。天其罰我，我又奚怨。儻謹言行，或反丘園。作爲此詩，以告司閽〔一〕。三章。

【校記】

〔一〕司：原作「同」，此從晦木齋本。

次三月望日出遊

無馬假犢車，豈必朱丹轂。駕言暫出遊，寫憂慰窮獨。尋芳不見花，宿莽埋槲樕。區區十里間，良友始追逐。晤語得正人，頗欣富方穀。書齋大蕭條〔一〕，四面少林麓。欲作納涼亭，因兹出求木。履橋雖云安，欹柱恐顛覆。臨深念垂堂，徒行漫捫腹。道險能摧輪，畏聞聲轆轆。形骸久衰憊，揺几屢顰蹙〔二〕。五方民雜居，瀕澤非廣谷〔三〕。鷄犬或相聞，要知是荒服。

跋涉頻問津，引領主人屋。老稚俱迎門，擊鮮饋豚肉。日暮途修阻，還轅不辭速。吻燥藉醇醪，糊口資饘粥。翌日睹新詩，珠璣圓且熟。可追寶劍篇，高誦素靈哭。

【校記】

〔一〕大：晦木齋本作「太」。　〔二〕蹙：原作「慼」，此從晦木齋本。另，《永樂大典》卷八八四四遊字韻「出遊」條引洪忠宣公《鄱陽集·次三月望日出遊》亦作「蹙」。　〔三〕瀕：晦木齋本作「瀨」。

次韻小亭

昔叔孫穆子使於晉，晉人執之。叔孫所館者，一日必葺墻屋，去之日〔一〕，如始至。宋子罕云：吾儕小人，皆有闔廬以避燥濕寒暑。因感其事，用韻見情。

豈敢效叔孫，所至館必葺。吾儕有闔廬，第欲避燥濕。舊居非爽塏，方暑詎可入。尚幸屋西偏，升墟下臨隰。揆日遂誅茅，土木頗難集。面南創小亭，聊紓九夏急。不妨種花蔬，未免抱甕汲。猶恐地勢卑，版築加一級。恍如到會稽，山川獲顧揖。雲雨出高峰，燕坐觀吐噏。我來已二年，苟活匪成邑。將命負何辜，胡爲久見執。除館至於三，塊然形獨立。今茲喜卜鄰，風猷朝暮挹。對酒有良朋，邀月飲無及。新齋跬步間，乘興袂宜襲。

【校記】

〔一〕一日必葺墻屋去之日：晦木齋本句首有「雖」字，「去之日」前有「至」字。

小亭落成都官有詩次韻以謝二首

我被儒冠誤此身，公緣何事作流人。瓊葩乍折香勝雪，玉版初嘗煖似春。月桂他年應獨折，瓊林今日遂重新。披襟散髮無妨醉，况有紅粧二八陳。

小亭偪仄僅容身，開宴添樽有主人。爽塏何妨當九夏，芳菲可惜過三春。休嗟芍藥隨風隕，待看葵花向日新。萬里遠來逢一飽，粗勝夫子厄於陳。

贈彦清二首

好生惡殺號蒼天，天憫斯民欲息肩。自是大邦兵不戢，在於南國使無愆。論功弗用矜三捷，持勝何如保萬全。願早結成修舊好，名垂史策畫凌煙。

門下棲遲近一年，郎君高義薄雲天。儻能一語寧三國，應有嘉名萬古傳。

彦清彈琵琶有感彦清者，金相陳王悟室長子〔一〕。

黄金捍撥紫檀槽，推引柔荑品調高。妃子和親瞻馬首，樂天送客駐江皋。一時聽罷嗟流落，千古聲存訴切嘈。青冢青衫蕪没久，寧知孤旅更蕭騷。

【校記】

〔一〕悟室：原作「固新」，且校曰：「固新，原本作『悟室』，今依《金國語解》改正。」今按，所謂「悟室」，宋人譯文，指陳王完顏希尹，本名谷神，《金史》卷七三有傳。入清後，以滿語重譯，改作「固新」，遂致紛紜。以下此類問題徑改，不出校記。

山頂花有序

方苞類海棠，既舒似梨花。工部賦海棠則無心，都官詠山頂仍率意。此間花品绝少，豈非遐想故園，見近似者而喜乎？窗前數株爛熳，比遭風雨摧殘，飄隕過半，乃蒙仁慈，憐僕幽獨，乘興清賞，冒雨寵臨。光之以四韻，重之以一樽。速客携孥，弗憚泥濘，淺斟低唱，遂至夜闌。待月南窗，乃克分袂，佩服勤腆，何可弭忘。因次韻以謝，簡學士同賦。

萬片隨風正可嗟，殘枝帶雨認梨花。胭脂洗盡餘香雪，翠幄光生散綺霞。品類海棠無傑句，方言山頂更雄誇。題詩載酒同清賞，月上梢頭始到家。

中秋

舊時相識惟明月，三五而盈盈又缺。盈時常少缺常多，恰似人間足離別。我今一别已三年，中秋三見望舒圓。烏衣燕子尚得返，鴻雁正爾翔幽燕。此時蟋蟀猶在宇，聲聲悲吟正獨處。

耿耿不寐夢難成，翩翩蝴蝶亦辭去。寒螿韻咽草木黄，金風惻惻奏清商。援琴擬操明月吹，調高曲古轉凄凉。母曰嗟予久行役，寧知萬里爲羈客。烏鵲南飛飛不高，願爲黄鵠無羽翼。瀟湘水闊影沉沉，鄂渚樓高興又深。明年此際知何處，再睹嬋娟照客心。

重九彦清出獵獨處無聊二首

獨上層樓意已闌，欄干倚遍悄無言。白衣不至黄花少，悵望庭闈涕淚繁。

秋節堪悲惟暮節，牛山獨歎異龍山。解嘲不見狂從事，落帽風流作等閑。

彦清生辰十一月一日。

傳聞公子降生時，慶罷周正繼誕彌。誰識止戈方黷武，獨知好學務求師。少年已見鎡基好，他日應爲將相期。仁者自然天錫壽，若修陰德更何疑。

老母亦以是月生行年七十有三矣有感而作

息肩弛擔未多時，便祝郎君願德彌。念母年高班絳老，爲儒學淺愧蕭師。三年不問交鄰道，萬里寧知復命期。南國人情都不遠，賦詩懷遠莫相疑。

念母

復命無由責在身，可堪甘旨誤慈親。飄零殊異三年宧，遺肉知存愧餓人。

寄蘭干〔一〕

出疆三載已三遷，跋履脩塗又八千。山近迷迴寧有是，鋪經幸脱豈其然。樂饑饘粥姑安命，養拙茅齋且任緣。若也故人高義重，暫來江畔唁張騫。自注：迷迴山、幸脱鋪，皆所過地名。

【校記】

〔一〕晦木齋本題下校曰：「題疑有脱誤。」

次韻寄興祖廣德

南歸不獲却東遷，險阻艱難遍大千。母老三年難見止，途窮一慟忽潸然。愁同暴虎馮河悔，災甚求魚用木緣。行府相將釋老馬〔一〕，故人贈策助騰騫。

【校記】

〔一〕釋：晦木齋本校曰：「疑誤。」

又和春日即事

淹留逢地僻，將老惜韶光。齒與青春暮，愁隨白日長。尋芳無處問，對酒有時狂。漫學樊遲圃，空登子反牀。霏霏觀雪集，冉冉望雲翔。念母歌零雨，憂君誦履霜。繫書思雁足，看劍憶魚腸。駑馬先騏驥，鴟梟笑鳳凰。一身纏疾病，四載廢烝嘗。作箇頭風愈，陳琳檄在旁。

次觀表文韻二首

求成虐執四三年，一木難支大厦顛。致死存孤思杵臼，恃强輕敵笑苻堅。國家未免中衰者，日月何妨薄食焉。今日一成終祀夏，艱難啟聖賴皇天。

歲云暮矣厭三餘，豈不懷歸畏簡書。昔日卑辭剛不聽，今冬繼請諒難虚。賈生施餌非良策，陳子哦詩或起予。江左四年無信息，欲傳尺素羨雙魚。

思歸二首

綏頰難支大厦傾，單車久税阻歸程。慈顔萬里音書絶，忍看東風動紫荆。

垂翅東隅四五年，不知何日遂鴻騫〔一〕。傳書燕足徒虚語，强學山公醉舉鞭。

【校記】

〔一〕鴻鶱：晦木齋本作「鴻鶱」。

節至思親不覺淚下因記杜子美詩云無家對寒食有淚如金波又云佳辰强飲食猶寒隱几蕭條帶鶡冠清明詩云風水春來洞庭闊白蘋愁殺白頭翁王元之詩云無花無酒過清明興味都來似野僧二公佳句正爲我設也將命求成五年矣去秋和議王侍郎南去原按：王侍郎即王倫。《宋史》：倫與朱弁同使金見留。紹興二年，因和議，倫先歸。皓奉使在建炎己酉，至是適五年，以時考之正合。我獨淹留命也如何感時述懷賦四韻呈都官兼簡監軍監軍即陳王悟室。

寒食無家淚滿巾，清明無酒更愁人。不聞東道開東閣，空歎白頭歌白蘋。日永蕭條徒隱几，雪埋蒼莽阻尋春。王郎歸去我留滯，始信儒冠解誤身。

小王親迎賦此贈行卒章聊遣鄙懷〔一〕

混同江水秀可掬，李氏太師女如玉。婦德婦功應夙成，施鞶施衽亦初熟。舜華美艷年踰笄，未遭良匹求名族。風流儒雅王家郎，燕息東牀坦其腹〔二〕。納幣委禽六禮成，送車百兩皆丹轂。三星在天四月中，今夕何夕會花燭。綢繆謹始待如賓，伉儷要終貴和睦。且聞祁祁多娣媵，將見詵詵衆似續。我來乞盟閲八千，除館又經融火六。老母八十漫嗟予，男女有九賦采緑。固知我後恤不遑，人豈無情捐骨肉。萬里一身祇自憐，其誰高義哀煢獨。况復惡疾屢纏綿，呼天耻作窮途哭。因子告行遂贈言，勿忘舊學膺天禄。

【校記】

〔一〕晦木齋本詩題後案曰：「《松漠紀聞》云：『熱者，國最小，不知其始所居。後爲契丹徙置黄龍府南百餘里曰賓州，州近混同江，族多李姓，予頃與其千户李靖相知。靖二子，亦習進士舉。其姪女嫁爲悟室子婦。』此詩首二語，與《紀聞》所載情事正合。」〔二〕息：原作「食」，此從晦木齋本。今按，唐白居易《偶作》二首之二：「日午脱巾簪，燕息窗下牀。」見《全唐詩》卷四四五。

小王仲冬望置酒學士賦詩次韻

三冬適半成高宴，初筵更速金閨彦。王氏三珠少愈奇，昔也聞名今見面。雖無絲竹侑清歌，賴有雪月争曳練。乃兄登朝立要路，黑頭入侍瑶泉殿。一時壯氣飲如虹〔一〕，千仞威棱迅倂電。諫父休兵已可嘉，延儒教子尤堪羡。學士例能憐麴蘖，擬追乃祖存訓傳。折衝樽俎敗垂成，敷演佛乘超鍛鍊。都官鷺坐肖孟公，一醉逃禪俄側弁。不妨草檄愈頭風，何用能文獲天硯。杞梓奇材當顯庸，圭璋重器且明薦。大夫醉墨稱三昧，鍾王歐褚欣一眄。下馬疲觀索靖碑，畫牛誤落桓温扇。仲氏彎弧過鐵槍，驍勇臨機解乘便。酒行軍法慕朱虚，幼賭樗蒲慚奉倩。叔也居然賦常棣，且招師友嘗異饌。鶺鴒風緊思急難，堂堂筆陣曾酣戰。少年須折一枝桂，要職休辭五府掾。我來修好閲六年，薄命未許回哀眷。穆生初爲設醴留，臧堅豈受刑臣唁。三沐三薰聽所爲，一觴一詠情忘倦。强哦拙句若塼拋，枉尋長篇同玉衒。求成未結心如醉，况乃光陰疾於箭。天涯久旅漫思家，引領庭闈徒眷戀。

【校記】

〔一〕飲：晦木齋本作「歛」。

次彦深韻

德星堂上排家宴，壎箎合奏延群彦。彦清好士虚左迎，遂拉友朋來會面。新禮將行要討論，舊章欲舉須淹練。乃公功業世無有，劍履應須尊上殿。冢嗣風流邁阿戎，眸子爛如巖下電。紗籠名姓鬼護持，閣畫形容人健羡。先幾頃獻萬言書，壯歲曾看百將傳。濟世雄圖任屈伸，窮途絺句殊精煉。彦亨俊逸篙鮑昭，辭藻摛華如會弁。昇平方議戢干戈，粉澤豈宜焚筆硯。大慮終蒙王鳳招，奇謀靡仗無知薦。子適揮毫八體具，怒猊渴驥獲再眄。但當寶惜比蘭亭，未可捐去同秋扇。彦隆能挽兩石弓，丁字不識橐鞬便。衝冠遥憶藺相如，衣繡莫誇江次倩。彦深和粹貴公子，醍醐味美夸珍饌。一善拳拳早服膺，射策君門嘗决戰。起家正可二千石，筮仕寧希百六掾。坐中我是江南客，萬里尋盟負恩眷。下齊弗免田横烹，奔楚漫勞吴子唁。藉酒破愁兹不勝，憑詩遣興何曾倦。匠巧旁觀祇汗顔，櫝藏待賈寧沽衒。可堪僵仆雪填門，無奈裂膚風勁箭。范叔綈袍也自寒，須賈故人空戀戀。

次彦深韻三首

日長漏永滴銅壺，酒冽杯深困腐儒。公子殷勤歌舞勸，獻酬交錯屢傳呼。
雖遇嚴冬喜氣和，開筵出妓騁婆娑。折腰翹袖爲公壽，願贊監軍早戢戈。
祝壽開樽象樂和，傞傞態度屢婆娑。動容詠德終宵樂，從此修文定止戈。

彦清打毬

三伏擊毬暴氣和，汗馬良勞戛玉珂。殘形傷目未嘗慮，裸顛垢面服皮韡。列騎駸駸有中下，王孫上駟金盤陀。矯如跳丸升碧漢，墜若流星落素波。分明較勝各馳逐，雷奔電掣肩相摩。

天下固自有至樂，但知此樂無以過。有時雌雄久不决，載渴載饑日忽蹉。或勝或敗何所競，屈膝進酒方駢羅。擊鼓横笛歌且舞，觀者如堵環青娥。抑尊禮卑渾不顧，一時快意遑恤它。景雲貴戚尤好此，貞元方鎮亦同科。柳澤韓愈猶進諫，况乃名高欲戢戈。莫言得之自馬上，連朝肄習恐傷多。韓柳二書戒馳騁，願寘左右日吟哦。留心經史修遠業，黑頭侍宴朱顔酡。

彦清生日

朔旦得天正，王孫慶始生。北溟鵬已化，東國鳳先鳴。卓爾神峰秀，昭然冰鑑清。謀謨曾啟沃，議論復縱横。棣棣威儀富，汪汪軌度宏。古今書並覽，遼漢字兼行。折獄嚴無訟，齊家肅有聲。從軍依玉斧，教子勝金籝。築館勤延客，趨庭静戢兵。坐桑觀政異，飛舄入朝輕。避亂迎文若，聞歌戲武城。妙齡聊製錦，彊仕且和羹。可謂田門相，寧譏尹世卿。青雲應速致，緑綬諒垂榮。正是頒勞止，何當早太平。七年淹伴讀，萬里阻求成。報主心雖切，思親骨亦驚。自嗟同陟屺，誰與共班荆。冬日凌晨至，祥星際曉明。老彭知易比，五福不難并。

次韻學士重陽雪中見招不赴前後十六首

西鄰樽俎比星陳，强欲携筇慮損神。得句揮毫須會友，緩聲振木解娱賓。獻酬雜坐欺三白，眼餌單棲忘五辛。重九閑居真可惜，銷憂思引萬家春。

萸房覓得惜其陳，擬學宗王問鬼神。不放黄花資獻壽，故飛白雪惱留賓。一身抱病蹣跚苦，萬里思親況味辛。正是悲秋增感慨，詩翁摛藻與爲春。

二君氣概繼雷陳〔一〕，九日哦詩妙入神。季友凌霄方草賦〔二〕，孟公驚坐正延賓。難陪鳳嶺登高宴，且放牛山出涕辛。獨卧薦蒙思橘贈〔三〕，數篇潛發洞庭春。

支離已久懶申陳，枕上賡歌暫釋神。在户厭聞蛩咽韻，隨陽空羨雁來賓。交情中絶慚張耳，國步方艱億鬭辛。七載南冠猶未税，尚期肆眚九年春。

憶孟懷陶迹已陳，杖藜弔影召魂神。假書豈料貍爲士，帶箭寧思鶴是賓。臂上垂囊災可代，江邊錫宴食多辛。典衣本欲作重九，冒雪難尋石凍春。自注：富平酒名。

天涯憔悴向誰陳，不死由來是谷神。蒲柳衰姿依術士，桑榆晚景屬談賓。言存趙氏惟韓厥，力定周邦賴賈辛。尚論古人猶未足，投閑更欲講王春。

凌霜高潔試敷陳，采采通靈可養神。流水尚能延壽考，落英端可薦尸賓。千株蕪没堪嗟詠，一束蒙茸弗忌辛。願學楚人栽九畹，重陽已過待來春。

出疆許久豈當陳，患難頻經賴至神。敢覬路通馳一乘，遥思鄉飲立三賓。陵蘋翠減猶能泛，岸蓼紅衰不變辛。秋盡交遊無陸凱，江梅誰贈一枝春。

七稔艱難不敢陳，行藏且問蓍收神。遠來豈爲謀身事，久執無緣厠國賓。妄意合成同晉楚，羞言著節繼蘇辛。哀哉庾信江南賦，悶讀頻移玉座春。

怪怪奇奇不可陳，搜奇抉怪殆窮神。曾編金鑰李商隱，屢賜銀杯胡楚賓。麗服靚粧皆可玩，大羹玄酒並忘辛。文章三變公爲伯，自愧惷愚冬復春。

六朝舊事欲條陳，正恐招憂又愴神。玄豹成文須隱霧，嘉魚式燕且邀賓。方歸晉事同韓起，敢望燕台致劇辛。回首天南佳麗地，時時引領九江春。

一介蹉跎略叙陳，轉喉觸諱聽於神。正愁平子將除館，强學申公亦謝賓。厚貌深情非易察，磨肌戛骨不勝辛。傍人門户休争氣，惟願歸耕向富春。

韋編懶讀厭窺陳，習氣難除但耗神。豈敢爲師同潁士，從初作吏慕君賓。數奇嘗遇辰衝戌[四]，運背難逢丙合辛。居士於今稱耐辱，天邊斗柄又移春。

公幹沉綿自懶陳，黄能入夢是何神[五]。眼前散帙看盈几，肘後名方或問賓。衾枕頻移滋轉困，盤餐少異强加辛。小人有母何時見，夢繫江南戲綵春。

咫尺書來弗獲陳，深虞釁鼓禡於神。行人久執緣何罪，凡伯還歸爲弗賓[六]。聘魯未能希季札，奔齊安敢效先辛。或行或止關天命，豈是臧倉沮子春。

胸中耿耿向誰陳，舌在形羸强集神。佩印已慚蘇季子，埋名誰誌李元賓。乞糧儻死呼庚癸，貴格何須足乙辛。祇恐數窮爲鬼録，扁舟阻泛五湖春[七]。

【校記】

〔一〕二君：晦木齋本作「郎君」。　〔二〕霄：晦木齋本作「雲」。　〔三〕思：晦木齋本作「雙」。

〔四〕戍：晦木齋本作「戌」。〔五〕能：晦木齋本作「熊」。〔六〕還：晦木齋本作「遠」。〔七〕阻泛：晦木齋本作「泛左」，校曰「疑誤」。

藥名一絶〔一〕

獨活他鄉已九秋，剛腸續斷更淹留。寧知老母相思子，没藥醫治白盡頭。《鄱陽集》卷一。

【校記】

〔一〕元陳世隆《宋詩拾遺》卷一三録此詩，題作《出使懷母》。

新編全金詩卷五

洪　皓　二

元日有感

不見朝正祗自愁，展親弗逮兖州囚。自注：張華原爲刺史，獄有繫囚。張曰：三元之始，念卿幽閉，給假五日，足得展謁親親。席重遥憶談經會，酒㯲寧知救火謀。内熱空持白羽扇，峭寒且著黑羔裘。履端醽醁何時賜，落筆高歌灑淚休。

和吴英叔寒食

櫪駒久縶已難禁，冷節來臨且强吟。斷火任踰三日限，傷時唯恐二毛侵。思親忽作楚囚泣，戀主空存魏闕心。世變風移多野祭，一聲杜宇又春深。

次遷居見憶韻

異域相逢臭味同，高談劇論盡由中。情如兄弟堅膠漆，義薄雲天壓華嵩。半歲連床忘爾汝，一朝改館任王公。過從莫憚塗泥濘，六藝遺文要折衷。

和送雙鴨二首

可惜雙鳧脱氄毛，獵師飛放豈辭勞，養賢曾食三千客，待使徒加十一牢。燔炙不須歌免首，膳羞何必用牛膏。庖人繼肉充禽獻，貪冒安能免饕餮。

鶩落春洲整翮毛，呼鷹搏擊自忘勞。充庖豈爲食三鼎，改館何須饋七牢。漫詠續絃求鳳髓，休誇辟穀獻龍膏。今朝禊飲嘗嘉味，貪食寧知不是饕。自注：是日上巳。

次上巳微雨韻

覽鏡傷春歎二毛，譊譊終日愧賢勞。追思東晳譏同列，未信盧充憶共牢。天氣困人濃似酒，雨絲及物潤如膏。蘭亭修禊今何在，且學東坡賦老饕。

次李通奉韻見招二首

萬里流離只一身，東西南北與誰親。登高且伴高僧話，揖孟懷陶任世人。
未稅南冠爲有身，忘形爾汝見情親。我詩速客酬嘉節，傾蓋從前有幾人〔一〕。

【校記】

〔一〕前：晦木齋本作「今」。

次李韻〔一〕

見危致命欲時清，萬里祈通兩國情。嘗盡艱難徒自苦，著成紀詠待誰明。瑶琴漫鼓思歸引，玉笛休吹逐舞聲。遥夜肯來同晤語，消憂豈待賜宣城。

【校記】

〔一〕晦木齋本詩題校曰：「李下疑有脱誤。」

次趙民瞻韻

假館連牆數見過，宗英年少儁才多。設科不倦來群彦，教學無他伏衆魔。草賦未曾師屈宋，哦詩豈復慕陰何。後生可畏吾將老，終養心違愧蓼莪。

立春有感

强擬登臺豁旅愁，五行今日到金囚。土牛始正農祥候，彩勝初銜鬼隱謀。司啟空傳青鳥氏，迎春不見翠雲裘。一卮壽酒何緣受，覓紙題詩死不休。自注：杜子美詩云「群公蒼玉佩，天子翠雲裘」。

食羊次韻

骯髒無聊但獨愁，未甘降服作秦囚。分羹正值償私憾，食肉安能有遠謀。祈死難沽千日酒，苦寒誰贈五雲裘。包羞忍恥隨緣分，深愧空餐自訟休。

次韻集三杯事

百拜三行愧且愁，聊通大道稅予囚。味醲且作迴橈計，得趣將爲婪尾謀〔一〕。草聖欲傳仍脱帽，寶刀應弄未投裘。縵歌六代興亡國〔二〕，小阮客來夜艾休。

【校記】

〔一〕婪尾：原作「藍尾」，此從晦木齋本。今按，唐蘇鶚《蘇氏演義》卷下：「今人以酒巡匝爲婪尾。」

〔二〕縵歌：晦木齋本作「漫歌」。

靈棋卜原按：《隋·經籍志》有《十二靈棋卜經》一卷。

苦樂迎春詠四愁，詔書未暇赦要囚。已知行止關天命，暫卜窮通聽鬼謀。栘監窨幽餐鼠草，奉春械繫易羊裘。何時放我南歸便，抱甕躬耕死即休。

次種野花韻

强移野卉對殘春，深恐焦枯向日薰。種止一行非貴少，高纔三寸豈超群。既無艷色堪觀賞，又乏幽香漫吐芬。却憶故園都謝了，賣花聲斷幾時聞。

次督洗泥韻〔一〕

陰山趺坐匪逃秦〔二〕，杖錫聊充觀國賓。君已無家攜愛子，我雖有室別慈親。頃年共試同文館，今日俱爲異域人。千里遠來當洗拂，松醪未熟且休嗔。

【校記】

〔一〕晦木齋本詩題下校曰：「題疑有脱誤。」〔二〕秦：晦木齋本作「犎」。

寄范郎中二首

纔聞家世便心傾，何况通經古是程。范叔青雲能自致，不須河朔寄柴荆。

相門有相未多年，德行雙全亞子騫。匪晚南歸施有政，也應示辱用蒲鞭。

寄孫修撰頊嘗同舍訝予多忘有見過之意二首〔一〕

未見古人心已傾〔二〕，揚鞭何惜一朝程。自慚病忘非多忘，儻逐班荆即負荆。

不揭風猷二十年〔三〕，天涯淪落看騰騫。若無大故休遐棄，啗我何方早著鞭〔四〕。

【校記】

〔一〕晦木齋本詩題下案曰：「《三朝北盟會編》：天會十年，孫九鼎試經義第一人。《盤洲集·忠宣行狀》云：虜欲以計墮先君，令校雲中進士試。考官孫九鼎者，有太學舊，爲以疾聞，得回燕。此云頊嘗同舍，是孫修撰即九鼎也。」今按，「天會十年孫九鼎試經義第一人」云云，記誤，當作「天會六年」，見《中州集》卷二《孫內翰九鼎》。　〔二〕古：晦木齋本作「故」。　〔三〕二十：晦木齋本作「三十」。　〔四〕方：晦木齋本作「妨」。

再寄二首

樽酒遥期共細傾，孫郎假道莫貪程。科名雖已追何僅，隱語尤當繼子荆。

館閣飛聲彊仕年，胸中藻思若雲騫。駑駘失主無光彩，遐想騏驎受玉鞭。

愆期二首[一]

久留家釀待公傾，引領東望屢問程。新作小亭堪小宴，幾時低唱進南荆。

日長岑寂度如年，然諾胡爲我輩騫。漸入清和宜枉駕，坐邀勿訝亟揮鞭。

【校記】

〔一〕晦木齋本詩題下案曰：「此二詩亦寄孫修撰作也，題恐有脱字。」

再寄孫文二首[一]

中原分裂似天傾，公帶群英世作程。我坐儒冠稽復命，王郎代匱已之荆。

見危詎敢惜餘年，若欲全生義則騫。久困鹽車思仰首，如蒙贈策勝金鞭。自注：《後漢》贊云：「專爲生，則騫義。」[二]

【校記】

〔一〕晦木齋本詩題下案曰：「此題『文』字可疑，恐當是『修撰』二字。」 〔二〕晦木齋本此下案曰：「贊見李固杜喬傳。章懷太子注云：騫，違也。」

重九

馬鞍山會巽龍山，暮節登高作等閑。不逐遊人存静觀，唯依達士叩玄關。箭穿化鶴君何在，書寄賓鴻使未還。引領庭闈方寸亂，倚松對菊涕潸潸。

程待制以黄居寀蘆鷺易燕穆之雪滿群山圖次韻以贈燕畫遂成對。

雪滿群山景甚清，燕公乘興繪娱情。通靈妙絶徒誇誕，真蹟曾傳可辨明。御府多藏亡足惜，邊庭罕見歎連聲。天教待制成雙軸，好掛高堂作畫城。

用韻贈傅學士兼述懷思古三首

新詩警策速如神，又見關中出舜民。正是稠雲方積雪，俄蒙摛藻便爲春。蜂擁鶴膝音雖婉〔一〕，金埒銅山句未貧。故將風騷方入選，少卿同是隴西人。

萬里求成質鬼神，頻年虐執誤斯民。忘憂每藉杯中物，積閏頻迎塞外春〔二〕。顧我蹣跚仍久困，觀君慷慨豈長貧。如聞近獻昇平録，應述修和勉主人。

欲話艱難慮損神，可憐無告一窮民。詼諧好比盧思道，喜怒忘同杜子春。去國登樓聊自遣，越鄉懷璧不如貧。范雎爲魏歸須賈，不是綈袍戀故人。

【校記】

〔一〕擁：晦木齋本作「腰」。　〔二〕迎：晦木齋本作「看」。

次韻夜聞鵝鴨聲二物自淮甸至

傳聞二物出三洲，萬里籠來地僻幽。豈爲寫經求厚味，且圖牽眼逐輕漚。眠沙若得房公饋，見彈須防陸子謀。已戒兒童莫相惱，比鄰容得夜鳴不。

次雨中煖房韻

首夏霖淫似早秋，坐邀車馬愧無由。提壺見就傾三爵，具饌何嘗選百羞。剛道煖房排旅悶，實圖求友慰幽囚。言歸倒載衝泥怯〔一〕，繼捧新詩勝趙謳。

【校記】

〔一〕怯：晦木齋本作「恰」。

次信文早春韻二首

一星終後尚蹉跎，四壁如懸已化梭。方殢聖賢排旅悶，忽驚天地應人和。春風乍扇融冰雪，佛火初收散綺羅。遐想故園桃李下，舊蹊好在有誰過。

丘壑幽懷日已蹉，寧論鄰女戲投梭。干戈未戢貪修怨，玉帛還留誤講和。恩許養痾徒受粟，老來便静任張羅。春回又起江湖念，願致山翁一葉過。

次韻朱少章潭園馬上口占二首〔一〕

燕國由來士女都，家家行樂集城隅。豈無魚鳥如靈沼，若有蓴鱸似太湖。我縶南冠嘗獨到〔二〕，君邀北使欲相呼。驅車宵濟盧河去，十里荷花待入吴。

幽都風俗慕成都，可待遨頭指路隅。楊柳垂陰連北道，芙蕖舒艷亞西湖。客思劇飲逃三伏，人患苛留阻一呼。回首未忘憂墨吏，渡江應不怕天吴。

【校記】

〔一〕晦木齋本詩題下校曰：「此二首疑《輶軒倡和集》中詩。」〔二〕縶：晦木齋本作「繫」。

發池潭至盧溝河〔一〕

燕山除館俯池潭，踰月羈孤苦吏貪。遥望盧河一舍阻〔二〕，著鞭信宿次關南〔三〕。

【校記】

〔一〕元陳世隆《宋詩拾遺》卷一三録此詩，題作《使還途中作》。〔二〕河：《宋詩拾遺》作「溝」。

〔三〕次：《宋詩拾遺》作「過」。

次高待制韻登真珠山採白石子

下馬登山不厭高，疑窮石壁望松寥。如珠可玩俄盈掬，似米仍圓屢折腰。何異宋都星隕璞，實連燕地玉生苗。牛羊踐履真堪惜，絶恨當年縱採樵。

送劉善長歸北安省親其父守北安，九歲爲質子。

九齡穎悟已驚人，乃父分茅善撫民。鄭忽身爲周室質，賈生議屈漢庭臣。行攀郄桂榮三釜，暫著萊衣省二親。勿訝班荆歌陟屺，小人有母在江濱。

次韻重九登慈恩雁塔帥漕見邀

秋高裘馬正輕肥，節制身兼被召時。邂逅貴人争獻壽，逢迎嘉節競題詩。心危雁塔勞君詠，家近龍沙感我思。泛菊佩萸今已矣，長安不見轉淒悲。

寄宇文相公二首

秦師圍已急，楚國救人闌。食客腹空飽，先生心獨寒。奉盤從遽定，按劍叱難安。存趙舌三寸，何須折鏌干。羅娑因應釋〔一〕，鷄林厄洊闌。途無埋鼻熱，地有裂膚寒。反國公復相〔二〕，還家我問安。如容陪驥尾，匪晚到餘干。

【校記】

〔一〕羅娑：晦木齋本作「邏娑」。〔二〕復：晦木齋本作「仍」。

鄴都 自燕至相，方休一日。

流離萬里偶生還，暫得安陽一日閑。飛蓋曳裾何處去〔一〕，西園不見見青山。

【校記】

〔一〕何處去：晦木齋本作「何處士」。

白馬渡

國步日多事，霜露任霑衣。留落十五年，至今方北歸。繚繞一萬里，人物太半非〔一〕。昔時渡盟津，賓從争扶持。兹辰渡白馬，陰曀日無輝。一酎祈利涉〔二〕，馮夷莫予違。驚秋感葉脱，况乃思鱸肥。父老行歎息，風雨仍霏微。夜投胙城宿，百里即王畿。遥望一惆悵，何當拜天威。

【校記】

〔一〕太：晦木齋本作「大」。　〔二〕酎：晦木齋本作「酧」。

車行大雨中

折巾咨暑雨，持節櫛迴風。馬惜障泥錦，農披護背篷。摧輪方[illegible]尯，痛僕且牢籠。塗曲休辭辱，行將與夏通。

過封丘見熊主簿

封丘封父國，繁弱大弓良。人器今安在，興衰古不常。畫旗連衛滑〔一〕，繪句得高張。里閈黎元少，兵戈畎畝荒。蓬深饒雉兔，日夕下牛羊。富庶思畿甸，衣冠邇帝鄉。故人憂濩落，新令喜商量。失意懲□□，銷愁痛引觴。離家多歲月，去國幾星霜。種種心俱短，悠悠道且長。何須論出處，祇合謹行藏。俟命宜居易，安時强激昂。勾稽迷簿領，陶寫賴篇章。後嗣從渠分〔二〕，前程問彼蒼。君無須賈戀，我乏陸生裝。釁鼓囚方釋，班荆語未忘。前身愧蘇武，異縣識仇香。話別傷懷地，潸然出數行。

【校記】

〔一〕旗：晦木齋本作「圻」。　〔二〕嗣：晦木齋本作「事」。

戲用邁韻呈吴傅朋兼簡梁宏父向巨原

憂患二毛侵，目睫亦毵毵。篇什棄置久，遑暇閲龍龕。吴侯主詩盟，欲從靳如驂。古風風格老，叙事若綺談。宦情既淡薄，世故應飽諳。置驛復鄭莊，好奇過岑參。優游聊卒歲，俛仰自無慚。近取忘年友，得一乃分三。梁向競爽姿，邁也恐不堪。輒持水中蒲，擬並浦上枘〔一〕。諸公不鄙夷，細流納江潭。有酒必唤飲，分題許同探。向子忽話别，寒霜萬嶺含。千里足勿憚，一行心亦甘。青冥定特達，高賢上所貪。江頭春色回，和氣已醺酣。伊鬱思陶寫，故人居巷南。

【校記】

〔一〕浦：晦木齋本作「坡」。

洪慶善韓美成觀所藏宣和殿書畫慶善有詩

次韻原注：已下在饒州作。

晉唐尺牘丹青古，老眼貪看眩欲花。二使星臨增倍價，一篇語妙屬詩家。當年寶閟藏書殿，留落寧知松漠見。萬里懷歸爲公出，往事宣和空歷歷。

過曹溪三首

六十之年入瘴鄉，靈臺未了熱非常。錫泉一飲根塵淨，重到清涼禮梵王。

一宿南華暫息機，未知五十九年非。應身雖在問無應〔一〕，漫上層樓看信衣。

半世囚拘愧牧羊，生還四載却投荒。危機未履已如此，欲效前賢問上蒼。

【校記】

〔一〕應：晦木齋本作「佛」。

湞陽寓居

原按：湞陽見《漢·地志》，屬桂陽郡。原本作真，蓋宋時避仁宗諱，今改正。

地瘠久荒蕪，驅童且荷鋤。誅茅仍遺瘴，汲水旋栽蔬。爬醬調應晚，蓴羹興漸疏。秋高宜日涉，不必問丹書。自注：「南齊高帝：四時爬醬，調和菜白。」

芭蕉

芭蕉非一種，南粵競成叢〔一〕。結實聯房綠，舒花𦦨火紅。象蹄形甚偉，筒葛紝尤工。羈旅牽愁思，秋窗夜雨中。

【校記】

〔二〕粤：晦木齋本作「越」。

題塵外亭

千歲歸來化鶴仙，作亭猶是舊山川。登臨迥出紅塵外，笑傲仍居碧海邊。坐想三清元不遠，回觀五濁秖堪憐。鵬摶九萬吾何羡，安用蒙莊第一篇。《鄱陽集》卷二。

新編全金詩卷六

洪　皓　三

題張侍郎松菊堂

松青抱正性，菊黄得正色。蔚在卉木間，厥異存簡策。流膏貫衆壤[一]，千歲名虎魄。落英通鼻觀，服餌供楚客。安神制頹齡，坐使生羽翼。乃知獨也正，二物孰能測。淵明宇宙心，五斗詎可易。歸来薙三徑，去草甚蟊賊[二]。嘉此松菊友，相視猶夙昔。浮雲世態薄，改變在頃刻。張公廊廟具，胸中有泉石。緬懷松與菊，晝夜忘寢食。築堂坐相對，論契過三益。可見達人心，紳笏等徽纆。功名倘入手，脱屣諒匪夕。此言吾不諛，爲我書堂壁。

【校記】

〔一〕膏：晦木齋本作「脂」。　〔二〕甚：晦木齋本作「戡」。

聚道齋

古人以道寓諸器，今人謂器與道異。不知器存道亦存，制器尚象皆其類。張公榜齋爲聚道，古器仍居三代寶。鼎彝雕鏤出神怪，篆籀文章資探討。虬螭怒目肆攫拏，犀兕頓足紛交加。雲靁華蘤靡不有〔一〕，巧妙肯使毫釐差。詞嚴義密見欵識，傳之萬祀期不墜。仲淹著書非著論，侍郎獨識先公意。見説侍郎才更優，牙籤插架如鄴侯。從来器寶待人寶，此器此人今罕儔。

【校記】

〔一〕華蘤：晦木齋本校曰：「華、蘤字異，音義同，疑有一誤。」

題黄氏所居

環翠五六里，深藏三四家。風高鳴鴈序〔一〕，春煖茁蘭芽。門巷分楠直，溪流帶竹斜。我來風雪曉，倚杖看梅花。

【校記】

〔一〕風高：晦木齋本作「高風」。

題蘇公濟所居

山遶孤村水遶家[一]，傳經載酒有侯芭。眼前十畝無多地，只種桑榆不種花。

【校記】

〔一〕遶：晦木齋本作「遠」。

題譚秀才所居

眼見雲林百慮消，人間静處即雲霄。時時醉卧聽流水，低拂垂楊欠小橋。

題趙知德所居

黄柑壓樹酒浮蟻，紅葉滿林梅放花[一]。三疊青山老竹杖，十年明月故人家。

【校記】

〔一〕梅：晦木齋本作「菊」。

次韻宇文贈趙宿州

尹京便可繼翁歸，暫向符離一把麾。善撫新邊千里肅，復還舊治九重知。策勛久矣推多算，琢句飄然泯小疵。三事古由高第入，才兼二器莫憂遲〔一〕。

【校記】

〔一〕器：晦木齋本作「氣」。

次韻宇文白雲山二首

天際正英英，排空忽上升。蒼梧何處出，岱嶽自封興。但見奇峰聳，寧知嘉氣凝。秋風殊未起，匆用遽飛騰。

不用沉河起，非關觸石升。舒張如鶴出，變化似龍興。髣髴玉山峙，依稀雪嶺凝。帝鄉乘可至，未易便超騰。

詠槐

弛擔披襟岸幘斜，庭陰雅稱酌流霞。三槐只許三公面，作記名堂有幾家。

謁先祖并外祖殯所

長堤荆棘不能前，問道邐荒思慘然。三塚一排黄草合，寸心千里白雲連。旅墳拜罷知無恙，先祖陰功結有緣。牧豎亦能循義禮，牛羊蹤跡過堤邊。

次韻同出祓殯

弭節于今涉四年，揚鞭同出豈徒然。臨喪弗用先桃茢，躍馬寧思惜錦韉。勿訝廉頗羞藺下，自知楊炯愧盧前。歸来病體殊饑倦，亟遣庖人起爨煙。

次謁茶假寐之句〔一〕

僻陋雖無車馬喧，支頤時復抱愁眠。我思蝶夢爲園吏，君繼雲封作地仙。茶盌捧來休怨後，詩壇哦罷敢争先。形如槁木追南郭，隱几何妨效嗒然。《鄱陽集》卷三。

【校記】

〔一〕晦木齋本詩題下校曰：「題疑有脱誤。」

集外補遺

石碏大義滅親

惡吁及厚篤忠純，大義無私遂滅親。後代姦邪殘骨肉，屢援斯語陷良臣。

鄭人來渝平

鄭人來魯請渝平，姑欲修和不結盟，使宛歸祊平可驗，二家何誤作隳成。宋趙與時《賓退録》卷二：「洪忠宣著《春秋紀詠》三十卷，凡六百餘篇。《石碏大義滅親》云云。《鄭人來渝平》云云。」《宋元筆記小説大觀》本，上海古籍出版社二〇〇一年，第四册四一五四頁。

奉使留金悟室求詩口占漫答

久持使節傍門庭，薄命猶賒五鼎烹。羝乳何心占北海〔一〕，鴈書隨夢到京城〔二〕。莫言地廣頻修怨，應念民勞早戢兵〔三〕。國寶善鄰君寶信，坐膺難老早升平〔四〕。元陳世隆《宋詩拾遺》卷一三，遼寧教育出版社二〇〇〇年，第二〇六頁。另，明王昌會《詩話類編》卷七《節義》亦録：「建炎三年，忠宣公以行人充金國通問使，至金被執。公不屈，窘辱百端。移太原，遷雲中，遞冷山，公節愈礪。常伺二帝起居，有桃梨粟麵之獻；又密以康王即位事聞。後有金大臣悟室延公訓子，公亦資館穀焉。一日，悟室壽旦，使其子求公詩爲祝。公作詩云云。」詩題原無，此據文意擬。《四庫全書存目叢書》本，齊魯書社一九九六年。

【校記】

〔一〕何心占：《詩話類編》作「幾時歸」。　〔二〕隨夢：《詩話類編》作「何日」。　〔三〕應：《詩話類編》作「當」。　〔四〕早：《詩話類編》作「見」。

病目寄張侍郎

學慚子夏與丘明，兩目昏來歲屢經。未省何辜貽鬼譴，恐因不識取天刑。緣情詩怪吟全廢，會意書憐筆久停。張籍重清寧可覬，侍郎句好願頻聽。《永樂大典》卷一九六三七目字韻引洪忠宣公詩，中華書局一九九八年，第八册七三一五頁。

懷母

行年已是老衰秋，復命稽遲爲縶留。戀主思親歸未得，夢魂長繞大江頭。

望江南

登高引領望江南，家在江南杳靄間。滿目烽煙歸路遠，萱親不見淚潸潸。北京大學古文獻研究所編《全宋詩》卷一七〇三引《（同治）樂平縣志》卷八，北京大學出版社一九九八年，第三〇册一九一八九頁。

張邵

張邵，字才彦，烏江（今安徽省馬鞍山市和縣）人。登宣和三年上舍第。建炎元年，爲衢州司法參軍。三年（金天會七年、一一二九），詔求可至軍前者，慨然請行，以直龍圖閣假禮部尚書充通問使，與金人議論不屈，被囚。明年，送齊國劉豫使用，因責豫以君臣大義，豫怒，命械於獄。久之，拘於燕山僧寺。再以言論不敬，徙會寧。紹興十三年（金皇統二年、一一四三），宋金和議成，與洪皓、朱弁南歸。授秘閣修撰，後知除州。二十六年，卒，年六十一。史稱邵「遇事慷慨，常以功名自許，出使囚徙，屢瀕於死。其在會寧，金人多從之學。喜誦佛書，雖異域不廢」云①。嘗著文集十卷。茲辑二首。

謝樞密王公倫惠綿衾

蘇氈久絶寢，衣想姜被忽。分挾纊春至，訓導童蒙資。宋徐夢莘《三朝北盟會編》卷二二二《禮部尚書奉使金國待制張公行實》，上海古籍出版社二〇〇八年，下册第一六〇六頁。

横江

横江一片碧，攜鶴上漁船。收綸不成下，卻抱釣竿眠。北京大學古文獻研究所编《全宋詩》卷一八四六引清董沛《甬上宋元詩略》卷四《江浦縣志》，北京大學出版社一九九八年，第三二册二〇五五八頁。

① 《宋史》卷三七三《張邵傳》，中華書局一九七七年。

佚句

自燕歸

夜涉盧溝河首路，潺湲初喜似江南。元劉應李等《大元混一方輿勝覽》卷上《腹裏·大都路大興府》，四川大學出版社二〇〇三年，第二九頁。

附 送鄧城令王該致仕

碌碌紅塵三十年，一官今喜賦歸田。此行正值鱸魚美，好向鄞江買劍船。北京大學古文獻研究所編《全宋詩》卷一八四六引清董沛《甬上宋元詩略》卷四《桃源志》，歸宋使張邵名下，北京大學出版社一九九八年，第三二册二〇五五八頁。今按，陳新等《全宋詩補正》：「王該於神宗熙寧中（一〇六八至一〇七七）知鄧縣，張邵一〇九六年始出生，時代不相及，作者當爲另一人，宜删歸存目。」大象出版社二〇〇五年，第三七八頁。

司馬朴

司馬朴，字文季，陝州夏縣（今山西省運城市夏縣）人。司馬光兄旦之孫。少時養於外祖范純仁家，以外祖蔭入仕，調晉寧軍士曹參軍。靖康初，入爲虞部右司員外郎，擢兵部侍郎。金兵圍汴，奉使軍前。城陷，脇以北去，命爲行臺左丞，辭不受。初，二帝將北遷，貽書請存立趙氏。至燕京，聞徽宗薨，服斬衰，朝夕哭。嘗遣朱松年間行，以金國情實歸報。後居祁陽。天眷皇統間，卒於真定，宋贈兵部尚書，謚忠潔①。遺山稱之「工書翰，有晉人筆意」云。兹輯二首。

無餘居士齋壁有沈傳師游道山岳麓詩石刻穆仲等和之因亦次韻

湘西勝景豈易論，群山騰闖萬馬奔。鶴泉一麓鶱鵬噣，松風十里藏祇園。當時侍御偶題寫，筆力孰敢争雄尊。東京少年妙詞藻，南陽舊族齊陰樊。天心月脅出奇語，使我展讀忘朝昏。差差戈劍隱一敵，落落旗鼓嚴千屯。無餘居士厲幽志，細研六藝方專門。凍鼾嬌兒慣腸莧，啼飢瘦婦餘淚痕。惟君德義允相愜，每窮道妙角與根。他人勸酒驚逐魂，二子頻酌勤空樽。醉中詩成渺江海，風外幡影徒飛翻。卷藏篋笥已戢戢，風生襟袖何軒軒。嗟乎我亦有餘腐，陋哉羊政因華元。《中州集》卷一〇《司馬侍郎朴》。

雪霽同韓公度登圓福寺閣和李效之詩

積雪日出杲，雪飛梅已殘。朋遊要及時，閣鄰有遐觀。乘此蕪穢平，快覽天宇寬。霽色混銀

①《宋史》卷三〇《高宗紀》：「紹興十三年（金皇統三年、一一四三）九月庚午，以兵部侍郎司馬朴死節，贈兵部尚書，賜其家銀絹。」另，《宋史》二九八《司馬朴傳》：「後卒於真定。訃聞，詔稱其忠節顯著，贈兵部尚書，謚曰忠潔。」約卒於天眷末皇統初。中華書局一九七七年。

界，曠望連江干。山如白毫相，滉瀁清楊端〔一〕。一氣轉浩渺，萬里皆瀰漫。優哉賦梁苑，想像排廣寒。《中州集》卷一〇司馬朴小傳：「有《雪霽同韓公度登圓福寺閣和李劾之詩》，今略載於此云云。此下不可讀，當俟善本考之。」

【校記】

〔一〕楊：汲古閣本、文淵閣本《中州集》作「揚」。

佚句

失題

滿地煙含芳草緑，倚欄露泣海棠紅。元方回《桐江集》卷七《瑶池集考》引，《宛委别藏》本，江蘇古籍出版社一九八八年。

附　司馬朴妻張氏佚句

蠟燭

莫訝淚頻滴，都緣心未灰。

詠燭

滿目烟含芳草绿，倚蘭露泣海棠紅。宋張邦基《墨莊漫録》卷一：「浮休居士張芸叟，久經遷謫，既還，怏怏不平。嘗内集，分題賦詩，其女得《蠟燭》，有句云云。浮休有慚色，自是無復躁進意。司馬朴之室，浮休之女也，有詩在鄜延路上一寺中，一聯云云。或云便是《詠燭》者。」《宋元筆記小説大觀》本，上海古籍出版社二〇〇一年。

何宏中

何宏中，字定遠①，號通理，祖籍雁門（今山西省忻州市代縣）。北宋宣和元年中武舉，廷對第二名，調滑州韋城尉。汴京被圍，州郡官軍多避走，獨韋城不下。又堅守銀冶路，靖康二年（天會五年），城破被俘。金人授以官，定遠投牒於地曰：「我嘗以此物誘人出死力，若輩乃欲以此嚇我邪！」囚西京獄，終不降。後放歸，請爲黄冠，起神霄宫紫微殿，遷徽宗像事之。正隆四年卒，年六十三。嘗著《成真》《通理》二集行世。茲輯一首。

述懷

馬革盛尸每恨遲，西山餓踣更何辭〔一〕。姓名不到中興曆，付與皇天后土知〔二〕。《中州集》卷一

○《通理何先生宏中》。

【校記】

〔一〕餓踣：宋周密《齊東野語》卷一一《何宏中》録此詩作「餓死」。　〔二〕付與：《齊東野語》作「自有」。

① 宋周密《齊東野語》卷一一《何宏中》作「字廷遠」，中華書局一九八三年。

新編全金詩卷七

宇文虚中

宇文虚中，字叔通，號濟陽，别號龍溪①，成都廣都（今四川省成都市雙流區）人②。北宋大觀三年進士。政和五年，入爲起居舍人、國史院編修官。宣和四年，除河北河東陝西宣撫司參謀，上書極諫與女真結盟夾擊契丹之策，降集英殿修撰。七年，代擬徽宗罪己詔，并奏請革除弊端，除資政殿大學士、河北河東路宣諭使。靖康元年，汴京被圍，受命三赴軍前交涉。建炎元年（天會五年），廷議責授安化軍副使，謫貶韶州。次年，應詔爲祈請使，使金迎二帝。初拘雲中，守節未屈，幽囚逾五年。天

---

①《中州集》卷一〇《朱奉使弁》所録《李任道編録濟陽公文章，與僕鄙制合爲一集，且以雲館二星名之》，遺山注：「濟陽公，謂宇文叔通。」嘗著《濟陽雜記》，以號名，金李治《敬齋古今黈》卷二述及。另，虚中《涇王許以酒餉龍溪老人幾月不至以詩促之》有遺山注：「龍溪，叔通别號也。」

②《中州集》卷一小傳作「成都人」，《宋史》卷三七一本傳作「成都華陽人」。周惠泉先生《金代文學發凡》引宋樓鑰《攻媿集》卷一〇九《贈銀青光禄大夫宇文公墓誌銘》、宋張栻《南軒集》卷四一《宇文使君墓表》及《宋史》卷三九八《宇文紹節傳》，考證宇文虚中爲「成都廣都」人，從之。東北師範大學出版社一九九四年，第一七〇頁。

會十二年，至上京。十三年，受金朝官爵，與韓昉共掌詞命，仕翰林學士、知制誥兼太常卿。奉命書《太祖睿德神功碑》，進金紫光禄大夫。皇統四年，遷翰林學士承旨，拜禮部尚書。六年，以恃才譏訕權貴得罪，誣以謀反，被殺[①]，年六十七。南宋贈開府儀同三司，謚肅愍。嘗有文集行世。兹輯五十三首。

---

①宇文氏被誅事，文獻記載頗歧異。《宋史》卷三七一本傳：以忠被誣死。《金史》卷七九本傳：以才負謗死。《中州集》小傳云：「皇統初，上京諸虜俘謀奉叔通爲帥，奪兵仗南奔，事覺，繫詔獄。諸貴先被叔通嘲笑，積不平，必欲殺之。乃鍛煉所藏圖書爲反具」。鍛煉者，羅織也。奪兵仗南奔云云，雖經「鍛煉」，却無法證實。《金史》本傳：「六年二月，唐括酬斡家奴杜天佛留告虚中謀反，詔有司鞫治無狀，乃羅織虚中家圖書爲反具。」另，元蘇天爵《滋溪文稿》卷二五《三史質疑》有云：「既失身爲顯宦矣，金初一切制度皆虚中所裁定，如册宋高宗爲帝文，亦虚中在翰林時所撰。第以譏訕慢侮權貴被殺。今宋史書曰『欲因虜主郊天舉事』，果可信乎？甚至比爲蘇武、顔真卿，而又録用其宗人，固曰激勸臣下，然亦何爲飾詐矯誣如是乎！」另，清施國祁《史論五答》之三有云：「宇文虚中輩止領閑職，不假重權，何自有國師之命、陰結死士、謀挾故主南奔之事？」其疑竇當辯之處甚多，施氏一一辯之，結論是：「宋事無徵，而《金史》之言訕謗則可據。蓋宋人南渡，受侮已極，朝野冤聲尤多，著録土印活版，濫刻甚重。傳本之入北者，大率叫囂怒罵慢侮北人之語。宇文家籍良必有之，即謗書爲反具，抑復何疑？」宇文以謀反罪名遭殺害，在宋成爲英雄，各種小説傳聞因之傳會而生。見《金史詳校》卷末，《二十四史訂補》本，書目文獻出版社一九九六年，第一四册二六七頁。

鄭下趙光道與余有十五年家世之舊守官代郡之崞縣聞余以使事羈留平城與諸公相從皆一時英彦遂以應舉自免去駕短轅下澤車驅一僮二驢扶病以來相聚凡旬日而歸昔白樂天與元微之偶相遇於夷陵峽口既而作詩叙别雖憔悴哀傷感念存没至歎泣不能自已而終篇之意蓋亦自開慰况吾輩今日可無片言以識一時之事邪因各題數句而余爲之叙夜將半各有酒所語不復鍛鍊要之皆肺腑中流出也光道名晦，時爲代州士曹，善篆隸，詩筆高雅，有集傳河東，今不復見矣。

窮愁詩滿篋，孤憤氣填胷。脱身枳棘下，顧我雪窖中。竟日朋合簪〔一〕，論文一樽同。翲然南飛燕，却背北歸鴻。人生悲與樂，倚伏如張弓。莫言竟憒憒，作書怨天公。

【校記】

〔一〕合：汲古閣本《中州集》及《全金詩增補中州集》卷四作「盍」。

古劍行爲劉善長作〔一〕

公家祖皇提三尺，素靈中斷開王迹。自從武庫衝屋飛，化作文星照東壁。夫君安得此龍泉，秋水湛湛浮青天。夔魖奔喘禺强護，中夜躍出光蜿蜒。拄頤欂具男兒飾，彈鋏長歌氣填臆。嶙峋折檻霽天威，將軍拜伏姦臣泣。龍泉爾莫矜雄鋩，不見鳥盡良弓藏。會當鑄汝爲農器，一劒不如書數行。

【校記】

〔一〕汲古閣本、文淵閣本《中州集》及《全金詩增補中州集》卷四以「古劍行」爲詩題，「爲劉善長作」作小字注。

白菊

西風蕭颯百草黄，南齋白菊占秋芳。主人好事不專饗，擷送客舘分幽香。幽香清豔兩難得，冰雪肌膚龍麝裛。悄然坐我蘂珠宮，玉斧瑶姬皆舊識。仙家蓺菊名日精，我今號爾爲月英。月中風露秋夕好，感此仙種來曾城。憑君傳與金天令，月與霜姿駐清景。重陽好伴白衣來，五柳先生憶三逕。

還舍作

燕山歸來頭已白，自笑客中仍作客。此生悲歡不可料，況復吾年過半百。故人驚我酒尚狂，爲洗缾罍貯春色。酒闌人散月盈庭，静聽清渠流滮滮。

庭下養三鴛鴦忽去不反戲爲作詩

先生久忘機，爲爾虞繒繳〔一〕。一朝長羽翮，萬里翔寥廓。誰信惡溝鶂，忽作華表鶴。豈無三玉鐶〔二〕，遺音嗣黄雀。

【校記】

〔一〕繒：四部叢刊本《中州集》作「矰」，通。〔二〕鐶：四部叢刊本《中州集》作「環」。

予寫金剛經與王正道正道與朱少章復以來輒次二公韻

次正道韻

平生幸識繫珠衣，窮走佗鄉未得歸。有客爲傳祇樹法〔一〕，此心便息漢陰機。百年三昧一門入〔二〕，四十九年諸事非。寄與香山老居士，要憑二義發餘輝。

次少章韻

前世曾爲粥飯僧，此生隨處且騰騰。經中因認人我相，教外都忘大小乘。寫去欲云居士頌〔三〕，信來如續祖師燈。佗年辱贈茅庵句，誰謂因緣昔未曾。

【校記】

〔一〕祇：「祇」原作「低」，四部叢刊本《中州集》如之，此從其餘諸本。今按，唐陳子昂《陳拾遺集》卷七《夏日暉上人房别李參軍序》：「詣祇樹而從游，衆然舊欵。」〔二〕年：原作「千」，《全金詩增補中州集》卷四如之，此從其餘諸本《中州集》。〔三〕云：《全金詩增補中州集》作「憑」。

郊居

芒屩松冠野外裝，茶鐺藥竈静中忙。含風荇逐波紋展，着雨花連土氣香。停策仰簷朝覓句，披襟穿樹晚追涼。蓬蒿似欲荒三徑，踈懶誰知意更長。

歲寒堂

洞户延清吹，庭除貯緑陰。不隨風月媚，肯受雪霜侵。潤入珠泉爽，聲傳玉帳深。主人留勝賞，同此歲寒心。

重陽旅中偶記二十年前二詩因而有作

舊日重陽厭旅裝，而今身世更悲凉。愁添白髮先春雪，淚着黄花助晚霜。客館病餘紅日短，家山信斷碧雲長。故人不恨村醪薄，乘興能來共一觴。

春日

北洹春事休嗟晚，三月尚寒花信風。遥憶東吴此時節，滿江鴨緑弄殘紅。

己丑重陽在劒門梁山鋪

兩年重九皆羈旅，萬水千山厭遠遊。白酒黄花聊度日，青萍緑綺共忘憂。却憐風雨梁山路，不似蓴鱸楚澤秋。何必東皋是三逕，此身天地一虚舟。

生日和甫同諸公載酒袖詩爲禮感佩之餘以詩爲謝

詞人詩句壓離騷，按膝長吟意自豪。袖裏虹蜺衝霽色，筆端風雨駕雲濤。將衰難稱千年祝，增重虚蒙隻字褒。太史已應飛急奏，文星偏傍使星高。

和題稽古軒

堆架縑緗粲部居，眼前長物掃無餘。避囂肯要鄰人卜，論友先尋上世書。汲古不須憂綆短，隨波聊復任舟虚。勿欺丈室纔容膝，六合神遊有日車。

己酉歲書懷〔一〕

去國忩忩遂隔年，公私無益兩茫然。當時議論不能固，今日窮愁何足憐。生死已從前世定，是非留與後人傳。孤臣不爲沉湘恨，悵望三韓別有天。

【校記】

〔一〕元釋念常《佛祖歷代通載》卷三一録此詩，文字頗歧異：虚中「壽一百八歲，無疾跏趺，援筆朗吟而往，詞曰：『去國匆匆幾度年，公私無事兩忻然。當時議論何能固，今日棘闈别有緣。萬事已從前世訂，英名留付好人傳。孤身不作往來計，須信胸中别有天。』」另，詩題之「己酉」原作「已酉」，刊誤。今按，此處己酉指南宋建炎三年、金天會七年（一一二九）；據《金史》卷七九《宇文虚中傳》，其奉使金國在建炎二年，因有「隔年」説。

涇王許以酒餉龍溪老人幾月不至以詩促之龍溪，叔通別號也。

先生寂寞草玄文，正要侯巴作富鄰。客至但須樽有酒，日高不怕甑生塵。急催嶺外傳梅使，來餉籬邊采菊人。已掃明窗供點筆，爲君擬賦洞庭春。

從人借琴

嶧陽慣聽鳳雛鳴，瀉出泠然萬籟聲。已厭笙簧非雅曲，幸從炊爨脱餘生。昭文不鼓緣何意，靖節無絃且寄情。乞與南冠囚縶客，爲君一奏變春榮。

過居庸關

奔峭從天拆，懸流赴壑清。路回穿石細，崖裂與藤争。花已從南發，人今又北行。節旄都落盡，奔走愧平生。

晚宿耀武關

山與煙雲暝，溪兼冰雪流。寒枝啼秸鞠，煬室聚咿嚘。此日征行困，何時喪亂休。尚矜争席好，無復舊鳴騶。

安定道中

落日塵埃壯，陰風天地昏。牛羊争隘道，烏雀聚空村〔一〕。跛曳傷行役，光華誤主恩。未甘遲暮景，伏櫪意猶存。

【校記】

〔一〕烏：四部叢刊本《中州集》作「鳥」。

上烏林天使三首

平生隨牒浪推移，只爲生民不爲私。萬里翠輿猶遠播，一身幽圄敢終辤。魯人除舘西河外，漢使驅羊北海湄。不是故人高議切〔一〕，肯來軍府問鍾儀。

拭玉轅門吐寸誠，敢將緩頰沮天兵。雷霆儻肯矜彫弊，草芥何須計死生。定鼎未應周命改，登壇合許趙人平。知君妙有經邦策，存取威懷萬世名。

當時初結兩朝歡，曾見軍前捧血槃。本爲萬年依陰厚，那知一日遽盟寒。羊牽已作俘囚獻，魚漏終期綱罟寬。幸有故人知底藴，下臣獲考敢謀安。

【校記】

〔一〕議：《全金詩增補中州集》作「誼」。

姑蘇滕惇禮榜所居閣曰齋心成都宇文某作詩以廣其意

不是憑虚避世喧，此中於物本無緣。静看畏影徒勞爾，題作齋心亦且然。意識已隨言語斷，生涯聊任歲時遷。老夫未涉天遊趣[一]，三復南華第四篇。

【校記】

〔一〕未：文淵閣本《中州集》作「亦」。

和高子文秋興二首

沙碧平猶漲，霜紅粉已多。駒年驚過隙，皛影倦隨波。散步雙扶老，棲身一養和。羞看使者節，甘荷牧人蓑。好問按：養和，几名，事見《江湖散人集》；扶老，見《歸去來辞》。

摇落山城暮，棲遲客舘幽。葵衰前日雨，菊老異鄉秋。自信浮沉數，仍懷頋望愁。蜀江歸棹在，浩蕩逐春鷗。

又和九日

老畏年光短，愁隨秋色來。一持旌節出，五見菊花開。强忍玄猿淚，聊浮緑蟻盃。不堪南向望，故國又叢臺。

中秋覓酒

今夜家家月，臨筵照綺樓。那知孤館客，獨抱故鄉愁。感激時難遇，謳吟意未休。應分千斛酒，來洗百年憂。

四序回文十二首

春

短草鋪茸緑，殘梅照雪稀〔一〕。暖輕還錦褥，寒峭怯羅衣。
翠漣冰綻日，香徑晚多花。細笋抽蒲密，長條舞柳斜。
折花幽檻小，傾酒緑盃深。蝶舞輕風曉，鶯啼老樹陰。

夏

翠密圍窗竹〔二〕，青圓貼水荷。睡多嫌晝永，醒少得風和。
草徑迷深緑，蓮池浴膩紅。早蟬鳴樹曲，鮮鯉躍潭東。
暴雨隨雲驟，驚雷隱地平。好風摇簟透，輕汗浥冰清〔三〕。

秋

晚日欣簾捲，凉風覺袂摇。遠吟高興遣，長醉宿愁銷。短葦低殘雨，虚舟帶晚潮。斷鴻歸暗浦，踈葉墜寒梢〔四〕。慼慼蛩吟苦，茫茫水驛孤。日銜山色暮，霜帶菊叢枯。

冬

鶻健呼風急，烏啼促景殘。窟深宜兔蟄，蒲折蔭魚寒。裂瓦寒霜重，鋪窗月影清。滅燈驚好夢，孤枕念深情。秀柏留陰緑，芳梅蘸影斜。溜簷冰結玉，裝樹雪飛花。

【校記】

〔一〕梅：文淵閣本《中州集》作「紅」。〔二〕團：《全金詩增補中州集》作「團」。〔三〕浥：汲古閣本、文淵閣本《中州集》及《全金詩增補中州集》作「挹」。〔四〕墜：汲古閣本、文淵閣本《中州集》及《全金詩增補中州集》作「墮」。

燈碑五首

清陰靄靄匝城闉，萬井熙熙桃杏春。紫陌傳呼旌旆出，重臣新佩玉騏驎〔一〕。

鈿軸天章拜異恩，驔駼花騎映朝暾。手持禁鑰千門肅，官壓東宫二品尊。

壘原清照白登山，彌隴連天麥浪寒。劍戟漸銷農器出，人家只識勸農官。

九夏南風入舜琴，恩風澤雨浹飛沉。陪京最是儀形地〔二〕，先識君王解愠心。

枹鼓無聲訟獄空〔三〕，懽謡擊壤萬家同。時人共解班春意，兵寢刑清第一功。

【校記】

〔一〕騏驎：汲古閣本、文淵閣本《中州集》作「麒麟」。〔二〕形：《全金詩增補中州集》作「刑」，通。今按，「儀形」亦作「儀刑」。〔三〕訟獄：《全金詩增補中州集》作「獄訟」。

館中書事

雨來蒸鬱似江鄉，雨過西風特地凉。尚有庭花共客恨，可無尊酒慰幽芳。

時習齋

未厭平生習氣濃，更將餘事訓兒童。魯論二萬三千字，悟入從初一句中。

醉經齋

傍人但笑腹便便，枕藉詩書正晝眠。不識先生真悟處，未離文字已逃禪。

醉墨齋

旋汲清泉起縠紋，定知婁永是前身。箇中自可逃真性，不用淋漓污葛巾。

烏夜啼

汝琴莫作歸鳳鳴，汝曲莫裁白鶴怨。明珠破璧掛高城，上有烏啼人不見。堂中蠟炬紅生花，門前紺幰七香車。博山夜長香燼冷，悠悠蕩子留倡家。妾機尚餘數梭錦，織恨傳情還未忍。城烏爲我盡情啼，知道單棲淚盈枕。《中州集》卷一《宇文太學虚中》。

在金日作三首〔一〕

滿腹詩書漫古今，頻年流落易傷心。南冠終日囚軍府，北雁何時到上林。開口摧頹空抱朴，脅肩奔走尚腰金。莫邪利劍今安在，不斬奸邪恨最深。

遥夜沉沉滿幕霜，有時歸夢到家鄉。傳聞已築西河館，自許能肥北海羊。回首兩朝俱草莽，馳心萬里絶農桑。人生一死渾閑事，裂眦穿胸不汝忘。

不堪垂老尚蹉跎，有口無辭可奈何，强食小兒猶解事，學妝嬌女最憐他。故衾愧見沾秋雨，短褐寧忘拆海波。倚杖循環如可待，未愁來日苦無多。宋施彦執《北窗炙輠録》卷上：「宇文虚中在金作三詩云云。」《歷代筆記小説大觀》本，上海古籍出版社二〇〇一年。

【校記】

〔一〕詩題原脱，民國陳衍《金詩紀事》卷四補作《在金日作》，從之。

佚句

寄張孝純

有人若問南冠客，爲道西山賦蕨薇。宋徐夢莘《三朝北盟會編》卷一四九《詔存恤宇文虚中子孫》：「宇文虚中建炎二年爲祈請使使於金國，不得如所請，遂不肯還朝，獨令其副楊可輔歸。上思虚中忠節，乃詔存恤其子孫。虚中在沙漠聞劉豫任用張孝純，嘗寄詩與孝純，其斷句云云。」上海古籍出版社二〇〇八年，下册第一〇八四頁。

送張孝純

閈里共驚新素髮，兒童重整舊斑衣。民國陳衍《金詩紀事》卷四。

高士談

高士談，字子文，一字季默，號蒙城居士，亳州蒙城（今安徽省亳州市蒙城縣）人①。高瓊之後。

---

①《中州集》小傳謂宋韓武昭王瓊之後，而略其鄉貫，兹據《宋史》卷二八九《高瓊傳》補。

北宋宣和末，仕爲忻州户曹參軍。入金，官至翰林直學士。皇統六年①，因宇文虚中案牽連被殺。嘗著《蒙城集》行世。子公振，字特夫，有詩名。兹輯二十九首。

梨花

中原節物正，梨花配寒食。黄昏一雨過，滿地嗟狼籍。塞垣春已深，花事猶寂寂。朝來三月半，初見一枝白。爛熳雪有香，瓏鬆玉仍刻。芳心點深紫，嫩葉裁輕碧。懶慢不出門，雙缾貯春色。殷勤遮老眼，邂逅慰愁夕。一樽對花飲，况有風流客。酒闌思故鄉，相顧空歎息。

將赴平陽諸公祖席分韻作〔一〕

灞橋波似箭，南浦草如裙。此夜燈前淚，他年日暮雲。醉和醒一半，悲與笑相分。莫作陽關疊，愁多不忍聞。

【校記】

〔一〕詩題末注「分韻作」三小字，汲古閣本、文淵閣本《中州集》及《全金詩增補中州集》卷六字號與詩題同。

①《中州集》小傳謂「皇統初，預宇文大學之禍」，不確。高士談與宇文虚中被殺，時在「皇統六年六月」，《金史》卷四《熙宗紀》《金史》卷七九《宇文虚中傳》俱涉。其《丙寅刑部中》詩亦可證。此處丙寅指皇統六年。

予所居之南下臨短壑因鑿壁開窗規爲書室坐獲山林之趣榜曰野齋且作詩約諸友同賦

我本麋鹿姿，强服冠與簪。束縛二十年，夢寐遊山林。揭來古晉國，官舍南城陰。鑿壁取踈豁〔一〕，開窓舒滯淫。山光射几席，野色供登臨。怡顔眄庭柯，明目增遥岑。草木遞榮落，雲煙自浮沉。玩彼物色變，感此歲月侵。兀坐獨無人，窺簷囀幽禽。誰知城市中，門若郊居深〔二〕。巷陋顔子樂，地偏陶令心。一室亦何有，狼籍書與琴。晴暉朝徙倚，皎月夜相尋。欲賦畔牢愁，先爲梁父吟。詩成輒自和，酒熟時孤斟。結茅會有期，種竹當及今。日來官吏忙，塵埃滿衣襟。暮歸唯憊臥，筋力殊不任。常思返丘壑，豈願紆朱金。遥知北山處，猿鶴餘清音。

【校記】

〔一〕踈：汲古閣本、文淵閣本作「棘」。　〔二〕門：元乙卯本、明弘治本《中州集》作「闃」。

春愁曲

壓花曉露萬珠冷，金井咿啞轉纖綆。寶堦寂寂苔紋深，東風摇碎湘簾影。芙蓉帳暖春眠重，窗外啼鸎唤新夢。推枕起來嬌翠蹙，一線沉煙困金鳳。游絲飛絮俱悠颺，慵倚繡床春晝長。

郎馬不斷芳草暗，半篩急雨飛横塘。

次韻東坡定州立春日詩

柳色看猶未〔一〕，梅花折已堪。流年空客恨，舊事與誰談。落日窺愁絶，東風半醉酣。雲深歸曉鴈，水暖浴春蠶。從事終無愧，空餐色有慚。家山方杳杳，官府謾覃覃。隱几心猶静，焚香鼻觀參。語新憐鵲喜，聲鄙惡鴟貪。旅迹何時定，歸心不厭南。佳辰近燒燭，盛事憶傳柑。學業虚千卷，生涯寄一庵。誰能吊雙影，無月不成三。

【校記】

〔一〕猶：原作「有」，四部叢刊本《中州集》如之，此從其餘諸本。

集東坡詩贈程大本

十圍偏腹貯天真，謀道從來不計身。公業有田常乏食，陶潛無酒亦從人。異同更莫疑三語，飢飽終同寓一塵。待我南游載君去，扁舟歸釣五湖春。

曉起戲集東坡句二首

簟紋如水帳如煙，一榻清風直萬錢。困臥北窗呼不起，老夫風味也堪憐。

清風終日自開簾，吏散空庭雀噪簷。午醉醒來無一事，地偏心遠似陶潛。

秋興

鼓角邊城暮，關河古塞秋。淵明方止酒，王粲亦登樓。摇蕩傷殘歲，棲遲憶故丘。乾坤尚傾仄，吾敢嘆淹留。

村行

墟落依林莽，茅廬出短墻。兒童避車馬，父老饋壺漿。半濕田新雨，猶青棗未霜。逢人問豐歉，一一歎聲長。

不眠

不眠披短褐，曳杖出門行。月近中秋白，風從半夜清。亂離驚昨夢，漂泊念平生。淚眼依南斗，難忘故國情〔一〕。

【校記】

〔一〕故：四部叢刊本《中州集》如之，其餘諸本作「去」。

秋晚書懷

肅肅霜秋晚，荒荒塞日斜。老松經歲葉，寒菊過時花。天闊愁孤鳥，江流憫斷槎。有巢相喚急，獨立羡歸鴉。

早起

曉起先烏鵲，愁多竟不眠。風霜嚴塞草，星月淡秋天。落葉親攜帚，垂瓶自汲泉。禁門朝萬馬，魂斷憶當年。

春日

遲日回輕暖，東風埽積陰。客愁眉上見，春意柳邊尋。健犢躬耕計，歸鴻去國心。醉鄉如可隱，會放酒杯深。

庚戌元日

舊日屠蘇飲最先，而今追想尚依然。故人對酒且千里，春色驚心又一年〔一〕。習俗天涯同爆竹，風光塞外只寒煙。殘年無復功名望，志在蘇君二頃田。

【校記】

〔一〕心：文淵閣本《中州集》作「人」。

次伯堅韻

公道向來惟白髮，浮生何處用黄金。東風吹散三年恨，春色驚回萬里心。急景只教人貌改，滄溟不放酒杯深。異時儻及公榮酌，準擬歸來卧柳陰。

次韻飲嵓夫家醉中作

月中招得飲中仙，草露吹風洒浄便。地有溪山真可樂，人如冰雪自無眠。清新李白詩能勝，勃窣張憑理最玄〔一〕。功業本非吾輩事，此身聊復鬪尊前。

【校記】

〔一〕勃窣：原作「勃率」，四部叢刊本《中州集》如之，此從其餘諸本。今按，南朝宋劉義慶《世説新語·文學》：「劉前進謂撫軍曰：『下官今日爲公得一太常博士妙選。』既前，撫軍與之話言，諮嗟稱善曰：『張憑勃窣爲理窟。』即用爲太常博士。」

晚登遼海亭

登臨酒面洒清風，竟日憑欄興未窮。殘雪樓臺山向背，夕陽城郭水西東。客情到處身如寄，别恨他時夢可通。自歎不如華表鶴，故鄉常在白雲中。

風雨宿江上

風雨蕭蕭作暮寒，半晴煙靄有無間。殘紅一抹沉天日，翠濕千重隔岸山。短髮不羞黄葉亂，寸心常羨白鷗閑。濤聲午夜喧孤枕，夢入瀟湘落木灣。

棣棠

閑庭隨分占年芳，裊裊青枝淡淡香。流落孤臣那忍看，十分深似御袍黄。

雪

蔌蔌天花落未休，寒梅踈竹共風流。江山一色三千里，酒力消時正倚樓。

苦竹

密葉脩莖雨後新，肯因憔悴損天真。清如南國紉蘭客，瘦似西山採蕨人。

睡起

平生心性樂疎慵，多病追歡興亦空。睡起不知春已老，一簾紅雨杏花風。

道中

鳴鳩逐婦婦欲去，燕子引雛雛不來。樹底樹頭千點雨，山南山北一聲雷。

丙寅刑部中二首

世事邯鄲枕，歸心渭上舟。釁來無朕兆，意外得俘囚。忠信天堪仗，清明澤自流。藜羹猶火食，永愧絶糧丘〔一〕。

幽囚四十日，坐穩穴藜床。縲紲元非罪，艱難已備嘗。全家音頓阻，孤枕夢難忘。會有相逢日，牽衣話更長。

【校記】

〔一〕丘：《全金詩增補中州集》作「愁」。今按，《論語·衛靈公》：「（丘）在陳絶糧，從者病，莫能興。」

二月十一日見桃花

鳴鳩天色半陰晴，竹屋松窗老寸心。閉户不知春早晚，桃花紅淺柳青深。

志隱軒

家居瀟洒似江村，花草侵堦水映門。元亮結廬山挂眼，孔融好客酒盈尊。肯教軒冕移心志，未厭林泉入夢魂。我亦平生倦游客，一廛無處問東屯。

偶題

羨他田父老於農，遠是莊西與舍東。不似宦游情味惡，半生常在别離中。《中州集》卷一《高内翰士談》。

糟聲

聚簷秋雨喧踈溜，過竹春泉咽暗冰。門巷蕭條三尺雪，琴書寥落一龕燈。《中州集》卷一《蔡丞相松年》所載《糟聲同彦高賦》注引「彦高詩」。

佚句

題禹廟

可憐風雨胼胝苦，後世山河屬外人。

失題

寒花貪晚日，瘦竹强秋霜。《中州集》卷一高士談小傳。

附　楊花

來時官柳萬絲黄，去日飛毬滿路傍。我比楊花更飄蕩，楊花只是一春忙。此詩亦嘗載《橘林集》中，然子文集是其子特夫手録，恐無誤收者，故從之〔二〕。《中州集》卷一《高内翰士談》。

【校記】

〔二〕錢锺書《談藝録》有云：「《楊花》詩亦見《後村大全集》卷一百七十七詩話引，謂是石氏詩。當是士談爱而手寫，其子遂誤收；則《橘林集》早入金也。」中華書局一九八四年，第一五八頁。今按，石氏名懋，字敏若，號橘林，鄉籍蕪湖，北宋後期人。錢先生之説有據，兹删歸附録，以備參考。

新編全金詩卷八

吴 激

吴激，字彦高，號東山，建州（今福建省南平市建甌市）人。宋宰相吴拭之子，書畫家米芾之婿。靖康末（天會五年），使金被留，仕爲翰林待制。天會十四年，奉使高麗賀生日①。皇統二年②，出知深州，到官三日卒。彦高工詩能文，尤精於詞，與蔡松年齊名，號吴蔡體。造語清婉，哀而不傷。字畫俊逸，頗得米芾筆意。嘗著《東山集》《東山樂府》行世。兹輯二十七首。

山中見桃花李花

錦里春風徧海棠，别時無計奈紅芳。山中桃李渾疑晚，猶有殘花斷客腸[一]。

【校記】

[一]花：文淵閣本《中州集》作「紅」。

---

①《金史》卷四《熙宗紀》，中華書局一九七五年。

②《金史》卷一二五《文藝傳》，中華書局一九七五年。

長安懷古

佳氣猶能想鬱葱，雲間雙闕峙蒼龍。春風十里霸陵樹〔一〕，曉月一聲長樂鐘。小苑花開紅漠漠，曲江波漲碧溶溶。眼前疊嶂青如畫，借問南山共幾峯。

【校記】

〔一〕霸陵：汲古閣本、文淵閣本《中州集》及《全金詩增補中州集》卷四作「灞」。今按，「霸陵」亦作「灞陵」。

宿湖城簿廳

日遲風暖燕飛飛，古柳高槐面翠微。卷上疎簾無一事，滿池春水照薔薇。

窮巷

窮巷無來轍，貧家有舊醅。牕明怜雪在，睡美覺春回。菜甲方齊拆，梅花亦半開。茅簷鳴好鳥，節物莫相催。

偶成二首

一番瘦筍羽林槍，松架陰陰盡日凉。繞屋雲煙無定態，連山草木有真香。

蟹湯兔盞鬬旗槍，風雨山中枕簟凉。學道窮年何所得，只工掃地與燒香〔一〕。

【校記】

〔一〕燒：汲古閣本《中州集》及《全金詩增補中州集》作「焚」。

病後寄開父〔一〕

暗蛩咽幽響，隙月漏微光。溪上風雨過，翛然有餘凉。病瘦鶴骨立，低垂不能翔。懷我中山兄，閞經焚道香。猿嘯耿清夜，鍾鳴悠夕陽。商秋早晚至，夢寐松楸蒼。

【校記】

〔一〕詩題「開父」，汲古閣本、文淵閣本《中州集》及《全金詩增補中州集》作「開甫」。

過南湖偶成

杳山松檜紫坡陁，湖面無風亦自波。緑鬢朱顔嗟老矣，落花啼鳥奈春何〔一〕。詩人未必皆憔悴，世事從來有折磨。列坐流觴能幾日，知誰對酒愛新鵝。

【校記】

〔一〕春：《永樂大典》卷二二六五湖字韻引《中州集》此詩作「愁」。

夜泛渦河龍潭

輕舟弄素月，静夜横清渦。天風毛髮亂，踈星燦明河。圖經記父老，冥寞年歲多。淵沉三千丈，湛碧寒無波。微流帶文藻，絶岸無柔莎。炯如帝鴻鏡，可鑒不可磨。中蟠至神物，役使羣蛟鼉。蜿蜿頭角古，勁鬣誰敢劘。深宮照珠貝，頗費蚌與螺。何時葛陂竹，化作陶公梭。

秋興

後園雜樹入雲高，萬里長風夜怒號。憶向錢塘江上寺，松窗竹閣瞰秋濤。

晚春言懷寄燕中知舊

閑雲洩洩日暉暉，林斧谿舂響翠微。天氣乍晴花滿樹，人家久住燕雙飛。鄰村社後容借酒〔一〕，客舍新來未綻衣。遥憶東郊亭畔柳，歸時相見亦依依。

【校記】

〔一〕借：《全金詩增補中州集》作「賒」。

歲暮江南四憶

瘦梅如玉人，一笑江南春。照水影如許，怕寒粧未匀。花中有仙骨，物外見天真。驛使無消息，憶君清淚頻。

天南家萬里，江上橘千頭。夢繞閶門迥，霜飛震澤秋。秋深宜映屋〔一〕，香遠解隨舟。懷袖何時獻，庭闈底處愁。

吴淞潮水平，月上小舟横。旋斫四腮鱠，未輸千里羹。擣虀香不厭，照筯雪無聲。幾見秋風起，空悲白髮生。

平生把螯手，遮日負垂竿。浩渺渚田熟，青熒漁火寒。憶看霜菊艷，不放酒盃乾。比老垂涎處〔二〕，糟臍箇箇團。

【校記】

〔一〕秋：《全金詩增補中州集》作「葉」。　〔二〕比：《全金詩增補中州集》作「此」。

述懷

旅食空彈鋏，歸休合掛冠。煙塵榆塞遠，風雨麥秋寒。巢燕長如客，鳴蛙不屬官。柴門江漲到，落日下漁竿。

喜晴和張魯瞻

原野怳新沐，豐隆寧世情。鳥歸林靄暝，樓射澗虹明。春草牛羊遠，人家機杼鳴。慘舒長有命，誰復問陰晴。

國公女生日席上命賦

雪射瑶堦月，春回玉女扉。雲中三秀草，石上六銖衣。酒熟鵝兒色，身輕燕子飛。客槎還泛斗，誰解卜揞機。

秋夜

豈有涓埃補盛明，强扶衰病厠豪英。夜窓燈火青相對，曉鏡髭鬚白幾莖。年去年來還似夢，江南江北若爲情。石田茅舍君家近，借與林泉送此生。

招趙資深拾遺

别久兒逾壯，道同心更親。移居近韋杜，相對邈參辰。雪少似饒客，鳥喧知得春。歸期淹幾日，莫厭馬蹄頻。

同兒曹賦蘆花

天接蒼蒼渚，江涵㬋㬋花。秋聲風似雨，夜色月如沙。澤國幾千里，漁村三兩家。翻思杏園路，鞭㬋帽簷斜。

張戡北騎

張生鞍馬客幽都，却笑靈光筆法麤。秖今白首風沙裏，憶向江南見畫圖。

早春

寂寂重寂寂，出門春草齊。晚芳猶着樹，江漲欲平溪。山暝有時雨，村深何處雞。遠山緣底恨，故作傍人低。

雞林書事

箕子朝鮮僻，蓬丘弱水寬。儒風通百粵，舊史記三韓。邑聚居巢慣〔一〕，夷裝被髪安〔二〕。猶存古籩豆，兼用漢衣冠。兔潁家工縳，鮭腥俗嗜餐。騎兵腰玉具，府衛挾金丸。長袖鳶窺肉，都場犺掛竿。琴中蔡氏弄，指下祝家彈。主禮分庭抗，賓筵百拜難。漬橙粇釀旨，滋桂鹿脩乾。潑墨松如櫛，隤墻石似丹。地偏先日出，天迫衆山攢。鵬翼雲帆遠，羊腸石磴盤。由來異文軌，休訝變暄寒。事可資談柄，誰能記筆端。聊將詩邈取〔三〕，歸作畫圖看。

【校記】

〔一〕邑聚居巢慣：文淵閣本《中州集》及《全金詩增補中州集》作「邑聚從衡接」。〔二〕夷裝被髪安：文淵閣本《中州集》及《全金詩增補中州集》作「民居質朴安」。〔三〕邈：文淵閣本《中州集》及《全金詩增補中州集》作「貌」。

題宗之家初序瀟湘圖

江南春水碧於酒，客子往來船是家。忽見畫圖疑是夢，而今鞍馬老風沙。《中州集》卷一《吴學士激》。

贈國鎮詩

孫郎有重名，談笑取公卿。清廟瑟三嘆，齋房芝九莖。《中州集》卷二孫九鼎小傳。

糟聲

聚簷秋雨喧踈溜，過竹春泉咽暗冰。門巷蕭條三尺雪，琴書寥落一龕燈。《中州集》卷一《蔡丞相松年》之《糟聲同彦高賦》「糟床過竹春泉句」注引云云，「彦高詩也」。

佚句

出散關

春風蜀棧青山盡，曉日秦川緑樹平。

愈甫索水墨以詩寄之

煙拂雲梢留淡白，雲蒸山腹出深青。

三衢夜泊

山侵平野高低樹，水接晴空上下星。

太清宫

玉座煙霞春寂寂，石壇星斗夜蒼蒼。

呈正甫

手版西山聊復爾，角巾東第定何時。

遊南溪潭

竹院鳴鐘疑物外，畫橋流水似江南。

飛瀑巖

數樹殘花喜春在，一聲啼鳥覺山深。

詠鄭邸故伎

玉雪自知塵不涴，丹青難寫酒微醺。

送樂之侍郎

四海蒼生謝安石，一言宣室賈長沙。

送韓鳳閣使高麗

海東絶域皇華使，天上仙官碧落卿。

偶題

江湖欹枕夢，風雪打窗時。《中州集》卷一吴激小傳。

失題

夢想淇園上，春林布穀聲。
故交半在青雲上，乞取淇園作醉鄉。金蔡松年《蕭閑老人明秀集》卷二《水龍吟》序：「余始年二十餘，歲在丁未，與故人東山吴季高父論求田問舍事。數爲余言，懷衛間風氣清淑，物産奇麗，相約他年爲終焉之計。爾後事與願違，遑遑未暇。故其晚年詩曰云云，又曰云云。蓋志此也。」《四印齋所刻詞》本，上海古籍出版社一九八九年，第六八〇頁。

劉著

劉著，字鵬南，號玉照老人，舒州皖城（今安徽省安慶市潛山市梅城鎮）人。北宋宣和末登進士第。入金後，預銓調，除州縣，年六十餘始入翰林，充修撰。後出守武遂，終於忻州刺史①。鵬南文聲藉藉，與當時名流多有唱和②。兹輯二十四首。

次韻彦高即事

福威看九落〔一〕，筆削在麟經。中道亡三鑑，危時憶九齡。網羅無處避，鼙鼓不堪聽。身遠遼陽渡，心懷峴首亭。脱巾頭半白。傾蓋眼誰青。斷鴈西風急，潸然涕泗零。

【校記】

〔一〕九：《全金詩增補中州集》卷七作「幾」。

① 《中州集》卷二《劉内翰著》，中華書局上海編輯所一九六二年。

② 金王寂《鴨江行部志》：「甲辰，次熊岳縣，宿興教寺，晚登經閣，南望王仲元海岳樓……舊聞京師名公皆有題咏，已刻石於樓下。命借副本，因得詳觀。蓋玉照老人劉南鵬爲之序，平章政事張仲澤首唱通字韻詩，自餘庚和者，張御史壽甫、鄭侍講景純、蔡濰州正父、李禮部致美，如此凡二十五人。」黑龍江人民出版社一九八四年，第二八頁。

順安辭呈趙使君二首

太平時世屢豐年，勝事空聞父老傳。郭外桑麻知幾頃，舩頭魚蟹不論錢。
六朝興廢渡河年，舊國歸來更黯然。八月邊城山未雪，蘆花藉藉已漫天。

次韻王子慎玉田道中一首兼呈韓公美閣老

東晉風流屬子猷，開元峭直讓韓休。絲綸對掌驚三雋，樽酒更酬失四愁。古道陰陰槐樹老，歸鴻杳杳荻花秋。浩然詩思天涯遠，月滿江南小謝樓。

出榆關

羽檄中原滿，萍流四海間。少時過桂嶺，壯歲出榆關。奇禍心如折，羈愁鬢已班〔一〕。楚纍千萬億，知有幾人還。

【校記】

〔一〕班：汲古閣本、文淵閣本《中州集》及《全金詩增補中州集》作「斑」。

渡遼

身隔遼東渡，心懷冀北群。會歸蘇屬國，却憶范將軍。風陣横秋鴈，雷聲吼夜蚊。方言莫相笑，唐梵本殊分。

至日

亂離南國忽經年，一線愁添未死前。心折靈臺候雲物，眼看東海變桑田。燕巢幕上終非計，雉畜樊中政可憐。安得絶雲行九萬，却騎鯨背上青天。

次韻彦高暮春書事戊申歲。

平生漫浪老清暉，却掃丘園屬少微。世亂傷心青眼舊，天涯流淚白雲飛。覊愁只憶中山酒，貧病長懸子夏衣。澤畔行吟誰念我，秖應形影自相依。

寄題張浩然松雪樓

入座山光秀玉柯，岸巾絶景意如何。瘦來豈爲寒松句，和寡還驚白雪歌。地近雲煙來鶴駕，簷高星斗瀉銀河。懸知老子登臨處，渺渺滄波月色多。

次韻彦高占雪

天秋皷南風，雲海飄暮雪。三春猶沍寒，九夏那苦熱。土圭測中氣，嘗聞先儒説。窮髮多異宜，泥古誠亦拙。吴侯擅六藝，名宦端不屑。晚歲登泰山，蚤已探禹穴。千歲可坐致，不待數旬月。重陰畏坎陷，五陽欣夬決。君子方履霜，渠肯蹈覆轍。雞猪與魚蒜，幸可充朝餟。

枕上言懷

九土將分裂，中原政擾攘。孰爲真漢相，却憶假齊王。晉室遷神鼎，梁園作戰場。可憐羈客夢，夜夜在家鄉。

再和彦高

否泰由來在歲星，誰聽叩角作商聲。一朝漢魏成今古，百口燕秦隔死生。雉堞僅能逃病婦，鴈書猶記作團兄〔一〕。雪雲埋盡遼西路，有酒如淮奈此情。

【校記】

〔一〕作團兄：《全金詩增補中州集》作「托難兄」。

聞鴈

千里寒雲卷朔風，當軒月午鴈書空。煩君爲報江南客，顛頷遼東更向東。

閨情二絶己酉歲。

天邊北斗又回春，愁絶龍沙任酒醺。萬里巫山歸夢斷，不知何處覓行雲。

蕙帳金爐冷篆煙，故山春草幾芊芊。只今唯有瀟湘月，萬里相隨照不眠。

過白溝趁順安

萬折狂瀾肯倒流，歸心夢寐在東周。平生快意君知否，今日驅車過白溝。

題御城寺壁

一徑埋雲草樹荒，石麟蒼蘚卧田桑。漢家陵闕今何在，洛水嵩山滿夕陽。

月夜汎舟

浮世渾如出岫雲，南朝詞客北朝臣。傳郵擾擾無虚日，吏俗區區老却人。入眼青山看不厭，傍船白鷺自相親。舉杯更欲邀明月，暫向堯封作逸民。

病中寄楚卿

月滿江樓午夜鍾，多情多病一衰翁。行雲不道無行雨，只恐相逢是夢中。

送客亭

十年羈旅鬢成絲，千里淮山信息稀。送盡長亭短亭客，且看莊舄幾時歸。

病中言懷呈韓給事〔一〕

潦倒淮山客，金臺五見秋〔二〕。退飛嗟宋鷁，畏暑甚吴牛〔三〕。問疾憐摩詰，分曹類子猷。自慚無補報，只合隱林丘。

【校記】

〔一〕《詩淵》第三册一九七六頁録此詩，題作「皖城」，撰者署「元劉内翰」，誤。〔二〕秋：《詩淵》作「愁」。〔三〕暑：《詩淵》作「水」。

伯堅惠新茶緑橘香味郁然便如一到江湖之上戲作小詩二首〔一〕

建溪玉餅號無雙，雙井爲奴日鑄降。忽聽松風翻蟹眼，却疑春雪落寒江。

黄苞猶帶洞庭霜，翠袖傳看緑葉香。何待封題三百顆，只今詩思滿江鄉。

【校記】

〔一〕元乙卯本、明弘治本《中州集》詩題末無「二首」。

文季侍郎得緑蕚香梅子文待制有詩輒亦同賦

一枝蕚緑冠群芳〔一〕，瀟洒猶疑楚岸傍。香骨瘦來冰蘂細，夢魂清處月波凉。賡酬便合成千首，醒醉寧須計百觴。横玉叫雲吹不盡，只教今古洗離腸。《中州集》卷二《劉内翰著》。

【校記】

〔一〕蕚緑：汲古閣本、文淵閣本《中州集》及《全金詩增補中州集》作「緑蕚」。

祝簡

祝簡，字廉夫，單父（今山東省菏澤市單縣）人。北宋末登科，仕爲洺州教官。入金後，爲州倅。

齊國立，官朝奉郎太常丞，兼直史館①。嘗著《嗚嗚集》及《詩説》等，詩甚工。兹輯十二首。

舟次丹陽〔一〕

船頭東下趁晨鐘，船外清霜氣暗通。斷鴈聲歸煙靄裏，孤帆影落月明中。隋河波浪千年急，梁苑池臺一旦空〔二〕。試問碧堤無限柳，敗條衰葉幾秋風。

【校記】

〔一〕《詩淵》第二册一三二八頁録此詩，題作「舟中」。　〔二〕旦：汲古閣本、文淵閣本《中州集》作「半」。

下第魚臺東寺〔一〕

病眼逢花亦倦開，流鶯飛去悮相猜。多情却愛僧堂燕，才得春風却再來〔二〕。

① 宋楊堯弼《僞齊録》卷上：「阜昌二年十二月，東京官屬并父老史平及僧道捧表，請遷都於汴。」又，「阜昌三年，太常博士祝簡進《遷都賦》，又進《國馬賦》。」《藕香零拾》本，中華書局一九九九年。另，宋徐夢莘《三朝北盟會編》卷一八一《起紹興七年是一月十八日丙午盡其日》亦述及：「偽宣節郎太常博士兼直史館祝簡進《遷都賦》，又進《國馬賦》。豫批云：『文賦正非治天下者所宜尚，然自前朝之季，上恬下嬉，怠意監牧。國家創業，力爲殘弊生靈除禍亂 圖康泰。以馬爲急務，而猶恐官吏軍民多狃於舊俗，未知盡心於牧圉芻秣之道。此賦極陳馬之爲用，使讀之者，皆知此爲至重而不可忽，實有補於馬政。祝簡可減二年磨勘，聊示無言不酬。』」上海古籍出版社二〇〇八年，下册第一三一〇頁。

【校記】

〔一〕《詩淵》第五册三七一六頁録此詩，題作《山寺》。〔二〕才：《詩淵》作「方」。却：《詩淵》作「又」。

青奴

名實於人不可誣，馬牛我亦受人呼。世間物化多難曉，誰爲此君爲此奴〔一〕。

【校記】

〔一〕誰爲：汲古閣本、文淵閣本《中州集》作「誰謂」。另，明佚名《詩淵》第二册一四一九頁録此詩，撰者署「元祝簡」，題同而文字頗異：「此君清節凛難污，名實於人莫厚誣。封作夫人猶受屈，况堪强號謂青奴。」

雜詩二首〔一〕

雨後清寒滿袖風〔二〕，鴈聲南去暮雲濃。秋來杞菊能多少〔三〕，欲助盤飡自不供〔四〕。

榴花嬌欲鬬羅裙〔五〕，石竹開成碎纈文。更有戎葵亦堪愛，日烘紅臉酒初醺。

【校記】

〔一〕《詩淵》第六册三九二七頁録此詩，題作「雜詠」。〔二〕清寒：《詩淵》作「寒生」。滿：《詩淵》

作「兩」。〔三〕秋來杞菊能多少：《詩淵》作「秋園杞菊皆清味」。〔四〕欲助盤飧自不供：自、不，《詩淵》作「盡」、「可」。〔五〕榴花：《詩淵》作「海榴」。

虚極齋獨坐

虚齋長鋏短燈檠〔一〕，明月當窗夜氣清〔二〕。却掩塵編時閉目〔三〕，胡床獨坐聽秋聲。

【校記】

〔一〕長鋏：《詩淵》第五册三四六六頁録此詩作「二尺」。〔二〕明月當窗：《詩淵》作「看徹青編」。
〔三〕却掩塵編時閉目：《詩淵》作「兩目昏花無可奈」。

相國寺鐘

寒雞縮頸未鳴晨，已聽春容入夢頻。未必佛徒知警悟，秪能唤起利名人。

春日

鸎語相喧浩蕩春，落花細點禁街塵。游絲飛絮狂隨馬，遲日和風欲醉人。

夏雨

電掣雷轟雨覆盆，晚來枕簟頗宜人。小溝一夜水三尺，便有蛙聲喧四鄰。

和常祖命二首

著書不得自名家，卷裏蠅頭散眼花。未用一杯張翰酒，正須七椀玉川茶。

操筆文章學古風，平生羞與腐儒同。相如雖有凌雲賦，不及東方射守宫。

檢旱

草樹連雲緑間黄，年飢村落自荒凉。晚蟬抱樹聲聲急，野菊迎人細細香。《中州集》卷二《祝太常簡》。

佚句

賦雪

雨屋無寒夢，油燈有細香。

書懷

白髮渾無賴，朱顔更不回。

遮眼細書聊引睡，扶頭濁酒最關情。《中州集》卷二祝簡小傳。

趙晦

趙晦，字光道，號睡軒居士，管城（今河南省鄭州市管城區）人。北宋末，官代州法曹、秀容主簿。汴京破，不復仕。同宇文虛中爲世交，虛中使金羈留平城，前往探視。善篆隸，詩筆高雅，嘗有集行世①。兹輯一首。

暮春

壓枝梅子半青黄，葉底殘紅雨褪香。翠鈿舞風榆落莢，緑鍼浮水稻抽秧。酒濃猶覺春酲困，睡美方便午夢長。苦被啼鶯訴花老，揮毫聊作送春忙。《中州集》卷九《睡軒先生趙晦》。

①《中州集》卷一《宇文太學虛中》所載《鄭下趙光道與余有十五年家世之舊，守官代郡之崞縣。聞余以使事羈留平城，與諸公相從，皆一時英彥，遂以應舉自免去，駕短轅，下澤車，驅一僮二驢扶病以來，相聚凡旬日而歸。昔白樂天與元微之偶相遇於夷陵峽口，既而作詩叙别，雖憔悴哀傷，感念存没，至歎泣不能自已，而終篇之意蓋亦自開慰，况吾輩今日可無片言以識一時之事邪？因各題數句，而余爲之叙。夜將半，各有酒，所語不復鍛鍊，要之皆肺腑中流出也》注云：「光道名晦，時爲代州士曹，善篆隸，詩筆高雅，有集傳河東，今不復見矣。」中華書局上海編輯所一九六二年。

范　墀

范墀，字元涉，潁川（今河南省禹州市）人。嘗著詩話行世。兹輯一首。

和高子初梅

春風也自惜流光，只放寒梅一樹芳。玉粉更粧前夜雪，口脂猶注昔年香。江湖昨夢誰同記，詩酒風流豈易忘。東閣何郎未全老，花枝休笑鬢絲長。《中州集》卷八《范墀》。

劉邦佐

劉邦佐，始末未詳。據詩中「不覺中原更異服」云云，當是由宋入金士人。兹輯一首。

叢臺

璇珠琢玉營宫屋，臺殿凌空入雲碧。千榱萬瓦並鴛鴦，垂簾偏壓欄杆窄。東風春晝日遲遲，別院花芳柳細垂。池塘不動漣漪緑，解使新粧照黛眉。宫娃玉笋横新竹，夜晏高臺醒醉復。君王舞袖始知寬，不覺中原更異服。壯哉西使入秦歸，全趙英豪固王畿。安陽不禮烟塵亂，誰解沙坵三月圍。九門城闕沙坵土，昔日繁華閴無睹。邯鄲驛路舊叢臺，清風明月逾千古。

《（民國）邯鄲縣志》卷三《地理志·名勝》：「丙午，前尹董威修城并及叢臺，内剷出金人詩二石」，即「金劉邦佐詩、王繪詩」。《中國方志叢書》本，臺北成文出版社一九七〇年。

翟欽甫

翟欽甫，出處未詳，金初人①。兹輯一首。

賦清庵

爲問清庵何以清，霜天明月照蓬瀛。廣寒宫裏琴三弄，白玉樓頭笛一聲。金井玉壺秋水冷，石田茅屋暮雲平。夜來一枕遊仙夢，十二瑶臺獨自行。

宋趙溍《養疴漫筆》：「翟欽甫者，金人也。衆飲清庵，欽甫偶至，衆不之識，俾賦清庵詩，欽甫故拙起句云云，衆拍手大笑，及賦第二句云云，衆失色，連賦云云，及賦畢，衆愧謝，延之上座。」《叢書集成初編》本，中華書局一九八五年。

張仲容

張仲容，字才翁，上黨（今山西省長治市）人。北宋末登科，仕至屯田員外郎，以好士名天下。孫

① 清郭元釪《全金詩增補中州集》卷五二引《堯山堂外紀》：「翟欽甫，金初人。」上海古籍出版社一九九四年。

温，泰和六年進士，詩樂府亦有名。兹輯一首。

致仕後詩

病身衰退謝明朝，北洞閑眠晝寂寥。十畝晚禾煙冉冉，一林修竹雨瀟瀟。黑花遮眼秋不落，白雪撲頭春未消。世事悠悠吾老矣，一壺濁酒且逍遥。《中州集》卷九張温小傳。

賈　泳

賈泳，字漢甫，洛陽（今河南省洛陽市）人。兹輯一首。

題安生僧寺并序

天會己酉，余嘗與王化原、李端中同過是寺。屬兵厄甫罷，堂宇頹弊〔一〕，繪像剝落〔二〕，秋草野蔓，羅生階上。盤桓終日間，闃其無聞。時風塵未静，竊謂此地當日就丘墟，及今與端中復来，則寺有僧簡師矣。向之所見，頹者已完葺，剥者復嚴潔，鐘閣巍焉，石塔巋焉，庭樹鬱焉，皆向之所未有者也。因一讀舊題，已經五稔。自念五年之間所向齟齬，十步九蹶，卒陷機阱，豈非禍患之來有積漸歟？抑得失行止，非人所能爲歟？嗚呼！事去如夢，人生如寄。窮達相推，雖賢智有不能免焉者，顧余何足道哉。所不知者，他日過此，寺之興廢，余之得喪悲歡，又何如也。續題一詩，貽失路者共爲一歎云。

癸丑七月八日題。

重來已是五年遊，憂患相仍欲白頭。翻羨亭亭兩奇樹，不知風雨過春秋。《中州集》卷八《賈泳》。

【校記】

〔一〕弊：文淵閣本《中州集》及《全金詩增補中州集》卷三五作「敝」。〔二〕傃：汲古閣本、文淵閣本、四部叢刊本《中州集》及《全金詩增補中州集》作「素」。

新編全金詩卷九

馬定國

馬定國，字子卿，號薺堂先生，茌平（今山東省聊城市茌平縣）人。唐中令馬周裔孫，少日志趣不凡。北宋宣和末，題詩酒家壁，坐譏訕得罪，亦因之知名。齊阜昌初，遊歷下，以詩撼劉豫，豫大悦，授監察御史，官至翰林學士。石鼓自唐以來無定論，定國以字畫考之，謂是宇文周時物，作辯萬餘言，出入傳記，引據甚明，學者以比蔡珪《燕王墓辯》。嘗著《薺堂集》行世①。兹輯三十一首。

宿田舍

狂風作帚掃春陰，投宿田廬話古今。尊俎只如平日事，干戈方識故人心〔一〕。凄凉一樹梅花

① 《金史》卷一二五《文藝傳》，中華書局一九七五年。今按，《金史》本傳與《中州集》小傳未涉卒年。金党懷英《醇德王先生墓表》有云：「懷英昔者宦學山東，是時東阿張子羽、茌平馬定國、奉符王頤、東平吴大方與其兄大年、郭弼憲、趙慤、甲公綽諸公，與先生相友善，講論道義，援據古今，以孔孟所傳爲諸儒倡。其後，出者聞於朝，處者行於鄉，雖隱顯不同，而先生之譽，得友而章者已廣矣。諸公相繼去世幾廿年，先生獨無恙。」見清張金吾《金文最》卷八九。其中，醇德先生卒於大定二十四年，而所列諸公相繼去世幾廿年，醇德獨無恙，則馬定國當卒於大定初。

發，迤邐千門柳色深。天子蒙塵終不返〔二〕，酒酣相對淚沾襟。

【校記】

〔一〕故：文淵閣本《中州集》作「古」。〔二〕終：《全金詩增補中州集》卷六作「今」。

清平道中

棘林苦苣野花黄，一馬駸駸渡漯陽。別墅酒旗依古柳，點溪花片落新香。伏波事業空歸漢，都護田園不記唐。今日清明過寒食，又將書劍客他鄉。

登歷下亭有感〔一〕

男子當爲四海遊，又携書劍客東州。煙横北渚芰荷晚，木落南山鴻鴈秋。富國桑麻連魯甸〔二〕，用兵形勢接營丘〔三〕。傷哉不見桓公業，千古遶城空水流。

【校記】

〔一〕明佚名《詩淵》第五册三四七六頁録此詩，撰者署「元史肅」。〔二〕魯甸：《詩淵》作「歷下」。

〔三〕營丘：《詩淵》作「蔡丘」。

長相思

歷歷春陽被群木，白沙淺水明如鵠。結廬聊可障雨風，學道未能充耳目。故人家居紫翠傍，枳籬日落青山長。歲云晏矣不可見，望盡楚天飛鳥行。

客懷

結髮游荆楚，勞心惜寸陰。草長春逕窄，花落曉煙深。穀旱惟祈雨，年飢不問金。三齊雖淡薄，留此亦何心。

招康元質

此生依著定何如〔一〕，不傍耕疇即釣蓑。北阜平蕪隨鳥遠，東湖新漲與天多。詩成重墨題飛葉，睡起輕芒踏軟莎。猶有客愁銷不盡，風軒茶竈待君過。

【校記】

〔一〕依：弘治本《中州集》作「亦」，《全金詩增補中州集》作「住」。

雨晴離開化寺

澗谷流秋水，樓臺入暮寒。連城遭雨積，一日得泥乾。利劍青鯊室，名駒白鐵鞍。回頭棲隱地，風樹響珊珊。

秋日書事

南山悠悠去天尺，雀寒未晚争投棘。野人籬落不勝荒，溪欲絶流堆亂石。小園蔬藥知有無，未免杖藜煩兩屐。霧蒙甘菊細莖紫，風動牽牛晚花碧。鄰舍翁歸竹几空，秋天日落松窗寂。小盃翻酒足自娱，閭巷浮沉真可惜。

讀莊子

吾讀漆園書，秋水一篇足。安用十万言，磊落載其腹。北風熟柤梨，冷日照鴻鵠。人生固多事，端坐至秉燭。

雪霽

高巖旭日吐深頳，雪霽樓臺白玉京。獨往南塘探春色，琵琶花下竹雞鳴。

寒食

燕泥半落烏衣巷，柳色全添緑綺窗。且伴丁香過寒食，弄晴蝴蝶一雙雙。

楊休烈村居

籬落牽牛放晚花，西風吹葉滿人家。閉門久雨青苔滑，時見鴛鴦下白沙。

游何氏園

八尺龍蛇薜荔墻，瘦松踈竹更蒼涼。梅花映水無人見，隔岸飛來片片香

四月十日遇周永昌二首

竹裹涓涓雨未晴，日高窗牖受虛明。數家燕雀青雛出，是處園林緑顆成。貧覺酒盃真有味，病思丘壑豈無情。東山舊隱許相過，他日秋原看耦耕。

幼時種木已巢鳶，猶向花前作酒顛。郭外青山招曉出，圃中明月照春眠。世無蘇黄六七子，天斷文章三十年。今日逢君如舊識，醉持盃杓望青天〔一〕。

【校記】

〔一〕杓：元乙卯本、明弘治本《中州集》及《全金詩增補中州集》作「酌」。

過李湘

數樹高槐散乳鴉，時於缺處見黄花。涼風不斷如流水，相對胡床坐日斜。

雪

紅樓翠瓦不禁寒，欲剪梅花去路難。净掃竹亭聊飲酒，恰如明月照金盤。

懷高圖南

劉叉一狂士，尚得韓愈知。君才百劉叉，知者果其誰。三隨計吏貢，躡屩游京師〔一〕。文章善變化，不以一律持。碧海涵萬類，青天行四時。去年高唐别，河柳摇風枝。今年清明飲，高花見辛夷。兹來又幾日，軍檄忽四馳。尺書無處寄，相見果何期。白日鬭龍蛇〔二〕，黄塵笳鼓悲。春風獨無憂，吹花發江湄。一杯送歸鴈，萬里寄相思。

【校記】

〔一〕屩：文淵閣本《中州集》作「履」。〔二〕鬭：原作「開」，此從汲古閣本、文淵閣本《中州集》。

送王松年之汶上

去去東平道，飛轅不可攀。地隣邾子國，天近穆陵關。問俗徵前事，移家卜好山。溪堂醉花月，春興幾時還。

香嚴病中

九州四海盡行路，萬户千門非我家。金彈不徒驚燕雀，春雷終待起龍蛇。

題崇子中庵

羡君高節似陶潛，五畝園林老不添。遯世人情雖淡薄，開門秋色自清嚴。案頭黄卷香終日，砌下蒼苔雨一簷。後夜中秋更應好，隔窗雲木看飛蟾。

郢州城西

秋江白水浪花麁，墟落人歸鳥自呼。新月高城三百雉，角聲吹徹小單于。

送圖南

壺觴送客柳亭東，回首三齊落照中。老去厭陪新客醉，興來多與古人同。戍樓藤角垂新緑，山店樫花落細紅。他日詩名滿江海，齊堂相見兩衰翁。

秋日書事

井邊薏苡吐秋珠，舍下瓜區雜芋區。世道未夷聊小隱，不須辛苦著潛夫。

村居五首〔一〕

溪頭梅是去年花，閑日初長逕竹斜〔二〕。向晚孤煙三十里，不知樵唱落誰家。

蠶蠋成蛾桑柘稀〔三〕，海棠花發照窗扉〔四〕。離騷讀罷無人會，獨立溪南看夕暉〔五〕。

五月南風化蟪蛄，野塘晚筍未成蒲。樫花落盡紅英細，沙渚鴛鴦半引雛。

柿葉經霜菊在溪，天寒落日見雞棲。田家有客篘新酒〔六〕，紅葉蕭蕭蓋芋畦。

歲暮行人竟不來，空吟溪樹覓寒梅。何時消盡関山雪，收拾春風入酒盃。

【校記】

〔一〕明佚名《詩淵》第五册三一五四頁録此詩，撰者署「元史肅」。〔二〕逕竹斜：《詩淵》作「竹影斜」。〔三〕蠋：汲古閣本、文淵閣本《中州集》及《全金詩增補中州集》作「蛹」，《詩淵》作「巳」。今按，《詩・豳風・東山》：「蜎蜎者蠋，烝在桑野。」〔四〕海棠：《詩淵》作「海榴」。〔五〕獨立溪南看夕暉：獨立、夕暉，《詩淵》作「閑立」、「落暉」。〔六〕田：弘治本《中州集》作「四」，汲古閣本、文淵閣本《中州集》及《全金詩增補中州集》作「西」。

宣政末所作二首

蘇黄不作文章伯，童蔡翻爲社稷臣。三十年來無定論，到頭姦黨是何人。

山杏山桃取次開，紅紅白白上樓臺。移將海底珊瑚樹，乞與人家也不栽。《中州集》卷一《馬御史定國》。

佚句

題詩酒家壁

蘇黄不作文章伯，童蔡翻爲社稷臣。《中州集》卷一馬定國小傳。

張子羽

張子羽，字叔翔，東阿（今山東省聊城市東阿縣）人。入金後，嘗官洛陽。大定初，仕爲太常丞①。能文，與香嚴可道上人、鮮于可、高鯤化、王景徽、吴縝等同爲馬定國師友②。兹輯三首。

游龍門訪潛溪僧舍

入谷訪精舍，鐘聲先遠聞。陽光時翳竹，泉脉俄當門。山僧禁足久，瞑目誦微言。要知鹿臺寺，但指山頭雲。策杖御栝西，幽蘭秀荆榛。風煙浩難及，薄暮花紛紛。

---

①《金史》卷一九《世紀補·顯宗》：「（大定）四年九月，納妃徒單氏，行親迎禮。故事，大駕鹵簿天子乘玉路，皇太子鹵簿乘金路。六年，世宗行自西京還都，禮官不知皇太子自有鹵簿金路，乃請太子就乘大駕綴路，行在天子之前。上疑其非禮，詳閲舊典，禮官始覺其誤。於是禮部郎中李邦直、員外郎李山削一階，太常少卿武之才、太常丞張子羽、博士張棨削兩階。」中華書局一九七五年，第四一一頁。

②金党懷英《醇德王先生墓表》：「懷英昔者宦學山東，是時東阿張子羽、茌平馬定國、奉符王頤、東平吴大方與其兄大年、郭弼憲、趙慤、甲公綽諸公，與先生相友善，講論道義，援據古今，以孔孟所傳爲諸儒倡。其後，出者聞於朝，處者行於鄉，雖隱顯不同，而先生之譽，得友而章者已廣矣。諸公相繼去世幾廿年，先生獨無恙。」見清張金吾《金文最》卷八九，中華書局一九九〇年。今按，醇德先生卒於大定二十四年，而諸公相繼去世幾廿年時，則張子羽當卒於大定初。

宿寶應

重嵓煙靄合，寶閣春風暮。山深月影遲，坐久識歸路。伊昔府中彦，征驂同夜駐。徂年能幾時，變滅等驚霧。又作「已復等驚霧」。禪房伴茗飲，豈待酒中趣。卧來清不寐，瘦鶴驚宿露。黎明覓舊題，松間宛如故。

壽張和滑益之

理髮秋庭趁夕陽，靜中誰可共傳觴。雲横故國三年别，水遶孤村六月凉。病眼只貪書味永，渴心頻夢橘奴香。魚山早有終焉計，少日應容解印章。《中州集》卷二《張子羽》

香嚴可道上人

香嚴可道上人，出處未詳。馬定國六師友之一。兹輯一首。

題比陽道邊僧舍

山頭翠色僧房静，山下紅塵客路長。五月行人汗如雨，豈知高處有清凉。《中州集》卷二張子羽小傳。

鮮于可

鮮于可，字東父，嘉州（今四川省樂山市）人。馬定國六師友之一。從祖侁，父之武，皆有名於時。兹輯佚句四。

失題

小雨潤屐綦，花氣襲芳襟

十里青山堪布屐，半篙春水已勝舟。《中州集》卷二張子羽小傳。

高鷴化

高鷴化，字圖南，平原（今山東省德州市平原縣）人。馬定國六師友之一。少有詩聲，所作多奇怪不凡。兹輯佚句二。

盤中

酒影金蛇活，流虹聚石矼。《中州集》卷二張子羽小傳。

王景徽

王景徽，字彦美，并州祁（今山西省晉中市祁縣）人①。馬定國六師友之一。兹輯一首。

贈定國

澗下松杉已蔽牛，溪中蘋藻可供羞。故鄉未有終焉計，欲指吴山歸去休。《中州集》卷張子羽小傳。

吴　縯

吴縯，字子長，東平（今山東省泰安市東平縣）人②。馬定國六師友之一。年三十，以生計暫仕，

---

①《中州集》張子羽小傳未言鄉貫而謂「祁國文獻公溥之後」。今按，王溥字齊物，宋初并州祁人。後漢隱帝乾祐間（九四八年），以甲科進士第一名擢秘書郎；後周太祖廣順三年（九五三），官至宰相，且相繼爲後周世宗、周恭帝與宋太祖等兩代四朝宰相。嘗奉命修纂《世宗實録》《唐會要》《五代會要》。太平興國初（九七六），封祁國公。七年八月薨，贈侍中，謚文獻，《宋史》卷二四九有傳。

②《中州集》張子羽謂吴縯爲「文肅公奎之孫」，即吴奎，字長文，濰州北海人。宋仁宗天聖五年（一〇二七）進士。宋神宗即位，拜參知政事，尋出知青州。熙年元年卒，年五十八，謚文肅。宋劉攽《彭城集》卷三七《吴公墓誌銘》記其事迹，《宋史》卷三一六有傳。

即歸隱於魚山狼溪之側。茲輯五首。

寄定國

情馳夏日流，目斷晚雲碧。新詩從何來，遠自金馬客。雄深作者意，奔軼古人迹。名高四海望，髪未一莖白。應嗤窮途士，抽簪老泉石。采蕨在南山，驅牛向東陌。勞生豈不苦，衣食迫晨夕。膏粱無宿懷，茅茨得真適。卒歲將何求，一飽惟力穡。

訪國城石氏

昔我訪君處，樹凉炎暑收。今君訪我來，城空殘雪留。經時少乘興，兩至皆空投。茅茨隔溪上，車馬度城頭。不聞機杼聲，但聽溪水流。向來方圓翁，曾伴此中遊。近聞大梁至，京塵滿衣裘。相思懶歸步，落日風颼颼。

山居

西首魚山崦，北連黄石祠。崇岡在東南，我家山北陲。地僻少人事，終朝掩柴扉。尊酒不常得，書卷聊自怡。春風數日來，處處生蕨薇。寸心復何累，一飽良可期。當年終南人，捷徑以貽譏。知我無心者，豈顧悠悠辭。

擬淵明貧居

淒其歲云暮，北風無時休。晨興倦薪水，夜寐乏衾裯。缺月正徘徊，宿鳥頻啁啾。欲無憔悴嘆，奈此霜霰秋。松楸脱兵火，環堵且淹留。閉門念袁安，守賤弔黔婁。坐讀貧士詩，吾乃淵明儔。

溪上招王仲先

幽居復何爲，冬來性成懶。柴門俯清溪，寸步出亦罕。今晨偶攜杖，愛此晴日暖。寓目隨所之，行到南溪畔。背陰雪猶積，向暖冰全泮。揞頤卧石上，仰面蒼崖斷。泉聲何從來，乍喜兩耳换。平分意甚遲，斗落勢方悍。坐來百慮忘，還惜日景短。塵寰多憂虞，中林足閑散。故人戀明時，歸休苦遲緩。幅巾來何時，臨流話幽欵。《中州集》卷二張子羽小傳。

趙亮功

趙亮功，名天佑，亮功其字①，華州（今陝西省渭南市華州區）人。北宋紹聖四年，攝高陵縣尉。

①《中州集》小傳甚略，僅記其字而佚其名，嘗監富平酒税。此據《（嘉靖）高陵縣志》卷四《官師志》補。

入金，仕爲富平酒監。與鄉人喬元龍、左先之交往，時稱少華三先生①。兹輯八首。

甘露寺

鄭南峯下寺，泉石間踈篁。飛雨度山閣，閑雲生野塘。簷前松子落，廚際柏煙香。别後聞鍾磬，山陰空夕陽。《中州集》卷八《趙亮功》。

出郊見新花折贈宰公□之

和風習習氣初新，紅杏黄梅暖意勻。見説宰公渾未賞，爲君分得一枝春。

送封道

相送河梁畔，當風酒易寒。清歌臨渭水，古道入長安。秋草寒雲斷，野橋霜葉乾。知君爲政暇，時抱素琴彈。

① 金宋九嘉《集種師道趙天佑馮叔獻諸作勒石序》有云：「（趙亮功）與其鄉人喬元龍、左先之遊汴梁太學。日沉醉，無所事，同舍以爲言，不恤也。忽一日沉醉中，亮功高誦《春秋》，而元龍草聖於壁上。一舍盡驚，當時謂之少華三先生。」見《（嘉靖）高陵縣志》卷四《官師志》，《中國方志叢書》本，臺北成文出版社一九七〇年。

春日水邊送人

柳邊把酒離人起，欲行不行情未已。已把垂楊折贈君，落花更逐東流水。

閑適

地僻經過少，□齋空自閑。山廚引泉入，僧閣看雲還。古木緣黄鼠，踈籬過白鷴。水清長見影，空歎鬢毛斑。

冬日野步

凍野難舒步，猶憑酒力温。晚鴉噪寒木，歸犢入煙村。景短沉山速，林踈墜霧昏。歸來問鵝鴨，稚子掩柴門。

歸得書信

見説葡萄新拔醅，故園桃李一時開。揚鞭意氣誰能遏，拂面春風躍馬來。

春夜

春夜西園行，西鄰月共明。不聞人語笑，戛戛秋千聲。《（嘉靖）高陵縣志》卷四《官師志》，《中國方志叢書》本,臺北成文出版社一九七〇年。

晁會

晁會,字公錫,高平(今山西省晉城市高平市)人。北宋太子太保文元公晁迥之後。宣和末中武舉,仕爲太子洗馬。入金後,在鄉教授生徒,貧不能就舉者,必厚爲津遣;在官下或分俸以給之。李晏昆仲亦出其門,士論歸焉。會擢天眷二年經義進士,歷虞鄉、猗氏、臨晉三縣令,以興平軍節度副使致仕,年七十八終於家。爲人美風儀,器量宏博。其詩鄉人多傳之。嘗著《泫水集》行世。兹輯一首。

杜鵑

杜宇啼聲枕上來,一聲哀似一聲哀。千哀萬怨無今古,喚得行人若箇迴。《中州集》卷八《晁洗馬會》。

佚句

虞鄉縣齋

官況薄於重榨酒,瓜期近似欲殘棋。

王官谷

烟藏芳樹遠，雲補斷山齊。《中州集》卷八晁會小傳。

白賁

白賁，汴梁（今河南省開封市）人，自號决壽老。家學淵源，祖孫俱以經學顯。茲輯一首。

客有求觀予孝經傳者感而賦詩

古人文瑩理，後人但工文。文工理愈暗，紙札何紛紛〔一〕。君看六藝學，天葩吐奇芬。詩書分躰製，禮樂造乾坤。千岐更萬轍，要以一理存。如何臻至理，當從踐履論。跋涉經險阻〔二〕，鑽研閱寒温。孝弟作選鋒〔三〕，道德嚴中軍。仰觀及俯察，萬象入見聞。不勞施斧鑿，筆下生煙雲。高以君唐虞，下以覺斯民。君如不我鄙，時來對爐熏〔四〕。《中州集》卷九《白先生賁》。

【校記】

〔一〕札：原作「扎」，據文淵閣本《中州集》及《全金詩增補中州集》卷四〇改。　〔二〕跋：原作「茇」，古同，此從汲古閣本、文淵閣本《中州集》及《全金詩增補中州集》。　〔三〕弟：元乙卯本、四部叢刊本《中州集》作「第」。選：《全金詩增補中州集》作「先」。〔四〕熏：汲古閣本、文淵閣本《中州集》及《全金詩增補中州集》作「薰」，通。

劉撝

劉撝，字仲謙，晚號南山翁。弘州順聖（今河北省張家口市陽原縣）人。自撝宦游山西，移居渾源（今山西省大同市渾源縣），子孫遂家焉。天會二年，以詞賦第一及第①，釋褐右拾遺，轉天城、陽曲、懷仁縣令。擢大理正，知貢舉，遷平陽府判官、安東節度副使。終於石州刺史，年六十三。其文辭卓然天成，開一代風氣，名士張景仁、鄭子聃、孟宗獻、趙攄等皆宗師之。兹輯一首。

夢遊山寺

喜逢漢代龍興日，高謝商山豹隱秋。蟾宫好養青青桂，須占鰲頭穩上游。金劉祁《歸潛志》卷一〇：「余高祖南山翁未第時，嘗夢遊山寺，見佛衣紋隱隱如金字，然細視之，乃七言詩也，覺而記其四句云云。」中華書局一九八三年，第一一〇頁。

①《金史》卷一二六《文藝傳·劉從益》作「天會元年」，此從元王惲《秋澗集》卷五八《渾源劉氏世德碑銘并序》。

佚句

誡子詩

元自蓬蒿出門户，莫交門户却蒿蓬。元王惲《秋澗先生大全文集》卷五八《渾源劉氏世德碑銘并序》，《四部叢刊》本。

趙慤

趙慤，字叔通，東平（今山東省泰安市東平縣）人①。北宋末，汪彦章任鄆州教官，叔通爲學正，相與酬唱，故其詩文皆有源委。金初登科，官博州教授，累遷同知南京路轉運使事②。子渢，號黄山，明昌間著名詞臣。兹輯三首。

---

①《中州集》趙慤及其子渢小傳俱未涉鄉籍，兹據《金史》卷一二六《文藝傳》補。

②金党懷英《醇德王先生墓表》：「懷英昔者宦學山東，是時東阿張子羽、茌平馬定國、奉符王頤、東平吴大方與其兄大年、郭弼憲、趙慤、甲公綽諸公，與先生相友善，講論道義，援據古今，以孔孟所傳爲諸儒倡。其後，出者聞於朝，處者行於鄉，雖隱顯不同，而先生之譽，得友而章者已廣矣。諸公相繼去世幾廿年，先生獨無恙。」見清張金吾《金文最》卷八九。今按，醇德先生殁於大定二十四年，而諸公相繼去世幾廿年時，則趙慤約卒於大定初。

擬古

春風動地來，依依燒痕青。王孫行不歸，離恨何時平。翩翩誰家兒，曉獵開紅旌。彫弓挿白羽，怒馬懸朱纓。圍合意氣雄，厮養厭庖烹。人生一春草，時至何足榮。君看五陵樹，日暮悲風生。

蜀山曉發

曉發蜀山道，山深人自迷。殘星數徽小，斜月一梳低。隔舍繅車響，遥林杜宇啼。區區事行役，何日得安棲。

寒齋雪中書呈許守

剪水作花開，紛紛天上來。聲清偏傍竹，艷冷欲欺梅。積潤滋牟麥，餘膏丐草萊。窮閻休嘆息〔一〕，數日是春回。《中州集》卷八《趙轉運慤》。

【校記】

〔一〕閻：《全金詩增補中州集》卷三七作「欄」。

杜佺

杜佺，字真卿，武功（今陝西省咸陽市武功縣）人。少時嘗作藥名詩及五言百韻上乾州通判，大加賞異。齊阜昌中登進士第，莅官有聲。馬嵬太真墓過客題詩甚多，佺亦詠之。章宗詔録馬嵬題詩，得五百餘首，付詞臣等第之，以佺詩爲優。嘗著《錦溪集》，亂後不復見。子師楊，亦能詩，尤工書翰。兹輯二首。

馬嵬道中

垂柳陰陰水拍堤〔一〕，春晴茅屋燕争泥。海棠正好東風惡，狼藉殘紅送馬蹄〔二〕。《中州集》卷八《杜佺》。

【校記】

〔一〕垂柳：元駱天驤《類編長安志》卷七《古跡》録此詩作「楊柳」。　〔二〕送：《類編長安志》作「襯」。

復題馬嵬

馬嵬楊柳緑依依，又見鑾輿幸蜀歸。泉下阿環應有語，這迴你更罪楊妃。元駱天驤《類編長安志》卷七《古跡》，中華書局一九九〇年。

佚句

藥名詩

杜仲吾家好弟兄，自然同姓又同名。《中州集》卷八杜佺小傳

李楫

李楫，代州（今山西省忻州市代縣）人。天會六年進士①。天眷二年，仕爲奉直大夫、代州觀察判官。兹輯四首。

壽李公誕日

德壽漸高宜鶴髮，仙姿不改只童顔。門兼富貴積德事〔一〕，孫有曾玄孰可攀。金李楫《故李公墓誌銘》有云：「每誕辰，時官文士、豪右府史獻壽者，駢累盈門。楫荒陋，亦嘗有詩曰云云。」

① 金李楫《故李公墓誌銘》：「（李公）男六人，長曰鐸，孝友之行，得之於性，才宏學優，辭源富贍。平居以教授後進爲樂，處學校時魁多士者，未易以數計。七赴禮部試，本朝天會六年登進士第，同年出於師門者，如楫輩凡八人。」時在「天眷二年」，撰者署名冠以「代州觀察判官奉直大夫飛騎尉賜緋魚袋」，見王新英《全金石刻文輯校》，吉林文史出版社二〇一二年，第二八頁。

【校記】

〔二〕積德：原作泐字，據其銘文「人多壽考，積德至然」補。

望天柱峰三絶

買得王官作主人，青山伴侶碧溪鄰。千縑盡散傍人手，想見清無一點塵。

先生節義全終始，名與青山萬古高。遺像僅存人已遠，滿嵓修竹冷蕭騷。

仕路奔馳兩鬢華，誰能來此老煙霞。而今三詔亭前水，都屬尋常射利家。《(雍正)山西通志》卷二二六《藝文志》，撰者署「李楫」，《文淵閣四庫全書》本。

邊元勳

邊元勳，字輔臣，豐州(今内蒙古自治區呼和浩特市)人，後遷雲中。祖貫道，遼狀元。輔臣中天會十年進士，嘗爲浚州刺史①，終於河間路轉運使②。兹輯二首。

---

①元王惲《秋澗集》卷四〇《游東山記》：「至元辛巳歲春三月，余按部黎陽。……拉友人宋淇洎諸屬吏，橐筆載酒，來游兹山。……步上中層，至鴻濛亭址，讀刺史邊元勳記，文甚奇麗。」《四部叢刊》本。今按，金時黎陽爲河北西路浚州倚郭縣。

②《中州集》小傳作「河間路轉運使」，而當時無此建制，當是誤記。今按，《金史》卷二五《地理志》「河北東路」轄有河間府，置「總管府」、「轉運司」。

望瀛臺春望〔一〕

晴雲如困柳如癡，丹杏開殘碧草齊。一泒望瀛臺下水〔二〕，煖風遲日浴鳧鷖。

【校記】

〔一〕《（嘉靖）河間府志》卷三《古跡》録此詩，撰者署「杜佺」，題作「瀛臺春望」，抄外。〔二〕臺：《（嘉靖）河間府志》作「亭」。

七夕

高樓人散酒罇空，漫擬新文送五窮。獨倚南窗夜岑寂，一鈎涼月下踈桐。《中州集》卷八《邊轉運元勳》。

新編全金詩卷一〇

完顏亮

完顏亮，字元功，女真王朝第四代君主。天眷三年，授奉國上將軍。皇統四年，加龍虎衛上將軍。七年，擢尚書左丞。八年，進平章政事、右丞相。九年，弒熙宗，自立爲帝。貞元元年，自會寧遷都燕京，改稱中都。正隆六年，率三十二總管兵馬伐宋，被部將弒於瓜洲渡。大定二年，降封海陵郡王，謚曰煬。又降爲海陵庶人[①]。金人評曰：「雖淫暴自强，而英鋭有大志，定官制律令，皆可觀。又擢用人才，將混一天下，功雖不成，其强至矣。」[②]宋人評曰：「頗知書，好爲詩詞，語出輒崛强，矯矯有不爲人下之意，境内多傳之。」[③]兹輯七首。

①《金史》卷五《海陵紀》，中華書局一九七五年，第一一七頁。
②金劉祁《歸潛志》卷一二，中華書局一九八三年，第一三六頁。
③宋岳珂《桯史》卷八《逆亮怪辭》，中華書局一九八一年。

以事出使道驛有竹輒詠之爲岐王時作。

孤驛瀟瀟竹一叢，不同凡卉媚春風〔一〕。我心正與君相似，只待雲梢拂碧空〔二〕。

【校記】

〔一〕春：《全金詩增補中州集》作「東」。〔二〕梢：《全金詩增補中州集》作「稍」。

書壁述懷

蛟龍潛匿隱滄波，且與蝦蟆作混和。等待一朝頭角就，撼摇霹靂震山河。

過汝陰作

門掩黄昏染緑苔，那回蹤跡半塵埃。空亭日暮烏争噪〔一〕，幽徑草深人未來。數仞假山當户牖，一池春水遶樓臺。繁花不識興亡地，猶倚闌干次第開。

【校記】

〔一〕空亭日暮烏争噪：亭、噪，《全金詩增補中州集》作「庭」、「笑」。

見几間有巖桂植瓶中索筆賦

緑葉枝頭金縷裝，秋深自有别般香。一朝揚汝名天下，也學君王著赭黄。

南征至維揚望江左〔一〕

萬里車書盍混同〔二〕，江南豈有别疆封。提兵百萬西湖上〔三〕，立馬吴山第一峰〔四〕。宋岳珂《桯史》卷八《逆亮怪辭》：「初王岐，以事出使，道驛有竹，輒詠之曰云云。又書壁述懷曰云云。既而過汝陰，復作詩曰云云。……一日至卧内，見其妻几間有巖桂植瓶中，索筆賦曰云云。味其詞旨，已多圭角，蓋其蓄已不小矣。及得志，將圖南牧，遣我叛臣施宜生來賀天申節，隱畫工於中，使圖臨安之城邑，及吴山、西湖之勝以歸。既進繪事，大喜，瞷然有垂涎杭、越之想。亟命撤坐間軟屏，更設所獻，而於吴山絶頂貌己之狀，策馬而立，題其上曰云云。」中華書局一九八一年。另，清郭元釪《全金詩增補中州集》卷首上亦録，上海古籍出版社一九九四年。

【校記】

〔一〕詩題原無，此從《全金詩增補中州集》補，原注「一作《題西湖圖》」。今按，金劉祁《歸潛志》卷一僅録後二句云：「正隆南征，至維揚，望江左賦詩云云，其意氣亦不淺。」〔二〕盍混同：盍混同，《全金詩增補中州集》作「盡會同」。〔三〕提：《歸潛志》作「屯」，《全金詩增補中州集》如之，注「一作提」。〔四〕宋宇文懋昭《大金國志》卷一四《海陵煬王》節録此詩，文字頗異：「先是上遣臣施宜生往宋爲賀正使，隱畫工於中節，敕密寫臨安之湖山、城郭以歸。上令繪爲軟壁，而圖己像策馬於吴山絶頂，後題以詩，有『自古車書一混同，南人何事費車工。提師百萬臨江上，立馬吴山第一峰』之句。」

贊遐齡益壽禪師

古人修隱上游訪，登水涉山步林莽。禪衣露濕煙霞明，拄杖横拖風月爽。飡霞服氣度春秋，白雲秋水空悠悠。有時危坐入禪定，不關名利輕王侯。湯湯逝水盡流東，塵寰萬慮皆爲空。識得浮生這四景，百般技倆總銷融。頓息塵緣坐來靜，劈破鴻蒙見真性。常生不死度流年，萬古高風起人敬。金馮國相《遐齡益壽禪師塔記》：「上（海陵）聞其德味，下詔，師辭，連詔者三，遂應詔入都。上甚悦之，欽師戒行，就宫供養，遂開闡護國仁王般若尊經，九旬克備。辭歸，賜號遐齡益壽禪師，御贊云云。」見民國溥儒《上方山志》卷六《藝文》，民國刊本。

哀姚興

獨領孤軍將姓姚，一心忠孝爲南朝。元戎若解徵兵援，未必將軍死尉橋。元祝誠《蓮塘詩話》卷上：「金主亮南渡江，宋將姚興拒于尉子橋，力屈而死。亮作詩哀之云云。」《續修四庫全書》本，上海古籍出版社二〇〇二年。

佚句

題扇

大柄若在手，清風滿天下。金劉祁《歸潛志》卷一：「海陵庶人讀書有文才，爲藩王時，嘗書人扇云云。人知其有大志。」

臨維揚

鞭梢點盡長江水，不到吴山誓不歸。元耶律鑄《雙溪醉隱集》卷一《瓊林園賦》「擬投策而斷江」注：「海陵《臨維揚》詩有云云之句。」《遼海叢書》本，遼瀋書社一九八五年。

蔡松年

蔡松年，字伯堅，號蕭閑，餘杭（今浙江省杭州市）人①。天會三年，從其父燕山府路安撫使蔡靖

①《中州集》卷一《蔡丞相松年》未言鄉籍，僅謂「父靖，宋季守燕山，仕國朝爲翰林學士」。今按，《蕭閑老人明秀集》卷一《念奴嬌》「只有平生生處樂，一念猶難磨滅」，金魏道明注：「公本杭人，長於汴都，言其思鄉也。」入金後居真定。《四印齋所刻詞》本，上海古籍出版社一九八九年，第六七二頁。

降金①。初辟行臺尚書省令史，後除真定府判官。兩從金帥完顔宗弼伐宋，主管軍機文字。師還，授刑部員外郎。皇統七年，預構陷田瑴黨案，遷左司員外郎。天德初，擢吏部侍郎、户部尚書。海陵謀南伐，奉使宋國賀正旦。使還，改吏部尚書，拜參知政事，進尚書右丞、左丞，加儀同三司，封衛國公。正隆四年卒，年五十三，謚文簡。史稱其文詞清麗，尤工樂府，與吴激齊名，號「吴蔡體」云②。著有《明秀集》六卷，金人魏道明作注，現僅存前三卷。兹輯五十九首。

晚夏驛騎再之凉陘觀獵山間往來十有五日因書成詩

兜羅葱鬱浮空青，曉日馬頭雙眼明。名山不作世俗態，千里傾盖來相迎。老松閲世幾千尺，玉骨泠風戰天碧〔一〕。應笑年年空往來，塵土勞生種陳迹。山回晚宿一川花，剪金裁碧明煙沙。寒鄉絶艷自開落，欲慰寂寞無流霞。明日行營獵山麓，古樹寒泉更深緑。强臨水玉照鬢毛〔二〕，只恐山靈怪吾俗。陂潮不盡水如天，清波白鷗自在眠。平時朝市手遮日，思把一竿呼釣船。驛騎回時山更好，過雨秋容静如掃〔三〕。山英知我宦游心，爲出清光慰枯槁。可憐歲月易侵尋，慙愧山川知我心。一行作吏豈得已，歸意久在西山岑。他年俗累粗能畢，雲水

①《金史》卷三《太宗紀》，中華書局一九七五年。今按，金人於天會三年伐宋，蔡靖以燕山府降。
②《金史》卷一二五《文藝傳》，中華書局一九七五年。

一區供老佚。舉盃西北酹山川，爲道此言吾不食。

【校記】

〔一〕泠：汲古閣本、四部叢刊本《中州集》作「冷」。〔二〕水：《全金詩增補中州集》卷五作「冰」。

〔三〕静：汲古閣本、四部叢刊本《中州集》及《全金詩增補中州集》作「浄」。

漫成

人生各有適，一受不可更。違己欲徇世，憂患常相嬰。三軍護漢將，九鼎調蒼生。功名豈不美，强之輒無成。朝昏忘寢食，俯仰勞心形。何如從所好，足以安餘齡。予也一丘壑，野性真難名。力懦謝提劍，才拙慙窮經。踈放已成癖，紛華誰與争。驚鹿便草豐，白鷗願江清。不堪行作吏，萬累方營營。夜慮多俗夢，曉枕無餘醒。塵土走歲月，秋光浮宦情。欲語箇中趣，知音耿晨星。世途古今險，方寸風濤驚。封侯有骨相，使鬼須銅腥。誓收此身去，田園事春耕。

淮南道中五首

南楚二月雨，淮天如漏巵。畏塗泥三尺，車馬真鷄棲〔一〕。却思閑居樂，雨具無所施。高枕聽簷聲，爐煙暈如絲。

吾年過五十，所過知前非。顔鬢日蒼蒼，老境行相追。桔槹聽俯仰，隨人欲何爲。歸計勿悠悠，出處吾自知。

南渡國不競，皙民益瘡痍。陶翁遂超然，不忍啜其醨。北窗談清風，慨望羲皇時。道喪可奈何，抱琴酒一巵。

三年鎮陽遊，春歸緑扶疎。櫻笋媚園林，日長閑枕書。行復當此時，凉塵暗歸塗。曾洗酴醾雪，月波浮祕壺〔二〕。

鎮陽亘西南，山河在圖畫。花雨草煙間，人家或僧舍。經行每悵然，真賞知未暇。待予藍輿歸〔三〕，香火復蓮社。

【校記】

〔一〕鷄：文淵閣本《中州集》作「雞」。〔二〕祕：《全金詩增補中州集》作「玉」。〔三〕藍輿：藍，汲古閣本、文淵閣本《中州集》作「籃」。今按，「藍輿」亦作「籃輿」。

丁巳九月夢與范季霑同登北潭之臨芳亭覺而作詩記其事以示范

高陵五六松，潭水涵清陰。白鳥如避世，巢居得幽深。雜花眩青紅〔一〕，苦節方森森。何人作虚亭，想像雲棲心。我夢涉陳迹，君亦同登臨。相與定嘉名，洗去花草淫。看雲撫修碧，夕景低遥岑。風林淡秋月，霜枝鳴玉琴。兩意誰識之，好處煩幽尋。閑居志則同，歲月能駸駸。時無陶彭澤，此曲難知音。亭前有奇石，遷流失山林。頋亦如我曹，鬢髮風沙侵。小兒重外物，列屋享千金。區區心甚長，因循困華簪。忽焉事大謬，危機恐難任。平生下澤車，斯言吾所欽。志士願不辱，俗情便孔壬〔二〕。自喜迹猶淺，鳬鴈容浮沉。泥行自蕭散，世路皆崎嶔。此邦真可老，城郭環清潯。結廬與君俱，開寫平生襟。里巷日還往，杖屨行謳吟。還尋夢遊處，無忘神所箴。

【校記】

〔一〕眩：弘治本《中州集》作「眩」。今按，「眩」同「炫」。

〔二〕孔壬：亦作「孔任」。《後漢書》卷二九《郅惲傳》：「讒言弗庸，孔任不行。」唐李賢注：「孔，甚也；任，佞也。」

庚申閏月從師還自潁上對新月獨酌十三首〔一〕

伊昔三年前，淫雨催行輈。青燈忽今夕，華屋映高秋。華屋亦何爲，百年竟山丘。適意在歸與，肉食非我謀。

大塊本何事，遑遑勞一生。所過種陳迹〔二〕，歲月如流星。貪夫甘死禍，幅帋馳虚名。晋室有先覺，柴桑老淵明。

我家恒山陽，山光碧無賴。月窟蔭風篁，十里瀉澎湃。茲焉有樂地，不去欲誰待。自要塵網中，低眉受機械。

人言歸甚易，但苦食不足。必使極其求，萬鍾不盈腹。處世附所安〔三〕，無禍即無福。却視高蓋車，身寵神已辱。

我本山澤人，孤煙一輕蓑。功名無骨相，彫琢傷天和。未能遽免俗，尚爾同其波。梧桐喚歸夢，無奈秋聲何。

孟夏幽州道，上陘車轣轆。旌旗却南行，飛電隨馬足。行窮清潁水，不辨洗蒸溽〔四〕。吾生豈匏瓜，一笑爲捧腹。

燈花何太喜，似報天雨霽。客情念還家，如瞽不忘視。到家問松菊，早作解官計。青鏡髮蕭蕭，及此霜雪未。

鳴蛙屬官私，庸兒固可笑。江山本誰争，但苦歸不早。物情閑始見，宛轉爲君好。區區乞鑑湖，多事憐賀老。

天下任之重，人物古難得。誰爲經濟才，有亦未易識。吾曹與雞鶩，官倉等伏食。行將問征途，滿眼西山碧。

懦微莫如我，往往從險艱。譬之驅山麋，八鑾困天閑。豈惟物違性，成功亦良難。風煙念何地，野水長松間。

出處士大節，倚伏殊茫茫。絶交苟不作，自足存嵇康。哲人乃知機，曲士迷其方。顧我類社櫟，匠石端相忘。

問舍前年秋，已買潭西地。高明鬼所瞰，聊取風雨蔽。瀕溪樹嘉木，成陰十年計。仍當作茅舍，名之以今是。

斯言已譊譊，要未離憂患。何時但飲酒，臧否了不関。不飲逝者多，秋草麒麟閑〔五〕。懷哉竹林人，吾方仰高山。

【校記】

〔一〕詩題「潁上」原作「潁上」，據汲古閣本、文淵閣本《中州集》改。〔二〕種：《全金詩增補中州集》作「總」。〔三〕附：《全金詩增補中州集》作「務」。〔四〕辨：《全金詩增補中州集》作「辦」。〔五〕閑：《全金詩增補中州集》作「間」。

七月還祁

洪河注天南，兵氣横高穹。我從兵前來，歸心疾驚鴻。官柳未摇落，蓮荇香濛濛。吏舍在前村，舊年養踈慵。爰自三軍去，青苔瘞人蹤。夕陽叩柴門，歡迎來僕僮。濁酒古罍洗，停觴問新松。却對一床書，睡鴨孤煙中。土花暈湖玉，冰絃冷霜桐。燈火未可親，露坐茅堂東。西山月中淡，夜茶煮松風。到床便安寢，不復知晨锺。平生幽棲心，斯言略形容。人道動有患，百態交相攻。而我觸類真，冶容鄙青紅。非才見臨事，叩之輒空空。知難不知回，飄流劇飛蓬。暫去聲利場，樂佚猶無窮。况於得行意，蕭洒畢此躬。勿爲才者傳〔一〕，從渠作夔龍。

【校記】

〔一〕傳：《全金詩增補中州集》作「縛」。

庚戌九日還自上都飲酒於西嵓以野水竹間清秋巖酒中緑爲韻十首

雞群媚稻粱〔一〕，老鶴日踈野。人言隨其流，故有不同者。
骨相乃封侯，銅腥能使鬼。文章亦可憐，不直一杯水。
在昔安九鼎，功名照帛竹。貞觀用玄成，一士天下足。
憂國在肉食，斂玉峩清班。吾曹漫浪人，合眼松雲間〔二〕。
閑居度重九，昔賢愛嘉名。霜菊有正色，糟床逢聖清。
平生一丘壑，晚墮法家流。一點無俗物，今年真好秋。
謝公既經世，永怀東西巖。翠袖亂清光，輕雲點風鬟。
我得秋風暇，鱸魚一杯酒。佳人發浩歌，此樂當不朽〔三〕。
去年哦新詩，小山黄菊中。年年説秋思，遠目驚高鴻。

韙哉生處樂，陵谷異風俗。南枝吾永安，笑撫西嵓緑。

【校記】

〔一〕梁：原作「粱」，此從汲古閣本《中州集》及《全金詩增補中州集》。〔二〕間：原作「閒」，據詩題「以『野水竹間清，秋巖酒中緑』爲韻」及汲古閣本《中州集》《全金詩增補中州集》改。〔三〕當：《全金詩增補中州集》作「真」。

小飲邢嵓夫家因次其韻

東風初度野梅黄，醉我東山雲霧牕。只今相逢暮春月，夜牀風雨翻寒江。人生離合幾春事，霜雪行侵青鬢雙。大梁一官且歸去，酒腸雲夢吞千缸。

閑居漫興

歸田不早計，歲月易云徂。但要追蓮社，何須賜鏡湖。簿書欺俗吏，繩墨守愚儒。安得如嵇阮，相從興不孤。

師還求歸鎮陽

春風卷甲有歡聲，漸識天公欲諱兵。節物無情新歲换，男兒易老壯心驚。落身世網癡仍絶，挂眼山光計未成。聞道恒陽似江國，一官漫學阮東平。

初卜潭西新居

喬木千章晝不如，白鷗煙雨到江湖。誰爲求仲營三徑，竊比揚雄有一區。故國興亡樹如此，他年聲利蔓難圖。屋西便與秋山約，莫遣歸來見白須。

寄王仲侯

冰簟風簾千柱宮〔一〕，月華清浸雪芙蓉。誰教曉馬三千里〔二〕，好在行雲第幾峰。酒市烏紗懷李白，仙人鶴氅看王恭。拍浮花裏知恩否，寄與新詩洗醉悰。有本事可發一笑。

【校記】

〔一〕千柱宮：《全金詩增補中州集》作「水閣重」。　〔二〕曉：《全金詩增補中州集》作「晾」。

讀踈詠之安陽對竹二詩懷家山次韻見意

短髮新霜及未侵，幾年和月買泉林。偶然行李對寒碧，憶得故園驚歲陰。枕上秋嵐吹醉夢，門前沙鳥立清深。箇中須着翛翛玉，落日微風伴我吟。

和子文寒食北潭

夢裏潭光翠欲流，何時春水一虚舟。吾廬相見扶踈樹，宦意渾如浩蕩鷗。聞道西山明酒面，應無外物到眉頭。别來誰唱驚人句，十里珠簾有莫愁。

雪晴呈玉堂諸公

雪晴松頂玉斕斑，曉眼清於化鶴山。欲立凍雲搜傑句，却思仙客退清班。氍毹帳底沉香火，簷蔔花中碧霧鬟。唤取廣寒脩月手，月波千丈捲春還。

和子文晚望

醉眼郊原感慨生，夕陽長向古今明。高人法士互憎愛〔一〕，美酒空名誰重輕。二頃只謀他日老，五絃猶喜晚風清。因君欲賦思歸樂，安得穿雲一笛横。

【校記】

〔一〕互：「互」原作「玄」，據汲古閣本、文淵閣本《中州集》改。另，元乙卯本、四部叢刊本《中州集》作「玄」，「互」之俗字。

兵府得告將還鎮陽府推官王仲侯以書促予命駕先寄此詩

老驥心疲十二閑，天教洗眼小江山。名園無處不宜酒，勝日有朋方解顔。老木溪光留月駐，禪房竹徑約花關。先憑樂府求風骨，或有佳人字玉環。

渡混同江

十年八唤清江渡，江水江花笑我勞。老境歸心質孤月，倦游陳迹付驚濤。兩都絡繹波神肅，六合清明斗極高。湖海小臣尸厚禄，夢尋煙雨一漁舠。

初至遵化

出山風物便清和，森木如雲秀靄多。白水臨流照疎鬢，青門折柳記柔柯。重游化國驚歲月，有象豐年占麥禾。亦有黄公酒鑪在，微官自要阻山河。

黄海棠

清陰不嘆晚尋芳，縹緲緗雲翠袖長。蕚緑江花輸帶葉，醉紅蜀豔恨無香。南州氣味連三月，東晋風流共一觴。老眼寒來易愁絶，温柔乞與醉中鄉。

夜坐

吾生有幾事無涯，清夜漫漫歎物華。但願聞鉦似疲馬，可能粘壁作枯蝸。只今雪屋重衾濕，去歲梅溪醉帽斜。終得蕭閑對床語，青燈挑盡短檠花。

糟聲同彦高賦

糟床過竹春泉句，「聚簷秋雨喧踈溜，過竹春泉咽暗冰。門巷蕭條三尺雪，琴書寥落一龕燈。」彦高詩也。他日人云吾亦云。自愛淳音含太古，誰傳清溜入南薰。秋風幾共橙香注，曉月曾和鶴唳聞。我欲婆娑竹林國，洗空塵耳正須君。

韓侯晁仲許送名酒渴心生塵以詩促之

好在銀餅秋露光，借君雲夢到枯腸。解澆萬里客愁破，暫吐十年黄卷香。江水苦摇梁苑夢，海棠新學漢宫粧。天東四月春如許，坐待白衣投醉鄉。

步尋野卉

風煙草木照人明，神藥奇花問識名。聞道東州有仙窟，欲尋根撥學長生。

癸丑歲秋郊

漫漫黄雲水清淺，碧花無處亂鳴蛩〔一〕。此生愈覺田園樂，夢裏曉山三四峯。

【校記】

〔一〕處：《全金詩增補中州集》作「數」。

入關宿昌平

黄塵却送入関山，自斷何如二頃田。記得鳴蛩碧花句，蹉跎秋思又三年。

秋日

風螢開闔度松陰，松下飄然倦客心。幾點清光照凉夜，何時遠寺得幽尋。

高麗館中二首

蛤蜊風味解朝酲，松頂雲癡雨不晴。悄悄重簾斷人語〔一〕，碧壺春筍更同傾。

晚風高樹一襟清，人與縹瓷相照明。謝女微吟有深致，海山星月總関情。

【校記】

〔一〕簾：《全金詩增補中州集》作「簷」。

西京道中

來時緑水稻如鍼，歸日青梢没鶴深。莫忘共山買田約，藕花相間柳陰陰。

銀州道中

小渡霜螯賤於土，重嵒野菊大如錢。此時最憶涪翁語，無酒令人意缺然。

高昌館道中

雨餘嵒石古苔青，松裏珠璣萬葉明。渺渺緑畦看鷺立，深深清樾有蟬鳴。

黄海棠

輕如紅豆排冰雪，一拂新鵝色更奇。不覺濃陰破明玉，有情誰解賞披離〔一〕。

【校記】

〔一〕披離：汲古閣本、文淵閣本《中州集》及《全金詩增補中州集》作「離披」。今按，楚宋玉《風賦》：

『至其將衰也，被麗披離，衝孔動楗。』唐李善注：『被麗披離，四散之貌也。』見《文選》卷一三。

梅華

的皪横枝愛老崔，一尊長對畫圖開。此生端有梅花分，閑遠春風入手來〔一〕。

《中州集》卷一《蔡丞相松年》。

【校記】

〔一〕閑：《全金詩增補中州集》作「間」，此從其餘諸本《中州集》。今按，《宋書》卷九三《隱逸傳論》：「巖壑閑遠，水石清華。」

李森

李森，字彦實，高平（今山西省晉城市高平市）人。唐順宗第十六子福王綰之裔。北宋大觀間，年十八應進士舉，中鄉試魁選。後貢至太學，補萊州文學，不赴。靖康之亂，自汴還鄉里，杜門教子。子旻、晏及孫仲略、仲立，俱登進士第，爲時名臣。森卒於正隆五年，年七十五①。工於詩，多有佳句傳誦。兹輯一首。

---

①金李晏《先考正奉君墓誌銘》，見《（成化）山西通志》卷一五《集文》，《四庫全書存目叢書》本，齊魯書社一九九六年。

失題

少年日日醉花邊，短白長紅一一憐。自笑老來心尚在，惡風常廢五更眠。

佚句

賦梅

冰骨有香魂乍返，玉顔無量酒全消。《中州集》卷二《李承旨晏》。

李　曼

李曼，澤州高平（今山西省晉城市高平市）人。森之子、晏之兄。游心墳典，早有能賦聲，擢天德三年進士第。爲人剛直，華萼相承，人無間言，終於承德郎隰州軍事判官。子仲立，登明昌二年進士第，官承務郎充南京交鈔庫使①。兹輯一首。

① 金許安仁《李文簡公神道碑銘》，見《（成化）山西通志》卷一五《集文》，《四庫全書存目叢書》本，齊魯書社一九九六年，第五八八頁。

題廣勝寺

寺隱藏山腹，山高絶杳冥。濃嵐春發黛，岑塔曉開屏。嶺上雲無著，松根茯有靈。訪求忠武迹，不復見丹青。《（雍正）山西通志》卷二二三《藝文》，撰者署「李曼」，歸入「宋」，《文淵閣四庫全書》本。

劉長言

劉長言，字宣叔，東平（今山東省泰安市東平縣）人。宋相莘老之孫，學易先生斯立之猶子。父蹟，年三十五終於儀真令，工詩能文，嘗著《南榮集》。長言初仕郟城酒監。齊國廢，以薦爲省郎①。天德三年，以翰林學士使宋②。明年，撰太子册文③。正隆五年三月，以横海軍節度使致仕，起爲尚書右丞，十一月罷。長言詩文有名，能世其家。外甥黄久約，亦名士。兹輯一首。

通叔以詩送古鏡爲長言生日之壽次韻謝之

綵衣禄隱非臞仙，猶有向來文字緣。都城一别兩歲晚，寄聲勞苦常相先。人間始生俗禮重，

---

①《金史》卷一〇〇《范拱傳》：「拱慎許可，而推轂士，李南、張輔、劉長言皆拱薦也。長言自汝州郟城酒監擢省郎，人不知其所以進，拱亦不自言也。」中華書局一九七五年。

②《金史》卷五《海陵紀》，中華書局一九七五年。

③金佚名《大金集禮》卷八，《叢書集成初編》本，中華書局一九八五年。

而我永感方頽然。遠憑詩句致奇物，欲挽暮景迴虞淵。規摹九寸函大方，古製不作菱花妍。開奩拂拭愧陋質，但喜虹氣浮晴天。夫君久要心不遷，期與鐵杖論清堅。保身賴此孤月圓，明年上印歸行田〔一〕。《中州集》卷九《劉右相長言》。

【校記】

〔一〕歸行田：《全金詩增補中州集》卷一作「行歸田」。

韓汝嘉

韓汝嘉，字公度，宛平（今北京市豐臺區）人，昉之子。登皇統二年進士第，累遷真定路轉運使。坐公事，謫清州防禦使，召爲翰林直學士。正隆五年冬，以翰林學士忠靖大夫知制誥同修國史爲賀宋正旦副使①。六年，遷諫議大夫、翰林侍讀學士②；八月，以諫海陵王南伐被誅③。茲輯一首。

---

①《金史》卷六〇《交聘表》：「正隆五年十一月，以濟南尹僕散烏者、翰林直學士韓汝嘉爲賀宋正旦使。」中華書局一九七五年，第一四一三頁。

②宋李心傳《建炎以來繫年要録》卷一九一：紹興三十一年七月壬辰，「敷文閣待制樞密都承旨充大金起居稱賀使徐嘉等至盱眙軍。金主已遣翰林侍講學士韓汝嘉至泗州待之。」中華書局一九八八年，第三二〇二頁。

③宋徐夢莘《三朝北盟會編》卷二三一「金國主亮殺諫議大夫韓汝嘉」：紹興三十一年八月十五日乙卯，「金主亮欲舉兵，韓汝嘉自盱眙歸，諫亮寢兵講和。亮不從，曰：『爾與宋朝爲游説邪？』賜汝嘉死。遂起兵。」上海古籍出版社二〇〇八年，第一六六〇頁。

寄元真同年

十年塵土鬢毛班〔一〕，杖屨還来踏故山。葉寄殘紅春尚在，雲酣濕翠雨仍慳。不堪倚樹追前事，更恐臨溪見病顔。一日暫來千日去，何時倦鳥得真還。《中州集》卷八《韓内翰汝嘉》。

【校記】

〔一〕班：汲古閣本、文淵閣本《中州集》及《全金詩增補中州集》卷三六作「斑」。

趙曄

趙曄，西樓（今内蒙古自治區赤峰市巴林左旗）人①。正隆四年，有詩刻石，兹輯一首。

題仰天山

草木霜餘度老黄，山川秋勁發新凉。壺中樂趣身疑到，物外塵勞頓覺忘。下瞰蒼莽盤地軸，上看咫尺對天光。可憐薄領催歸騎，回首西風日未央〔一〕。西樓趙曄題，住持傳法沙門□□立石，正隆

① 《新五代史》卷七二《四夷附録第一》：阿保機「乃僭稱皇帝，自號天皇王。以其所居横帳地名爲姓，曰世里。世里，譯者謂之耶律。名年曰天贊。以其所居爲上京，起樓其間，號西樓。」中華書局一九八六年，第八八八頁。

四年五月一日。清阮元、畢沅《山左金石志》卷一九《趙曄仰天山詩刻》,《歷代碑志叢書》本,江蘇古籍出版社一九九八年。

【校記】

〔一〕未:原作沕字,據文意補。

張　瓚

張瓚,字器之,河中河東(今山西省永濟市蒲州鎮)人①。瓚才氣超邁,時輩少見其比。年未二十,以鄉試魁陝西河東,不幸早世②,爲名流嗟惜。張建吉甫弔之云:「惜哉器之真丈夫,少年讀遍天下書。一事不成死於途,苗而不秀有矣夫,秀而不實有矣夫。」兹輯一首。

游棲巖寺

林表招人白塔明,竹間蘭芷石泉清。惠崇水墨西軒景,煙帶平蕪水帶城。《中州集》卷七《張瓚》。

①《中州集》小傳作「河中人」。明殘本《順天府志》卷七《閣》有云:「以沿革考之,金大興府香河縣新倉地也,有金正隆六年河東張瓚撰記云云。」今按,金時「河東」爲縣,隸「河中」府,見《金史》卷二五《地理志》。

②《中州集》小傳謂「不幸早世」。其《大覺寺記》自稱「西來客」,時在正隆六年東游旅途中,與張吉甫弔詩「一事不成死於途」相合。見清張金吾《金文最》卷二二,中華書局一九九〇年。

燕軍士妻寄夫詩

垂楊傳語山丹，你到江南艱難。你那裏討個南婆，我這裏嫁個契丹。蔣祖怡、張滌雲《全遼詩話》卷上引《軒渠録》：「紹興辛巳，米忠信夜於淮南劫寨，得一箱篋，乃是燕山來者，附書十餘封，多是軍士妻寄夫者。内一紙别無他語，止詩一首云云。」岳麓書社一九九二年，第八七頁。今按，南宋紹興辛巳即金國正隆六年，是年九月，海陵王完顏亮率軍南伐；十月，曹國公完顏雍於遼陽起兵稱帝，改元大定。

新編全金詩卷一一

施宜生

施宜生，字明望，號三住老人，原名逵，字必達①，邵武（今福建省南平市邵武市）人②。北宋政和四年進士，仕潁州教授。從范汝爲反，兵敗被執。後殺役卒，亡命淮甸滁黄間，隱爲寺僧。尋北走入金，辟爲齊國大總管府議事官。齊廢，除太常博士，遷殿中侍御史，轉吏部員外郎。天德二年，授翰林直學士。正隆元年，出知深州，召爲尚書禮部侍郎，遷翰林侍講學士。四年冬，奉使宋國賀正旦。五年，擢翰林學士。大定二年致仕，次年卒，年七十三③。嘗有集行世。初在潁州日，從趙德麟遊，其

---

① 宋陳鵠《西塘集耆舊續聞》卷六，《宋元筆記小説大觀》本，上海古籍出版社二〇〇一年。

② 《中州集》小傳作「浦城人」，源自金蔡松年《明秀集》卷一《永遇樂》魏道明注：「建安浦城人」。《金史》卷七九本傳作「邵武人」。今按，《西塘集耆舊續聞》卷六記施氏祖墳在邵武建寧縣施村，當作邵武建寧人。

③ 《金史》卷七九本傳：「（正隆）四年冬，爲宋國正旦使。宜生自以得罪北走，恥見宋人，力辭，不許。宋命張燾館之都亭，因間以首丘風之。宜生顧其介不在旁，爲廋語曰：『今日北風甚勁。』又取几間筆扣之曰：『筆來，筆來。』於是宋始警。其副使耶律闢離剌使還以聞，坐是烹死。」這些記載源自宋岳珂《桯史》卷一《施宜生》「聞之淮士臧子西」。由於宋金爲敵國，施氏反叛入金，宋人遂百般詆毁。如《桯史》卷八《逆亮怪辭》：「（海陵）及得志，將圖南牧，遣我叛臣施（轉下頁）

詩頗得蘇門沾丐云。兹輯二十一首。

柳

魏王堤暗雨垂垂，還似春殘欲別時。傳語西風且停待，黛殘黄淺不禁吹[一]。

【校記】

[一]明佚名《詩淵》第二册一一三四頁録此詩，撰者署「元施明望」，文字有異：「魏王堤畔雨垂絲，還似春光欲別時。寄語東風且寧耐，黛輕黄淺不禁吹。」

（接上頁）宜生來賀天申節，隱畫工於中，使圖臨安之城邑及吴山西湖之勝以歸。既進繪事，大喜，瞷然有垂涎杭越之想。亟命撤坐間軟屏，更設所獻，而於吴山絶頂，貌己之狀，策馬而立，題其上曰：『萬里車書盍混同，江南豈有別疆封。提兵百萬西湖上，立馬吴山第一峰。』」今按，元蘇天爵《滋溪文稿》卷二五《三史質疑》：「正隆四年冬，偕移剌辟離剌使宋。宜生自陳：『昔逃難脱死江表，義難復往。』力辭，不許。蓋是時海陵謀伐宋，故以宜生往使，以繫南士之心，與用蔡松年爲相之意同。宜生既歸，以辟離剌至宋不遜，不即以聞，被杖。五年，除翰林學士。次年，中風疾。大定二年，致仕。三年六月卒，年七十三。此見於世宗實録及蔡珪所述宜生行狀可考。」至於移剌辟離剌，《金史》卷六〇《交聘表》作「耶律辟里剌」，時任宿州防禦使。宋李心傳《建炎以來繫年要録》卷一八三作「侍衛親軍馬步軍副都指揮使」「耶律翼」，當是假借親軍官職，實即一人。其「至宋不遜」事，《建炎以來繫年要録》卷一八四《紹興三十年春三月》記之甚詳，以其有辱金國形象，而宜生未及時奏聞，遂被杖刑。宋人也由此演義出宜生透漏軍情、坐是烹死故事。

無題

唱得新飜穩貼腔，阿誰能得肯雙雙。天寧寺裏尊前月，分擘清寒入小窗。

盆池

盆池瀲灎蔭芭蕉，點水圓荷未出條。分得江湖好風景，斷雲飛去晚蕭蕭。

平陽書事

春寒窣窣透春衣，沿路看花緩轡歸。穿過水雲深密處，馬前蝴蝶作團飛。《中州集》卷二《施内翰宜生》。

山谷草書

行所當行止當止，錯亂中間有條理。意溢毫摇手不知，心自書空不書紙。

社日二首

濁澗迴湍激，青煙弄晚暉。緣隨春酒熟，分與故山違。社鼓喧林莽，孤城隱翠微。山花羞未發，燕子喜先歸。

割少詼諧語，分均宰制功。靈祇依古樹，醉叟泥村童。萬里開耕稼，三時順雨風。行春從此樂，著意酒杯中。《中州集》卷二施宜生小傳。

失題

久坐鄉關夢已迷，歸來投宿舊沙溪。一天風雨龍移穴，半夜林巒鳥擇棲。賣菜無人求好語，種瓜何地不成畦。男兒未老中原在，寄語鶗鴂莫浪啼。

嚴子陵釣臺二首

懸崖斷壑少人踪，只合先生卧此中。漢業已無一抔土，釣臺今是幾秋風。

同學劉郎已冕旒，未應换與此羊裘。子雲到老不曉事，不信人間有許由。

黄州弔東坡

文星落處天應泣，此老已知吾道窮。事業漫誇生仲達，功名猶忌死姚崇。

平沙落鴈

江南江北八九月，葭蘆伐盡洲渚闊。欲下未下風悠揚，影落寒塘三兩行。天涯是處有孤米，如何偏愛來瀟湘〔一〕。

【校記】

〔一〕清郭元釪《全金詩增補中州集》卷七録此詩，題作《題平沙落鴈》，首二句缺，其餘文字亦多歧異：「塞鴻橫天三兩行，欲下未下先悠揚。平田到處菰蒲美，託身何必來瀟湘。」

感春

感事傷懷誰得知，故園閑日自暉暉。江南地暖先花發，塞北天寒遲雁歸。夢裏江河依舊是，眼前阡陌似疑非。無愁只有雙蝴蝶，解趁殘紅作陣飛。

感錢王戰臺

層層樓閣捧昭回，元是錢王舊戰臺。山色不隨興廢去，水聲長逐古今來。年光似月生還没，世事如花落又開。多少英雄無處問，夕陽行客自徘徊。

題將臺〔一〕

梅花摘索未全開，老倦無心上將臺。人在江南望江北，征鴻時送客愁來。此詩奉使本朝時作。

【校記】

〔一〕清郭元釪《全金詩增補中州集》卷七録此詩，題作「題都亭驛」，首句作「江梅的皪未全開」，末句作「斷鴻聲裏送潮來」，餘同。

題壁

君子雖窮道不窮，人生自古有飄蓬。文章筆下千堆錦，志氣胸中萬丈虹。大抵養龍須是海，算來棲鳳莫非桐。山東宰相山西將，莫把前功論後功。宋陳鵠《西塘集耆舊續聞》卷六：「施逵少時嘗有詩云云。又《嚴子陵釣臺》詩云云。至《黄州弔東坡》詩云云。至一寺中，爲僧題屏風八景，其《平沙落鴈》云云。此詩已有異志。又《感春》詩云云。又《感錢王戰臺》詩云云。此詩是出塞作。又《題將臺》詩云云。此詩奉使本朝時作。又《題壁》云云。逵嘗卜葬地，卜者曰：『若近里葬，三紀後可出侍從，子孫綿遠；近前，一紀年窮困，後方顯達，但不歸家鄉。』逵曰：『子孫富貴何預於我邪？』即從前葬。韓蘄王之孫枝嘗語余云。後見趙左史再可云：『靖康之難，有族人陷於北境。葉倅者，建寧人，仕於南京，亦留金國。逵爲其子葉寮執筏，娶趙氏。後和好既成，金還河南地，於是陷金者皆得歸江南。』寮今爲雜賣場監官，亦能言宜生之事。逵祖墳，今在邵武建寧縣施村，土人猶能言其事，墓尚存。」《宋元筆記小説大觀》本，上海古籍出版社二〇〇一年，第五册四八三二頁。

贈道人

休論道骨與仙風，自許平生義與忠。千古已嘗窺治亂，一身何足計窮通。仰天只覺心如鐵，覽鏡猶欣髮未蓬。塵世紛紛千百輩，只君雙眼識英雄。宋洪邁《夷堅三志》壬卷第五《道人相施逵》：「邵武吴郛説，其父頃當三舍時，居軍學，與郡士吴淑、黄鑄、施逵同舍。有明道人者，不知所從來，雅擅人倫風鑒之譽，有求相者，每人須百錢。四士共延致於齋閣，郛父首與答問，云：『君乃山林之人，無功名分。』次及吴淑，云：『雖然不得力，猶勝别勞心。』次及黄鑄，云：『君年二十六預貢，二十七登第，官至員外，壽幾八十。』末乃及施逵，曰：『異哉君之相法也。今未可宣言，俟翌日無人時，當來訪我。』如約而往，則坐上客滿矣。次日復然。第三日，天未明過之，道人執燭辨視，徐問曰：『君有父母妻子乎？』曰：『赤立一身耳。』又問：『有叔伯兄弟宗族乎？』曰：『只一叔在。』道人云：『君面有反相，須眉皆逆生，他時决背畔，不終臣節。』逵大笑，口占一詩贈之云云。味其辭意，峥嶸不律帖，頗似張元所賦。後以舍選登政和七年貢士第，爲第四人。又數年，貪以敗官。建炎末，陷范汝爲賊中，卒亡降金虜，躋顯秩。紹興二十九年，以侍讀學士來賀正旦，命吏部尚書張忠定公館伴，雖庠序舊識，無由敢發一言。浙江亭觀潮，乘引接使臣不在側，介注目欄外，僅能出微詞，有『自爲備』之語。」中華書局一九八一年，第四册一五〇六頁。

含笑花

百步清香透玉肌，滿堂皓齒轉明眉。褰帷跛客相迎處，射雉春風得意時。明楊慎《升庵詩話》卷六《含笑花詩》，《全明詩話》本，齊魯書社二〇〇五年，第二册九三七頁。

偶題西藍二首

亭下紅蕖次第開，翠淪溶漾絶纖埃。林疎忽見遠山出，竹密不妨清吹來。雲水卜居心未遂，簿書堆案首慵迴。晚涼益快披襟興，便欲援毫賦楚臺。

莫把蒼霞繝拔開，衣襟省得拂塵埃。桃花隔水欲相就，白鳥破煙能自來。竹樹添新嗟事改，河山依舊抱城迴。武林未識家鄉趣，却向邯鄲築好臺。清顧嗣立《元詩選癸集》癸之壬下，撰者署「施翰林」，輯自《洪洞縣志》，小傳無考。中華書局二〇〇一年，下册第一五二八頁。今按，所謂施翰林，指施宜生，以其官至翰林學士，當時稱施翰林或施内翰，嘗宦遊山西，有《平陽書事》詩可證。洪洞爲平陽首邑，西藍系洪洞名勝，金代不少名士來此題詠，如喬扆《宿西藍》、周昂《題西藍》、李策《西藍即事》等等，施翰林也留下詩篇。

續題丫頭巖

何不梳妝便嫁休，長教人喚作丫頭。只因未有良媒在，直到如今萬萬秋。元韋居安《梅磵詩話》卷上：「信州弋陽縣西，有大石歧首，名丫頭巖。或題云：『何不梳妝便嫁休，長教人喚作丫頭。』欠兩句。後施逵續之云云。逵，建安人，太學第四人登第。後從范汝爲之亂，范敗，竄入北界，易名宜生，狀元及第，仕至禮部尚書，復以出疆漏語被誅。」《叢書集成初編》本，中華書局一九八五年。今按，所謂狀元及第，實屬子虛，以訛傳訛。

佚句

賦柳

朱門處處臨官道，流水年年遶禁宫。

草書

臨池翕忽雲霧集，舞劍浩蕩波濤翻。《中州集》卷二施宜生小傳。

傅慎微

傅慎微，字幾先，其先秦州沙溪（今甘肅省天水市秦州區）人，後徙建昌（今遼寧省葫蘆島市建昌縣），自慎微遷居長安（今陝西省西安市）。北宋末進士，官至河東路經制使。女真定陝西，慎微率衆迎戰，兵敗被俘，遂入金，累遷定武軍節度使。大定初，拜禮部尚書，兼修國史，年七十六卒官。博學喜文，嘗著《興亡金鏡録》一百卷①。兹輯一首。

贈何宏中

故人何定遠，造物不虛生。骨骼稜稜瘦，詩篇字字清。世皆尊道藝〔一〕，我獨見忠誠。尊酒分攜後，何時蓋復傾。《中州集》卷一〇《通理何先生宏中》。

①《金史》卷一二八《傅慎微傳》，中華書局一九七五年。

【校記】

〔二〕道藝：汲古閣本、文淵閣本《中州集》作「道義」。

李之翰

李之翰，字周卿，號默軒，中山（今河北省保定市定州市）人①。北宋宣和末進士。金兵破洺州，縛見元帥，誘之使降。語及君臣之際，辭情慷慨，自分一死。帥憐之，遂録用，後守寧州。皇統七年②，陷田珏黨籍案，除名，徙上京。海凌王即位，遇赦③。大定初，復官④，終於東平倅。嘗著《漆園

---

①《中州集》卷八小傳作「濟南」人，遺山誤記，當作「中山」人。（一）其《王子寺法興院順師墓碣》自署「中山默軒老人李之翰」，見《（光緒）曲陽縣志》卷一四《金石》。另，《（民國）定縣志》卷二〇《金石篇》著録其《重修文廟碑》，有云：「之翰工文詞，自號樂軒老人。」其中，「樂軒」或「默軒」之誤；定縣即金之定州，亦即中山府，其時或州或府，屢經變易，《金史》卷二五《地理志》有説；（二）金末名士楊弘道晚年移家濟南，之翰曾孫李善長爲重刻先人文集而求楊氏序，「往反三四無懈色，懇告余曰：『先子欲以是集傳世，居平世而易之，故因循至今。某流寓隱約，閉眼不見後事，若不竭力爲之，恐終泯泯也。故不恤出息假貸以僦工，幸先生勿辭。』」見《小亨集》卷六《窺豹集後序》。「某流寓隱約」云云，透露出其鄉籍非濟南。

②《金史》卷八九《田㲉傳》，中華書局一九七五年。

③《金史》卷五《海陵紀》：「皇統九年十二月己未，大赦，改皇統九年爲天德元年。」另，《金史》卷八九《孟浩傳》：「浩等三十二人遇天德赦令還鄉里，多物故。」

④《中州集》卷八《王仲通》：「皇統中，陷田㲉黨籍，編配五國，會赦還。世宗即位，復官。」

集》行世。金亡後，曾孫德元謀劃重刊①，以生活艱難，節略付梓，更名《窺豹集》②。兹輯四首。

書呈仲孚

造物固難量，誰能計寒餓。失馬乃爲福，夢牛翻作禍。長溪霜練静，脩嶺蒼龍卧。魂夢吾已安，不勞歌楚些。

題密雲州學壁

崎嶇到此興何堪，况復風謡意未諳。旅舍蕭條空自遣，胷懷磊落向誰談。留連暮雨侵踈牖，宛轉飛雲掃翠嵐。因憶林泉歸去好，一燈幽夢遶春潭。

中京遇因長老

天涯流落偶生還，古刹相逢語夜闌。歎我歸途千里遠，喜君禪榻一身安。松聲不斷風吟細，

---

①《中州集》小傳謂「子靈石尉謙，孫德元，今在鄉里」。今按，由北宋末迄金亡，歷時百餘年，當是子靈石尉某、孫謙、曾孫德元。

②金杨弘道《小亨集》卷六《窺豹集後序》，《四庫珍本叢刊》本。

月影無邊露氣寒。分手山堂更寥索，冷雲衰草伴征鞍。

歲暮

休怪年來白髮新，天涯三載困埃塵。偶離沙磧窮陰地，收得桑榆老病身。對雪莫吟秦嶺句，撥醅且醉漢江春。此生自斷無餘事，何必區區問大鈞。《中州集》卷八《李寧州之翰》。

王　競

王競，字無競，安陽（今河南省安陽市）人。北宋宣和中，太學兩試合格，調屯留主簿。入金後，除大寧令，歷寶勝鹽官，轉河内令，以治績爲縣民所稱。天眷元年，調固安令。皇統初，以參政韓昉薦，召爲應奉翰林文字，兼太常博士。二年，試館閣，競文居最，遷禮部員外郎。天德初，轉翰林直學士，擢禮部尚書，兼翰林學士承旨。競博學能文，善草隸書，工作大字，或廣長丈餘而結密如小楷，京都宫殿題榜皆其筆。趙禮部以爲古今第一手，唯党篆差可配耳。亦善畫墨竹①。大定四年卒，年六十四②。兹輯一首。

①元夏文彦《圖繪寶鑒》卷四《金》，《歷代名畫記》本，京華出版社二〇〇〇年。

②《金史》卷一二五《藝文傳》，中華書局一九七五年。

奉使江左讀同官蕭顯之西湖行記因題其後〔一〕

雲煙濃淡費臨摹，行記看來即畫圖。雲夢不妨吞八九，筆頭滴水了西湖。《中州集》卷八《王禮部競》。

【校記】

〔一〕詩題「蕭顯之」，名頤，顯之其字，契丹人。當時文獻屢見涉及。《金史》卷五四《選舉志》：天德四年，官「吏部尚書」。《金史》卷五《海陵紀》：貞元二年九月，「以吏部尚書蕭頤爲參知政事」，三年二月，「爲右丞」。《金史》卷九一《蕭懷忠傳》：正隆六年，契丹人撒八反，蕭懷忠、蕭思恭、蕭頤等奉命平叛，坐戰無功、追不及，海陵王疑其同族，合謀逸賊，遂并殺，皆族之。頤時任「北京留守」。大定三年，獲平反，追復官爵。其弟頤，時爲安州刺史，求襲頤之謀克，世宗不許謀克而以頤家産付之。至於蕭頤奉使事，見於宋李心傳《建炎以來繫年要録》卷一六一「紹興二十年十二月己巳（金天德二年十二月）」，而誤作「蕭頤」：「金國賀正旦使正奉大夫秘書監兼左諫議大夫蕭頤、中大夫尚書禮部侍郎翰林待制兼行太常丞王競見於紫宸殿」。其時，蕭頤官資尚淺，不足以任使，清李有棠《金史紀事本末》卷二七改作「蕭頤」，是。

桑之維

桑之維，字之才，號東皋先生，恩州（今山東省德州市武城縣）人。蔡松年婿。以樂府著稱，嘗著《東皋集》傳世。茲輯一首。

白髮

白髮近年見，十中三兩莖。半因愁儹出，多爲病添成。梳裹有時落，鑷餘還又生。老知無可避，何處是功名。《中州集》卷九《東皋桑先生之維》。

任瀛

任瀛，字太中①，出處未詳。皇統七年，以濟南府推官題詩長清縣靈巖寺松風閣。海陵朝，官都轉運使。兹輯一首。

詩呈堂頭雲禪師

放開塵眼頓超凡，便覺棲真悟泐潭。碧障排空千仞矗，清泉漱頰十分甘。五花殿裏師因果，

①金李山《月二十一日登證明殿謹次任丈高韻》：「各上高山努力行，行行不已已然成。果能忘得人兼我，何用從旁覓證明。」詩末跋云：「同運中順李公以按察之職因遊靈嵓，有呈堂頭兩詩并和都運任太中登證明一絶句，遂獲竊觀，被味不已。蓋不特道場勝槩悉見乎辭，如慾火灰寒、人我兼忘之句，誠飄飄然意遊物外，非高人清思，何以臻此？謹用刻諸貞珉，傳之永久。正隆元年四月十三日，敦武校尉行濟南府長清縣尉飛騎尉焦希祖跋。」北京圖書館金石組編《北京圖書館藏中國歷代石刻拓本匯編》，石在長清。中州古籍出版社一九八九年，第四六册五三頁。

百法堂中問指南。若道爲官太拘束，三年三得到精藍。皇統丁卯三月二十八日，監寺比丘子方上石。北京圖書館金石組編《北京圖書館藏中國歷代石刻拓本匯编》收影印拓片，石刻題作「濟南府推任公詩」，題後署「瀛上」，中州古籍出版社一九八九年，第四六册二九頁。另，清畢沅、阮元《山左金石志》卷一九録文，《歷代碑誌叢書》本，江蘇古籍出版社一九九八年。

康淵

康淵，字元質①，武安（今河北省邯鄲市武安市）人。皇統八年，官都運觀察。兹輯一首。

贈靈巖西堂堅公禪師

縈迴緑水繞春山，蝶舞鶯啼白晝閑。誰似西堂知解脱，不教憂色到朱顔。伏覩甲兄都運觀察贈西堂禪師佳什，言超物外，奇逸清高，如閑淡煙雲，縈巖映岫，自生光彩耳。謹命工刊諸琬琰，用久其傳。皇統戊辰歲五月初十日，住持僧法雲立石。北京圖書館金石組编《北京圖書館藏中國歷代石刻拓本匯编》收影印拓片，題後署「武安康淵」，中州古籍出版社一九八九年，第四六册三四頁。另，清畢沅、阮元《山左金石志》卷一九録文，跋尾有云：「康淵

---

① 金馬定國《招康元質》：「此生依著定何如，不傍耕疇即釣蓑。北皐平蕪隨鳥遠，東湖新漲與天多。詩成重墨題飛葉，睡起輕芒踏軟莎。猶有客愁銷不盡，風軒茶竈待君過。」見《中州集》卷一《馬御史定國》，中華書局上海編輯所一九六二年。

此詩殊有風致，《中州集》未之收也。法雲跋云『伏覩甲兄都運觀察』，又寂照禪師塔銘亦稱『運使康公』，則淵嘗爲轉運使矣。『甲兄』未審何義，或以甲乙爲行次之稱耳。」《歷代碑誌叢書》本，江蘇古籍出版社一九九八年。

三興居士

三興居士，姓名俱佚，出處不詳。齊阜昌中人。玆輯一首。

題平陰僧寺

三吴家近水晶宫，行坐紅香緑影中。今日異鄉僧寺裏，一盆荷葉戰西風。《中州集》卷八《三興居士》。

釋淨如

釋净如，俗姓陳，號妙空，福州侯官（今福建省福州市閩侯縣）人。天姿澹泊，自幼有出塵志。年十七，師積善寺長老旋湛，落髮爲僧。乃參游諸方，諮詢秘要，求證妙果。崇寧初（一一〇二），至汴京。以其語論精深，器識宏遠，爲名流稱賞，主汝州南禪法席十年。政和四年（一一一四），因衆薦，北上住持靈巖大刹。過京師，賜紫衣與號妙空。及出京，卿相鉅公與緇素迎送者，肩摩接踵，光顯宗門。歷二十八載，迄無間言，可謂超越前人者。皇統元年（一一四一）卒，俗壽六十九①。兹輯三首。

妙空長老自題像贊二首

拙頌奉别知事頣首兼雲堂諸禪衆，住山净如拜呈。

七年林下冷相依，自愧鉛刀利用微。聚散莫云千里遠，輪天一月共同暉。

慈書記寫予真求讚，漫書此以塞來意。

眉不脩疎頭突兀，鼻𪖙垂兮顴無骨。長憐百醜兼且訥，慈禪慈禪不我拙。名兮邈兮水裹月。咄！宣和五年八月初三，方山老拙書。妙空老師嗣法薦福英和而出於大宗師門下，兩坐道場，僅四十載。凡示徒，貴機用，唯棒喝可語言。知客道德獲此二頌，囊之久矣。師今示家，命工摹石，益傳不朽。皇統三年中秋日，監寺僧義由謹記。北京圖書館金石組編《北京圖書館藏中國歷代石刻拓本匯編》收影印拓片，在長清靈巖寺。中州古籍出版社一九八九年，第四六册二三頁。另，清阮元、畢沅《山左金石志》卷一九録文，《歷代碑志叢書》本，江蘇古籍出版社一九九八年。

辭衆頌

四大幻形，徒勞分别〔一〕。緣會而生，緣散而滅。一片虛空，本無圓缺〔二〕。六十九年一夢身，

---

① 金張巖老《靈巖山妙空大師塔銘》，見清張金吾《金文最》卷一一〇，中華書局一九九〇年。

臨行何用切二説。金張巖老《靈巖山妙空大師塔銘》：「故將化之時，神情不亂，作頌辭衆云云。擲筆而化。」見清張金吾《金文最》卷一一〇，中華書局一九九〇年。另，北京圖書館金石組編《北京圖書館藏中國歷代石刻拓本匯編》收影印拓片，中州古籍出版社一九八九年，第四六册二〇頁。

【校記】

〔一〕分：原作泐字，據文意補。今按，所謂徒勞分別，爲釋氏習語，當時文獻屢見。金王瑄《定林禪院通法大師塔銘》：「妄情執著，徒自分别。」見《八瓊室金石補正》卷一二三。〔二〕圓：原作泐字，據《北京圖書館藏中國歷代石刻拓本匯編》補。

釋法慶

釋法慶，始末未詳。嗣佛國白禪師，掌書記。初住泗州普炤，後遷嵩少。靖康中，汴京破，被虜於北方牧牛。講僧惟一識之，次居東京遼陽。皇統三年逝，俗壽七十三。兹輯二首。

臨終頌

今年五月初五，四大將離本主。白骨當風颺却，免占檀那地土。

七十三年如掣電，臨行爲君通一線。鐵牛踍跳過新羅，撞破虚空七八片。

明釋明河《補續高僧傳》卷二〇《咸平府大覺寺法慶禪師傳》，《高僧傳合集》本，上海古籍出版社一九九五年，第七三八頁。

釋普明

普明，太白山（今陜西省寶鷄市眉縣境内）釋子。皇統三年，著《故義井寺住持遠公和尚塔銘并序》傳世①。兹輯一首。

達摩西歸相贊

達摩入滅太和年，熊耳山中塔廟全。不是宋雲葱嶺見，誰知隻履去西天。太原比丘祖昭繼明謹書，大安己巳嵩高少林重刊。清陸增祥《八瓊室金石補正》卷一二八《達摩西歸相贊》，題後署「太白山普明頌」，《歷代碑志叢書》本，江蘇古籍出版社一九九八年。

釋善浦

釋善浦，俗姓馮氏，五代宰相馮可道六世孫，京兆（今陜西省西安市）人。自幼禮高僧慧初爲師。由宋入金，爰經兵火，歷更數刹，聲望日隆。皇統三年，應官庶疏請，還居京兆妙德寺。天德二年卒，

① 清陸耀遹《金石續編》卷二〇，《歷代碑誌叢書》本，江蘇古籍出版社一九九八年。

俗壽六十六。兹輯一首。

失題

清風自清風，明月自明月。白雲消散後，老僧無可説。金佚名《浦公禪師塔銘》，見清張金吾《金文最》卷一一〇，中華書局一九九〇年。

張淨宇

張淨宇，深州安平（今河北省衡水市安平縣）人。甫及壯歲，從安公上人修習正法。北宋宣和中，安公歸寂，隱於林泉。入金後，禮圓公長老爲師。天會十三年，圓公逝世，葬之以禮，遂棄塵冗，訪道求真。天德四年，盡出衣鉢所有，施與寺觀。不久卒，年七十三。嘗著《繼善集》行世。兹輯三首。

贈真定進士張武卿二首

可憐崑竹感伶官，最恨相逢太促然。晚會豈知何會再，他時莫忘此時緣。

七十三，形容盡不堪。弌朝拂袖真歸去，四海五湖誰得參。

失題

七十三年事息，四海五湖飲醽。大千擲在他方，露出青天白日。鼻尖頭㲲毸，雲興頂門上。雷聲霹靂，十方普濟。霶霶誰是，霑衣戴濕。金韓伯達《居士張公塔銘》，見清沈濤《常山貞石志》卷一四，《歷代碑志叢書》本，江蘇古籍出版社一九九八年。

釋法和

釋法和，俗姓李氏，號無跡庵主、善應道人，許州韓城(今河南省洛陽市宜陽縣)人。自幼出家，禮大悲院主僧海潮爲師，自嚴戒具，迥異同流。潛心探求參禪理性，策杖四方廣閱因緣。歷經歲月，聲名大振，遂應邀住持少林祖刹。正隆二年圓寂，俗壽七十九。兹輯一首。

臨終書頌

不動本覺，豈須名邈。時人眼睛，古今一着。珎重諸人，莫交失錯。金牛本寂《少林寺西堂和尚塔銘》，見清陸增祥《八瓊室金石補正》卷一二四，《歷代碑志叢書》本，江蘇古籍出版社一九九八年。

楊用道

楊用道，長山(山東省濱州市鄒平縣)人。嘗讀書泰安柏林，登進士第。天眷三年，仕爲陽穀縣令①。皇統四年，官儒林郎汴京國子監博士②。後供職翰林，終於中奉大夫寧海軍節度使③。著有《附廣肘後方》傳世。兹輯一首。

題懷范樓

初載希文此屈盤〔一〕，天衢一旦遂高摶。古人直許到夔契，當世猶能並富韓。事與陶朱均日煥〔二〕，名彰長白倚天寒〔三〕。何但東坡爲流涕〔四〕，遺編我讀亦汍瀾。故海寧刺史楊中奉，才學與蘇、黄

① 金李守純《泰安州重修宣聖廟碑》：「自其爲縣，以孫復明、石守道二先生山齋之故基建學，以柏林之地課養士，作成之材，故常有焉。魁乎天下者，則耿公世昌；顯于翰林者，則楊公用道，是其尤傑出者也。」見清張金吾《金文最》卷七三，中華書局一九九〇年。另，楊用道《孟母廟記》題下注「金天眷三年」，署名冠以「陽穀知縣」，當作「陽穀縣令」，見《(民國)陽穀縣志》卷一一《藝文》，《中國方志叢書》本，臺北文成出版社一九七〇年。今按，楊用道天眷三年官陽穀縣令，當是天會中進士。

② 金楊用道《附廣肘後方序》，見《金文最》卷三六，中華書局一九九〇年。

③ 《(嘉靖)寧海州志》卷下，《天一閣藏明代方志選刊續編》本，上海書店一九八九年。

上下。近於李舜臣家得公筆跡，慮其湮没，命工勒石，以傳永久。泰和乙丑□□日，宣武將軍行主簿騎都尉王國器立石。清張金吾《金文最》卷四七録詩及金王國器跋，中華書局一九九〇年。另，清郭元釪《全金詩增補中州集》卷五一録詩，上海古籍出版社一九九四年。

【校記】

〔一〕初載希文此屈盤：初、盤，《全金詩增補中州集》作「十」、「蟠」。〔二〕均日：《全金詩增補中州集》作「終古」。〔三〕彰：《全金詩增補中州集》作「將」。〔四〕何：《全金詩增補中州集》作「不」。

劉　彧

劉彧，字公茂，自號香巖居士，安陽（今河南省安陽市）人。天眷二年經義第一人。歷京兆總幕，終於翰林修撰。兹輯二首。

春陰

似雨非晴意思深，宿酲牽率泥重衾。苦憐燕子寒相並，生怕梨花晚不禁。薄薄簾幃欺欲透，悠悠歌管壓來沉。南園北里狂無數，唯有芳菲識此心。

秋雨得雲字

一室蕭然半掩門，簷牙懸溜喜初聞。棲鴉不動寒偎樹，過鴈無聲冷貼雲。歷耳半隨風淅瀝，舞堦仍帶葉繽紛。隔籬爲問東臯叟，𪎰麥前春定十分。《中州集》卷二《劉修撰彧》。

劉　瞻

劉瞻，字巖老，號攖寧居士，亳州（今安徽省亳州市）人。天德三年進士。大定初，召爲史館編修，卒官。党承旨世傑、酈著作元輿、魏内翰飛卿，皆從之問學。作詩工於野逸，嘗有集行世。兹輯五首。

春郊

桑芽粒粒破春青，小葉迎風未展成〔一〕。寒食歸寧紅袖女，外家紙上看蠶生。

【校記】

〔一〕成：《詩淵》第三册二二一五頁録此詩作「城」。

無極道中

銀河淡淡瀉秋光，缺月梢梢挂晚凉。馬上西風吹夢斷，隔林煙火路蒼茫〔一〕。

【校記】

〔一〕隔林烟火路蒼茫：《詩淵》第三册二〇〇二頁録此詩作「隔林木葉舞殘黄」。

所見

傾欹石片插漣漪，上有蕭蕭楊柳枝。藻荇半浮苔半濕，浣紗人去不多時。《中州集》二《劉内翰瞻》。

絶句

一句暫得耳無事，三盞且教心太平。寄語山南舊兄弟，此時不合論功名。《永樂大典》卷九〇三詩字韻引《中州元氣集》，中華書局一九九八年，第九册八五六五頁。

墨梅

雪裏精神月底容，却交憔悴怨東風。龍沙萬里王家客，不著千金買畫工。《永樂大典》卷二八一三梅字韻引《中州元氣集》，中華書局一九九八年，第二册一五〇四頁。

佚句

失題

廚香炊豆角，井臭落椿花。《中州集》卷二劉瞻小傳。

紅梅

一點清香透雲雪，是中那得杏花天。《中州集》卷八元日能《紅梅》詩註。

元日能

元日能，始末未詳。與劉巖老同時。兹輯一首。

紅梅

天上瓊兒白玉肌，吴妝略約更相宜。認桃辨杏由君眼，自有溪風山月知。巖老同賦云：「一點清香透雲雪，是中那得杏花天。」評者謂二詩同意而日能爲工。《中州集》卷八《元日能》。

佚名

正隆童謡

正軍三匹馬，簽軍兩隻鞋。郎主向南去，趙老送燈臺。宋徐夢莘《三朝北盟會編》卷二四三引《煬王江上録》：「（正隆）五年秋九月，起汴京，勑天使催促八路軍馬，各依地分入南界進發。時童謡言云云。」上海古籍出版社二〇〇八年，下册第一七四六頁。

新編全金詩卷一二

完顔雍

完顔雍，本名烏禄，金朝第五代皇帝，廟號世宗。天輔七年，生於上京。皇統間，授光禄大夫，封葛王。貞元三年，授東京遼陽留守。正隆六年十月，起兵遼陽，自立爲帝，改元大定。即位後，廢止海陵王南伐，躬行節儉，休養生息，南和趙宋，東睦高麗，西交夏國，北禦韃靼，幾致太平。世宗勤於政事，慎守令之選，嚴廉察之責，興學崇儒，全面接受中原文化，又力倡古風，重振女真民族精神。大定二十九年初，薨，年六十七，葬興陵。在位二十八年，成就金源盛世，史稱「小堯舜」①。兹輯一首。

女真本曲

猗歟我祖，聖矣武元。誕膺明命，功光于天。拯溺救焚，深根固蒂。克開我後，傳福萬世。無何海陵，淫昏多罪。反易天道，荼毒海内。自昔肇基，至于繼體。積累之業，淪胥且墜。

①《金史》卷八《世宗紀》「贊曰」，中華書局一九七五年。

望戴所歸，不謀同意。宗廟至重，人心難拒。勉副樂推，肆予嗣緒。二十四年，兢業萬幾。億兆庶姓，懷保安綏。國家閑暇，廓然無事。乃眷上都，興帝之第。屬兹來游，惻然予思。風物減耗，殆非昔時。于鄉于里，皆非初始。雖非初始，朕自樂此。雖非昔時，朕無異視。瞻戀慨想，祖宗舊宇。屬屬音容，宛然如睹。童嬉孺慕，歷歷其處。壯歲經行，恍然如故。舊年從游，依希如昨。歡誠契闊，旦暮之若。于嗟闊别兮，云胡不樂。《金史》卷三九《樂志》：大定二十五年四月，世宗完顔雍幸上京，宴宗室於皇武殿，爲歌本曲云云。中華書局一九七五年，第八九二頁。

朱自牧

朱自牧，字好謙，棣州厭次（今山東省濱州市惠民縣）人。皇統二年宋端卿榜經義進士①。大定初，終于同知晉寧軍事。以詩聞於時。兹輯二十二首。

病起書事

牢落衰年病轉侵，醫編藥裹廢閑吟。卧銷白日塵凝屨〔一〕，起對青銅雪滿簪。霜後癡蠅看老

①《中州集》小傳作「皇統中南選宋端卿榜登科」。今按，自天會六年，選舉取士分南北榜，北榜試原遼國士人，爲詞賦科；南榜試原北宋士人，爲經義科。金孔叔利《改建題名碑》著録：「朱自牧，皇統二年，宋端卿榜。」見清王昶《金石萃編》卷一五九，《歷代碑志叢書》本，江蘇古籍出版社一九九八年。

態，天邊倦鳥識歸心。維摩不出文殊去，門巷蕭條翠蘚深。

【校記】

〔一〕屨：《全金詩增補中州集》卷二二作「履」。

晨起趨省

鄰雞一鳴僕再呼，三星已在東南隅。霜風遶屋伺我出，布衾尚欲留須臾。才踈性懶真勉强，飢寒見迫誰能逋。山靈笑我真有謂，能使我庾如陵乎。

自鄜州歸至新市鎮時方渡險喜見桑野

闇山自天降爲田，洛水自瀑舒爲淵。山川險盡鞍馬穩，昔居樏橇今乘舩。三年官業無毫髮，萬里裝囊更蕭瑟。歸來何以謝鄉閭，細説艱難爲土物。

自鄜州罷任歸宿澠池道中有虎爲暴

崤山之阿澠之滸，行路蕭條正艱阻。日落山空澗水哀，市門靜閉防飢虎。前年張茅殺餉婦，今歲食驢斷行旅。我來萬里逐一官，安可不戒爲汝脯。晝持弓矢夜枕戈，靜匿兒童防笑語。白額將軍莫笑人，世無劉琨當畏汝。

趀鄜州過湖城縣武帝望思臺在焉〔一〕

寒骨千年飲恨埋，餘哀空寄望思臺。縱令曲沃精魂見，寧與商山羽翼來。趙虜典刑何足正，周公畫像可憐開。忍心本自窮兵起〔二〕，巫蠱焉能作禍胎。

【校記】

〔一〕《詩淵》第五册三五七八頁録此詩，題作「過武帝望思臺」。〔二〕兵：《詩淵》作「心」。

晉寧感興

莫將官况説葭蘆，一味蕭條稱鄙夫。老圃不禁蔬代肉，樵丁還喜炕連厨。兒音半已漸秦晉，鄉信無因接魯洙。三見秋風落庭樹，年年歸意負蓴鱸。

年節嵐州席上贈同知王子直中散〔一〕

别時風雪暗龍津〔二〕，一夢經年復見君。去國光陰雖易得〔三〕，夾河形勢且平分。心如征馬常嘶代〔四〕，身伴秋鴻却渡汾〔五〕。此日一樽難惜醉，新年風景舊知聞〔六〕。

【校記】

〔一〕《詩淵》第一册三五三頁録此詩，題作「贈同知王子直」。〔二〕風雪暗：《詩淵》作「雪意滿」。

〔三〕得：《詩淵》作「失」。〔四〕心如征馬常嘶代：《詩淵》作「馬嘶夜月當思代」。〔五〕身伴秋鴻却渡汾：《詩淵》作「鴈叫秋風却渡汾」。〔六〕新年風景舊知聞：《詩淵》作「屈原空以獨醒聞」。

送鄜州節判任元老罷任東歸二首

長塗冰雪歲峥嶸，客裏那堪送客行。萬里歸心應接淅，一樽别酒且班荆。春生汶水庭闈近，人去雕陰幕府輕。欲仗征鴻寄消息，地寒不肯過邊城。

都騎騣騣指汶陽，關門應識棄繻郎。暮寒煙浪歸期阻，細雨簷花飲興長。束帶暫爲彭澤令，曳裾休忤漢梁王。邊城情味君應會，爲説無憀與故鄉。

小雨不出寧海司理廳

吏散庭空鎖碧苔，冷官門户幾曾開。踈踈細雨槐華落，寂寂虚堂燕子來。多病始知窮有鬼，獨賢方覺仕無媒。故園拋擲奔馳外，剛道江山未放回。

過渾源留别田仲祥同知節使

金臺前夢杳無蹤，一阻雲山莫計重〔一〕。雙鯉附書常不達，兩萍浮海偶相逢。燕南落日車分轍，代北春風酒滿鍾。明日去留牽世務，燈前談笑且從容。

【校記】

〔一〕莫：元乙卯本《中州集》作「萬」。

劉仲規挽辭

富貴康强九十春，公歸無憾我傷神。人間秀氣還嵩岱，夢裏行年屬巳辰。名姓空留耆舊傳，衣冠不見老成人。凄凉通德門前路，無復青蒲裹畫輪。

訪山寺僧〔一〕

踏破蒼苔叩竹扃，晚晴庭院有餘清〔二〕。幡腰落日紅千颭，簷際遥岑翠一横〔三〕。種秫公田聊卒歲，栽蓮僧社擬投名。從今興熟頻來往，未信齋鍾午後鳴。

【校記】

〔一〕《詩淵》第五册三八一九頁録此詩，題作「訪山寺」。〔二〕晚晴庭院有餘清：晴、有餘，《詩淵》作「來」、「十分」。〔三〕幡腰落日紅千颭二句：《詩淵》作「簷高落日餘紅在，地闊遥岑寸碧横」。

謝吴堡知寨安巨濟贈帋百幅〔一〕

百幅溪牋遠見羞〔二〕，故人佳餉若爲酬〔三〕。幸將晚節收魚網〔四〕，未得良工起鳳樓。柿葉學書差足慰，芸香辟蠹會須求。揮毫不見雲煙落，愚賈操金愧暗投。

【校記】

〔一〕《詩淵》第二册一四七二頁録此詩，題作「謝安巨濟惠牋」。〔二〕遠見羞：《詩淵》作「勝益州」。〔三〕餉：《詩淵》作「貺」。〔四〕幸將晚節收魚網：《詩淵》此句作「已閑晚節屠龍技」。

清河道中暮歸

緩轡溪邊喜乍晴，夕陽流水浸孤城。川平佛塔層層見，浪穩商舟尾尾行。十里煙霞隨野步，兩崖禾黍撼秋聲。雨暘雖有豐年兆，久客都無地可耕。

晚泊濟陽

江北秋陰一半晴，晚涼留與客襟清。水邊畫角孤城暮，雲底殘陽遠樹明。旅鴈爲誰來有信，斷蓬如我去無程。寥寥天地誰知己，村酒悠然只獨傾。

冬日擬江樓晚望〔一〕

萬里長空淡落暉〔二〕，歸鴉數盡下樓遲。山如駭浪高低湧，天似寒灰黯淡垂。紫塞西横連統萬〔三〕，黄河東下接汾脽。此邦形勢雄今古，只與羈人百不宜〔四〕。

【校記】

〔一〕《詩淵》第五册三五六二頁録此詩，題作「江樓晚望」二首，而另首爲五言律詩，現存諸本《中州集》未見。〔二〕淡：《詩淵》作「又」。〔三〕連統萬：《詩淵》作「包漢蜀」。〔四〕百：《詩淵》作「稍」。

對雪

寂寂袁安舍，柴門雀可羅。青旂無舊物，黄竹有新歌。罷飲瓢仍棄，供吟筆旋呵。殷勤掃荒逕，尚憶子猷過。

郊行

緩轡尋春水一涯，㝡憐朝雨浥輕沙。小溪煙重偏宜柳，平野雲垂不礙花。青眼步兵元好酒，黑頭江令未還家。興長不覺歸來晚，過盡城頭陣陣鴉。

和郭仲榮郡城秋望

城高野闊思何窮，人在西風一笛中。樓影不摇溪水浄，春聲相荅暮山空。海天引望能供碧，霜樹禁秋更倚紅。回首客魂招不得，尊𧇾歸興滿江東。《中州集》卷二《朱葭州自牧》。

高郵橋下

曉卸征帆過畫橋，臨流粉甃酒旗招。南來風物初相識，碧甋層冠齀翠翹。明佚名《詩淵》第三册二〇三四頁，撰者署「元朱自牧」。

江樓晚望

歸鴉十數點，短笛兩三聲。浪起天摇動，雲飛月倒行。客舟相遠近，漁火半昏明。坐對江村景，秋風白髮生。明佚名《詩淵》第五册三五六二頁，撰者署「元朱自牧」。

佚句

失題

寒天展碧供飛鳥，落日留紅與斷霞。

失題

水禽孤影白，霜果半腮紅。

失題

海氣升孤月，巖姿起暝烟。

失題

山雪尋崖斷，林烟逐樹低。

失題

燈殘星在壁，霜重水漫衾。《中州集》卷二朱自牧小傳。

釋法澄

釋法澄，俗姓李氏，陝州（今山西省忻州市河曲縣）人。金末名士白華舅祖，出家爲僧，大定初卒。白氏兄弟受其影響，頗崇信浮圖①。兹輯一首。

①《遺山先生文集》卷二四《善人白公墓表》「公諱某，字全道，姓白氏。其家於河曲者，不知其幾昭穆矣。……公生十二歲而孤，妣李氏，弱無所依。舅氏僧法澄，爲經紀其家，拊育訓導，恩義備至。及長，乃能自樹立，營度生理，日就豐厚。其後澄殁，公不忘外氏之故，喪祭之禮有加。又爲建貳塋於白氏丘壟之側，一以祔外祖氏，一以葬澄。初，僧舅既奉浮圖，愍其家世不傳，爲李氏置後，意甚專，初不以異姓爲嫌。已而事不果行。公承舅氏之意，挈此子養於家，以昆弟待之。大定初通檢，因附屬籍。舅已亡，又歷三推之久，弟爲妄人所教，遽求異財。公欣然以美田宅之半分之。人謂：『同胞而至别籍，往往起訟。白公乃無絲毫顧藉意，是難能也。』」《四部叢刊》本。

忠國師無逢塔

無逢從教下手難，師呈塔樣與君看。不從地湧非天造，萬古長空風月寒。《（咸豐）淅江廳志》卷四《藝文志》，撰者署「古溪澄禪師」，歸入「金」。《中國方志叢書》本，臺北成文出版社一九七〇年。

韓　璘

韓璘，汴（今河南省開封市）人。弟玉，北方英豪，天會間嘗與司馬朴之子通國謀舉事，未成而挈家投宋，授以江淮都督府計議軍事。璘因之與通國善。隆興元年（大定三年）九月，南宋都督張浚遣人往大梁伺璘，璘以扇題詩贈玉。次年春，浚復遣人往大梁，行至亳州，爲金兵所獲，璘與通國同日遇害。兹輯一首。

題扇贈玉

嗚鴈落江濱，夢裏年來相見頻。吟盡楚辭招不得，夕陽愁殺倚樓人。宋葉紹翁《四朝聞見録》丙集《司馬武子忠節》，中華書局二〇〇六年。

王　雷

王雷，字仲威，祁（今山西省晉中市祁縣）人。大定三年，任仇由軍須事，有詩刻石。兹輯二首。

謁無盡居士祠堂

依然繪象暮山空，妙迹寧分異與同〔一〕。洙泗舊傳真自得〔二〕，雲曹別派復何窮。市朝誰識生前趣，名字猶存身後功。若問先生無盡意，春風已過又秋風。奉謁無盡居士祠堂，因題以記其來，癸未仲秋王雷。清陸耀遹《金石續編》卷二〇，《歷代碑志叢書》本，江蘇古籍出版社一九九八年。今按，文中癸未指大定三年。另，《（光緒）壽陽縣志》卷一一《藝文》亦録，清光緒間刊本。

【校記】

〔一〕迹：原作泐字，據《（光緒）壽陽縣志》補。

〔二〕傳：原作泐字，據《（光緒）壽陽縣志》補。

遊方山

車輪馬足偏人間，豈意窮荒逢此山。便欲棲遲成地隱，始知空闊破天慳。松聲萬壑秋風急，石徑千盤暮雨斑。爲報草堂真碧眼，莫教辜負箇中閑。癸未仲秋王雷題〔一〕。清陸耀遹《金石續編》卷二〇，《歷代碑志叢書》本，江蘇古籍出版社一九九八年。另，史景怡主編《三晉石刻大全·晉中市壽陽縣卷》收影印拓片并録文，三晉出版社二〇一〇年，第六一頁。

【校記】

〔一〕癸未仲秋王雷題：《三晉石刻大全·晉中市壽陽縣卷》録文作：「（闕）治仇由軍須事；（闕）仲

秋朔日也」;「(闕)祁人王雷仲威」;「盂山宋壽模刊」;「(闕)方山昭化禪院住持講經論沙門普玉立石」。

王端卿

王端卿,始末未詳。大定六年,官平陰縣丞,有詩刻石。兹輯一首。

遊幽棲寺呈沂上人

簿書拘役久低徊,暫屈清凉福地來。水秀山明寬眼界,塵心茅塞頓然開。《(光緒)肥城縣志》卷二《古跡》著録「大定六年平陰亞令王端卿幽棲寺詩石刻」,《中國地方志集成》本,鳳凰出版社等二〇〇四年。另,北京大學圖書館藏有詩碑拓片,其序因原石損毀,漫漶缺泐,已不能通讀。詩末署「大定六年十月十九日,本縣都管勾當寺住持沙門惠沂立石」。典藏號二四八七七。今按,金代縣之長官稱令,所謂亞令,指縣丞,官職在縣令之下、簿尉之上。

佚名

題滏陽仰山寺

人道班鳩拙,我道班鳩巧。一根兩根柴,便是家緣了。明釋明河《補續高僧傳》卷一《寶公慧洪傳》:「寶公慧性超絶,出磁州武氏。大定初,於滏陽造仰山寺,殿宇宏壯,兩柱鏤金龍蟠之,觀者瞠駭。忽有題柱上者曰云云。寶公見之大悟，即入西山，結茆以居，終身不出。」《高僧傳合集》本，上海古籍出版社一九九五年，第六一〇頁。

大延聖寺十詠

白銀峰

孤峰高出雲，上有銀色界。識得普賢才，虚空猶窄隘。悟明理性時，不作塵境界。劫大或倘然，此山無變壞。

佛頂峰

巍巍佛頂峰，妙筆莫能畫。傍列千萬層，比之無不下。毗盧頂上行，却笑望崖怕。煙鏁碧螺紋，幽靜難酬價。

古佛巖

雲鏁幽岩路，寒松映碧虚。世人都不到，古佛義安居。寂爾心常静，凝然體自如。他年奉香火，相近結茅廬。

説法臺

松下石臺妙，山僧轉法輪。雖然長苔蘚，終不惹塵埃。自有雲爲蓋，寧無草作茵。當年諦聽者，悟道是何人。

佛覺塔

示生臨濟村，示滅長慶寺。非滅亦非生，誰明佛覺意。分彼黄金骨，葬此白銀峰。寶塔聳霄漢，僧來訪靈蹤。

懿行塔

於其親也孝，於其師也恭。臨機答問難，諸方怖機峰。七十二光陰，白駒之過隙。秋風振塔鈴，説盡真消息。

雪堂

冷煙藏萬壑，積雪滿千山。空谷幽深處，虚空寂寞間。庭前明月静，窗外白雲閑。中有龐眉老，孤高不可攀。

雲堂

斯堂寂虚豁，衲子來如雲。雖然九聖混，不礙賓主分。何必習大智，何必修多聞。一念萬年去，方爲報聖君。

茶亭

兩峰寒翠中，有亭虚四面。山間奇絶處，一一皆可見。古松八九株，秋雲二五片。共分壑源春，勝比瑶池宴。

濛泉

寂寂銀峰下，寒泉浸碧空。堪將耨池比，不與偃溪同。夜印月華白，秋風霜葉紅。蛟龍此深隱，天旱濟群蒙。北京圖書館金石組編《北京圖書館藏中國歷代石刻拓本匯編》收影印拓片，題作《隱峰十詠》。其序有云：「都城之北，相去僅百里許，曰銀山鐵壁，景趣殊絶。其麓舊有寺曰大延聖，創建自昔，相傳大安。大定中，寺有五百善衆，傍有七十二庵。時有佑國佛覺大禪師晦堂、佑國佛覺大禪師懿行、大禪師虚靜、禪師圓通、大禪師和敬，大師相繼闡教演法於其地。而中虚道人鄧隱峰有題曰：白銀峰、佛頂峰、古佛巖、説法臺、佛覺塔、懿行塔、雨堂、雲堂、茶亭、濛泉，皆其舊跡。嘗詠歌其事，至今尚存。其所由來，概可知矣。年代雖有古今之殊，而山峰基址、人心之善，則無古今之異。後之覽者必將起敬起慕於無窮也。」碑末署「大定六年三月初三日立石」。中州古籍出版社一九八九年，第四六册八八頁。今按，周峰《〈全金詩〉補遺》引清顧炎武《昌平山水記》、清丁敏中等《日下舊聞考》，考曰：「鄧隱峰應爲唐朝人，則《隱峰十詠》應爲唐詩。其實不然，因爲這十首詩中有《佛覺塔》《懿行塔》二首，據碑文載佛覺（應爲晦堂）及懿行，都是金代大定年間的高僧，因而唐人鄧隱峰不可能詠後人晦堂、懿行。因此，這十首詩都應爲金人所作而假託鄧隱峰之名。」見《古籍研究》二〇〇〇年第一期。

□直

□直，字源彦，姓氏失考。大定十年，官趙州刺史。茲輯一首。

予於庚寅春來牧是州漫爲賦晦齋雪中

□直源彦謹題

駕石飛梁盡一虹，蒼龍驚蟄背摩空。坦途箭直千年過〔一〕，驛使風馳萬國通。雲吐月輪高拱北，雨添春水去橋東〔二〕。休誇世俗遺仙跡，自有神丁役此工〔三〕。清蔡壽、查略《趙州石刻全録》卷下，清同治刻本。

【校記】

〔一〕年：原泐，據詩意補。今按，唐張嘉貞《石橋銘》：「趙郡洨河石橋，隋匠李春之跡也。制作奇特，人不知其所以爲。」見《（正德）趙州志》卷二《文集》。自隋至金，約五百年。所謂「千年」云云，實源自民間傳説。元佚名《重刊湖海新聞夷堅續志》後集卷二《神明門·神靈》「魯般造橋」條：「趙州城南有石橋一座，乃魯般所造，極堅固，意謂古今無第二手矣。忽其州有神，姓張，騎驢而過橋。張笑曰：『此橋石堅而柱壯，如我過，能無震動乎？』于是登橋，而橋摇動若傾狀。魯般在下以兩手托定，而堅壯如故。至今橋上則有張神所乘驢之頭尾及四足痕，橋下則有魯般兩手痕。此古老相傳，他文未載，故及之。」〔二〕橋：原泐，據詩意補，以備參考。〔三〕有：原泐，據詩意補，以備參考。

王仲通

王仲通，字達夫，長慶（今遼寧省錦州市北鎮滿族自治縣）人①。天眷二年進士②，累官雄州同知。皇統七年，以田穀黨籍案牽聯，編配五國城。天德初，遇赦還鄉③。世宗即位，復官，除禮部郎中。大定十四年，轉護國軍節度使同知④，終於永定軍節度使。兹輯三首。

送客

措足疑無地，捫心幸有天。故人成解后，殘喘見哀憐。落日驚魂外，孤雲淚眼邊。西歸萬里

①宋張棣《族帳部曲録》著録：「王仲通字達夫，閭陽人，又云中京人。狀元石琚榜及第。亶時坐欺罔，與田瑴等爲黨錮，貶爲庶人。葛王立，復官禮部郎中。」見宋徐夢莘《三朝北盟會編》卷二四五，上海古籍出版社二〇〇八年，第一七六六頁。今按，長慶於遼代爲縣，屬東京道遼西州，《遼史》卷三八《地理志》有説。入金後，改廣寧府廣寧縣遼西鎮；至於閭陽，亦廣寧府屬縣，見《金史》卷二四《地理志》。

②《中州集》小傳作「天會六年進士」，記誤，此從《族帳部曲録》。今按，石琚於《金史》卷八八有傳，天眷二年詞賦狀元。

③《金史》卷八九《孟浩田瑴傳》，中華書局一九七五年。

④金王文蔚《題普救寺鶯鶯故居》跋「大定間蒲倅王公」之「蒲」，指蒲州，北宋爲河東郡，舊置護國軍節度使。天會六年降爲蒲州，置防禦使。天德中升爲河中府，護國軍節度使仍之。見《金史》卷二六《地理志》；倅，當是節度同知或節度副使。

夢，今夕到君舩。《中州集》卷八《王雄州仲通》。

題普救寺鶯鶯故居

東風門巷日悠哉，翠袂雲裾挽不回。無據塞鴻沉信息，爲誰江燕自歸來。花飛小院愁紅雨，春老西厢鎖緑苔。我恐返魂窺宋玉，牆頭亂眼竊憐才。美色動人者甚多，然身後爲名流追詠者鮮矣。昔蘇徐州登燕子樓作詞以歌盼盼，大定間蒲倅王公遊西厢賦詩以弔鶯鶯，則鶯、盼之名因文而益彰，蘇、王之風流才翰有以相繼。惜乎王公真蹟爲好事者所秘，今三十餘載，僕訪而得之，又痛其字欲漫滅，故命工刊石，庶永其傳。是亦物有時而顯者也。泰和甲子冬至前三日，河東令王文蔚謹跋。今按，永濟縣普救寺於一九八四年出土詩碑一通，題曰「普救寺鶯鶯故居」，撰者署「王仲通」。當時著者嘗遊學於此，訪而録之。

首陽山伯夷叔齊墓

大名壓破首陽山，義抗白旄諫可還。扣馬不回天地在，採薇何怨死生間。半扉野日牛羊踐，四壁秋風幾像閑。我爲呼魂薦盤粒，莫疑周粟不開顔。泰和四年十二月朔，承事郎河東縣令王文蔚立石。清胡聘之《山右石刻叢編》卷二三《弔夷齊詩碣》，《歷代碑志叢書》本，江蘇古籍出版社一九九八年。

孫九鼎

孫九鼎，字國鎮，忻州定襄（今山西省忻州市定襄縣）人。北宋政和間太學生，與洪皓同舍①。入金後，擢天會六年經義狀元。弟九疇、九億亦同榜登科，俱有時名。嘗知翼城縣事，有惠政②，後召爲翰林修撰③。天眷元年，以承事郎尚書左司員外郎權京兆府修撰文字，著《重修唐太宗廟碑》。皇統中，命爲考試官④，遷秘書少監。遺山元好問稱中州文派以其指授之功爲多。年八十餘卒。兹輯二首。

甄莊三藏真身

三藏來中土時，其師授記，謂當逢甄而住。殁後三百年，見夢于白氏，出地中。

生自龜兹國，來從大業年。緣甄駐飛錫，夢白出重泉。鐵石亦有毁，筋骸何尚全。應知待彌

① 宋熊克《中興小記》卷六：「九鼎政和間游太學，與洪皓同舍。」福建人民出版社一九八四年。另，宋洪邁《夷堅甲志》卷一《孫九鼎》：孫九鼎於政和癸巳居太學，「後連蹇無成，在金國十餘年始狀元及第，爲秘書少監。與家君同爲通類齋生，至北方屢相見。」中華書局一九八一年。今按，政和癸巳即政和三年（一一一三）。其時孫九鼎年約三十歲左右。

② 《（雍正）山西通志》卷八九《名宦傳》，《文淵閣四庫全書》本。

③ 宋洪皓《鄱陽集》卷二《寄孫修撰》：「不挹風猷二十年，天涯淪落看騰騫。」《文淵閣四庫全書》本。

④ 宋李幼武《宋名臣言行録續集》卷五《洪皓》：金人「令校雲中進士。使者監上道，公日損食，陽爲疾狀。既至，謂院官曰：『今取士以詩賦，吾故學輕耳。』曰：『豈不能出語策士乎？』考官孫九鼎者，有太學舊，以疾聞，得回燕。」清留園刻本。

勒，萬劫庇山川。《中州集》卷二《孫内翰九鼎》。

遊金明

片片桃花逐水流，東風吹上木蘭舟。隔溪紅粉休相認，年少孫郎不姓劉。《中州集》卷二孫九鼎小傳。

劉汲

劉汲，字伯深，號西巖，應州渾源（今山西省大同市渾源縣）人。南山翁撝之子。天德三年進士，釋褐慶州軍事判官，調蒲縣令①，爲政有聲。遷應奉翰林文字，轉西京路轉運司都勾判官。汲平生寡合不羈，晚節倦於遊宦，年未五十即致仕，放浪山水間，以遣興讀書爲樂。年五十八卒②。嘗著《西巖集》行世。屏山李純甫爲序有云：「西巖詩質而不野，清而不寒，簡而有理，淡而有味，蓋學樂天而酷似之。觀其爲人，必傲世而自重者，頗喜浮屠，邃於性理之説。凡一篇一詠，必有深意，能道退居之

① 金劉汲《題蒲縣下庫村》自注：「汲嘗令此。」見清郭元釪《全金詩增補中州集》卷二二，上海古籍出版社一九九四年。

② 元王惲《秋澗先生大全文集》卷五八《渾源劉氏世德碑銘并序》，《四部叢刊》本。

樂，皆詩人之自得，不爲後世論議所奪，真豪傑之士也。」①兹輯十四首。

題西嵓二首

人愛名與利，我愛水與山。人樂紛而競，我樂静而閑。所以西嵓地，千古無人看。雖看亦不愛，雖賞亦不懽。欣然會予心，卜築於其間。有石極峭屼，有泉極清寒。流觴與祓禊，終日堪盤桓。此樂爲我設，信哉居之安。

卜築西巖冣可人，青山爲屋水爲鄰。身將隱矣文何用，人不知之味更真。自古交游少同志，到頭聲利不關身。清泉便當如澠酒，澆盡胸中累刼塵。

平凉道中

青山烱無塵，塵滿行人衣。行人望青山，咫尺不得歸。吾歸不作難〔一〕，世故苦相違。何當臨溪水〔二〕，一洗從前非。

【校記】

〔一〕不作難：《詩淵》第三册二〇一六頁録此詩作「非甚艱」。〔二〕臨：《詩淵》作「借」。

---

①《中州集》卷二《劉西岩汲》，中華書局上海編輯所一九六二年。

南園步月

雲横樹外山，樹映山巔月。微風拂寒枝，踈光散清樾。幽歡難相遇，此景安可忽。從來山水心，不爲塵埃没。

不如意

朝亦不如意，暮亦不如意。今日只如此，來日復何異。一懽强欲謀，百憂已先至。乃至塵網苦，動輒心萬計。高軒與華冕，儻來亦如寄。規規必欲求，愈勞終不遂。善哉榮啟期，自寬以遣累。

慶州回過盤嶺宿義園

隨馬雨不急，催人日欲晡。山從林杪出，路到水邊無。拘縛嗟微宦，崎嶇走畏途。村家應冣樂，雞酒夜相呼。

到家

三載塵勞慮，飜然盡一除。園林未摇落，庭菊正扶踈。遶屋看新樹，開箱檢舊書。依然故山色，瀟洒入吾廬。

高陽道中

杏花開過野桃紅〔一〕，榆柳中間一逕通。禽鳥不呼村塢静〔二〕，滿川煙雨淡濛濛〔三〕。

【校記】

〔一〕杏花開過野桃紅：杏花，《詩淵》第三册二〇一二頁録此詩作「棠花」；過，《（嘉靖）河間府志》卷三録此詩作「遍」。〔二〕村塢静：《詩淵》作「花塢盡」。〔三〕淡：《（嘉靖）河間府志》作「晝」。

家僮報西巖栽植滋茂喜而成詠〔一〕

孤雲出岫本無心，何用微名挂士林。近日故園消息好，西岩花木已成陰。

【校記】

〔一〕《詩淵》第四册二三一九頁録此詩，題作「西巖花木甚茂喜成」。

留别四弟

對床喜清夜，樽酒話平生。自是今宵雨，於人却有情。

酒中作〔一〕

樹暗春將老，酒闌人欲歸〔二〕。徘徊風月夜〔三〕，花絮一簾飛。《中州集》卷二《劉西岩汲》。

【校記】

〔一〕《詩淵》第六册三九四三頁録此詩，題作「雲邊偶成」。〔二〕欲：《詩淵》作「已」。〔三〕月：《全金詩增補中州集》卷二二録此詩作「雪」。

西巖歌

西巖逸人以天爲衢兮，地爲席茵。青山爲家兮，流水爲之朋。饑食芝兮渴飲泉，又何必有肉如林兮，有酒如澠。世間清境端爲吾輩設，吾徒豈爲禮法繩。少文援琴衆山響，太白舉杯明月清波澄。人間行路是，處處多炎蒸。如何水前山後，六月赤脚踏層冰。

題蒲縣下庫村汲嘗令此。

古柳長楸倚翠微，水光嵐氣襲人衣。清閑歲月無多事，事簡何妨倒載歸。清郭元釪《全金詩增補中州集》卷二二，上海古籍出版社一九九四年。

清明上巳春遊

山城無事早休衙，閑逐東風看落花。行處不敢呵喝鬧〔一〕，恐驚林外野人家。《（雍正）山西通志》卷二二六《藝文志》，《文淵閣四庫全書》本。

【校記】

〔一〕敢：《(成化)山西通志》卷一六《集詩》録此詩作「教」。

王元節

王元節，字子元，號遯齋老人，弘州(今河北省張家口市陽原縣)人。家世貴顯，祖山甫，遼户部侍郎；父詡，海陵朝左司員外郎。元節爲南山翁劉撝之婿，傳其賦學。登天德三年進士第，仕爲密州觀察判官。雅尚氣節，不能從俗俯仰，故仕宦不達。既罷官，閑居鄉里，以詩酒自娱。嘗著《遯齋先生詩集》行世①。年五十餘卒。弟元德，亦第進士，以廉幹名，終於南京路提刑使②。兹輯三首。

青塚

環珮魂歸青塚月，琵琶聲斷黑山秋〔一〕。漢家多少征西將〔二〕，泉下相逢也合羞〔三〕。

---

①元魏初《青崖集》卷三《遯齋先生詩集序》，《四部叢刊》本。

②金吕貞幹《故少中大夫知南京路提刑使事兼勸農採訪事王公墓誌銘》，墓主王元德卒於明昌元年，墓銘亦撰於明昌元年。墓銘謂「公諱元德，字子善，世爲弘州襄陰縣人也」，天德中及第，及其所終之官職，與《中州集》小傳合；祖、父、兄之名異：「公大父諱俊先，自大理司直致仕，終於家。父諱諫，天會間擢第，卒於定武軍節度副使。母氏，遼駙馬都尉范陽盧侯之女孫也。生二息，元忠居長，公其次也。」見陳學霖《金循吏王元德墓誌銘考釋》，載《中國民族史研究》第四輯，改革出版社一九九二年，第九二頁。

【校記】

〔一〕山，金劉祁《歸潛志》卷四録此詩作「河」。〔二〕西，《歸潛志》作「邊」。〔三〕合，《歸潛志》作「自」。

與党世傑軍判丁亭會飲

望斷西州萬里家，又將新火試新茶。青油幕下成何事，兩見常山山杏花。

古鎮道中

秀拔諸峯鎮海墩，海天水氣兩昏昏。鷗飛翠竹白沙地，人宿黄魚紫蟹村。向背雲山行處路，淺深潮浦漲來痕。同游幸有能詩客，不倦躋攀到石門。《中州集》卷七《王元節》

新編全金詩卷一三

蔡珪

蔡珪，字正甫，號無可居士[①]，真定（今河北省石家莊市正定縣）人，蔡松年子。天德三年進士，調澄州軍事判官，遷三河主簿。正隆三年，以博物多識辟爲鐘鼎彝器編類官。丁父憂，起復翰林修撰，同知制誥，改户部員外郎、太常丞。朝廷稽古禮文之事，取其議論爲多。大定十六年[②]，由禮部郎中出守濰州，道卒。嘗著《續歐陽文忠公集録金石遺文》六十卷、《古器類編》三十卷、《補南北史志書》

---

①金王寂《鴨江行部志》：「壬寅，故友玉林散人申君輿之子攜乃父《龍門招隱圖》手軸以示余，予見之憮然。畫則廣莫道人武元直也；作記者無可居士蔡正甫也；書記者善善道人左君錫也；題詩者王元仲父子也。」黑龍江人民出版社一九八四年，第二四頁。另，北京圖書館善本組輯《析津志輯佚·寺觀》：福聖寺，「金大定年間，金吾上將軍李常出貲質屋，迎致通妙大師圓珙俾居師席。又延沙門行遠者住持。無可居士蔡珪爲記其事。」北京古籍出版社一九八三年，第七六頁。

②金元好问《中州集》卷一《蔡太常珪》作「大定十四年」。今按，金蔡松年《明秀集》卷二《一剪梅》魏道明注：「大定十五年出補濰刺，未赴，以疾解，尋卒。」其中，「濰刺」原作「淄刺」，刊誤。另，蔡珪《文慧禪師塔銘》署「大定十六年丙申三月朔日」、「中憲大夫前濰州刺史蔡珪撰」。當是此後不久卒。見《（光緒）重修曲陽縣志》卷一三《金石録》。

六十卷、《水經補亡》三卷①、《晉陽志》十二卷、《金石遺文跋尾》十卷、《燕王墓辨》一卷，及文集若干卷。遺山評曰：「國初文士如宇文大學、蔡丞相、吴深州之等，不可不謂之豪傑之士。然皆宋儒，難以國朝文派論之，故斷自正甫爲正傳之宗，党竹溪次之，禮部閑閑公又次之。自蕭户部真卿倡此論，天下迄今無異議云。」兹輯五十三首。

野鷹來

南山有奇鷹，寘穴千仞山。網羅雖欲施，藤石不可攀。鷹朝飛，聳肩下視平蕪低，健狐躍兔藏何遲。鷹暮來，腹肉一飽精神開，招呼不上劉表臺。錦衣少年莫留意，飢飽不能隨爾輩。

撞冰行

船頭傅鐵橫長錐，十十五五張黄旗。百夫袖手略無用，舟過理棹徐徐歸。吴儂笑向吾曹説，昔歲江行苦風雪。揚鎚啟路夜撞冰，手皮半逐冰皮裂。今年窮臘波溶溶，安流東下閑篙工。江東賈客借餘潤，貞元使者如春風。

---

①《中州集》蔡珪小傳作「水經補亡四十篇」，《金史》卷一二五《文藝傳》作「五篇」。今按，元歐陽玄《補正水經序》謂「金禮部郎中蔡正甫作《補水經注》三卷」，見元蘇天爵《元文類》卷三六，上海古籍出版社一九九三年。

讀史

夏氏不無釁，作孽生妖龍。蒼姬丁衰期，玄黿游後宫。天心未悔禍，墜此文武功。檿弧漏天網，哲婦鴟梟同。狂童一何愚，巧言惟爾從。殷鑒不云遠，覆車還蹈蹤。坐令周南詩，悲入黍離風。君看後庭曲，曾笑驪山峯。

醫巫閭

幽州北鎮高且雄，倚天萬仞蟠天東。祖龍力驅不肯去，至今鞭血餘殷紅。崩崖暗谷森雲樹，蕭寺門横入山路。誰道營丘筆有神，只得峰巒兩三處。我方萬里來天涯，坡陁繚繞昏風沙。直教眼界增明秀，好在嵐光日夕佳。封龍山邊生處樂[一]，此山之間亦不惡。他年南北兩生涯，不妨世有揚州鶴。

【校記】

[一] 封龍山邊：《全金詩增補中州集》作「家山葱蘢」。

讀戎昱詩有作二首

我家北潭邊，溪流臥衡門。俗客自不來，好客時開尊。路人或不知，云是渭南村。底事半年别，此懷誰與論。來時西郊林，木末秋未老。借筋數歸日，迺復見冬杪。心馳倚門望，望我綿綿道。慙愧戎子詩，在家貧亦好。

感寓

九官名世人，制作歸一夔。達樂不達禮，漢儒言足嗤。古人寓意耳，結髦持鍛鎚。俗子未易識，絶藝聊相推。坐令編簡間〔一〕，亦以專門奇。疑是「期」字。堂堂張長史，楷妙世莫知。謂予言不信，願視郎官碑。

【校記】

〔一〕簡：原作「門」，據《全金詩增補中州集》改。

風竹如水聲

好竹風淅淅，流水聲泠泠。吾廬兼有此，要是佳友生。北窗午夢斷，泠簟無飛蠅。端疑故人至，喚作寒泉鳴。攬衣起徘徊，自笑還自驚。無須問形似，自可名雙清。

荷香如沉水

新荷翠參差，十畝藏漪瀾。臨風倚雲蓋，過雨驚珠盤。夕陽香四來，坐我西闌干。三徑未論菊，九畹空羞蘭。聊分海南珎，炷之古博山。誰能品優劣，待以季孟間。

鄰屋如江村

斜川一壺玉，川東三四家。籬落半流水，茁茁青蒲芽。我爲水邊游，月魄舒晴華。隔籬見燈火，兒語時紛拏。想像澤南州，寄興棲雲霞。從渠非知音，我意亦自嘉。

保德軍中秋

定羌城下河南流，定羌城上三層樓。使君置酒勞行役，今夕何夕當中秋。孤煙落日明天末，洶湧碧雲俄暮合。惺惺騎馬雨中歸，造物戲人無乃虐。紞如戍鼓方三更，夢回一室還虛明。出門驚笑遽如許，浮雲四卷秋天清。誰家高會搴珠箔，笑語聲從雲外落。倦客明朝又短亭，行人何似居人樂。

雪擬坡公韻

門外黄昏噪晚鴉，瑶塵細逐九雲車。豐年待作三登兆，暮景重開六出花。濁酒無人同此興，扁舟有客訪誰家。明朝試望東林樹，百尺寒梢倚玉叉。

登陶唐山寺

嶺外高槐驛路長，嶺頭蕭寺俯朝陽。定知絶頂有佳處，聊與瘦藤尋上方。千里好風隨野色，一軒空翠聚山光。道人底是伶行役〔一〕，不惜禪床坐午涼。

【校記】

〔一〕是：《全金詩增補中州集》作「事」。

到廣河〔一〕

清漳節物似清江，不復蓴鱸夢故鄉。歷下果能留太白，鏡湖端是屬知章。身隨客路常岑寂，心與沙鷗共渺茫。尚困馬蹄三百里，小舟聊與過滄浪。

【校記】

〔一〕《全金詩增補中州集》詩題作「到廣黄河」。

簡王温父昆仲

荷鈿小小半溪香，槐幄陰陰一畝凉。飛絮亂將春色晚，行雲閑屬暮山長。求田已喜成三徑，適意真堪寄一觴。君是山陰换鵝手，可無傑句傲風光。

秋日和張温仲韻二首

琴裏忘憂盡日彈，百憂俱息夜初闌。青燈把卷逢真味，緑酒傾尊破薄寒。月色半留梧影上，露華應到菊花團。在家須信貧猶好，夢想人間行路難。

照水踈林萬木蒼，迎軒爽氣一襟凉。有時獨聽溪春坐，無事方驚晝景長。雲薄西山聊隱見，煙横白鳥去微茫。可憐騎省多秋思，拘士安能識大方。

和彦及牡丹時方北趨薊門情見乎辭

舊年京國賞春濃，千朶曾開共一叢。好事秖今歸北圃，知音誰與醉東風。臨觴笑我官程遠，賦物輸君句法工。却笑燕城花更晚，直應趂得馬家紅。

戲楊新城

長短亭中竟日忙，解鞍初喜水雲鄉。風前列席花鈿秀，雨後行厨杏粥香。春色紛紛驚過眼，歌聲故故促傳觴。蓬萊殿下同年客，定笑狂夫老更狂。

和曹景蕭暮春即事户部尚書望之。

瓮頭春色開重酎，門外春風改裌衣。灼灼向來花又笑，翩翩幾處燕于飛。山陰未辨羲之集〔一〕，沂上聊從點也歸。節物驚心遽如許，却因觀化識天機。

【校記】

〔一〕辨：《全金詩增補中州集》作「辦」。

并門無竹舊矣李文饒嘗一植之至今寺僧日爲平安報其難可知已官舍東堂之北種碧蘆以寄意因作長句

青君那肯顧寒鄉，試着葭蘆擬汶篁。有若何堪比夫子，虎賁猶想見中郎。色添新雨簾櫳好，聲入微風枕簟凉。他日東堂慙政拙，只將此物當甘棠。

春陰

城上春陰暗晚空，城頭山色有無中。似聞啼鳥來幽樹，已有游系曳好風。流水小橋歸未得，落霞孤鶩興無窮。林花不解東君意，邀勒遊人未破紅。

初至洛中

水北酴醾半欲芳，長條十丈更餘長。春風得得憐羈客，借與窗櫳六日香。

霅川道中

扇底無殘暑，西風日夕佳。雲山藏客路，煙樹記人家〔一〕。小渡一聲櫓，斷霞千點鴉。詩成鞍馬上〔二〕，不覺在天涯。

【校記】

〔一〕記：明佚名《詩淵》第三册二〇一八頁録此詩作「鎖」。　〔二〕鞍：《詩淵》作「戰」。

飲陳氏第代主人留客

風定息林葉，雨晴開夕陽。停歌方待月，插羽且傳觴。文舉客常滿，次公醒亦狂。更闌君莫去，促席就新凉。

寄通州王倅

長夏少人事，官閑簾户深。枕凉秋入夢，林密翠交陰。適欲非吾事，謀閑遂此心。絶交吾豈敢，覓句識知音。

出居庸

亂石妨車轂，深沙困馬蹄。天分斗南北，人間日東西。側脚柴荆短，平頭土舍低。山花兩三樹，笑殺武陵溪。

葵花

北墉開處葉森森，政以多花負賞音。小智區區能衛足，孤忠耿耿秖傾心。

讀史

伯陽名迹世人知，太史成書未免譏。不是道家齊物我，豈容同傳着韓非。

閭山

西風絶境撫孤松，千里川原四望通。但恠林梢看鳥背，不知身到碧雲中。

十三山下村落

閭山盡處十三山，溪曲人家畫幅間。何日秋風半篙水，小舟容我一蓑閑。

暮春

陌上歌聲枕上聽，秋千梧影兩亭亭。春風三月正花好，曉日一竿初酒醒。

即事

竟日開編樂有餘，古人妙處不欺予。胷中更著五千卷，未到漢家城旦書。

燕山道中三首

欵段乘凉未五更〔一〕，徐河十里霧中行〔二〕。前村煙樹望不見，欲到忽聞雞犬聲。

獨輪車重汗如漿，蒲秸芒鞋亦販商。我自行人更怜汝，却應達者笑予狂。

燕南趙北困風埃，投宿雲居眼暫開〔三〕。明日都門選官路〔四〕，達人羞道見山來〔五〕。

【校記】

〔一〕欵段：明佚名《詩淵》第三册二〇〇六頁録此詩作「睡起」。〔二〕徐河十里霧中行：徐河、十，《詩淵》作「徐徐」、「千」。〔三〕雲居：《詩淵》作「雲房」。〔四〕路：《詩淵》作「處」。〔五〕達人羞道見山來：達人、見，《詩淵》作「逢人」、「看」。

太白捉月圖

寒江覓得釣魚舡，月影江心月在天〔一〕。世上不能容此老，畫圖常看水中仙。

【校記】

〔一〕影：《全金詩增補中州集》作「映」。

雪谷早行圖

冰風刮面雪埋屋，客子晨征有底忙。我欲題詩還自笑，東華待漏滿靴霜。

華亭圖

頭無片瓦足無土，不犯清波過一生。釣得金鱗便歸去，依然明月大江横。

畫眉曲七首

樓外春山幾點螺，樓頭望處染雙蛾〔一〕。不知深淺隨宜否，却倩菱花問眼波〔二〕。

小閣新裁寄遠書〔三〕，書成欲遣更踟躕〔四〕。黛痕試與雙雙印〔五〕，封入雲牋認得無。

纖葉斜横蜀柳條，拂成風思自妖嬈〔六〕。元和才子才猶拙，只對春風詠舞腰。

畫手新翻十樣圖，西巡故事出成都。憑君列置華堂上，與問丹青解語無。

龍尾雲根玉作紋，紋間有月半痕新。若爲唤取文姬輩，分付雲窗筆下春。

未識春愁識曉酲，嬌啼恰恰似雛鶯。日高阿母嗔粧晚，促畫鴉兒轉不成。

時世華粧巧鬬春，張卿態度獨清新。五陵年少多才思，數點章臺走馬人。《中州集》卷一《蔡太常珪》。

【校記】

〔一〕樓頭望處染雙蛾：望、染，《詩淵》第一册二六頁録此詩作「學」、「媚」。〔二〕不知深淺隨宜否二句：《詩淵》作「玉纖試展麦花看，炯炯明眸漾碧波」。〔三〕新：《詩淵》作「前」。〔四〕遣：《詩淵》作「寄」。〔五〕黛：《詩淵》作「粉」。〔六〕思：《全金詩增補中州集》作「致」。

遊王官谷謁司空表聖祠三首

簿書期會敢遷延，暫爾城樓借榻眠。咫尺王官未能去，俗緣妨我愛山緣。

黄塵烏帽走西州，溽暑秋霖兩滯留。居士有靈應見笑，微官何事不休休。

雲裏高欄面面風，欄邊列樹障秋空。憑君爲我開穠緑，盡放南山入眼中。《（雍正）山西通志》卷二二六《藝文志》，《文淵閣四庫全書》本。

桃花山

舊有桃花樹，桃花寺故云。石幽秋鷺上，灘遠夜僧聞。汲井連紅葉，登高散白雲。燒丹勾漏令，無處不逢君。《（民國）薊縣志》卷一〇《藝文·古今體詩》，撰者署「蔡珪」，歸入「宋」，《中國方志叢書》本，臺北成文出版社一九七〇年。

洞庭

風來浪銀山，月霽光素練。粃糠萬里舟，瞬息百里電。明佚名《詩淵》第三册二一五八頁録此詩，撰者署「元蔡珪」。

覽秀亭

簷前無數好峰巒，醉眼詩腸冰雪寒。不識閭山真面目，請君來此憑欄杆。清陳夢雷等《古今圖書集成·山川典》卷九《醫巫閭山部藝文》，中華書局等一九八五年，第一八册二一九五八頁。

邊元鼎

邊元鼎，字德舉，豐州（今内蒙古自治區赤峰市翁牛特旗烏丹鎮）人①，後遷雲中（今山西省大同市）。天德三年進士。世宗即位，以張太師浩表薦，供職翰林，出爲邢州幕官。坐誣累，不復仕進。元鼎十歲能詩，資稟疏俊，詩文有高意，時輩少及。兄元勳、元恕，俱有時名。兹輯四十四首。

八月十四日對酒

梧桐葉凋轆轤井，萬籟不動秋宵永。金杯瀉酒灧十分〔一〕，酒裹華星寒炯炯〔二〕。須臾蟾蜍弄清影，恍然不是人間景。金波淡蕩桂樹横〔三〕，孤在玻璃千萬頃〔四〕。玻璃無限月光冷，澒洞一色無纖潁〔五〕。清風颯颯四坐來，吹入羲黄醉中境。醉中起歌歌月光〔六〕，月光不語空自凉。月光無情本無恨，何事對我空茫茫。我醉只知今夜月，不是人間世人月〔七〕。一杯美酒蘸清光，常與邊生舊交結。亦不知天地寬與窄，人事樂與哀。仰看孤月一片白，玉露泥泥從空來。直須卧此待雞唱〔八〕，身外萬事徒悠哉〔九〕。

---

① 豐州自遼屬上京，即《契丹國志》所謂「頭下軍州」，而《遼史》失載。入金後廢爲豐州鋪。

【校記】

〔一〕金杯瀉酒灧十分：金杯、瀉，《詩淵》第一册一三八頁録此詩作「引杯」、「酌」。〔二〕酒裏華星寒炯炯：寒，《詩淵》作「光」。〔三〕横：《詩淵》作「孤」，與下句首字倒置。〔四〕孤：《詩淵》作「横」，與上句末字倒置；《全金詩增補中州集》卷二三作「好」。〔五〕澒洞：《詩淵》作「上下」。〔六〕起歌：《詩淵》作「起坐」。〔七〕不是人間世人月：《詩淵》作「不知天上幾圓缺」。〔八〕直：《詩淵》作「真」。〔九〕悠：《詩淵》作「幽」。

早春

春風走塵沙，鳥語滿京國。東皇發潛潤，土木變顔色。桃李争嫵媚，白紅姹容飾。唯有松柏姿，依然蔽崖黑。

村舍二首

何事區區守一丘，春花過了月明秋。等閑濁酒籬邊興，寂寞寒花雨裏愁。不識故人今在否〔一〕，每思前事隔重游〔二〕。西風又是青山晚，落葉無聲水自流。

墻外青山半在樓，山村盡晚雨脩脩〔三〕。旃裘臃腫無餘事〔四〕，尊酒飄零又一秋。學得屠龍無用處〔五〕，秪如畫虎反成羞。回頭爲向淵魚道，鴻鵠而今不願游。

【校記】

〔一〕識：《詩淵》第五册三一〇〇頁録此詩作「失」。〔二〕隔重游：《詩淵》作「旦歸休」。〔三〕山村盡晚雨脩脩：脩脩，汲古閣本、文淵閣本作「翛翛」；《全金詩增補中州集》作「聲愁」，「盡」作「晝」。另，《詩淵》此句作「樓頭向晚雨初收」。〔四〕臃：原作「擁」，刊誤，此從《全金詩增補中州集》。〔五〕無用處：《詩淵》作「無可用」。

懷友

曾聯金轡賞春風，花裏風前酒面紅。行樂昔年君我醉，詩觴何日我君同。一聲啼鳥青春晚，幾樹殘紅野寺空。相憶情懷正蕭索，半山夕日水聲東。

夜深

月落秋山萬象清，濕螢微近露枝明。夢魂黯慘家千里〔一〕，鼓角淒凉夜幾更。弟子亡來鄉校冷，舍人别後子虚成。銀河漸轉梧桐黑，何處江湖望客星。

【校記】

〔一〕黯慘：汲古閣本、文淵閣本《中州集》及《全金詩增補中州集》作「黯淡」。

春花零落

春花零落鴈秋悲，已過流年二十朞。有舌能忘坐轎辱，無金莫恠下機遲〔一〕。世情冷熱雖予問〔二〕，人事升沉未汝知。何日上方容請劍，會乘風雨斷鯨鯢。

【校記】

〔一〕機：弘治本《中州集》作「幾」。〔二〕問：原作「閒」，此從汲古閣本、文淵閣本《中州集》及《全金詩增補中州集》。

出門騎馬

出門騎馬即三千，面目塵埃動慘然。生計若爲田二頃，飢顔黐媿宦三年。乾坤造物能無用，富貴由時枉自鞭。達否從今已知計，五湖煙裏有漁舩。

帝城

帝城回想夢魂中，秋月春花在處同。朱雀橋南三月草，鳳凰樓上四更風。錦囊别後吟牋少，玉笛閑來酒盞空。贏得當時舊標格，九分憔悴入青銅。

新香

新香終比舊香濃，只是相逢久不容。繡被暫同巫峽夢，銀鞍多負景陽鍾。寶檀煙斷閑金獸，玉鎖聲傳惱睡龍。簾影漸分風又起，一塘秋水落芙容。

聞簫

弄玉吹簫玉管低，秋風散入滿天悲。滄波夜漲龍吟細，琪樹霜風鳳嘯遲。漢月有情如靜聽，蕭郎無路不相知。秦樓虛負清宵意，惆悵乘鸞舊有期。

和致仕李政奉韻

車馬年年陌路塵，安知六驥過窗頻。雲泉是處堪爲樂，軒冕從來只累人。浮世夢中無限事，紅顔花上霎時春。五湖興有扁舟笛，好在晴天月一輪。

別友

從來雞鶴不同群，涇渭何人與細分。鏡裏光陰誰念我，雲中岐路已饒君。清觴且吸年時月，白雪休徵夢裏雲。別後相思不相見，水邊黃葉暮山村。

送妹夫之太原

山含秋氣冷參差，送客西城落日低。怨别弟兄歸怏怏，戀鄉車馬去遲遲。浮萍聚散元無定，流水東西却有期。惆悵黄榆故山路，碧天回首鴈南飛。

惜春

春來春去惱春情，花落花開又幾經。夜雨多情愛沾灑，楊花無賴只飄零。每成宴賞須成醉，不恨歸來却恨醒。眼見紅英留不住，緑枝深處一星星。

客思

客思逢春易感傷，不堪殘淚愛家鄉。離親恍惚來千里，餬口凄凉在四方。羞向孫劉圖富貴，浪從李杜學文章。官街坐對黄昏月，半屋清燈滿地霜。

暮鐘

落日行人斷，深秋暝雨殘〔一〕。一聲煙樹外，千里暮山寒。倦鳥方知止，哀猿冷不安。蕭蕭風葉下，時與野僧還。

【校記】

〔一〕暝：原作「瞑」，此從汲古閣本、文淵閣本《中州集》及《全金詩增補中州集》。

夢斷

繡枕紅衾晚意濃，啼鶯大似不相容〔一〕。夢魂苦恨歸來早，不盡瀛洲弟一峯。

【校記】

〔一〕鶯：原作「罌」，《全金詩增補中州集》如之，此從元乙卯本、四部叢刊本《中州集》。

花開人散二首

花開人散正消魂，花語無情獨閉門。看即春光留不住，一聲啼鴂又黄昏。

閑花閑草滿芳洲，春水無人自在流。白日遲遲倦游子，一聲啼鳥一聲愁。

聞笛

雌鸞無鳳怨西風，月女愁寒淚灑空。牙板急隨聲不斷〔一〕，滿天敲碎玉玲瓏〔二〕。

【校記】

〔一〕隨：《詩淵》第二册一四五六頁録此詩作「催」。　〔二〕滿：《詩淵》作「一」。

王文伯還家詩以迎之

陌上東風故國春，瘦驂羸僕倦行塵。十年一夢成何事，千首新詩不負人。重對孤燈聽軟語，遽憐華髮各清貧〔一〕。西齋煙草應知舊，桃李新蹊滿四鄰。

【校記】

〔一〕遽：弘治本作「遽」，文淵閣本《中州集》作「遽」。

晚行

隔浦行聞晚寺鍾，斷坡寂歷對寒松。蒼煙暮合孤城暗，破月微昏遠岫重。宿翼飛投空自急，斷蓬無計竟何從。新年又入應添歲，歸把青銅怨暮冬。

山中

世路風波老不禁，一廛歸買就槐陰〔一〕。坐詩爲累言難解，因酒成狂病轉深。山月荒凉窺斷夢，壁燈青黯伴微吟。十年積毁應銷骨，豈礙孤雲萬里心。

【校記】

〔一〕就槐陰：《詩淵》第三册二一〇〇頁録此詩作「古松陰」。

自嘆

終日忘言一炷香，散花時復遶繩床。久貧自沃三彭熾，一醉齊休六賊狂。道士生涯孤似鶴，衲僧門户冷於霜。自知衰病耽杯酒，擬及温柔老是鄉。

新秋示友

一頃山田半已蕪，閉門高卧著潛夫。不才分作溝中斷，舊好誰瞻屋上烏。南阮强須攀北富，東丘何用嘆西愚。自憐幽默相忘久，鬬鳥鳴蟬枉叫呼。

偶題二首

當年樂事嘆今衰，人世空驚日未移。風榭醉眠摧鳳燭，雨窓狂飲殢蛾眉。長松茂草窮年事，野水孤村入夢時。强鑷鬢絲臨晚鏡，瞥然塵念不勝悲。

短髮臨風懶不冠，窪尊塵坌寂無歡。離騷夕賦醒尤獨，孤憤空書説轉難。晚節慣成林壑僻，幽居深入水雲寒。蒼崖瘦柏無窮思，鵠立溪頭盡日看。

新居

鏡裏巖花落澗泉，對窗青壁便參天。幾當雪月開春酒，時有松風入夜絃。遠斸山田多種黍，稀經城市少言錢。平生謾忽王公貴，俯仰村鄰更可憐。

閑題

十年一夢到灰心，歸鬢吴霜漸欲侵。物外少逢稀有鳥，冶中仍作不祥金。閑雲閣雨終何事，枯木因風亦自吟。却嘆淵明非達道，無絃猶是未忘琴。

答文伯二首

老情無賴畏虚勞，已絶朱弦又一操。閑事每來知酒聖，浮生欲去愧僧高。息心鐘鼎休看鏡，安枕茅茨不夢刀。遥羡郭西王處士，道傍羸馬詠風騷。

曉窗清鏡卷浮埃，恨入新秋不可裁。露浥野花三徑合，風傳雲壑七松哀。忘機魚鳥真相識，落手功名亦儻來。萬古消沈一杯酒，直須白骨點蒼苔。

閲見十首

君居淄右妾河陽，平白相逢惹斷腸。蠟燭已殘歌欲闋，併教離恨遶飛梁。

蕭史吹笙鳳女臺，月高霜冷鳳笙哀。不堪好酒沉沉夜，又遣青鸞獨自來。

鳳紙銜封玉鏡臺，繡鸞傳記已相猜。傾城笑臉千金樣，莫對閑人一例開。

歌裏冲冲笑裏嗔，深情會處幾何人。憑君爲向五陵道，冶葉倡條不是春。

笑裏低眉引醉波，閬風秋月一聲歌。明知畫燭無情物，何是尊前淚更多。

笑不成歡歌斂眉，景陽鍾動酒闌時。此情却羨牽牛會，一歲相過可是遲。

牛女佳期歲一過，都緣迢遞隔金河。可憐馬上香車畔，只隔珠簾更不多。

輕蓮素質澹蕭蕭，葉密溪深未可招。雨暗蘭舟人去後，却容白鷺逞風標。

雙鸞夾鏡鳳橫釵，捧額黄梅小鴈排。爲報阿環休調戲，雙成西母緫相猜。

膩髮堆雲鏡舞鸞，五雲仙洞接清歡。歸來失却吹簫伴，腸斷崐山昨夜寒。《中州集》卷二《邊内翰元鼎》。

和

舟泊江村曲，炊煙重夕陰。僧鍾來遠寺，漁網掛疎林。落葉千山路，斜陽萬古心。悠悠朝復暮，世事幾升沉。明佚名《詩淵》第三册二〇〇二頁，署「元邊元鼎」。今按，《詩淵》所輯金詩一律歸入「元」。

佚句

拂子

驅去青蠅讒口遠，拂開黄卷聖言新。

失題

雲鐘號曉月，風絮亂春燈。

晚照入簾如有意，春風過水略無痕。

五更好夢經年事，三月殘花一夜風。

雲露月華天半白，星移河漢夜微凉。《中州集》卷二邊元鼎小傳。

新編全金詩卷一四

雷　發

雷發，渾源（今山西省大同市渾源縣）人。天會六年進士①。嘗於鄉里築退藏齋，以明心志。兹輯二首。

退藏齋

陋室何堪陋巷居，退藏天亦隱斯廬。看山破費工夫外，一炷清香玩易書。清郭元釪《全金詩增補中州集》卷五二，上海古籍出版社一九九四年。

麻秉彝

麻秉彝，字仲常，虞鄉（今山西省運城市永濟市虞鄉鎮）人。性穎悟，八歲能詩文。皇統九年進

① 《（順治）渾源州志》卷下《甲第》著録：雷發，「天會六年進士」。《中國地方志集成》本，鳳凰出版社等二〇〇五年。另，《（乾隆）渾源州志》卷五《科目》著録如之。

士，調河中府寺丞。歷大興府推官、岳陽縣令，官至兵部侍郎。大定十八年卒。爲政主仁，濟以强明，所涖人畏且愛。嘗著《貽溪集》二十卷行世，翰林王彦潛評其詩似杜牧之。二子：邦憲、邦寧。孫革，金末名士①。兹輯一首。

題廣勝寺

盤雲梯石上崇崗，殿閣崢嶸古道場〔一〕。寺紀汾陽親奏額，塔傳阿育久騰光。檐前山聳千螺秀，檻外溪分二帶長。種種塵緣都洗盡，秖因身在白雲鄉。清郭元釪《全金詩增補中州集》卷五一，上海古籍出版社一九九四年。

【校記】

〔一〕殿閣：《（雍正）山西通志》卷二二四《藝文》録此詩作「殿角」。

王 壔

王壔，字君玉，太原（今山西省太原市）人。家世業醫，時謂積有陰德，嘗遇金蠶玉馬之瑞。壔擢天眷二年進士。大定七年，官吏部侍郎，提點編排儀仗②。十一年，仕爲中奉大夫知汾陽軍節度使兼

①《（民國）虞鄉縣志》卷四《氏族略》，《中國方志叢書》本，臺北成文出版社一九七〇年。

②金佚名《大金集禮》卷二二「大定七年册禮」：「吏部侍郎王壔提點編排儀仗」。《叢書集成初編》本，中華書局一九八五年。

汾州管内觀察使撰《汾陽軍太守謝雨祭文》①。二弟珙器玉、珦汝玉，同登皇統九年進士第。孫仲澤，金末名士，行尚書省左右司郎中，殁於國難。兹輯二首。

游太寧寺

西山踏破萬層青，與客携壺上太寧。泉石有情容避俗，軒裳無術可逃形。雲縈屋角僧禪静〔一〕，露下松稍鶴夢醒〔二〕。明日却尋塵鏡去〔三〕，曉猿啼月若爲聽。《中州集》卷八《王汾州礿》。

【校記】

〔一〕縈：四部叢刊本《中州集》作「縈」。〔二〕梢：弘治本《中州集》作「稍」。〔三〕塵鏡：《(乾隆)直隸易州志》卷一八録此詩作「塵境」。今按，北周庾信《塵鏡》：「明鏡如明月，恒常置匣中。何須照兩鬢，終是一秋蓬。」見《先秦漢魏晉南北朝詩·北周詩》卷四。

謁狄武襄公祠

傑士西河秀，英雄挺偉姿。奮身甘衛國，弭節願匡時。妙略風雲會，威名草木知。功高懾南

① 金王礿《汾陽軍太守謝雨祭文》末署「大定十一年五月日，中奉大夫知汾陽軍節度使兼汾州管内觀察使事護軍太原邑開國侯食邑一千户食實封壹伯户王礿」，見北京大學圖書館藏拓片，典藏號一〇七四七。

服，計重破西陲。定亂勞三箭，平戎在一麾。勢傾銅柱遠，聲振玉關奇。頗牧才何濟，孫吳譽并馳。朝廷分重寄，將相賴兼資。豹略多全勝，鷹揚屢捷師。雍容敦禮樂，談笑屈華夷〔一〕。褒錫酬車服，勳勞著鼎彝。雲臺仰冠劍，麟閣儼形儀〔二〕。錦里家猶在〔三〕，蘭陵塚不隳。風號墳上木，苔漬廟前碑。過客煩詩句，鄉人奉酒卮〔四〕。汾陽遺美蹟，千古話芳規。清郭元釪《全金詩增補中州集》卷三六，上海古籍出版社一九九四年。另，《古今圖書集成·職方典》卷三四二《汾州府部藝文》亦録，中華書局一九八五年，第一〇册一〇八五二頁。《（雍正）山西通志》卷二二五《藝文志》亦録，撰者署「王鑄」，《文淵閣四庫全書》本。

【校記】

〔一〕華夷：《古今圖書集成》作「鴻儒」，《（雍正）山西通志》缺。〔二〕雲臺仰冠劍二句：《（雍正）山西通志》作「雲臺儼冠劍，麟閣繪形儀」。〔三〕猶：《古今圖書集成》作「仍」。〔四〕鄉人：《（雍正）山西通志》作「居人」。

王珦

王珦，字汝玉，太原（今山西省太原市）人。璹之弟。與兄珙器玉同登皇統九年榜進士。鄉人榮之，號三桂王氏。大定十六年，仕爲朝請大夫京兆府路兵馬都總管判官①。兹輯一首。

① 金王珦《故山東西路總管同知曹公神道碑》，見北京圖書館金石組編《北京圖書館藏中國歷代石刻拓本匯編》，中州古籍出版社一九八九年，第四六册一二六頁。今按，珦爲碑主曹公之婿。

王元仲海岳樓同諸公賦

十二珠欄倚半空，元龍高卧定誰雄。簷楹翠濕蓬山雨，枕簟凉生弱水風。物色橫陳詩卷裏，雲濤飛動酒杯中。謫仙會有騎鯨便，八極神游路可通。《中州集》卷八《王汾州璹》。

趙　揚

趙揚，字庭烈。衛州蘇門（今河南省新鄉市輝縣市）人①。天眷二年進士，釋褐潞城簿②。大定中，官遼州刺史兼知軍事。兹輯一首。

謝雨靈泉

路瞰蒼崖幾百尺，谷通白屋兩三家。清泉因雨聲偏急，幽鳥弄晴鳴自譁。行過溪松祠始見，

---

① 金趙揚《遼州晉先大夫廟碑》：「余叨守是郡，年七十有二，將脱簪還共山之陽。」碑末署「時大定十五年十月十九日也。少中大夫行遼州刺史兼知軍事趙揚撰」。見清胡聘之《山右石刻叢編》卷二一，《歷代碑誌叢書》本，江蘇古籍出版社一九九八年。今按，所謂共山之陽，當是鄉籍，在蘇門，本共城，金時隸河北西路衛州，見《金史》卷二五《地理志》。

② 金鄭元《遼州重修學記》謂趙揚「早登甲科」，見《山右石刻叢編》卷二一。另，金趙揚《潞州潞城縣常村重建洪濟院記》有云：「余天眷庚申初，筮潞城簿。」見閻鳳梧等《全遼金文》，山西古籍出版社二〇〇二年，中册第一一二九頁。今按，文中「庚申」指天眷三年；筮即筮仕，當是天眷二年登第，釋褐潞城簿。

回趨山郭日將斜。若云通利當封相，歲歲爲霖實百嘉。《（雍正）遼州志》卷七《藝文》，《中國方志叢書》本，臺北成文出版社一九七〇年。

郭長倩

郭長倩，字曼卿，文登（今山東省威海市文登區）人。皇統六年經義乙科進士，仕至秘書少監，兼禮部郎中。與王競、劉瞻、劉迎等爲友。嘗著《崑崙集》行世，其《石决明傳》爲時人稱許。兹輯一首。

義師院蓑竹

南軒移植自西壇，瘦玉亭亭十數竿。得法未應輸老柏，植根兼得近幽蘭。雖無穠艷包春色，自許貞心老歲寒。百草千花盡零落，請君來向此中看。《中州集》卷八《郭祕監長倩》。

喬扆

喬扆，字君章，初名逢辰，亦字仲章①，號蓮峰真逸，洪洞（今山西省臨汾市洪洞縣）人。天德三年

---

① 金喬扆《擲筆臺題名》：「大定戊戌（十八年）閏六月十二日，蓮峯真逸喬扆仲章由山陽歸天黨，因遊青蓮精舍。」見《（乾隆）鳳臺縣志》卷一九《輯録》。

進士。正隆末，官華州蒲城丞①。當時宋金交兵，關陝空虛，縣令及僚佐皆挈家遁去，惟君章率衆堅守，保全一城。大定十四年，授奉議大夫行大理司直②，遷大理正③。十八年，由潞州同知擢孟州刺史④。扆詩樂府俱有名，兼通音律，嘗教其子德容與苗顔實琴事，後皆有爲⑤。茲輯六首。

凌虛堂[一]

木暗蒼煙合，池荒碧草深。高臺平竹杪[二]，幽徑入花陰。奔走成何事，登臨慰此心。晚涼山更好，風處一披襟。《中州集》卷二《蓮峰真逸喬扆》。

---

① 金趙可《喬扆墓志》，見宋李心傳《建炎以來繫年要録》卷一九三「紹興三十有一年」，中華書局一九八八年，第三二四六頁。

② 金喬扆《太清觀記》題後署「起復奉議大夫行大理司直騎都尉河南縣開國男食邑三百户喬扆撰并書」；文末題「十有四年四月二十六日」。見清胡聘之《山右石刻叢編》卷二一，《歷代碑志叢書》本，江蘇古籍出版社一九九八年。

③ 金申天禄《蓮峰真逸詩跋》：「故大理正喬君先生以文章起家，迹其德業，宜有後者也。」見北京圖書館金石組編《北京圖書館藏中國歷代石刻拓本匯編》，中州古籍出版社一九八九年，第四六册一八八頁。今按，他本「大理正」俱作「大理丞」，當以石刻爲是。《金史》卷五六《百官志》：卿、少卿之下有大理正（正六品）、大理丞（從六品）。

④ 金趙思誠《座中銘跋》：「潞之通守喬公仲章父作是銘，書座中以自戒。」見《山右石刻叢編》卷二一。今按，趙思誠以襄垣令書銘，銘乃舊時襄垣令喬扆之父所著，思誠《行宫寺和白岩先生韻》「爲憶舊時喬太宰」可証。

⑤ 金元好問《遺山先生文集》卷三六《琴辨引》：「彦實苗君，平陽人。童丱中，爲鄉先生喬孟州扆君章所器。」《四部叢刊》本。另，元耶律楚材《湛然居士文集》卷八《苗彦實琴譜序》亦有説，中華書局一九八八年。

【校記】

〔一〕《詩淵》第四册三〇四二頁録此詩，題作「凌虚臺」。〔二〕平：《詩淵》作「齊」。

興慶池

華萼樓傾有故基，路人空讀火餘碑〔一〕。可憐興慶池邊月，曾伴寧王玉笛吹。家集中「伴」作「照」。

【校記】

〔一〕路人：清郭元釪《全金詩增補中州集》卷二四作「行人」。

李氏園

決決冰泉漱竹籬，一林寒玉鏁煙霏。青裙白髮人何處，閑殺南樓冷翠微。故大理正喬君先生以文章起家，迹其德業，宜有後者也。正隆之亂，丞蒲邑，保全一城，關陝至今稱之。京兆所留題咏，雖一時游戲，然今日運會有足奇者。先生仙去十年於兹，其子德容以户曹來光遺跡。公餘搜訪，得數絶句，命刻之石。豈特使芝蘭久而益芳，圭璧久而益貴？將見菑田構室，不負所託矣。天禄鄉里晚進，嘗接餘論，方漫令長安。此一段因緣，喜與德容共之。不揆狂斐，於是乎書。大定戊申正月上沐，古唐申天禄跋。北京圖書館金石組編《北京圖書館藏中國歷代石刻拓本匯編》收影印拓片，中州古籍出版社一九八九年，第四六册一八八頁。另，清王昶《金石萃編》卷一五六輯録《興慶池》《李氏園》兩詩及跋，《歷代碑誌叢書》本，江蘇古籍出版社一九九八年。清郭元釪《全金詩增補中州集》卷二四僅録前首，題作《興慶夜月絶句》，上海古籍出版社一九九四年。

翠貞庵訪晦之不遇

飛錫南遊久未歸，北藍清勝與誰期。明窗但見横經處，静坐還思酌茗時。獨誦隔林機杼句，漫題渴井轆轤詩。翠貞菴外千竿竹，嘯月吟風待阿師。清郭元釪《全金詩增補中州集》卷二四，上海古籍出版社一九九四年。

洪洞感舊

昔時曾奉祝詞來，今忝靈宫飲福杯。三十二年真一夢，空令雙鬢雪毰毸。

宿西藍

芙蕖綽約水雲鄉，百畝濃陰一逕長。暫喜借牀尋好夢，不知身世在平陽。清顧嗣立《元詩選癸集》癸之癸下，撰者署「喬君章」，小傳無考，中華書局二〇〇一年，下册第一七八四頁。

趙思誠

趙思誠，號東垣漫士，出處未詳。大定十八年，官襄垣縣令，爲喬扆父所著《座中銘》題跋①。兹輯一首。

行宫寺和白岩先生韻

禪林獨步日初斜，踏徧羣峰萬壑花。高谷響零霄漢水，深岩隱見牧樵家。驚猿掉臂啼蒼壁，休鳥梳翎點白沙。爲憶舊時喬太宰，百年佳句倩雲遮。《（雍正）山西通志》卷二二四《藝文》，撰者署「趙思誠」，歸入「元」，《文淵閣四庫全書》本。

① 金趙思誠《座中銘跋》：「潞之通守喬公仲章父作是銘，書座中以自戒，辭明意切，誠有會於予心，故刻石置之廳壁，俾來者觀而思之，亦足少警云。大定十八年八月望日，東垣漫士趙思誠跋。」見清胡聘之《山右石刻叢編》卷二一，《歷代碑誌叢書》本，江蘇古籍出版社一九九八年。另，金賀允中《歷任襄垣縣縣令碣》：「趙思誠，承務郎，大定十四年十二月初一日到任。至大定十五年八月二日，遷承直郎；至大定十七年九月十五日，遷承德郎，至大定十九年三月初二日，受代。」見《全遼金文》，山西古籍出版社二〇〇二年，中册第一五三三頁。

牛仲山

牛仲山，出處未詳。大定十九年，官鞏縣令①。兹輯一首。

繼濟源趙燮題石窟寺韻

老去尋山意漸便，興來登覽獨怡然。僧歸禪榻香凝帳，人唤漁舟晚濟川。清洛泠光浮巨棟，靈崧積翠拱中天。公餘底事頻來此，民遠官刑不用鞭。大定十九年季冬廿日立石。北京圖書館金石組編《北京圖書館藏中國歷代石刻拓本匯編》收影印拓片，中州古籍出版社一九八九年，第四六册第一三八頁。另，《（民國）鞏縣志》卷一九《金石》録詩，文字有缺泐。《中國方志叢書》本，臺北成文出版社一九七〇年。

鄭子聃

鄭子聃，字景純，大定（今内蒙古自治區赤峰市寧城縣）人。少有賦聲，時輩莫能與之争鋒。天德

---

① 金張景仁等《石淙題遊》：「大金中奉大夫河南尹上護軍清河郡開國侯張景仁奉命祀嶽畢事，來觀石淙。從游者壽安令張弦、鞏令牛仲山、登封簿劉欽、芝田尉韓昌。大定二十年。」見王雪寶《嵩山少林寺石刻藝術大全》，光明日報出版社二〇〇四年，第一六二頁。今按，文中「牛仲山」原作「牛仲山」，於古人命名義例不合，刊誤。

三年以第三人及第，士論以爲屈。調翼城丞，遷贊皇令，召爲書畫直長①。正隆二年，海陵王命再試，遂奪魁選，除翰林修撰，改侍御史。外補沂州防禦使，入爲吏部侍郎，遷侍講學士，兼修國史。大定二十年卒，年五十五②。史稱子聃英俊有直氣，爲文亦然。平生所著詩文二千餘篇，嘗有集行世③。兹輯一首。

即事

一錢不直程衛尉，五斗解酲劉伯倫。讀罷離騷解衣卧，門前花柳自争春。《中州集》卷九《鄭内翰子聃》。

佚句

賦酴醿

玉斧無人解修月，珠裙有意欲留仙。《中州集》卷九鄭子聃小傳。

①宋徐夢莘《三朝北盟會編》卷二四五引宋張棣《金圖經·族帳部曲録》：「館閣臺諫鄭子聃，字景純，大定人。先於亮初僭時狀元楊建中榜及第，出《天錫勇智正萬邦賦》。授翼城縣丞。被召，賜書畫局長。至貞元四年，亮令再試，復狀元及第。是年出《不貴異物民乃足賦》。亮時爲翰林修撰，尋遷修起居注。葛王除爲殿中侍御史，兼侍講學士。」上海古籍出版社二〇〇八年。

②《金史》卷一二五《文藝傳》，中華書局一九七五年。

③元蘇天爵《滋溪文稿》卷二五《三史質疑》：「金儒士蔡珪、鄭子聃、翟永固、趙可、王庭筠、趙渢，皆有文集行世，兵後往往不存。」中華書局一九九七年。

楊邦基

楊邦基，字德懋，號息軒①，華陰（今陝西省渭南市華陰市）人。天眷二年進士②，授灤州軍事判官，遷太原交城令。以察廉爲河東第一，召爲禮部主事。大定初，官刑部郎中，改太府少監，知登聞檢院，爲秘書少監，遷翰林直學士，擢秘書監兼左諫議大夫。以永定軍節度使致仕，大定二十一年，卒③。史稱邦基善屬文，尤以書畫名世云。兹輯一首。

墨梅

粉蝶如知合斷魂，啼粧先自怨黄昏。花光筆底春風老，寂寞嶺南煙雨痕。《中州集》卷八《楊祕監邦基》。

---

①明陶宗儀《書史會要》卷八：『楊邦基字德懋，號息軒，華陰人。』《二十五史外人物總傳要籍集成》本，齊魯書社二〇〇〇年。另，當時文獻屢見稱其息軒者。

②《中州集》小傳謂『大定中進士』，誤。今按，《金史》卷九〇《楊邦基傳》作『天眷二年進士』。另，元蘇天爵《滋溪文稿》卷二〇《楊君墓誌銘》：『邦基擢天眷二年進士第，以文藝擅名，官秘書監。既老，拜通奉大夫永定軍節度使。』

③《金史》卷九〇《楊邦基傳》，中華書局一九七五年。

丁暐仁

丁暐仁，字藏用，大興府宛平（今北京市）人。皇統二年進士，調武清縣丞。兵火後，縣無學校，暐仁召邑中俊秀子弟教之學，百姓欣然從之。除磁州軍事判官，遷和川令。大定三年，擢定武軍節度副使，累官陝西西路轉運使。二十一年①，卒。兹輯一首。

遊王官谷

策杖登山壁，幽泉下碧虚。細簾垂丈室，瓊液瀉方壺。峻石高飛雪，懸崖亂濺珠。此來無俗客，清氣爽襟裾。《（雍正）山西通志》卷二二三《藝文志》，《文淵閣四庫全書》本。

姚孝錫

姚孝錫，字仲純，號醉軒，豐縣（今江蘇省徐州市豐縣）人②。北宋宣和六年進士③，調代州兵曹。

① 《金史》卷九〇《丁暐仁傳》，中華書局一九七五年。

② 《中州集》卷一〇《醉軒姚先生孝錫》作『豐縣』。另，金姚孝錫《重雕清凉傳序》署『大定四年九月十七日，古豐姚孝錫序』。見《金文最》卷三八，中華書局一九九〇年。

③ 《中州集》小傳作『政和四年登科』，記誤。今按，宋周密《齊東野語》卷一一《姚孝錫》：『登宣和六年第，調代州兵曹。』金王寂《拙軒集》卷六《姚君哀詞》：『公諱孝錫……宋宣和甲辰舉進士第。』宣和甲辰即宣和六年。《文淵閣四庫全書》本。

宋靖康二年（金天會五年），雁門失守。時州將恇怯，晝夕股栗，孝錫投床大鼾，不以爲意。金人授以五臺縣主簿，未幾，移疾去，家五臺。孝錫善治生，積粟至數萬石。遇饑歲，出以賑貧乏，所活甚多，鄉里德之。中年後，盡以家事付諸子，放浪山水間，詩酒自娱。資禀簡重，喜怒不形於色。長於尺牘，古詩尤有高趣，嘗著《雞肋集》行世。大定二十一年卒，年八十三。兹輯三十二首。

睡起

生涯甘分寄耕桑，山色圍門水遶墻。困病久懲耽酒癖，愛閑猶有和詩忙。簷冰滴砌春猶冷，野馬浮川日漸長。舊事老年多記憶，故園歸夢正悠颺。

柳溪别墅

安車隨意飽甘肥，晚食徐行理亦齊。山市日高人未集，柴門客至鳥先啼。溪橋散望攜筇渡〔一〕，野寺牽吟信筆題。容膝易安聊自適，瓮天閑看舞醯雞。

【校記】

〔一〕渡：汲古閣本、文淵閣本《中州集》作「度」。

歲晚懷二弟

少易成歡老易傷，壯遊垂白未還鄉。煙塵無復音書到，魂夢猶疲道路長。爆竹又驚新薦歲，屠蘇空憶舊傳觴。年年此日遥相憶，鴻鴈何時續斷行。

睡起

睡起日侵牖，開軒遥見山。曉風吹臘盡，芳草惹春還。煙暖鷽遷谷，雲低鴈渡関。衰年人事減，遇酒得開顏。

次李平子登臺有感韻

落日孤雲帶遠岡，戍樓煙瘴舊邊場。疲民卒歲方懷土，遠客憑高自憶鄉。漢使一朝延四皓，秦詩千古弔三良。行藏此意無人解，聊借青山送酒觴。

九日題峰山

不須歌吹上叢臺，千里晴川入座來。世事難憑休挂口，生涯見在且銜盃。無情趂暖花先老，有信迎寒鴈已迴。遥想故園親種菊，霜枝露蘂向誰開。

次韻王無競見寄

客懷重倚仲宣樓，白草黄雲塞上秋。山色不隨塵世改，水聲還抱故城流。隙中畏景那堪玩，鏡裏衰顔秪自羞。多愧詩人苦相憶，遠傳佳句吊清愁。

閑居

無客訪衰殘，柴門盡日關。躭書真是癖，惜酒近成慳。苔徑行搜句，茅簷卧看山。却嫌明鏡裏，偏照鬢毛班。

和成冠卿見寄

别恨頻添鬢雪深，百年懷抱鬱沉沉。標名不挂金銀牓，涉世空堅鐵石心。俗物何勞供一醉，殘僧正欲伴孤吟。朱絃三弄虚簷寂，唯有清風是賞音。

次韻秋興

老畏年光速，愁添旅夢多。西風著梧竹，歸思入煙波。夜永憑詩遣，顔衰得酒和。故溪千樹柳，誰復曬漁蓑。

感白髮

彈鋏憑誰聽客歌，震雷那復化魚梭。梳頭白雪驚新有，障眼玄花比舊多。鄉問阻兵猶斷絶，羈懷憑酒暫消磨。不須更問今朝客，門外元無雀可羅。

曉霽

一夜雲峯卷迅雷，殘紅狼藉點蒼苔。鷽聲豈解留春住，燕語虚勞唤夢迴。愁寂頓疑詩思減，衰殘偏感歲華催。柳溪魚鳥應相識，乘興無嫌日日來。

重九偶成

天邊今日又重陽，隴樹紅飛鴈信霜。且插茱萸慰衰鬢，莫將詩句撓回腸。歌勤皓齒人俱醉，舞戀晴暉蝶也忙。來日預期扶宿酒，未應籬菊減秋香。

溪橋早春

輕黄未染柳梢匀，連日溪風卷塞塵。乍暖乍寒花信晚，相呼相應鳥聲頻。少勤謾挾經綸策，老懶空餘病患身。追憶故園桃李樹，年年紅紫爲誰新。

東軒琴示兒子沂

古人無復見，但有東軒琴。一鼓高山操，因窺古人心。正聲久沉埋，俚耳喧哇淫。正可自怡悦，不須求賞音。

花前獨酌二絶句

老將花酒作知音，起就花前酒自斟。莫便興來先酩酊，却妨真賞廢搜吟。

移得名花手自栽，花知不爲老人開。興來誰是樽前客，唯有提壺送酒盃。

題柳溪别墅

雨霽風和不動塵，柳邊携酒賞晴春。頻來溪鳥渾相識，渡水穿花不避人。

芍藥

緑萼披風瘦，紅苞浥露肥。只愁春夢斷，化作彩雲飛。

次韻李相公偶成

簾鳥唤歸夢，竹風追夕凉。感時空有淚，却老分無方。流水依山白，孤雲帶日黄。無人共樽酒，散髮卧藜床。

村居偶成

静愛柴門野興幽，杖藜徐步到岩丘。深林有獸鳥先噪，廢圃無人泉自流。土瘠税租隨力辦，年豐禾黍過時收。客來不慮無供給，白酒黄雞亦易求。

用峯山舊韻二首〔一〕

信步西風寺，窮幽未覺賒。松根纏石瘦，雲磴出岩斜。思爽餘三唱，詩成自一家。空餘幾兩屐，不踏渡溪槎。

春水上堤沙，春晴散望賒。衰年花近眼，久客夢還家。映日孤鴻没，迎風雙燕斜。平生江海意，早晚送浮槎。

題佛光寺

臧穀雖殊竟兩亡，倚欄終日念行藏。已忻境寂洗塵慮，更覺心清聞妙香。孤鳥帶煙來遠樹，斷雲收雨下斜陽。人間未卜蝸牛舍，遠目横秋益自傷。

芭蕉

鳳翅摇寒碧，虚庭暑不侵。何因有恨事，常抱未舒心。

蜀葵

傾心知向日，布葉解承陰。空側黄金盞，誰人與對斟。

次韻公才對菊見懷

髮蓬新感二毛侵，尚阻清樽對菊斟。久擬芝蘭同臭味，莫疑魚鳥自高深。食貧豈復甘秦炙，客病空懷奏楚音。挂席無由上牛斗，漫憑流水送歸心。

寄田朝散善輔

粉署標名舊，山城識面新。青雲摧勁翮，空谷滯幽人。世路謀身拙，心田育德醇。久要知可卜，傾蓋已情親。

春日書懷

雲散交情薄，棊飜世態新。山容猶帶臘，鳥語已回春。節物驚心遽，丘園入夢頻。東風如解語，端笑未歸人。

春日溪橋

留戀春光慰病顔，無情風雨卷春還。陰陰密緑籠溪暗，細細踈紅點徑斑。老去益憐詩思澁，懽來聊破酒腸慳。不嫌門外無車轍，得遂衰慵一味閑。

登樓有懷

老愧凭欄目力昏，百年懷抱向誰論。晴空鴈起雲邊塞，夕照人歸郭外村。因記昔遊驚迅晷，暫將離恨付清樽。誰人肯似邊居士，遠駕朱輪過雀門。

題滕奉使祠

本期蘇鄭共揚鑣，不意芝蘭失後凋。遺老秪今猶涕淚，後生無復識風標。西陘鴈度霜前塞，滹水樵争日暮橋。追想生平英偉魄，凌雲一笑豈能招。《中州集》卷一〇《醉軒姚先生孝錫》。

佚句

新詩

愁邊日晷偏疑短，夢裏江鄉未當歸。盤無兼味慚留客，夢厭多歧不到鄉。

次冠卿韻

節物後先南北異，人情冷暖古今同。

次趙獻之韻

紅纈退風花著子，緑鍼浮水稻抽秧。

溪墅早春

久客交情諳冷暖，衰年病骨識陰晴。

春日和德充

煙染緑絲迷別浦，雨催紅糝綴長條。

賦雪

酒敵餘威翻索寞，詩含幽思倍清新。

雨

岸漲魚吹沫，山空石轉雷。

雪

舞風初學絮，帶雨不成花。

峰山寺

谷虛繁地籟，境寂散天香。
雲生古木千章秀。山抱晴川一掌平。

懷士會

詩忙疏酒盞，俸薄減廚煙。

感懷

玄晏暮年常抱病，子山終日苦思歸。《中州集》卷一〇姚孝錫小傳。

閻學士

閻學士，名字俱佚，出處未詳。大定中，與重陽王喆交往，有詩唱和，兹輯一首。

失題

輪迴生死如何免，認取亘初真正面。三珍五彩一齊攢，長生路上霞光現。金王喆《重阳全真集》卷一〇《閻學士寫上四句續和十二句》：首四句云云。王喆續和云：「欲愛貪財甚法離，真清真净是精持。般般物物俱無著，一箇圓光上玉池。過隙光陰能久矣，人人總悟非行使。閑中等取真箇真，得後逍遥共歡喜。衰顔寧再去年時，裏面真人本不衰。莫戀外容著假合，嬰兒相貌示無移。」明正統《道藏》本，文物出版社等一九九四年，第二五册七四五頁。

釋惠才

釋惠才，俗姓韓氏，號方山野人，睢陽（今河南省商丘市睢陽區）人。天眷二年出家，師從開元經藏院主僧智昭。皇統二年，依昭祝髮。又師從磁州大明禪師，入其室，玄關秘鑰，無不洞解。大定初，辭大明，隱於東平靈泉。後拂衣東下，晦跡濟鄆間。尋應東平興化禪院主僧明超之請，住持四年。大定二十六年前後卒，年六十八①。兹輯二首。

皇女唐國公主并駙馬都尉鎮國上將軍行大理卿同入寺朝礼觀音后土祈嗣謹施貲金因命山野陞座推輪飯僧畢焚香作礼求頌遂成四韻録呈台座濟南府靈巖方丈惠才悚息上

九重鑾出動春風，寶馬香車謁聖容。祈禱慇懃朝寺嶽，必應賢化感兒童。迴途妙達長安道，始信無私用不窮。永泰悟明成證果，而今消息類還同。大定十五年五月望日，監寺僧宗元立石。北京圖書館金石組編《北京圖書館藏中國歷代石刻拓本匯編·唐國公主祈嗣施資頌》，中州古籍出版社一九八九年，第四六册一二〇頁。

① 金徐鐸《惠才禪師塔銘》，見北京圖書館金石組編《北京圖書館藏中國歷代石刻拓本匯編》，中州古籍出版社一九八九年，第四七册八頁。

方山野人因樂道自興作山居吟示諸禪者當山監寺首座焚香禮求上石余不能伏筆靈嵒方丈惠才書

山僧樂道無拘束，破衣壞衲臨溪谷。或歌或詠任情足，僻愛林泉伴麋鹿。水泠泠兮寒漱玉，風清清兮動踈竹。閑身悦唱長生曲〔一〕，石鼎微煙香馥郁。幽居免被繁華逐，赢得蕭條興林麓。大道無涯光溢目，大用無私鬼神伏。知音與我同相續，免落塵寰受榮辱。浮生夢覺黄粮熟〔二〕，何得驅驅重名録。大定十八年六月旦日，當山監寺僧祖童、首座僧宗元立石。北京圖書館金石組編《北京圖書館藏中國歷代石刻拓本匯編·山居吟詩刻石》，中州古籍出版社一九八九年，第四六册一三三頁。另，《（道光）長清縣志》卷末《靈巖志略》下亦録，題作《靈巖即事》，題後注「大定時隱者方山野人」，《中國方志叢書》本，臺北成文出版社一九七〇年。

【校記】

〔一〕長生曲：《（道光）長清縣志》作「無生曲」。　〔二〕粮：《（道光）長清縣志》作「粱」。

釋皓公

釋皓公，始末未詳。大定中，以濟州普照寺僧住持傳衣智照和尚。兹輯一首。

傳衣偈

黃龍正派湧波濤，走電奔雷意氣高。雲洞何人著精采，好將鉏斧振吾曹。金趙颯《濟州普照禪寺照公禪師塔銘》，見清張金吾《金文最》卷一一一，中華書局一九九〇年。

釋慧洪

釋慧洪，字子範，出磁州（今河北省邯鄲市磁縣）武氏，慧性超絶。大定初，滏陽造仰山寺，殿宇宏壯，兩柱鏤金龍蟠之，觀者瞠駭。因之而悟，遂入西山結茅以居，終身不出。兹輯一首。

臨終偈

六十春光有八年，浮雲收盡露青天。臨行踢倒須彌去，後夜山頭月更圓。明釋明河《補續高僧傳》卷一《寶公慧洪傳》：「因閱《嚴楞》『一人發真歸元，十方虛空，悉皆銷殞』，忽悟曰：『諸佛心印，本無玄妙，今日始爲無事人矣。』遂造河朔汶禪師所，陳所見，汶可之。臨終有偈云云。」《高僧傳合集》本，上海古籍出版社一九九五年，第六一〇頁。

釋無名

釋無名，出處未詳。大定中，寧海治平寺和尚，與重陽王喆爲友①。玆輯一首。

守靜頌

閉深藏有甚因，無言静坐去貪嗔。高樓畫角如春夢，釋海波清見本真。了了了時心便了，微微微處水澄清。爲觀俗事愚痴子，故守禪堂不出門。金王喆《重陽全真集》卷一〇詩題：「師父鎖庵化馬鈺有治平寺無名和尚將爲守静有頌曰云云。師父每句復酬三句完之爲八絶按八識。」明正統《道藏》本，文物出版社等一九九四年，第二五册七四四頁。

釋自覺

釋自覺，法號空相，出處未詳。大定中，爲河内明月山大明禪院住持。玆輯二首。

---

① 金王喆《重阳全真集》卷一〇《贈釋友號無名》：「法師今已得清凉，一性昭然顯瑞祥。却把無名爲雅號，釋迦元住在何方。」明正統《道藏》本，文物出版社等一九九四年，第二五册七四四頁。

明月山大明禪院頌二首

朗耀輝輝不帶塵，一輪孤照大虛真。紅輪翠耀金光現，月照長空處處明。這朵瑞蓮人不識，今將玉藥賜君呈。達磨來開花五葉，至今天下紫枝生。

一片閑雲露骨寒，或居天上應人間〔一〕。從來不落情塵位，獨顯明珠照大千。朗耀一輪清霄月，如似虛空體一般。不拘外内憑君看，悉願人人伴月闌。金釋自覺《懷州明月山大明禪院記》，題後署「空相撣師自覺述」，文末題「大金大定丙申歲九月日，開山創業住持傳法沙門空相禪師立石記」。見清陸耀遹《金石續編》卷二〇，《歷代碑誌叢書》本，江蘇古籍出版社一九九八年。

【校記】

〔一〕間：原作「問」，刊誤。

新編全金詩卷一五

劉迎

劉迎，字無黨，號無諍居士，東萊（今山東省煙臺市龍口市）人。初以蔭試部掾，大定十三年進士[①]，除豳王府記室，改太子司經，爲顯宗眷顧。二十二年，從駕凉陘，病卒[②]。迎詩學山

①《中州集》小傳謂「大定十三年，用薦書對策爲當時第一，明年登進士第」，記誤。今按：金代科舉至大定漸趨完善，三年一舉已成制度。此前大定十年、此後大定十六年及其間十三年，爲選舉年。既謂登第，非屬特恩，當是大定十三年進士及第。

②《中州集》小傳謂「二十年，從駕凉陘，以疾卒」，記誤。今按，金世宗在位近三十年，多次駕幸凉陘，嘗爲臣下諫阻，如梁襄《諫幸金蓮川疏》。金蓮川即凉陘。《金史》卷二四《地理志》：凉陘在大同府桓州境内。「曷里滸東川，更名金蓮川。世宗曰：『蓮者連也，取其金枝玉葉相連之義』。景明宫，避暑宫也，在凉陘，有殿揚武殿，皆大定二十年命名。」大定二十年，世宗「如金蓮川」，見《金史》卷七《世宗紀》，而迎尚在世。（一）大定二十一年八月，姚孝錫以疾終，其生前好友包括劉迎皆有挽詩，見於《中州集》卷一〇《醉軒姚先生孝錫》。（二）元王惲《玉堂嘉話》卷四：燕城西南門「有大定末劉無黨所撰《左丞唐括安禮碑》，有云：『尹大興時，迎午休吏，燕雀語堂下，人不知有官府。』」唐括安禮於大定二十一年四月拜右丞相，進封申國公，是歲薨，見於《金史》卷八《世宗紀》及《金史》卷八八《唐括安禮傳》。而劉迎撰碑當在該年稍後。要之，世宗於大定二十二年游金蓮川，劉迎橐筆從駕，以疾卒。

谷、東坡。著有詩文樂府，號《山林長語》，爲時所稱，章宗嘗詔刊行。兹輯七十九首。

淮安行

淮安城壁空樓櫓，風雨半摧雞糞土。傳聞兵火數年前，西觀竹間藏乳虎。迄今井邑猶荒凉，居民生資惟榷場。馬軍步軍自來往，南客北客相經商。邇來户口雖增出，主户中間十無一。里閭風俗樂過從，學得南人煮茶喫。青衫從事今白頭，一官乃得西南陬。宦遊未免簡書畏，歸去更懷門户憂。世緣老矣百不好，落筆尚能哦楚調。從今買酒樂昇平，爛醉歌呼客神廟。

修城行

淮安城郭真虚設，父老年前向予説。築時但用雞糞土，風雨即摧乾更裂。秖今高低如堵墻，舉頭四野青茫茫。不知地勢實衝要，東連鄂渚西襄陽。誰能一勞謀永逸，四壁依前護塼石。免令三歲二歲間，費盡千人萬人力。唐州後竟用此策也。

河防行

南州一雨六十日，所至川源皆泛溢。黄河適及秋水時，夜來決破陳河堤。河神憑陵雨師借，晚未及晴昏復下。傳聞一百五十村，蕩盡田園及廬舍。我聞禹時播河爲九河，一河既滿還之他。川平地逈勢隨弱，安流是以無驚波。秖今茫茫餘故迹，未易區區議疏闢。三山橋壞勢益南，所過泥沙若山積。大梁今世爲陪京，財賦百萬資甲兵。高談泥古不須爾，且要築堤三百里。鄭爲頭，汴爲尾，准備他時漲河水。

普照旃檀像舊物也方丈老人比以見還作詩謝之

我昔游京師，稽首禮瑞像。堂堂紫金身，示現大法藏。裝嚴七寶几，重疊九霞帳。光如百千日，晃耀不容望。想初法王子，運力攝諸匠。瓌材發神祕，妙斲出智創。風流蜀居士，翰墨老彌壯。雷霆大地底，音樂諸天上。猶疑三十二，不具梵音相。不知一點真，正勝千語浪。嗚呼五因緣，語綺反成謗。我今獨何幸，相見問無恙。文殊本無二，何處覓真妄。庶修香火供，獲脱煩惱障。天龍想驚喜，訶衛日歸向。已覺海潮音，人天會方丈。

梁忠信平遠山水

憶昔西游大梁苑，玉堂門閉花陰晚。壁間曾見郭熙畫，江南秋山小平遠。別來南北今十年，塵埃極目不見山。烏靴席帽動千里，只慣馬蹄車轍間。明窗短幅來何處，亂點依稀涴寒具。煥然神明頓還我，似向白玉堂中住。濛濛煙靄樹老蒼，上方樓閣山夕陽。一千頃碧照秋色，三十六峯凝曉光。懸崖高居誰氏宅，縹緲危欄蔭青樾。定知枕石高卧人，常笑騎驢遠遊客。

當時畫史安定梁，想見泉石成膏肓。獨將妙意寄毫楮，我愧甫立隨諸郎。此行真成幾州錯，區區世路風波惡。還家特作發願文，伴我山中老猿鶴。

連日雪惡用聚星堂雪詩韻

朔風朝來放雲葉，紛紛吹落龍沙雪。山河大地同一如，變化須臾亦奇絕。參天松頂老猶强，搶地竹頭低欲折。亂飄書帙愛窗明，狂入地爐驚火滅。重衾方擁膚尚粟，凍筆將書肘先掣。未容衰白點鬢華，只許醉紅生面纈。何人清唱墮梁塵，有客高吟霏鋸屑。昔賢句法今尚在，斷臂阿誰心地瞥。後生曠世安敢望，故事歷劫徒能説。是中聖處公會無，一粒靈丹工點鐵。

徐夢弼以詩求蘆菔輒次來韻

昔聞趙州老，老大猶泛愛。説法利人天，機緣不勝在〔一〕。當年鎮府話，蓋以小喻大。具眼領略之，於兹豈無待。嗚呼後來者，見趣遠不逮。又聞東坡公，謫居飽鮭菜。暮年海南住，几席溪山對。自饌一杯羹，老狂猶故態。冣喜霜露秋，味出雞豚外。乃知作詩本，口腹不無賴。風流二大士，妙處無向背。在家與出家，相投若針芥。先生今復然，秀句筆端快。誰云修法供，遊戲出狼狽。一飽待明年，桑麻歌佩佩。

【校記】

〔一〕在：汲古閣本、文淵閣本《中州集》及《全金詩增補中州集》卷一七作「載」。

再次前韻

神農嘗草木，濟世以仁愛。根源列郡出，品目成書載。中云萊菔根，試驗頗爲大。昌谷嘔時須，文園渴嘗待。食異地黄并，効與蕪菁逮。豈惟齒衆藥，政自冠諸菜。五州風土宜，罫布畦壠對。墾鋤盡衆力，封培窮百態。翠角春雨中，黄花晚煙外。日送盤飣資，歲給缾罌賴。片玉出頭顱，層冰起膚背。脆美掩蓴葵，甘辛敵薑芥。物生貴有用，對此一何快。儲貯得沉涵〔一〕，棄遺免狼狽。但足齊人飡，何慚楚臣佩。

【校記】

〔一〕得沉涵：《全金詩增補中州集》録此詩作「醒沉湎」。

鰒魚

君不見二牢山下獅子峯，海波萬里家魚龍。金雞一唱火輪出，曉色下瞰扶桑宮。槲林葉老霜風急，雪浪如山半空立。貝闕軒騰水伯居，瓊瑰噴薄蛟人泣〔一〕。長鑱白柄光芒寒，一葦去横煙霧間。峯巒百疊破螺甲，宮室四面開蠔山。碎身粉骨成何事，口腹之珎乃吾祟。郡曹受賞雖一言，國史收痂豈非罪。筠籃一一千里來〔二〕，百金一笑收羹材。色新欲透瑪瑙盌，味勝可浥葡萄醅〔三〕。飲客醉頰浮春紅，金盤旋覺放箸空。齒牙寒光潄明月，胷臆秀氣噴長虹。平生浪説江瑶柱，大嚼從今不論數。我老安能汗漫遊，買舡欲訪漁郎去。

【校記】

〔一〕瓊瑰噴薄鮫人泣：薄、鮫，元乙卯本、明弘治本《中州集》作「萍」、「蛟」。〔二〕筠籃：原作「筠藍」，此從汲古閣本、文淵閣本《中州集》及《全金詩增補中州集》。今按，筠籃猶竹籃。宋楊萬里《曉過丹陽縣》五首之四：「小兒不耐初長日，自織筠籃勝打閑。」見《全宋詩》卷二三〇一。〔三〕浥：文淵閣本作「挹」。

樓前曲

樓前山色秋橫碧，樓下水光秋漫白。眼看對此千里愁，樓下長歌古離别。蕭蕭郎馬何時歸，鴈奴去作斜行飛。灞橋過客夕陽遠，渭城行人朝雨微。玉凄花冷令人瘦，日暮倚樓雙翠袖。蕙炷猶殘瀏鶒香，麴塵半著鴛鴦繡。五雲飛過芙蓉城，洞天冷落雲間笙。妾身有願化春草，伴君長亭仍短亭。

題十眉圖

寶箱拂塵金鋸鉞，周昉丹青見真筆。春風曾憶賦妖嬈，人共畫圖成十一。燭奴香底花光凝，錚錚鐵響聞三更。車聲雷動不通語，眼態波横空送情。鑾雲盤鶴遼天闊，犀玉依依對書扎〔一〕。人生何處不相逢，還醉武陵溪上月。

【校記】

〔一〕扎：汲古閣本、文淵閣本《中州集》作「札」。

雲中君圖

衣若新沐蘭湯薰，靈巫拜舞方迎神。恍然相見帝者服〔一〕，九歌昔詠雲中君。畫史亦可人，妙入造化域。羽衣玉麈美且閑，此意不知何處得。空明倏忽紛溟濛，胡爲眷眷臨壽宫。飄然來下復遠舉，想像決去隨飛龍。祠空人散秋蕭瑟，落日猿聲唤秋色。湘天極目青茫茫，憑高一望無南北。

【校記】

〔一〕相：《全金詩增補中州集》作「想」。

楚山清曉圖

山娟娟，江茫茫，緣山林木老已蒼。穿林細路縈羊腸，汀洲人家蘭杜香。兩山秀出江中央，宛如雙劍森鋒鋩。層巒架空化寶坊，塔波突兀一氣傍。雞聲喔喔林鳥翔，頋瞻曙色開東方，清風宿霧方蒼凉。兜羅綿綳淡平野，紫磨金餅暾浮桑。櫓聲才動欲離岸，鍾韻已殘猶殷床。當年有米維楚狂，生子亦復肖阿章。想從乃翁住朝陽，收拾山緑餐湖光。膝前翰墨觀淋浪[一]，此圖戲出遂擅場。彼衆史者何敢當，不然安得牙籤犀軸古錦囊，賞覽一朝蒙古皇。

【校記】

〔一〕淋浪：汲古閣本、文淵閣本《中州集》及《全金詩增補中州集》作「琳琅」。

題劉德文戲綵堂

郵傳文書日旁午，過眼不容留頃許。先生遣決談笑間，退食歸來奉慈母。吾不愛錦衣榮歸誇梓里，吾不愛繡衮徒步登槐府，傳家所愛作寧馨，入室不愁無阿堵。堂中怡愉奉顏色，堂下嬉戲同兒女。十分壽斝泛醇酎，五色綵衣紛雜組。映堦萱草弄春色，循陔蘭葉榮朝雨。先生藴藉古人似，早歲聲名天尺五。拘縻豈合坐冗曹，獻納直宜趍禁所。更書屈指今幾日，竚看褒詔傳天語。龍光歆艷動庭闈，湯沐疏封分郡土。芝封鈿軸爛雲錦，羽衣寶帔輝金縷。

形容何止入畫圖，歌詠亦須流樂譜。區區賤子獨何幸，晚喜宗盟同鼻祖。他年一笑約升堂，萬石尊前拜嚴姥。

送劉德正

驥騄蟻垤空，莫干犀革斷。人材必超軼，物理乃融泮。先生廊廟具，冰雪自澣盥。十年處繁劇，風力濟詳練。堂堂八面敵，了了一笑粲。雲中國西邑，食貨資輓轉〔一〕。中臺輟之去，正倚咄嗟辦。從容九年蓄，坐想出鞭筭。向來塩鐵使，緒業著家傳。春朝覲上計，廣厦奉間燕〔二〕。行矣需詔除，鵷行聳榮觀。

【校記】

〔一〕輓轉：汲古閣本、文淵閣本《中州集》作「轉輓」。〔二〕間：汲古閣本、文淵閣本及《全金詩增補中州集》作「閒」。

盤山招隱圖

溪山不難買，所費千金儲。不如數峯雲，朝昏對吾廬。交游豈無人，轉眄傷離居。不如吾兄弟，相應如笙竽。左侯薊名族，温温器璠璵。身雖市朝寄，心與功名踈。伯也亦可人，文華炳於菟。風神聳魁偉，襟韻含冲虚。平生一片心，緣塵不關渠。相期有幽事，歲晚山林俱。

綵服照黄冠，歡呼奉親輿。大婦侍巾帨，中婦供庖厨。諸孫戲膝前，翩然鳳將雛。朝采南澗芹，暮漉西溪魚。煙霞入杖屨，風月來窗疏。觀竹上巢雲，禮佛登香爐。紅龍雪浪湧，白塔蒼煙孤。冰絃寫天籟，茶甌泛雲腴。快哉天下樂，俯仰餘何須。正恐老太冲〔一〕，招隱昔所無。

【校記】

〔一〕老：汲古閣本、文淵閣本《中州集》及《全金詩增補中州集》作「左」。

寄題禹城孫氏茂德亭

濟南孫夫子，養素抱絶識。家有五畝園，種樹如種德。枝葉深覆護，根本飽封殖。要令方寸地，不著荆與棘。流芳被鄰里，餘蔭連阡陌。居然物隨化，草木盡佳色。河陽藝桃李，壽張蒔梓漆。至今青史上，相望如黑白。乃知百年用，賴此一日積。君今尚隱約，白首勤墾闢。人心亦天理，否泰有終極。會待東風來，吹春滿花國。

郭熙秋山平遠用東坡韻

槐花忙過舉子閑，舊游憶在夷門山。玉堂曾見郭熙畫，拂拭縑素塵埃間〔一〕。楚天極目江天遠，楓林渡頭秋思晚。煙中一葉認扁舟，雨外數峯横翠巘。淮安客宦踰三霜，雲夢澤連襄漢陽。平生獨不見寫本，慣飲山緑湌湖光。老來思歸真日日，夢想林泉對華髮。丹青安得此一流，畫我横笻水中石。

【校記】

〔一〕縑：弘治本《中州集》及《全金詩增補中州集》作「練」。

南口〔一〕

危峯張屏幃，峻壁開户牖。崩騰來陣馬，翔舞下靈鷲。秀色紛後前〔二〕，晴嵐迷左右。重陰忽障翳，虚籟競呼吼。深迂愛風日〔三〕，高亢捫星斗。帝居望北闕，村落當南口。軍都漢時縣〔四〕，遺跡奄存否。中郎讀書處，遺構想摧朽〔五〕。誰云用武地，經訓乃淵藪。我家膠東湄，樸學嘆白首。居鄰通德里，况此見師友。慙無書帶草，采采爲盈手。何以醉先生，清溪緑如酒。

【校記】

〔一〕清于敏中等《日下舊聞考》卷一五四《邊障》録此詩，題作《南口作》。〔二〕紛：《日下舊聞考》作「分」。〔三〕迂：《日下舊聞考》作「紆」。〔四〕縣：《日下舊聞考》作「懸」。〔五〕遺：《日下舊聞考》作「亭」。

晚到八達嶺下達旦乃上

車馬兩山間，上下數百里。縈紆來不斷，奕奕似流水。鯨形曲腰膂，蛇勢長首尾。我車從其間，摇兀如病齒。推前挽復後，進寸退還咫。息心固安分，尚氣或被指。徐趨自循轍，躁進應覆軌。行行非我令，柅亦豈吾使。倦僕困號嘑，疲牛苦鞭箠。紞如五更鼓，相慶得戾止。歸來幸無恙，喘汗正如洗。何以慰此勞，村醅正浮蟻。

出八達嶺〔一〕

山險略已出〔二〕，彌望盡荒坡。風土日已殊〔三〕，氣象微沙陀〔四〕。我老倦行役，驅車此經過。時節春已夏，土寒地無禾。行路不肯留，奈此居人何。作詩無佳語，以代勞者歌。

【校記】

〔一〕明蔣一葵《長安客話》卷八《邊鎮雜記》録此詩，題作《過八達嶺》。〔二〕略：《長安客話》作「路」。〔三〕風土：《長安客話》作「風度」。〔四〕微：《長安客話》作「惟」。

隰川

隰川來西州，數郡被其利。剌陵放而南，奔馳不可制。兹焉幸不幸，長策未容議。且復觀其瀾，雄豪快人意。

上谷

磨笄聳然來，隰水洶而去。山川俯城郭，藩翰重畿輔。桑麻數百里，煙火幾萬户。長橋龍偃蹇，飛閣鳳騰翥。傳聞山西地，出入此其路。源源百貨積，井井三壤賦。蒲萄秋倒架，芍藥春滿樹。盤跚多布韋，嬋娟半娥素。永懷小靖節，厚德皆忠恕。至今受一廛，如昔歌五袴。傷心隔生死，知己今有數。歸日當驅車，生芻奠其墓。

蔡有鄰碑

我爲山西行，叱馭過近縣。傳聞蔡有鄰，石刻古今冠。風流書以來，妙絶隸之變。銀鈎鸞鳳舞，鐵畫蛟龍纏。憑誰致墨本，故舊詫珍獻。正恐賦分薄，一夕碎雷電。平生六一老，集古藏千卷。惜此方殊鄰，公乎未之見。

車轣轆

馬尥隤，牛觳觫，山行縈紆車轣轆。路傍指點是官人，老矣一翁雙鬢秃。汝牛幸可耕，汝馬幸可騎。有此可載琴書歸，胡爲奔走東西道，白髮刁騷被人笑。

沙漫漫

沙漫漫，草班班，南山北山相對看，我行乃在山之間。行人仰不見飛鳥，樹木足知邊塞少。沙漫漫，草班班，我行欲趂西風還。僕夫汝莫愁衣單，我但着衣思汝寒。

摧車行

渾河洶湧從西來，黄流正觸山之崖。山崖路窄僅容過，小誤往往車輪摧。車摧料理動半日，後人欲過何艱澁。深山日暮人已稀，食物有錢無處覓。何時真宰遣六丁，鏟此疊嶂如掌平。憧憧車馬山西路，萬古行人易來去。

敗車行

前車行，後車逐，車聲夜隨山詰曲。前車失手落高崖，車輪直下聲如雷。同行急救救不得，人牛翻壓鳴聲哀。我時潛聞後車説，前車使牛何太拙。只知拍手笑前人，不道後來當改轍。前途猶有坡陁在，後車當以前車戒。

數日冗甚懷抱作惡作詩自遣

生涯吾亦愛吾廬，踏地從來出賦租。胷次有懷空磈磊，人間無處不崎嶇。扶摇安得三千里，應見真成百億軀。直欲棄家參學去，一龕香火供齋盂。

寄題安嵒起官舍北溟

一軒高占鳳麟洲，要作人間汗漫遊。海國風煙自朝暮，洞天日月幾春秋。夢魂欲拂三花樹，活計聊隨一葉舟。待我丹成訪君去，閬風佳處卜菟裘。

莫州道中

楓林葉葉墮霜紅，天末晴容一鏡空。野曠微聞烏烏樂，草寒時見馬牛風。人生險阻艱難裏，世事悲歌感槩中〔一〕。白髮孀親倚門處，夢魂千里付歸鴻。

【校記】

〔一〕槩：文淵閣本《中州集》作「慨」。

上施内翰

十年不見建安公，草木依然臭味同。賴有酒尊煩北海，可無香瓣禮南豐。天墀禮樂三千字，海國鵾鵬九萬風。正以高軒肯相過，免教書客感秋蓬。

題吴彦高詩集後

片雲蹤跡任飄然，南北東西共一天。萬里山川悲故國，十年風雪老窮邊。名高冀北無全馬，詩到西江别是禪。頗憶米家書畫否，夢魂應逐過江舡。

代王簿上梁孟容副公二首

妙年椽筆賦長楊，一日聲名滿四方。天上風流青瑣客，人間嘉慶緑衣郎。錦囊看讀金花誥，畫戟閑凝燕寢香。預恐政成趨急詔，海沂無計駐王祥。

自笑微官馬骨高，十年霜鬢雪刁騷。長林豐草未適性，尖帽短靴安得豪。名宦真同一雞肋，簿書空束兩牛腰。故園清興湖山裹，歸去經營一把茅。

清明前十日作

雨餘天氣動朝寒，寒食都來數日間。羯鼓催開小桃李，畫𢈔圍出好溪山。塵埃老我真堪笑，風物撩人欲破慳。梅雪已殘春過半，一尊何處與公閑〔一〕。

【校記】

〔一〕何：汲古閣本、文淵閣本《中州集》及《全金詩增補中州集》作「無」。

聞丘丈晚集慶壽作詩戲之

桃李欲開風雨多，花時猶得屢經過。緩聽一曲玉連瑣，滿泛十分金卷荷。紅燭影紗聞喚馬，翠羅承韈見凌波。杜陵老矣孤春事，奈此詩愁惱亂何。

明日復會客普照繼呈此詩去及瓜不數日矣

室中呼起散花天，來伴維摩到處禪。百刻篆香消晝永，一番花雨破春妍〔一〕。雲山真欲追聱叟，風腋何妨借玉川。他日相思共明月，舊游應説禁煙前。

【校記】

〔一〕花雨：汲古閣本、文淵閣本《中州集》及《全金詩增補中州集》作「風雨」。

觀古作者梅詩戲成一章

翠袖佳人倚竹傍，風姿綽約破湖光。静中慣識形神影，妙處誰知色味香。觀想有靈通水月，孤音無侶伴冰霜。故人愁絶今何許，煙雨霏霏子半黄。

秋郊馬上二首

故壠松楸暗，空城草棘荒。數峯横鳥道，一徑繞羊腸。桑葉露仍沃，稻花風已香。兒時十年夢，懷舊一悲涼。

海色樓臺市，山容水墨圖。風踈水楊柳，煙瘦石菖蒲。歲熟多同社，村閑絶訴租。平生亦何事，塵土眷吾廬。

贈人

何必羅浮訪稚川，相逢一笑共談玄。蓬萊咫尺三萬里，銅狄因循五百年。夢幻莫論身外事，嘯歌聊得醉中天。幾時丹竈同收拾，去入雲山了舊緣。

别後有懷元濟

聞説風流靖長官，宦游寥落廢清閑。酒狂吞盡喙三尺，詩瘦聳成肩兩山。世事君方厭蝸角，生涯我欲賦魚蠻。脱身何日扁舟去，相對一蓑煙雨間。

贈董丞秉國

迫窄十年冠蓋場，誰憐王謝有諸郎。俗緣不脱三生債，豪氣都無萬丈長。遣興久憑詩作社，避愁專欲酒爲鄉。黄塵投老逢青眼，賴有知音未可忘。

聞彦美服藥以詩問訊

耳邊塵事且無喧，聽我歸耕郭外村。賤子自藏蝸殼舍，故人誰並雀羅門。書窗共作三年計，尊酒相逢一笑温。不信家山不堪隱，仇池今在古銅盆。

和人七夕韻

今古良宵此會同，望窮雲物有無中。人間鈿合三山隔，天上靈槎一水通。鳷鵲樓空紈扇月，鴛鴦機冷苧羅風。不須更乞蛛絲巧，久矣人生百巧窮。

海上

潮蹙三山島，煙横萬里沙。蜃樓春作市，鼉鼓暮催衙。一曲水仙操，片帆漁父家。安期定何處，試問棗如瓜。

次曹次仲韻因以自感

自笑區區學道難，未容香火訪名山。因循憂患餘生裏，收斂光芒窘步間。白社祝公今日始，丹丘容我幾時還。相從願結翻經會，共過壺中日月閑。

寒食阻雨招元功會話

滿城風雨殿餘春，燕坐翛然亦可人。楊柳杏花相對晚，石泉槐火一時新。愁邊興味渾宜酒，句裏機緣欲脱塵。早晚阿咸來過我，坐中軟語慰情親。

次韻諸園不暇游覽

故人家有小池臺，桃李成蹊手自栽。尊酒幾時邀客去，園林無日不花開。丹青一一歸圖畫，紅紫紛紛費剪裁。勝槩須公與題品，杖藜何惜醉中來。

自解

投紱歸來歲月過，清閑殊勝吏分窠。人思狡兔藏三窟，我願白鷗同一波。棊局何妨爛樵斧，印章終欲博漁蓑。人間萬事俱塵土，醉倒尊前奈我何。

陪諸友登三山亭二首

半濠清淺芰荷彫，落日登臨未寂寥。山色逼秋渾作市，海聲迎暮欲吞潮。沙頭白鳥疑相熟，木末青旗苦見招。不似常時對官府，可無閑話及漁樵。

霜林餘葉未全彫，極目西風對泬寥。萬里沙荒秋後草，三神山動晚來潮。移尊正及兵厨近，結客何須驛騎招。老素撫床端可必，未甘隨分隱耕樵。

秋郊

秋水四五尺，暮山三兩峯。浮雲白毫相，落日紫金容。蓑笠前村笛，樓臺古寺鍾。殷勤小平遠，圖畫記渠儂。

次劉元直韻二首

秋來何事憶歸頻，正以家無妒婦津。未許桂枝招隱士，不妨桃葉贈行人。夢魂歷歷千山遠，客宦悠悠五斗貧。犀箸鸞刀許何日，歸來舉案得紛綸。

半年歸夢别離間，只有音書鴈足還。羅幕翠横秋掩冉，玉壺紅濕淚斕班〔一〕。天明不作霧非霧，月破可憐山復山。准擬春風對眉嫵，一尊相對洗愁顔。

【校記】

〔一〕班：汲古閣本、文淵閣本《中州集》及《全金詩增補中州集》作「斑」。

次韻夜雨

海山何處是蓬瀛，節物催人意自驚。客裏厭逢今舊雨，夢餘愁聽短長更。故園頗覺歸期緩，老境難堪此段清。想得詩成正蕭瑟，竹窗燈火夜微明。

代人憶舊

緩步素絲障，微吟紫綺裘。醉便風側帽，歌愛月明樓。犀軸題春恨，銅荷滴夜愁。風流十年夢，燈火漫揚州。

梅

誰道江梅驛信遲，碧琅玕裏見横枝。爲尋踈影暗香處，獨立嫩寒清曉時。嚼蘂不妨浮白飲，認桃休賦比紅詩。平生東閣風流在，何遽而今鬢欲絲。

題雪浦人歸圖

亂目寳花雨，過眉斑竹笻。拏音迎畫鷁，喜態動烏龍。水鏡千江月，風琴萬壑松。遥知永今夕，情話得從容。

歸來圖戲作

雲髻春風一尺高，笑携兒女候歸橈。情知一首閑情賦，合爲微官懶折腰。

城南庵

故鄉歸思白雲邊，缾鉢東來想浩然。桑下久無三宿戀，室中今許一燈傳。夢驚城郭風塵窟，興寄湖山雪月舡。老矣重游恐難得，平生四海與彌天。

書何維楨見贈詩後

塵埃握手衆人中，草木從來臭味同。春夏我雖迷出處，交游君不異初終。赤黄晚歲徵奇夢，清白平生繼古風。嘆息蜀州人日作，傷心不覺涕無從。

寄題薊丘僧房

道人休去白雲邊，老矣分明懶瓚然。參學誰能知許事，退休聊得息諸緣。忘形馬跡車塵外，適意山光水影前。想得松根憩寂寞，壞殘雲衲半垂肩。

虚春亭

碧琅玕裏小蘧廬，想像幽人手植初。不獨禪心破諸有，還於法性識真如。古宿有翠竹真如之句。應緣任笑風月底，出世要觀霜雪餘。他日升堂參玉版，會須傍出賞春蔬。

雨後

塵埃日日厭風霾，一雨方容眼界開。水底天光大圓鏡，樹頭山色小飛來。馬牛涉地無相及，鷗鷺知人已不猜。更得扁舟待明月，一盃容我醉雲罍。

題歸去來圖

筆端奇處發天藏，事遠懷人涕泗滂。餘子風流空魏晋，上人談笑自羲皇。折腰五斗幾錢直，去國十年三徑荒。安得一堂重寫照，爲公桂酒瀉蕉黄。

過關渡水圖

短車無復駕青牛，散策方來對白鷗。煙水從容許君獨，暫須分我一舡秋。

寄題孔德通東園

花木陰陰一畝宫，平生高興與誰同。尊罍北海無虚日，鄉里東家有故風。先業固知衣鉢在，大門何惜橐奩空。襄陽耆舊今誰識，尚喜風流見阿戎。

次韻酈元輿贈于元直道舊[二]

人物傷心萬馬空，於今聲價欻然東。教條不獨行千里，籌策曾經奉一戎。事契百年知有自，笑談三語記無同。白頭賴有髯參在，解説當時喜怒公。

倦游方嘆錦囊空，此道誰知一夕東。客裏簿書慚老子，詩中旗鼓避元戎。叩門莫厭經過數，促席聊容語笑同。此樂秪憂兒輩覺，不應品藻待渠公。

【校記】

〔一〕汲古閣本、文淵閣本《中州集》詩題後有「二首」。

彦美生朝

壯日里閭俠，臂彎雙角弓。繡韉金叵匝，貂袖紫蒙茸。雲態自蒼狗，玉輝猶白虹。爲君占壽骨，詩句有清風。

張萱戲嬰圖

犀顱玉頰寧馨子，霧鬢雲鬟窈窕娘。三十年前大門日，憶觀群戲碧方床。

河橋

桃李香中八九家，青旗高挂緑楊斜。晚來風色渡頭急，滿地蕭蕭楊白花。

昌邑道中

屋角雞號夜向晨，客床相對話悲辛。流離僅脱噲等伍，老大空爲濟上人。却掃欲安無事貴，累人猶屬有錐貧。故山鄰里今安否，歸去同尋筍蕨春。

題仲山枝巢

鏡中青鬢雪霜皤，歲月從教落魄過。物理不容人太過，生涯休嘆我無多。百年竟似蠅鑽紙，萬事終同鼠飲河。秖恐徐公宿緣在，東風時夢海棠窠。《中州集》卷三《劉記室迎》。

挽姚孝錫

百年陸陸變蒼茫，晚向山林得老蒼。孤幹鬱生陳柏樹，故基歸立魯靈光。謀生有道田園樂，閲世無心壽命長。何日車聲過通德，拜公一炷影前香。《中州集》卷一〇姚孝錫小傳。

題孟宗獻詩卷後

簪紱忘情累，山林閲歲陰。選官堂印手，説法老婆心。友之深於内典。世路嗟前却，人生變古今。公乎真不死，名姓斗之南。《中州集》卷九孟宗獻小傳。

題范寬秋山小景

山高最難圖，意足不在大。尺楮渺千里，長江浸横翠。人家雜煙樹，惝怳徒意會。苟或森三尺，便若俗子對。此畫格律嚴，興寄獨超邁。洗眼映窗明，妙處乃不昧。流泉見原委，著屋分相背。推車渡危橋，指路向關隘。輕舟最渺茫，浦嶼如有待。山稜瘦露骨，汀洲横若帶。木葉黄欲脱，秋容儼然在。霜餘無片雲，歷歷數沙界。搜尋目力疲，欲賦無可奈。近山才四寸，萬象紛納芥。欲識無窮意，聳翠更天外。清陳邦彦《御定歷代題畫詩》卷一八，北京古籍出版社一九九六年，第二二一六頁。

新編全金詩卷一六

楊伯雄

楊伯雄，字希雲，真定藁城（今河北省石家莊市藁城區）人。父丘行，由遼入金，仕爲太子左衛率府率。伯雄登皇統二年進士第，調韓州軍事判官。海陵立，除右補闕，改修起居注。累遷右諫議大夫，兼著作郎，修起居注如故。大定初，擢大興少尹、翰林直學士、太子詹事兼諫議。六年，諫世宗避暑涼陘。世宗嘗言：「羣臣有幹局者衆矣，如伯雄忠實，皆莫及也。」拜禮部尚書。十二年，改沁南軍節度使，召爲翰林學士承旨。十九年，復權詹事，除定武軍節度使，改平陽尹，有惠政，百姓稱之。徙河中尹，卒，年六十五，謚莊獻①。兹輯佚句二。

夏日瑞雲樓奉旨賦詩

六月不知蒸鬱到，清涼會與萬方同。《金史》卷一〇五《楊伯雄傳》：「夏日，海陵登瑞雲樓納涼，命伯雄賦詩，

①《金史》卷一〇五《楊伯雄傳》，中華書局一九七五年。

其卒章云云。」詩題原缺，據文意擬。

申良佐

申良佐，字時卿，號東山逸翁，潞州（今山西省長治市）人。天德中，嘗與喬扆赴試上京會寧。大定十七年，喬氏以潞州同知興修學校，作賦頌之。兹輯一首。

興學頌

儒館興崇始自今，絃歌喜復嗣徽音。文風將見如齊魯，免使詩人賦子衿。金申良佐《興學賦并引》：「喬侯之心，仁人之心也。狂斐之言形容之不足，故復繫之以短什。且與諸生歌之詠之，所以推揚其茂實也。云云。」碑末署「承安戊午十二月中澣日，男將仕郎守信州軍事判官行謹書丹」。見清胡聘之《山右石刻叢編》卷二三《歷代碑誌叢書》本，江蘇古籍出版社一九九八年。

宋楫

宋楫，字濟川，長子（今山西省長治市長子縣）人。年十九，擢天德三年進士第，累遷著作郎，以母老乞歸養，許之。大定十四年，以省掾從吏部尚書梁肅使宋①。肅獵淮上，射一虎斃之，楫有詩記

①《中州集》小傳謂「泰和三年」「從吏部尚書梁肅使宋」，記誤。今按，《金史》卷六一《交聘表》：大定十四年二（轉下頁）

其事，語意俊拔。官至孟州防禦使。子元吉祐之、元圭達之，皆擢進士第，有名於時。茲輯二首。

還紫雲寺素扇且題詩其上

吴綾便面小團團，信手拈來亦厚顔。障盡驛塵三十里，却還明月紫雲間。

庭槐

庭槐先人手所植，再世清陰方滿臺。慚媿兒孫種桃李，花枝準擬當年開。《中州集》卷八《宋孟州楫》。

鄭輝

鄭輝，字德光，出處未詳。大定三年進士②，釋褐翼城縣丞。五年，同李晏宴集海會寺賦詩。

（接上頁）月，「以刑部尚書梁肅、趙王府長史蒲察訛里剌爲詳問宋國使」，五月還。從梁肅使宋當在其時。另，元王惲《秋澗集》卷七三《跋雪齋書宋孟州獵虎詩卷後》：「昔興陵選廷臣奉使江左，須得才辨有文望者可。若宋孟州射虎詩，清雄振厲，遠而有光華。大定文人之盛概可見矣。」亦可証爲大定中事。

②《（雍正）山西通志》卷五七《古跡志》：翼城縣「《宋潞公軒記碑》，即河亭。宣和中縣令李元儒記潞公治翼，修河亭於廳事之後，親書日月，榜於屋楹後，更以國爵名軒。以曆推之，天聖六年戊辰，越政和七年丁酉，凡九十年矣。閲歲雖多，其跡尚完。謹勒於石，以傳不朽。金學士鄭輝、元判官王惲、學士郭西野、廉訪僕玉立並貞庵，凡四人有詩。」《文淵閣四庫全書》本。今按，自大定以降，翰林職官非進士莫授。大定五年，鄭輝與李晏等預海會寺宴集題詩，當是大定三年及第，釋褐翼城丞。

後入翰苑。兹輯二首。

即席繼和劉巨濟秀才韻[一]

萬壑奔騰滙一灣，構堂其上稱吟觀。欲同鄰令投巫近[二]，肯作陶軒容膝安。心静自當憑棐几，氣清不必飾雕欄。徒誇海上蓬瀛遠，始覺壺中天地寬。山勢東南插雲碧，人家高下似星攢。擬追潞國悠哉樂，此中父老言，潞公宰此邑，優游自樂，殊不以簿書介意[三]。盍念清河作者難。縣署皆張仲温所修。繁暑遠人如酷吏，清凉生腋勝仙丹[四]。沿流花圃直堪賞[五]，解愠絲絃誰復彈。窗轉雄風來坐上[六]，雨疎雌霓掛林端[七]。休思酒社凋零半[八]，余與前令尹王公美屢會於此，今則無復舊日矣。且作詩人冷淡歡。我輩三年窮聖趣[九]，此中五月亦輕寒[一〇]。民安訟隙無餘事[一一]，醉卧真須夜向闌[一二]。《（成化）山西通志》卷一六《集詩》，撰者署「鄭輝」，注「金翼城縣丞」，《四庫全書存目叢書》本，齊魯書社一九九六年，第六六四頁。另，清郭元釪《全金詩增補中州集》卷五二亦録，上海古籍出版社一九九四年。

【校記】

[一]《全金詩增補中州集》詩題增「潞公軒」而少「韻」字，作「潞公軒即席繼和劉巨濟秀才」。[二]欲同鄰令投巫近：鄰令、投巫，《全金詩增補中州集》作「葉令」、「飛鳬」。[三]書：原脱，據《全金詩增補中州集》補。[四]腋：《全金詩增補中州集》作「掖」。[五]直：《全金詩增補中州集》作「真」。[六]坐：《全金詩增補中州集》作「座」。[七]霓：《全金詩增補中州集》作「蜺」。今按，

虹象或呈二環，内環色彩鮮盛爲雄，名虹；外環色彩暗淡爲雌，名蜺。《楚辭·九章·悲回風》：「上高巖之峭岸兮，處雌蜺之標顛。」〔八〕半：《全金詩增補中州集》作「伴」。〔九〕聖：《全金詩增補中州集》作「勝」。今按，釋氏以爲世間有兩種趣，一是聖趣，二是凡夫趣。聖趣指人死後能從凡夫趣中解脱，不再輪迴。〔一〇〕此：原作「比」，此從《全金詩增補中州集》。〔一一〕隙：《全金詩增補中州集》作「息」。〔一二〕夜向闌：《全金詩增補中州集》作「向夜闌」。

海會寺宴集以禪房花木深爲韻得木字

吾儕愛山水，乘興遊金谷。修竹蔭寒泉，層崖排古木〔一〕。風軒杯暫把，花院碁終局。晚雨更多情，留人成夜宿〔二〕。清郭元釪《全金詩增補中州集》卷五二，上海古籍出版社一九九四年。另，清胡聘之《山右石刻叢編》卷二〇《海會寺宴集詩碣》亦録，《歷代碑誌叢書》本，江蘇古籍出版社一九九八年。《（成化）山西通志》卷一六《詩集》亦録，《四庫全書存目叢書》本，齊魯書社一九九六年。

【校記】

〔一〕崖：《（成化）山西通志》作「巖」。〔二〕人：《（成化）山西通志》作「與」。

孟宗獻

孟宗獻，字友之，號虚靜居士，開封（今河南省開封市）人。大定三年，擢鄉府省御四試第一，授應奉翰林文字，曹王府文學兼記室參軍。以疾尋醫，久之授同知單州軍州事。大定二十三年①，丁母憂，哀毁致卒。嘗有集行世②。兹輯六首。

龔平甫森玉軒

古人借宅亦種竹，大是饕奇心未足。高齋聞有萬琅玕，坐對懷山飲秋緑。官閑勝日無一事，尊酒不空仍有肉。他時剥啄叩君門，高枕矮床容我宿。

舊蓄一琴棄置者久矣李君仲通爲張絃料理仍鼓數曲以詩贈之

我家箏奴憂樂同，塵埃滿面鬢髮蓬。徽絃不具挂墻壁，似慙無以娱衰翁。夫君一見爲拔拂，坐使寒谷回春融。中含太古意味足，雜以新態來無窮。繁聲流水不可喻，直與造化相冥通。

①《中州集》卷九小傳未言卒年。今按，小傳有相人孔嗣訓挽詩「二十年間事，才名一夢新」，汴人高公振挽詩「禮樂三千字，才名二十年」。自大定三年奪鄉、府、省、御四試第一，至大定二十三年卒，即所謂才名二十年。

②金劉祁《歸潛志》卷八：「孟雖仕，不甚貴。作詩詞有可稱，自號虚静居士。頗恬淡，留意養生術。嘗著《金丹賦》行於世，其詩詞亦有集。」中華書局一九八三年，第八〇頁。

形神久已坐灰槁，一旦抉剔驅盲聾。寂然反聽杳難詰，但覺萬竅俱玲瓏。千金不得和扁力，誰謂起廢由枯桐。曲終玄旨竟誰會，非絃非指仍非空。拂衣欲往君且止，爲我乘輿彈悲風。

張仲山枝巢

達人孤高與世踈，百年直寄猶須臾。歸來掩閔聊自如，人之不足等有餘。樂哉下視濠梁魚，逍遥自契莊蒙書〔一〕。異時馭氣游太虚，我知枝巢亦蘧廬。

【校記】

〔一〕莊蒙：汲古閣本、文淵閣本《中州集》及《全金詩增補中州集》卷三作「蒙莊」。今按，莊周嘗爲蒙之漆園吏，因稱莊蒙或蒙莊。唐劉禹錫《劉賓客文集》卷一《傷往賦》：「彼蒙莊兮何人？予獨累歎而長吟。」

柳塘

摇摇風影漾寒塘，静裏亭臺日月長。不似隋家堤岸上，亂鴉殘照管興亡。

蘇門花塢

繞舍雲山慰眼新，看花差後洛陽塵。從君小築繁香塢，不負長腰玉粒春。

閏月九日

南崖烘暖貯秋光，勝處相沿爵一觴〔一〕。俚諺難逢兩寒食，閏餘今值小重陽。頭風比似常年愈，菊面渾如去歲黄。老矣歡遊定能幾，佳時此樂最難忘。《中州集》卷九《孟内翰宗獻》

【校記】

〔一〕爵：原作「嚼」，弘治本《中州集》如之，汲古閣本、文淵閣本《中州集》及《全金詩增補中州集》作「醻」，此從元乙卯本。

佚句

雪燭

固知劫火終無盡，誰謂清冰也自焚。《中州集》卷九孟宗獻小傳。

孔嗣訓

孔嗣訓，相州（今河南省安陽市）人。孟宗獻友人。兹輯一首。

挽孟宗獻

二十年間事，才名一夢新。衰羸驚喪母，哀毁竟亡身。魂返愁楓夜，情留淚草春。黄公酒壚在，此去只悲辛。《中州集》卷九孟宗獻小傳。

王去非

王去非，字廣道，號溪上翁①，平陰石硤（今山東省濟南市平陰縣）人。自束髮知問學，爲文不以進取計。六經百家及老莊釋氏諸書，采其理要，貫穿融會，務爲博贍該詣，當時士流翕然尊師之。大定二十四年終於家，年八十四。門人私謚曰醇德先生。孫知進，字崇禮，承安五年經義進士②。金翟升《群賢登第詩》有云：「溪上先生號醇德，動爲儀表言爲則。發明聖道得其傳，恩不及身後蕃息。」③兹輯一首。

①金党懷英《醇德王先生墓表》，見清張金吾《金文最》卷八九，中華書局一九九〇。另，《金史》卷一二七有傳。
②金李俊民《莊靖集》卷八《題登科記後》，《叢書集成續編》本，上海書店一九九四年。
③清郭元釪《全金詩增補中州集》卷五一，上海古籍出版社一九九三年。

題左丘明墓

寺壓古墳墳已摧，墳前古木亦凋衰。未能遷寺還封樹，每到都君一淚垂。《（光緒）肥城縣志》卷二《古跡》，《中國地方志集成》本，鳳凰出版社等二〇〇四年。

楊　野

楊野，出處未詳。大定二十三年，仕爲中憲大夫充濟南府判官。兹輯一首。

重過靈巖有感[一]

僕於皇統五秊歲次乙丑春，自任城往歷下訪表弟于司户叔和，由泰安宿靈嵓，倒指迄四十載矣。今備自濟南，於大定二十二年壬寅秋，因撲蝗與省部委差暨長清丞復宿是藍，因成拙詩三十韻，以紀其歲月景物云耳。信筆而成，殊愧不工。中憲大夫充濟南府判官上騎都尉楊野。

不到方山寺，於今四十年。形容空老矣，風物尚依然。十里穿危磴，群峯簇險巔。澗深泉漱玉，林古樹參天。階砌封蒼蘚，門闌鏁粉壖[二]。幽奇言莫盡，工巧畫難傳。突兀五花殿，泓澄雙鶴泉。僧寮依地勢，丈室極天元。樓閣相綿亘，齋厨盡潔蠲。簷楹焕金碧，户牖晦雲煙。龜吐源流凈，鷄鳴盗意悛。松杉千古老，花卉四時鮮。峻嶺朝陽透，陰崖夏雪堅。虎經猶棧閣〔三〕，虵路尚蜿蜒。塔影侵遥漢〔四〕，鍾聲徹廣川。園亭隨上下，池沼任方圓。勢遠滄溟接，形高岱嶽駢。秋來凉氣蚤，春至暖風先。四絶名居首，三齊景最偏。祖師留鐵衲，勝地布金錢。便可名兜率，真宜號福田。捕蝗同驛使，策馬訪民編。旅店難投跡，靈嵓少息肩。上人蒙眷戀，信宿得留連。香火朝隨喜，龕燈夜問禪。挺身疑出俗〔五〕，愜意類登仙。擬作歸休計，無何公事牽。官程嚴有限，精舍住無緣。詰旦還推枕，歸途復着鞭。何當擺塵累〔六〕，永結社中蓮。大定癸卯孟秋上旬三日記，當山住持傳法嗣祖沙門浦滌立石。北京圖書館金石組編《北京圖書館藏中國歷代石刻拓本滙編》收影印拓片，中州古籍出版社一九八九年，第四六册一六四頁。另，《（道光）長清縣志》卷末《靈巖志略下》亦録，《中國方志叢書》本，臺北成文出版社一九七〇年。

【校記】

〔一〕原無詩題，此從《（道光）長清縣志》補。 〔二〕門闌：《（道光）長清縣志》作「闌門」。 〔三〕經：《（道光）長清縣志》作「行」。 〔四〕遥：《（道光）長清縣志》作「遼」。 〔五〕疑：《（道光）長清縣志》作「如」。 〔六〕擺：《（道光）長清縣志》作「罷」。

完顔允恭

完顔允恭，世宗子，章宗父。大定二年，立爲皇太子。二十四年，世宗幸上京，受命監國。二十五年薨①。章宗即位，追謚顯宗。允恭雅好文學，工詩善畫，尤長於畫人、馬及墨竹②。兹輯二首。

賜石右相琚生日之壽大定辛酉承華殿書。

黄閣今姚宋，青宫舊綺園。繡絺歸里社，冠蓋盡都門。善訓懷師席，深仁寄壽尊。所期河潤溥，餘福被元元。《中州集》卷首上。

次高駢風筝韻〔一〕

心與寥寥太古通，手隨輕籟入天風。山長水闊無尋處〔二〕，聲在亂雲空碧中。

《中州集》卷首：「山陽民家有上御書一詩云云。此詩無篇題，不知何人作，及見唐高駢賦風筝云：『夜静弦聲響碧空，宫商信任往來風。依稀似曲才堪聽，又被移將别調中。』乃知上所書蓋風筝詩，而又次駢韻者也。姑存之，以俟更考。」

【校記】

〔一〕詩題原缺，此從宋宇文懋昭《大金國志》卷二〇《章宗皇帝》補：「先皇顯宗亦嗜詩，曾於世宗朝

①《金史》卷一九《世紀補·顯宗》，中華書局一九七五。

②金劉祁《歸潛志》卷一，中華書局一九八三年。另，元王逢《梧溪集》卷五《金世宗太子允恭百駿圖爲舒德源題》：「金家武元靖燕徼，嘗誚徽宗癖花鳥。允恭不作大訓方，畫馬卻慕江都王。」《叢書集成初編》本，中華書局一九八五年。另，元劉因《静修集》卷三《金太子允恭唐人馬》：「道人神駿心所憐，天人龍種畫亦然。」《文淵閣四庫全書》本。

右相石琚生日賜以一詩云云。又《次高駢風箏韻》云云。皆得詩人風騷之旨也。」〔三〕無尋處：《大金國志》作「尋無處」。

翟　炳

翟炳，字欽夫，號梅軒居士，相州林慮（今河南省林州市）人。與賈竹、王鼎俱隱德不仕，並以詩名，號「林慮三老」①。正隆間，嘗爲傅慎微《宣聖廟碑記》②、胡礪《重修常樂寺佛殿記》書丹③。大定十四年，撰《長清縣靈岩寺寶公禪師塔銘》④。兹輯二首。

鄴臺行

君不見黄輝萬丈當塗高，築臺鄴下矜雄豪。舳稜直抵霄漢極，洪基欲比西山牢。危樓曲欄照金碧，雲楣井藻分纖毫。美人侍宴悉傾國，詞客賦詠皆英髦。樽前歌舞未知倦，軍中戈戰難忘操。四征跋扈尚龍戰，三分漢鼎猶鴻毛。曹瞞海内歸神武，憐死何爲視兒女。西陵松

①《（民國）林縣志》卷一二《人物志》，《中國方志叢書》本，臺北成文出版社一九七〇年。
②《（同治）畿輔通志》卷一四八《金石》，上海古籍出版社一九九一年，第四册五七二三頁。
③清黄叔璥《中州金石考》卷四，《歷代碑誌叢書》本，江蘇古籍出版社一九九八年。
④清張金吾《金文最》卷一一一，中華書局一九九〇年。

柏翠生煙，臺上嬋娟泣如雨。銅雀惟餘漳水流，金鳳深埋城上土。鄴臺咫尺若有靈，好作移文來吊古。清顧嗣立《元詩選癸集》癸之甲，小傳無考，中華書局二〇〇一年，上册第一二頁。

失題

吾家無一有，中有書與琴。書載聖賢語，琴彈山水音。聖賢之語飽我腹，山水之音清我心。鄰兒六尺不識字，秦樓一笑擲千金。《（民國）林縣志》卷一二《人物志》：翟炳「性坦率，不喜修飾。善楷書，遒勁可法。詩效白樂天體。大定末，翰林學士王遵古嘗寄詩云云。炳亦嘗作歌云云。」

賈竹

賈竹，字彦青，號竹軒，又號乖公，林州（今河南省林州市）人。才思敏捷，下筆成文，不事雕鐫，詩亦清婉。與翟炳、王鼎爲友，俱隱德不仕，號「林慮三老」①。年七十五卒。兹輯三首。

題天平山六峰

六峰聳翠白雲間，頓使幽人眼界寬〔一〕。早晚隨師更深處，杖挑明月一輪寒。《（乾隆）彰德府志》卷

---

①《（民國）林縣志》卷一二《人物志》，《中國方志叢書》本，臺北成文出版社一九七〇年。

二八《藝文志》，《中國地方志集成》本，上海書店出版社二〇一三年。

【校記】

〔一〕使：清顧嗣立《元詩選癸集》癸之甲《乖公賈竹》録此詩如之，注「一作遣」。

遊棲霞谷

數里崎嶇幾曲盤，登臨得趣不知難。行行似覺煙霞近，望望真疑宇宙寬。湍水競流衝澗怒，群峰争秀插天寒。棲霞本是神仙地，塵世何人得到看。《（乾隆）彰德府志》卷二九《藝文志》。

𦇧纊時詩

七十五歲賈乖公，耳目聰明步似風。況是兒童身外事，夕陽流水各西東。《（民國）林縣志》卷一二《人物志》，《中國方志叢書》本，臺北成文出版社一九七〇年。

王鼎

王鼎，字大鼐，號松軒，林州（今河南省林州市）人。爲人整風儀，精翰墨。兼明醫道①，亦有詩名。與

①金王鼎《注解傷寒論序》，見清張金吾《金文最》卷三六，中華書局一九九〇年。

本州翟炳、賈竹爲友，俱隱德不仕，號「林慮三老」。兹輯二首。

詠梅

溪橋翠塢小池塘，間有横枝出短墻。一種是花偏耐冷，十分如雪更含香。翰林遭放情逾適，沈約緣詩瘦不妨。卧月棲煙本來分，何須驛使爲傳芳。《（民國）林縣志》卷一二《人物志》，《中國方志叢書》本，臺北成文出版社一九七〇年。

遊林慮山

燕子來時春已賒〔一〕，海棠開盡未還家。醉眠不覺東風惡，吹起衣巾滿路花。《（民國）林縣志》卷一七《雜記》，《中國方志叢書》本，臺北成文出版社一九七〇年。

【校記】

〔一〕已：《（雍正）河南通志》卷七四《藝文》録此詩作「色」。

紇石烈邈

紇石烈邈，字明遠，廣平（今河北省邯鄲市廣平縣）女真人。大定十二年，官曷蘇館節度使，後調登州刺史，累遷南京副留守①。當時名流如施宜生、酈權、高公振及全真教領袖王喆等與之交往。明昌二年，王寂巡按遼東時嘗尋訪其遺迹，稱之嫉惡如仇，折獄明允，書法剛勁遒健云②。兹輯六首。

留題龍門山北巖壁三首

壬辰七月晦日

秋霽嵐光到眼青，層巒疊巘與雲平。解鞍暫藉山僧屋，泉水潺潺漱玉聲。

癸巳立夏後三日

春盡山嵐碧轉加，携樽來醉梵王家。桃花半折東風裏，應笑劉郎兩鬢華。

甲午春分日

春半遼東暖尚賒，青山苦恨亂雲遮。三年絶徼勞魂夢，嚮壁題詩一嘆嗟。金王寂《鴨江行部志》：

---

①元趙道一《歷代真仙體道通鑑續編》卷一《王喆傳》：大定九年九月，「（王喆）挈馬、譚、丘三人西邁，過登州，太守紇石烈名邈者，待以師禮。及辭，曰：『再會何時？』師曰：『南京。』後師羽化，而邈適除南京副留守。」明正統《道藏》本，文物出版社等一九九四年，第五册四一六頁。

②金王寂《鴨江行部志》，黑龍江人民出版社一九八四年，第三二頁、三六頁。今按，《鴨江行部志》之「紇石烈明遠」，同《丹陽真人語録》《濟州金石志》之「紇石烈邈」，兩女真紇石烈氏交集於大定間之遼東與登州，當是同一人，即名邈字明遠，名與字互爲表裏。

「丙午，游北巖，觀瀑布水，野服曳杖，至於絶頂。……又有紇石烈明遠留題三詩，距此不及一舍，所以屢來登覽。其《壬辰七月晦日》詩云云。此必領節使之初，尚有佳興也。至《癸巳立夏後三日》詩云云。此必坐閲再歲，頗倦游也。及《甲午春分日》詩云云。此似淹留歲月，未有歸期，感慨之情發於歌詠也。」見羅繼祖、張博泉注釋本，黑龍江人民出版社一九八四年，第三三頁。

奉謝登州太守符寶寄新鰒魚

疇昔珎鱐得屢嘗，流涎鮮嚼副牟平。太羹純諳味中味，明月半胎清外清。曾比臘茶猶劣似，
直連楚國尚多卿。珎重寶鄰賢太守，馳封新剗寄頳明。

金王寂《鴨江行部志》：「戊申，予視睡榻四周，皆置素屏，迎明望之，猶有墨痕，依約可見，亟命濕去覆紙，皆明遠舊書也。其題云云，詩云云。其後跋云：『鰒魚，海錯之珎，酒邊咀茹腴濡，有味中之味。或問僕曰：「何物可與爲比？」對以臘茶。人或退而笑曰：「擬人物必以其倫，而曰鰒魚似臘茶，不亦異乎？」或問予以爲定何似？曰：「似蛤蜊。」因識任昉亦不知味。暇日賦《乞茶》，語施丈偶得此詩及評，并用一笑。煩元予舉似施丈。苟煮鰒魚之餘，真得一杯茶，便如「騎鶴上揚州」也。』予初見此詩，不知作者爲何人，亦不知謝者爲誰，及見跋文，乃知明遠去文登之後，後政以鰒魚寄明遠，明遠以詩謝之。首句云『疇昔珎鱐得屢嘗』，是舊曾爲蓬萊閣主人也。然『嘗』字下押『清』字韻，豈非爲『清』、『揚』字古詩亦通用耶？抑復效韓文公每寬韻輒旁出耶？不然，是誤書『烹』字作『嘗』字也。予恐誤者多矣。又以鰒魚比臘茶之説，『煩元予舉似施丈』。元予，則必謂酈元予也；施丈者，若指施明望言之。計明遠罷登州之後，施先生去世久矣，他日見元予，必當首問此一端也。」見羅繼祖、張博泉注釋本，黑龍江人民出版社一九八四年，第三六頁。

和重陽題壁

迴首三年别故村，都忘庭竹長兒孫。他時拂袖尋君去，應許安閑一叩門。金王頤中《丹陽真人語録》：「祖師嘗到登州，時頂笠懸鶉，執一笻，攜一鐵罐，狀貌奇古，乞於市肆，登州人皆不識。夜歸觀，書一絶於壁：『一别終南水竹村，家無兒女亦無孫。數千里外尋知友，引入長生不死門。』明旦拂衣東邁。後數日，郡守紇石烈邈詣觀，觀其題詩，欽歎不已，乃依韻和曰云云。」明正統《道藏》本，文物出版社等一九九四年，第二三册七〇一頁。

題太白酒樓

太白樓空四百年，才名高似月横天。謫仙遺意憑誰論，付與春風一醉眠。清徐宗幹《濟州金石志》卷三《金大定二十年太白樓詩石刻》。詩題作《□□任題李太白酒樓》，題後署「廣平紇石烈邈」，詩末題「大定庚子歲十月庚辰十五日甲午□□□□□特里山謀克都省劄付同知□□□安騎都尉金源縣開國男食邑三百户完顏奕立石」。《石刻史料新編》本，臺北新文豐出版公司一九七九年，第二輯一三册九五一六頁。文中「大定庚子」即大定二十年。

趙安時

趙安時，字全老，號東岡，陵川（今山西省晉城市陵川縣）人。擢貞元二年經義狀元，累遷中順大夫、南京路兵馬都總判，終於永定軍節度使①。茲輯三首。

寒食次陶公韻二首

莫怪山城後放花，神靈秘惜晚生芽。他鄉早發還先謝，春色都留聚我家。

宛似安仁滿縣花，風流善政作根芽〔一〕。太平官府看看見，再活疲民數百家。《（雍正）山西通志》卷二二六《藝文志》，《文淵閣四庫全書》本。另，《（乾隆）陵川縣志》卷二五《藝文》亦録，《中國地方志集成》本，鳳凰出版社等二〇〇五年。

【校記】

〔一〕作根芽：《（乾隆）陵川縣志》作「祖根華」。

崇安寺題壁

自時擾攘，略無定居。每來寄食精舍，蒙智源、智遠二大師勤意，殊不少衰。聊題鄙句以疥壁，未知何日碧紗躕也。時己酉仲夏秋晦前三日，東岡居士書。

每向藍宮謁苾蒭〔一〕，肯開青眼顧寒儒〔二〕。始知深曉空門者，窮達相看亦一如。貞元甲戌中秋日，前

①《（民國）陵川縣志》卷九《士女録》，《中國方志叢書》本，臺北成文出版社一九七〇年。

住持崇安寺僧清演立石，禪林僧門書，李著刊。北京大學圖書館藏拓片，以引爲題，典藏號一〇六七六。另，閻鳳梧等《全遼金詩》録詩，輯自山西陵川崇安寺西配房詩碑，題作《崇安寺題壁》，從之。山西古籍出版社二〇〇一年，上册第六五六頁。

【校記】

〔一〕謁苾蒭：《全遼金詩》缺泐，作「碣□□」。〔二〕寒儒：《全遼金詩》缺泐，作「□□」。

悟師見示勤庵詩然唐人和詩有次用韻者亦有和其韻而不依次者輒效不次者奉和聊資一笑中順大夫南京路兵馬都總判上騎都尉天水縣開國子食邑五百户錫紫金魚袋趙安時

悟師力學十餘春，榜揭新庵號曰勤。自勉經期通一藏，兼修道欲貫三墳。注文不倦睎僧肇，講論無厭平聲傚法雲。梁僧功業精專聞上界，天神擁護衛諸軍。正隆四年六月一日，古賢谷禪林院住持沙門釋惠圓立，長平李迪刊。北京大學圖書館藏拓片，典藏號一〇六九一。

趙安榮

趙安榮，陵川（今山西省晉城市陵川縣）人。安時弟，亦擢進士第①。兹輯一首。

趙洛道中

柔青初散隴頭桑，樹落人家布谷忙。一段藍青渾著角，葉間猶有幾花黄。《（乾隆）陵川縣志》卷二五《藝文》，《中國地方志集成》本，鳳凰出版社等二〇〇五年。

邢天秩

邢天秩，晉陽（今山西省太原市）人。正隆四年，與趙安石唱和。兹輯一首。

依趙中順韻作勤庵詩四韻奉呈希一覽也

研窮宗旨忘冬春，聞道渾如上士勤。豈獨誠心精梵典，仍將明識探皇墳。欲晞贊老修僧史，

① 《（民國）陵川縣志》卷九《士女録》，《中國方志叢書》本，臺北成文出版社一九七〇年。

時効湯休賦碧雲。此志吾師能不墮，革囊那敢作魔軍。正隆四年六月一日，古賢谷禪林院住持沙門釋惠圓立，長平李迪刊。北京大學圖書館藏拓片，題後署「晉陽鄉貢進士邢天秩」，典藏號一〇六九一。

玉　真

玉真，傳謂故宋宮人鬼婦。大定中，嘗與廣寧士人李惟清元直者交往。兹輯二首。

贈李生

皓齒明眸掩路塵，落花流水幾經春。人間天上無歸處，且作陽臺夢裏人。

自憐華色鏡中衰，輕棄前歡已自宜。不恨相逢情不盡，直須白鼠望歸期。金元好問《續夷堅志》卷三《宮婢玉真》，中華書局一九八六年。

佚　名

三仙題壁詩

隨時常向世中游，今已經過數百秋。我爲愚人無所悟，却攜神劍去南州。散漢題。

當日黃糧夢裏事，而今倒指幾經秋。吾心卻欲傳仙訣，無奈蒼生不識人。雙口叟題。

葫蘆一個是生涯，閑步人間訪酒家。要問狂夫何處往，蓬山洞口有桃花。懸葫蘆題。《（萬曆）保定府志》卷四《古跡志》：「擬江亭在縣南五里，金大定間創建落成。俄有三仙，一曰散漢，二曰雙口叟，三曰懸葫蘆。其題於壁，歲久傾廢。大定二十年，高侯來知是州，訪古制而葺新之。又尋三仙之詠而志之。其亭復如舊矣。出判官張莘記。」《日本藏中國罕見地方誌叢刊》本，書目文獻出版社一九七九年。今按，金張莘《重修擬江亭記》述及：「亭既成，聞之耆老，得天德二年正月中三仙所題詩，命莘記之。」見《金文最》卷二六。

華山十方太陰寺頌〔一〕

幽幽棲棲寶刹地，召集十方德行人。惟願皆行二利行，自他同証法王身。金佚名《華山十方太陰寺記》：「此太陰寺者，始終請命十方有德僧行看守住持，勤求佛道。若有縱心，違佛禁戒及犯王制，作諸過愆。如是之制，蘭若之規，永遠爲記。頌曰云云。」文末題「時大定十七年三月日上石」。見《全遼金文》中册第四〇四三頁。

【校記】

〔一〕詩題之「方」原作泐字，據詩句「召集十方德行人」、記文「始終請命十方有德僧行看守住持」之「十方」補。

題懸空寺

識破塵緣萬事休，翛然歸去罷追求。踈人壘壁鑿石磴〔二〕，厭俗懸崖置屋樓〔三〕。明月清風真銜用，皺松瘦柏是吾儔〔三〕。經年掩户絶賓客，獨樂玄中玄更幽〔四〕。金佚名《石峡懸空寺記》有云：「大定拾陸年重九後二日，天晴氣爽，日朗風輕，因與友韓公同游。」記後題詩云云。見清陸增祥《八瓊室金石補正續編》卷六三，《續修四庫全書》本，上海古籍出版社影印。另，清胡聘之《山右石刻叢編》卷二一亦録，題作《懸空寺記并詩》，《歷代碑志叢書》本，江苏古籍出版社一九九八年。另，閻鳳梧等《全遼金文》亦録，山西古籍出版社二〇〇二年，下册第四〇四一頁。另，陳學峰、劉澤民等《三晉石刻大全·大同市渾源縣卷》收影印拓片并録文，三晉出版社二〇一三年，第一〇頁。

【校記】

〔一〕踈人：《全遼金文》作「陳人」。〔二〕屋樓：《全遼金文》《三晉石刻大全·大同市渾源縣卷》作「層樓」。〔三〕皺松：《全遼金文》作「殷松」，《三晉石刻大全·大同市渾源縣卷》作「皺松」。

〔四〕獨樂玄中玄更幽：「玄」原作「元」，且置於「□」內，以示更改，避清帝康熙名諱；《山右石刻叢編》「玄」字缺末筆，且置於「〇」內，與置於「□」內意同，此從《全遼金文》《三晉石刻大全·大同市渾源縣卷》。

題通真觀殿壁

余向金臺謁帝迴，首陽鄉國暫歸來。羣迷不識吾家趣，何日重尋閬苑媒。《（雍正）山西通志》卷一七〇《寺觀·通真觀》：在臨晉城内東南隅。「金大定二十一年四月十四日，邑人作千道會，羽士雲集，一人方巾敝袍，書一絶殿壁而去，曰云云，末題『岩客』。隨摹書刻石。後山陰府移置蒲之廖陽宮。」《文淵閣四庫全書》本。

詠東牟攬秀亭

霜天曉兮白雲飛，洞天暮兮白鳥歸。江月照兮松風吹，好箇家風人不知。金佚名《東牟攬秀亭記》：「太守完顏公，奇人也。……鏟城爲基，斷木爲亭，人不聞役，樂成厥功。同僚佐登覽其上，見夫煙棲雨宿，雲出月來，歸鴻野鶩，如飛几席之上……嘉嘆不足，故詩之。詞云云。」見清張金吾《金文最》卷二四，中華書局一九九〇年。

新編全金詩卷一七

張汝霖

張汝霖，字仲澤，遼陽渤海（今遼寧省遼陽市）人①。父浩字浩然，太師、南陽郡王。貞元二年，賜汝霖吕忠翰榜進士，特授左補闕，擢大興令。累遷太子少師兼禮部尚書、參知政事、尚書右丞。大定二十八年，拜平章政事，兼修國史，封芮國公。明昌元年卒②。兹輯一首。

春溪

黯黯春愁底處消，小桃無語半含嬌。東風不管前溪水，暖緑溶溶拍畫橋。《中州集》卷九《張左相汝霖》。

① 《中州集》小傳作「遼陽人」，《金史》卷八八《張汝霖傳》作「遼陽渤海人」，本姓高。今按，清施國祁《金史詳校》卷八校作「渤海遼陽人」，以爲當稱渤海國舊貫，而非「遼陽渤海人」。

② 《金史》卷八三《張汝霖傳》，中華書局一九七五年。

楊子益

楊子益，字得裕，大興柏鄉（今河北省邢臺市柏鄉縣）人[①]。正隆二年，官聞喜縣令，以勤政廉潔、剸繁治劇稱於時[②]，累遷西京副留守。大定中，以大理卿闕，左丞張汝弼薦之，稱其法律詳明。世宗曰：「子益雖明法，而用心不正，豈可以任之以分天下是非也？大理須用公正人。」[③]前後評價判若兩人，然史載語焉不詳，或牽涉當時宫廷政治鬥争之故。兹輯一首。

題吴莘老萬卷堂

隨分虀鹽不力珍，一堂書史日相親。五經尚説無癡子，萬卷於今見古人。既有鄴侯籤滿架，更知工部筆如神。堦前蘭玉十才子，指日鵷行列縉紳。《（成化）山西通志》卷一六《集詩・宫室類》，《四

---

① 《（乾隆）聞喜縣志》卷四《宦績》，《中國地方志集成》本，鳳凰出版社等二〇〇五年。另，《（成化）山西通志》卷一六《集詩》録其詩，名下注「金柏山人」。今按，明李賢《大明一統志》卷一《順天府》：柏山，「在府西北清白口社，山四旁多産柏，故名。上有寺，亦以柏山名」。

② 金曹望之《清白堂記》述其事蹟而頌之，見《（成化）山西通志》卷一三《集文》，《四庫全書存目叢書》本，齊魯書社一九九六年，第四七九頁。

③ 《金史》卷一二〇《世戚傳・唐括貢》，中華書局一九七五年。

庫全書存目叢書》本，齊魯書社一九九六年，第六六三頁。

李山

李山，膠西（今山東省青島市膠州市）人。正隆元年三月，以按廉之職遊靈巖寺。大定六年，官禮部員外郎①。兹輯三首。

靈巖勝境久在聞聽間少頃後今幸一遊不可無文謹書二小詩上呈方丈膠西李山

風埃奔走竟何堪，解後叢林試一參。從目雲嵓無盡度，息肩石榻有餘甘。曹溪演秘君應會，岳麓題詩我謾慙。得到洞天能有幾，人間留取助清談。

磴石攀羅鳥道分，峯迴寶宇覔層門。倚嵓危構疑無路，襯步濃雲恐有根。祖佛舊傳遺跡在，家風今見宿師存。我馳軺傳聊停轡，慾火灰寒不自暾。

①《金史》卷一九《世紀補》：大定六年，「禮官不知皇太子自有鹵簿金路」，「上疑其非禮」，「於是禮部郎中李邦直、員外郎李山削一階」。中華書局一九七五年，第四一一頁。

丙子三月二十一日登證明殿謹次任丈高韻

中順大夫同知使事李山

各上高山努力行，行行不已已然成。果能忘得人兼我，何用從旁覓證明。却從方丈求一轉語，不罪。北京圖書館金石組編《北京圖書館藏中國歷代石刻拓本匯編》，詩後跋云：「同運中順李公以按察之職因遊靈嵓，有呈堂頭兩詩并和都運任太中登證明一絶句，遂獲竊觀，被味不已。蓋不特道場勝槩悉見乎辭，如慾火灰寒、人我兼忘之句，誠飄飄然意遊物外，非高人清思，何以臻此？謹用刻諸貞珉，傳之永久。正隆元年四月十三日，敦武校尉行濟南府長清縣尉飛騎尉焦希祖跋。」中州古籍出版社一九八九年，第四六册五三頁。

徐偉

徐偉，出處未詳，嘗官京兆①。大定十八年，滹沱河堤决，以同知河北西路轉運使監修固塞之

①金元好問《續夷堅志》卷四《高白松》：「徐偉官京兆，夢二老人，白首而身長，身穿緑袍，謂偉言：『某他日有斧斤之厄，幸爲保全之。』偉不知所以，然夢異不忘也。及移守泰安，會岳祠災，詔復修之，境内大木皆聽採取。東六十里萊蕪之高白村有古松，榦柯茂盛，陰蔽二畝，鄉社相傳爲數百年物，亦在採斫之數。鄉人父老哀禱於偉，偉因悟前夢，力爲營護，竟免斬伐。」中華書局一九八六年。

役①。同年，擢中憲大夫、泰安州刺使，奉詔修復嶽祠，并興辦州學②。大定二十三年，除尚書省左司員外郎。世宗稱「斯人純而幹」③。兹輯一首。

遊佛峪寺

遊宦三十年，垂老守奉高。頗欣多林壑，絶勝居脂膏。無何事營繕，兹盟遂蕭條。三載工始休，乃思慰寂寥。適聞日觀陰，秋意向此饒。兵廚亦解後，清香泛葡萄。遽命二三友，騄騄聯華鑣。所歷如倒庶，未省崎嶇勞。水落雲根出，煙開嵐光摇。蘇黄襯紅碧，疊嶂堆錦標。時有一片葉，琅然墮風梢。物物皆寺材，收拾屬吾曹。所嗟終莫賦，回首空無聊。賴有蕭寺僧，捫蘿重相招。招我松竹間，次第陳山肴。要我登玉峰，百里睨秋毫。崔嵬斷棧阻，躋攀愁猨猱。況我久衰瘁，安能淩煙霄。却下野雲端，晚履棲禪寮。明日竹林去，慎無輕懸刀。

清顧嗣立《元詩選癸集》癸之癸下，小傳無考，中華書局二〇〇一年。今按，詩中「奉高」爲泰安古稱，漢武帝元封元年置縣，以奉泰山之祀。「遊宦三十年，垂老守奉高」云云，與其仕履合。

---

①《金史》卷二七《河渠志》，中華書局一九七五年，第六八八頁。
②金李守純《泰安州重修宣聖廟碑》，見《金文最》卷七三，中華書局一九九〇年。
③《金史》卷八《世宗紀》，中華書局一九七五年，第一八五頁。

梁 襄

梁襄，字公贊，絳州（今山西省運城市新絳縣）人。長於《春秋左氏》，登大定三年進士第。調耀州同安主簿，遷邠州淳化縣令，陞慶陽府推官，召爲薛王府掾。世宗將幸金蓮川，襄上疏極諫，由是以直聲聞。擢禮部主事，太子司經，累遷陝州刺史，官至保大軍節度使，卒。有《諫興陵田獵表》傳世①。子持勝，亦名士。兹輯一首。

謁禹王廟

波涵九域民爲魚，帝奮忠勤親決除。水涸茫茫盡桑稼，萬世永賴功誰如。功高受享宜宏久〔一〕，廟貌方方無不有。砥柱神靈最偉奇，會稽血食尤隆厚。此祠所建在空山〔二〕，庳殿短廊纔數間。讀碣人多題字鬧〔三〕，祭祀禮少犧牲閑〔四〕。欽惟帝道崇勤儉，此郡民繁地磽嶮。辛苦耕耘衣食粗，孚祐乞遍無令歉〔五〕。

清郭元釪《全金詩增補中州集》卷五一，上海古籍出版社一九九四年。另，《（成化）山西通志》卷一六《集詩·祠廟類》亦録，《四庫全書存目叢書》本，齊魯書社一九九六年，第六七二頁。

①《金史》卷九六《梁襄傳》，中華書局一九七五年。

【校記】

〔一〕享：《（成化）山西通志》作「饗」。〔二〕此祠：《（成化）山西通志》作「火山」。〔三〕讀碣：《（成化）山西通志》作「遊謁」。〔四〕牲：《（成化）山西通志》作「樽」。〔五〕孚祐乞遍：《（成化）山西通志》作「乞徧孚祐」。

雷 思

雷思，字西仲，渾源（今山西省大同市渾源縣）人。天德三年進士，嘗令容城①。大定中，官大理司直，持法寬平，爲時稱之。累遷同知北京轉運使事。二十六年，卒②。嘗著《易解》行世。弟志，字尚仲，亦第進士，仕至永定軍節度使。季子淵，最知名。兹輯三首。

食松子

千嵓玉立盡長松，半夜珠璣落雪風。休道東游無所得，歲寒梁棟滿胷中。《中州集》卷八《學易先

---

① 《（光緒）畿輔通志》卷一八六《宦績》四著録：「雷思，渾源人。知容城，廉平寬厚，民懷其惠。」上海古籍出版社一九九一年，第五册六八二〇頁。

② 《遺山先生文集》卷二一《雷希顔墓銘》：「希顔三歲喪父，七歲養於諸兄。」《四部叢刊》本。今按，希顔卒於金哀宗正大八年（一二三一），年四十八。以此推算，西仲當卒於金世宗大定二十六年（一一八六）。

生雷思》。

題藏雲洞

仙人含茹紫芝香，占得中條最上方。何事紅塵飛不到，幽居常被白雲藏。《(雍正)山西通志》卷二二六《藝文志》，《文淵閣四庫全書》本。

周伯禄

周伯禄，字天錫，真定(今河北省石家莊市正定縣)人。嘗從北宋末名士褚承亮學①，登大定三年進士第②。累遷同知沁南軍節度使③，卒於刑部員外郎④，名士王寂嘗撰墓銘。子昂，重名節，以友孝

①元迺賢《河朔訪古記》卷上：「真定褚先生墓石碣謂「朝廷重其名，命知藁城，漫一應之，尋解印去，年七十終。弟子周伯禄等百餘人，因私謚曰元貞先生云」。《叢書集成初編》本，中華書局一九八五年。

②元蘇天爵《滋溪文稿》卷四《金進士蓋公墓記》：「蓋公(侁)、(周)昂、(孫)椿年俱真定人也。昂尤知名，嘗爲監察御史、户部郎官。其父伯禄，大定五年進士，卒刑部郎官，墓在真定縣南仰陵原，事具中都轉運使王寂所述墓銘，可考。」中華書局一九九七年。今按，大定五年非選舉年，「五」或「三」之誤。

③《金史》卷一二六《藝文傳》，中華書局一九七五年，第二七三頁。

④《滋溪文稿》卷四《金進士蓋公墓記》謂「卒刑部郎官」。另，明殘鈔本《順天府志》卷七《寺》著録《中都大憫忠寺重建釋迦太子殿記》，「大定二十八年九月，朝請大夫行尚書員外郎上騎都尉周百禄撰」，脱「刑部」二字。北京大學出版社(轉下頁)

聞，文筆高雅，承其家學云。兹輯四首。

題湧金亭三首

光摇晴日動珠盤，泛泛輕風漾碧瀾。俯檻怳然驚醉眼，雲天却向鏡中看。

石動苔摇數尺清，空明不啻碧紗輕。小舟浮到波深處，如數寒沙坐不成。

石逕穿雲自屈盤，碧峰無數入清瀾。偶來照影跳珠上，八節清猗不擬看。

又

蘇門佳絶名天下，老眼看經知有藉。風光變易四時新，宜動詞仙歌倒蔗。太行雨過矜峥嶸，碧湖涵照玻璃明。水花十里隔修竹，灑面風來香氣清。我當秋暑成行役，倦踏途泥願休息。竭來尋賞暫停鞍，便覺煩襟自消釋。參差嘉樹摇新晴，上有幽鳥知人情。殷勤似欲留我住，葉間時弄綿蠻聲。紛紛世事何時畢，勝遊杯負杯中物。酬兹良會及明時，于胥樂兮醉言歸。

《（嘉靖）輝縣誌》卷九，《天一閣藏明代方志選刊續編》本，上海書店一九八九年。另，清吴式芬《攈古録》卷一六著録《周伯

（接上頁）一九八三年，第一二一頁。今按，《滋溪文稿》既謂卒於刑部郎官，王寂爲撰墓銘，而寂殁於明昌末，則伯禄當卒於大定末明昌初。

渌題湧金亭詩》：「正書，河南輝縣，大定二十六年三月二十四日。」

張公藥

張公藥，字元石，滕陽（今山東省棗莊市滕州市）人①。齊相安簡公孝純之子②。以蔭入仕，官郾城令，累遷昌武軍節度副使。嘗著《竹堂集》行世。兹輯七首。

許下三庚劇暑甚於他州懷思故鄉嶧山山水真清凉境界也感而作詩

魯東百里近，福地曰鳧繹。千峯開玲瓏，絶澗瀉湍激。岱宗古獨尊，象緯了不隔。嶧山至泰山不遠。此山許攀聯，朝著有班秩。虚巖互霞蔚，秀石森玉立。泉聲動環珮，林樂盡竽瑟。「林樂」出《莊子》。樹老潤饒菌，果熟香隕實。漱風松落花，泓雪崖溜蜜。木皸虎磨癢，沙迥鳥伸翮。「水禽嬉戲，引吭伸翮」，《劉禹錫集》。竹葉若來往，桃源當甲乙。曾經晋人隱，晉郄鑒因避亂挈宂人來嶧山，

①《中州集》卷二小傳未言鄉籍，其父於《中州集》卷九《張丞相孝純》有傳涉及。

②《中州集》卷二小傳謂「宰相安簡公孝純永錫之孫」，而《中州集》卷九《張丞相孝純》言其子孫清晰確切，即公藥爲齊國丞相安簡公張孝純之「子」，而非「孫」，當是。

事見本傳。喜脱塵網密。事往不記年，人説猶前日。我來官許下，溷暑病逾劇〔一〕。慢膚便枕簟，白汗沾巾幘。屢輟五夜眠，輒廢中盤食。炎官令方虐，着意不憐客。語此作惆悵，可以知得失。遥知舊經行，雲起水邊石。平生二三子，相對坐横策。今世葛天民，何容挽之出。

【校記】

〔一〕溷：文淵閣本《中州集》作「觸」。

往鄜州

出門旋復入崎嶇，行路真將蜀道如。掃凍村童燒積葉，趁春田婦鬻新蔬。雪花被岸中流黑，雲氣涵山衆壑虚。老子頻年厭羊酪，故溪新緑正肥魚。

二月

二月芳事何等好，南陌東城饒物華。春風無意管楊柳，晴日有心烘杏花。故山隨分可嫌老〔一〕，宦游到處聊爲家。夢歸草堂捲踈箔，幾點白鷗眠淺沙。《中州集》卷二《張鄜城公藥》。

【校記】

〔一〕嫌：汲古閣本、文淵閣本《中州集》作「娱」。

新年

客情病裏度殘臘，老色鏡中添一年。雲樹縈寒猶漠漠，竹梢迎日已娟娟。《中州集》卷二張公藥小傳。

題清明上河圖卷三首

通衢車馬正喧闐，只是宣和第幾年。當日翰林呈畫本，升年風物正堪傳。

水門東去接隋渠，井邑魚鱗比不如。老民從來戒盈滿，故知今日變丘墟。

楚柂吴檣萬里船，橋南橋北好風煙。唤回一晌繁華夢，簫鼓樓臺若箇邊。趙蘇娜《歷代繪畫題詩存》：「生卒年月不詳。工詩文、書法。活動於南宋。」録其詩三首云云。山西教育出版社一九九八年，第二三頁。

佚句

寒食

一百五日寒食節，二十四番花信風。

春晚

細風皺緑漲溪水，小雨點紅添海棠。

芭蕉葉斜卷舒雨，酴醾架小縱横春。《中州集》卷二張公藥小傳

史　旭

史旭，字景陽①。第進士，歷臨真、秀容二縣令。嘗有詩集行世。元好問先人從之遊，稱其詩有佳句云。兹輯四首。

懷郭碩夫劉南正程雲翼〔一〕

已將春夢等浮生，更着秋光比宦情〔二〕。薄有酒銷閑日月〔三〕，苦無心向老功名〔四〕。黑城村晚鴉千點，白土坡高鴈一聲。天末何人慰寥索〔五〕，正思張丈與殷兄。

【校記】

〔一〕明佚名《詩淵》第一册二五三頁録此詩，題作「懷程禮部」。〔二〕比：《詩淵》作「寄」。

〔三〕銷：《詩淵》作「消」。〔四〕老：《詩淵》作「舊」。〔五〕寥索：《詩淵》作「岑寂」。今按，宋辛棄疾《好事近·中秋席上和王路鈐》：「夜深休更唤笙歌，簷頭雨聲惡。不是小山詞就，這一場寥索。」見《全宋詞》第三册一九六六頁；金李之翰《中京遇因長老》：「分手山堂更寥索，冷雲衰草伴征

①《中州集》小傳未涉鄉貫，失考。

鞍。」見《中州集》卷八《李寧州之翰》。

早發驝駞堋

郎君坐馬臂彫弧，手撚一雙金僕姑。畢竟太平何處用〔一〕，只堪粧點早行圖。好問按：景陽大定中作此詩，已知國朝兵不可用，是則詩人之憂思深矣。

【校記】

〔一〕竟：弘治本《中州集》作「更」。

梨花

少年携酒日尋花，老去花前欲飲茶。今日傳觴似年少，一枝香雪上烏紗。《中州集》卷二《史明府旭》。

臨真上元夜雪

斜風吹雪滿山城，壓屋雲低未肯晴。天女散花春一色，燭龍銜照夜三更。

佚句

交口楊氏莊

青黄遶屋禾將熟，紫白依闌菊半開。

差赴綏德

也解笑人沿路菊，不堪供税帶山田。《中州集》卷二史旭小傳

王邦用

王邦用，定州永平（今河北省保定市順平縣）人①。名士王擴之父。登天德三年進士第②。大定中，官同知安國軍節度使事。兹輯一首。

柳溪亭

邢臺古名藩，沃壤民繁阜。負郭有園亭，雅趣便林藪。波影摇杯盤，嵐光入户牖。我初登仕途，南北屢行走。遇此必盤桓，自卯或至酉。光射看山眼，香染攀花手。夕陽促征鞍，戀戀

①《遺山先生文集》卷一八《嘉議大夫陝西東路轉運使剛敏王公神道碑銘》：「公諱擴，字充之，族王氏，世爲定州永平人。……邦用，公之父也，仕至同知安國軍節度使事。」另，《金史》卷一〇四《王擴傳》鄉籍作「中山永平人」。今按，《金史》卷二五《地理志》「中山府」條：「宋府，天會七年降爲定州博陵郡定武軍節度使，後復爲府。」中華書局一九七五年。

②《（民國）完縣新志》卷六《文獻》四《金元兩代薦紳表》：「王邦用，天德三年，安國軍節度同知。」《中國方志叢書》本，臺北成文出版社一九七〇年。

猶回首。復爲南和宰，夙好端不負。時時任勝遊，仍攜會心友。粧臉池中蓮，舞腰溪上柳。去矣幾星霜，受命來通守。下車事紛如，訟稀三月後。重尋舊遊地，慨然吁嗟久。亭子半已頹，花木亦何有。興廢實在人，此事亦非偶。見廢不使興，未免顔之厚。决意復繕完，同僚誰曰否。榱棟增壯麗，土木徹腐朽。經始遇中秋，落成適重九。閑暇即登臨，還應藉詩酒。

《（光緒）邢臺縣志》卷七《古跡》：「柳溪亭在城北河旁，金大定間節度同知永平王邦用建。」《中國方志叢書》本，臺北成文出版社一九七〇年。

劉仲尹

劉仲尹，字致君，號龍山，蓋州（今遼寧省營口市蓋州市）人，後遷沃州（今河北省邢臺市隆堯縣）[①]。年二十登正隆二年進士第，釋褐贊皇尉[②]，累遷潞州節度副使，召爲都水監丞，卒。遺山元好問稱其「家世豪侈而能折節讀書，歌詩樂府俱有藴藉，參涪翁而得法者也」。嘗著《龍山集》行世。外孫李獻能欽叔，金末名士。兹輯二十九首。

---

① 金劉祁《歸潛志》卷四：「劉仲尹致君，號龍山，遼陽人。」中華書局一九八三年。

② 金元好問《續夷堅志》卷三《劉致君見異人》：「年二十，『不貴異物民乃足』榜擢第，釋褐贊皇尉。」中華書局一九八六年。今按，「不貴異物民乃足」爲正隆二年詞賦殿試考題。

墨梅十首

瘦損昭陽鏡裏春，漢家公主奉烏孫。淚痕滴盡穹廬月，誰道神香解返魂。

絶纓人醉燭花殘，主意方濃未厭歡。十五瓊兒梳洗薄，琵琶才許近簾彈。

生憎施粉與施朱，换骨玄都亦自姝。疎影冷香題不到，夢驚煙雨暗西湖。

趙郎愛香人不知，羅浮山下有佳期。春寒徹骨角聲起，才記參横月墮時。

君王鳳駕九龍池，後輦傳呼召雪兒。狼藉玉臺銀燭暗，丁香小麝印宫眉。

鍾鼓沉沉度苑墻，玉繩初直殿東廂。荀妃早發鷄鳴埭，殘月微分燭下粧。

衡州何處問花光，抹月批風只欠香。安得江南斷腸句。爲題風雨浣啼粧。

高髻長娥滿漢宫〔一〕，君王圖玉按春風〔二〕。龍沙萬里王家女，不着黄金買畫工。

古絹誰藏謝女真，天寒翠袖一招魂。江山嫁盡風流夢，雪滿冰溪月掛村。

妙畫工意不工俗，老子見畫只尋香。未應塗抹相欺得，政自不爲時世粧。

【校記】

〔一〕娥：汲古閣本、文淵閣本《中州集》作「蛾」。另，金劉祁《歸潛志》卷四録此詩「長蛾」作「長眉」。

〔二〕圖玉：《歸潛志》作「圖上」。

自理

日日南軒學蠹魚，隱中獨愛隱於書。兒癡婦笑謀生拙，不道從來與世疎。

西溪牡丹

爲雲爲雨定成虚，醉臉籠嬌試粉初。舉國春風避姚魏，换胎天質到黄徐。百年金谷憑欄袖，三月揚州載酒車。我欲禪居凈餘習，湖灘枕石看游魚。

秋盡

利禄蝸涎壁，年華蟻夢槐。秋隨庭樹老，寒逐鴈聲來。養性論三適，分愁詠七哀。閉門人客少，書籍遶床堆。

晚陰

歲澇饒秋雨，雲寒結暝陰。晚芳留凍蝶，踈木立飢禽。閑覺交游減，衰從老病尋。安眠恐徼倖，底用説初心。

冬日

刁騷短髮鑷還生，鏡裏形骸只自驚。睡枕食槃飜歲月，頭風股痺識陰晴。鳩棲任笑謀生拙，兔簡難忘照眼清。不用煖爐公庫酒，試容擁被聽雞聲。

寒夜

漏聲穿竹夜霜清，儘着功夫伴短檠。睡足梅花半梢月，虚徐老鼻學香生。

秋日東齋

一區寂寞子雲家，便腹那能貯五車。筋力只今如老鶴，筆頭新愛綰秋蛇。樹間風定葉漫徑，籬外雨寒梅着花。勝日一樽能笑客，更須官鼓候晨撾。

窗外梅蕾二首

玉兒秀稡雲幄藏，鼻觀已覺鉼水香。過眼空花均一寓，十分春色屬秋堂。

細蕾初看柳麥肥，春風得得遶窗扉。道人方作玉溪夢，石塢竹橋風雪飛。

初秋夜涼

小蟲機杼月西廂，風雨纔分半枕涼。白髮自踈河漢夢，一瓶秋水玉簪香。

謝孔遵度後堂畫山水圖後堂號秀隱君〔一〕。

家在龍沙弱水東，竭來塵世笑春風。都將天外蓬壺景，漏作人間畫手工。玉腕雪迴犀管細，寶煤香散鳳綃空。只應大地山河影，常記飛鸞下月中。

【校記】

〔一〕詩題「度」原作「席」，諸本《中州集》如之，刊誤。今按，孔遵度號秀隱君，金王寂《鴨江行部志》：「東檐下觀王棲雲題詩云云。棲雲本武弁，名琢，馳馬擊劒外，尤喜作詩。舊寓夷門，與孔遵度、酈元與、高特夫皆莫逆也。」黑龍江人民出版社一九八四年，第四頁；君，汲古閣本、文淵閣本《中州集》作「居」，亦誤。

別墅二首

墻根雨大土花碧，秋笋寒添一兩莖。愛買僻書人笑古，痛憎俗事自知清。黄花催織鈿鈿出，白髮欺人故故生。饘粥年來吾稍具〔二〕，厭隨鞍馬逐浮名。

風雨驅寒入弊裘，閑齋氣味冷颼颼。年華過眼驚飛鳥，利禄催人窘督郵。竈下旋添温坑火，床頭剩買讀書油。可人誰似黄夫子，着意裁詩寄四休。

【校記】

〔一〕吾：汲古閣本、文淵閣本《中州集》及《全金詩增補中州集》卷一五作「我」。

龍德宫

碧栱朱甍面面開，翠雲稠疊鎖崔嵬。連昌庭檻渾栽竹，罨畫溪山半是梅。藻井香銷塵化網，銅欄秋澁雨留苔。只應千古華清月，狼藉春風媿露臺。

酴醾

相看絶似好交友，着眼江梅季孟中。海窟笙簫來鶴背，月林冰雪繞春風。滿前玉蘂名尤重，特地梨花夢不同。安得涪翁香一瓣，種成聊供小南豐。

夏日

床頭書册聚麻沙，病起經旬不煮茶。更爲炎蒸設方略，細烹山蜜破松花。

不出

好詩讀罷倚團蒲，唧唧銅缾沸地爐。天氣稍寒吾不出，氍毹分坐與狸奴。

一室

老來湖海媿陳登，只有頭鬚未是僧。坐對黄昏鐘鼓定，竹根吹火上吟燈。欽叔所傳：「少時豪氣愛陳登，老去真成有髪僧。」《中州集》卷三《劉龍山仲尹》。

梅影

王換嚴更三唱鷄，小樓天淡月平西。風簾不著闌干角，瞥見傷春背面啼。金劉祁《歸潛志》卷四，中華書局一九八三年。另，金元好問《續夷堅志》卷三《劉致君見異人》：「龍山劉仲尹致君，釋褐贊皇尉，一日巡捕早至山寺中，見壁上有詩云云。問僧誰所題，言一客可六十許，衣著風神奇異，昨夜寄宿，今旦題詩而去，墨尚未乾，去未遠也。致君分遣弓兵踪迹之。少焉兵來報：客在山中大樹下待君。致君載酒往見客，前揖。客亦與之抗禮。問姓名，不答，指酒索飲。致君見其談吐灑落，知其異人，以平生經傳疑事質之，酬對詳盡，得所未聞。客亦謂致君爲可與語，舉杯引滿，引及從者。日將夕，致君與吏卒皆大醉，及醒，失客所在。」中華書局一九八六年。

郭用中

郭用中，字仲正，平陽（今山西省臨汾市）人。大定七年進士，歷浮山簿、陜州録事，年三十一卒。嘗著《寂照居士集》，郝俣、毛麾、鄭仲康爲之引。遺山元好問謂其「殊有詩人思致，恨不假之以年耳」。兹輯一首。

偶得

參徧藂林懶出遊，指端孤月照高秋。大千界裏閑窺掌，不二門中暗點頭。掃地燒香聊自遣，栽花種竹儘風流。莊蒙抵死談齊物，無物齊時也合休。《中州集》卷八《郭録事用中》。

佚句

賦醋魚

身卧不知雲子白，氣酣聊作木奴酸。

賦雪

灞橋柳絮人千里，楚澤蘆花水半扉。《中州集》卷八郭用中小傳。

田彦皋

田彦皋，號丹元子，始末未詳。正隆五年，仕爲京兆府户判①；大定二十一年，官西京都轉運使。二十八年，以河中尹奉使南宋賀正旦②。兹輯一首。

弔姚孝錫

淋浪風月三千首〔一〕，游戲塵凡八十秋。三徑尚存元亮菊，五湖空負子皮舟。《中州集》卷一〇《醉軒姚先生孝錫》。

【校記】

〔一〕淋浪：汲古閣本、文淵閣本《中州集》作「琳琅」。

① 金曹誼《重修碑院七賢堂記》：「總判吕公應熊、府判畢公棣、户判田公彦皋、度判孫公鼎年（下缺）時復詣學，助其犒勞。」碑末署「正隆五年季春上休日」。見路遠《金元時期的碑林》，西安碑林博物館《碑林集刊》第三輯，陝西人民美術出版社一九九五年。

② 《金史》卷八《世宗紀》：大定二十八年十一月甲辰，「以河中尹田彦皋等爲賀宋正旦使」。中華書局一九七五年。

陳太忠

陳太忠，出處未詳。海陵時，龍興寺釋智和受賜廣惠大師號，太忠以友仁爲之贊。茲輯佚句二。

失題

選官選佛臨歧異，爲人爲法到頭同。金釋法通《龍興寺陁羅尼經幢并廣惠大師銘》：「師清畏四知，政發三嘆，實佛宇之棟梁，法門之鈐鍵。時友忈陳太忠贊曰云云。」見清沈濤《常山貞石志》卷一四，《歷代碑志叢書》本，江蘇古籍出版社一九九八年。

釋重玉

釋重玉，始末未詳。大定間僧人。茲輯一首。

從顯宗皇帝幸龍泉寺應制詩

一林黄葉萬山秋，鑾仗參陪結勝游。怪石斕斒蹲玉虎，老松蟠屈卧蒼虬。俯臨絶壑安禪室，迅落危厓瀉瀑流。可笑紅塵奔走者，幾人於此暫心休。清于敏中等《日下舊聞考》卷一〇五《郊坰》：「潭柘寺去都城西北九十里，爲金代故刹，今佛殿基故潭也。柘已枯，寺有金碑二：大定十三年楊節度記、明昌五年僧重玉詩。寺先名嘉福，後名龍泉。考《金史》卷一九，顯宗卒於大定二十五年，則『明昌五年』非重玉扈從日，當爲建碑之時。」北京燕山出版社一九八三年，第六册一七四九頁。

釋廣善

釋廣善，俗姓蘇氏，號中虚道人，大興武清縣（今天津市武清區）人。自幼出家，卒年七十二①。精通佛典，涉獵廣博，又能融儒學於禪，有文傳世，堪稱釋家史筆。兹輯一首。

三藏塔贊

西域取經彰美譽，東方弘教振嘉聲。塔中真相依然在，静對空山曉月明。大定八年正月初七日，中都大聖安寺西堂中虚道人稽首贊。北京大學圖書館藏拓片，典藏號二四八八三。出自山東長清四禪寺。

釋法通

釋法通，出處未詳。大定間，與龍興寺廣惠大師爲知己，廣惠逝，爲撰幢銘。兹輯佚句二。

① 金釋廣善弟子惠談嘗撰《廣公禪師塔記》，然碑石殘泐，已無法識讀，并勾勒其生平事迹。參見范軍《北京金代碑刻叙録》，載北京城垣博物館編《北京遼金文物研究》，北京燕山出版社二〇〇五年，第二六三頁。

失題

圓明德號光前後，廣惠師名鎮古今。金釋法通《龍興寺陁羅尼經幢并廣惠大師銘》：海陵時，釋智和受賜廣惠大師號，「余嘗有詩云云。師清畏四知，政發三嘆，實佛宇之棟梁，法門之鈐鍵。」題後署「大定二十年十月一日，造經幢功德主門人順道建」。見清沈濤《常山貞石志》卷一四，《歷代碑志叢書》本，江蘇古籍出版社一九九八年。

釋善英

釋善英，字穎叔，俗姓趙氏，大定興化縣（今河北省承德市）民家子。年十九出家，師事鞍山仁智院僧智遵。又從萬壽寺聰公學禪，年二十九受具。後受天香、中盤之邀，爲衲寺主師席凡二十載。大定二十五年，受皇子曹王疏請，住持清安。二十八年，以疾終。兹輯一首。

因聰公舉猿心馬意死前死佛法莫於空後空之偈乃大徹悟而爲頌

識心不起萬機除，法界家山一物無。貧遇橫財難可説，萬潭千沼一輪孤。金楊訥《東京大清安禪寺九代祖英公禪師塔銘并序》：「會朝廷鬻度牒，遂受具，時師年二十九。後二載，聰因舉『猿心馬意死前死，佛法莫於空後空』之偈，乃大徹悟，遂爲頌曰云云。聰遂仰之，賜法衣并頌。」見民國羅福頤《滿州金石志》卷三，《歷代碑誌叢書》本，江蘇古籍出版社一九九八年。

新編全金詩卷一八

完顔璟

完顔璟，小字麻達葛，金朝第六世皇帝，廟號章宗。顯宗子、世宗孫。大定十八年，封金源郡王。二十五年，進原王。二十六年，拜尚書右丞相。二十九年正月，即皇帝位。泰和八年駕崩，年四十一，葬道陵。章宗天資聰悟，好儒術，善屬文，詩詞多有可稱者①。史云「在位二十年，承世宗治平日久，宇内小康，乃正禮樂，修刑法，定官制，典章文物粲然成一代治規」②。兹辑六首。

雲龍川泰和殿五月牡丹

洛陽穀雨紅千葉，嶺外朱明玉一枝。地力發生雖有異，天公造物本無私〔一〕。《中州集》卷首。

【校記】

〔一〕天公：宋宇文懋昭《大金國志》卷二〇《章宗皇帝紀》録此诗作「天工」。

① 金劉祁《歸潛志》卷一，中華書局一九八三年。
② 《金史》卷一二《章宗紀》，中華書局一九七五年。

宫中絶句

五雲金碧拱朝霞，樓閣崢嶸帝子家。三十六宫簾盡捲，東風無處不揚花。

翰林待制朱瀾侍夜飲

夜飲何所樂，所樂無喧嘩。一云「所樂静無嘩」。三杯淡醽醁，一曲冷琵琶。坐久香成穗，夜深燈欲花。「夜深」一作「夜闌」。陶陶復陶陶，醉鄉豈有涯。

軟金杯詞 擘橙爲之。

風流紫府郎，痛飲烏紗岸。柔軟九回腸，冷怯玻瓈盌。一作「盞」。纖纖白玉葱，分破黄金彈。借得洞庭春，飛上桃花面。金劉祁《歸潛志》卷一，中華書局一九八三年。

遊仰山御製〔一〕

嵯峨雲影幾千重，高出塵寰迴不同。金色界中兜率境〔二〕，碧蓮花裏梵王宫。鶴驚秋露三更月〔三〕，虎嘯疏林萬壑風。試拂花牋爲覓句，詩成自適任非工。

【校記】

〔一〕《全金詩增補中州集》卷首録此詩，題作「遊龍山御製」，題下注：「龍山即石壁寺」。另，同卷又録「《仰山》七絶」一首，題下注：「燕京西七十里有仰山，峯巒拱秀，中有平頂如蓮花心。旁有五峯，曰獨秀、翠微、紫蓋、妙高、紫微。下多禪刹。章宗游幸，有詩刻石。」今按，此龍山在交城縣石壁山西北巖，下有龍潭泉，《（雍正）山西通志》卷一七《山川》著録，稱金章宗有《游龍山》詩云云。而實無所據。元釋念常《佛祖歷代通載》卷三一：「章宗駕游燕之仰山，御題有『金色界中』云云之句。」所謂《仰山》七絶，乃《遊仰山御製》七律之節録。〔二〕境：《仰山》七絶作「景」。〔三〕秋：《仰山》七絶作「清」。

水竇巖漱玉亭

斷岸連蒼山，寒巖多積雪。中有萬古泉，淙淙聲不絶。清郭元釪《全金詩增補中州集》卷首，上海古籍出版社一九九四年。

佚句

賜張建

從今晝錦蓮峰下，三樂休誇榮啟期。《中州集》卷七張建小傳。

賜永成誕日

美譽自應輝玉牒，忠誠不待啟金縢。《金史》卷八五《世宗諸子·豫王永成》：「上以永成誕日，親爲詩以賜，有云云之語，當世榮之。」中華書局一九七五年。

附　與元妃李師兒妝臺聯句

二人土上坐，一月日邊明。清孫承澤《春明夢餘録》卷六四《名蹟》「燕城故蹟，見於元人葛邏禄迺賢文集者」，計十六項，包括「粧臺」，「李妃所築，今在昭明觀後。妃嘗與章宗露坐，上曰：『二人土上坐。』妃應聲曰：『一月日邊明。』」北京古籍出版社一九九二年。

張華

張華，字子野，出處未詳。大定十九年榜進士①。嘗供職翰林，與閑閑趙秉文唱和往來。趙氏《滏水集》屢見與之酬答詩篇，如《賦雪和張子野巡字韻》譽之「翰林風骨玉爲神，天遣簪花送酒巡」、「天上玉堂誰得見，風光衮衮筆頭春」。兹輯一首。

---

①金元好問《續夷堅志》卷四《張子野吉徵》：「張華子野，『易無體』榜廷試後，與諸生坐庭中，忽一鳥銜小緑衣判官墮几上。未幾，子野擢上第。」中華書局一九八六年。今按，「易無體」爲大定十九年詞賦御試題。

祖道趙王應詔詩

崇選穆穆，利建明一作利明明德。於顯穆親，時惟我王。禀姿自然，玉質金相。光宅舊趙，鎮作冀方。休寵曲錫，備物焕章。發軔上京，出自天邑。百寮餞行，縉紳具集。軒冕峩峩，冠蓋習習。戀德惟懷，永嘆弗及。《（光緒）承德府志》卷五三《藝文》，光緒刊本。

宋 蟠

宋蟠，字伯升，淇水（今河南省新鄉市衛輝市）人。大定中，官海州東海縣令[①]。兹輯一首。

題蒼黿石詩

巨石如蒼黿，奮身欲向海。横空三丈許，尺尾山上掛。烈風振山搖，此石不傾壞。造物巧遊戲，其機誰可解。六合何所無，警眼嘆奇怪。莫言古至今，猶應閲萬載。《蒼梧晚報》二〇一〇年十一月十九日：連雲港墟溝四季花城小區北院前山東坡，當地人稱獅尾處，發現金代題詩石刻云云。

---

①《（嘉慶）海州直隸州志》卷四《職官表》，《中國地方志集成》本，江蘇古籍出版社等一九九一年。

張格

張格，號盤西野老，出處未詳。大定三年，仕爲清河簿①；二十五年，官朝列大夫、權潞州刺史、同知昭德軍節度使事，有詩刻石，時人稱之「詞源滔滔，如從肺腑中流出」②。兹輯三首。

寶雲寺碣

乙巳仲春中休日，遊寶雲寺。主僧乞詩，以此答之。盤西野老張格題。

① 金王堪《清河縣重修廟學碑》：「大定癸未歲十二月，建安張公格來佐是邑，就舍之初，詢其故，惻然感發，亟請於邑令劉公惠。公欣然領其意，曰：『此惠之夙心，君其成之。』乃舍以私錢二十萬助其費。既而酒監高君貞士、進士張伯達、皇安止諸君樂聞其事，一唱百和，分務營新，吏民翕然惟恐其後。……經始於大定四年三月，落成於五年九月。……張公於僕有雅素，今其來京師，請以是爲記。僕病文鄙思拘，不足以發揚美意，姑叙三代風教之本及廢起之始末，與夫成學之歲月，以告來者云。」見清張金吾《金文最》卷六八，中華書局一九九〇年。

② 金吴希尹《寶雲寺詩碣跋》：「離石東溪吴子承乏潞郡之支邑潞城簿，幸獲時侍教于權鎮張公朝列節副先生，誤蒙見接。一日，有上黨潛龍寺僧凈明者來過，且出先生《游招提》二長篇一絕句，敬告之言，欲鑱翠琰而傳不朽，且索跋尾。觀其筆，扛鼎挽牛之力，詞源滔滔，如從肺腑中流出，蓋先生天才素學之分，彼苦思牽强琱琢，後成氣象，寒索欲望其閫域，豈九牛尾也。又味其狀碓山淘水明秀之趣，僧藍梵宇幽曠之境，便若身出塵界，神遊靈鷲也。越厥絕句，復及謝安東山之賞，清尚風流，兩擅其美，非特爲精藍之世珍，抑亦照映千載，將與謝安石伯仲於青史間也。吴子亦幸附名於其後，輒不揆而書之。大定二十五年四月朔旦，登仕郎潞城縣主簿吴希尹謹書。」見《山右石刻叢編》卷二一《寶雲寺碣》。

萬樹陰森蔭寶雲，山如燕尾勢齊分。嵓開錦繡春深見，林響笙篁夜静聞。坐久爐香猶宛轉，梵鈴花雨尚繽紛[一]。主人若許來歸老，同伴蒼官與此君。

【校記】

[一]鈴：原半泐，尚餘左側「金」旁，據文意補。今按，梵鈴指佛寺或佛塔簷角所懸鈴鐸。

復用前韻

杖染莓苔衣染雲，勝遊時恰過春分。雄山秀色依欄見，淘水清聲俯岸聞。物外煙霞常寂寂，人間冠蓋謾紛紛。老僧事業真堪羡，獨坐團蒲養躁君。

過内王村

東山佳致未能忘，細馬雙馳窈窕娘。無數隔籬村舍女，半遮嬌面看紅粧。清胡聘之《山右石刻叢編》卷二一《寶雲寺碣》，《歷代碑誌叢書》本，江蘇古籍出版社一九九八年。

黄士表

黄士表，字英卿，蓬萊（今山東省煙臺市蓬萊市）人。年五十三，登大定十九年詞賦進士第①。同全真丹陽馬鈺交往，相與唱和②。兹輯一首。

漏天巖

蓬萊天道俗難明，謾説媧皇補未成。疊浪來催雷似吼，片雲不見雨如傾。時行九夏非爲澇，令到三春未發生。應是波濤爲陸地，霖淫猶自不關情。清顧嗣立《元詩選癸集》癸之丁《黄進士師表》，小傳無考，中華書局二〇〇一年，上册第三七九頁。今按，「黄師表」當是「黄士表」之誤。其詩首句「蓬萊天道俗難明」，透出詩人所詠爲家鄉風物。

劉常夫

劉常夫，出處未詳。大定二十八年有詩刻石。兹輯二首。

①《遺山先生文集》卷一六《沁州刺史李君神道碑》：「其（李楫）登科時，御題『易無體』，同年生六十人。自甲選張行簡至黄士表，賦學家謂人人可以魁天下。」《四部叢刊》本。另，《（雍正）山東通志》卷一五《選舉志》著録：「黄士表，金進士，蓬萊人。」《文淵閣四庫全書》本。

②金馬鈺《洞玄金玉集》卷一《行化到黄羊店會王公解元話及黄英卿殿試五十三歲及第有詩自詠予因借韻賦七絶》，明正統《道藏》本，文物出版社等一九九四年，第二五册五六六頁。

戊申八月過崇果寺題二絶句

一水灣環繞寺流，村深人寂景清幽。雖然過客貪行路，望塔穿藤更少留。

他年投老歸依地，蓮社真僧伴此身。玉子紋楸藤蔭下，谷樵應有爛柯人。《（光緒）肥城縣志》卷二《古跡》，《中國地方志集成》本，鳳凰出版社等二〇〇四年。今按，該志同卷著録《天會六年崇果寺劉常夫詩石刻》：「石刻後跋語稱『先伯彭城郡王』，又云『自天會戊申，至大定戊申，週一甲子』云。按，金天會六年爲宋建炎二年，是時肥城初爲金有。劉常夫之封彭城郡王，爲宋爲金爲僞齊，舊志未晰，因跋有『天會六年』語，改列於金。」詩題「戊申」及跋尾「大定戊申」，指大定二十八年。

王繪

王繪，字質夫，濟南（今山東省濟南市）人。皇統九年進士①。大定二十八年，累遷保德州刺使兼知軍州事。章宗朝，仕至太常卿②。嘗注李白詩行世。兹輯四首。

---

①《中州集》小傳作「天會二年進士」，記誤。今按，金王繪《大聖院記》：「昔在皇統九年，繪就試回，待榜之次，胸次芥蒂。……不數月，捷報登第。」見清張金吾《金文最》卷二三，中華書局一九九〇年。

②金王繪《大聖院記》撰於大定二十八年，自署「少中大夫保德州刺使兼知軍州事」。至於任職太常卿，當在章宗朝。今按，太常卿從三品，諸州刺史正五品，見《金史》卷五五、五七《百官志》。

江天秋晚圖

萬頃波間踏浪兒，瀟湘秋晚趁歸時。四山紅葉風聲健，散入儂家欸乃詞。《中州集》卷八《王太常繪》。

感遇二首

迅景走北陸，高木交翔風。衆情悦妖冶，豈云惠其終。萬事無不有，流轉大化中。古來論成敗，咄咄魚爲龍。牛車竄下國，勢異情則同。浦姚本祖擊，桓桓湯武功。彼美二三子，一笑清酤空。

光風蕩繁囿，丹絲綴柔柯。遊子去萬里，空閨斂翠蛾。行雲落江水，酒盡不成歌。鷄飛與狗走，妾命獨奈何。民國陳衍《金詩紀事》卷八，商務印書館一九三六年。

叢臺

突兀臺城全趙時，登臨弔古使人悲。當年枉費萬夫力，後世空傳幾首詩。樵客能談袨服市，耕人猶指照眉池。憑欄寓目思無盡，野迥天高鳥去遲〔一〕。《（民國）邯鄲縣志》卷三《地理志》：「丙午，前尹董威修城並及叢臺，内剷出金人詩二石」，包括「金劉邦佐詩、王繪詩」。《中國方志叢書》本，臺北成文出版社一九七〇年。

【校記】

〔一〕迥：原作「迴」，刊誤。今按，《遺山先生文集》卷七《老樹》：「沙平時泊雁，野迥已攢鴉。」

佚句

武陟道中

梧葉重勝迎日露，蕎秧薄要護霜雲。《中州集》卷八王繪小傳。

酈　權

酈權，字元輿，號坡軒居士，亦號漳水野翁①，安陽（今河南省安陽市）人。父瓊，金初自南宋率部屬北上歸金，官至武寧軍節度使。權以門資敘②，仕宦不達，嘗監相酒③。明昌初，召爲著作郎，未幾卒。嘗著《坡軒集》行世。遺山稱之「作詩有筆力」，多有佳句傳誦。兹輯二十五首。

---

①《中州集》小傳未言其號。今按，金趙秉文《滏水集》卷一一《遺安先生言行碣》：「以秉文明昌間轉河南轉運幕，過相，謁坡軒居士酈元輿。」《四部叢刊》本。另，明宋濂《文憲集》卷一四《跋東坡所書眉子石硯歌後》：「漳水野翁者，武寧軍節度使酈瓊之子，名權字元輿，安陽人，故以漳水自稱。」《文淵閣四庫全書》本。

②《中州集》小傳未涉科第，而《（正德）臨漳縣志》卷八著録：「大定十年進士。與党懷英、王庭筠齊名。」《天一閣藏明代方志選刊續編》本，上海書店一九八二年。今按，此説出自方志，未知所據，俟考。

③元王惲《秋澗集》卷七一《題坡軒居士詩卷後》：「先生在大定間，調監相酒。其風流文彩，照映一時。時賢與之，不在明昌詞人之下。」《四部叢刊》本。

聞砧

玉關消息到長安，處處砧聲搗夜闌。想得月殘哀響斷，一燈清淚剪刀寒。

夷門遺懷

梁園花木艷精神，盡屬東風點綴人。雪壓老梅香不起，問君消得幾多春。

西游雜詩

茅店雞聲外，柴車犬吠間。踈星涵積水，殘月墮昏山。好夢人何在，秋風我獨還。梨園有名酒，聊此慰間關。

慈恩寺塔

慈恩石刻半公卿，時遇聞人爲指名。龍虎榜中休着眼，一篇俚賦悟平生〔一〕。

【校記】

〔一〕悟：《全金詩增補中州集》卷二六如之，元乙卯本、四部叢刊本《中州集》作「悮」，汲古閣本、文淵閣本《中州集》作「誤」。

木樨

菊小未堪摘，荒池悴芙蕖。窮秋不慰眼，幽獨將焉如。殷勤蘂宫子，種桂庭之除。乘閑弄餘花，散落荒山隅。從兹雲月裔，漂泊生江吴〔一〕。娟娟耐凍枝，便與群芳殊。琉璃剪芳葆，蛾黄佛仙裾〔二〕。唾袖花點碧，潄金粟生膚。好風一披拂，九里香縈紆。蘭蕙不敢友，荃蓀正僮奴〔三〕。妄意此尤物，化工異吹嘘。不然九天香，安得獨付渠。託物寄深緼〔四〕，古今一二閭。收攬名草木，自比君子徒。惟兹不掛口，無乃聖不居。抑夫古簡編，斷缺秦火餘〔五〕。君看齊魯臣，史筆逸其書。惜哉不可曉，臨風爲嗟吁。猶怜元祐前，不及附歐蘇。末路益可惜，例進宣和初。仙根豈易致，百死不一甦。昔遊汴離宫，識此傾城姝。摩挲三品石，尚想狎客娱。却後十五年，微霜半粘鬚。一枝再經眼，相對怜覊孤。不知苦何事，王骨乃爾癯。故人怜我老，尺書遠招呼。要趂秋香濃，共此碧玉壺。遥知嬋娟客，與我一笑俱〔六〕。

【校記】

〔一〕吴：汲古閣本、文淵閣本《中州集》及《全金詩增補中州集》作「湖」。〔二〕佛：汲古閣本、文淵閣本《中州集》及《全金詩增補中州集》作「拂」。〔三〕荃：原作「全」，此從諸本《中州集》及《全金詩增補中州集》。今按，唐元稹《元氏長慶集》卷六〇《祭禮部庚侍郎太夫人文》：「封燔茅社，抱弄荃蓀，陔蘭始茂，隙駟俄奔。」〔四〕緼：《全金詩增補中州集》作「藴」。〔五〕缺：原作「决」，此從諸本《中州集》及《全金詩增補中州集》。〔六〕一笑俱：原作「笑一俱」，此從元乙卯本、四部叢刊本《中州集》及《全金詩增補中州集》。

竹林寺矮松

蒼煙靄山曲，回溪抱脩筠。中藏古佛宫，荒僻無四鄰。靈松揷殿脚，偃蹇今幾春。何年霹靂雨，抉石搜潛鱗。謫重飛舉難，墮此蜿蜒身。聯拳縮爪股，氣屈不得伸。卧枝老無力，支撑藉樵薪。無風自悲吟，失水固不神。安知才不才，禍福了已分。南山聳千嶂，直幹排風雲。正以中繩墨，中道遭斧斤。豈知無用資，千歲保其真。何必求先容，養此老囷輪。我亦愛奇節，歲晏守賤貧。他時來汝伴，露頂挂葛巾。

自鶴壁游善應洹山

清晨發鶴山，瘦馬陵陂嶺〔一〕。春風吹雪谷，朝霧濕雲影。羊腸抱傾崖，絶壑如下井。硤關山却立，老眼入絶境。人家跨清溪，桑柘鬱數頃。西行復幾里，嵓谷棲短景。窮溪水源清，溜溜如細綆。下流泉滿山，勢合久方騁。灘光落鏡明，嵐氣霏雨冷。何年鑿青壁，兩佛入禪定。殘僧久零落，遺塔寄煙冥。荒凉布金地，雜遝樵牧徑。同遊成六逸，轟飲助高興。留連更坐卧，談笑發嘲咏。感物復嘆嗟，醉語忽逕庭。青山不愛寶，歲歲出礬磺。公場沸千夫

〔二〕，利井供百鼎。誰開争奪源，敗此丘壑勝。頗思呼有力，擲入萬里迥。天神定笑我，癡絶謾生癭。長懷古畸人，飛夢遶箕潁〔三〕。

【校記】

〔一〕陵：《全金詩增補中州集》作「凌」。〔二〕公：《全金詩增補中州集》作「分」。〔三〕潁：原作「穎」，誤，此從汲古閣本、文淵閣本《中州集》及《全金詩增補中州集》。

八渡崖

奔湍百折似蟠虬，響入山根匯復流。咫尺蒼崖溪八渡，等閑藜杖我頻遊〔一〕。層崖障日樵聲晚，寒谷呼風樹影秋。安得剩栽溪上竹，一菴領盡兩山幽。

【校記】

〔一〕藜：原作「梨」，元乙卯本、四部叢刊本《中州集》作「蔾」，汲古閣本作「黎」，此從文淵閣本《中州集》及《全金詩增補中州集》。今按，「蔾」同「藜」。至於「黎」、「梨」，音同刊誤。

留仲澤

朝衫酒濕紫宸霞〔一〕，暫輟旌旗擁使華。馳馬彎弓真將種，載書囊筆自名家。江湖萬里春回鴈，燕趙千林月滿花。明日升沉便霄壤，更留玉樹倚蒹葭。

【校記】

〔一〕衫：原作「初」，《全金詩增補中州集》如之，此從元乙卯本、汲古閣本、文淵閣本、四部叢刊本《中州集》。

寄唐州幕官劉無黨

白髮青衫宦苦卑，邊荒誰識鳳麟姿。河西落魄高書記，劍外清貧杜拾遺。紫玉山高傳楚夢，蠙珠淵静照黄陂〔一〕。禁中頗牧他年事，先遣江淮草木知〔二〕。

【校記】

〔一〕静：元乙卯本、四部叢刊本《中州集》作「净」。〔二〕淮：《全金詩增補中州集》作「南」。

除夜

殊方節物老堪驚，病怯諸隣爆竹聲。梨栗異時鄉國夢，琴書此夕故人情。眼看曆日悲存殁，淚濺屠蘇憶弟兄。白髮明朝四十七，又隨春草一番生。

七夕

縹緲針樓外，天教彩羽過。步雲榆送影，拂月桂交柯。繡縷縈芳袂，瓜蓮得巧梭。嫦娥如解妒，還與試斜河。

濟源廟海子内有二鼉人以將軍目之投餅餌則至

我欲燃犀起蟄雷，漫誇海藨紙錢灰。將軍不是池中物，也爲區區餅餌來。

裴公亭

十里蓮塘際碧山，入潭無數竹根泉。詩狂欲洒亭間壁，却愧文公與樂天。

郊行二首

十里脩篁翠拂天，青田漠漠水濺濺[一]。高林忽斷驚回首，不覺奇峰墮眼前。

溪橋納納馬蹄輕，竹裏人家犬吠聲。行盡灘光溪路黑，隔林燈火夜深明。《中州集》卷四《酈著作權》。

【校記】

〔一〕田：《全金詩增補中州集》作「青」。

石磵

蒼崖秀苔花，壞道補石棧。徐行下井底，斗上出天半。

綺岫宫

離宫歸相望，百年幾遊歷。獨知窮已樂，衆懟不汝恤。繁華忽灰燼，歲月空瓦礫。

燒痕

炎威隨變滅，餘燼委丘壤。田疇更斷續，原隰依下上。班班澗溪毛，往往漏尋丈。晴空墮雪影，夕照壓秋嶂。昆明翻劫灰，黑水走濁浪。煙中一線來，細路入空曠。

遊石甕

雲間兩石角，相門如闕門。上連石瓮口，谽谺愁猱猿。枵如空洞腹，瑩滑無纖痕。何年補天手，月斧雲爲斤。琢成蒼玉甒，覆此玻璃盆。

村行

瘦藤籬角蔓，雜草樹根花。夾道懸新棗，荒畦卧晚瓜。歲豐人樂社，秋近客思家。

雜詩

樹影僧攜錫，鈴聲客到門。片月冷千嶂，敗橋通兩村。《中州集》卷四酈權小傳。

題清明上河圖三首

峨峨城闕舊梁都，二十通門五漕渠。何事東南最闐溢，江淮財利走舟車。

車轂人肩困擊磨，珠簾十里沸笙歌。而今遺老空垂淚，猶恨宣和與政和。

京師得復此豐沛，根本之謀度漢高。不念遠方民力病，都門花石日千艘。趙蘇娜《故宮博物院藏歷代繪畫題詩存》：「生卒年月不詳。工詩文、書法。活動於南宋。」録其詩三首云云。山西教育出版社一九九八年，第二三頁。

佚句

圃田道中

斷橋經壞屋，古道入崩山。

赤水道中

水近嘘寒氣，星殘曳白芒。

龍潭

臺高野望遠，地僻春意閑。

郊行

强引村醪終少味，漫留詩句嬾題名。

書事

佳樹漲新緑，危叢棲老紅。

與顯叔

茶竈翻春白，糟床滴曉紅。《中州集》卷四酈權小傳。

張世積

張世積，號博平，出處未詳。嘗與張公藥、酈權、王磵等題詩《清明上河圖》。兹輯二首。

題清明上河圖卷二首

畫橋虹臥浚儀渠，兩岸風煙天下無。滿目而今皆瓦礫，人猶時復得璣珠。

繁華夢斷兩橋空，唯有悠悠汴水東。誰識當年圖畫日，萬家簾幕翠煙中。趙蘇娜《故宮博物院藏歷代繪畫題詩存》：「生卒年月不詳。號博平。工詩文、書法。活動於南宋。」録其詩二首云云。山西教育出版社一九九八年，第二四頁。

趙可

趙可，字獻之，高平（今山西省晉城市高平市）人。貞元二年進士。大定初，仕爲翰林修撰，遷待制。二十七年三月，奉命撰皇太孫册文①，爲時所稱；同年十二月，奉使高麗賀生日。皇太孫完顔璟即位後，擢翰林直學士，不久卒②。獻之歷仕三朝，皆蒙知遇③。遺山稱其「風流有文采，詩樂府皆傳

---

①《金史》卷八《世宗紀》：大定二十七年三月辛亥，「皇太孫受册」。中華書局一九七五年，第一九七頁。

②小傳未涉卒年，而據《金史》卷八《世宗紀》，大定二十七年十二月，趙可以翰林待制爲高麗生日使；金劉祁《歸潛志》卷一〇小傳稱其「晚年奉使高麗」。大定二十九年正月，章宗即位後擢以直學士，當於此後不久謝世。

③《歸潛志》小傳：「趙翰林可獻之，少時赴舉。及御簾試《王業艱難賦》程文畢，於席屋上戲書小詞云：『趙可可，肚裏文章可可。三場捱了兩場過，只有這番解火。恰如合眼跳黃河，知他是過也不過。試官道王業艱難，好交你知我。』時海陵庶人親御文明殿，望見之，使左右趣録以來。有旨諭考官：『此人中否當奏之。』已而中選，不然亦有異恩矣。後仕世宗朝，爲翰林修撰。因夜覽《太宗神射碑》反覆數四，明日會世宗親饗廟，立碑下，召學士院官讀之，適有可在，音吐鴻暢如宿習然，世宗異之，數日遷待制。及册章宗爲皇太孫，適可當筆，有云『念天下大器可不正其本歟？而世嫡皇孫所謂無以易者』，人皆稱之。後章宗即位，偶問向者册文誰爲之，左右以可對，即擢直學士。嗟乎！獻之三以文字遇知人主，異哉。」中華書局一九八三年，第一一六頁。

於世」，有《玉峰散人集》①。兹輯五首。

來遠驛雪夕使高麗時作。

江上東風冷不禁，晚雲黐手弄晴陰。春來天氣不全好，夜久雪花如許深。煖老正思燕地玉，辟寒誰有魏臺金。空齋寂寞青綾被，學得東山擁鼻吟〔一〕。

【校記】

〔一〕吟：原作「昤」，刊誤，此從元乙卯本、汲古閣本、文淵閣本、四部叢刊本《中州集》。

雲興館曉起

雙旌晚泊雲興館，對面高峯絶可人。一夜山雲飛作雪，要誇千樹玉嶙峋〔一〕。

【校記】

〔一〕嶙峋：汲古閣本、文淵閣本《中州集》作「璘珣」。

江路聞松風

雪裹雲山玉作屏〔一〕，松風入耳細泠泠。朝來醉着江亭酒，却被髯龍唤得醒。《中州集》卷二《趙内翰可》。

---

①《歸潛志》小傳作《玉峯閑情集》。

【校記】

〔一〕玉作屏：四部叢刊本《中州集》作「上竹屏」。

自白雲上石甕至明仙與黑道人飲

白雲下明仙，巖路縈九折，僧居未離人，西崦頗孤絶。萬株倚空青，雙壁似天闕。幽懷愜泉石，高行在麴糵。道人唱山歌，擊竹爲之節。翩然兩朱袖，雅鄭輒間發。殘陽逼歸鞍，悵與清境别。今宵晉溪夢，蕭灑掛林樾。

謁先主廟

天下英雄操與君，老奸豈是一流人。乘時不作池中物，得士能令鼎足均。故里柔桑曾羽葆，荒祠古木尚龍鱗。天教典午亡吴魏，雅志嗚呼竟不伸。清郭元釪《全金詩增補中州集》卷二一，上海古籍出版社一九九四年。

佚句

賦雪

奇貨可居天種玉，太平有象麥連雲。《中州集》卷二趙可小傳。

盧啓臣

盧啓臣，字雲叔，號溮水先生，薊州豐潤（今河北省唐山市豐潤區）人。大定七年進士①，釋褐馬城縣主簿，官至灤州刺史②。三子庸、元、曾，孫翔，俱擢進士第，時人以燕山竇氏比之。庸，《金史》有傳，終於定海軍節度使；元，《中州集》録其詩，仕爲翰林待制。兹輯一首。

和趙元發劉師魯葛藤韻

乳兔生長角，鏖湯結厚冰〔一〕。木終成假佛，髮不礙真僧。莫認指爲月，須明火是燈。拈花微笑處，只記老胡曾〔二〕。《中州集》卷八盧元小傳。

【校記】

〔一〕鏖湯：北京圖書館善本組輯《析津志輯佚·人物》録此詩作「鑣湯」。〔二〕記：《析津志輯佚·

①《中州集》卷八《盧待制元》謂啓臣第進士，未言何年。今按，其《千里橋碑記》撰於大定八年五月，署「承事郎馬城主簿」，當是大定七年擢第後釋褐所授。見《（光緒）灤州志》卷一〇《建置志》，《中國方志叢書》本，臺北成文出版社一九七〇年。另，鄉籍原作「玉田人」，此從《金史》卷九二《盧庸傳》。

②民國繆荃孫《畿輔金石志》六著録《千里橋碑記》，注爲「大定八年」，引舊志云：「盧啟臣爲灤州刺史，宋倬爲馬城縣令。」見《石刻史料新編》本，臺北新文豐出版公司一九七九年，第一一册八三五二頁。

人物》作「説」。

劉士龍

劉士龍，出處未詳。大定中，嘗讀書富平盤龍寺，奪鄉試魁。兹輯佚句二。

失題

年年老却盤龍寺，不覺春光變柳條。《(雍正)陝西通志》卷二八《祠祀》：「富平縣盤龍寺，在縣西北二十五里，金大定年建。解元劉士龍著述其中，有云云之句。」《文淵閣四庫全書》本。

新編全金詩卷一九

耶律履

耶律履，字履道，號忘言居士，義州弘政（今遼寧省錦州市義縣）人①，遼東丹王突欲七世孫。初舉進士，煩搜檢而去。以蔭補爲承奉班祗候、國史院書寫。大定初，其文章行義爲世宗所知，授國史院編修官，兼筆硯直長。十五年，遷翰林修撰、尚書禮部員外郎。二十六年，進本部郎中，兼同修國史。乞補外，任薊州刺史。召爲翰林待制，進禮部侍郎，兼翰林直學士。章宗即位，擢禮部尚書，拜參知政事，賜孟宗獻榜及第。明昌元年，進尚書右丞。二年六月，卒，年六十一，謚文獻②。履通六經

---

①《中州集》小傳未言鄉籍，以其爲「東丹王之七世孫」，時人盡知。而遺山《故金尚书右丞耶律公神道碑》涉及：「戊申，權殯於都城南柳村……九月庚午，葬於義州弘政縣東南鄉先塋之側。」見元蘇天爵《國朝文類》卷五七，上海古籍出版社一九九三年。另，小傳亦未言其號，據《故金尚書右丞耶律公神道碑》「晚稱忘言居士」補。

②《中州集》小傳原作「明昌元年進右丞薨年六十一」；遺山《故金尚书右丞耶律公神道碑》如之：「明昌元年進尚書右丞，夏六月丙午，春秋六十一薨於位。」今按，《金史》卷九五《移剌履傳》：「（明昌）二年六月薨，年六十一。是日履所生也。謚曰文獻。」從之。

百家之書，精曆算書繪之藝，又素善契丹大小字，譯經潤文，辭達理得。嘗著文集及《乙未元曆》行世①。子楚材，官蒙古中書令。兹輯六首。

史院從事日感懷

不學知章乞鑑湖，不隨老阮醉黄壚。試從麟閣諸賢問，肯屑蘭臺小史無。一戰得侯輸妄尉，長身奉粟媿侏儒。禁城鍾定燈花落，坐拊塵編惜壯圖。《中州集》卷九《右相文獻公耶律履》。

和德秀道濟詠李仲茂自得齋詩韻二首

骨相癯儒真可人，飄然野鶴出清晨。樂貧況味初無間，種德功夫諒有鄰。問學不圖攀月桂，孤高那與比霜筠。我爲物囿勞機穽，願策駑頑襲後塵。

①《金史》本傳：「履秀峙通悟，精曆算書繪事。先是舊《大明曆》舛誤，履上《乙未曆》，以金受命於乙未也。」遺山《尚書右丞耶律公神道碑》：耶律履「以《大明曆》積微浸差，乃取金國受命之始年，撰《乙未元曆》」，云：『自丁巳《大明曆》行，正隆戊寅三月朔，日當食而不之食。曆家謂必當改作，而朝廷不之恤也。及大定癸巳五月朔、甲午十一月朔，日食皆先天；丁酉九月朔，乃反後天。臣輒跡其差忒之由，冀得中數，以傳永久。』書成上之，世推其精密。」今按，《乙未曆》亦稱《庚午元曆》。元蘇天爵《滋溪文稿》卷二五《三史質疑》：「太史齊公履謙嘗言：『金大定中翰林應奉耶律履撰《庚午元曆》，最爲精密。國家修《授時曆》時，推算前代曆書，惟《庚午曆》及《唐宣明曆》不差。』」另，其集自編當名《忘言居士文集》；後人所輯則作「耶律文獻公集」，明人書目屢見著録。

學海汪洋久泳遊，樂天委命坦無憂。文章日益寧爲意，富貴浮雲非所求。燕處清話蟬飽露，吟情閑淡雁横秋。不須直要詩千首，已勝常常萬户侯。《永樂大典》卷二五三六齋字韻引《耶律文獻公集》，中華書局一九九八年，第二册一一七三頁。

奉詔寫生五十幅

平生弄巧正如狂，窺測天機頗自强。針線未能親帝衮，丹青聊復潤龍章。顧非急務心無愧，已竭精誠鬢欲蒼。不似淩雲書榜日，聖朝寬大許商量。無際毫頭觀變化，一群鹿上露文章。從來面目無增損，抹赤塗青也不妨。《永樂大典》卷八五六九生字韻，《海外新發現》本，上海辭書出版社二〇〇三年，第一五八頁。

送張壽甫尚書出尹河南

滿路黄花照暮秋，旌旄綽約促行輈。名卿均逸膺宸算，方牧分符聳士流。翰苑文章饒雅趣，伊川風物冠中州。明朝黄閣求元老，却恐綸恩妨勝遊。元耶律鑄《雙溪醉隱集》卷三，《遼海叢書》本，遼瀋書社一九八五年。今按，此係四庫館臣輯自《永樂大典》而抄舛，當歸其祖耶律履。（一）詩題之張壽甫，名景仁，遼西人。據《金史》卷八四《張景仁傳》，大定十年「兼太常卿，學士、同修國史如故」，後轉「承旨，兼修國史」。另，據《金史》卷三一《禮志》奏告儀，大定十四年三月，以「禮部尚書」張景仁爲更御名而奉詔行禮。另，據《大金集禮》卷四《奉上孝成皇帝謚號》，大定十八年十一月，張景仁以「禮部尚書」奉命撰册文；不久，「改河南尹」；大定二十一年，「召爲御史大夫，仍兼承旨、修國史」。其間，耶律履先後在史院、禮部任職，爲壽甫僚佐，與之有交集。（二）《中州集》卷四魏摶霄《送河南府尹張壽甫赴闕》亦可証。摶霄字飛卿，「初用蔭補，以薦書從事史館。明昌中，宏詞中選，授應奉翰林文字」。嘗爲壽甫部舊，亦與之有交集。遺山《故金尚书右丞耶律公神道碑》：「癸卯秋八月，中令君使謂好問言：『先公神道碑，泰和末，先夫人教授禁中，章宗以魏摶霄所撰墓銘爲未盡，欲喬轉運宇爲之而不及也。今屬筆於子，幸而論次之，以俟百世之下。』」

次韻仲賈勉酒

中年刻意學刓方，世故時來鯁肺腸。醉悟禪逃人未覺，心安貧病士之常。能無知命窮周易，便肯行歌擬楚狂。着腳直須平曠處，糟丘極目是吾鄉。《永樂大典》卷一二〇四三酒字韻引《耶律鑄文獻公集》，中華書局一九九八年，第六册五二一〇頁。今按，所謂《耶律鑄文獻公集》，既用謚號，必不稱名，當是《耶律文獻公集》之誤，即此詩鈔自耶律文獻公文集，而誤歸耶律鑄。明孫能傳等《文淵閣書目》卷九《文集》著録「六册」、「十五卷」，《永樂大典》殘卷屢見徵引。至於耶律鑄，字仲成，履之孫、楚材之子，嘗領中書省事，官左丞相，卒謚文忠，《元史》卷一四六有傳。其集名《雙溪醉隱集》，亦作《耶律鑄集》；如用謚號，當作《耶律文忠集》。

附　耶律夫人佚詩殘句

挑燈教子哦新句，冷淡生涯樂有餘。元耶律楚材《湛然居士文集》卷六《思親用舊韻》之二「燈下幾時哦麗句」注：「太夫人昔有詩云云。」中華書局一九八六年。

任詢

任詢，字君謨①，易州軍市（今河北省保定市易縣）人②。父貴，有才幹，善畫，喜談兵。宣和間遊江浙，君謨生於虔州。爲人慷慨多大節，書法爲當時第一，畫亦入妙品。黄華王庭筠獨以其才具許之。君謨登正隆二年進士第，歷省掾、大名總幕、益都都勾判官、北京鹽使。時無借力者，故連蹇不進。六十四致仕，優遊鄉里。明昌間卒，年七十。平生詩數千首，殁後皆散佚。兹輯十二首。

西湖

西湖環武林，澄澄大圓鏡。仰看湖上寺，即是鏡中影。湖光與天色，一碧千萬頃。堤徑截煙

①任詢字亦作「君謀」。其所書唐人韓愈《秋懷詩》墨迹流傳至今，末署：「右退之秋懷詩十一首，辛巳秋清初有三日，龍巖君謀書。」金魏道明跋尾亦云：「君謀以書法名天下者，平與余契合。得之爾子孫，宜宝重。計書時大定尚未改元也。雷溪叟道明。」見《啓功臨任詢行書韓愈秋懷詩》，北京師范大學出版社二〇〇九年。另，任詢早年自號龍巖，其正隆五年書杜甫《古柏行》墨迹署：「右庚辰歲九月三日書老杜詩，龍巖。」見北京圖書館金石組編《北京圖書館藏中國歷代石刻拓本匯編》，中州古籍出版社一九八九年，第四六册六八頁。至於南麓老人，亦其自號，「任南麓詢」已揭示，當是晚年所用。

②所謂軍市，指軍中所設之市。《三國志·吴書》卷五五《潘璋傳》：「征伐止頓，便立軍市，他軍所無，皆仰取足。」中華書局一九八二年，第五册一三〇〇頁。另，宋司馬光《資治通鑑》卷二九四《後周世宗顯德六年》：「戊申，孫行友奏拔易州，擒契丹刺史李在欽，獻之，斬於軍市。」元胡三省注：「軍中有市，聽軍人各以土物自相貿易。」中華書局一九八六年，第二〇册九五九七頁。

來〔一〕，樓臺自昏暝。

【校記】

〔一〕堤：元乙卯本《中州集》作「須」。

濟南黄臺三首

滿目江南煙水秋，濟南重到憶南遊〔一〕。便欲移家漁市側〔二〕，輕蓑短棹弄扁舟〔三〕。

柴扉水際晝還扃，落日城頭晚更明。深緑淡黄洲渚冷，敗荷無數似臨平。

緑柳橋邊簇錦鞍〔四〕，紅紗影裏照煙鬟〔五〕。歸來書几高燒燭〔六〕，渾似江鄉一夢間〔七〕。

【校記】

〔一〕濟南重到憶南遊：《詩淵》第五册三一九〇頁録此詩作「少年曾向此中遊」。〔二〕便欲移家漁市側：《詩淵》作「如今利欲移家去」。〔三〕輕蓑短棹弄扁舟：《詩淵》作「短棹輕蓑漾淺舟」。〔四〕緑柳：明李賢《大明一統志》卷一九録此詩作「緑樹」。〔五〕紅紗：《詩淵》作「紅蓮」。〔六〕歸來書几高燒燭：《詩淵》作「我來猛憶從前事」。〔七〕渾似江鄉一夢間：《詩淵》作「如在南柯一夢間」。

蘇州宴

蘇州女兒嫩如水，髻聳花籠青鳳尾。十二紅裳靉梳洗，植立唱歌煙霧裏。一人豐穠玉手指，袖挽翠雲彈緑綺。落花一片天上來，似欲隨人渡江水。曲終宴闋歌一觴，行人南游道路長。明日松江千萬頃，煙波雲樹春茫茫。

庚辰十二月十九日雪

馮夷揄水飜銀璣〔一〕，北風浩浩如兵威。瓊臺玉樹壓金碧，三十六宫明月輝。五更待漏雞人唱，近衛臚傳九天上。須臾龍馭踏飛瑶，萬户千門寂相向。皓齒才人宫袖窄，巧畫長眉梅半額。含嚬一笑競春妍，繡勒錦韉生羽翮。城外雪深迴馬首，别殿傳觴燈作晝。歡聲一曲借春謡，半夜西園滿花柳。霑濡已見盈阡陌，况是隆冬見三白。帝力如天人得知，今慶明年好春澤。

【校記】

〔一〕揄：弘治本《中州集》作「揄」，《全金詩增補中州集》作「濺」。

憶郎山

萬壑溪流合，千峰木葉黄。郎山五千丈，獨立見蒼蒼。

巨然山寺

孤撑山作碧螺髻，漫散水成蒼玉鱗〔二〕。野寺荒凉人不到，水光山影正横陳。

【校記】

〔一〕漫散：《詩淵》第五册三七一六頁録録此詩作「幾摺」。

浙江亭觀潮

海門東嚮滄溟闊，潮來怒捲千尋雪。浙江亭下擊飛霆〔一〕，蛟蜃争馳奮鬐鬣。鉅鹿之戰百萬集，呼聲響震坤軸立。昆陽夜出雨懸河，劍戟犇衝潰尋邑。吴儂稚時學弄潮，形色沮懦心膽豪。青旗出没波濤裏，一擲性命輕鴻毛。須臾風送潮頭息，亂山稠疊傷心碧〔二〕。西興浦口又斜暉，相望會稽雲半赤。詩家誰有坡僊筆〔三〕，稱與江山作勍敵。援毫三叫句不成，但覺雲濤滿胷臆。《中州集》卷二《任南麓詢》。

【校記】

〔一〕下：《詩淵》第五册三四七八録此詩作「上」。〔二〕傷心：《詩淵》作「依然」。〔三〕誰：《詩淵》作「惟」。

山居

種竹六七箇，結茅三四間。稍通溪上路，不礙屋頭山。黄葉水清淺，白雲風往還。《中州集》卷二任詢小傳。

遊謝氏山亭

淪老落江海，再歡天地清。病閑久寂寞，歲物徒芬榮。借君西池遊，腳以散我情。掃雪松下去，捫羅石道行。謝公池塘上，春草颯已生。花枝拂人來，山鳥向我鳴。田家有美酒，落日與之傾。醉罷弄歸月，遥欣稚子迎。明佚名《詩淵》録此詩，撰者署「元任詢」，書目文獻出版社影印一九九三年，第五册三四七八頁。

山寺

鍾湖亭下水淙淙，緑野平泉未易雙。十里藕花紅步障，一軒松蔭碧油幢。洛中獨樂有司馬，天下不名知曲江。紙尾欲煩賢宅相，雨蓑添我坐蓬窗。明佚名《詩淵》第五册三七一六頁，撰者署「元任詢」。今按，《詩淵》於《山寺》題下録任詢詩二首，一爲七絶，一爲七律；七絶《巨然山寺》録之如前，而此首於現存諸本《中州集》未見。

佚句

戊申春晚

水邊團月翻歌扇，風裏垂楊學舞腰。

南郊小隱

林邊鳥語月微下，竹裏花飛春又深。《中州集》卷二任詢小傳。

佚　名

題君謨詩

嶺柳今何在，蘇黄世已無。皇天開老眼，特地降君謨。《中州集》卷二任詢小傳。

劉器博

劉器博，號友山老人，涿州（今河北省保定市涿州市）人。明昌三年四月，有司舉薦，特賜同進士出身①。兹輯一首。

弔嚴護大師

古老幽棲處，西山第一峰。吟餘風脱簾，思訖月窺松。彈指曹漢遠，何人蔥嶺逢。重來分

①《金史》卷九《章宗紀》，中華書局一九七五年，第二二一頁。

散地，那聽隔林鐘。金劉器博《嚴護大師靈塔幢》：「大定二十有三年冬，天開寺上方僧來，持嚴護大師聲公行狀一通，及寺主順之書，託友山老人劉器博文師之塔，是日文之，明年塔立。……癸卯九月十二日，怡然示滅于觀音院。……當是時也，器博寓京師，閑適往蕭然堂謁圓通大禪師。通曰：『師已西歸上方洞天，而覺寥然。』聞之驚嘆不已。越翌日，詣觀音院，禪扉扃矣。遲徊感慨，謾成一詩，今取之以銘其塔云云。」見北京大學圖書館藏拓片，典藏號A一六四五四。

毛麾

毛麾，字牧達，平陽（今山西省臨汾市）人。父安節，北宋末進士，官給事中①。大定十六年，舉麾學行，特賜進士出身，授挍書郎。二十年十月，世宗謂宰臣曰：「校書郎毛麾，朕屢問以事，善於應對，真該博老儒，可除太常職事，以備討論。」②後同知沁州軍州事。明昌中，入教官掖，終於太常博

---

①宋趙與時《賓退録》卷二：「麾字牧達，平陽府人，有《平水老人詩集》十卷行於虜境。榷商或攜至中國，余偶得一帙，可觀者頗多。序稱其父當宋大觀三年上舍登第，後中宏詞科，季年嘗任給事中。按《登科記》，大觀三年榜中毛安節者，蓋其父。然次年詔改宏詞爲詞學兼茂，終徽宗、欽宗兩朝，取詞科爲夕郎者，皆無毛姓，必陷虜後事也。」《宋元筆記小説大觀》本，上海古籍出版社二〇〇一年。今按，《賓退録》所述麾之父登科及仕履，已無從考証。姑仍之，以備參考。

②《金史》卷七《世宗紀》，中華書局一九七五年，第一七六頁。

士①。嘗著《平水集》行世。兹輯九首。

無題

小蘽對起石州山，楊柳分青入髻鬟。乍識春風眼如鶻，爲誰無語獨憑欄。

游河西孫氏園

亭榭依山水亂鳴，已如罨畫障中行。照溪芳樹紅雲合，迎客幽禽翠羽輕。豪氣未饒金谷友，醉魂如到錦官城。猶慙歸騎怱怱去，不得持盃待月明。

① 毛麾任同知沁州軍州事，見於兩文：一是《沖虚至德真經四解序》，文末署「大定己酉春季月，承務郎前同知沁州軍州事雲騎尉賜緋魚袋致仕毛麾序」，大定己酉即大定二十八年，見《金文最》卷三八；二是《沁州銅鞮縣王可村修建昭慶院記》，題後署「承務郎前同知沁州軍州事武騎尉賜緋魚袋致仕毛麾撰」，「大定二十九年己酉歲夏六月望日記」，見《全遼金文》中册第一六七八頁。毛麾任太常卿，亦見兩文：一是《重修紀聖亭碑記》，文末署「大金明昌三年壬子歲夏季月望日，承務郎前太常博士兼校書郎雲騎尉賜緋魚袋致仕平水毛麾謹記」，見《山右石刻叢編》卷二二；二是《解州平陸縣張氏義居門閭碑》，文末署「明昌五年七月十七日立石，承務郎前太常博士兼校書郎騎都尉賜緋魚袋致仕毛麾撰」，當是其晚年之筆。見《全遼金文》中册第一六七九頁。

魏城馬南瑞以異香見貽且索詩爲賦二首

梅心蘭甲類元同，氣壓荀家百和功。借潤更煩纖手玉，出雲初試博山銅。崇朝日下亭亭蓋，三月花間細細風。我有因緣在香火，鼻端消息爲君通。

二卉真香豈復加，便宜編譜入雄誇。留殘一點薔薇水，幻出諸天簷蔔花。佩帶正垂金鈿小，薰爐孤起翠雲斜。金籠甲帳豪華事，慚愧桑樞甕牖家。

新春雪與韓府推

春到千門氣自嘉，更教飛雪助年華。六街官柳枝枝絮，一夜江梅樹樹花。況是縱吟多伴侶，直須爛醉作生涯。掃庭迎客東風裏，幕府風流有故家。

和思達兄杏花

碎剪明霞役化工，曉園香散暖煙中。羞逢柳眼三眠白，分得桃腮一笑紅。上苑繁華迷故國，曲江顛頷老春風。欲傳此恨花無語，强對芳時作醉翁。

春賞

潤入梅天雨乍晴，喚回春意有新鸎。雲霞照眼青山近，羅綺吹香白晝明。翠勺銀罌沽酒市，暖風遲日賣花聲。人人共喜華胥世，何用遨頭羨錦城〔一〕。《中州集》卷七《毛宫教麾》。

【校記】

〔一〕遨：文淵閣本《中州集》作「鼇」。今按，宋陸遊《老學庵筆記》卷八：「四月十九日，成都謂之浣花，遨頭宴於杜子美草堂滄浪亭，傾城皆出，錦繡夾道，自開歲宴遊至是而止。」

挽姚孝錫

蓋世清芬五十年，直疑湖海水雲仙。不矜江夏無雙譽，便造南華第一篇。松菊就荒堪笑晚，尊罏託興果誰賢。佳城鬱鬱高名在，應與臺山萬古傳。《中州集》卷一〇姚孝錫小傳。

過龍德故宫

萬里鑾輿去不還，故宫風物尚依然。四圍錦繡山河地，一片雲霞洞府天。空有遺愁生落日，可無佳氣起非煙。古來國破皆如此〔二〕，誰念經營二百年。宋趙與時《賓退録》卷二，《宋元筆記小説大觀》本，上海古籍出版社二〇〇一年。

【校記】

〔一〕國破：明胡應麟《詩藪》雜編卷六録此詩作「亡國」。

王琢

王琢，字器之，號姑汾漫士，平陽（今山西省臨汾市）人。與毛麾同時，相友善。以孝友爲鄉里所稱。家貧，酷嗜讀書，往往手自抄寫。作詩好押强韻，以馳騁爲工。年四十五病卒。嘗著《姑汾漫士集》《次韻蒙求》行世①。兹輯六首。

元夜雪

寶燈樓閣澹連雲，轉眄俄驚糁玉塵〔一〕。遊伎行歌俱失意，蔬畦麥壠自知春。良宵不肯平平過，造物應誇着着新。獨有中天端正月，一樽梅影屬閑人。

【校記】

〔一〕眄：汲古閣本、文淵閣本《中州集》及《全金詩增補中州集》卷三二作「盼」。

---

①《遺山先生文集》卷三六《十七史蒙求序》：「及詩家以次韻相誇尚，以《蒙求》韻語也，故姑汾王琢又有《次韻蒙求》出焉。」《四部叢刊》本。

和張仲宗雪詩不用體物諸字

天人應卜歲[一]，出此當佳占。舞巧穿幽隙[二]，堆寒壓短簷。閑門誰擁篲，醉館自開簾。比興非無物，詩人正避嫌。

【校記】

[一]天人：《全金詩增補中州集》作「天心」。[二]舞：文淵閣本《中州集》作「無」。

同漕使趙中憲對雪

投隙穿窗苦見侵，向無湘酎若爲禁。花多不入貧家眼，歲好方知造物心。躍馬共思追兔跡，抱戈誰與置羊斟。新詩與雪争奇峭，擁褐空齋得細吟。又一詩：「南華夢好初飛蝶，閬苑春閑又落花。」似勝前詩，恨終篇不能完好耳。

癸酉歲大熱

似動不動雲蒸空，欲雨未雨天無風。時時日脚蹴雲破，一射萬土紅爐中。纖絺挂體劇重鎧，大屋僅可爲樊籠。積冰爲丘坐自潰，輕箑況得微涼通。山林亦聞有暍死，城市偪側宜無容。吾生於熱亦屢度，此熱盡可并前鎔。雖然一氣播常令，頓作駭異疑非公。曾聞天南有祝融，出入毒霧騎雙龍。自從鼎去昧神怪，無乃煽處行心胷。手搖斗柄酌炎海，力逐熛怒乘離宫。喜爲鬱蒸怒爲火，流爍金石乾河洪。熾昌自欲弄朱夏，驕蹇未肯官炎農。霞煙灼灼燥昏曉，鳥獸喘喘茫西東。此而不制滿三伏，遂恐百物隨枯蓬。太白之兵攢萬鋒，銀河之浪滔無窮。可洗虐焰夷姦凶，我欲呼愬煩神功，耽耽九虎天關重。

辛未九月二十一日雪

幾日西郊霧，連宵北牖風。菊花猶泛酒，雪片忽填空。草樹秋容失，河關曉氣濛。聽初疑落葉，仰不辨高鴻。爛漫三冬意，憑凌百圃功。披裘赴雞黍，掃徑惜籬蓑。豈料玄英巧，來争白帝雄。剪裁渾草草，飛舞太怱怱。秖作干時令，非關兆歲豐。冬雷怪相似，春雹冷應同〔一〕。安得蛟龍蟄，何由翳靄通。日華升赤壁〔二〕，天色湛青銅。尚有登臨興，寧無賦詠工。煙霞狂醉嘯，一發醉顔紅。

【校記】

〔一〕雹：汲古閣本、文淵閣本《中州集》及《全金詩增補中州集》卷三二作「雹」。〔二〕升：弘治本《中州集》作「外」，《全金詩增補中州集》作「殅」。

雨夕感寓

漠漠初燈後，森森細點飄。繁聲入遥夜，冷簟怳秋宵。起欲吟相和，吁無客可招。何曾洗兵馬，但覺漏薪蕘。雷電初無預，炎蒸遂不驕。瀉簷鏘未歇，攲枕兀無聊。澗已山輸潦，堤應水没橋。長林倦今夕，孤鳥撼驚條。似我纏憂戚，因貧墮寂寥。避人猶虺蜴，擇宿等鷦鷯。共世難曹禰，無才匹管蕭。苦心還自笑，末俗本多嚣。未老愁摧鬢，長飢帶膹腰。牀寒少陵被，飲陋子淵瓢。射策初游漢，潛山敢傲堯。塩車竟垂耳，風鷁忌干霄。一室元空掃，千鍾豈易要。芳蘭逼憔悴，尺鷃失逍遥。字對諸生識，詩煩衆手瑚。搜求勞腎胃，戞擊謝咸韶。舊弄新絃掩，窮途拙目搖。争爲壯夫篆，只使古風澆。血指甘時巧，包羞愴道消。優游能卒歲，三四儘論朝。故幔幽霖透，長檠暗燼挑。不辭墻出菌，儻見穀抽苗。饜飫貪夫腹，翻騰樂歲謡。晴樓交燕雀，凉樹沸蟬蜩。坐快虹蜺出，憂無萍梗漂。浩歌彌激烈，興在海門潮。

《中州集》卷七《姑汾漫士王琢》。

佚句

七月十五夜看月

歷樹有驚鵲，悄鄰無吠尨。

對雨

春雨薄如夢，曉雲閑似愁。

秋霖

窗寒知氣重，人静覺泥深。

驟雨

雹點撒冰彈，電光飛火繩。

春陰

庭濇梨花月，樓寒燕子風。

久雨

練挂遮簷直，麻懸到地齊。《中州集》卷七王琢小傳。

失題

南華夢好初飛蝶，閬苑春間又落花。《中州集》卷七《姑汾漫士王琢》之《同漕使趙中憲對雪》詩注。

吕中孚

吕中孚，字信臣，冀州南宫（今河北省邢臺市南宫市）人。孝友純至，爲鄉人所稱。累舉不第，以詩文自娱，嘗著《清漳集》行世。兹輯九首。

小景

青蕪平野四圍山，山郭依依紫翠間。村遠路長人去少，一竿斜日酒旗閑。

春月

柳塘漠漠暗啼鴉，一鏡晴飛玉有華。好是夜闌人不寐，半庭寒影在梨花。

水聲

長陂千頃碧淙淙，浪卷秋風過石矼。記得夜來愁聽處，一燈明滅照寒窗。

雪

隨風拂拂玉花飄，入夜寒窗更寂寥。爐火已殘燈未燼，一簾疎竹白蕭蕭。

送李嘉甫信都令耘甫之弟

溪水碧於草，溪邊送客行。寫詩傳別意，把酒聽歌聲。去路青天遠，歸心白羽輕。尊前折楊柳，一一是離情。

寫懷

秦川西去遠，不意過漳川。歸夢三千里，羈愁二十年。謀生空白髮，行路若青天。餘事休相問，相留只醉眠。

梨花

等待清明得得芳，團枝晴雪煖生香。洗粧自有風流態，却笑紅深睡海棠。

集句

騷人吟罷起鄉愁，百感中来不自由。一種人間太平日，滿衣塵土避公侯。

柳

風外絲絲裊緑煙，輕花初破不成綿。却嫌官路逢寒食，惱亂離愁似去年。《中州集》卷七《吕中孚》。

佚句

紅葉

張園多古木，蕭寺半斜陽。《中州集》卷七吕中孚小傳。

朱瀾

朱瀾，字巨觀，福昌三鄉（今河南省洛陽市宜陽縣三鄉）人①。霖堂先生朱之才子。學問該洽，能世其家。年六十，登大定二十八年進士第，意氣不少衰。歷王府文學、應奉翰林文字，入教宫掖。泰和中，終於翰林待制②。嘗有集行世③。兹輯三首。

寒食不出

地偏無客過吾廬，寒食清明入燕居。驥子捧甌仍膩茗，孟光舉桉只春蔬。蠅沾香篆渾傷字，蜂蠹缾花半墮書。習氣未除還自笑，却將佳節付三餘。

① 《中州集》小傳未涉鄉籍，以《中州集》卷二《朱諫議之才》已言「洛西三鄉」故。所謂洛西，非當時行政區劃名，當作「嵩州福昌人」。至於三鄉，在福昌縣境内，見《金史》卷二五《地理志》。

② 《中州集》小傳未言卒年。明殘本《順天府志》卷八《觀》玄真觀條：「以葆真大師增修二十餘年，工成。……金泰和三年四月，翰林待制朱瀾撰記，以述創建之由，頌其功行云。」當是其晚年之筆。

③ 《中州集》小傳謂「以嘗入教宫掖，故集中多宫詞」，當有集傳世。元吴澄《吴文正公集》卷二九《題朱巨觀道宫薄媚曲後》：「今觀朱瀾巨觀效梨園十曲贊杜，有爲予言朱之爲人及出處者，予讀之，悲其志云。」似閲其集有感而發。

黄筌雀蝶

飢雀喧争蛺蝶孤，錦宫城闕見丘墟。老筌妙意誰知解，丹粉圖中有諫書。

宫詞

太一芙蓉上下天，秋波澹澹白生煙。採蓮宫女分花了，笑把蘭篙學刺舩。《中州集》卷七《朱宫教瀾》。

樊倫

樊倫，字正大，中山定武（今河北省保定市定州市）人①。父祈字可祥，金初仕爲部令史，早卒。皇統二年，倫蒙皇兄、吏部尚書完顔充舉薦，特補誥院令史。貞元二年，累官經歷。明昌元年，擢昭勇大將軍、趙州元氏縣令。倫幼慕老子之道，嘗於上京會寧遇方外士，授以虚寂之言，深得其旨。自

①所謂中山定武，即定州。《金史》卷二五《地理志》：「中山府。宋府，天會七年降爲定州博陵郡定武軍節度使，後復爲府。」另，明李賢等《大明一統志》卷三謂樊倫「南陽人」，三秦出版社一九九〇年。

是不以窮達爲累，欲有方外之遊①。兹輯一首。

封龍山頌

太行之陽龍山首〔一〕，疊疊峰巒沖牛斗。試劍巨石尚然存，霹靂神鋒出無有。清沈濤《常山貞石志》卷一四，《歷代碑誌叢書》本，江蘇古籍出版社一九九八年。另，《（民國）元氏縣志·金石》亦録，署「明昌二年」刻石。《中國方志叢書》本，臺北成文出版社一九七〇年。

【校記】

〔一〕太行：原作「太山」，此從《（民國）元氏縣志》。其跋尾有云：「太山之『山』字，作『行』字是。」從之。

① 金趙時中《游龍門山記》，見清張金吾《金文最》卷二四，中華書局一九九〇年。

新編全金詩詩卷二一〇

魏摶霄

魏摶霄，字飛卿，大名（今河北省邯鄲市大名縣）人①。與党懷英、酈權等從劉瞻學②。以蔭補官，從事史館。明昌中，宏詞中選，授承事郎、應奉翰林文字知制誥，兼國史院編修官。未幾卒。其詩以富艷稱，筆力豪逸，名士党懷英許其在劉無黨之上云。兹輯三首。

送河南府尹張壽甫赴闕

夜半恩綸出漢宮，朝家虛席待燕公。春風已徧湖山外，元氣還歸鼎鼐中。侍從定誰陪白鳳，低回空自惜冥鴻。洛川萬頃蒲桃碧，長與清愁日夜東。

①《中州集》小傳未涉鄉籍。金魏摶霄《十方大天長觀玄都寶藏碑銘》有云：「十方大天長觀作玄都寶藏，提點觀事沖和大師孫明道謂大名魏摶霄曰云云。」名前冠以「大名」，當是鄉籍。見佚名《宮觀碑志》，明正統《道藏》本，文物出版社等一九九四年，第一九册七一七頁。

②《中州集》卷二《劉内翰瞻》，中華書局上海編輯所一九六二年。

田若虚遊龍門寶應用天隨子體賦詩因次其韻二首

少室右臂禹所斷，開排清伊來高寒。土肉養石自古秀，山腰流泉無時乾。佛髻滴滴染濕翠，松風颼颼鳴驚湍。白傅已矣不可見，予誰從之投歸鞍。

闕塞若廐馬，奔騰多奇庬。慦爾不可沮，西來何悾悾。駿足忽勒破，英才如拘龐。有客善體物，新詩留僧窗。晏輩豈足道，微瀾生盆缸。徑續杞菊意，來浮玻璃江。吏部昔竄謫，猶能題臨瀧。況此六大寺，硿堂時鳴樁。紫翠出萬瓦，天風旋珠幢。興寄百斛鼎，無才誰其扛。會聽項籍約，吾將從之降。《中州集》卷四《魏内翰摶霄》。

劉仲傑

劉仲傑，字時彦，山東濱州（今山東省濱州市）人。大定間，歷鄜城、清河令，累遷太常博士①。兹輯二首。

---

① 清郭元釪《全金詩增補中州集》卷五二引《濱州志》，上海古籍出版社一九九四年。

登陶山幽棲寺

遺跡千年事恐誣，幽棲誰信謂朱陶。不知古寺東山洞，曾與西施共隱無。朝請大夫前恩州清河縣令，大定己亥中春初五日，因届山藍有詩書壁，愚恐久而圮毁，命工勒石，庶傳永遠。陶山幽棲寺住持比丘惠沂立石。北京大學圖書館藏拓片，典藏號一〇八六四。詩末署「東濱劉仲傑時彦題」。另，清郭元釪《全金詩增補中州集》卷五二録詩，題作《登陶山寺》，上海古籍出版社一九九四年；《(光緒)肥城縣志》卷二《古跡》亦録詩，《中國地方志集成》本，鳳凰出版社等二〇〇四年。

題成趣園

附郭新營五畝園，不親闤闠樂郊原。樹頭黄鳥聲求友，庭下蒼梧色滿樽。漁唱遠聞歸別浦，牛歌卧聽在前村。何時適彼清閑地[一]，共醉田家老瓦盆。《(民國)獻縣志》卷一八《故實志》，題後署「太常博士劉仲傑」，民國十四年刊本。另，清郭元釪《全金詩增補中州集》卷六二亦録，上海古籍出版社一九九四年。

【校記】

[一]適：《全金詩增補中州集》作「得」。

李楫

李楫，字濟川，淄川(今山東省淄博市淄川區)人。登大定十九年進士第，授承務郎、歷城主簿，改積石州軍事判官。以邊郡羌、渾雜居，撫治有方，遷范陽令。召補尚書省令史，擢吏部主事。明昌三年，除山東東西路勸農副使，授中都路都轉運副使。五年，遷沁州刺史兼知軍事，卒，年五十五①。兹輯二首。

蓬萊詩

飛舄凌雲雲盪胸，水淹鄉邑寄孤蹤。晦冥風雨那巢鳳，流落江湖此臥龍。鄭筆有圖登魏闕，禹功何日奠堯封。懷鄉去國無窮意，幾夜蓬萊閣上鍾。《（嘉靖）湖廣圖經志書》卷六《荆州詩》，撰者署「李楫」，名下注爲「判官」，《日本藏中國罕見地方志叢刊》本，書目文獻出版社一九九一年，上册五六九頁。今按，據詩中「懷鄉去國無窮意」云云，當以從官奉使南宋，與自署「判官」合。以其官職卑微故，《金史·交聘表》未涉。

題成趣園

蕭然三徑足雲煙，須信壺中別有天。柳暗花穠隨杖履〔一〕，月明風細入毫牋。亭軒侈靡非金谷，交友清真似白蓮。我亦老來當辦此，掛冠何日得歸田。清郭元釪《全金詩增補中州集》卷六二，上海古籍出版社一九九四年。另，《（民國）獻縣志》卷一八上《金石篇四之六上》亦録，民國刊本。

---

①《遺山先生文集》卷一六《沁州刺史李君神道碑》，《四部叢刊》本。

【校記】

〔一〕履：《（民國）獻縣志》作「屨」。

趙渢

趙渢，字文孺，號黄山，東平（山东省泰安市東平縣）人。大定二十二年進士，釋褐涿州軍事判官①，遷襄城令。二十七年，召入京，以黄久約、党懷英舉薦，除應奉翰林文字②。二十九年，爲遼史編修官③。明昌末，擢禮部郎中兼秘書丞④，卒。文孺性沖淡，工書。閑閑趙秉文評曰：「黄山先生擘窠大字，體兼顔蘇，書畫雄秀，當在石曼卿上。草書如行雲流水，當在蘇才翁、黄魯直伯仲間，非但不愧之而已。」⑤遺山元好問亦云：「党承旨篆，陽冰以來一人而已，而以黄山配之，至今人謂之党趙。」⑥

---

①金党懷英《醇德王先生墓表》：「於是進士楊好古以泰山先生李守純之狀，與涿州軍事判官東平趙渢所録事實，來京師屬鄙文，以表諸墓。」時在大定二十四年末。見清張金吾《金文最》卷八九，中華書局一九九〇年。

②《金史》卷八《世宗紀》：大定二十七年正月己酉，「以襄城令趙渢爲應奉翰林文字」，中華書局一九七五年，第一九七頁。

③《金史》卷一二五《文藝傳》，中華書局一九七五年。

④金趙渢《濟州普照禪寺照公禪師塔銘》署名冠以「承直郎試尚書禮部郎中兼秘書丞」，見清徐宗幹《濟州金石志》卷三，《石刻史料新編》本，臺北新文豐出版公司一九七九年，第二輯一三册九五二〇頁。

⑤金趙秉文《滏水集》卷二〇《題竹溪黄山書》，《四部叢刊》本。

⑥《中州集》卷四《黄山趙先生渢》，中華書局上海編辑所一九六二年。

嘗著《黄山集》行世。兹輯三十五首。

晚宿山寺

松門明月佛前燈，庵在孤雲最上層。犬吠一山秋意静，敲門時有夜歸僧。

僊和尚坐

識得從來覺性圓，西歸隻履更翛然。永嘉穩步曹溪路，臨濟飽參黄柏禪。桶底脱時無一物，機輪轉處有三玄。火中留得一莖草，依舊光明爍大千。

黄山道中

小穀城荒路屈盤〔一〕，石根寒碧漲秋灣。千章秀木黄公廟，一點飛雲白塔山。好景落誰詩句裏，蹇驢馳我畫圖間。膏肓泉石真吾事，莫厭乘閑數往還。

【校記】

〔一〕盤：汲古閣本、文淵閣本《中州集》及《全金詩增補中州集》卷二一作「蟠」。

郊外

迥野饒秋色，高臺半夕陽。鷗眠沙渚静，鳥没嶺雲長。薄宦違幽興，浮生更異鄉。歲華成白首，丘壑愈難忘。

貢院中懷山中故居〔一〕

歲晚西溪路，誰過舊草堂。苔紋侵柱礎，竹色度隣墻。白首光陰疾，青山意緒長。相思老兄弟，夜夜夢還鄉。

【校記】

〔一〕《永樂大典》卷六六四一鄉字韻録此詩，題作《試院憶故鄉》，中華書局一九九八年，第三册二六八四頁。

貢院聞雨

燈暗風飄幔，蛩吟葉擁墻。人如秋已老，愁與夜俱長。滴盡堦前雨，催成鏡裏霜。黄花依舊好，多病不能觴。

聚遠臺

獨上平臺上，風雲萬里來。青山一樽酒，落日未能迴。

秋日感懷

歲月不相饒，秋風颯已至。蚊雷稍收聲，團扇且復置。久雨不宜人，新涼差快意。數篇東皐詩，引我北窓睡。林泉久隔闊，塵土作憔悴。但有適人適，何嘗事吾事。一貧既忘懷，所好無不遂。世無陶靖節，何人知此味。

用仲謙元夕詩韻

聞道藍田輞口莊，欹湖前日具飛航。李膺定已迴仙棹，王績無由入醉鄉。薄宦繫人如坐井，窮愁染鬢欲成霜。早知上界多官府，只向人間作酒狂。

分韻賦雪得雨字

大雪初不知，開門已無路。驚喜視曆日，此瑞固有數。池冰凍欲合，林鴉噤仍聚。已成玉壺瑩，尚作寶花雨。造物固多才，中有無盡句。大兒擬圭璧，小兒比塩絮。後人例蹈襲，彌復入窘步。聚星號令嚴，亦自警未悟。誰有五色筆，繪此天地素。好語覓不來，更待偶然遇。

和茂才韻

十年爲客未還家，羸得毿毿兩鬢華〔一〕。别後故人應念我，不來踏雪看梅花。

【校記】

〔一〕羸：文淵閣本《中州集》作「贏」，通。

留題西溪三絶

誰開玉鑑瀉天光，占斷人間六月涼。日落沙禽猶未散，也知受用藕花香。

波光湛碧冷無痕，眇眇輕風起縠紋。認得朝來踈雨過，却因水底見飛雲。

總道西溪畫不如，豈知造物用功夫。蟾光忽作靈犀透，表裏通明兩玉壺。

九日懷尹無忌

茅屋秋蕭索，幽居盡日閑。碧雲看欲暮，遠客幾時還。書劒成何事，風塵只强顔。思君千里夢，夜夜到燕山。

立秋

日月如川流，去矣不復回。萬物各有營，榮悴更相催。餘生苦多艱，壯志久摧頹。念欲學還丹，鬱紆殊未諧。今朝立新秋，庭樹西風來。舉首望天宇，飛雲獨徘徊。呼兒且沽酒，浩歌豁秋懷。醉中得妙理，逸興何悠哉。

和崔深道春寒

長風忽落青林端，風聲洶若江聲寒。太陰盤礴亂天序，推書擲筆成長嘆。美人何許媚幽獨，使我不見心無歡。頗聞隱居誦莊屈，篷窗坐擁塵編殘。琴歌酒賦兩寂寞，懸知此興殊未闌。遲君一來吐欵要，舉盃放目雲天寬。

西城觀水

西山秋水來天地，巨野横流浩無際。長風蹙浪鱗甲生，兩角斜分半山際。繚堤北去接飛橋，鼓鼙洶洶飜驚濤。中流突兀玉山起，直疑河伯驅靈鰲。冷光摇蕩秋雲白，渾似夢中遊震澤。隔林我欲唤漁郎，孤帆忽如過鳥翼。安得酒舩常拍浮，四時甘味置兩頭。何人與我同此樂，潁陽試覓元丹丘〔一〕。

【校記】

〔一〕潁：原作「穎」，此從汲古閣本、文淵閣本《中州集》及《全金詩增補中州集》。

盆池荷花

一泓寒碧甃波光，雨後妖紅獨自芳。不許纖塵污天質，政須清吹發幽香。洛神初試凌波襪，妃子來從礜石湯。休笑埋盆等兒戲，要令引夢水雲鄉。

扈從車駕至荆山

海上飛來碧玉峯，瑶林琪樹更青葱。參差樓觀浮雲表，顛倒山光落鏡中。侍從有臣司碧落，笑談無處不清風。好分靈沼爲膏澤，乞與人間作歲豐。

中秋

秋氣平分月正明，蘂珠宫闕對蓬瀛。已驅急雨消殘暑，不遣微雲點太清。簾外清風飄桂子，夜深凉露滴金莖。聖朝不奏霓裳曲，四海歌謳即樂聲。史舜元嘗從文孺學詩，説道陵中秋賞月瑶光樓，召文孺對御賦詩，以清字爲韻。道陵讀至落句，大加賞異，手酌金鍾以賜，且字之曰：「文孺，以此鍾賜汝作酒直。」士林榮之。高祖言「吾不如子房」，君父字呼臣下，不爲無故事也。

題齊物堂

至人識破浮生理，萬變何嘗有不同。果蝶夢周周夢蝶，爲風乘我我乘風。得時未必全無識，窮處方知却有通。畢竟欲齊齊底物，世間元是一虚空。

秋郊晚望

桃竹猶堪杖，幽尋興頗嘉。池荷能幾葉，籬菊不多花。地坼成龜兆，林枯出犬牙。村農慶豐歲，社鼓已三撾。

元日

馬上逢元日，東風送客愁。滹沲春水渡，瀛海夕陽樓。雪照潘郎鬢，塵侵季子裘。勞生已强半，更欲玷清流。

過良鄉縣學

儒宫宜地僻，竟日有餘清。殿古碑仍在，庭空草自生。風高時脱木，雲重欲摧城。客興已消洒[一]，秋堂更雨聲。

【校記】

〔一〕消洒：《全金詩增補中州集》卷二一作「蕭灑」。

和詵上人雪詩

貧巷仍飛雪，空庭迥絶塵。照窗疑不夜，着樹忽驚春。枕冷夢魂短，山明天宇新。賦詩分氣象，定有灞陵人。

澗上

遠徑留殘照，踈林出小園。山川半貙虎，歲月且琴尊。杜老新雞柵，龐公舊鹿門。不才真忝竊，人道典刑存。

新涼

頗覺小眠快，便知秋意真。清風論世舊，老圃得時新。移竹覯君子，飜書訪古人。可人陶靖節，隨意葛天民。

過蓨縣董大夫廟

漢朝元不用真儒，豈信忠嘉益帝圖。賈誼長沙晁錯死，不須獨恨老江都。

寓居寫懷

平陸温風雪半消，孤煙籬落隔溪橋。趂墟人去林臯静，時有晚鴉銜墮樵。《中州集》卷四《黄山趙先生渢》。

涼陘

峨峨景明宫，五雲湧蓬萊。山空白晝永，野曠清風來。

放遠亭

晴日未消千嶂雪，煖風先放一川花。青天低處是平野，白鳥去邊明落霞。《中州集》卷四趙渢小傳。

得鵝應制

駕鵝得暖下陂塘，探騎星馳入建章。黄纖輕陰隨鳳輦，緑衣小隊出鷹坊。摶風玉爪淩霄漢，瞥日風毛墮雪霜。共喜園陵得新薦，侍臣齊捧萬年觴。金劉祁《歸潛志》卷八：「余先子翰林，嘗談章宗春水放海青，時黄山在翰苑扈從，既得鵝，索詩，黄山立進之，其詩云云。章宗覽之，稱其工，且曰：『此詩非宿搆不能至此。』」中華書局一九八三年，第八六頁。

懷人因以見意

迥脱離微塵，談空不涉思。大中思菡萏，衣底見摩尼。夢幻人世間，虚煙筆下詩。西來應有意，無失爲人時。

秦村道中

山路縈紆信馬行，嫩寒天氣逼清明。桃花都被春開却〔一〕，楊柳似將煙染成。《永樂大典》卷三〇〇六人字韻，中華書局一九九八年，第二册一七三三頁。

【校記】

〔一〕春開却：《中州集》小傳節録此詩後二句作「風吹却」。

胡光謙

胡光謙，字子金，號玉峰，河中蒲州（今山西省永濟市蒲州鎮）人。隱於中條山，與全真長真譚處端酬唱往來①。明昌三年，年八十三，有司薦，召赴闕，命學士院試以雜文，稱旨，特賜進士及第，授將仕郎、太常寺奉禮郎②。茲輯二首。

遊延祚寺用前人韻二首

精藍並構每攀遊，接翠連香爲少留。墻外果懸紅帶日，堂前松偃老經秋。羡君利禄身非戀〔一〕，笑我雲山志未酬。欲學高眠林下客，萬緣銷盡更何求。

路入西郊背曉曦，給孤園近景霏微。光摇三界金繩動，聲颺雙林玉磬飛。龍過山陰拖翠靄，僧眠溪影弄寒暉。羣公已約開蓮社，只恐陶潛未肯依。清郭元釪《全金詩增補中州集》卷五二，上海古籍出版社一九九四年。另，《(成化)山西通志》卷一六《集詩・寺觀類》亦録，《四庫全書存目叢書》本，齊魯書社一九九六年，第六八四頁。

【校記】

〔一〕羡君：《(成化)山西通志》作「美若」。

---

① 金譚處端《水雲集》卷上《繼胡子金先生韻》，明正統《道藏》本，文物出版社等一九九四年，第二五册八四八頁。

② 《金史》卷九《章宗紀》：明昌三年四月壬寅朔，「尚書省奏：『提刑司察舉涿州進士劉器博、博州進士張安行、河中府胡光謙，光謙年雖八十三，尚可任用。』勅劉器博、張安行同進士出身，胡光謙召赴闕」。八月辛亥，「特賜胡光謙明昌二年進士第三甲及第，授將仕郎、太常寺奉禮郎。官制舊設是職，未嘗除人，以光謙德行才能，故特授之」。中華書局一九七五年，第二二一頁、二二三頁。

佚句

題興教寺

白塔月移山宇影，青松風唱海潮音。元駱天驤《類編長安志》卷五《寺觀》：「蒲人胡子金詩曰云云。」中華書局一九九〇年，第一四二頁。

何師常

何師常，字從道，南陽（今河南省南陽市）人。進士及第①。兹輯一首。

題公孫程二公祠

余嘗迹公孫、程侯之實，於此尤詳。以其地連三晉，城枕九原，俱以趙氏之有。洎北山以程侯之名，西里有公孫所號。雙祠古塚，歷代猶存。歲時禋祀，罔或有闕，其可傷者。近歲，晉陽而失載，圖經而弗拘，蓋鄉民寡於好古，有昧於先賢之迹。以此一郡之如是，况於其他者乎？而作是詩以弔之。

① 金何師常《九原厚士公孫祠記》，元至元十六年重刻，時人跋云：「此文乃金朝進士南陽何師常所撰，實明昌三年四月之初八日也。」見《山右石刻叢編》卷二六。

時大定乙巳上元，南陽何師常從道留題。

杵臼程嬰二丈夫，雙祠爰自兩城隅。森森絡角楸林古，慘慘西南棘塚孤。計匿就誅忠莫及，告成自殺烈應無。須知後志圖經粗，此事昭然失與拘。清胡聘之《山右石刻叢编》卷二一《公孫程二公祠詩》，《歷代碑誌叢書》本，江蘇古籍出版社一九九八年。

釋惠真

釋惠真，號自如老人，出處未詳。明昌中，住須昌普照寺。兹輯一首。

誡庖廚頌

香積廚中造飦時，高談笑語不相宜。豈唯禪榻喧驚耳，尤恐齋饈唾涴之。須昌普照自如老人惠真《誡庖廚頌》一章云云。真公長老自到□普昭，凡事修整，至庖廚之人尚知此教誡，其餘可知也。邵嗣軒題。明昌五年夏至日募工匠勒石，侍者正賢、管勾參學□思施財，楊平刊。北京大學圖書館特藏部拓片，典藏號一〇八七二。出自河南修武百家巖寺。

釋智照

釋智照，俗姓萬氏，泰安奉符（今山東省泰安市泰山區泰安城）人。大定十二年出家，師從蓮峰山主朗公。後遊方，謁沂陽真禪師、聊城裕公、沇上皓公。其間，尤爲皓公深許，至是有密契處，得傳衣嗣法。大定二十九年，住持濟州普照禪寺。明昌六年，歸寂，年四十五。兹輯三首。

應對皓公偈

枯木生花日，寒灰發焰時。玄微都及盡，何似眼如眉。

得傳衣偈

鷄足山中藏不定，此回拈出更新鮮。展開不費纖毫力，免得黄梅半夜傳。

辭世偈

濟水灘頭厭世歸，黄粱夢裏盡成非。轉身不守虚明地，懶看庭前片月暉。金趙渢《濟州普照禪寺照公禪師塔銘》，見清張金吾《金文最》卷一一一，中華書局一九九〇年。

劉仲遊

劉仲遊，字景文，大興宛平（今北京市）人①。皇統黨籍案首田瑴之姑侄②，名士仲淵、仲洙之弟。仲淵奪皇統二年經義魁，天德中爲翰林待制。其時，仲遊讀書於上京會寧，後登進士第。大定十一年，守職中都。明昌中，官中大夫同知京兆府尹兼本路都總管府事兼提舉學校事①。兹輯六首。

華清宮

唐家一作宗帝業艱難致，終笑明皇學始皇。不戒前車成後轍，華清宮殿勝阿房。

温泉

賜浴華清寵幸殊，温泉水滑洗凝酥。至今西蜀逢冬月，尚畫楊妃出浴圖。

（接上頁注①）北京圖書館金石組編《北京圖書館藏中國歷代石刻拓本匯編》收影印拓片：「明昌甲寅暮春祓禊日，公餘獨來泛舟興慶池，觀覽勝絶。京兆同尹燕臺劉仲游景文書。」所謂燕臺，與宛平不悖。中州古籍出版社一九八九年，第四七册二四頁。

（接上頁注②）金劉仲遊《米元章虹縣詩跋》：「故天官侍郎田公，乃僕從姑之夫也。聞公自兵火間，獲米元章書《無爲禪師語録》等帖、《幢檜詩簡》、《虹縣》二題五言臘雪詩真跡數軸，寶藏珍玩，非好事知音者，莫得觀也。皇統末，田公不幸遭讒，被罪蒐。逝之後，家屬流竄於遠境，生涯蕩盡，唯米帖攜行。至天德二年，蒙恩召還舊里。」見清吴榮光《辛丑消夏録》卷二，《叢書集成續編》本，上海書店一九九四年。

①金劉仲遊《觀京兆府學》詩末署：「明昌五年二月八日，中大夫同知京兆尹兼本路兵馬都總管府事提舉學校事燕臺劉仲遊書。」見清王昶《金石萃編》卷一五七，《歷代碑誌叢書》本，江蘇古籍出版社一九九八年。今按，《金史》卷五一《選舉一》：「大定二十九年，敕凡京府鎮州諸學，各以女直、漢人進士長貳官提控其事，具入官銜。」中華書局一九七五年，第一一三四頁。

乾陵二首

冬苑花開瑞氣殊，唐朝周號漫窺圖。聰明終悟梁公諫，宗廟明禋不祔姑[一]。

處分昭陵牢固帖，宣和秘閣至今藏。外人豈計圖家事，還笏空悲褚遂良。以上清郭元釪《全金詩增補中州集》卷五二，小傳謂「仲游字里闕，官京兆同尹」。上海古籍出版社一九九四年。

【校記】

〔一〕明禋：《（崇禎）乾州新志》卷五《藝文》録此詩作「禮儀」。

觀京兆府學二首

寶墨銀鈎蠆尾，豪文玉振金聲。一覽古碑辭翰，頓還舊觀神明。

西秦觀覽古字，碑刻長安最多。未勝家藏墨迹，羲之帖换群鵝。清王昶《金石萃編》卷一五七，《歷代碑誌叢書》本，江蘇古籍出版社一九九八年。

王珩

王珩，出處未詳。明昌五年，以山東路提刑使謁靈巖寺，有詩刻石。兹輯一首。

巡按詣靈嵓名刹禮佛焚香憩坐于超然亭覽堂頭琛公佳製謾繼嚴韻

鍾山英秀草堂靈，林下相逢話愈清。聞道謀身宜勇退，得閑何必待功成。明昌五年十月十五日，十方靈嵓禪寺住持傳法沙門廣琛立石。北京圖書館金石組編《北京圖書館藏中國歷代石刻拓本匯編》收影印拓片，題後署「山東路提刑王珩」，中州古籍出版社一九八九年，第四七册二七頁。

智　楫

智楫，出處未詳。大定八年，爲盂縣令，寬而有制，百事俱舉，爲時所稱①。大定十二年，同知蔡州防禦使事。明昌中，以按察遊長清靈岩寺題詩刻石，著有《藏山廟記》②。兹輯一首。

---

①金智楫《藏山廟記》有云：「予大定戊子來宰是邑之明年也，自春徂夏，陰伏陽愆，旱魃爲虐。」跋尾有云：「《盂縣志》載楫大定間知盂縣，寬而有制，百事具舉。越三載，夏大旱，禱於藏山，引咎自責，俄大雨，歲乃登。則楫蓋良吏。」見清胡聘之《山右石刻叢編》卷二〇，《歷代碑誌叢書》本，江蘇古籍出版社一九九八年。

②金智楫《藏山廟記》題後署「承德郎同知蔡州防禦使事飛騎尉賜緋魚袋智楫撰，武德將軍行太原府盂縣尉驍騎尉孫德康篆立石，鄉貢進士薛頤貞書丹」。碑末題「大金大定十二年歲次壬辰六月戊戌朔十日丁未」。

遊靈巖寺

偷得工夫半日閑，來尋一徑上雲煙。巖崖直下臨無地，樓閣從空峻極天。雙虎負經初現世，衲衣成鐵不知年。此行仰愧埋輪手，恥向高人更問禪。《（道光）長清縣志》卷一六《靈巖志略》，題後署「明昌中按察智楫」，《中國方志叢書》本，臺北成文出版社一九七〇年。

范　懌

范懌，字德裕，寧海（今山東省煙臺市牟平區）人。嘗爲寧海州學正，時稱宿儒。與丹陽馬鈺世爲姻家，在郡庠同講習數十年，花時月夕，把酒論文，相從爲樂。懌與長真譚處端亦同鄉里，年輩相若，志趣頗似，故其存世著述多爲全真道教鼓吹張目①。兹輯一首。

和劉處玄上孛术魯驃騎節使

亭軒巧構水雲鄉，吟賞風來拂徒涼〔一〕。眼界寬閑鋪雅景，地形雄秀枕高崗。露濃花錦惟紅

① 范懌所著之文：大定二十三年《重陽教化集序》，大定二十七年《水雲集序》，大定二十八年《重陽全真集序》，大定二十九年《劉處玄靈虚宫唱和詩跋》《掖縣孛术魯園亭碑》《王重陽掛金蹬詞跋》，明昌辛亥《陰符經注序》等。

艷〔二〕，煙斂山屏滴翠光。緑檜垂楊相掩映，路人遥指是仙莊。先生題詩一章，辭意清逸，懌不揆繼韻先生，因書之。北京圖書館金石組編《北京圖書館藏中国歷代石刻拓本匯編》收影印拓片，碑陽劉處玄題《上孛术魯驃騎節使》詩，署「大定己酉四月十二日」；碑陰有「東牟學正范懌和」詩。中州古籍出版社一九八九年，第四六册一九六頁、一九七頁。另，清畢沅、阮元《山左金石志》卷二〇録詩，《歷代碑誌叢書》本，江蘇古籍出版社一九九八年。

【校記】

〔一〕徒：《山左金石志》作「袂」。〔二〕帷：《山左金石志》作「堆」。

顔　諮

顔諮，汾州平遥（今山西省晉中市平遥縣）人。明昌五年四月，以徵事郎丹州宜川縣令爲鄉邑修造慈相寺碑篆額①。兹輯一首。

過興儒里

雲林垂幕覆山村，半嶺牛羊日已曛。名謂興儒應不妄，太平今日正崇文。《（雍正）山西通志》卷二二六《藝文志》，《文淵閣四庫全書》本。

① 清胡聘之《山右石刻叢編》卷二二《汾州平遥縣慈相寺修造記》，《歷代碑誌叢書》本，江蘇古籍出版社一九九八年。

王肩元

王肩元，字才卿，范陽（今河北省保定市涿州市）人。明昌二年，以授官而赴曲阜祇拜林廟①。兹輯一首。

謁表聖祠

居士乘鶴去，人間幾百秋。惟餘舊山色，空碧照溪流。明昌二年十月十四日〔一〕，范陽王肩元才卿，自蒲阪過虞鄉，□□友人王質純叔、麻邦憲吉甫、邦寧平甫，來謁表聖祠，題數字以序意〔二〕。《（康熙）臨晉縣志》卷七《藝文志》，《中國科學院圖書館稀見中國地方志匯刊》本，中國書店影印一九九二年。

【校記】

〔一〕明昌：原作泐字。今按，駱承烈《石頭上的儒家文獻》載其題名石刻：「明昌二年十二月初四日，范陽王肩元奉命過魯，祇拜林廟。」齊魯書社二〇〇一年，上册第一〇八頁。〔二〕題數：原泐，據文意補。

① 金王堪《密州修學碑》：當時朝廷規定，「凡職官到任，并先謁奠先聖廟庭。」見《（嘉靖）青州府志》卷九，《天一閣藏明代方志選刊》本，上海書店一九八一年。

劉頎

劉頎字子翼，燕山（今北京市）人。明昌五年，有詩刻石。兹輯一首。

攜酒送春偶賦小詩一絶

春光將欲朝夕盡，攜酒東郊邀數賓。淺酌花前沉酩酊，誰人學我送殘春。明昌五年三月中休日，燕山劉頎子翼書。北京圖書館金石組編《北京圖書館藏中國歷代石刻拓本匯編》收影印拓片，中州古籍出版社一九八九年，第四七册二五頁。另，清王昶《金石萃編》卷一三三録文，《歷代碑誌叢書》本，江蘇古籍出版社一九九八年。

佚名

太一靈湫二首

直疑仙掌捧龍津，落葉無留愈覺神。福地尚將魚鳥護，不思哀憫望雲人。

終南見説畜靈湫，秋旱虔誠徑一求。石磴未容穿屐歷，夜窗喜聽聚檐流。已便客枕消殘暑，將見農家慶有秋。自愧書生無異報，强搜佳句荅神休。明昌六年中元日，知先天觀事奉香火道士何元濟立石。清王昶《金石萃编》卷一五七，跋尾云：「按太一靈湫在長安縣終南山。《漢書·地理志》：『太一，古文以爲終南。』《五經要義》曰：『太一，一名終南山，在扶風武功縣。』《初學記》引《福地記》曰：『終南太一山左右四十里内，皆福地。靈湫即湫池。』宋敏求《長安志》：『池上有澄源夫人湫廟，今縣有顯應夫人廟，當是澄源夫人改封，在終南山炭谷，去縣八十里，唐封澄源夫人湫池尚在，韓昌黎有《題炭谷湫祠堂》詩，即此靈湫也。』昶在長安，六七月旱，亦嘗遣官求之取水，往往有應。此碑刻《太一靈湫詩》七絶一首、七律一首，不著作者姓名，玩詩意，皆是爲靈湫禱雨而作。碑刻于明昌六年中元日，不知是追刻前人之作，抑是當時禱雨有應之作？詩稱自愧書生，知非守土之官，亦非奉香火之道士也。」姑輯入，以備參考。

《歷代碑誌叢書》本，江蘇古籍出版社一九九八年。

新編全金詩卷二一

王寂一

王寂，字元老，薊州玉田（今河北省唐山市玉田縣）人①。登天德三年進士第，未求調官。大定二年，除太原祁縣令。十五年，赴白霫治獄。十七年，以父艱歸。十八年，起復真定少尹兼河北西路兵馬副都總管。十九年，遷通州刺史兼知軍事，中憲大夫中都副留守兼本路兵馬副都總管。入爲户部侍郎。二十六年八月，河決衛州堤，奉命措畫備禦。是年冬，謫蔡州防禦使②。明昌初，被命提點遼

①金王寂《拙軒集》卷六《先君行狀》：自六世祖入遼，「羈縻于景州南部落，子孫因家焉」。景州，遼興宗重熙年間置，原爲薊州遵化縣。「不肖孤寂等，期以某月日，奉先大夫、先夫人喪，葬薊州遵化縣仁壽鄉靈應山之東原，從治命也。」今按，遵化與玉田同爲薊州屬縣，隸中都路。或王氏後遷玉田，或遺山記誤，俟考。

②《金史》卷二七《河渠志》：「大定二十六年八月，河決衛州堤，壞其城。上命户部侍郎王寂、都水少監王汝嘉馳傳措畫備禦。而寂視被災之民不爲賑救，乃專集衆以網魚取官物爲事，民甚怨嫉。上聞而惡之。既而河勢泛濫及大名。上於是遣户部尚書劉瑋往行工部事，從宜規畫，黜寂爲蔡州防禦使。」中華書局一九七五年，第六七二頁。

東刑獄，後以中都路都轉運使致仕。五年，起復，拜禮部尚書，薨①，年六十七，謚文肅②。著有《拙軒集》《遼東行部志》《鴨江行部志》等。清四庫館臣評曰：「寂詩境清刻鑱露，有戛戛獨造之風。古文亦博大疏暢，在大定、明昌間卓然不愧爲作者。」③兹輯二百七十八首。

王寂詩載《拙軒集》，以文淵閣四庫全書（文淵本）爲底本，校以文津閣本四庫全書本（文津本）、石蓮盦匯刻九人集本（石蓮盦本）及元至大刊本《中州集》卷二《王都運寂》（《中州集》）；《遼東行部志》以《藕香零拾》本爲底本，校以《遼海叢書》本（遼海本）、賈敬顔《五代宋金元人邊疆行記十三種疏證稿》（疏證本）；《鴨江行部志》以疏證本爲底本，校以羅繼祖、張博泉《鴨江行部志注釋》本（注釋本）。

五言古詩

題寶泉軒

野人强冠襟，任事多脱略。官府逃喧卑，僧窗憩寂寞。高情渺層雲，逸興發幽壑。山色爲誰

---

①《金史》卷一〇《章宗紀》：明昌五年春正月辛巳，「前中都路都轉運使王寂薦三舉終場人蔡州文商經明行修，足備顧問。」中華書局一九七五年，第二三一頁。今按，「前」字透露出王寂已致仕。另，金元好問《續夷堅志》卷一《京娘墓》：「攝禮部尚書，數日而薨。」當在明昌五年。

②《中州集》卷二《王都運寂》，中華書局上海編輯所一九六二年，第一〇二頁。

③清紀昀等《四庫全書總目》卷一六六《集部别集類·拙軒集》，中華書局一九九七年，下册第二一九九頁。

來，秋光無處著。頳紅掛浮圖，漲碧分略彴。天共水相合，風催雨欲作。漁歌散汀洲，春相隔籬落。屬玉破微茫，斜書灑寥廓。幽懽殊未闌，歸興輒作惡。後會定何時，期以辛丁約。

詠張宮師二疏東歸圖

戰國事縱橫，廉隅初滅裂。强嬴灰六籍，名教浸衰歇。卯金新典禮，蠹簡訪遺缺。人材就教育，士檢敦修潔。賢哉二大夫，夢覺槐安穴。功名我何有，劍首吹一吷。約日俱移疾，乞身良勇決。兩宮賮黃金，恩遇顧不褻。送車數百兩，祖帳都門訣。冥鴻謝矰繳，天馬落羈紲。倒囊促供具，賓族相娛悦。父子以壽終，名聲日星揭。人誰不學步，卒莫踐其說。寥寥閱魏晉，得一陶靖節。平生腰骨硬，肯向督郵折。後世無問津，風流冷於鐵。龍眠以畫隱，游意睎往哲。嗚呼紙上影，生氣猶凜冽。宮師廊廟具，天爲蒼生設。莫襲異姓封，長揖稷與契。云何眷短幅，摸索墨漫滅。況爲山九仞，一簣功可輟。盍睎鳳巢閣，姑置鷗歃血。方將薦廟堂，微公孰麴糵。致君堯舜上，鐘鼎載勳烈。歸艇渺烟波，晴樓醉松雪。古今雖異時，出處同一轍。欸圖幸不惡，蚤計政恐拙。兩疏儻有靈，抵掌冠纓絶。

題季札掛劍圖

季札貴公子，軒軒氣凌雲。平生會心少，四海一徐君。相逢適所願，情話如蘭薰。徐君顧長劍，意欲口不云。季子心許之，誓將歸獻芹。駐節不容久，驪駒促輕分。言還訪舊隱，路人指新墳。干將掛高木，以示初意勤。知己九泉下，冥漠聞不聞。今人交勢利，輕薄徒紛紛。豈惟此道絶，反是爲虚文。伯夷微仲尼，萬古埋清芬。

跋群獐出谷圖

我家崆峒南，丁年習騎射。每憶逐群獐，應手相枕藉。一行吏風塵，此事更何暇。朝來閲短幅，歸興輙命駕。丹青知誰歟，相與二易亞。看猿良獨癡，失林還可訝。爾軀幸無罪，爾肉鮮可炙。毛臍竟自賊，何異狨與麝。水草苟自足，慎勿害農稼。恐逢曹景宗，數肋不汝赦。

程尚書油煙墨

書生短燈檠，業苦孔之卓。百巧出寒餓，輕煤收紙幄。魚胞杵萬計，得此崑崙璞。墜溝終不變〔一〕，良質信堅確。摩挲等肘印，肝腎要彫琢。是中自有樂，未許兒輩覺。堂堂地官伯，胸次吞河嶽。隃糜優月給，拜次豈不數。人生幾量屐〔二〕，迅景驚飛雹。胡爲事細碎，刻意追古朴。得非遊戲耳，一笑供掌握。區區張與李，小道安足學。何當獻天子，毛楮仝甄擢。增新漢文物，潤色周禮樂。天章貺詞臣，宛彼雲漢倬。但恐醉常侍，狂登御床角。

【校記】

〔一〕墜：石蓮盦本作「池」。〔二〕量：石蓮盦本作「兩」。今按，南朝宋劉義慶《世説新語》卷中《雅量第六》：「或有詣阮，見自吹火蠟屐，因歎曰：『未知一生當著幾量屐。』神色閑暢。」宋蒲壽宬《登師姑巖懷古十韻》：「不知蠟屐翁，著得幾量屐。」見《全宋詩》卷三五七六。

和陳無己送東坡韻

坡公守餘杭，餞客傷乍遠。人生貴知己，旅退其可忍。陳三天下士，好德吾未見。垂涎嗜熊掌，擺手謝關鍵。觀過斯知仁，如月蝕輒滿。聞風激庸懦，所恨我生晚。

小兒難夫子辨并引。

予奉朝命之東門，道過太行，路左有二石像，詢其父老，云：「此小兒難夫子迴車之故地。」予惡其虛名而無實，作是詩以辨之。

我行自并門，道出太行嶺。路傍古石人，髣髴類形影。過客互傳疑，是非竟誰請。會逢田舍翁，荷杖雪垂領。爲問定何如，愚蒙庶幾警。云昔東家丘，歷聘入吾境。偶此值小兒，難詰豪且穎。丘也不能對，驅車返天井。邦人思其賢，想像刻頑礦。始予駭其言，嗔赤發面頸。夫子聖者歟，日月揭餘炳。豈聞採樵斧，巧掩運斤郢。翁徒老于年，此事能不省。翁聞遽愀然，色厲聲亦猛。轍迹今尚存，事況傳已永。書生多大言〔一〕，詭辨勿復騁。信知端木賜，下釋東野獷。正如與蟪蛄，而語春秋景。小姑嫁彭郎，舉世莫能整。嗟哉吾道窮，生死何不幸。生而非其時，伐樹迹屢屏。亦嘗撩虎鬚，白刃脱俄頃。死爲萬世師，廟貌多土梗。自非二仲月，門寮終歲静。山魈與社鬼，香火未嘗冷。此事固不平，此心嘗耿耿。吾生賦拙直，浪許近骨鯁。與物例多忤，所動坐愆眚。憤世無奈何，空令氣生癭。

【校記】

〔一〕言：原作「年」，此從石蓮盦本。

七言古詩

題張信道所藏李元素淮山清曉圖

長淮宛轉淮山麓，浩蕩淮光釀山緑。側峰横嶺巧連延，直自鍾山徹浮玉。曉來烟靄與風塵，面目參差未是真。中宵沆瀣一濯洗，突兀了觀清净身。陽烏飛出扶桑路，却拂群陰披宿霧。朝暉千丈卧長虹，曙色半巖横匹素。須臾谿壑漸分明，怪底懸崖化赤城。風傳粥板僧定出，露濕野巢鶴夢驚。玄暉舊筆絶俗韻，元素豪奪紫泥印。衹今元素入窮泉，惜哉一代風流盡。

題雪橋清曉圖

山翁卧聽溪風急，夜半篩珠落窗隙。千巖浩蕩失故態，萬徑荒寒滅人迹。挐舟欲訪戴安道，截岸層冰政堆積。翩然清興不可遏，側望招提無咫尺。攝衣便挈蠻童去，禿袖抱琴龜手漆。長橋蠟屐拄枯藤，卓破横江玉龍脊。粥魚晨磬聲未了，扣門唤起彌天釋。開軒對榻誰賓主，呵手續絃坐摇膝。從來支許事幽尋，放意茶顛恣詩癖。虎溪相送尚遲留，更待林梢掛蒼璧。

題高敬之所藏雲溪獨釣圖

疎簾留客晝偏長，茗椀告罷新鑪香。主人不恤寒具手，爲出牙籤古錦囊。鵝溪半幅開平遠，天際歸舟烟樹晚。釣翁簑笠釣滄浪，一波不動風絲軟。吾家舊隱柳溪間，誤落紅塵不放閑。披圖便覺清興發，恍若坐我黄蘆灣。黄陵翩翩貴公子，愛畫乞詩差可喜。幸今老父眼尚明，莫惜千金訪繭紙。

題張運使夢景圖

點鞭長算收餘暇，忙裏偷閑真倒蔗。北窗鼻息落庭花，一榻清風不論價。平生雅志一丘壑，小夢江山猶命駕。雲低平野暗溪樹，雨淋層峰補天罅。老農市酒唤歸渡，漁伯艤舟楓樹下。

開囊檢得春草句，揮灑短軸争膾炙。夜凉吹笛當抗衡，槐火石泉足更霸。披圖撩我倦遊興，念念尊鱸乞長假。與君田里馬牛風，蠟屐藍輿趁蓮社。畫工豈識夢中詩，他日須煩息軒畫。

王子告竹溪清集圖

溪山佳處多荒僻，豹霧蛟涎斷人跡。縱能陟險一登賞，重蠒百休疲峻陟。豈知城市有林泉，杖屨相從都咫尺。尋常四友會真率，茗具酒尊隨所適。竹風細細几席静，花雨冥冥巾帽濕。逸休方與聖賢對，觀妙超然存目擊。吹臺名士意領略，手弄蒲葵坐摇膝。吾宗盤礴拊長松，似傷材大時難得。漳川野老氣豪邁，陪謁龍顔祇長揖。琴書笑詠有真樂，不減仙公戲巴橘〔一〕。九原死者如可作，應恨烏絲欠珠璧。蘭亭滕閣久寥落，歲月轉頭駒過隙。願君此畫更珍藏，此會他時恐難必。

【校記】

〔一〕公：石蓮盦本作「翁」。

跋韋偃病馬圖

開元天寶誰能畫，韓子規摹出曹霸。惜乎畫肉不畫骨，坐使驊騮减聲價。晚生韋偃非畫工，少也得名能古松。試拈秃筆掃東絹，便覺天廐無真龍。胡不寫明皇照夜白，弄驕顧影嘶長陌。又不寫太宗拳毛騧，百戰萬里輕風沙。如何寫此神俊物，剥落玄黄只皮骨。却思落日蹴長楸，風入四蹄追健鶻。嗚呼往事今茫然，矯首有意誰其傳。主恩未報忍伏櫪，志士扼腕悲殘年。安得老髯通馬語，芻秣醫治平聲平所苦。行當起廢一長鳴，要洗凡庸空萬古。

跋張舍人所收楊仲明天廐鐵驄圖

大宛山下汗血駒，鱗鬐鳳臆龍頭顱。黑花細洒雲滿軀，倜儻不與駑駘俱。黄金絡頭老京都，注目落日思長途。圉人仗箠不敢驅，似聽馬語方踟躕。嗚呼龍媒已矣夫，林鳥恨對長風呼。誰能寫照開新圖，楊子妙筆非臨摹。願君著意收畫廚，風雨變化防須臾。乃翁丞轄翼帝車，月旦人物評錙銖。千金但賞駿骨枯，世上良馬無時無。

題高解元所藏武元直山水

洞清宗元不傳法，此老無乃得之心。妙畫通靈恐仙去，須防風雨夜堂深。斯人地下骨應朽，此畫世間寧復有。莫與紛紛俗眼看，等閑却作丹青手。

覺花島并引。

予聞覺花島葢人間佳絶處也〔一〕。凡道經海上，未嘗不駐鞍極望，久不能去。第簡書有期，不得一到爲恨。大定乙未之秋仲月十有四日，予自白霫審理寃獄歸，投宿龍宫下院，謀諸老宿，期一往焉。老宿曰：「今秋風勁，波浪洶湧，雖柁工篙師往來其間，亦不免縮頸汗背。當俟隆冬冰合，如履平地，然後可著鞭耳。」予竟不聽，明日登舟。行未幾半，風濤掀簸，舟人爲之變色，於是收帆弭檝，維石于北渡。予嘆曰：「此而不濟，則命也。」乃割牲釃酒，投是詩以禱之，遂復鼓枻以進。已而風停浪静，天水湛然，極目萬里，恍然如坐大圓鏡中。指顧之間，已登彼岸。舟僧詢大德者謂予曰：「正直動山鬼，詩句起蟄龍者，信不誣矣。」予笑曰：「如二公者，千古仰之，猶太山北斗，豈庸人末士所可擬哉。是必憐其勤而報以誠也。不然，則劉昆所謂反風滅火，蝗不入境者，皆偶然耳。」雖然，此一段奇，亦不可不紀也。

宫亭湖神感且通，往來送客能分風。廣德王祠禱輒應，重樓翠阜浮霜空。我行擬上覺花島，香火遍走青蓮宫。中流未濟成齟齬，船頭西向旗脚東。雲奔霧湧白浪捲，一葉掀舞洪濤中。平生行止類如此，憑仗願有信與忠。嘗聞主海尊位置，顧豈變化難爲功。指呼蛟蜃掃陰翳，天水萬里磨青銅。解維轉柁飽帆腹，雙槳不舉追驚鴻。兹遊政要償素願，勿使坐歎詩人窮。投文再拜瀝微懇，爲我寄語白龍翁。

【校記】

〔一〕予聞覺花島蓋人間佳絶處也：石蓮盦本作「予自少時即聞遼東覺華島爲人間佳絶處」。

留題覺花島龍宮寺詩寺在遼東。

傳聞三山駕空虛，珠宮貝闕神仙都。茫茫弱水限舟楫，人跡不到如有無。平生點檢江山好，祇有龍宮覺花島。何年經創作者誰，興聖帝師孤竹老。老人絶俗棲金沙，歲久喜捨來天家。懸崖架壑置佛屋，突兀殿閣凌煙霞。一作開明霞。乃知造物開神異，故壓祇園布金地。四顧鯨波翼寶巖，玻璃環擁青螺髻。我生自厭薰羶腥，坐覺兩腋生清泠。夜冷海月耿不寐，幾欲舉手捫天星。明朝收帆落塵土，一夢回頭散風雨。向令坡老此經行，想不願爲天竺主。

拙軒

拙軒少也絶交朋，閉門坐斷藜床繩。據梧手卷挑青燈，目力自足誇秋鷹。一行作吏負且乘，簡書夜下催晨興。心勞政拙無佳稱，高枕緩帶吾何曾。年來安東逐斗升，吻膠背汗疲炎蒸。到官簿領交相仍，臨事自笑無一能。督責老掾詢聾丞，日畏罪罟空凌兢〔二〕。窮鄉九月河水冰〔三〕，玉樓凍合衣生稜。氈裘火坑寒不勝，呼吸未免髯珠凝。積憂蓄熱邪上騰，阿堵中有輕雲憑。臨窗射日絶可憎，决眥淚霣長沾膺。初謂造物何侵陵，細思無迺示小懲。世醫膚見浪自矜，肝膽豈易分淄澠。屏除嗜欲學山僧，此理蓋出三折肱。斯文未喪信有徵，天其使我雙明增。要作楷字頭如蠅，表乞骸骨歸丘陵。負郭二頃產有恒，堆盤苜蓿衣麄繒。醉眠床下呼不膺，自許此著高陳登。飯餘睡足揸枯藤，老眼細數雲山層。

【校記】

〔一〕日：原作「曰」，此從石蓮盦本。〔二〕鄉：石蓮盦本作「荒」。

客中戲用龍溪借書韻

太行西北雲横目，一日九迴腸斷續。舍官就養誠所願，百口煎熬食不足。逆行倒置坐迂闊，相負此生惟此腹。兹行遠去父母國，戀戀不同桑下宿。山長水遠苦愁人，不覺秋風驚鬢緑。平生拙宦失捷徑，蘭蕙當門爲誰馥。文章既不一錢直，五經安用窗前讀。東塗西抹竟何有，坐歎馬鞍消髀肉。公家無補一毫髮，鼠竊太倉饕寸禄。既無里嫗誰乞火，未有先容莫投玉。天涯懷抱爲誰開，盡寫窮愁入詩軸。

柳城西聞蟬有感

坡老放歸舟繫汴，驚聽騾鐸鳴北岸。文公嶺外得京官，照蝎壁間猶喜見。我今薄宦天一角，適以平反叨使傳。柳城西路忽聞蟬，駐馬久之增感歎。臨岐凄咽固有意，似對鄉人論半面。吾廬環木夏陰合，聒耳長嘶吾每倦。安東地冷無此物，所以相逢眷還眷。晚風晨露汝易足，何苦叨叨聲不斷。商胡遷客淚横臆，落日窮途方寸亂。朱門砧杵快新凉，乞汝秋天從叫唤。

轍中斃龜并引。

予以公事按部郊行，過污泥濁水，深不没膝，廣可三丈許。車轍中有烏龜伏焉，首尾餘尺。予初疑曝背，舉而視之，則頭且碎矣。予謂凡物之神無如龜者，意其舍魚龍而伍蛙黽者，則必厭網罟搜羅之患，以求自安。今復死于奔輪之下，豈靈於人而不靈於己耶？抑吉凶逆定而不可逃耶？政如嵇叔夜鍛隱以避世，反見譖於鍾會，竟不免東市之刑。信乎死生有命，修短有期。彼有不顧名節，儌幸以求全者，未必然也。予作是詩，蓋有激而云。

玄夫六甲存神氣。耳息綿綿口常閉。會巢蓮葉緑毛叟，遊戲人間閲千歲。吉凶未判倘謀及，告以將來若符契。江湖佳處多網罟，側足恐爲人所制。揞床鑽灼事交病，寧處不材從此逝。嘉林居士强解事，清江使者何經濟。泥塗雖辱固不惡，所幸此身能自衛。豈期曝背當車轍，碎首奔輪翻致斃。乃知生死有定數，萬物皆然無巨細〔一〕。夔蚿多寡各安分，椿菌短長均一世。越人善療卒兵死，單豹養生遭虎噬。爾今韜晦竟不免，使我追傷收寒涕。至人知命付一笑，我輩情鍾能不蔽。千古蒙莊倘有靈，須知曳尾非長計。

【校記】

〔一〕皆：石蓮盦本作「自」。

予以朝命催租河朔道出隆慮邂逅楊東卿蓋棲霞隱人也嘗許予小山以地遠卒不能致約以後期故作是詩以爲定券

嗟君學得屠龍手，走遍人間病餬口。左携妻子右琴書，却返棲霞老耕耦。閉門閑草太玄經，冷眼兒曹事奔走。惠然過我便傾蓋，夜對寒燈共樽酒。掀髯揮麈話平生，河漢無聲轉星斗。自言家蓄小玲瓏，坐使鑴鎪耻牛後。書生嗜好固多誕，不許千金酬弊帚。山深但恨卒未致，他日願爲吾子壽。人生尤物安用多，要與仇池爲二友。明年尺牘遣長鬚，莫爲先生化烏有。

上周仲山少尹壽

姬公勳業千古高，雲孫間出皆時髦。篤生夫子賢且豪，風義凜凜魁吾曹。詞源萬斛何滔滔，作賦竟欲續離騷。懸知富貴不可逃，鄉人莫敢輕韓翺。長竿不肯驚鯈濠，引手一釣三山鼇。命也數奇時不遭，屈爲郡縣真徒勞〔一〕。不容吏手如桔槔，乾没遽止民無搔。近出幕府持旌旄，季孟伯厚胡爲叨。朱門瑠璃載蒸羔，先生盤飯獨溪芼。衆人醉死貪濁醪，先生嗽石羞醨糟。仕者往往争錐刀，既角而齒寧非饕。黄金堆丘爛巾袍，公獨視之如秋毫。迺知賢愚異所操，相去豈特九牛毛。久諳世味嚼空螯，徑欲脱幘誅蓬蒿。吾君側席登夔皋，如君才氣寧容韜。蒼生渴望方嗷嗷，要使萬類歸甄陶。禮樂具舉弓矢櫜，樂職頌德追王褒。乞身歸老隻魚舠，烟波萬頃翻葡萄。蠹書卧看横長篙，衝烟破月時嬉遨。會逢石髓流青膏，嗅如香粳食如桃。方瞳瞭然牙齒牢，人間歲月從奔濤。久厭濁世薰腥臊，振臂一舉辭盧敖。黄鵠飛去壤蟲號，仿佛碧落聞雲璈。

【校記】

〔一〕郡：石蓮盦本作「州」。

漕副劉師韓自遼西按田訟迴僕率僚友迎勞於郊是夕僕酒戰敗績明日師韓檄再三竟不復出蓋渠豪於飲而僕素不能也戲以此詩解嘲

劉侯士論推豪邁，雲夢胸吞無蒂芥。興來和月卷玻瓈，累舉十觴嫌未快。我生不飲亦勉强，涓滴濡唇亦狂怪〔二〕。螳蜋怒臂要當轍，大白相浮争勝敗。初期堅壁老强敵，督郵自困平原界。鼓噪其如氣已竭，偃旗棄甲投戎械。黎明檄戰示巾幗，曾未致師先瓦解。君於伯倫當季孟，我辱無功謾宗派。服而舍之古善政，驟勝且驕兵所戒。濟水焚舟會有時，勿卑邾小撩蜂蠆。

【校記】

〔一〕濡：石蓮盦本作「入」。

題劉器之秀野亭

劉郎事業凌徐嚴，風骨玉立高巉巉。平生雅志在丘壑，嗜好與世殊酸鹹。謀身易足田百畝，一作「時人但笑家四壁」。活計祇有書千函。一作「愜眼歲計書千函」。短衣絶勝杜陵老，窮冬性命依長鑱。南城佳處有别業，手種杞菊植松杉。十年小築直倒蔗，佳木異果陰相攙。一作「來禽青李陰相攙」。漉醅自有赤脚婢，安用捧椀柔摻摻。清談到聖會心處，目送飛鴻唯阿咸。㲋仙牓名以秀野，老子於此端不凡。開軒如對龍眠畫，恍然坐我勝金巖。期君少起賦雲夢，聽卜區區陋畢諴。一作「期君獻起長楊賦，後來未必數畢諴」。曲江燈月足行樂，歸路草色迷春衫。却愁三徑花狼藉，燕覓舊主聲呢喃。功成事了當勇退，北山勿遣移長緘。我今出試已大謬，畫餅聊慰癡兒饞。茂林豐草麋鹿性，絡腦不受黄金銜。還家未有置錐地，但免薏苡明珠讒。頭顱過此可知矣，歲月飄忽追風帆。他年定約卜鄰舍，屋茅爲我先誅芟。吾言要踐不可食，江水在此神其監。

送人官滿二首

朔風吹雲雁程起，木葉蕭蕭落寒雨。先生官滿遊京華，扁舟欲發湘江渚。寫詩餞别各盡觴，遥瞻蓬島三千里。思君到日梅亂開，瑞雪花飛鳳城裏。

草堂新成長獨吟，故人不來黄葉深。茶煙晝消倦掃榻，梅月夜冷慵調琴。我歌驪駒餞君酒，君出陽關傷我心。長江東去浮晝鷁，悵望雲樹懷知音。

用時元瑜韻

廣平平昔心如鐵，句法澄江湛秋月。地爐無火聳山肩，坐對梅花咀冰雪。是中何好有底憐，其樂自謂超三禪。想君曩歲客淮上，凍脚遍歷溪橋邊。見花輒飲醉即歸，龍蛇揮掃争新奇。至今清夢時到舊遊處，尚記幅巾直掇横笻枝。錦囊投我須鄙句，正似西子枉駕招東施。梅兮梅兮爾今但有一夔足，世人未識本來之面目。寄謝無爲老衲他日但過時，當爲浮香主人留一宿。

送劉彦美

吾黨之子來何獨，妙年器宇非庸俗。初聞吾族盡窮窘，次以平安報修竹。挑燈把酒操南音，似喜人聲到空谷。翻然語别得無情，天涯況是平生熟。

題左閣使瓊花后土像

維揚瓊花天下無，木犀避舍梅前驅。梁園移植有深意，要識姑射冰肌膚。絶品豈知神所寓，等閑未許京塵污。空煩腰鼓揭春雷，打徹凉州殊不顧。明年詔遣歸故宫，玉蘂爛漫縈天風。香聞二十四橋外，熱惱坐變清凉中。世間無物那容久，一夢兵烟化烏有。無雙亭上月依然，可憐空照傳杯手。何人收取斤斧餘，栗玉其色差温如。三都賦客眼青白，歎惜流落潛欷歔。十襲珍藏咨國匠，寸龕爲刻柔示音祇像。褘翟煌煌玉座閑，想見嶽瀆來稽顙。歲時香火必躬親，靈爽舍此依何人。酒胡賤役何足道，居士彊名安得神。物理細思寧有間，犧樽毋忽溝中斷。不如塗樗社櫟兩不材，得盡天年保無患。

謝王仲章惠淮馬

憶昔短衣精騎射，千金市馬寧論價。尋春不惜錦障泥，歸醉且無官長罵。一行作吏遭羈束，五斗紅陳家不足。騂騮賣却買駑駘，夜齕空槽敢食粟。年來可笑窮到骨，奔走不暇黔吾突。天公更使我馬殂，造物戲人無迺忽。聞君廐有江淮種，風入四蹄兩耳聳。惠然見貺頗周急，幸免塵靴行決踵。投詩寄謝三嘆息，羞澀倒囊無寸積。他年客路會相逢，小倩夢蘭吾不惜。

題劉德文樂軒

君不見達官火色凌朝霞，傳呼數里清堤沙。門人故吏聽頤指，吹噓一到枯生花。那知任重責亦重，朝服坐待曉鼓撾。攖鱗逆耳事可畏，四十未過兩鬢華。又不見朱門錢癡豪且奢，氍毹按舞催箏琶。萍虀豆粥何足道，猩脣熊掌來咄嗟。那知中夜獨不寐，百萬計恐毫釐差。匹夫無罪死懷璧，何異犀象之角牙。人生快意在富貴，富貴尚爾餘何誇。劉君適意殆非此，其樂自謂真無涯。官閑事少憂患少，君恩飽暖及全家。壽親餘瀝沾賓友，教子尚有書五車。百年萬事付杯酒，部伍鼓吹鳴池蛙。眼前識破兩蠻觸，胸次不置千褒斜。箇中歡趣例如此，迴首富貴誰能加。我今百指無定止，負舍却羨循墻蝸。思君清樂不可得，對此況味殊不佳。何時徑往君家去，主孟莫厭煎鹽茶。

題中隱軒

君不見嚴君平梅子真，成都卜肆吴市門。萬人如海一身隱，外聽車馬争馳奔。又不見介之推屈大夫，綿山澤畔何區區。孤高與世自冰炭，甘焚就溺捐微軀。兩公朝市大喧噪，二子山林更牢落。混俗變姓良自欺，賣身買名何太錯。我則願師白樂天，終身袞袞留司官。伏臘粗給憂患少，妻孥飽煖身心安。況有民社可行道，隨分歌酒陶餘懽。經邦論道不我責，除書破賊非吾干。折腰束帶莫恥五斗粟，猶勝元載胡椒八百斛。一朝事敗竟赤族，嗟爾安得爲孤犢。塵靴汗板莫厭時奔走，猶勝李斯相秦印如斗。一朝禍起遭鞭杻，却思上蔡牽黄狗。况知富貴不可求，僥求縱得終身憂，不如中隱軒中日日醉倒不省萬事休。金王寂《拙軒集》卷一，《文淵閣四庫全書》本。

新編全金詩卷二二

王寂二

五言律詩

被檄平田訟投宿兔山院留題

人事絶紛譊，臨軒面四郊。松風清不斷，槐影密相交。花蘂香蜂穴，芹泥落燕巢。他年香火社，此地擬誅茅。

中秋月下有感戲傚樂天

此夜十分滿，中秋萬古情。素娥應不老，蒼鬢可憐生。追想歡呼處，翻成歎息聲。悲歡人自爾，月是一般明。

送王平仲二首

潦倒少矍鑠，臞儒餘愚迂。半面便健羨，無渠吾胡娱。袖手久不偶，鋪書如枯株。索寞各作惡，呼車姑須臾。

放浪曩骯髒，囊裝將長揚。偃蹇晚倦獻，徜徉藏光芒。著雨苦齟齬，蒼茫荒羊腸。黯慘厭漸險，彷徨傷王陽。

蔡州

懸瓠城雄壯，登臨寫客懷。九州惟古豫，千里控長淮。極目棲林杪，臨芳瞰水涯。南城新息路，西市確山街。門易朝京榜，亭餘閱世牌。樂光眉拂黛，溱汝股分釵。八卦壇微認，三王塚密挨。輞湖魚唯唯，壺樹鳥喈喈。顔筆龕塵壁，裴碑瘞土堦。卜蟾聞邁志，係鱉近齊諧。坡底爲龍竹，廳前繫馬櫰。絶纓臺泯没，鑄劍冶堙埋。坡迹留任宅，涪詩刻秀崖。黄陂澄宇量，許月旦名排。秦賦敵楊子，婁歌勝李娃。越王悲壯志，唐女换遺骸。元濟狂梟獍，宗權暴虎豺。土風敦儉素，聲樂絶淫哇。玉粒家家足，紅薑處處皆。吴氛薰霧瘴，楚氣拂雲霾。笋石當衙道，仙榆拂郡齋。王侯更廟狄，富相捍潭柴。竦也嘗臨判，謙乎亦攝差。陳翁孫接踵，歐父子聯階。觀頟因王覿，民坊出陸偕。許詩多散落，葉記半磨揩。往哲優師帥，遺風軼等儕。老夫爲政拙，雅志與時乖。倦鳥收長翮，疲駑戀短稭。江山題不盡，吾已辨青鞋。

挽姚仲純

夫子人之傑，魁然道最純。鄉閭連沛邑，族系出虞賓。清節冰壺瑩，孤標玉樹新。妙齡探桂窟，雅志傲蒲輪。事業傳衣鉢，風流表搢紳。斗南惟此老，月旦復誰人。忍死哭亡社，偷安笑具臣。斯文雖未喪，吾道竟誰伸。彭澤不書宋，東陵無負秦。直從强健日，收得自由身。把臂言猶在，回頭迹已陳。發書占賈鵩，絶筆感商麟〔一〕。去矣騎箕尾，嗟哉厄巳辰。終天從此别，窮壤向誰親。墮梛逢王果，留燈待沈彬。彭殤俱逝水，丘跖共荒榛〔二〕。書帶緣新壠，笛聲起舊鄰。絶絃雙墮淚，挂劍一傷神。冢樹悲長夜，山花作好春。龜趺平木杪，誰爲寫光塵。

【校記】

〔一〕感：諸本《中州集》卷一〇《醉軒姚先生孝錫》附録王寂此詩，或「感」或「惑」，頗紛紜。元乙卯本、明弘治本、四部叢刊本《中州集》作「惑」；汲古閣本、文淵閣本《中州集》作「感」。今按，《蘇軾集》卷二五《劉壯輿長官是是堂》：「當爲感麟翁，善惡分錙銖。」〔二〕丘：石蓮盦本作「孔」。

六言律詩

贈李彦猷郭伯達二首

才氣無雙家世，中朝第一名儔。茂藹登龍士譽，醉揮倚馬詞頭。南鄭囊封倜儻，西崑詩律深幽。自古卜鄰識面，與君正合交遊。

豪氣從來角出，雄文未易肩儔。學驥翻輸牛後，點蠅誤失龍頭。經火初驚玉美，飲風久識蘭幽。他日相期林下，幅巾與赤松遊。

七言律詩

寄王周拙道人

幾年風浪汨迷津，一息煙霞遂隱淪。結屋正宜居子午，投巾聊復記庚申。兒孫又繼平生志，姑婦能甘抵死貧。邂逅相逢應笑我，蒼頭華髮走紅塵。

寄李致美

别來歲月遽如許，鱗羽沉浮絶往還。欸接清譚思寓直，未忘習氣夢催班。信知天上玉堂好，何似江西道院閑。他日相逢能似舊，祇應君眼與南山。

予叨諫員恨無補報矧年來歸計未成晝夕梗于胸中作詩以見意

漏盡鐘鳴誰執咎，望輕責重難爲功。老蠶無地可作繭，驚鴈見月思傷弓。言忠政恐祝三佞，句好豈辭黄九窮。吾非匏瓜能不食，朝莫喜怒從狙公。

受諫職夜久不寐

責重還憂力不任，中宵未寢念之深。姚虞已拱垂衣手，山甫空勞補衮心。仗馬不鳴羞短豆，野麋有志老長林。横身會有涓埃報，莫笑年來便學喑。

至新蔡寓居開元寺暇日登經樓賦詩文伯起繼作以其寺壁舊有秦少游題詠故尾句及之淮海於此作學官計其年尚少當時坡谷鉅公皆推重意爲遠到而竟不然所謂方行萬里出門車折軸者惜哉〔一〕

往昔秦郎妙天下，淹留嘗倚仲宣樓。長材不用虎爲鼠，塌翼竟從蜩與鳩。夭矯飛雲蜕仙骨，連卷雌霓落墻頭。世間玉人豈復有，應與晁張地下遊。

【校記】

〔一〕石蓮盦本詩題作「至新蔡寓居開元寺暇日與文伯起登經樓賦詩寺壁舊有秦少游題詠計其年少於此作學官當時坡谷鉅公皆推重意爲遠到而竟不然所謂方行萬里出門車折軸惜哉」。

初到蔡下已有春意

向辭北闕猶飛雪，及到南州便得春。知有勝游供勝具，况宜閑處着閑身。江湖且作鼂魚主，天地能容蟣虱臣。兀坐静思心語口，此來無愧汝陽人。

鞏義卿遊學蔡下積年今雖老豪氣不除此州因兵火後鄉校幾廢義卿獨能徒步千里請所費于有司今復告成亦可謂張吾軍者也

泮宫俎豆幾息矣，極力贊成時乃功。詞源滔滔注絶壑，俠氣凜凜凌層空。鄉人敢易蘇季子，坐客盡驚陳孟公。相見明年春更好，杏園人醉馬嘶風。

方山聞有代者坐中或至潸然

五年不去任推擠，慚愧鉛刀試割雞。妻子久甘塵滿甑，兒童嘗笑醉如泥。恨無遺愛寬齊市，空有餘愚汙冉溪。此去會應書下考，於潛癡女勿輕啼。

思歸

擢賈之髮罪莫數，君恩猶許牧邊州。夢尋薊北山深處，身在淮西天盡頭。袖手不應書咄咄，乞骸端欲牓休休。求田問舍真良策，卧地還勝百尺樓。

夜宿淮陰城下

將軍旗鼓渡中流，明旦孤城土一丘。埋沒游魂隨野草，煩寃新鬼哭沙洲。坐看赤壁飛灰滅，行想金陵王氣收。惟有多情淮上月，夜深還照女墻頭。

故人翟仲謀潦倒場屋今復見之所異于昔者蒼頭白髮耳適以詩陳情輙次其韻因以勉之

憶昔妙年仝射策，今誰存者苦無多。鄷城久矣埋長劍，陶壁依然掛短梭。鉛槧功夫真戲耳，虀鹽活計奈貧何。鵬圖九萬平生事，老翮青雲尚可摩。

雞頭

竹爐新煮軟冰丸，咀嚼寧憂齒頰乾。誰認鼉胎刳玉彈，共驚蛟室泣珠盤。芋頭有味終難永，菱角齊名不奈寒。唤起舊年風月興，惜無千丈酒腸寬。

天德辛未家君守官白霫僕是歲登上第交遊飲博皆一時豪俊于今二十六年矣適以審刑復來留數日故人高晦之以舊見訪問當時所與游者往往鬼録高本富家今貧甚僕向最年少今老矣感歎久之爲賦詩以自遣

憶昔登科正妙年，鞭笞龍鳳散神仙。金釵貰酒春無價，銀燭呼盧夜不眠。往事悲凉真夢耳，故人零落獨潸然。臨街父老應相識，笑指潘郎雪滿顛。

日暮倚杖水邊

水國西風小摇落，撩人羈緒亂如絲。大夫澤畔行吟處，司馬江頭送别時。爾輩何傷吾道在，此心惟有彼蒼知。蒼顔華髮今如許，便掛衣冠已是遲。

別高麗大使二首

萬里朝天禮告成，歸途冰澌積峥嶸。相從遽作春雲散，欵語何妨夜月傾。兩地關河傷遠别，一天風雪歎勞生。他年幣玉重來日，對立罘罳眼更明。

送迓都忘百日勞，怱怱言别奈無聊。渡江相見迎桃葉，分馬能忘贈柳條。煙抹雞林山隱隱，雲横鶴野路迢迢。君侯此去應前席，爲贊忠嘉事聖朝。

李仲佐遼東之豪士也初識于大元帥席上怪其議論英發坐客盡傾至於通練世務商較人物雖博學老儒或有所不及僕喜其爲人臨分以二詩贈行且將以爲定交之券也

夤緣樽俎接雍容，一洗從來蔕芥胸。笑我殘年方射鼠，喜君巨手學屠龍。聞名素重千金諾，識面尤輕萬户封。指日乘槎吾已矣，與君林下會相逢。

客路逢君蓋少傾，歡然相與話平生。心胸皂白人倫鑒，齒頰吹嘘月旦評。雞黍後期雖有信，參商輕别得無情。從今把酒須東望，千里關山共月明。

過代

金波曾醉鴈門州，端有人間六月秋。千古山河雄朔部，四時風月入南樓。漢家戰伐雲千里，唐里英雄土一丘。繫馬曲欄搔首望，晚來閑殺釣漁舟。

題莊子祠堂

蒙莊千古骨成塵，德業猶争日月新。説劍似乎非聖作，鼓盆聊爾見天真。螳蜋恂恂人間世，蝴蝶悠悠夢裏身。才與不才俱是累，先生木鴈請書紳。

海棠

輕紅淡白天然態，山杏溪桃不足多。睡足精神閑蠟燭，酒酣肌肉捲香羅。都官有隙遽如許，工部無情奈爾何。流落幸遭蘇玉局，一樽相對爲君歌。

病起

衰疲那復病交攻，湯劑扶持幸有功。牀下蟻聲端是妄，杯中蛇影本來空。政緣造物偶相戲，不謂工詩坐此窮。三復佳章覺便健，信知書檄愈頭風。

張子固奉命封册長白山迴以詩送之

勞生汨没海浮粟，薄宦飄零風轉蓬。我昔按囚之汶上，君今持節出遼東。分攜遽爾閲三歲，相對索然成兩翁。健羡歸鞍趁重九，黄花手撚壽杯中。

寄題涿郡蜀先主廟二首

當年竹馬戲兒曹，笑指籬桑五丈高〔一〕。時也共誅千里草，天其未厭卯金刀。宗臣嘔血重三顧，嗣子不才輕六韜。故國神游得無恨，破垣風雨夜蕭騷〔二〕。

天下英雄惟使君，本初之輩不須論。初無尺土三分國，遽隕長星五丈原。簡策功名成廢紙，歲時簫鼓鬧荒村。猶勝故國不歸去，叫斷西風杜宇魂。

【校記】

〔一〕籬：《中州集》録此詩作「樓」。〔二〕破：《中州集》作「壞」。

題伍員廟

蚤年亡命入蘇州，破越興吴出坐籌。可惜捧心貽後患，遽令嘗膽雪前羞。忠臣竟受鯨鯢禍，故國空傷麋鹿遊。欲向波神問遺恨，胥山三月看潮頭。

送劉師韓歸雲中二首

怱怱杯酒促行輈，挽斷征衫不少留。别友情懷雖作惡，還家滋味勝封侯。雞催淡月閭山曉，鴈貼黄雲馬邑秋。老矣仲宣歸未得，微君底處許依劉。

客裏那堪送客行，迢迢煙水指歸程。子規催促渾無賴，秋雨留連却有情。此日短亭輕折柳，何時長路重班荆。着鞭穩上青雲去，莫惜因風早寄聲。

丁未肆眚

平生自信不謀伸，媒孽那知巧亂真。暗有鬼神應可鑒，遠投魑魅若爲鄰。九天漢詔與更始，萬里湘纍得自新。天地生成知莫報，一杯何日與封人。

高武略復和尖字韻見贈走筆奉酬

落紙千篇筆退尖，我方刻畫老無鹽。鼎鐘之後知誰識，糟麴其間想自嫌。顧冀北群須伯樂，嗣西江派得洪炎。便當覓取高師着，此去心顔更可潸。

泛舟用王子告節副韻二首

綵舟風軟蹙波瀾，草草杯盤略解顔。緑蟻淺斟金鑿落，青娥低唱玉連環。忘機鷗鳥心情好，信美江山眼界寬。老矣相逢拚一醉，正須絲竹寫餘歡。

勳業時時把鏡看，却嫌秋水照衰顔。肘懸斗印慚分竹，行恐泥封促賜環。酒裏光陰真可惜，客中懷抱若爲寬。十觴一舉君須醉，念我區區亦鮮歡。

春牛

土木形骸聊假合，丹青毛角巧相宜。老拳痛手交攻爾，粉骨碎身知爲誰。不似驚狂持索處，正如觳觫過堂時。漆園傲吏真達者，未肯生爲太廟犧。

送李致美之任雲中

宸衷簡在付陪京，摩拊疲氓藉老成。金闕共瞻卿月出，野人相慶福星明。先聲雷殷嬀州路，和氣春迴魏帝城。想見郊迎笳鼓競，吏民驚嘆綵衣榮。

探春二首

和氣融融散薄原，東風應已入東門。坡云：東風未肯入東門。弄晴野鵲翻高樹，趂暖家雞啄破垣。淺緑未生挑菜渚，嫩黄先報探花村。安排詩酒相追逐，聊慰天涯倦客魂。

撥忙騎馬到郊原，絶勝喧卑倚市門。破凍薺芽敷畝隴，向陽蔬甲觸藩垣。春陰半暗雲間寺，夕照偏明水外村。悵望故園歸未得，且呼歡伯暖冰魂。

題北禪寺用前韻

紺宇峥嶸枕膴原，相承祖印出雲門。層簷蛛網圍沙界，傑榜金書照粉垣。香火勝緣通四衆，華燈珍供走諸村。神光潑眼旃檀像，想見天魔落膽魂。

題佶大師松菊堂

阿育浮圖古道場，最宜花竹暗禪房。影侵羅什翻經席，香散生公説法堂。飛節芝豐輕歲月，辟寒金瘦傲風霜。他年遠社歸吾老，爲我須留漉酒囊。

送張希召二首

憔悴談玄揚子雲，如何耳冷百無聞。從來不識河南守，此去還空冀北群。遠别定須多作惡，相逢無惜重論文。勿卑小郡爲無益，餘潤京師正賴君。

省臺諸子例才兼，盡道超群未及髯。自苦折腰供吏役，誰憐白髮困郎潛。塵靴久厭踏紅軟，冰簟常思負黑甜。好向水雲鄉裏去，監州不惡有團尖。

送張希召出宰贛榆

耐久誰如故國山，送君直過穆陵關。一川魚鳥江淮近，千里農桑海岱間。老驥未甘塵土厄，仙鳧宜向水雲閑。此行莫作三年别，考最當隨紫詔還。

送劉子高宰新安二首

吾髯得邑古河南，政事應須出笑談。但喜時平由聖主，不憂縣小選中男。子文已慣三無愠，叔夜休辭七不堪。想見細民多受賜，長官如水吏羞貪。

憐君桂玉苦羈棲，强項逢人未肯低。病裏更貧猶愛客，酒中有得不謀妻。長材無用虎爲鼠，妙手豈論牛與雞。考課會應書上上，促歸行看紫封泥。

跋風柳忘牛圖

溪風淅淅柳絲柔，柳下蠻童釣晚洲。老牯安行無寸草，遊鯈飽食弄沉鈎。連羈治馬真成虐，挾策尋羊未足優。何似人牛俱不見，短蓑高掛樹枝頭。

三逸堂白芍葯

春城白葯占春餘，妙品端宜入畫圖。蕚粉雨餘沾蝶翅，蘂香風暖上蜂鬚。壽陽宮女粧梅額，姑射仙人瑩雪膚。不見眉山蘇閣老，更誰能賦玉盤盂。

元夕有感

一生能見幾元夕，况是東西南北人。殘夢關河巃禁月，舊遊燈火馬行春。歲華投老送多感，節物對愁爭一新。自笑區區成底事，天涯流落淚沾巾。

次韻郭解元病竹二首

此君清苦少知音，獨有幽人忍凍吟。生死挺然終抱節，榮枯偶爾本無心。比肩恥與蒿萊伍，强項不容冰雪侵。姑待東風脱新緑，傍陰高卧解吾簪。

風摧雨折不成陰，培養應無老醉吟。狂直未能忘故態，孤清端不負初心。佳人日暮何堪倚，太守春饞輒莫侵。特立閑門固癡絶，看他桃李上華簪。

上南京留守完顔公二首

聖朝敦睦重分封，不學成王戲剪桐。終以阿衡任天下，暫留蕭相守關中。窮邊緑野人煙接，永日黄堂獄訟空。巨手不應偏福地，會歸調鼎贊元功。

赫赫金源帝子家，暫分符竹奠京華。禮容登降歌麟趾，廟筭縱横制犬牙。黄閤久聞虚鼎席，朱衣行引上堤沙。他年定數中書考，異姓汾陽不足誇。

平夷道中二首

河陽白髮近來添，行役勞勞歲已淹。仕路黄楊何日進，宦情橄欖幾時甜。未妨徐邈時中聖，自笑東坡不受痁。箕斗虚名將底用，慨然舒笑一掀髯。

歸思秋來日日添，擬將餘恨寄江淹。東華久厭踏紅軟，北牖常思負黑甜。世路窮通端是夢，人情寒熱動如痁。兒曹縱有英雄手，第恐英雄未及髯。

留題紫巖寺

手胼足趼不知勞，珍重麻衣道最高。跨岸飛橋横玉蝀，倚空層閣壓金鼇。一天花雨森秋氣，萬壑松風捲夜濤。怕見雲堂老尊宿，笑人塵土滿征袍。

投宿青山院中夜不寐

夢覺歸心正鬱陶，青螢燈火擁綈袍。短檠却對顔何厚，長鋏高彈氣轉豪。入室寒蛩鳴破壁，隔窗飢馬齕空槽。年來髀肉渾消盡，一事無成有底勞。

席上贈馬楊陳三同道

君辭絳帳尸糟麴，公草玄經守薜蘿。一坐盡驚真俊爾，半生不語奈癡何。清談緩舉玉如意，痛飲屢翻金叵羅。眼界幸無俗物惱，釋然一笑散千痾。

遊山寺

盤紆細路僅能通，斷壑危橋渡幾重。横嶺盡頭方見寺，亂雲深處忽聞鐘。黄昏古屋翻飛鼠，緑浄寒潭隱蟄龍。慚愧居僧還好客，鄰家乞粟備晨舂。

散策

日涉家園三五回，虚堂俯瞰碧溪隈。酒杯有限愁難遣，詩句無窮花旋開。多是春分遲社到，要教燕子趁時來。風寒留雨迷楊柳，翠色迎晴拂舊埃。

自東營來廣寧道出牽馬嶺嶺西去路幾半里松檜鬱然桃李間發問之云利器梁侯之先塋也其櫬尚附淺土遂命酒哭奠而去公初待我以國士雖晚意少疎而恩禮未易忘也

九仞終虧一簣功，想知銜憤泣幽宫。死生怒臂屈伸頃〔一〕，得失奕棊翻覆中。只有松杉全晚節，不隨桃李嫁春風。門生故吏知多少，誰致生芻奠此翁。

【校記】

〔一〕臂：文津閣本如之，石蓮盦本作泐字。

再過墳下〔一〕

毁譽譊譊息蓋棺，百年春夢大槐安。功名倒挽九牛尾，富貴真成一鼠肝。故國鷽花人事改，空山風雨夜臺寒。平生我亦心如鐵[二]，醉眼西州淚不乾。

【校記】

[一]《中州集》録此詩，題作「自東瞥來廣寧道出牽馬嶺經粱利器墓下」。[二]我亦心：《中州集》作「老我生」。

易足齋

吾愛吾廬事事幽，此生隨分得優游。窮冬夜話蒲團暖，長夏朝眠竹簟秋。一榻蠹書閑處看，兩盂薄粥飽時休。紅旗黄紙非吾事，未羡元龍百尺樓。

路逢安陽花酒問之云迓貳車於河上戲以詩寄蕭彭老

慣曾歌酒醉秦樓，客路相逢爲少留。油壁繡簾紅粉面，銀瓶絲絡紫泥頭。眼寒老杜腸先斷，肺渴長卿涎欲流。遥想蕭郎高會處，淺斟低唱木蘭舟。

跋楊德懋雪谷早行圖

冰凍雲凝萬木乾，亂山重叠雪漫漫。人藏龜手借餘暖，馬縮蝟毛凌苦寒。兒輩豈其專尚利，此翁無奈未休官。人生寄耳遽如許，底處息肩聊解鞍。

分韻賦松風得泉字

蒼髯疎影冷浮煙，坐久披襟更灑然。蕭索半天催急雨，清涼三峽泛流泉。尋真客至花飛下，憩寂僧閑子滿前。却笑朱門無遠韻，秖將俗耳醉繁絃。

再遊鐵佛寺致奠王庭光

竹杖芒鞋過虎溪，素琴濁酒記仝攜。嗟君死日無千駟，約我來時贈隻雞。滿地餘花春寂寂，半巖蒼檜雨凄凄。悲涼人散黄昏後，萬木號風野鳥啼。

碧濟泉清安寺

突兀層峰刻削成，嵌空金碧鬱峥嵘。長松萬壑海潮上，飛瀑半天山雨傾。白石清泉良負爾，紅塵烏帽可憐生。僧窗不厭俗人汙，暫息勞筋睡到明。

留題鼓山寺

風落松聲撼晝眠，似聞鐘磬響雲顛。竹林欲訪知何地，石鼓相傳不記年。齊主有緣成勝事，周兵無賴化飛煙。何當一洗紅塵眼，會見神通五萬仙。

漁父[一]

一聲欸乃破蒼煙，萬頃滄浪蘸碧天。黄篾筏頭閑活計，緑蓑衣底懶因緣。酉年酒易多卯飲，亥日魚收縱午眠。坐笑磻溪太多事，夢招西伯渭川畋。《拙軒集》卷二。

【校記】

[一]文淵閣本此詩失收，據文津閣本、石蓮盦本補。

新編全金詩卷二二三

王寂 三

七言律詩

萬春節口號

翠輿黄纖望天顔，警蹕西清綴兩班。瑞日曈曈明綵仗，香雲靄靄擁蓬山。已聞賀使朝金闕，佇見降王欵玉關。君壽國安從此始，老人星現丙丁間。

送田元長接伴高麗告奏使

聖朝萬里息烽煙，冀馬吴牛盡穩眠。蝸國弄兵貪裂地，蟻臣將命懇呼天。政須老手不生事，故遣吾髯更著鞭。想到鴨江文字飲，德星清對兩詩仙。

還鄉

亂後人煙到處稀，馬尋歸路駃如飛。誰憐膝上狂文度，却作遼東老令威。閭里舊游渾似夢，交親相對漫疑非。形容變盡君休問，大勝游魂不得歸。

題藺相如廟

應憐趙弱不能國，天贊此老裨時君。按劍不屈秦天子，迴車豈畏廉將軍。區區太子徒見慕，奄奄諸輩復何云。名重泰山成底事，一科蓬底覓孤墳。

中秋待月

聳肩危坐覺寒侵，雲罅玲瓏看湧金。所恨輕違經歲久，莫辭姑待到更深。據床老子非無興，造物小兒真有心。憑仗何人訟風伯，爲儂西北捲層陰。

登郡城有感

禹别九州此其一，下臨淮汝上虛危。掛壺樹老孫枝長，懸瓠城荒女口卑。敗址頹垣騶虎廟，冷煙寒雨化龍陂。客懷感慨知多少，倚徹欄干欲下時。

渡遼舟中小酌

佳會清歡取次成，逸群高論極崢嶸。掀髯已判玉山倒，醮甲不辭金椀傾。落日襯雲魚尾赤，斜風捲水縠紋生。預愁江上分飛後，千里關河月共明。

留題晉陽古城慧明寺

勞生來往竟如梭，蕭寺重遊感慨多。十里晉溪新景物，千年唐叔舊山河。苾蒭香滿阿蘭若，舍利深藏窣堵波。我欲壁間書歲月，奈何慚愧小東坡。壁間有蘇叔黨留題，故云。

題劉德文樂軒

書生活計一囊錢，以樂名軒豈漫然。得意山間聊寓酒，賞音琴上本無絃。園空洛社今誰獨，堂在睢陽底事全。會見慈親封大國，金華榮拜雪垂肩。

送張希召

見説東人若倒懸，正須老子與安然。預知和氣千門溢，想見先聲萬口傳。坐使游民羞佩劍，斷無姦吏浪催錢。笑談了却公家事，莫惜新詩寄百篇。

上咸平帥耶律壽

勳業凌煙鬢未華，門森霜戟擁高牙。漢朝劍履元臣後，遼國貂嬋太后家。黄閣已聞虚鼎席，朱衣行引上堤沙。吹簫況是神仙侶，知看蟠桃幾度花。

詠虱

鬅鬙鶴髮坐搔頭，破碎鶉衣不奈秋。緩帶笑儂時詭遇，處褌嗟爾亦良謀。裹章想倦嵇中散，披褐幸容秦武侯。猶勝元封班定遠〔一〕，枕戈無暇解兜鍪。

【校記】

〔一〕班：原無，注曰「缺」，石蓮盦本作泐字，此從文津閣本補。今按，《後漢書》卷四七《班超傳》：超字仲升，扶風平陵人。永元七年，以破匈奴、開西域二十二年，詔「封超爲定遠侯」。

題香山寺

平生居士愛香山，百歲神遊定此間。黄卷既能探妙理，青衫安用拭餘潸。櫻桃笑日艷樊素，楊柳舞風嬌小蠻。尚想夜深携滿老，幅巾來聽水潺潺。

上大人通奉壽三首

舉世鷗盟多反覆，我翁强健果投簪。三薰三沐蕩塵慮，一詠一觴償宿心。柱下相君能漱石，潁濱遺老悟休陰〔一〕。天公報壽豈無意，要識三槐種德深。

月旦人材口不談，市朝冰炭飽經諳。平生拙宦魚千里，投老退休僧一庵。細數行年今九九，了知得髓後三三。聖朝文物方求備，會補遺書訪濟南。

每年禊飲飲須醉，盡日送窮窮奈何。子姪藍輿隨靖節，天人方丈問維摩。歸心寸草夢危枕，争道楸枰驚爛柯。願與羅浮竹尊者，時看銅狄笑摩挲。

【校記】

〔一〕潁：原作「頴」，據文津閣本、石蓮盦本改。

時元瑜以笻杖爲吾親壽

國士憑誰致此君，羅浮知見幾雲孫。生成鶴膝挺高節，斷去龍鬚露老根。應與蒲萄隨漢使，羞仝瀯勒暗蠻村。我翁兩脚猶强健，要看蓮峰玉女盆。

郭惠叔雙封堂

淵源忠孝出汾陽，天子嘉之畀寵光。素髮迎將兩翁媪，彩衣羅拜幾郎娘。傳看瑞草文犀軸，笑捧金花古錦囊。我亦同君與榮幸，追懷風樹涕淋浪。

上韓運使壽用上蕭帥詩韻

建節十年鬢未華，印懸如斗擁高牙。晚生幸識荆州面，異世猶尊吏部家。向昔神仙得石髓，至今鉛鼎養丹砂。人間游戲知多少，眼有方瞳頂聚花。

哭二舍弟

才猷事業未一試，歎恨若人沉九原。折簡見呼徵汝夢，賦詩成讖兆予言。二千客路未歸櫬，八十老親猶倚門。誰爲臨風歌九辨，睢陽高處與招魂。二舍弟頃年嘗夢冥府追去，予比未聞喪，《跋織錦文禽圖》云：「却憶鶺鴒風雨後，水寒沙冷可憐生。」時人以爲讖，故併記之。

哭田去華

此老初無適俗韻，請歸田里傲南牕。平時誰送楊臨賀，死日共知張曲江。人果贖兮身可百，士能如此國無雙。佳城一閉風流盡，尚想修文對漆缸。

哭僧義和二首

瘦權平昔事風騷，痛矣吟魂不可招。廟裏香爐從此去，杖頭明月更誰挑。雲披山頂浮螺髻，風鼓松聲振海潮。他日東坡作真供，石泉槐火憶參寥。

竹杖芒鞋上翠微，山川良是昔人非。無心野鶴穿雲去，洗鉢山童帯月歸。此二句蓋二舍弟夢中所得，已而義和告逝，予特以此終篇耳。醉墨舊書雲老壁，勝遊常扣贊公扉。老人手種堂前柏，不見蒼皮四十圍。

送張仲謀使三韓

照海旌幢出樂浪，過家上冢路生光。鴨江桃葉朝迎渡，岊嶺松花夜煮湯。恩詔肅將芝檢重，醉鞭低裊玉鞘長。遺民笑指天車道，酷似南陽異姓王。高麗稱中原使節皆曰天車某官，事見閻子秀《鴨江行記》。

黄桃花

應嗔國色朝酣酒，賜與羽衣如太真。道士厭看千樹老，令君別換一城新。緗梅拂額更不俗，粟玉削肌殊可人。想得乞漿尋舊約，東風不似去年春。

奉題少保張公曲阿别墅二首

休沐時時散馬蹄，緑陰如染轉長堤。帝城和氣融春圃，相國餘波到兩溪[一]。無數龜魚欣作主[二]，不言桃李自成蹊。聖時正要傳衣事，賀監從渠老會稽。

鍾湖亭下水淙淙，緑野平泉未易雙。十里藕花紅步障，一軒松蔭碧油幢。洛中獨樂有司馬，天下不名知曲江。紙尾欲煩賢宅相，雨蓑添我坐篷窗。

【校記】

〔一〕兩溪：明佚名《詩淵》第五册三六三八頁録此詩作「午溪」。〔二〕作：《詩淵》作「有」。

上咸平帥耶律壽

九重前席喜忠純，不待先容自致身。漆水襲封無冷眼，德光傳世有名臣。早登秘閣直清禁，旋陟樞機歷要津。蒲坂餘波千里潤，柳城和氣萬家春。定須鈇鉞專方面，未許江湖拜散人。鶴骨固應多壽考，會看滄海起飛塵。

五言絶句

題懿州寶巖寺壁雨竹

寧爲强項侯，不作折腰吏。羞對桃李顔，傷春泣紅淚。

題武公實扇

春瓮篘新蟻，秋盆鱠錦鱗。高眠無一事，争羡市朝人。

六言絶句

題扇

荷柄猶擎宿露，荻花已著秋霜。寄語浣沙遊女，莫驚溪上鴛鴦。

七言絶句

題船子和尚圖二首

雨笠煙簑三十年，一篙投意便忘船。何如更擬吴江上，付與兒孫慶有緣。

夜静風高江水寒，歸船空載月團圓〔一〕。須知釣得金鱗後，只是當時舊釣竿〔二〕。

【校記】

〔一〕團圓：文津閣本、石蓮盦本作「團團」。〔二〕時：文津閣本作「年」。

納涼蕭寺

午晝葵花潑眼明，绿陰深處轆轤聲。燕泥吹落欺人睡，無賴薰風也世情。

和張運使送春六首

别院重門幾許深，桃花結子柳成陰。也知春在荼蘼架，自是愁多懶重尋。

蛛網冰徽不復開，等閑魂夢可曾來。鳥啼花落傷心事，惆悵東風唤不回。

黄昏簾幕爲誰開〔一〕，嫌怕雙飛燕子來。腸斷一春無好句，令人慚愧賀方回。

貼水新荷卷未開，隔墻風送落花來。兔葵燕麥應相笑，前度劉郎去又回。

老却芳菲過却春，流鶯應恠舊遊人。犀園不管年年瘦，璧月無端夜夜新。

樹底殘花積漸深，樹頭新绿不多陰。留春春去無料理，試倩行雲夢裏尋。

【校記】

〔一〕昏：石蓮盦本作「花」。

沙丘

白璧沉江夜鬼呼，明年當是祖龍殂。海中童子無消息，坐待長生豈不迂。

微子廟

比干忠諫死如歸，箕子佯狂脱禍機。君厭殷辛高謝去，三仁誰是定誰非。

和黄山谷讀楊妃外傳五首

兄弟漸疏花萼夢，君王貪醉上陽春。却將妃子比飛燕，何物謫仙能屈人。

姚宋云亡言路塞，虢秦徼寵禍機深。平時笑指禄山腹〔一〕，信道是中惟赤心。

金步摇低雲髻墮，瑞龍香散野風吹。嶺南驛傳來何暮，趂得新墳薦荔枝。

環子竟逢山下鬼，老翁空歎木牽絲。年年牛女相逢夕，記得憑肩私語時。

飛鴈秋風汾水上，淋鈴夜雨蜀山前。此時一念無料理，阿瞞何由雙鬢玄。

【校記】

〔一〕禄山：石蓮盦本作「胡奴」。另，文津閣本此句作「健兒巨腹何須問」。

艾人

野艾乘時加束縛，奮髯嚼齒似能神。偶然擡舉在高處，白眼難堪不視人。

宿錦州廣濟寺僧房卧屏一幅畫一綸巾羽服隱几胡床命短童汲水澆花若有所待者相望一翁桶帽涼衫倚杖於溪橋之上意其眷戀風景而緩其行也迺賦二詩

垂柳陰陰晝日長，野人無事自清涼。秖應冷笑黄塵裏，爲米癡兒有底忙。

溪橋泉石想佳哉，欲去遲遲首重回。不道西莊閑處士，胡床虚左待君來。

萬春節宴罷述懷

去歲宫花插滿頭，玉堦端笏覲珠旒。如今淪落江淮上，始覺衰殘兩鬢秋。

題張子正運使所藏楊德懋山居老閑圖仍次元韻四首

山崦人家落照間，笑携兒輩語柴關。應憐烏帽紅塵客，有底功名不肯閑。

竹屋松窗水石間，野人門户不曾關。官租了却迎神罷，社酒雞豚日日閑。
世路風波俯仰間，趦趄行恐墮機關。豈知野鹿便豐草，金絡從渠十二閑。
張侯詩敏落黄間，楊文規摹逼老關。二妙通靈恐僊去，夜窗風雨要防閑。

附寄陳州陳顯祖

若到睢陽話汝陽，故人應也問行藏。但言甚矣吾衰矣，三友軒中作退堂。

渡遼

我家河朔望咸平，飛鳥猶須半月程。盡道遼陽天樣遠，渡遼何況更東行。

朝歌城

獨夫亡國固宜哉，不省雞聲是禍胎。辛苦朝歌城下土，暫成宫殿却成灰。

銅雀臺

銅雀臺荒桑柘圍，老瞞曾醉柘黄衣。錫花片瓦將安用，留與詩人寫是非。

跋楊損之所藏楊德懋秋江捕魚圖二首

雨簑煙笠老江湖，回首人間萬事疎。不向市橋魚換酒，似聞官路有徵車。

楊文歸心寄老毫，楊侯真賞衒詩曹。都緣家世有漁隱，曾著蓑衣傲錦袍。

元日偶題〔一〕

三十年前老錦工，投梭端有運斤風。重來莫訝無人問，花樣如今盡不同。

【校記】

〔一〕日：石蓮盦本作「旦」。

月下聞蟬

赤日黄塵沒馬鞍，宵征聊快月波寒。飲風吸露易爲足，何事區區口不乾。

望仙樓

麗華朝夕侍宸遊，秋月春風醉不休。擒虎兵來狎客散，歌聲猶在望仙樓。

慶州北山之麓遼山陵在焉俗謂之三殿二十年前常爲盜發所得不貲是所謂厚葬以致寇者嘆而成詩

珠襦適足賈身禍，金椀傳聞落世間。慚愧漢文遺治命，瓦棺深葬霸陵山。

題煙寺晚歸圖

上方直去天一握，歸路轉回山半腰。老衲遲遲緣底事，要乘佳月過溪橋。

細腰宫

玉立宫娃滴滴嬌，君王沉湎醉春宵。不知天下歸長距，猶向尊前舞細腰。

白馬寺

竺法初從西土來，黄冠犄角力相排。當時道教灰飛盡，貝葉真經安在哉。

宗州帥守廳事東偏有燕寢之所壁畫四皓戲以一詩嘲之

偃蹇商山四禿翁，龍飛蛇斷笑談中。出爲羽翼成何事，輸與留侯萬世功。

朝服迎詔馬上偶成

走遍人間爲口忙，人間無路不羊腸。東風叵耐相欺得，吹盡朝衣兩袖香。

兒子以詩酒送文伯起既而復繼三詩予喜其用韻頗工爲和五首

山肩吾子類賈島，火色我儂輸馬周。但得把螯同一醉，絶勝側目避監州。

逢人不肯下顔色，砥柱屹然羞比周。能詩怪有墨君僻，一派元出文湖州。

樽酒但能供北海，漁簑安用釣西周。七言五字得誰髓，老杜工部韋蘇州。

轍底波臣渴欲死，政煩斗酒亟呼周。錦囊詩草勿浪出，嫌怕聲名動九州。

畫餅虚名戰蠻觸，黄粱春夢閲商周[一]。吾衰久矣百念冷，不用三刀兆益州。

【校記】

〔一〕粱：原作「糧」，此從文津閣本、石蓮盦本。

伯起善用强韻往復愈工再和五首

解醒五斗多安用，通道三杯急可周。放下藍輿成一醉，眼高不顧王江州。

耽詩竊比城南杜，寄傲真同杜下周。花底最宜文字飲，不須羯鼓打梁州。
曹植波瀾元自大，嵇康禮法若爲周。試携詩律摧堅敵，絶似乃翁平貝州。
善交人者久而敬，其責己也重以周。莫笑山中醉朝暮，舉鞭猶解問并州。
鄉關煙水三千里，客舍星霜一再周。臣子愛君無遠近，斗牛箕野望神州。

浴桃花湯

惜爾不遭淮海賦，幸然得免驪山汙。如何不肯混常流，要使衆生清净故。

沁水山寺

兩峽山高月半輪，五更人起馬嘶頻。無端又上長安道，輸與僧窗飽睡人。《拙軒集》卷三。

新編全金詩卷二一四

王寂四

予因念經行之路尚隱約有荒墟故壘皆當時屯兵力戰暴骸流血之地於今爲樂國久矣弔亡懷古亦詩人不能忘情也因賦一詩云

李唐遭百六〔一〕，邊事失經營。大氏十傳世，遼人久弄兵。戰場春草瘦，戍壘暮煙平。今日歸皇化，居民自樂生。

【校記】

〔一〕李：疏證本作「季」。

丁酉次望平縣是夕借宿僧寺寺中窣堵波其上有大定二年春顯宗御題下云皇子楚王書即是當時未正春宮之號從世宗自遼之燕於此駐蹕時所書也方將瞻拜其下懷想天日之表不意已爲寺僧埽去令人歎恨不已因作詩以紀其事云

解鞅招提日已西，强將懶脚汙丹梯。深藏舍利天龍護〔一〕，高出枝撑野鶴棲。尚憶雲章留素壁，豈期俗物埽黄泥。低徊搔首無人會，風樹蕭蕭鳥自啼。

【校記】

〔一〕天：疏證本作「無」。

戊戌次廣寧宿於府第之正寢以驅馳渴甚斯須得秋白梨其色鮮明如手未觸者予問驛吏吏曰其法大概候其寒燠而輒易其處食之使人胸次灑然如執熱以濯也爲賦一詩

醫巫珍果惟秋白，經歲色香殊不衰。霜落盤盂比玉卵，風生齒頰碎冰澌。故侯瓜好真相敵，丞相梅酸謾自欺。向使馬卿知此味，莫年消渴不須醫。

庚子予昨晚以簿書少隙攜香楮酒茗致奠於廣寧神祠且訝其棟宇庳漏旁風上雨無復有補完者予謂贊者曰醫巫閭天下之名山也況其神位置尊顯而此邦之人獨不加敬何也贊者曰人非不敬以其神不妄作威福故視之平平耳予笑曰淫祠祅鬼厭飫血食而此神顧乃如此因賦長韻以發其不平之氣云

千古廣寧廟，門楣榜舊題[一]。名乘中祀典，秩賜上公圭。百鬼輿臺賤，群山部伍低。地封連薊北，天遣鎮遼西。檜影森旌節，松聲殷鼓鼙。雕梁通蜥蜴，畫棟落虹蜺。像古蟲書蘚，庭卑蚓篆泥。垂楊空裊裊，蔓草自萋萋。香火何嘗到，牲醪不見攜。覡巫俱埽迹，樵牧漫成蹊。物理多徼幸，人情固執迷。城狐鑪鵲尾，社鼠按豚蹏。居士争求福，彭郎爲娶妻。吾生多坎軻，末路易推擠。白玉雖雲潔，青蠅奈何棲。人言何恤是，神鑒自昭兮。扼腕聲悲壯，垂頭氣慘悽。虺隤伏櫪馬，進退觸藩羝。苟不登槐府，何如釣柳溪。乞骸謀已決，掣肘事仍睽。仰視威靈在，潛通肸蠁齊。遲遲歸未得，殘日亂鴉嘶。

【校記】

〔一〕門：原作渺字；疏證本謂「『楣』上所闕當是『門』字」，從之。今按，王寂詩屢見「門楣」，如《鴨江行部志》之《丙戌復歸咸平留詩於寺壁》：「門楣金烏經雨泣，殿脊鐵鳳含風哀。」《甲午登明秀亭》：「門楣健筆雲烟落，谷口豐碑歲月長。」

辛丑夜久不寐步月中庭偶得一絶句云

晚來潑火雨猶寒，捲盡纖雲轉玉盤。想見梨花深院落，鞦韆影裏數歸鞍。

壬寅得故人王繼昌子伋書爲乃父乞哀詞予以埋没簿書殊無好懷漫賦二詩以寄之

天上玉樓應斷手，便騎箕尾去堂堂。夢回失大槐安國，事往墮無何有鄉。命也使然濡末路，天哉或者付名郎。舊遊磨滅今餘幾，横涕無從酹一觴。

吾家碧樹忽先摧，已矣誰能賦七哀。石椁正逢王果墮，玉棺獨招子喬來。山巔鶴去那容挽，牀上琴亡更不開。想到靈芝夢遊處，更無長樂曉鐘摧。

甲辰次閶陽新縣寄宿於僧寺淵公者蓋予祖父之孽子也早年祝髮聽天親馬鳴大論幾三十年所往攜鈔疏不下兩牛腰一日頓悟向上路遂語諸僧友曰佛法無多子元不在言語文字乃以平生所業束置高閣自是遍歷叢林求正法眼藏又數十年今已罷參矣但不得一見爲恨乃作詩以爲他時夜話張本云

起滅無波真古井，了却三根椽下事，一瓶一鉢閱東州。邏齋生厭樹生耳，罷講似嫌石點頭。往來觸物信虚舟。門人定喜歸期近，松已回枝水復流。

乙巳次同昌是夕假宿於南城之蕭寺僧屋壁間作山水四幅初疑其真即而視之乃粉墨圖染勒畫而成者因作二頌遺主僧智坦他日遇明眼人當出示之

畫真猶是妄，何況畫非真。正做夢説夢，知是身非身。

幻出丹青手，今人一念差。如觀第二月，猶見空中花。

丙午次宜民縣宿福嚴院予行宜民道中是日熟食節山林間居民攜妻孥上冢往來如織撩人歸思殊無聊賴又念壯歲獻賦上都嘗出此途今四十年矣雖山川依然而蒼顔華髮殆非昔日感今懷舊漫作詩以自遣云

蹤迹年來偏朔南，消磨髀肉困征驂。居民勝日一百五，倦客流年六十三。水性依然人自老，樹圍如此我何堪。瓶無儲粟猶歸去，待有良田已是貪。

戊申次胡土虎寨胡土虎漢語渾河也水邊野寺舊無名額殿宇寮舍雖非壯麗然蕭灑可愛因留詩壁間云

斷橋環曲水，蕭寺枕横坡。佛壁書蝸篆，僧窗網雀羅。天高延月久，地潤得春多。粥板催行李，驅馳奈老何。

己酉過小蘭若曰建福臨洮總管蕭卞之祖所創也其山上有浮屠高出於兩峰間望之巍然玉立可愛馬上口占一絶云

林野初疑盤野鶴，巖巔俄喜見枝撑。地偏絶勝臨平路，閑與行人管送迎。

庚戌移宿於返照菴是菴蓋僧介殊之故居也予嘗兩過寧昌皆宿於此故北軒有予自平州别駕審刑北道假宿寶嚴詩北軒雜花爛熳所恨主僧行脚未歸不得款接晤語爲留三絶句且圖他日重來不爲生賓實大定甲午暮春二十有二日也

塞路飛沙沒馬黄，解鞍投宿贊公房。主人何事歸來晚，滿院落花春草長。

桃李山僧手自栽，不應容易向人開。緑苔滿院重門鎖，爲問東風底處來。

樹頭樹底花開盡，擺撼春風略不停。耐久何如種松竹，歲寒相對眼終青。

大定丁酉予貳漕遼東以朝命按治寃獄復寓於此是時始識殊公過從者連日臨分殊乞言甚懇因用前韻是歲四月十二日也

杏子青青小未黄，緑陰如染可禪房。腹搖鼻息平生足，更覺空門興味長。

僧者道機元自熟，楞嚴塵掩不須開。擁鑪諦聽談無上，天雨花隨麈尾來。

枕簟清和消永日[一]，軒窗明快喜風停。道人不埽階前地，愛惜莓苔一徑青。

【校記】

[一]永日：原作「日永」，此從疏證本。今按，唐李咸用《宿隱者居》：「永日連清夜，因君識躁君。」見《全唐詩》卷六四五；金王若虚《滹南遺老集》卷四五《宫女圍碁圖》：「争機决勝元無事，永日消磨不奈何。」

明昌改元之三月予又以使事按部經此自甲午抵今凡十有七年雖屋宇依然而主僧示滅久矣北軒花木蕪廢殆盡感念存亡令人氣塞遂復用前韻此與劉夢得三過玄都觀留詩況味殆相似焉[一]

梁上遺經古硬黄，前身僧永後僧房。葛洪澤畔中秋月，此夕相逢話更長。

穠李妖桃滿院栽，當年留宿正花開。而今樹老僧行上，前度劉郎又獨來。

露電浮生何足恃，風鐙短景若爲停。却尋舊日經營處，撲地楊花葉已青。

【校記】

〔一〕詩題「明昌改元之三月」：疏證本校曰：「本書自稱明昌改元二月十有二日丙申，出按部封，至此庚戌二十六日，不足一月，『三月』疑誤。」

癸丑飯罷登閣上有熾聖佛壇徘徊登覽顧謂溥公曰此寺額寶嚴人復呼爲藥師院者何故溥公曰嘗聞老宿相傳此遼藥師公主之舊宅也其後施宅爲寺人猶以公主之名呼之今佛屋昔之正寢也經閣昔之梳洗樓也感其事而作一詩

富貴剎那頃，興亡瞬息中。當年秦女第，浩劫梵王宮。翠閣鉛華歇，朱門錦繡空。給園與祇樹，千古共高風。

丙辰寶嚴僧上首溥公出示墨竹四幅且求詩焉予以紛紜簿領中草草作此云

弄晴

橫枝出叢林，獨得迴光照。慎勿作長竿，寒魚不受釣。

洗雨

法雨漬雲梢，點點甘露滴。舌本自清涼，西江不須吸。

披風

風過即安閑，風來即招颭。青青自真如，塵色終不染。

古節

尊者老不枯，魁然挺高節。求心已無心，斷臂猶立雪。

丁巳晨發懿州是日大風飛塵暗天咫尺莫辨驛吏失途至東北山下橫流洶湧深不可濟乃問路於耕者

却立謂予曰我非力田無以爲生官人顧不得安閑耶迺熟視一笑而去予愧其言作詩以自責云

逆風吹面朝連暮，蓬勃飛塵漲煙霧。前騶沓不辨西東，駐馬臨流不能渡。却尋山崦問津焉，山下野老方耕田。舉鞭絶叫呼不得，俯首傴僂驅烏犍。可憐野老頭如葆，龜手扶犁赤雙腳。爲言生理固須勤，盍避今朝風色惡〔一〕。已而野老笑回頭，我自家貧仰有秋。官人富貴年如此，胡不收身覓少休。我初無意聊自謔，不意此翁反見誚。莫嗔瀧吏笑吾儂，自揣吾儂也堪笑。

【校記】

〔一〕盍：同「盇」，遼海本、疏證本作「蓋」。

戊午早解鞅於慶雲縣縣本遼之祺州皇統間始更今名予方解衣盤礴從者擕束蒲以獻曰適得雙魚鮮可食也發而視之氣息奄奄然即命貯之盤水中少頃植鬐鼓鬣頗有生意予歎曰爾相濡以沫相呴以濕苟延斯須之命何如相忘於江湖哉乃命長鬚持送於遼河之中流圉圉然

洋洋然幸不爲校人之欺也戲作小詩以祝之云

我哀濡呴輟晨羞，持送東城縱急流。此去更飢須閉口，莫貪香餌弄沈鉤。

庚申以軍民田訟未判爲留再宿午飯後信手取故書遮眼乃韓文公集開帙得詩云居閑食不足從事力難任二者俱害性一生恒苦心三復其言掩卷爲之太息非韓公飽閲窮通備嘗艱阻斷不能作是語予丁丑筮仕凡四十年俸入雖優隨手散去家貧累重生理索然汗顔竊禄則不免鐘鳴漏盡之罪謀身勇退則其如啼饑號寒之患行藏未决閔默自傷爲作五十六字云

舉家千指食嗷嗷，不食誰能等繫匏。掠賸大夫湯沃雪，定交窮鬼漆投膠。春蠶已老不成繭，社燕欲歸猶戀巢。莫待良田徑須去，移山聊解北山嘲。

壬戌追念吾友高公無忌天德辛未歲嘗爲歸仁簿予時赴

會寧御試過此高公館予甚勤於今四十年矣公大定丙午爲尚書右司郎中扈從之金源是歲公之夫人與子相繼而歿婢僕死者又數人公自是絶無生意期月之間一夕暴卒公平生知我最深故予悲傷不能已也遂作詩且傷其不幸云

晚景桑榆方見用，秋霜蒲柳已先彫。虞兮命矣甘爲土，鯉也天乎竟不苗。奇禍一門曾未見，旅魂萬里若爲招。傷心此地鸞棲棘，不見摶風上九霄。

癸亥次柳河縣予寄宿僧舍視其榜曰澄心庵予以周金綱公案戲爲短頌以問主僧云

心動萬緣飛絮，心安一念如冰。過去未來見在，待將那箇心澄。僧雖嘗講經，絶不知箇中消息，問之茫然，卒不能對也。

乙丑次韓州宿於大明寺是日路旁見俗謂雞兒花者予爲

駐馬久之吾鄉原野間此物無數然未嘗一顧今寒鄉久客忽見此花欣然有會於心退之所謂照壁喜見蝎者亦此意歟其花形色與鷄絶不相類不知何以得此名也爲賦一詩

花有雞兒號，形殊意却同。封包敷玉卵，含蘂啄秋蟲。影臥夜棲月，頭騈曉舞風〔一〕。但令無夭折，甘作白頭翁。

【校記】

〔一〕舞：疏證本作「午」。

丁卯予卧榻圍屏四幅皆著色畫大曲故事公餘少憩各戲題一絶句

胡渭州

相如游倦弄琴心，簾下文君便賞音。犢鼻當年卜偕老，不妨終有白頭吟。

新水

徐郎生别一酸辛，破鏡還將淚粉匀。縱使三年不成笑，衹應學得息夫人。

薄媚

深知歲不利西行，鄭六其如誓死生。異類猶能保終始，秦樓風月却無情。

水調歌頭

墻頭容易許平生，繩斷翻悲覆水瓶。子滿芳枝亂紅盡，東君不管儘飄零。

戊辰予晝寢夢到故山幅巾藜杖盤桓於柳溪之上既寤予意謂造物者責以漏盡鐘鳴夜行不休故神報如此作詩以訟云〔一〕

嘗聞勞生佚以老，不謂區區老更忙。自笑頑軀楦青紫，誰求絶足鑑驪黄。苦無長策裨神主，大有閑山著漫郎。夢到故鄉猶可喜，幾時真箇是還鄉。

【校記】

〔一〕訟：疏證本作「頌」。今按，「訟」爲「頌」之古字。

己巳次胡底千户寨宿温迪罕司獄家胡底漢語山也以其寨居山下故以爲名路旁有野花狀如金蓮而差小其葉瑣細大率如魚藻土人謂之耐凍青生於祁寒撥雪而見之已青青然予

攜以歸置之坐上終日相對傷其背時失地爲賦一詩

耐凍雖微物，嚴冬不敢侵。蘂嫌宮額淺，色勝羽衣深。戲點人間鐵，閑鋪地上金。臘梅甘丈行，霜菊許朋簪。風雪窺天巧，泥沙惜陸沈。分無春借力，徒有歲寒心。采掇香盈把，歔欷淚滿襟。栽移損生理，汝勿念知音。

庚午次南謀懶千户寨南謀懶漢語嶺也以其近分水嶺故取名焉借宿於朮勃輦家屋壁有兩横幅畫江天風雪水鴨鸂鶒相對於枯荷折葦間其水禽毛羽毫髮可數似有生意乃命拂去塵埃上有蠅頭細字髣髴可見云前翰林賜緋待詔劉邊七十七歲寫生既稱前翰林待詔是必宣政間人因本朝混一之後流落於漠北時所作也予且觀且歎爲賦一詩云

枯荷不禁風，水鴨行且飲。折葦半攲雪，鸂鶒相對寢。風雪意未已，寒氣猶凜凜。屋煤昏細字，熟視僅可審。翰林前待詔，年過七十稔。想見宣政間，紆朱給官廩。權門收短幅，軸玉囊古錦。縱非列神上，猶足入能品。丹青雖由學，精絶固天禀。蛟螭失江湖，魚鮪初不淰。

蘭孫遭踐履，生意羨葵荏。當年方得志，驕侈無乃甚。晚爲口腹累，吮墨博凡飪。畫工屹如堵，見此當斂衽。我欲與題跋，材非曹與沈。興廢姑置之，投牀就高枕。

辛未次松瓦千户寨松瓦者城也寨近高麗舊城故以名之是日山行始見水碓予踟躕良久且歎其機巧而傷其太朴之散也作詩以紀其事云

世人多機心，技巧變淳古。水碓誰始有，石臼而木杵。決流注其尾，尾抑首自舉。其法如權衡，輕重司仰俯。浮沈刻漏箭，動息記里鼓。木牛轉芻粟，摽弓殪貔虎。碾碓出一律，桔槔何足數。我昔居村落，升合給爨釜。晨炊課婢僕，繭足辭艱苦。是時此未識，自笑愚且魯。細思乃詭道，抱甕應不取。文公圬者傳，信矣無浪語。食焉怠其事，殃禍嘗因覩。耕鋤瀝汗血，猶水旱風雨。況爾飽無功，天意恐不與。

壬申宿特撥合寨特撥合漸地也晚登小山山南杏數株方蓓蕾矣忽憶舊年京洛間才元宵後時有賣花聲今春將盡方得見此爲賦三絶句云

柳色含煙凍已回，杏花迎日暖初開。須知造化無南北，更遠春風也到來。

杏梢如怯曉寒輕，相對無言却有情。憶得上都春睡足，隔牆時聽賣花聲。

朔漠杏花初破蕾，南州梅子已垂枝。寒鄉倍費生成力，但得陽和莫恨遲。

癸酉宿闞羅寨渤海高氏家闞羅漢語暖泉也以山間流水一股經冬不冰故以是名寨予方解衣盤礴忽聞簷間燕語亟視之蓋自春山行未見也因念燕以炎涼兒女之計不免羈棲於萬里之外可嗟也

平生便静今衰老，黃雀傍簷嫌啅噪。忽聞燕語絶可憐，亟出披衣任顛倒。呢喃似説經歲別，念我窮愁加慰勞。飛雲軒在容借不，故里故園聊一到。不然爲我達一信，問訊平安却相報。黎明與汝當遠別，汝可低頭聽吾告。稻粱多處足羅網，閉口忍飢無抵冒。芹泥深累要安穩，艾葉儻來休急躁。明年按部定經此，與汝相期永爲好。臨行叮囑主人翁，千萬莫將天物暴。

甲戌次叩畏千户營叩畏漢語清河也宿耶塔剌虎寨[一]漢語火鐮火石也是日曲折行山溪之間溪上有挑菜女三

四輩皆素面潔服絶無山野塵俗之態中有一人植立於道側尤非尋常八字眉可比也馬上漫成四詩

手攜籃子滿新蔬〔二〕，霧鬢風鬟立暝途。約束前驅休問訊，羅敷嫌笑使君愚。

薺芽蒲荀繞溪生，采掇盈筐趁早烹。想得見郎相娬媚，飯籮攜去餉春耕。

蹋青挑菜共嬉游，不識風前月下羞。落日暖歌攜手去，新聲争信錦纏頭。

羞將明媚鬭春妍，顧影徘徊祇自憐。消得風流黄太史，國香流落歎隨緣。

【校記】

〔一〕虎：原作「處」，此從疏證本。　〔二〕新：原作「薪」，此從遼海本。

乙亥次和魯奪徒千户和魯奪徒漢語松山也宿蒙古魯寨蒙古魯漢語鉢盂子也〔一〕是日予以疲駑長路困於跋涉自念躍馬食肉壯年之事今老矣尚作此態宜乎不勝其勞也乃作詩以自慰云

深攙烏帽障黄塵，髀肉消磨浪苦辛。按轡澄清須我輩，據鞍矍鑠奈吾身。祇憑忠信行蠻貊，豈有文章動鬼神。南徹淮陽北遼海，可能無地息勞筋。

【校記】

〔一〕鉢：原作「本」，此從遼海本。

丁丑次咸平宿府治之安忠堂昔予運漕遼東居此者凡二年以是遷移區併粗得知之是日易傳於山下民家旁有古城甚大問路人云此高麗廢城也予駐立於頹基極目四顧想其當時營建恃以爲萬世之計後不旋踵已爲人所有良可歎哉乃作詩以弔之

句麗方竊據，唐將已專征。謂李勣也。國破千年恨，兵窮百戰平。信知宗子固，不及衆心誠〔一〕。試望含元殿〔二〕，離離禾黍生。

【校記】

〔一〕誠：疏證本作「成」。　〔二〕試：疏證本作「誠」。

戊寅吾鄉人王生者見訪生善星水初爲人擇葬來此因循

不歸餘二十年矣今再見之其貧如舊所異者蒼顏華髮耳予欲勉其歸以短詩贈之

憶昔分攜如隔世，相逢驚見兩茫然。松楸河朔三千里，蘋梗天東二十年。白髮可憐浮海粟，青囊不博買山錢。明年會約同歸去，里巷追隨作散仙。

庚辰數日前李花方破蕾予命以瓶貯之既而爛開今日已復飄零方歎息間適有獻桃花者於是以桃易李桃以新泉漬而沃之欣榮轉甚照映李花粉光如玉予謂桃李之品素不能低昂今一爲棄物一爲珍玩者無他蓋時與不時耳因物感情爲賦一詩且以雪李花之恨云

江陵二月李花飛，安東三月花尚稀。春寒要勒開未得，枝上的礫團珠璣。秘壺滿插猶嫌窄，紅紫紛紛厭俗格。朝夕調護易新泉，約束不容纖手摘。縞裙練帨正可憐，遽爾玉減春風前。已恨色衰甘棄擲，桃花無賴鬬芳妍。李被桃欺休懊惱，豈有先開不先老。桃花得意能幾時，咫尺酴醿開更好。

辛巳予晝寢既覺觀卧屏上三僧圍棋於松下二老者對弈一癯者旁觀一小僧洗滌茶具一童子負韋山笠立於坐側衣裾體貌種種不凡至於勝負之態似見於顔色惜乎不知畫手爲誰也爲題一詩於屏上云

人間龍象風骨奇，癯者精悍老不疲。得非石林洪覺範，參寥佛印相追隨。茶瓜卻去香火冷，曦馭不轉松陰遲。口鉗未欲作詩債，坐隱聊爾逃禪癡。黑矜驟勝見顔色，白負少衄方低眉。宣州一著太容易，瓜葛争道真兒嬉。吾聞懶瓚有道者，寒涕不收從垂頤。又聞作止俱是病，況此念念傾人危。何如四脚棋槃一色子，一局輾轉無成虧。

四月甲申朔以先考諱日飯僧於禪會齋罷易衣於方丈壁間有著色維摩居士像其隱几示病揮犀語道俱有生意詳其顧盼領略是必與文殊對談之際惜乎兩幅之失其一也予因以兩偈贊之云

不悟維摩其病，卻將天女相猜。要識本來面目，化身金粟如來。

登玉座餘半席，香積飯惟一杯。可笑曼殊空利，區區卻爲食來。

乙酉宿清安縣治之生明堂清安世傳遼太祖始置爲肅州本朝改降爲縣驛卒告予曰堂之北軒有櫻桃正發予亟往視之迺朱櫻數株長五尺許每枝才三四花憔悴有可憐之色予問其故答曰此方地寒經冬畏避霜雪輒埋於地以是頓挫如此予因念丁未歲嘗假守淮西廳事之後朱櫻四合璀璨炫目嘗夜飲其下月色如畫疏陰滿地筀歌間作都不知曙星之出也感懷今昔爲作詩云

前年守淮西，官府頗雄壯。園池通遠近，亭榭分背向。炎方得春早，二月花已放。白紅與青紫，奪目紛萬狀。得非造物者，爲出無盡藏。朱櫻結嘉實，炫耀極一望。錢王錦繡樹，金谷紅步障。予時籍清陰，坐待佳月上。老妻勸我飲，稚子儼成行。長腰盧花白，賓厨薦新釀。肴核既狼藉，鱠炙庖夫餉。烏烏長短句，付與雪兒唱。眼花亂朱碧，世事齊得喪。兒童雖見誚，官守幸不曠。年來客遼海，黄塵没飛鞅。芳時因奔走，安得有佳況。一從出山谷，風色如挾纊。春歸櫻始華，生意未敷暢。冬藏苦冰雪，所幸今無恙。我將話南州，人或疑誕妄。繞枝三歎息，回首一悽愴。退坐想繁華，蕭然覺神王。

丙戌復歸咸平路經西山崇壽寺昔予官守於此寺已荒廢今十有五年頽毀殆盡又非曩昔之比低徊感愴遂留詩於寺壁云

紫霞山寺久不來，往昔破碎今摧頽。一鉢殘僧飫藜藿，百身古佛眠苺苔。門楣金烏經雨泣，殿脊鐵鳳含風哀。安得使君鞭紫馬，咄嗟檀施隨緣來。

丁亥謁先師宣聖廟學生吕陽衙作尹等陪位禮畢少憩於營道堂程考諸生月課既而話及與予友善者楊王李三秀才相繼下世又當時春秋二仲同來者轉運副使郭重元幕客趙彬趙莘亦成鬼録念念不覺惘然因成一絶句

舊僚郭趙身爲燼，先友王楊骨已枯。莫笑囁嚅翁不達，人間關在不如吾〔一〕。金王寂《遼東行部志》。

【校記】

〔一〕鬫在：疏證本作「口鬫」。

新編全金詩卷二一五

王寂五

辛卯大雪復登此山之正觀堂堂太后大師之故居也太后乃睿宗之后世宗之母可謂富貴極矣蚤年厭棄榮華喜修禪定落髮披緇初居遼陽之儲慶寺又以人事紛紜疲於應接乃幽隱於此凡六閲周星焚修精進始終惟一自非夙植善根道心堅固豈能保任如此是時世宗尚居潛邸未幾留守遼陽凡伏臘休沐必躬詣焉問安視膳或留信宿西巖浮圖之右突兀一峰頂平如砥縱横可十畝長松數十本環列如烟蓋雲幢實自天成非人力所營也世

宗每飯餘茶罷散策經行輒置榻其下中一松修直鬱茂秀出林表上尤注意摩挲嘆賞終日不倦其掄材容直之度已見於此矣惜乎無好事者不爲構一亭榜之曰蟄龍名其松曰御愛如此則佗年爲靈巖一段佳話也故予有詩云

幾經天步躡危峰，爲愛孤高壓萬松。不顧蒼髯緣底事，大夫曾是辱秦封。

壬辰大風雪對目不辨牛馬抵暮稍霽扶杖遊龍泉谷谷去寺三里而近捫蘿梯石困於登陟左抱右掩松柏參雲殆非人世但恨陰霾障蔽不得窮幽極勝泉上破屋數椽殘僧三四頗習禪定相與坐於石壁下少頃乃歸因留一絶句云

我來連日苦風霾，不見千峰劍戟排。要識玉山真面目，雪晴明月射蒼崖。

甲午登明秀亭此亭蓋完顔信之參政大定癸卯爲郡時經創也前列數峰下臨一水想見佳時勝日掃榻開簾横琴煮茗晴嵐暖翠煙水微明盡得於几席之上豈不佳哉夫自有宇廟有此溪山惜乎無騷人勝士題品遂使湮没無聞今遼左縱横數千里共指澄爲望郡此所謂地因人興者耶幸獲登覽技癢不能自已因留惡詩云

倚空欄檻出危墻，俯瞰巑岏枕渺茫〔一〕。嵐氣拂檐冰簟潤，水光侵席葛巾凉。門楣健筆雲煙落，谷口豐碑歲月長。來者定知誰好事，舊居堂牓具瞻堂。

【校記】

〔一〕岏：原作「岏」，此從注釋本。今按，漢劉向《九歎·惜賢》：「登巑岏以長企兮，望南郢而闚之。」見《全上古秦漢三國六朝文·全漢文》卷三五。

丙申故人李子安之子翊來見其應對進退頗有典型皇統辛酉吾先君來爲析木令始識子安之父一見義氣相感

遂定交於樽俎間乃遣子安從先君學自是與子安同硯席者再歲相得甚歡既而别去十年之後相見於京師過從幾月遂復參商自爾聲迹杳然前歲以使事來遼東又方禁謁不獲一見今過其門知其亡已期矣令人慚恨不已乃作詩遺翊以叙其本末云

憶昔先大夫，長才困州縣[一]。平生耻趨謁，誰辟三語掾[二]。此來爲升斗，與物多冰炭。乃祖磊落人，眼若巖下電。傾蓋一如故，論交時扼腕。登堂出妻子，僕隸饜盤饌。予時方束髮，爾父亦既冠。差肩誦詩禮，交手同筆硯。相從草三緑，出處風雨散。參商十年後，俱赴吏部選。邂逅得相遇，固適我所願。通家問存没，且喜且驚嘆。親情均骨肉，笑語徹夜旦。追隨不閲月，南鴻北歸燕。自爾各逐食，鱗羽音塵斷。謂渠頗挺出，立可致霄漢。胡爲隨糟麴，涇渭卒莫辨。飛黄厭局促，擺首謝羈絆[三]。長歌老田里，高義激庸懦。嗟予仰寸禄，老作青紫楦。前年持使節，意有承晤便。豈其畏簡書，莫敢通一綫。相望不累驛，秦蜀隔雲棧。病不致一問，死不致一奠。幽冥負良友，此罪良可逭。朝來見遺墨，似對故人面。西城望墓木，使我淚如霰。恨無寶劍挂，聊以伸眷眷。一死一生間，交情庶可見。

【校記】

〔一〕困：原作「因」，此從注釋本。〔二〕掾：原作「椽」，此從注釋本。今按，南朝宋劉義慶《世説新語》卷上《文學第四》：「阮宣子有令聞。太尉王夷甫見而問曰：『老莊與聖教同異？』對曰：『將無同？』太尉善其言，辟之爲掾。世謂三語掾。」〔三〕謝：注釋本作「對」，或是。姑仍之，以備參考。

丁酉子安妹尼智相早年學道今已罷參見送小壺十枚以綫貫之大率如數珠堅完圓實扣之有聲視其中空空然予平生亦未嘗見此將命者且索賦詩漫作俚語以答其勤

君不見汝陽仙翁初挂樹，長房出入猶平步。又不見晉陽幻師隱美婦，婦腹隱夫夫莫悟。神仙此事知有無，無乃狡獪相嬉娛。世間此物處處有，政比萊服與落蘇。吾家慣見墻籬上，或類瓶罌或瓮盎。每趁秋霜未落前，爛蒸去毛勿折項〔一〕。我聞學佛比丘尼，得髓豈唯能得皮。胡爲尚有這箇在，此著更墮黠而癡。何如深種菩提顆，莫望空花結空果。豈知磊落罷參人，倒置逆行無不可。

【校記】

〔一〕項：原作「頸」，此從注釋本。

予頃年侍先君自雲中解官道出鷄山先君以幼歲嘗隨侍先大父過此駐馬徘徊作詩以道其事意甚凄苦其詩云記得垂髫此地游鷄山孤立水東流[一]而今重過山前路山色青青人白頭以余思之當日之情可見矣爲賦四詩以攄懷抱

父過鷄山每駐鞍，思親詩句苦悲酸。而今却似鷄山下[二]，白髮孤兒淚不乾。
憶昔先君拙宦游，一官匏繫此淹留。重來歲月知多少，去日垂髫今白頭。
舊游重到似前生，城郭人家幾廢興。莫道山川盡依舊，岸應爲谷谷爲陵。
物色丁寧訪舊人，舊人能有幾人存。當時總角游從者，傴僂龍鍾已抱孫。

【校記】

〔一〕東：《中州集》卷二小傳録其父《鷄山》詩作「平」。　〔二〕似：注釋本作「是」。

庚子出東城道左百步背水面山有亭榭園圃高低掩映問從吏云此坡陽邑人之别墅因問其出處大概吏曰李君

名致道字表民初以從軍補官累資轉兖州幕一日謂同僚曰大丈夫逢時遇合萬户侯何足道哉今行年六十猶紙尾署名其頭顱可知矣乃投牒以歸既而蒔花種柳殖果移蓮疊石以爲山引泉以爲池日與賓客把酒賦詩徜徉乎其間凡十有七年而終焉予樂聞其説竊慕其爲人解鞍少駐徘徊周覽堂有三曰樹德曰松菊曰文會文會之北軒曰覺軒西偏曰休室蓋取冬夏之宜也亭有四曰濯纓曰遠山曰摘實曰觀稼自餘柳溪釣臺所至皆可觀但不得少休爲恨遂復南去舉鞭回望茫然自失馬上爲賦一詩

坡陽先生昔少年，青燈黄卷夜不眠。有司繩墨傷拘攣，不取巨筆如修椽。歸來高閣束殘篇[一]，短衣射虎南山前[二]。一從王師去開邊，臨敵奮勇能當千。策勳偶爲人所先，恥與噲等相摩肩[三]。兜鍪既不生貂蟬，脱幘掉臂歸林泉。千金賣劍買烏犍，耕田鑿井如終焉。樽中有酒客滿筵，新詩醉墨揮雲煙。醉鄉日月陶陶然，此意肯爲醒者傳。興來信手彈五弦，目送飛鴻下晴川。有時夜歸月滿船，浩歌長嘯扣兩舷。白魚黄能不足穿，我意欲釣横海鱣。嗚呼公爲今飛仙〔四〕，坡陽之名塞天淵。嗟予療倒真可憐〔五〕，欲去未决良非賢。附郭安得二頃田，有田不歸吾欺天。

【校記】

〔一〕篇：注釋本作「編」。　〔二〕前：原作「箭」，此從注釋本。　〔三〕耻：原作「齒」，此從注釋本。

〔四〕爲今：注釋本作「今爲」。　〔五〕真：注釋本作「直」。

壬寅故友玉林散人申君與之子攜乃父龍門招隱圖手軸以示予予見之憮然畫則廣莫道人武元直也作記者無可居士蔡正甫也書記者善善道人左君錫也題詩者王元仲父子也元仲父子今無恙自餘諸公盡歸鬼録予掩卷流涕殆不勝情因以小詩悼之

玉林賓主骨應枯，再見龍門招隱圖。政似白翁舊詩卷，十人酬和九人無。

甲辰次熊岳縣宿興教寺晚登經閣南望王元仲海岳樓不及一牛鳴但以謁禁不得一登覽爲歉舊聞京師名公皆有題詠已刻石於樓下命借副本因得詳觀蓋玉照老人劉鵬南爲之序平章公張仲澤首唱通字韻詩自餘賡和者張御史壽甫鄭侍講景純蔡濰州正父李禮部致美如此凡二十五人中間惟趙獻之作賦又不用原韻者四人玩味再四有以起予亦漫繼兩詩他日登門庶以是爲先容耳然彊韻傑句皆爲人所先要不蹈襲一字亦出於倔强也

飛甍縹緲拂層空，覽勝觀瀾左右雄。秋氣拍簾千嶂雨，夜潮春枕半天風。盟尋鷗去滄浪上，目送鴻歸滅没中。聖世文明方講禮，徵車行起叔孫通。

先生勇退冀北空，坐笑百雌無一雄。咄咄諸郎有高著，紛紛餘子甘下風。龍媒懶行陸地上，鵬翼要舉青雲中。舊學淵源慎勿廢，逸書當續白虎通。

午飯後獨坐於中流石上酌泉煮茗俯仰溪山方悟山谷茶詞云口不能言心下快活自省只今日政使著也逼暮題兩絶句於殿壁云

九天無路不容攀，誰挽銀河落世間。却恨青蓮老居士，祗將佳句賞廬山。
强將懶脚挂枯藤，上到雲山第一層。幾欲刻詩題瀑布，却嫌千古笑徐凝。

己酉遊西山石室上一石縱横可三丈厚二尺餘端平瑩滑狀如棋局其下壁立三石高廣丈餘深亦如之了無瑕隙亦無斧鑿痕非神功鬼巧不能爲也士人謂之石棚既無碑刻故不知其所始予爲作詩以記其異云

片石三丈方縱横，平直瑩淨如楸枰(一)。旁搘石壁作丈室(二)，人力不至疑天成。此去東溟都咫尺，想見强嬴困鞭策(三)。神仙游戲亦偶然，月斧雲斤滅痕迹。驂鸞翳鳳何時來，風雨灑掃絶纖埃。定應守護敕山鬼，陵遷谷變無摧頽。屹然萬古臨長路，曾閲漢唐如旦暮。山前怕有牧羊兒，更問金堂在何處。

【校記】

〔一〕淨：原作「諍」，此從注釋本。　〔二〕揩：原作「稭」，此從注釋本。　〔三〕羸：原作「羸」，此從注釋本。

庚戌啜茶於西園松下茶罷少憩於小軒軒前花木頗有春意予以舊圃荒蕪命老兵芟除灌溉已而不覺失笑予亦行人何戀戀如是真所謂客僧作寺主也因題一絶句於壁云

莫道山城晚得春，柳梢花蕚已争新〔一〕。出呼老吏治平聲花圃，自笑行人作主人。

【校記】

〔一〕花：注釋本作「梅」。

辛亥上巳日是日陰霾終夕面壁塊然坐念往歲曲水流觴笙歌鼎沸年來奔走荒山殊無聊賴戲題一絶句云

禊飲年年傍水濱，夾衣初試趁芳春〔一〕。那知海上風沙惡，不似長安天氣新。

【校記】

〔一〕夾：注釋本作「袂」。

壬子行復州道中辰巳間風大作飛沙折木對目不辨牛馬所幸者自北而南若打頭風則決不能行也午後風勢轉惡予怪而問諸里巷耆舊云飄風不終朝何抵暮尚爾耆舊曰此地瀕海每春秋之交時有惡風或至連日所以禾黍垂成多有所損固亦不足怪也昔東坡先生賦颶風亦謂海南有之大抵海氣陰慘朝氛暮靄雖晴霽亦昏然況大塊一噫崩濤怒浪賈勇其旁宜其不可當也此豈亦颶風餘種耶乃作詩以記其事

昨宵月暈如手遮，今日黄雲翻炮車。初聞窸窣動高樹，漸覺飛砂卷平路。滄溟浪滾三山摇，恐是海若誅鯨鰲。昏昏日轉更作惡，瘦馬側行吹欲倒。津吏告儂無渡河，枯河連海翻一作掀驚波。

癸丑是日清明節意緒不佳自念來日無多崎嶇道路去歲清明自寅寧赴同昌今又寄迹於此勞生有限歸計未涯聊以小詩自嘲

去歲清明過廣寧，今年投宿水邊城。來春未改遼東節，更叱星軺底處行。

丙辰自永康次順化營中途望西南兩山巍然浮於海上訪諸野老云此蘇州關也遼之蘇州今改爲化成縣關禁設自有遼以其南來舟楫非出此途不能登岸相傳隋唐之伐高麗兵糧戰艦亦自此來南去百里有山曰鐵山常屯甲士千人以防海路每夕平安火報自此始焉西南水行五百餘里有山曰紅娘子島島上夜聞鷄犬之聲乃登萊沿海之居民也爲賦一詩

地控天巖險，天連四望低。荒煙連海上，殘日下遼西。戍壘閑烽燧，戎亭卧鼓鼙。陋邦修職貢，安用一丸泥。

丁巳次新市投宿於民家其家亦頗好事壁間畫齊魏趙楚四公子予爲各賦一絶句〔一〕

孟嘗

碌碌齊王世不聞，佳名惟重孟嘗君。三千賓客空饕食，狗盜鷄鳴却解紛。

平原

趙苦秦圍力已殫〔二〕，合從于郢援邯鄲。當時不試囊錐穎，誰捧同盟歃血盤。

信陵

信陵豪貴氣凌雲，折節屠兒意已勤。一挫雄兵四十萬，殺降絶勝武安君。

【校記】

〔一〕詩題所謂「齊魏趙楚四公子予爲各賦一絶句」云云，現僅存三首而佚《春申》。〔二〕已：注釋本作「不」。

戊午宿龍巖寺西去龍巖一舍而近有山崛起筆立五千尺秀出諸峰望之如浮圖焉予怪而問之路人云此逨魯忽山也逨魯忽乃尖刃之意山之絶頂有池方丈有鯉魚長餘尺許舊年人欲取之投網於水立有風雷之變由是異焉咸謂龍神晦蟄於此歲旱亦嘗備牲醪禱於池上予謂深山大澤實生龍蛇又何足怪哉雖然吾聞神龍變化無所不可何爲居此窮僻而甘心焉豈非獲罪於天羈縻於此耶戲作詩以嘲之云

孤峰亭亭如筆卓，直恐去天無一握。樵童牧豎每登陟，繭足汗顔疲犖确。山巔湧泉成大潭，下徹海眼青於藍。中有鯉魚長尺半，金鱗火鬣絶不凡。往歲村夫投網罟，應手波翻起雷雨。况此本非池中物，狡獪豈容人力取。既能變化天地間，何苦局促留荒山。得非獲罪於上帝，幸免老蹇囚連環。嗟哉無久淹魚服，但恐輕遭豫且辱。快挽滄溟救旱苗，乘除功過聊相贖。

己未發龍巖山前數十里北望大山連延不絶數峰側立狀如翠屏秀色可掬里人謂之磨石山以出磨石故也予惡其名不佳欲改之曰競秀巖所恨山民無好事者何足與語此哉已而憑鞍信馬目逆而送之不覺去山已遠眷眷猶不能舍詩興甚濃忽憶坡公前山正可數後騎且勿驅之句豈特爲我設况馬上看山之意盡於此矣故不復敢措一詞但嗟賞諷誦而已又行十里許臨水有大石圓瑩如鏡縱横丈餘了無斧鑿痕迹儼然天成予目之曰石鏡因作詩以識其異

石鏡臨官道〔一〕，規摹亦異哉。盤龍形偃蹇，飛鵠影徘徊。近水縈羅帶，憑崖挂玉臺。餘光依日月，纖翳奈塵埃。宿雨淬磨出，晨風拂拭開。還應望夫女，深夜弄妝來。金王寂《鴨江行部志》。

【校記】

〔一〕臨：注釋本作「明」。

集外補遺

詠五湖

鴟夷歸去五湖秋，高謝人間萬户侯。却笑功臣大夫種，不知烏啄可同憂。《永樂大典》卷二二六〇湖字韻引《拙軒老人集》，中華書局一九九八年，第一册七二八頁。

高村馬上口占

村村桑柘緑成圍，蠶傍三眠麥棹旗。爲問農家真樂否，不妨説與長官知。《永樂大典》卷三五七九村字韻引金王寂《拙軒集》，中華書局一九九八年，第三册二〇八八頁。

過麻棘鋪不覺欣然似有西歸之興馬上戲成一詩他時當以麻棘部落錯歡喜鋪

路入遼西馬欲飛，山川村落尚依稀。行人輒莫錯歡喜，此度西來未是歸。《永樂大典》卷一四五七六鋪字韻引金王寂《拙軒集》，中華書局一九九八年，第七册六四七二頁。

佚句

失題

生涯貧到骨，家具少於車。

留别郭熙民

五年風雪黄州閏，萬里關河渭水秋。

盧植墓

南臺故址今頹然，漢盧植墓疑相傳。《拙軒集》卷三。

元夕感懷

殘夢關河鰲禁月，舊遊燈火馬行春。《中州集》卷二王寂小傳。

張仲文

張仲文，號冰溪魚叟，出處未詳。大定二十一年，題詩遼東寶巖寺。兹輯二首。

夢中得句題壁

客舍青熒寸燭殘，思歸驚怪帶圍寬。夜觀星斗穿雲去，不怕天風特地寒。

題僧屋壁

七年重到舊招提，影轉南窗日轉西。籠飯滿匙才脱粟，藜羹供筋欲吹虀。城邊草木驚揺落，山下風煙正慘凄。欲覓前詩拂塵壁，已煩侍者掃黄泥。金王寂《鴨江行部志》：「乙卯。僧屋壁間，有冰溪魚叟詩及後序。冰溪者，張仲文也。詩云云。後序云：『大定歲在重光赤奮若新正後八日，因審刑旅泊於此。嘗夢中得句云云。題諸此壁，以俟再游。至今歲在强圉協洽律中無射上休後六日，因勾當公事，復假館於此，尋曩日所題鄙語，已隨黄泥化爲烏有先生也。』」黑龍江人民出版社一九八四年，第四六頁。

馮可

馮可，東平（今山東省泰安市東平縣）人。大定間，題詩曷蘇館公明軒。兹輯一首。

重午酒資

牢落他鄉道轉孤，半生窮餓坐詩書。蕤賓况復當佳節，歸夢猶能到弊廬。屈子沈江真是躁，田文及户亦成虚。公如不爲紅茵惜，願學前人一吐車。金王寂《鴨江行部志》：戊申，「又一幅前序云：『偶檢二十年前乾固哥林牙相公《重午酒資》詩一首，云云。』此詩東平馮可所作也。林牙者，遼之文職也，班列翰林之上。但固哥相公者，不知其誰也。」黑龍江人民出版社一九八四年，第三七頁。

佚名

題絹扇圖

金壺漏盡禁門開，飛燕昭陽視寢迴。誰分獨眠秋殿裏，遥聞笑語自空來。金王寂《鴨江行部志》：明昌二年三月，「甲寅，晝寢方寤，視卧屏後有草書數行，細視之，乃一故絹扇圖，上有詩云云。詞翰俱不俗，亦不知誰作也。」黑龍江人民出版社一九八四年，第四六頁。

明昌謡

東欲行，西欲飛，中間一路赤垂垂，我醉不醉知不知。宋宇文懋昭《大金國志》卷一九《章宗皇帝》上：「明昌四年十月，誅鄭王允蹈，世宗第六子，于屬爲叔。先是允恭太子既薨，允蹈次長當立，樞密院張克己以官僚私意，贊立太孫。然允蹈性寬厚，母亦趙氏，遠避恩寵，中外無黨，世家稱其局量，諸武將謂其有外家風，不甚附之。太孫既立，每見之有愧色。是時，主日久酣飲，外間章奏不許通，京師謡言云云。」中華書局一九八六年，第二五八頁。

新編全金詩卷二一六

李晏

李晏，字致美，號遊仙野人，澤州高平（今山西省晉城市高平市）人。皇統六年進士①。授臨汾丞，調岳陽丞，遷遼陽府推官、中牟令。海陵朝營建汴京，受命運木於河。世宗立，以其爲遼陽故交，且有才名，召爲應奉翰林文字，授太常博士，遷秘書少監，兼尚書禮部郎中。出爲西京副留守，入爲翰林直學士，兼太常少卿。擢吏部侍郎，翰林侍講學士，兼御史中丞。世宗病危，召入宫，執筆遺囑詔令。明昌初，上書言事，爲章宗嘉納，改禮部尚書，兼翰林學士承旨。乞歸老再三，以沁南軍節度使致仕，旋起爲昭義軍節度使。承安二年卒，年七十五，謚文簡。嘗著《十七史要覽》五十卷、《游仙野人文集》二十卷②。遺山元好問評曰：「入翰林，爲學士，高文大册，號稱獨步。」兹輯十七首。

---

①《中州集》卷二小傳作「皇統二年經義進士」，此從《金史》卷九六《李晏傳》：「皇統六年，登經義進士第。」

②金許安仁《李文簡公神道碑銘》，見《（成化）山西通志》卷一五《集文》，《四庫全書存目叢書》本，齊魯書社一九九六年，第五八八頁。

白雲亭〔一〕

白雲亭上白雲秋，桂棹蘭槳記昔游〔二〕。往事已隨流水去，青山空對夕陽愁〔三〕。興亡翻手成舒卷〔四〕，今古無心自去留。獨倚西風一惆悵，數聲柔櫓下汀洲。

【校記】

〔一〕《詩淵》第五册三四七六頁録此詩，題作「登白雲亭」。今按，金李治《敬齋古今黈》卷四論及此詩：「近世李致美作《白雲亭》詩云云。案《廣韻》，槳，檝屬，即兩切，更無他音。而今李作平聲用，誤也。東坡《赤壁賦》云：『桂棹兮蘭槳，擊空明兮泝流光。渺渺兮予懷，望美人兮天一方。』李必以槳、方、光皆叶，不容有別韻，遽認作平聲讀之耳。」〔二〕桂棹蘭槳：《詩淵》作「猛拍欄干」。〔三〕青山：《詩淵》作「亂山」。〔四〕興亡：《詩淵》作「陰晴」。成：《詩淵》作「從」。

贈燕

王謝堂前燕，秋風又送歸。向人如惜別，入户更低飛。海闊迷煙島，樓高近落暉。不知從此去，幾日到烏衣。

通州道中

冉冉年華老，飄飄客路難。塵埃山色斷，雲霧日光寒。念遠心先折，孤吟鼻亦酸。平生江海意，潦倒愧儒冠。

高麗平州中和館後草亭〔一〕

藤花滿地香仍在〔二〕，松影拂雲寒不收。山鳥似嫌遊客到〔三〕，一聲啼破小亭幽。

【校記】

〔一〕《詩淵》第五册三二五〇頁録此詩，題作「和館後草亭」。〔二〕滿：《詩淵》作「落」。〔三〕到：《詩淵》作「至」。

題武元直赤壁圖

鼎足分來漢祚移，阿瞞曾困火船歸。一時豪傑成何事，千里江山半落暉。雲破小蟾分樹暗，夜深孤鶴掠舟飛。夢尋仙老經行處，只有當年舊釣磯。

蓮塘陪諸公賦

潦倒何堪接俊遊，神仙空羨李膺舟。官曹只在空湖畔，簿領如山屋打頭。省幕在城外，極卑陋，故云。《中州集》卷二《李承旨晏》。

遊龍門寺回投超化寺二首

精藍三日飽溪毛，俗累紛紛覺可逃。探水尋源通月冷，披榛得路接雲高。山圍故壘懷千古，河轉孤巖激怒濤。回首烟霞應笑我，人間官職倍徒勞〔一〕。

還邀二三子，共到鑿龍遊。冷壑泉初動，春巖氣欲浮。竹藏深崦寺，人渡晚行舟〔二〕。始覺山風急，歸鞍不自留。清郭元釪《全金詩增補中州集》卷二四，上海古籍出版社一九九四年。另，《(成化)山西通志》卷一六《集詩·寺觀類》亦録，撰者署「李宴」，當作「李晏」，《四庫全書存目叢書》本，齊魯書社一九九六年，第六八四頁。

【校記】

〔一〕倍：《(成化)山西通志》作「信」。　〔二〕行：《(成化)山西通志》作「川」。

潞州形勝

東迎壺口疊羣山，吞吐嵐光紫翠間。削玉遠排珪首鋭，暈痕輕拂黛眉彎。五龍飛去松杉老，萬井喧囂日月閑。遊客乍醒塵土眼，仙扃誰指扣玄關。清郭元釪《全金詩增補中州集》卷二四，上海古籍出版社一九九四年。另，《(成化)山西通志》卷一六《集詩·形勝類》亦録，《四庫全書存目叢書》本，齊魯書社一九九六年，第六三九頁。

白巖寺二首

只有山光無水聲，我疑神物固巖扃。如何鑿得飛泉出，當爲山僧叱六丁。

山寺尋春春已歸〔一〕，紫梅猶有折殘枝〔二〕。老僧兀坐如枯木，花謝花開總不知。白巖寺群山環抱，村落相望，亦奇觀也。惜乎無水，因作絶句書石，應有水出。〔三〕清郭元釪《全金詩增補中州集》卷二四，上海古籍出版社一九九四年。

【校記】

〔一〕歸：《（同治）陽城縣志》卷一七《藝文》録此詩作「遲」。〔二〕殘枝：《古今圖書集成·職方典》卷三三五《潞安府部藝文》録此詩作「花枝」。〔三〕《（同治）陽城縣志》將此注改作詩題，「白巖寺」作「白雲寺」，「應有」作「當有」。

海會寺宴集以禪房花木深爲韻得花字

地僻人行少，溪深路趁斜。解鞍投翠篠，倚仗問黄沙。石罅涓流水，林梢卧晚霞。此心機盡矣，何必染衣花。晏自淇園受代來陽城，省覲家兄而適以事趨州，因拉何良知、楊嗣卿、鄭德光、劉邦美相遇於此，縱觀壁間諸公詩，有以「竹徑通幽處」爲韻者，遂用下五字「禪房花木深」各賦一篇以紀其來。大定五年四月四日李致美題。清胡聘之《山右石刻叢編》卷二〇《海會寺宴集詩碣》，《歷代碑誌叢書》本，江蘇古籍出版社一九九八年。

祈雨

麥槁禾焦厭火雲，引觴潛禱五龍神。君能借我青驄馬，傾倒天瓢濟此民。至大庚戌春三月，尚書省委計點晉寧路錢糧，過上黨，同縣尹徐禎字伯祥，謁拜祠下。有李文簡公明昌初以節度使臥治昭義軍，書《祈雨》詩於壁間。恐久而湮没，命工勒石，以永其傳云。四世孫承事郎晉城縣尹李承宗再拜謹志。詩云云。皇慶元年三月吉日立石，郡人賈志道書。清胡聘之《山右石刻叢編》卷三〇《李文簡公詩》，《歷代碑誌叢書》本，江蘇古籍出版社一九九八年。

題晉文公廟三首

獻公違卜娶二女，陰輔奚齊廢真主。若使踰垣不斬袪，晉國何由霸西土。

在外淹留十九年，趙襄舅犯盡英賢。無端子玉何爲者，興廢由來本在天。

當年盟主事成空，千載興亡一夢中。惟有亂峰圍廟像，滿山終日任松風。《(成化)山西通志》卷一六《集詩·祠廟類》，《四庫全書存目叢書》本，齊魯書社一九九六年，第六七四頁。

陳侍中庵

古樹蒼茫一逕幽，菴前紅芰不驚秋。塵容因被修篁笑，何視匆匆不少留。《(乾隆)濟源縣志》卷一六《藝文》，《中國方志叢書》本，臺北成文出版社一九七〇年。

何慮

何慮，字良知①，太谷（今山西省晉中市太谷縣）人。大定五年，預海會寺宴集酬唱。茲輯一首。

海會寺宴集以禪房花木深爲韻得禪字

槐柳陰陰首夏天，閑門塊坐正蕭然。忽蒙蘭友邀爲伴〔一〕，來訪蓮宫一問禪。粉著衣襟穿翠竹，冰生齒頰漱寒泉。晚來更看前山雨，共借西軒對榻眠。

清胡聘之《山右石刻叢編》卷二〇《海會寺宴集詩碣》，撰者署「何慮」，《歷代碑誌叢書》本，江蘇古籍出版社一九九八年。

【校記】

〔一〕邀：《（成化）山西通志》卷一六《集詩》、《全金詩增補中州集》卷六二録此詩俱作「相」。

① 金李晏《海會寺宴集詩碣跋》：「晏自淇園受代來陽城，省覲家兄而適以事趨州，因拉何良知、楊嗣卿、鄭德光、劉邦美相遇於此，縱觀壁間諸公詩，有以『竹徑通幽處』爲韻者，遂用下五字『禪房花木深』各賦一篇以紀其來。大定五年四月四日李致美題。」見清胡聘之《山右石刻叢編》卷二〇《海會寺宴集詩碣》，《歷代碑誌叢書》本，江蘇古籍出版社一九九八年。

楊之休

楊之休，字嗣卿，陽城（今山西省晉城市陽城縣）人①。大定五年，預海會寺宴集酬唱。兹輯一首。

海會寺宴集以禪房花木深爲韻得房字

碧玉千竿蔭蘚墻，水聲山色近禪房。一軒疏雨僧棋静，滿榻清風客夢長。隔葉幾聽溪鳥弄〔一〕，媚盤尤覺野蔬香。賦詩把酒龍泉上，共掃餘花坐晚凉。清胡聘之《山右石刻叢編》卷二〇《海會寺宴集詩碣》，撰者署「楊之休」，《歷代碑誌叢書》本，江蘇古籍出版社一九九八年。

【校記】

〔一〕溪：《全金詩增補中州集》卷六二録此詩作「流」。

劉廷彦

劉廷彦，字邦美，陽城（今山西省晉城市陽城縣）人。② 大定五年，預海會寺宴集酬唱。兹輯

① 金李晏《海會寺宴集詩碣跋》，見《山右石刻叢編》卷二〇，《歷代碑誌叢書》本，江蘇古籍出版社一九九八年。

② 金李晏《海會寺宴集詩碣跋》，見《山右石刻叢編》卷二〇，《歷代碑誌叢書》本，江蘇古籍出版社一九九八年。

一首。

海會寺宴集以禪房花木深爲韻得深字

凌晨策蹇從知音，來謁龍泉溪路深。一派寒流通亂石，萬竿修竹囀幽禽。虚檐列坐茶酣戰，小徑閑行酒旋斟。珍重老僧延倦客，清談亹亹滌塵襟。清胡聘之《山右石刻叢編》卷二〇《海會寺宴集詩碣》，撰者署「劉廷彦」，《歷代碑誌叢書》本，江蘇古籍出版社一九九八年。

李堂

李堂，字元質，燕山（今北京市）人。大定二十一年，李晏知保德州，堂與之酬唱。兹輯一首。

勉賡嚴韻題安西樓

山嵐過雨一番鮮，何時等臨倍黯然。俯視禹門深峽水，遥看修辦後橋川。俗云後河川，《歐陽文忠公集》作「後橋川」。可人風月憐今夕，好客樽罍憶昔年。西夏已安無個事，邊侯竚待紫泥宣。《（康熙）保德州志》卷一二《藝文》，《中國方志叢書》本，臺北成文出版社一九七〇年。今按，《（光緒）山西通志》卷九五《金石記》著録：安西樓原名擬江樓，「宋時建，金州守完顔□時撰記，後知州李晏改名安西，金燕山李堂有《勉賡嚴韻題安西樓》，知州王嘉言有《和元質安西樓韻》。」中華書局一九九〇年。

王嘉言

王嘉言，出處未詳。明昌中，知保德州事。①兹輯一首。

和元質安西樓韻

暑氣低回野色鮮，淩空欄檻迴超然。東南形勢隆中土，西北風沙接句川。千里不驚銀夏俗，一麾來自架寅年。升平無用寧邊策，正要吾君德化宣。《（康熙）保德州志》卷一二《藝文》，《中國方志叢書》本，臺北成文出版社一九七〇年。

馮子翼

馮子翼，字子美，定州中山（今河北省保定市定州市）人②。正隆二年進士，官至中順大夫、同知

---

①金張令臣《保德州重建廟學碑》：「大定庚寅，高公懷貞知軍事，卜吉於兹。前門旁廡與殿四合，内殿復爲函丈之室，宣聖、十哲像設於室間，以孟子居顔氏之次，其餘高弟與先儒圖形殿壁。明昌甲寅歲，王公嘉言作州刺史，又起講堂於殿之陰，泮宫之制寢以備矣。」見清張金吾《金文最》卷七八，中華書局一九九〇年。文中「大定庚寅」指大定十年（一一七〇）；「明昌甲寅」即明昌五年（一一九四）。

②《中州集》小傳作「大定人」。今按，金代大定爲陪都北京所在，約爲今遼寧省喀喇沁旗地域。元姚燧《牧庵集》（轉下頁）

臨海軍節度使事。致仕後，居真定，約卒於承安初。子翼爲人剛直，與物多忤，用是仕宦不進，嘗著《白雲集》行世①。遺山元好問稱其詩有筆力。子璧，字叔獻，亦名士。兹輯八首。

三月七日登龍尾山寺〔一〕

古寺尋龍尾，山城送馬蹄〔二〕。花濃香篤肭〔三〕，泉瑩冷玻璃〔四〕。寒食春無幾，催歸日欲西〔五〕。春風吹病眼，煙樹遠淒迷〔六〕。

【校記】

〔一〕《詩淵》第五册三七四八頁録此詩，題作「登龍尾山寺」。〔二〕山城送馬蹄：《詩淵》作「空山信馬蹄」。〔三〕花濃香篤肭：篤肭，汲古閣本《中州集》作「膃肭」，元乙卯本《中州集》於「篤肭」右側有小字注：「女滑、女六二反」。另，《詩淵》此句作「花橡遶簷葡」。〔四〕泉瑩冷玻璃：《詩淵》作「泉泠漾玻瓈」。〔五〕「寒食春無幾」二句：《詩淵》作「樓近鐘聲遠，峰高塔影低」。〔六〕「春風吹

（接上頁）卷二〇《中書右三部郎中馮公神道碑》：「（馮渭）其先居定之中山，嘗臣五代晋，由齊王虜於遼，從徙北京，家長興，遼滅南來。」居於定州。《遺山先生文集》卷一九《内翰馮公神道碑銘》：「（馮璧）其先定州中山人也。……（考子翼）殁葬真定縣三橋里之南原，子孫遂爲縣人。」另，子翼《無極縣問山堂記》自署「永安馮翼」，金李嗣立《無極縣整暇堂記》稱子翼「始平馮君」，並見清沈濤《常山貞石志》卷一四。

①元姚燧《牧庵集》卷三《馮氏三世遺文序》，《文淵閣四庫全書》本。

病眼」二句：《詩淵》作「葛藤談話久，煙樹子規啼」。

佑德觀試經[一]

琳館清深小雪殘，釀梅天氣不多寒[二]。客窗竟日無人到[三]，只有蕭蕭竹數竿。

【校記】

〔一〕《詩淵》第三册一五七五頁録此詩，題作「休德觀」，撰者署「元馮翼」。今按，「馮子翼」亦作「馮翼」，其《無極縣問山堂記》即自署「永安馮翼」，見清沈濤《常山貞石志》卷一四。〔二〕釀梅天氣不多寒：《詩淵》此句作「梅花時節不勝寒」。〔三〕竟：《詩淵》作「盡」。

書事

客舍如僧舍，秋風几席清。竹孫仍帶籜，鳩婦已呼晴。年老心情減，官卑去就輕。京師名籍甚，鄭子豈其卿。

和張浮休舊韻

嫩水籠篁碧，新霜染樹紅。石潭沉曉月，山雨暝秋空。燈火吟窗下，關河醉眼中。西風喚張翰，南望思何窮。

小圃茅亭新成〔一〕

榆柳清陰下，茅亭近水湄。抵簷栽美竹，横榻賦新詩。朴陋從人笑。栖遲止自怡。歲寒天地肅，松雪有心期。

【校記】

〔一〕《詩淵》第五册三二四九頁録此詩，題作「小圃茅亭」，除第二句外，其餘文字同現存諸本《中州集》迥異：「老拙投閑處，茅亭近水湄。種梅留舊土，插柳長新枝。對月有吟地，看山無厭時。青青松柏在，直興歲寒期。」

贈張壽卿

美如冠玉張公子，知是留侯幾世孫。老境流離少歡趣，天涯邂逅對清尊。貂裘聊作西州客，物化終同北海鯤。十日相從又言别，關山明月正銷魂。

岐山南顯道冷香亭〔一〕

溪橋小雪晴〔二〕，水村霜月冷。暗香林薄間，得偶璀璨影〔三〕。殷勤南夫子，移植在人境。芝蘭馥氤氳，珠璧照光炯。小屋茅草蓋〔四〕，幻此蕭洒景。看花爇松明，醒醉漱苔井。文章聊嬉戲，辤氣頗馳騁。州縣不着脚，時人笑清鯁。我官西州掾，簿領不知省。頻遭官長駡，勢屈石在頂。門庭可張羅，陋巷車轍静。山歌聽嘲哳，舞伎或瘤癭。引睡閲文史，朝日無從永〔五〕。夢到五柳莊，身居六盤嶺。揭來南山下，旅思凄以耿。金罍照衰朽，玩味得俄頃。傍人怪迂踈，佳處當自領。以上《中州集》卷二《馮臨海子翼》。

【校記】

〔一〕《詩淵》第五册三一一七頁録此詩，題作「岐山冷香亭」。〔二〕小雪：《詩淵》作「霰雪」。〔三〕得偶：《詩淵》作「中有」。〔四〕小屋茅草蓋：《詩淵》作「誅茅結小屋」。〔五〕朝日無從永：《詩淵》作「但覺清晝永」。

登岳陽樓

城上元龍百尺樓，樓前范蠡五湖舟。江吞巨野偏宜夏，月度寒空正屬秋。天下山川無此觀，古來西北是神州。自憐身食官倉米，負我同盟萬里鷗。明佚名《詩淵》，書目文獻出版社影印一九九三年，第五册三五四六頁。

路伯達

路伯達，字仲顯①，冀州信都（今河北省衡水市冀州區）人。家世寒微而母有賢行，教伯達讀書。當時賦學家有類書名節事者，新版價數十金，大家兒有得之者輒私藏之。母爲伯達買此書，撙衣節食累年而後致。嘗戒伯達曰：「此書當置學舍中，必使同業者皆得觀。少有靳固，吾即焚之矣。」伯達擢正隆五年進士，調諸城主簿，累遷大理司直。大定二十五年，改秘書郎，兼太子司經。太子薨，爲皇太孫侍讀。丁憂起復，召爲禮部員外郎，兼翰林修撰，勑與張行簡進讀陳言文字。章宗即位，擢刑部侍郎、太常卿。明昌初，拜安國軍節度使，改鎮安武②。承安元年，雲朔用兵，奉使江左③。使還，獻賜幣以佐軍，未報而卒。章宗詔以所獻還其家。夫人傅氏曰：「此非吾夫意。」復上之有司，不聽。

①《中州集》小傳作「仲顯字伯達」，名與字倒誤，此從《金史》卷九六本傳「伯達字仲顯」。另，其《琛公堂頭和尚有題超然亭頌因次其韻》自署「冀州節度使路伯達」，時在「明昌五年二月十五日」，與《金史》合。

②《中州集》小傳作「授武安軍節度使」，而《金史》本傳作「改鎮安武」。今按，冀州自宋設安武軍節度使，金仍之。所謂武安，倒訛。

③《中州集》小傳：「雲朔用兵，伯達奉使江左。」未言年代，而《金史》卷九五《馬琪傳》涉及：「承安元年，北邊用兵。」至於出使事，《金史・交聘表》未見記載。要之，伯達之卒，當在是年。

夫人付之州學，買上田二千畝餘，以贍生徒。承安二年，州聞於朝，賜號成德夫人①。伯達二子，鐸字宣叔，鈞字和叔，俱有名於時。茲輯二首。

楊祕監釋迦出山像

自從此老出山隅，惱亂蒼生底事無。他日若逢楊處士，只教畫箇涅槃圖。《中州集》卷八《路冀州仲顯》。

琛公堂頭和尚有題超然亭頌因次其韻

六合空明現此亭，本來無垢物華清。客來便與團欒坐，萬偈何妨信手成。北京圖書館藏金石組編《北京圖書館藏中國歷代石刻拓本匯編》收影印拓片，題後署「冀州節使路伯達」；詩末題「明昌五年二月十五日，十方靈巖禪寺住持傳法沙門廣琛立石」。中州古籍出版社一九八九年，第四七册二三頁。

王遵古

王遵古，字元仲，蓋州熊岳（今遼寧省營口市蓋州市）人。正隆五年進士。大定十三年，除汾州

---

①《中州集》小傳云：「故相馬琪德玉，時判州事，聞於朝，賜號成德夫人。」今按，《金史》卷九五《馬琪傳》：「明年（承安二年），出鎮安武軍。」即所謂「時判州事」。

觀察判官。入爲太子司經，出爲同知博州防禦使事，澄州刺史。文行兼備，爲政能緣飭以儒雅，潛心伊洛之學。承安二年，授翰林直學士，未幾卒①。四子，第三子庭筠字子端，以文名。兹輯二首。

過太原贈高天益天益能作大字。

遼海渺千里，風塵今二毛。心雖如筆正，官不稱才高。筦庫非君事，山林必我曹。相期老鄉國，拂石弄雲璈。《中州集》卷八《王内翰遵古》。

失題

樂天兜率陀天客，不是蓬萊海上人。翟子老來詩格似，香山無乃是前身。《（民國）林縣志》卷一二《人物志》：「翟炳字欽夫，號梅軒逸老。性坦率，不喜修飾。善楷書，遒勁可法。詩效白樂天體。大定末，翰林學士王遵古嘗寄詩云云。」《中國方志叢書》本，臺北成文出版社一九七〇年。

張大節

張大節，字信之，代州五臺（今山西省忻州市）人。天德三年進士②，調崞縣丞，改東京市令。世

---

① 金元好問《遺山先生文集》卷一六《王黄華墓碑》，《四部叢刊》本。

② 《中州集》小傳作「天眷中進士」，此從《金史》卷九七《張大節傳》，中華書局一九七五年。

宗與之有藩邸之舊，愛其真淳，甚倚重之。累遷工部侍郎，改户部侍郎。大定二十四年，世宗巡幸上京，徙太府監。同年八月，爲賀宋生日使①。還，授横海軍節度使。章宗即位，擢中都路都轉運使，以震武軍節度使致仕。承安五年卒，年八十②。大節素廉勤好學，勵勉後進，如滄州徐韙、太原王澤、大興吕造，經其指授，卒成大名，士論以風鑒歸之。嘗從學任倜，因待倜子如親而加厚。兹輯一首。

同新進士吕子成輩宴集狀元樓

鸎鵡新班宴杏園，不妨老鶴也乘軒。龍津橋上黄金牓，三見門生是狀元。《中州集》卷八《張代州大節》。

楊乃公

楊乃公，中山（今河北省保定市定州市）人。承安中，以資善大夫定武軍節度使定州管内觀察使致仕。兹輯一首。

①《金史》卷六一《交聘表》：「大定二十四年八月，以太府監張大節、尚書左司郎中完顔婆盧火爲賀宋生日使。」中華書局一九七五年，第一四四三頁。

②《金史》卷九七《張大節傳》，中華書局一九七五年。

暑暇日訪練師李公長老游話啜茗彈琴抵暮方歸因留古調詩一篇

琳宫蕭條秋意深，謦然清風發幽林。中有玄元百代孫，承暇遽爾因相尋。羽衣飄飄骨清峻，獨居一室何陰陰。自言塊坐無與侶，相對挂壁惟素琴。砉然爲我一揮手，七弦琅琅振丘陵。夜半夢覺松窗月，耳畔猶聞石泉吟。水仙古調以冥莫，成連自是懷知音。《(光緒)曲陽縣志》卷一三《金石録下》載《前節度使楊君詩記石刻》，有云：「此詩在縣治西南隅真武觀壁中。……下題『資善大夫定武軍節度使定州管内觀察使提舉常平倉事上輕車都尉宏農郡開國侯食邑一千户實封一百户賜紫金魚袋楊』。」名脱。《中國地方志集成》本，上海書店二〇〇六年。今按，此節使當是楊乃公，著有《定州創建圓教院碑》，末署「時承安三年暮春晦日，中山致仕楊乃公記」，見《(民國)定縣志》卷二〇《金石》。中山自北宋爲府，入金仍之。天會七年降爲定州博陵郡定武軍節度使，後復爲府，曲陽縣隸焉。

高德裔

高德裔，字曼卿，鶴野(今遼寧省遼陽市)人。大定三年，弱冠擢第，釋褐陵川主簿①。累遷登聞

①《中州集》小傳作「弱冠擢第」，榜次未明。今按，高德裔《游王官谷記》有云：「大定四年，予主陵川簿，被檄西抵解梁。」見清張金吾《金文最》卷二四。另，趙安時《陵川縣重修真澤二仙廟碑》末署「從仕郎陵川縣主簿兼縣尉高德裔」立石，時在大定五年，見清胡聘之《山右石刻叢編》卷二〇。當是大定三年擢第，釋褐陵川簿。

檢院，同知太府少監。大定二十九年，以平陽治中失覺察而得罪①。明昌二年，擢開州刺史、豐王傅，提控修曲阜孔廟②。五年，以中順大夫同知中都路都轉運使撰《明威將軍李磐神道碑》③。終於西京路轉運使。工於文，字畫尤有法。兹輯一首。

坐忘女

女環州張氏，年十三異夢之後，坐忘已四年矣。贈詩者甚多。

結習銷來性自圓，去留元不問人天。消搖自是忘形蝶，枯寂寧同委蜕蟬〔一〕。無礙真空常蕩蕩，若存餘息尚綿綿。立亡坐脱皆游戲，定力何嘗有變遷。《中州集》卷八《高轉運德裔》。

【校記】

〔一〕枯寂寧同委蜕蟬：「蜕」原作「脱」，刊誤，此從汲古閣本、文淵閣本《中州集》及《全金詩增補中州集》卷三七。今按，《莊子·知北遊》：「孫子非汝有，是天地之委蜕也。」金王若虚《滹南遺老集》卷四六《感秋》：「此身委蜕耳，毁棄無足惜。」

---

① 《金史》卷八五《世宗諸子·越王永功》：「家奴王唐犯罪，永功曲庇之。平陽府治中高德裔失覺察，笞四十。」中華書局一九七五年。今按，《中州集》小傳作「平陽少尹」。

② 金高德裔《漢魯孝王石刻跋》，見清王昶《金石萃編》卷五，《歷代碑誌叢書》本，江蘇古籍出版社一九九八年。

③ 《（民國）奉天通志》卷二三〇《藝文志》，《東北文史叢書》本，瀋陽古舊書店一九八三年。

靳子昭

靳子昭，信都（今河北省衡水市冀州區）人。大定七年進士，釋褐從仕郎主簿①。二十五年，累遷朝散大夫景州刺史②。兹輯二首。

宿陶山幽棲寺得二絶句呈沂上人

世間八萬四千法，物物頭頭總不同。想得吾師坐方丈，一時都在默然中。

遊山端自費吟鞋，暫滌塵煩亦快哉。歸路逢人如借問，爲言新自道場來。主簿靳公從仕，因公留此，見惠《不二堂》并《遊山》佳什二絶，以光弊寺。謹命工礱石，用傳永久。大定己丑小春中休日，住持僧惠沂立石。北京

---

①金靳子昭《曲周縣重修學記》：「學始作於大定乙巳，成於丙午。明昌七年秋八月望日記。」見清張金吾《金文最》卷二七。另，《（光緒）重修廣平府志》卷三五《金石略》著録：「前進士信都靳子昭爲之記」。今按，所謂前進士，就明昌而言，當指前朝大定間進士。而據詩跋，靳氏大定九年官從仕郎主簿，當是大定七年及第，釋褐主簿。

②《（光緒）重修廣平府志》卷三五《金石略》著録《重修洺州廣平縣學記》，題後署「朝散大夫景州刺史靳子昭撰，翰林院學士知制誥編修國史党懷英篆額，將仕郎曲周縣主簿趙元英書丹」。原案有云：「乙巳爲金世宗大定二十五年，至明昌而始作記。是廟成後復遲五六年始立石也。」

大學圖書館古籍部藏拓片，典藏號二四八一一。另，《（光緒）肥城縣志》卷二《古跡》録詩，《中國地方誌集成》本，鳳凰出版社等二〇〇四年。

胥持國

胥持國，字秉鈞，代州繁峙（今山西省忻州市代縣）人。經童出身，累調博野縣丞。大定中爲太子司藏，掌飲食，有功於母后家。明昌四年，拜參知政事，賜進士第。五年，進尚書右丞。持國爲人柔佞有智術，與李妃爲表裏，擅涉朝政，士大夫好利躁進者多趨走其門。承安三年，爲御史臺劾奏黜罷。後起知樞密副使，卒於軍中①。子鼎，金末名相。兹輯一首。

挽姚仲純

山東夫子老河東，誰與先生臭味同。早歲遽辭名宦裏，百年常樂聖賢中。醉軒風月千秋恨，蝸室樽罍一夢空。白玉樓成人不見，空餘鄉淚託東風。《中州集》卷一〇《醉軒姚先生孝錫》。

①《金史》卷一二九《佞幸傳》，中華書局一九七五年。

趙攄

趙攄，字子充，號醉全老人，宛平（今北京市豐臺區）人。擢大定七年詞賦狀元①。十二年十二月，遷德州防禦同知②。二十三年十月，以翰林修撰奉命定撰嶽廟重修碑記③。二十六年六月，授坊州刺史④，轉鄭州刺史⑤。二十八年四月，以翰林修撰充保陵公册封副使⑥。承安三年，以趨附佞臣參政胥持國而躋身「胥門十哲」⑦，爲御史劾奏，爲士林譏斥。兹輯二首。

---

①《中州集》卷九趙攄小傳入「狀元」類，未涉年代，當是大定中狀元。（一）世宗朝開科九次：三年、七年、十年、十三年、十六年、十九年、二十二年、二十五年、二十八年。除七年外，其餘各榜次皆有名主。（二）金代狀元及第，一般釋褐從七品，階承務郎。攄至大定十二年十二月，已歷六十月兩考有餘，官德州防禦同知，正六品，與大定七年榜次授官格約略相合。

②金趙攄《大天宫寺碑記》署「德州防禦同知」，見《金文最》卷七一，中華書局一九九〇年。

③金佚名《大金集禮》卷三四：大定二十三年十月，中嶽西嶽重修廟宇畢，命待制黄久約、「修撰趙攄」、應奉党懷英定撰各廟碑文。《叢書集成初編》本，中華書局一九七五年。

④《（道光）輝縣志》卷一四《碑碣》，道光刻本。

⑤金元好問《續夷堅志》卷三《抱陽二龍》，中華書局一九八六年。

⑥金佚名《大金集禮》卷三七，《叢書集成初編》本，中華書局一九八五年。

⑦《金史》卷一二九《佞幸傳》，中華書局一九七五年，第二七九四頁。

早赴北宫

蒼龍雙闕鬱層雲，湖水鱗鱗柳色新〔一〕。絶似江行看清曉，不知身是趁朝人〔二〕。《中州集》卷九《趙内翰攄》。

【校記】

〔一〕湖水：北京圖書館善本組《析津志輯佚·人物》録此詩作「湖色」。

〔二〕是：《析津志輯佚》作「事」。

蘇門百泉留題

丙午六月八日，挈家到蘇門，與縣僚佐同遊百泉。既而泛舟亭下，舟中恰受侑觴者三數子。雨且作，風色益奇，漫成長句，以寫一時之勝〔一〕。永安趙攄。

蘇門山水山南奇，我聞舊矣今訪之。湧金百泉郁相對，遶欄下看跳珠璣。晚棹小舟歌更酌，況值蕭蕭風雨作。十分景色似漁家，秪欠碧蓑并緑蒻〔二〕。趙揚蒙恩，叨職衛幕。一日謁祠下，登湧金亭，周覽古今士大夫篇詠。偶見兄狀元之任坊守假道蘇門留題詩碑，稱讀不已。恐久而湮滅無傳，特命工刊石，庶幾不朽云。旹大定二十七年六月十八日立。北京大學圖書館藏拓片，典藏號A一六四八三。另，《（道光）輝縣志》卷一四《碑碣》亦録，道光刻本。今按，趙攄自署永安，即大興，宛平隸之；丙午，此處指大定二十六年。

【校記】

〔一〕以：《（道光）輝縣志》作「且」。〔二〕綠蒻：《（道光）輝縣志》作「綠箬」。

王　啓

王啓，字希畢，大興（今北京市）人。正隆二年進士，累遷户部員外郎，通州刺史，權右司郎中。章宗即位，擢工部侍郎，轉河南北路提刑使。明昌五年，奉使江南①，賀宋主即位。還，拜吏部尚書，出爲絳陽軍節度使。致仕歸鄉，與左丞董公師中、參政馬公琪、宣徽盧公璣、尚書郭公邦傑等爲九老會。年七十九卒。兹輯一首。

王右轄許送酒久而不到以詩戲之

燕酒名高四海傳，兵廚許送已經年。青看竹葉應猶淺，紅比榴花恐更鮮。枕上未消司馬渴，車前空墮汝陽涎。不如便約開東閣，一看長鯨吸百川。《中州集》卷八《王吏部啓》。

①《金史》卷六二《交聘表》：「明昌五年閏十月甲戌，以河東南北路提刑使王啓、廣威將軍殿前左副都點檢石抹仲温爲賀宋即位國信使。」中華書局一九七五年。

石玠

石玠，中山（今河北省保定市定州市）人。大定中進士。二十年，除中議大夫同知絳陽軍節度使兼絳州管内觀察使權州事①。二十六年，仕爲提控官②。明昌三年，遷嘉義大夫棣州防禦使③。兹輯一首。

絳州道中送鄉人

有淚欲不灑，恐傷真性情。有淚欲狂灑，又非丈夫行。展轉意如何，屈曲腸寸縈。西山萬丈

---

①金孫鎮《斛律光墓記》碑末署：「大定二十年八月日」，「中議大夫同知絳陽軍節度使兼絳州管内觀察使上騎都尉武威縣開國子食邑五百户賜紫金魚袋權州事石玠立石」。見清胡聘之《山右石刻叢編》卷二一，《歷代碑誌叢書》本，江蘇古籍出版社一九九八年。

②《金史》卷四五《刑志》：大定二十七年前後，「監察御史陶鈞以携妓遊北苑，歌飲池島間，迫近殿廷，提控官石玠聞而發之。鈞令其友閻恕屬玠得緩。既而事覺，法司奏，當徒二年半。詔以鈞耳目之官，携妓入禁苑，無上下之分，杖六十，玠、恕皆坐之。」中華書局一九七五年，第一〇二〇頁。

③金党懷英《棣州重修廟學碑》：「明昌三年，大中大夫郭公安民，由禮部侍郎出守是州，慨然有修舊起廢之意。……越明年，嘉議大夫石公玠實始繼來，亦既奠謁。」碑末署「明昌六年二月七日記。登仕佐郎棣州州学教授田曦立石」，「嘉議大夫棣州防禦使兼提舉學校常平倉事上騎都尉金源郡开國伯食邑七百户賜紫金魚袋石玠」。見清畢沅、阮元《山左金石志》卷二〇。今按，《金史》卷九《章宗紀》：大定二十九年八月辛卯，「勅有司，京、府、州、鎮設學校處，其長貳幕職内各以進士官提控其事，仍具入銜」。因此，凡石刻碑記署名帶「提舉學校事」者，俱及第進士。

高，潑潑當前迎。山靈知別難，向我想慰盟〔一〕。吾子乃王使，年質芳妙英。爲朝廷耳目，作稷契公卿。望霖雨天下，求舟楫蒼生。軺車一相過，河嶽需澄清。顯親揚名事，有在安内攘外責匪輕〔二〕。今當此別離，何足爲重輕。君不見大禹當年任治水，八載于外惟經營。又不見班超萬里思封侯，至今邊塞咸推稱。古來賢聖盡如此，丈夫勲業豈苟成〔三〕。俛首聞至言，再拜謝山靈。感激少自奮，離思即清平。去去西邊深致力，期與傑士同光聲。他時如負教，赫赫有司盟〔四〕。《（雍正）山西通志》卷二二二《藝文》，《文淵閣四庫全書》本。另，清郭元釪《全金詩增補中州集》卷五二「石玠」名下録詩二首，此首外，尚有《途次張南》，上海古籍出版社一九九四年。今按，金有兩石玠，均以仕宦聞名。一是「猗氏石玠」，字子堅，崇慶二年詞賦進士，累官汝州防禦使、行六部郎中，有《途次張南》詩。張南，今臨猗縣西南，與其籍里相近；一是「中山石玠」，嘗仕爲同知絳陽軍節度使，其《絳州道中送鄉人》即作於任内。而《全金詩增補中州集》小傳所謂「玠字子堅，猗氏人，官絳州節度使」，將兩石玠混爲一人。

【校記】

〔一〕想慰盟：《全金詩增補中州集》作「相慰明」。

〔二〕顯親揚名事二句：《全金詩增補中州集》無。

〔三〕苟成：《全金詩增補中州集》作「偶成」。

〔四〕他時如負教二句：《全金詩增補中州集》無。

新編全金詩卷二一七

王庭筠

王庭筠，字子端，號黄華山主，蓋州熊岳（今遼寧省營口市熊岳鎮）人。大定十六年進士，授承事郎恩州軍事判官，調館陶主簿。二十年，以贓罪去官。卜居彰德，買田隆慮，讀書黄華山寺，因以爲號。居十年，悉力經史，旁及釋老，學識愈精博，名重當時。明昌三年，召爲應奉翰林文字，與秘書郎張汝方奉旨品第法書名畫。五年，遷翰林修撰。承安元年，坐趙秉文上書事，削官下獄。二年，降授鄭州防禦判官。四年，起爲應奉翰林文字。泰和元年，復修撰。二年，卒，年五十二①。嘗薦趙秉文、馮璧、李純甫等，世以知人許之。庭筠詩文書畫，俱稱名家。詩律深嚴，七言長篇以造語奇險見稱。書畫師二王、米芾，得於氣韻之間，尤工山水墨竹。嘗著《叢辨》十卷、文集四十卷。兹輯五十八首。王庭筠詩載《中州集》卷三《黄華王先生庭筠》，以元至大三年刊本爲底本，校以諸本《中州集》及清

①《中州集》小傳作「卒官，年四十七」，《金史》卷一二六《藝文傳》如之，俱誤。今按，《遺山先生文集》卷一六《王黄華墓碑》：「泰和元年，復翰林修撰。扈從秋山，應制賦詩至三十餘首，寵眷優異，蓋將大用。朞年，罹此不幸，春秋五十有二，實二年十月之十日也。」

郭元釪《全金詩增補中州集》卷一六、民國金毓黻《黄華集》卷二等有關文獻。

楊秘監下槽馬圖

龍眠悔畫馬，政恐墮馬趣。我今破是説，試下弟一句。道人三昧手，游戲萬象具。萬象初莫逃，畢竟無所住。譬如大圓鏡，照物隨其遇。少焉物四散，影果在何處。楊侯具此眼，透脱向上路。萬馬落人間，蓋證龍眠誤。

書西齋壁

世事雲千變，浮生夢一場。偶然携柱杖〔一〕，來此據胡床。有雨夜更静，無風花自香。出門多道路，何處覓亡羊。

【校記】

〔一〕柱：汲古閣本、文淵閣本《中州集》及《全金詩增補中州集》作「拄」。

八月十五日過泥河見鴈〔一〕

家在孤雲落照間，行人已上鴈門關。憑君爲報平安信，才是雲中第一山。

【校記】

〔一〕《（正德）大同府志》卷一七録此詩，題作《過鴈門關》，撰者署「金學士黄庭筠」。另，《古今圖書集成·職方典》卷三〇五《太原府部藝文》亦録，題作《過鴈門關見鴈》。

示趙彦和

四柳危亭坐晚陰，殷勤雞黍故人心。兒孫滿眼田園樂，花木成陰年歲深〔一〕。十畝蒼煙秋放鶴，一簾凉月夜横琴。家山活計良如此，歸興秋風已不禁。

【校記】

〔一〕年歲：汲古閣本、文淵閣本《中州集》及《全金詩增補中州集》作「歲月」。

大安寺試院中寒食

東風日日漲黄沙，供佛床頭始見花。寒食清明好時節，年年憔悴獨離家。

獄中賦萱

沙麓百戰場，舄鹵不敏樹。况復幽圄中，萬古結愁霧。寸根不擇地，於此生意具。婆娑緑雲杪，金鳳掣未去。晚雨沾濡之，向我泫如訴。忘憂定漫説，相對清淚雨。柳州《戲題階前芍藥》、東坡《長春如稚女》及賦王伯颺所藏趙昌畫《梅花》《黄葵》《芙蓉》《山茶》四詩，党承旨世傑《西湖芙蓉》《晚菊》，王内翰子端《獄中賦萱》，凡九首，予請閑閑公共作一軸寫，因題其後云〔一〕：柳州怨之愈深，其辞愈緩，得古詩之正。其清新婉麗，六朝辞人少有及者。東坡愛而學之，極形似之工，其怨則不能自揜也。党承旨出於二家，辝不足而意有餘。王内翰無意追配古人〔二〕，而偶與之合，遂爲集中第一。大都柳出于雅，坡以下皆有騷人余韻，所謂生不並世，俱名家者也。

【校記】

〔一〕因：弘治本《中州集》作「目」，汲古閣本、文淵閣本《中州集》及《全金詩增補中州集》作「自」。

〔二〕内：原作「公」，汲古閣本《中州集》如之。無意：《全金詩增補中州集》作「無由」。俱從元乙卯本、文淵閣本、四部叢刊本《中州集》。

獄中見燕

笑我迂踈觸禍機，嗟君底事入圜扉。落花吹濕東風雨，何處茅簷不可飛。

偕樂亭

日暮西風吹竹枝，天寒杖屨獨來時。門前流水清如鏡，照我星星兩鬢絲。

野堂二首

緑李黄梅繞屋疎，秋眠不着鳥相呼。雨聲偏向竹間好，山色漸從煙際無。

雲自知歸鳥自還，一堂足了一生閑。門前剥啄定佳客，簷外孱顔皆好山。

韓陵道中

石頭犖确兩坡間，不記秋來幾往還。日暮蹇驢鞭不動，天教仔細數前山。

絶句

竹影和詩瘦，梅花入夢香。可憐今夜月，不肯下西廂。

孫氏午溝橋亭

閑來橋北行，偶過橋南去。寂寞獨歸時，沙鷗晚無數。

送士選山東外臺判官

秋天寥廓使星明，光動山東七十城。玉署文章厭閑冷，繡衣風采試澄清。人隨白鴈霜前到，詩繞青山馬上成。才力如君君未老，只愁無地避功名。

張禮部溪山真樂圖

悠悠春天雲，想見平時閑。朝遊溪橋畔，暮宿山堂間。澹然不知愁，亦復忘所懽。出山初無心，既出還思山。人間待霖雨，欲歸良獨難。山堂悵何許，蕭蕭松桂寒。

内鄉淅江張浮休窪尊爲二兄賦〔一〕

嵓花覆我酒，酒面照幽妍。風如惜花影，不肯生微漣。空山悄無人，花枝自留連。懷人成獨醉，日暮山蒼然。

【校記】

〔一〕《永樂大典》卷三五八四尊字韻引《中州集》此詩，題作《爲内鄉淅江張浮賦休窪尊》。

超化寺

隔竹微聞鍾磬音，墻頭修緑冷陰陰。山迎初日花枝靚，寺裹清潭塔影深。吾道蕭條三已仕，此行衰病獨登臨。簡書催得怱怱去，暗記風煙擬夢尋。

舍利塔

蒼山亭亭如覆盎，佛塔東西屹相向。林頭朝日射重簷，黄金丹砂曄生光。中華此塔第十五，圖記所傳知不妄。智惠薰成舍利羅〔一〕，夜半奇芒時一放。想見當時阿育王，麾叱神工鞭鬼匠。雲車瘴海挽炎沙，沙底黄腸三萬丈。石排方面蔑石段，鐵錮瘦中腰鼓樣。功夫精密業長久，位置尊嚴氣高張。地皮浮水膚寸許，旱溢與之俱下上。崧山歸山夏秋雨，雨潦從衡歲相盪。天龍圍護夜叉守，終劫不敢生波浪。塔前樹秀老不死，樹下水流多益壯。再拜初嘗一勺甘，洗我三生煩惱障。

【校記】

〔一〕惠：汲古閣本、文淵閣本《中州集》及《全金詩增補中州集》作「慧」。

夏日

西窗近事香如夢，北客窮愁日抵年。花影未斜猫睡外，槐枝猶顫鵲飛邊。

中秋

虚空流玉洗，世界納冰壺。明月幾時有，清光何處無。人心但秋物，天下近庭梧。好在黄華寺，山空夜鶴孤。

被責南歸至中山丙申春。

短轅長路兀呻吟，行李遲遲日益南。親老家貧官職重，恩多責薄淚痕深。向人柳色渾相識，着雨花枝半不禁。回首觚稜雲氣隔，六年侍從小臣心。

送子貞兄歸遼陽

青峭江邊玉數峯，煙梳雨沐爲誰容。到時爲向山靈道，歸意如君一倍濃。

采蓮曲

南北湖亭競采蓮，吴娃嬌小得人憐。臨行折得新荷葉，却障斜陽入畫舡。

秋郊

瘦馬踏晴沙，微風度隴斜。西風八九月，踈樹兩三家。寒草留歸犢，夕陽送去鴉。鄰村有新酒，籬畔看黄花。

憶瀰川

極目江湖雨，連陰甲子秋。青燈十年夢，白髮一扁舟。

夏日

檀欒倒影硯波清，注了黄庭譜鶴銘。且喜過門無褦襶，却憐浣壁有寧馨。劉賓客詩，寧字平聲呼。

河陰道中二首

梨葉成陰杏子青，榴花相映可憐生。林深不見人家住，道上唯聞打麥聲。

微行入麥去斜斜，才過深林又幾家。一色生紅三十里，際山多少石榴花。《中州集》卷三《黄華王先生庭筠》。

題馬光塵畫[一]

珠璧佳城下，丹青敗稿間。殘年兩行淚，絶筆數重山。金元好問《續夷堅志》卷二《馬光塵畫》：「馬資深之子光塵，十許歲畫山水有遠意，甫成童而卒。王子端題其畫云云。人謂童丱而以畫稱，且爲名流所嗟惜，古亦不多見也。」中華書局一九八六年。

【校記】

〔一〕詩題原無，此從《全金詩增補中州集》補。

李輔之得鄴南城注雨瓦筒以之支琴〔一〕

鄴城之南青雀來，五樓突兀肩三臺。胡桃萬瓦净如水，春陰不敢生莓苔。簷雨闌干三百尺，多年雨嚙空階石。繁華已逐水東流，斷甓時從耕者得。可憐此君落君手，愛之不博連城璧。錫花如雪錯菱花，小字興和猶可識。晴窗拂拭支桐君，上下一般蛇蚹紋。哀蟬遽止不成弄，千古雨聲愁殺人。

【校記】

〔一〕詩題原作「鄴南城注雨瓦溝」，此從《黄華集》。

登林慮南樓二首

殿閣偏宜落照間，倚天無數玉潺湲〔一〕。黄華墨竈知名寺，荆浩關仝得意山。遊子也如紅樹老〔二〕，殘僧偶與白鷗還〔三〕。人生見説功名好，不博南樓半日閑。

户牖憑高可散愁，石田碁布青林稠。西山萬古礙新月，南風六月生凉秋。見説官閑百無事，不妨客至一登樓。揚州騎鶴亦何有，誠哉不負三年留。

【校記】

〔一〕湲：《（嘉靖）彰德府志》卷二録此詩作「顔」。　〔二〕如：《古今圖書集成·山川典》卷五〇《林慮山部藝文》録此詩作「知」。　〔三〕鷗：《古今圖書集成》作「雲」。

黄華亭五首

帝遣名山護此邦，千山瑟瑟嵌西窗〔一〕。山僧乞與山前地，招客先開四十雙〔二〕。

手拄一條青竹杖，真成日掛百錢遊。夕陽欲下山更好，空林無人不可留〔三〕。

王母祠東古佛堂，人傳棟宇自隋唐。年深寺廢無人住〔四〕，滿谷西風栗葉黄。

挂鏡臺西挂玉龍，半山飛雪舞天風。寒雲直上三千尺，人道高歡避暑宫。

道人邂逅一開顔，爲藉笻枝策我孱。幽鳥留人還小住，晚風吹破水中山。

【校記】

〔一〕山：《黄華集》作「家」。　〔二〕雙：元陶宗儀《輟耕録》卷二九《稱地爲雙》：「嘗讀金黄華老人詩，有『招客先開四十雙』之句，殊不可曉。近讀《雲南雜誌》曰：『夷有田，皆種稻，其佃作三人，使二牛前牽，中壓而後驅之，犂一日爲一雙，以二乏爲巳，二巳爲角，四角爲雙，約有中原四畝地。』則老人之詩意見矣。」　〔三〕空：《（民國）林縣志》卷一四《金石·黄華老人山居詩碑》録此詩作「深」；《黄華集》如之，注「一作空」。　〔四〕人：《黄華集》作「僧」。

棲霞觀

偶尋溪水到仙宫，身世渾疑是夢中。風動霓旌高縹緲，煙籠瑶樹鬱青葱。曾聞白鶴歸華表，試爲丹砂問葛洪。明日維舟重相訪，桃花滿路失西東。

曲水園

山陰禊事記蘭亭，珠玉琳瑯照眼明。曲水至今無好客，一觴還自契幽情。

法華臺〔一〕

坱圠有同色，雪深雲未開。終南晴夜月，彷彿似登臺。

【校記】

〔一〕詩題「法華臺」，《黄華集》作「清華臺」，謂出自「三希堂石墨寶笈法帖十七墨刻」。姑仍之，俟考。

道村

樓閣明丹堊，杉松振老髯。僧迎方擁帚，茶細旋添鹽〔一〕。清郭元釪《全金詩增補中州集》卷一六，上海古籍出版社一九九四年。

【校記】

〔一〕添鹽：《黄華集》作「探簷」。

增益公和尚還超山

平沙漠漠鴈翩翩，風弄菰蒲水拍天。短艇得魚撑月去，一聲漁笛破寒煙。

題南山友雲亭

朝遊南山南，暮遊北山北。所以兩山雲，盡與師相識。師自出山去，雲亦出山飛。兩人渺何許，矯首送雲歸。雲歸人未歸，小亭無恙否。向來有奇姿，無庸變蒼狗。雲兮淡而貞，載與尋宿盟〔一〕。論交須耐久，持贈近無情。清風動亭側，明月生空碧。嘉時爲招呼，相與成三益。

【校記】

〔一〕宿：《題南山友雲亭石碣》作「夙」。

題黄華亭〔一〕

一派湍流漱石崖，九峯高倚翠屏開。筆頭滴下煙嵐句，知是棲霞觀裏來。民國金毓黻輯《黄華集》卷二，《遼海叢書》本，遼瀋書社一九八五年。

【校記】

〔一〕《黄華集》原以「黄華亭」爲題輯六首，另以《遊黄華山》爲題輯四首，即「王母祠東古佛堂」、「手拄一條青竹杖」、「帝遣名山護此邦」、「挂鏡臺西挂玉龍」，實重複輯録。兹補入此詩，改作《題黄華亭》，以同原題組詩區别。

黄華山四首

年來白髮兩三莖，一别君時髭未生。惆悵料君應滿鬢，當初是我十年兄。

賜酒盈杯誰共持，宫花滿把獨相思。相思只傍花邊立，盡日吟君贈别詩。

酒盞酌成須滿滿，花枝看即落紛紛。莫言三十是年少，百歲三分已一分。

相思夕上松臺悠，蟲似蟬聲滿耳秋。惆悵東齋風月好，主人今夜在幽州。明朱存理《珊瑚木難》卷八，詩後跋云：「此卷舊聞盧廷璧所藏，今李延吉見示，爲録之。己酉五月初十日記。」浙江人民美術出版社二〇一二年。今按，《珊瑚木難》輯黄華詩七首，其中「掛鏡臺西掛玉龍」、「手拄一條青竹杖」、「王母祠東古佛堂」三首已見《黄華集》。

開化寺

一别禪關二十秋，人非物是叵重游。雲迷鶴徑瀛洲遠，雨歇祇園海氣收。黄葉亂飛山覺瘦，紅塵不到境偏幽。同來仙侣宜乘興，高步西巖最上頭。《（道光）太原縣志》卷一四《藝文》，《中國地方志集成》本，鳳凰出版社二〇〇五年。

題張家鋪

秋沙白草幾家村，一抹青山際塞垣。目送歸鴻天不盡，澹雲新月又黄昏。《永樂大典》卷一四五七六鋪字韻引《中州元氣集》王庭筠詩，中華書局一九九八年，第七册六四七二頁。

寄任君謨

才不封侯坐數奇，崎嶇歷落似桓彝。平生忠義自孤立，老去文章益崛奇。人物眇然今已矣，先生持此欲安之。狼山深絶無人處，歸和淵明五字詩。

寄崔唐卿二首

春工也自到天涯，只放寒城四五花。無奈狂風大薄相，一枝吹折落鄰家。

撩亂楊花自在飛，長條想見尚依依。休言暮雨留人住，好與游絲作伴歸。《永樂大典》卷一四三八三寄字韻引王庭筠詩，中華書局一九九八年，第七册六二九七頁。

偶作

腰金舊説揚州鶴，綱舄曾聞葉縣凫。何似東平阮夫子，一官千里獨騎驢。

絶句二首

竹影横窗瘦，梅花入夢香。可憐今夜月，不肯下西廂。

幾年山裹伴雲閑，却逐閑雲漫出山。官職留人歸未得，如今矯首送雲還。《永樂大典》卷九〇三詩字韻引《中州元氣集》王庭筠詩，中華書局一九九八年，第九册八五六五頁。

定國寺

蕭寺殘僧不出門，我來吊古黯消魂。故都誰辨河亶甲，戰處猶知賀六渾。長空澹澹没飛鳥，春草年年生古原。田翁顧豈知許事，日在醉歸山下村。《永樂大典》卷一三八二四詩字韻引《續相臺志》王庭筠詩，中華書局一九九八年，第六册五九二八頁。

佚句

失題

近來陡覺無佳思，縱有詩成似樂天。

叢臺

猛拍闌干問興廢，野花啼鳥不應人。

法具

半生客裏無窮恨，告訴梅花説到明。金王若虚《滹南遺老集》卷四〇《詩話》下：「詩人之語，詭譎寄意，固無不可，然至於太過，亦其病也。山谷《題惠崇畫圖》云：『欲放扁舟歸去，主人云是丹青。』使主人不告，當遂不知。王子端《叢臺》絶句云云。若應人可是怪事。《竹莊詩話》載《法具》一聯云云。不知何消得如此。昨日酒間偶談及之，客皆絶倒也。」《叢書集成初編》本，中華書局一九八五年。

殘菊

幽花寂寞無多子，辦與黄蜂實蜜脾。金元好問《續夷堅志》卷四《王内翰詩讖》：「王子端内翰泰和中賦《殘菊》云云。葢絶筆也。王勉道作輓詩，故有『幽花絶筆更傷神』之句。」中華書局一九八六年。

王庭堅

王庭堅，字子貞，蓋州熊岳（今遼寧省營口市熊岳鎮）人。遵古第二子、庭筠之兄，有時名。兹輯一首。

野菊

鬭雞臺下秋風裏，白白黄黄無數花。日暮城南城北道，半隨榛棘上樵車。《中州集》卷八《王内翰遵古》。

王明伯

王明伯，熊岳（今遼寧省營口市熊岳鎮）人，庭筠猶子。幼歲學書，書家即稱賞之。倜儻無機，膂力絶人。年未四十，死於鄧州。兹輯一首。

失題

釣鼇公子鐵心胷，興在三山碧海東。千尺雲帆已高揭，不知何日得秋風。《中州集》卷三王庭筠小傳。

佚名

無題

黄閣成勳業，青銅示範模。開篋時覽處，還憶故人無。邸春光《金代詩文鏡小議》：一九九五年夏，阿城市文博科研人員在半拉子城遺址發現一面銅鏡，「鏡中雕刻五言絶句詩一首云云」。見《金史研究論叢》，哈爾濱出版社二〇〇〇年，第三三三頁。

無題

樹白梅交粉，雲低鴈失行。只將天一色，可共月交光。葉喆民《中國磁州窯》，金代白釉詩文豆形枕，橢圓形，兩端稍翹起，枕面褐彩書寫云云。河北美術出版社二〇〇九年，第五七頁。

無題

繡頂聚金不勝情，夏便磁枕自涼生。清魂與入遊仙夢，有象紗廚枕水晶。葉喆民《中國磁州窯》，金代白地黑花篆書詩文豆形枕，枕面内篆書詩文一首云云。河北美術出版社二〇〇九年，第一七六頁。

新編全金詩卷二一八

完顔匡

完顔匡，本名撒速，始祖九世孫。初事豳王允成，爲王府教讀。後事顯宗，充太孫侍讀，教授章宗、宣宗兄弟等。每日先教漢字，課畢教女真小字。大定二十八年，匡累試策論未中，以教授太孫賜第。章宗即位，除近侍局長，提點太醫院，累遷翰林直學士。明昌七年，擢平章政事，兼左副元帥，封定國公。衛紹王時，拜尚書令，封申王，年五十七薨①。兹輯一首。

睿宗功德歌

我祖睿宗，厚有陰德。國祚有傳，儲嗣當立。滿朝疑懼，獨先啟策。徂征三秦，震驚來附。富平百萬，望風奔仆。靈恩光被，時雨春暘。神化周浹，春生冬藏。《金史》卷九八《完顔匡傳》，中華書局一九七五年。

---

①《金史》卷九八《完顔匡傳》：「顯宗問其年，對曰：『臣生之歲，海陵自上京遷中都，歲在壬申。』」中華書局一九七五年，第二一六三頁。

烏古論忠武

烏古論忠武，字德鄰，女真人，出處未詳。泰和元年，官趙州信都縣令。茲輯一首。

題趙州橋

近蒙上司委你相驗河水利，□□從弟都□烏古論德銳道□川，偶聞南來遣使賀誕，遐邇方接伴副使者，迺家兄檢院同知也。奉侍南遊，橋下徘徊，偶得一絶，聊志其來。州信都縣令烏古論忠武德鄰，司吏董璞從行，時泰和五年閏□月十四日永紀。

□石壘□跨潢流，何必□□問濟州。流溢驚湍雖拍岸，肯教使者勉爲憂。清蔡壽、查畧《趙州石刻全録》卷下，清同治刻本。原無詩題，此據文意擬。

烏古論德銳

烏古論德銳，忠武從弟。茲輯一首。

勉次德鄰高韻

一見危□□□□，猶疑瀑布半插□。天涯羈旅行無□，免得舟人來往□。清蔡壽、查畧《趙州石刻全録》卷下，清同治刻本。

董師中

董師中，字紹祖，號漳川居士①，洺州（今河北省邯鄲市永年區）人。登皇統九年進士第，授澤州軍事判官，轉平遥丞。明昌元年，累遷陝西路轉運副使。承安中，拜參知政事，進尚書左丞。嘗言：「宰相不當事細務，要在知人才，振綱紀，但一心正、兩目明足矣。」②承安四年致仕，泰和三年卒，年七十四。嘗著《漳川集》行世。兹輯一首。

自臨洮還

臨潭仍是漢家城，漢家城在臨潭，羌人所稱。積石相望十驛程。西略河源東竝海，此身何地不經行。紹祖之孫濟剛記此詩，末句又作「塵埃風雨嘆勞生」。

《中州集》卷九《董右丞師中》。

---

①董師中《雞澤縣重修廟學碑》自稱「漳川居士」，見《金文最》卷七八，中華書局一九九〇年。另，元王惲《秋澗集》卷七三《跋董右丞師中撰李道源先生陰德記後》題下注：「董師中，號漳川居士。」《四部叢刊》本。

②《金史》卷九六《董師中傳》，中華書局一九七五年。

高公振

高公振，字特夫，亳州蒙城（今安徽省亳州市蒙城縣）人。高内翰士談之子。正隆二年進士①。歷南京留守幕官，終於密州刺史。公振與當時名流如遺安先生王磵、孟内翰宗獻、王琢景文、女真紇石烈邈等爲友②。遺山稱之「詩有家學」云。兹輯三首。

裴氏西園

簿領沉迷倦不禁，偶從名勝此幽尋。竹陰踈處見潭影，人語定時聞鳥音。陳跡謾留千古恨，歡遊聊慰十年心。多情一片梁園月，送我垂鞭出上林。《中州集》卷八《高密州公振》。

①《中州集》小傳作「正隆初進士」。今按，海陵王正隆年間選舉二次：二年、五年。所謂正隆初，當指正隆二年。

②金趙秉文《滏水集》卷一一《遺安先生言行碣》：「所與遊皆世知名士，若文商伯起、張公藥元石及其子覿彦國、王琢景文、師拓無忌、酈權元輿、高公振特夫、王世賞彦功、王伯温和父、左容無擇、游道人宗之、路鐸宣叔。」《四部叢刊》本。另，金王寂《鴨江行部志》：庚寅，「東檐下觀王棲雲題詩云云。棲雲武弁，名琢，馳馬擊劍外，尤喜作詩。舊寓夷門，與孔遵度、酈元輿、高特夫皆莫逆也」；「又一幅全是高特夫、孔遵度兩書，并和『垧』字韻四詩，信乎明遠之於交親，可謂至誠也已」。明遠，紇石烈邈字，廣平女真人。大定中，官南京副留守。黑龍江人民出版社一九八四年，第四頁、三七頁。

挽孟宗獻二首

見説平生夢，前途盡目前。友之未第時，夢中預見前途，所至於今皆驗。乘除雖有數，凶禍竟何緣。禮樂三千字，才名二十年。仁人遽如許，無路問蒼天。

誰謂詩成讖，清冰果自焚。友之《雪燭》詩：固知劫火終無盡，誰謂清冰也自焚。未幾下世。人嗟埋玉樹，天爲落文星。友之鄰舍李生言：六月中，連二明星隕於友之所居虚静軒前。《中州集》卷九孟宗獻小傳。

佚句

賦南園江鄉

翠蓋紅妝無俗韻，緑陰青子更多情。《中州集》卷八高公振小傳。

王磵

王磵，字逸賓，號遺安，汴梁（今河南省開封市）人。爲人醇謹，博學能詩文，時人目爲高士，孟宗獻、趙渢等皆師尊之。明昌末，以德行才能特賜同進士，授亳州鹿邑主簿。時年七十，以老疾乞致仕，泰和三年卒①。閑閑趙秉文稱其詩沖淡簡潔似韋蘇州，又集党懷英、趙渢、路鐸、劉昂、師拓、周昂、王磵七人詩，刻木以傳，名曰《明昌辭人雅制》。兹輯十六首。

暮春郭南

大梁城外孤臺傍，煙昏水碧春林芳。憑高極目見歸鴈，風物令人思故鄉。紫金山下斜陽暮，萬里川光照雲樹。山間細雨花落時，何人來往東風路。

記南塘所見簡孟友之

大橋南郭野橋東，十里垂楊十里風。渺渺煙波連御道，離離雲稼入郊宫。雨滋蔓草曉逾緑，日映荷花晚更紅。登覽只宜開笑口，尊前六客四衰翁。

次文遠韻

野性唯便闃寂居，蒼苔鳥跡滿庭書。林花過雨紅猶重，籬竹和煙翠亦踈。已與農人成保社，更令兒輩學耕鋤。賞音只有東郊客，日袖新詩到敝廬。

① 金趙秉文《閑閑老人滏水文集》卷一一《遺安先生言行碣》：「泰和三年八月二十有七日，以疾終於家。」《四部叢刊》本。

謝竹堂先生見過

學稼古寺側，結廬高柳陰。音書故交絶，歲月杜門深。新雪添衰鬢，寒灰死壯心。西州賢別駕，連日肯相尋。

次友之秋日雨後韻

洺州秋雨後，幽勝可供閑。白首留他縣，歸心遶故山。野泉來竹底，危磴入雲間。尚記登高會，重嵓細菊斑。

寓居南村

朝來出門無所適，野徑雨晴沙不泥。鼓笛誰家賽春社，杖藜隨過柘岡西。

雜詩七首

陰陰緑樹闇庭除，散盡鳴禽静有餘。獨對爐薰坐終日，會心惟有漆園書。

瓦爐柏子細煙消，閑讀禪經破寂寥。風細月高人已静，隔窗踈竹夜蕭蕭。

晴日南溪物色饒，草芽新緑凍全消。金絲柳底洲沙没，數尺流波拍野橋〔一〕。
南畝東皋春務時，田家候雨罷耕犂。却汲井泉澆藥圃，更疏陂水灌麻畦。
竹繞沙村水漫流，鵁鶄鸂鶒對沉浮。一竿便擬從漁父，卷置琴書買釣舟。
屋頭叢木撼蒼煙〔二〕，風卷飛花到枕邊。南寺有僧來問字〔三〕，打門驚覺午窗眠。
漢梁王苑古臺西，秋思紛紛獨杖藜。雲壓高城鴈飛盡，一聲寒角夕陽低。《中州集》卷四《王隱君礀》。

【校記】

〔一〕野：弘治本《中州集》作「夜」。〔二〕木：明佚名《詩淵》第六册三九五四頁録此詩作「竹」。

〔三〕字：《詩淵》作「俗」。

春日客居尉氏和友之見寄

不作寸筳撞巨鍾，政緣飄轉未從容。賡酧此日空相憶，邂逅何時得重逢。渺渺愁方隨迹遠，冥冥花正向人濃。蓬池春色徒迷眼，不屬窮途阮嗣宗。《永樂大典》卷一四三八三寄字韻引「王僩」詩，中華書局一九九八年，第七册六二九七頁。今按，「王僩」即「王礀」，形近鈔誤。詩題「友之」，爲金代名士孟宗獻字，礀與之酬唱往來。

題清明上河圖二首

歌樓酒市滿煙花，溢郭闐城百萬家。誰遣荒涼成野草，維垣專政是奸邪。

兩橋無日絶江船，十里笙歌邑屋連。極目如今盡禾黍，却開圖本看風煙。趙蘇娜《故宫博物院藏歷代繪畫題詩存》：「王磵，生卒年不詳。寓臨洺。工詩文、書法。活動於南宋。」録其詩二首云云。山西教育出版社一九九八年，第二三頁。

魏道明

魏道明，字元道，號雷溪子，易縣（今河北省保定市易縣）人。父遼天慶中登科，仕金爲兵部郎中。子上達、元真、元化、元道，俱第進士，有詩學。元道最知名，官至安國軍節度使兼邢州管内觀察使①。章宗時，退居雷溪，因以爲號。嘗著《鼎新詩話》，輯《國朝百家詩略》②。現殘存《蕭閑老人明

---

① 金魏道明《大金洪崖山壽陽院記》題後署名冠以「正義大夫前安國軍節度使兼邢州管内觀察使提舉常平倉事護軍巨鹿郡開國侯食邑一千户實封一百户賜紫金魚袋致仕」，碑末題「泰和六年歲次丙寅七月望日」立石。見陳垣等《道家金石略》，文物出版社一九八八年，第一〇五五頁。

② 金元好問《中州集序》：「商右司平叔銜嘗手抄《國朝百家詩略》，云是魏邢州元道道明所集，平叔爲附益之者。然獨其家有之，而世未之知也。」見《中州集》卷首，中華書局上海編輯所一九六二年。

秀集注》三卷。兹輯二首。

佛嵓寺

虎谷西垠北口南，橫橋過盡見松庵。舊遊新夢猶能記，般若真如得徧參。霜圃擷蔬充早供，石泉煮茗薦餘甘。殘年便擬依僧住，過眼空花久已諳。

退食

竿頭犢鼻清貧在，夢裏槐安舊習空。退食歸來澹無事，水邊長嘯看晴虹。《中州集》卷八《雷溪先生魏道明》。

佚句

春興

燕來燕去烏衣巷，花落花開穀雨天。

高麗館偏涼亭涼或作梁。

碧海半彎蝸角國，春風十里鴨頭波。

中秋

丹桂知經幾寒暑，冰壺别是一山川。《中州集》卷八魏道明小傳。

釋相了

釋相了，原名行録，俗姓宋氏，義州（今遼寧省錦州市義縣）人。髫年出家，九歲得度，習《華嚴》《圓覺》諸經。神機穎悟，發於妙齡，歷諸講肆，同學欽敬。後依懿州崇福寺超公，更名相了。自是機峰超逸，緇素傾仰。晚歲退居古寺龍泉。泰和三年歸寂，俗壽七十，僧臘五十二。兹輯二首。

悟後呈頌

窺破浮雲月色寒，狂心頓歇髑髏乾。通身光透威音外，普應群機作大緣。

臨終書偈

三十餘年説法，弄巧成拙。臨岐更爲諸人，重重漏洩。本來無法與人，依舊清風明月。民國喻謙《新續高僧傳》四集卷一七《金燕都潭柘寺沙門釋相了傳》，《高僧傳合集》本，上海古籍出版社一九九五年，第八三二頁。

高有鄰

高有鄰，字德卿，遂城（今河北省保定市徐水縣）人。父天會間經義進士①，尉南和，有惠政，遷飛狐令。有鄰數歲入小學，讀書自若，異常兒。登大定三年第，歷州縣，入爲尚書省令史。時相議詘詞賦，專明經，有鄰以賦有譎諫之義，反復詰難，竟得不罷。後擢第者廷試時務策，亦自有鄰發之。明昌三年②，以陝西提刑副使按部韓奕，遷安國軍節度使。泰和中，奉使江南。還，拜工部尚書。致仕，卒。有鄰孝友廉介，長於吏事，所至興學校，敦風化，耆舊稱之。子嵩、猶子鑄，同榜登科；子巖字士瞻，亦第進士；季子嶷，字士美，正大初監察御史，頗知名。兹輯八首。

馬嵬

事去君王不奈何，荒墳三尺馬嵬坡。歸來枉爲香囊泣，不道生靈淚更多。《中州集》卷八《高工部有鄰》。

① 金趙卞《萬華堂記》：「天會間，公（高有鄰）之先大夫以經義擢進士第，來尉南和。」中華書局一九九〇年。

② 《中州集》小傳謂「明昌初，累遷安國軍節度使」。今按，節度使從三品，提刑副使正四品，《金史》卷五七《百官志》有説。所謂累遷，當在明昌三年後。

驪山

不見朝元閣，難尋羯鼓樓，繁華隨世去，唯有渭川流。

温泉二首

開元常侍太平年，楊李藏奸弄國權。試上驪山弔今古，興亡都不在温泉。

驪山高處舞霓裳，都爲平居厭未央。惟有温泉長似舊，任他行客感興亡。清郭元釪《全金詩增補中州集》卷三六，上海古籍出版社一九九四年。

題司馬太史廟

漢庭文物萃君門，良吏獨稱司馬尊。七十卷書終始備，三千年事是非存。李陵設若無先見，王允何由有後言。古廟風霜香火冷，白雲衰草滿平原。

望禹門

神功疏鑿兩山開，萬里洪流天上來。三月桃花飛雪浪，青雲平地一聲雷。明昌壬子十月二十二日，龍山高有鄰題。隨旃吏員劉源。北京大學圖書館古籍部藏拓片，典藏號一〇八六四。跋云：「提刑副使高中順，文章妙天下。視案牘于韓奕，道過芝川，因謁太史廟。迴望禹門，題二詩于邵户部之碣陰。比欲就而刻之，以其未加砥礪，難於爲功。嗣初以效官一尉，獲睹嘉制，慮其歲久湮滅，加以磨礪，易而書之，命工以刊，庶幾傳於不朽。明昌三年仲冬十有一日，邑尉楊嗣初跋，簿李敏修、令黄摑鼎同立石，芝川都監趙霆書。」

題鄭國渠

漢分十字緑鱗鱗，渭北風光别是春。便欲因緣罪鄭國，不知久遠利秦人。運使嘉議高公，文章政事，兼冠當時，嘗任陝西提刑副使。按部之行，吟詠不輟，因感五陽故事，題於斯驛。觀其才逾前人，雅量超卓，出乎等倫者也。雁門馬謹跋，承安四年七月十八日立石。北京大學圖書館古籍部藏拓片，典藏號一〇九〇四，出自陝西涇陽。

題九成宫

仁壽宫成業半傾，天陰冤鬼夜嚎聲。唐人不鑒隋人失，又改新名號九成。麟遊縣地方志編纂委員會《麟遊縣志》第二一編《九成宫》録此詩，題作《高有鄰明昌四年詩》，陝西人民出版社一九九三年，第五五八頁。

許安仁

許安仁，字子静，獻州交河（今河北省滄州市交河鎮）人①。自幼刻苦讀書，善屬文。大定七年，

①《中州集》小傳謂「河間樂壽人」，《金史》卷九六本傳作「獻州交河人」。今按，據《金史》卷二五《地理志》，獻州（轉下頁）

擢進士第，調河間縣主簿。十三年，爲靈寶縣令①。累遷太常博士，兼國史院編修官。章宗爲皇太孫時，安仁以講學被選東宫，轉左補闕、應奉翰林文字。章宗即位，改國子監丞，兼補闕，遷翰林修撰，同知制誥。明昌四年，諫幸景明宫，出爲澤州刺史，徙同知河南府事，以汾陽軍節度使致仕。泰和五年卒，年七十七，謚文簡②。子古，字道真，金末名士。兹輯十四首。

望少室

名山都不見真形〔一〕，萬仞盤盤入杳冥〔二〕。安得雲間騎白鶴〔三〕，下看三十六峯青。

【校記】

〔一〕都：明陸東《嵩岳文志》卷五録此詩作「終」。〔二〕盤盤入：《嵩岳文志》作「巖巖上」。

〔三〕騎：《嵩岳文志》作「跨」。

（接上頁）本樂壽縣，天會七年升爲壽州，天德三年更名獻州，轄樂壽、交河二縣。另，清施國祁《金史詳校》卷八下有云：「安仁於大定七年中第，而立縣即在是年，史承其科第籍貫也。」當時交河李珍撰《重修東嶽行宫碑》而託名許古，有「節使許中大夫致政鄉居」語，指許古之父安仁，則許氏固交河邑人，當以《金史》爲是。見《（民國）交河縣志》卷九《藝文志·金石》。

① 元李道謙《終南山祖庭仙真内傳》卷中《陶彦明》：「大定癸巳歲，河間許子静來爲縣宰。」明正統《道藏》本，文物出版社等一九九四年。大定癸巳即大定十三年。

② 《金史》卷九六《許安仁傳》，中華書局一九七五年。

送二道者歸汾州

介休山下兩閑人，來訪汾陽舊使君。明日却歸塵外去，一雙白鶴上青雲。

草木蟲魚詠二首

蠅鑽故紙竟不悟，蛾撲明燈甘喪生。大似盲人騎瞎馬，不知平地有深坑。

蓬在麻中應自直，蔦生松下亦能高。不關若輩工攀附，物理由來繫所遭。

少室道中

少室峯頭曉月沉，千家城郭淡陰陰。五更雞唱殘星滅，馬上看山過少林。

遊泰安竹林

蕭寺天教勝處安，峰巒騰擲水雲閑。客來總説遊山好，不道山僧却厭山。《中州集》卷三《許内翰安仁》。

遊法輪院

太行岡嶺横漫漫，撑空一帶雲霞間。巨鰲背負九州出，重重山上復有山。高都城頭見松嶺，突兀雙峰螺髻並。招邀析城揖王屋，指顧硤石瞰天井。蕭蕭楓葉滿山秋，巖巒掩抱雲林幽。攀崖轉壑路欹側，雖有佛刹誰曾遊。年豐郡邑閑無事，琴酒招呼二三子。題詩古壁贈山僧，略記衰翁曾到此。

少林寺

巖壑深嚴入翠微，少林金碧露煙霏。五峰屏簇禪庵小，萬劫天開佛日輝[一]。聞説九年深面壁，得逢二祖便傳衣。千秋少室山靈在，曾見神僧隻履歸[二]。清郭元釪《全金詩增補中州集》卷二五，上海古籍出版社一九九四年。

【校記】

〔一〕劫：清葉封《少林寺志·詩》録此詩作「仞」。〔二〕隻：原作「雙」，明陸柬《嵩岳文志》卷四、清陳夢雷等《古今圖書集成·神異典》卷一一七《僧寺部藝文》録此詩作「隻」，從之。今按，達摩隻履西歸爲釋家著名典故，古典詩詞屢見。金釋普明《達摩西歸相贊》：「達摩入滅太和年，熊耳山中塔廟全。不是宋雲葱嶺見，誰知隻履去西天。」見清陸增祥《八瓊室金石補正》卷一二八《達摩西歸相贊》。

戒子

婁相任唾面，周廟貴緘口。寸陰大禹惜，三命考父走。《遺山先生文集》卷四〇《題許汾陽詩後》，《四部叢刊》本。

題福嚴院

硤石巉巖一徑幽[一]，神功開鑿幾經秋。青蓮殿閣千山擁，丹水波濤萬古流。林壑深埋龍虎氣，雲煙誤入鳳麟洲。今宵擲筆臺邊月，來照幽人物外遊。明昌六年四月九日，宿青蓮福嚴院，爲前都綱寶寂作此詩，澤州刺史許安仁書。清胡聘之《山右石刻叢編》卷二二《福嚴院許安仁詩碑》，《歷代碑誌叢書》本，江蘇古籍出版社一九九八年。另，《（乾隆）鳳臺縣志卷一七《藝文》亦録，《中國地方志集成》本，鳳凰出版社二〇〇五年；王麗主編《三晉石刻大全・晉城市澤州縣卷》亦録，三晉出版社二〇一二年，第六七頁。

【校記】

〔一〕徑：原作「道」，此從《（乾隆）鳳臺縣志》《三晉石刻大全・晉城市澤州縣卷》。

宿福嚴院

壺中煙景水雲閑，寺在千巖萬壑間。一夜西窗冷無寐，臥看月落鳳凰山。《（乾隆）鳳臺縣志》卷一七《藝文》，《中國地方志集成》本，鳳凰出版社二〇〇五年。另，《（光緒）鳳臺縣志》卷一九《輯録》：「《金青蓮寺詩刻》七絶，郡守許安仁句，後跋云：『與進士王瑜子範、張天祐、卜世長、段坦之、李師尹、吴芝、僧洪源同遊寶嚴院，翌日登佛閣，望左右諸山。既而涉丹水之南，回顧殿閣在青巉間。仍請天祐、洪源鼓琴行酒，爲方外樂。寶寂付弟寶定刻，明昌乙卯歲四月九日。』其西院又有詩刻安仁七律二，僧寶寂刻石。」其中，青蓮寺七絶詩刻云云，未見輯録。

過旌忠廟

國家昏亂識忠良，嘆息君侯事晚唐。誓報舊恩死守澤，肯從逆子叛降梁。冰霜氣逼劉仁贍，鴻雁行隨王彦章。或作「援兵未至賊先破，遺老相傳本可傷」。五代三人全死節，一篇華衮賴歐陽。郭師求書陳君祭文於石，因取近所作《過旌忠廟詩》並書於後，以遺邦人歲時歌以祀侯，庶幾見烈大夫之仿佛也。明昌五年九月卅日，河間許安仁題。清胡聘之《山右石刻叢編》卷二二《過旌忠廟詩》，《歷代碑誌叢書》本，江蘇古籍出版社一九九八年。

遊青蓮復作二首

峽石山藏古洞天，秀巖水隱吝蜿蜒〔一〕。巨峰蔽日兩株角，疊嶂排空三葉蓮。蘭若政當群景會，規撫方悟昔人賢。涅盤大義藏高閣〔二〕，擲筆危臺鎖碧煙。

聖跡名山自古傳，太山盧阜渺雲煙。青蓮寺比白蓮社，北遠名齊南遠賢。下界林泉蟠萬壑，上方樓閣會諸天。自憐未得安心法，衹有僧窗且過緣〔三〕。疇昔遊青蓮嘗有小詩，惜其未能盡雄勝之跡，因復作二篇。寳寂上人聞之，輂石置天寧，往來旬餘，堅請書其語欲刻之，歸而龕諸山中，其勤如此。寂，書生也，祝髮學瞿曇，一缾一鉢，尤善爲詩，所謂「獨有這個在也」〔四〕。明昌六年八月二日，守郡事許安仁子静書，住持沙門寶寂立石〔五〕。王麗主編《三晉石刻大全·晉城市澤州縣卷》收影印拓片并録文，三晉出版社二〇一二年，第六七頁。另，閻鳳梧等《全遼金詩》亦録，輯自晉城青蓮寺三佛殿詩碑，山西古籍出版社二〇〇一年，上册第六六〇頁。

【校記】

〔一〕吝：原作「老」，此從《全遼金詩》。〔二〕藏：《全遼金詩》作「籠」。〔三〕祇：原作「只」。過：原作「過」。此從《全遼金詩》。〔四〕獨：原作「猶」，此從《全遼金詩》。〔五〕《全遼金詩》將此段文字置於詩前，是爲引；《晉城市澤州縣卷》置於詩後，是爲跋。

李仲略

李仲略，字簡之，號丹源釣徒，高平（今山西省晉城市高平市）人。李晏之子。大定十九年進士，歷州縣，補尚書省令史，除翰林修撰，兼太常博士，遷吏部郎中，官至山東東西路按察使。泰和五年卒，贈朝列大夫，謚襄獻。仲略性豪邁，有父風，章宗稱之「健吏」，喜其「精神明健，如俊鶻脱帽」①。嘗著文集行世。兹輯三首。

① 《金史》卷九六《李仲略》，中華書局一九七五年。

嗅梅圖

朧朧霽色冷黄昏〔一〕，缺月踈籬水外村〔二〕。人在天涯花在手，一枝香雪寄銷魂〔三〕。

【校記】

〔一〕朧朧霽色冷黄昏：《詩淵》第二册一一七六頁此句作「寒鴉數點又黄昏」。〔二〕缺月：《詩淵》作「淡月」。〔三〕寄：《詩淵》作「暗」。

蓮塘陪諸公賦

潦倒何堪接俊遊，神仙空羡李膺舟。官曹只在空湖畔，簿領如山屋打頭。省幕在城外，極卑陋，故云。《中州集》卷二《李承旨晏》。

挽姚孝錫

早歲才猷著，崎嶇步世艱。非嫌食周粟，甘學抱吴關。高義追東漢，移文謝北山。孤風激貪懦，凛凛莫容攀。《中州集》卷一〇姚孝錫小傳》。

楊敏行

楊敏行，出處未詳。章宗時名士①。兹輯佚句二。

晝眠

身如蟬蜕一榻上，夢逐楊花千里飛。金元好問《續夷堅志》卷一《詩讖》：「李治中平甫云：『落葉掃不盡，寒花看即休。』未幾下世，殆詩讖也。至於楊敏行《晝眠》云云，真鬼語，何讖之有。」中華書局一九八六年。

趙大端

趙大端，號南莊逸人，東原（今山東省泰安市東平縣）②人。泰和元年，仕爲汾州觀察判官③。致

---

①元魏初《青崖集》卷五《先君墓碣銘》：「壬辰北渡後，襄陰人王革以書抵我靖肅君曰：『令先丈任上林署丞時，或三日五日，會党世傑、趙文孺、魏摶霄、張仲淹、楊敏行諸公，禮極豐腆。徹膳，令諸昆季讀賦，教子嚴重，傾動京邑。』」《文淵閣四庫全書》本。今按，所謂令先丈，指魏璠之父琦。其與諸公會，當在明昌間。

②《尚書·禹貢》：「東原底平。」漢鄭玄注：「東原，地名。今東平郡即東原。」

③金趙大端《平遥縣冀郭村慈相寺僧衆塔記銘》題後署「承務郎前汾州觀察判官雲騎尉賜緋魚袋趙大端撰」，時在泰和元年。見清胡聘之《山右石刻叢編》卷二二，《歷代碑誌叢書》本，江蘇古籍出版社一九九八年。

仕後寓居平遥。兹輯一首。

留題碧鮮堂[一]

寒陰鎖碎暗僧軒，玉立森森翠滿前。墜露修梢雲影濕，破綳春笋綺文鮮。雅宜冷映梅溪月，尤稱香浮茗竈煙。清夜沉沉成正寐，恍疑飛夢繞淇川[二]。《（雍正）山西通志》卷二三四《藝文志》，《文淵閣四庫全書》本。另，閻鳳梧等《全遼金文》中册第二〇九二頁亦録，題後署「南莊逸民趙大端」；詩末跋：「平陶冀郭村慈相寺住持僧杲公、法師喜公，僧正□上人，可謂敦儒好事者，寺堂前後有竹茂鬱，因榜堂曰碧鮮，英儒名宦賦詩者多矣。東原趙公察判先生，比因衆仕派幕，二公懇求留詠，輒勒諸貞石。」

【校記】

〔一〕詩題原作「碧鮮堂」，此從《全遼金文》。　〔二〕川：《全遼金文》作「淵」。

王文蔚

王文蔚，平原（今山東省德州市平原縣）人，出處未詳。泰和四年，官河東縣令。能詩，揮毫立成，時稱清新俊逸，能動摇人心云。兹輯四首。

遊棲岩寺二首

古寺依岩腹，高僧晝掩扃。嶺泉飛練白，軒竹冷雲青。宿雨漫碑字[一]，秋風語塔鈴。登臨最佳處，清曉望川亭。

盤桓沙徑細穿雲，地僻林深遠俗塵。玉帶繡靴無侍女，葛巾藜杖有詩人。碑書隋事文章古，亭望秦川景物新。多謝山僧助清思，雪花分我一甌春。《(成化)山西通志》卷一六《集詩》，《四庫全書存目叢書》本，齊魯書社一九九六年，第六八三頁。另，清顧嗣立《元詩選癸集》癸之丁《王縣尹文蔚》亦録，小傳無考，兩詩依次題作《棲岩寺》《遊棲岩寺》。中華書局二〇〇一年，上册第四四八頁。

【校記】

〔一〕宿：《元詩選癸集》作「秋」。

題二賢廟

夷齊古賢人，金石固所守。求仁而得仁，夫何怨之有。讓國去歸周，叩馬諫伐紂。采薇首陽下，竟爲二餓叟。仁義忠且廉，於天誠不負。誰謂天無親，善人反罹咎。又如顏氏子，糟糠不厭口。盜蹠甘人肉，死終得其壽。報施果何如，冥冥莫非偶。然則烈丈夫，功名貴不朽。窮達弗易節，利害亦不苟。當時志未伸，譽必彰於後。我觀二賢像，清臒止此否。欲贊萬分一，閣筆慚大手。自有民稱之，與天地長久。王令先生政事文章，自有公論，不待余之區區而後知也。至於韻語，揮毫立成，篇篇清新俊逸，皆能動搖人心，好事者爭持去。以僕濫在士子之列，時得請益，獲公之文居多。此篇爲二賢廟所賦也，因命工刊石，庶傳不朽云爾。泰和四年冬十二月十有九日，寓風陵蘇儆謹跋。清胡聘之《山右石刻叢編》卷二一三《吊夷齊詩碣》，《歷代碑誌叢書》本，江蘇古籍出版社一九九八年。

題西山無盡圖

造物原無心，山川秀氣聚。畫手亦無盡，各呈新意度。誰將斯林泉，淡墨寫縑素。重巒叠嶂間，三兩人家住。茅舍隔疏籬，小橋通細路。溪上數葉舟，雅有物解趣。高崦藏招提，依稀認窗户。山色四時宜，雲煙自朝暮。不知塵世中，此景在何處。收拾買山錢，投老好歸去。

泰和乙丑三月三日，平原王文蔚識，并拜書於河東縣署之野趣堂。傅熹年《訪美所見中國名畫記》下，《文物》一九九三年第七期。今按，文中所附影印圖像不甚清晰，據以識録，或有訛誤，僅供參考。

趙述

趙述，字勉之，高平（今山西省晉城市高平市）人。趙可子。承安二年進士。詩文字畫，皆有父風。早卒。兹輯佚句二。

賦雪

奇貨可居天種玉，太平有象麥連雲。《中州集》卷二趙可小傳。

張拱辰

張拱辰，號雪裕逸人，出處未詳。泰和三年，有詩刻石。兹輯二首。

鳳凰山留題二首

可歎羲皇在古初，幾經風雨大蕭疏。想知避此無宫室，不免將身向穴居。

遺文一覽見皇初，世屬鴻荒事簡疏。當此定知無棟宇，但憑巢穴得安居。楊建東《微山發現金代摩崖石刻古詩》：「山東微山縣文物管理所業務人員在兩城鄉考察伏羲廟時，在廟後的鳳凰山上發現一處金代摩崖石刻古詩。古詩刻在山洞石壁上，内容爲二首七絶詩，以和詩的形式寫成，詩前刻有『雪裕逸人張拱辰題』。詩曰云云。下署『大金泰和三年夾鍾二日立石』，後署學生姓名八人，其中女真人氏一人，名爲完顔邦傑。書體爲楷書，至今刻字清晰。」詩題原無，兹據文意擬。見《中國文物報》一九九五年四月二日第一版。

新編全金詩卷二一九

元德明

元德明，號東巖，秀容（今山西省忻州市）人。唐禮部侍郎次山之後，遺山之父。自幼讀書，世俗鄙事，終身略不掛口。爲人誠實樂易，洞見肺腑，雖童子以言欺之，亦以爲誠。累舉不第，遂放浪山水間，未嘗一日不飲酒賦詩。泰和五年終於家，春秋四十八。時人稱其詩「不事彫飾，清美圓熟，無山林枯槁之氣」①。嘗著《東巖集》三卷。兹輯四十三首。

桃源行〔一〕

山中三月山桃開，紅霞爛漫無邊涯。音崖山家藏春藏不得，落花流水人間來。憶昔携家竄岩

① 金楊慥《元德明墓銘》，見《中州集》卷一〇《先大夫詩》，中華書局上海編輯所一九六二年。今按，墓銘稱「春秋四十有八終於家」，《中州集》小傳稱「先人捐館後十年，好問避兵南渡」，而好問避兵南渡在貞祐四年（一二一六），以此上推十年，東巖捐館約在泰和五年（一二〇五）前後。另，《遺山先生文集》卷二五《敏之兄墓銘》謂「敏之歿於貞祐二年三月北兵屠城之禍，年二十九」，及《中州集》敏之小傳「年二十就科舉，時先東巖君已捐館」，而敏之「年二十就科舉」，時在泰和五年，則德明之卒，當在其年。

谷，秦人半向長城哭。回頭塵土失咸陽，矰弋徒勞羨鴻鵠。冬裘夏葛存大朴，小國寡民皆樂俗。晝永垣籬雞犬閑，春晴門巷桑榆緑。漁郎偶到本無心，仙境何緣得重尋。今日武陵圖上看，唯見雲林深復深。

【校記】

〔一〕《（嘉靖）真定府志》卷一八《藝文》録此詩，撰者署「元格」，題作《發冀州留别恩禪師》。

送德温同舍赴簾試

太常侍祠水蒼珮，内相夜下金蓮燭。皇家結網未曾踈，亦有佳人在空谷。一從唐賦變遼律，仰視折楊猶雅曲。雲臺勳業一青衫，被髮操戈踵相屬。筋疲力涸僅乃得，墨水一升凡幾辱。英雄俛首入彀中，舉世悉然非子獨。子家口衆親又老，歲月旨甘須寸禄。薦書聞説過南宫，冷煖人情到僮僕。我初與子偕計吏，人後人前隨碌碌。不慚齊客售鼓瑟，頗爲荆人悲獻玉。一詩今日送君行，萬里秋風看鴻鵠。功名前路知不免，雞黍後期良未卜。錦標無用咤龍頭，帛書且當傳鴈足。

雨後

十日山中雨，今朝見夕陽。乾坤覺清曠，草棘有輝光。竹影摇殘滴，松聲送晚凉。南窗聊自適，無用説羲皇。

覽鏡

四十宜未老，年年添鬢絲。直教隨牒去，也是挂冠時。臺閣多新賦，山林有逸詩。悠然一樽酒，滿酌不須辭。

室人生朝

新酒清渾共，糟床洗盞嘗。平時唯欲醉，此日重難忘。容服慚王霸，山林得孟光。白頭翁與媪，萬事聽諸郎。

太原古城惠明寺塔秋望

西山萬古壯陪京，一日汾流入廢城。浩浩市聲争曉集，畇畇原隰但秋耕。晉公老去詩仍在，晉公《晉陽官舍春日詩》：「白頭官舍裹，今日又春風。」越石亡來恨未平。千尺浮圖暮煙底，瓦盆濁酒爲誰傾。

薄遊同郝漕子玉賦

全晉山河百戰場，登臨歷歷見興亡。夷居猥雜尤堪嘆〔一〕，霸氣沉雄亦未量。石瓮煙霞詩秀潤，駘祠風月酒淋浪。書生不是功名具，慚愧山翁問葛强。

【校記】

〔一〕狵：《全金詩增補中州集》卷四三作「厖」。

山中秋夕

黄卷存餘習，青燈共晚凉。只知書味永，不覺鬢絲長。老檜千年物，幽蘭一國香。平生陶靖節，此夕邈相望。

寄宗人彦達交城人。

杯酒無緣接舊歡，空將書尺問平安。要君知我詩成處，落日西風正倚欄。

榴華

山茶赤黄桃絳白，戎葵米囊不入格。庭中忽見安石榴，嘆息花中有真色。生紅一撮掌中看，摹寫雖工更覺難。詩到黄州隔千里，畫家辛苦費鈆丹。

過鳳凰山在雁門。

鳳凰聞説似天壇，北去南來馬上看。想得松聲滿嵓谷，秋風無際海波寒。

瓶形嶺早發在繁時界。

海雲蕭瑟雪花乾，人在羊腸百八盤。閑客不知名利苦，見時應作畫中看。

寒食再遊福田寺

春山寂寂掩禪扉，復嶺盤盤入翠微。布韈青鞋供勝踐，粥魚齋鼓薦玄機。日烘幽徑緑煙煖，風定曉枝紅雨稀。曾是西堂讀書客〔一〕，不應啼鳥也催歸。

【校記】

〔一〕堂：《全金詩增補中州集》作「山」。

家園假山

八尺飛來峰，蒼然立於獨。細看甲乙字，疑是平泉族。山非一草石，見石山亦足。便恐東岫雲，來我簷下宿。今朝鑿盆池，明朝種松菊。自笑住山人，何時返嵓谷。

同侯子晉賦鴈

沉沉江浦雲，浩浩朔漠雪。微生幾寒暑，翅老飛欲折。樓中見新過，夕照送明滅。欹枕數聲來，踈窗耿殘月。悲鳴或天性，南北隨所愜。誰念孤旅人，年年爲愁絶。

寒林圖爲侯子晉賦

川光茫茫風景暮，一雪無情天地素。長安閉門千萬家，亦有行人踏長路。新豐煙火灞橋水，畫史工作荒寒趣。雪中故事知幾何，偏識詩翁忍寒處。君不見淮西城下鵝鸛鳴，官軍夜斫吴家營。只如党家麁俗亦不惡，銀燭金荷天未明。拈出雪詩三十韻，蹇驢席帽可憐生。「雪詩三十韻」見坡集。

贈答彦文相過之什程太原人。

剥啄誰叩門，開門得吾友。握手一大笑，慰我離群久。之子富才具，事業可力取。瞻望青松姿，衰遲愧蒲柳。金閨滿鵷鷺〔二〕，什伯自爲偶。寂寞林野人，過從但隣叟。盤飡無兼味，筍蕨才適口。窮達俱偶然，相逢且杯酒。

【校記】

〔一〕鴂：汲古閣本、文淵閣本、四部叢刊本《中州集》及《全金詩增補中州集》作「鴃」。

枕上

往時見白髮，談笑輕歲月。誰謂明鏡裏，蕭蕭不勝鑷。山林蹉跎久，世慮初未絶。觸物重興懷，忽忽不自愜。遭逢有奇耦，才用隨巧拙。如何杜陵叟，自比稷與契。茫茫拊塵編，何時卒吾業。

秋暮王氏園亭

細徑雲林底，危亭澗水湄。秋先殞黄葉，寒未老紅葵。嚼句幽禽荅，尋花晚蝶隨。無人共幽興，思與野僧期。

六言

北闕三臺五省，東山萬壑千岩。琴書中有真味，風月外無多談。

山園梨葉有青紅相半者戲作一詩

霜輕霜重偶然中，一葉雖殊萬葉同。不信世間閑草木，解隨兒女作青紅。

詩

少有吟詩癖，吟來欲白頭。科名不肯換，家事幾曾憂。含咀將誰語，研摩若自讎。百年閑伎倆，直到死時休。

尊酒

土灰論遠計，木石笑浮生。但有一尊酒，何須千載名。

憶山中二絶句

東寺留連飲，張園爛熳遊。兒童望歸路，一日幾登樓。

秋色山中好，山翁醉不迴。不知籬下菊，霜後幾叢開。

山中雨後

遶屋湍聲轉，臨崖老樹摧。雷轟一雨去，雲擘兩山開。

遣興

張翰一盃酒，林逋千首詩。性惟便自適，材敢論時施。狡兔從三窟，鷦鷯分一枝。青山有佳色，只似往年時。

發冀州留别恩禪師

詩拙非同社，情親本故鄉。共知成遠别，且復暫相將。池古蓮花净，窗深檜葉香。何時重携酒，來宿贊公房。

貴公子詠

高堂紅燭鼓聲齊，舞徧纖腰月末西。一曲纏頭一雙錦，驊騮空自惜障泥。

蓮葉觀音恩禪師所藏同路宣叔賦

瑞相分明一葉中，華嚴性海共圓通。補陀自有丹青變，畫史區區可得工。

謝張使君夢弼餽春肉

牙豬肋厚一尺玉，塩花入深蒸脱骨。韭芽蓼甲春滿盤，走送茅齋慰幽獨。山人食貧才一粥，幾被艾生嘲苜蓿。食前方丈非素懷，頗憶懸貆繞高屋。呼來鄰叟共一飽，爲説使君方繼肉。飢民待哺今幾家，無策贊君慚此腹。區區一肉見歌詠，説食書生良未足。却愁今夕夢寐間，有物踏破園蔬緑。

仙雞詩并序

繁時義興鎮酒家韓氏子畜一雞，以善鬬雄其鄉。一日，敵家以藥飼雞，使不知痛，求與韓雞對。韓雞鬬久，果被傷口，下頷不收，垂死矣。一賣藥道人過其門，曰：「我能活此。」韓欣然使療之。里中諸兒隨看者一二十輩，皆使向壁立。道人以雞置籠中，探手良久，若摩拊然者。已而取瓢水噀之，置瓢籠上即出門。兒曹怪其久不還，竊視之，雞喙已復生矣。道人布袍草冠，腋下懸青囊，落魄嗜酒，夜宿寺閣上。韓氏子與里中人奔走求之，并所卧草薦不在矣。是時明昌七年，仲規弟爲此鎮酒官，予亦在焉，作仙雞詩以記之。

老雄健鬭夸擅場，韓郎抱歸神色揚。豈知黠兒出儌倖，毒手一發不得妨。毿毛散灑尚可養，利嘴一哆何由張。青囊道人何許來，自言捄藥吾有方。垂髯噀水濯殘血，半喙隨手生新黄。筠籠半開聞膈膊，草冠已往徒驚忙。神仙世有寧虚荒，惜哉詭激不可量。世人鷙勇天且劓，况於物也資强梁。敷榮枯枿變金石，未若與世鍼膏肓。何須變化示狡獪，知君辨作淮南王〔一〕。蓬萊東望雲茫茫，愛而不見心爲狂。刀圭不願换凡骨，且欲共醉無何鄉。

【校記】

〔一〕辨：弘治本《中州集》作「辦」。

燈下讀林和靖詩

落葉落復落，清霜今幾番。踈燈照茅屋，山月入頹垣。老愛寒花淡，幽嫌宿鳥喧。卷中林處士，相對兩忘言。

觀西岩張永淳畫鴈

慘淡經營下筆難，畫成不似卷中看。知君連夜江湖夢，折葦蕭蕭沙水寒。

從趙敷道覓石榴

仙人囊中五色露，得種昔與蒲桃俱。猩猩染花開五月，已覺秋實懸庭除。張園一酸齒欲裂，君家兩株蜜不如。竹馬兒童厭梨栗，緑囊聊爲剝紅珠。

雪行

五更驢背滿靴霜，殘雪離離草樹荒。身在景中無句寫，錯教人比孟襄陽。

龍眠畫馬

驪黄求馬世皆然，滅没存亡自一天。當日塩車人不識，只今空向畫中傳。

歲暮

簌簌霜力勁，沉沉山氣冥。北風半夜起，吹動一天星。

送張冀州致政還都狀元行簡之父。

一札恩書下紫宸〔一〕，東門祖道畫圖新。路人也解賢踈傳〔二〕，河内猶思借寇恂。父子文章千載事，田園松菊自由身。玉京才過梨花節，靈沼行春莫厭頻。用宋退傳、張公閑遊靈沼探春回故事。

【校記】

〔一〕札：原作「扎」，此從弘治本《中州集》。〔二〕傳：原作「傅」，此從元乙卯本、弘治本、四部叢刊本《中州集》。

春雪

幾日韶華雪更侵，龍公試手本無心。寒留整整斜斜態，暖入融融洩洩陰。着柳直疑香絮重，擁堦還似落花深。前頭桃李應無恙，剩破相如買賦金。

楸樹

道邊楸樹老龍形，社酒澆來漸有靈。只恐等閑風雨夜，怒隨雷電上青冥。

七夕

天河唯有鵲橋通，萬劫懽緣一瞬中。惆悵五更仙馭遠，寂寥雲幄掩秋風。

觀柘枝伎

腰鼓聲乾揭畫粱，綵雲擎出柘枝娘。簾間飛燕時窺影，鑑裏驚鸞易斷腸。輕細不妨重暈錦，迴旋還恐碎明璫。杖頭白雨催花急，拂散春風兩袖香。《中州集》卷一〇《先大夫詩》。

佚句

題張公佐畫

雲静洞亭秋寺月，雨昏湘浦夜船燈。《遺山先生文集》卷一三《爲衍聖公題張公佐湘江春蚕圖》，《四部叢刊》本。

失題

疏燈照茅屋，新月入頹垣。《遺山先生文集》卷二《九日讀書山用陶詩露凄暄風息氣清天曠明爲韻賦》十首之三：「踈燈照茅屋，新月入頹垣。」二句先人詩也。依覽陳迹，惻愴不能言。」《四部叢刊》本。

李愈

李愈，字景韓，絳州正平（今山西省運城市新絳縣）人。登正隆五年詞賦進士第，歷州縣，察廉優等，累遷解州刺史。明昌二年，召爲曹王傅，以擬表言邊事，爲章宗稱賞：「愈一書生耳，其用心之忠如是。」改棣州防禦使。泰和二年，授河平軍節度使，以知河中府事致仕。六年卒，年七十二，謚清獻①。嘗著《狂愚集》行世。兹輯一首。

古長城

秦築萬里城，保祚迄蟠際。阿房赤炬炎，亡秦維一世。勿謂約椓愚，千秋資控制。《（道光）大同縣志》卷二〇《藝文》，《中國地方志集成》本，鳳凰出版社二〇〇五年。

張萬公

張萬公，字良輔，東平東阿（今山東省聊城市東阿縣）人。正隆二年進士，調新鄭縣主簿。大定四年，累遷淄川長山令。十五年，充尚書省令史。二十一年，除右司員外郎。明昌元年，擢御史中丞，以諫立元妃爲后出爲彰德軍節度使，召爲大興府尹。二年，拜參知政事，進平章政事，封壽國公。泰和七年卒，年七十四，謚文貞②。兹輯一首。

① 《金史》卷九六《李愈傳》，中華書局一九七五年。

② 《金史》卷九五《張萬公傳》，中華書局一九七五年。另，《遺山先生文集》卷一八《平章政事壽國張文貞公神道碑》記載亦詳。《四部叢刊》本。

戊戌二月中旬登稷山清樹

問囚推案朝還暮，危坐不知春淺深。今日簷間看風色，一株紅杏暗驚心。《中州集》卷九《張平章萬公》。

王 翛

王翛，字翛然，涿州范陽（今河北省涿州市）人①。皇統二年進士。資禀鯁峭，甫入仕即以材幹稱，由尚書省令史除同知霸州事，累遷遼東路轉運使。章宗即位，拜禮部尚書，兼大理卿。明昌二年，改知大興府事。以定海軍節度使致仕。泰和七年卒，年七十五。遺山稱之「發姦擊强，剖繁理劇，百年以來無有出其右者」；神川譽之「其爲吏之名，至今人云過宋包拯遠甚」②。兹輯一首。

烏子秀自左司員外郎左遷上京幕官

楚山白玉點蠅頭，正坐胷中有九流。同部吏郎皆五馬，不知山鬼解揶揄。《中州集》卷八《王大尹翛》。

---

① 《金史》卷一〇五《王翛傳》作「涿州人」，《中州集》卷八小傳作「范陽人」。今按，金時范陽爲縣，屬涿州，見《金史》卷二四《地理志》。

② 金劉祁《歸潛志》卷八，中華書局一九八三年，第八二頁。

劉中

劉中，字正夫，漁陽（今天津市薊州區）人。明昌五年中詞賦、經義兩科進士。詩清便可喜，賦得楚辭句法，尤長於古文，典雅雄放，有韓柳氣象。教授弟子王若虛、高法颺、張履、張雲卿等，皆擢高第。學古文者翕然宗之。泰和中，以省掾從軍南下，改授應奉翰林文字，爲主帥所重，書檄露布，皆出其手。八年，軍還①，授右司都事，卒。嘗著文集藏於家。兹輯二首。

冷嵓公柳溪〔一〕

斗印輕抛繫肘金，故園風物動歸心。柳含煙翠絲千尺，水寫天容玉一尋〔二〕。山色只於閑裏好，風波不似向來深。人間桃李栽培滿，換得溪南十畝陰。

【校記】

〔一〕明佚名《詩淵》第三册二二六三頁録此詩，撰者署「元劉尹」，誤。〔二〕寫：《詩淵》作「漾」。容：《詩淵》作「青」。

---

①《金史》卷九八《完顏匡傳》：「泰和八年閏四月乙未，宋獻韓侂胄、蘇師旦首函至元帥府，匡遣平南撫軍上將軍紇石烈貞以侂胄、師旦首函露布以聞。……（五月）丙辰，匡朝京師。」中華書局一九七五年。

龍門石佛

鑿破蒼崖已失真，又添行客眼中塵。請君看取他山石，不費工夫總法身。《中州集》卷四《劉左司中》。

劉澤

劉澤，字潤之，瀋州（今遼寧省瀋陽市）人。嘗爲尚書省部掾，斷獄有陰德。與名士劉昂交往酬唱。其詩有情致，人不敢以府史待之。茲輯一首。

失題

侯門舊説炎如火，陋巷今猶冷似冰。半夜杯槃長袖舞，白頭書册短檠燈。《中州集》卷八《劉户部光謙》：「父澤字潤之，爲部掾斷獄有陰德。劉之昂與之酬唱，其詩有云云。用是人不敢以府史待之。」

楊敏中

楊敏中，絳陽（山西省運城市新絳縣）人[①]，號鼓水老人。承安五年，官宣武將軍行好時縣主簿兼

① 絳陽即絳州。《金史》卷二六《地理志》：「絳州，宋置絳郡防禦。天會六年置絳陽軍節度使。」

縣尉①。兹輯一首。

新創東軒留題并引

是軒也，昔爲迴廊，緣歲久摧毁，復令修之一新。厥後始開於泰和改元中秋，終成于二年春暮，因吟五十六言，聊以見意云。絳陽鼓水老人楊敏中題。

幽軒新鑿面東開，軒外群葩手自栽。殘月曉依青嶂出，朝曦明透緑疏來。芳樽留客儘沉醉，深樾度風無點埃。且待夜闌更秉燭，山城短漏莫相催。泰和二祺歲次壬戌春七十六日書。中山大學圖書館藏拓片，金代第四七號。

勝默子

勝默子，姓名及出處未詳。佛教曹洞宗第二十一代傳人。大定中，嘗居中都慶壽寺，萬松初入道，即登門請教。勝默老人曰：「學此道如鍛金，滓穢不盡，情真不顯。觀君眉宇間大有物在，此物非一番寒徹，不能放下。子後自見，不在老僧多言也。」②萬松遂益厲精猛，成爲一代禪師。兹輯

①金楊敏中《重修崇恩寺行廊記》自署「宣武將軍行好畤縣主簿兼縣尉弘農縣開國男食邑三百户」，見中山大學圖書館藏金代拓片第七三號。

②明明河《補續高僧傳》卷一八《萬松老人傳》，《高僧傳合集》本，上海古籍出版社一九九一年，第七二六頁。

三首。

題畢宿祠

山郭殘寒落照前，琳宫信步訪真仙。真仙有似閑庭時，心死心空不計年。勝默道人，大宗師也。傳法梵刹，退居西河，杖履飄脩。敦來畢宿祠下，感真仙之不遇，契古德以自娱。壁間題詩，詩中唱道，雖前有文章僧，敦曰：差户糺首辛公武略賓勝默之詩，恐致泯滅，哀里衆，命畢城模刊是詩於許侯廟碑之後，俾傳之無窮也。泰和壬戌夏至日，進士馬嗣敦謹題。北京大學圖書館藏拓片，典藏號三七六三。清拓，出處未詳。泰和壬戌即泰和二年。

頌九峰

元座徒亡一炷煙，九峰不是抑高賢。若將一色爲承紹，辜負先師不借緣。

示衆舉麻谷振錫話

是無可是，非無真非。是非無主，萬善同歸。梟鷄晝夜，徒自支離。我無三寸，鱉得唤龜。迦葉不肯，一任攢眉。明釋净柱《五燈會元續略》卷一《青原下二十一世・王山體禪師法嗣》：「默勝光禪師嘗頌九峰，不肯首座，曰云云。示衆舉麻谷振錫話，師曰云云。」《禪林全書》本，北京圖書館出版社二〇〇四年，第一六册八五六頁。

釋寶峰

釋寶峰，俗姓楊氏，名守忠，嶧山（山東省濟寧市鄒城市）人。出家爲寶峰寺和尚，有戒行。杖錫遊諸名山，多所証悟。及老，退居寶峰，歸寂。兹輯一首。

臨終書偈

六十九年如掣電，臨行爲君通一線。翻身跳出萬重關，驚起泥牛耕海面。《（雍正）山東通志》卷三〇《仙釋》，《文淵閣四庫全書》本。

王宏

王宏，字巨卿，出處未詳。泰和中，以沁南軍節度副使題詩百家巖。兹輯六首。

遊百家巖詩并序

予自淇上迺來遊百家巖。其於佳處，無不偏歷，因作頡語以紀其曾來耳。泰和甲子三月二十有八日，承德郎沁南軍節度副使王宏巨卿題。

山留泠泠一派長，令人特地憶嵇康。當時淬就吹毛劍，不斬姦臣反被殃。右嵇康淬劍池。

日日嬉遊盡醉歸，令人荷鍤鎮相隨。先生若聽婦兒語，安用玆臺醒酒爲。右劉伶醒酒臺。
一聲長嘯碧雲深，嚦嚦如聞鸞鳳音。好語嵇生不能用，漫攄幽憤入新吟。右孫登長嘯臺。
一朝同建百精藍，解虎徒妨果第三。出世禪機誰會得，空餘明月照茆庵。右稠禪師庵。
石髓照來飴不如，雲泉嘉處卜幽居。爲嗟中散命何薄，不得當時一卷書。右王烈泉。
方池中印月華明，一派寒流澈底清。休道衆生本無垢，箇中端可濯塵纓。右明月池。將仕郎主簿董晏，登仕郎守縣丞杜瑋，修武校尉守縣令王師韓立石。清孔繼中《修武金石志》，詩序中「泰和甲子」即泰和四年。《石刻史料新編》本，臺北新文豐出版公司一九八六年，第三輯二九册二五五頁。

劉師魯

劉師魯，始末未詳。名士盧晵臣嘗與之交往，和其葛藤韻詩①。章宗朝，師魯官定海軍節度使。泰和中致仕，與全真家長生真人劉處玄往來，交誼甚厚。玆輯一首。

哭劉處玄

與君晚歲得相親，相對忘形略主賓。日望師來虚正寢，忽驚仙去泣同人。聞溪聲憶廣長舌，

①《中州集》卷八《盧待制元》，中華書局上海編輯所一九六三年，第四二一頁。

見山色思清静身。從此誰爲林下客，靈虚寂寞鎖深春。元趙道一《歷世真仙體道通鑒續編》卷二《劉處玄》：「同知東京留守事劉昭毅、定海軍節度使劉師魯致政之後，與師往來甚相得。（泰和）三年正月，二公請講師弟禮，師謝曰：『公等皆當代名臣，深荷顧遇。吾將逝矣，不足爲公等友。』……師羽化，師魯哭之以詩云云。」明正統《道藏》本，文物出版社等一九九四年，第五册四二五頁。

宗端修

宗端修，字平叔，一字伯正，汝州（今河南省汝州市）人。大定二十五年進士[①]。避睿宗諱，改姬姓[②]。好學，喜名節，操履端勁，慕司馬温公之爲人。明昌中，自省掾拜監察御史。時元妃兄弟李喜兒輩干預朝政，平叔上書以遠小人爲言，竟以訐直貶官。後起復，詔褒諭。泰和八年冬，以盤安軍節度副使卒官，年五十九[③]。兹輯一首。

①《中州集》小傳作「大定二十二年進士」，記誤。今按，金趙秉文《滏水集》卷一三《學道齋記》：「余七歲知讀書，十有七舉進士，二十有七，與吾姬伯正父同登大定二十五年進士第。」《叢書集成初編》本，中華書局一九八五年。

②《中州集》小傳作「衛紹王避世宗諱，改宗爲姬」，記誤。今按，《金史》卷一一《章宗紀》：「承安四年二月辛未，赦姬端修罪，令居家俟命。乙酉，起姬端修爲太學博士。」章宗朝已改姬姓。

③《滏水集》卷一一《姬公平叔墓表》：「泰和八年冬十有一月丙辰，盤安軍節度副使姬公平叔，以疾卒於泰州之官署。」年五十九。

漫書

冷面宜教冷眼看，只慙索米向長安。陰崖何限枯松樹，望見屏幃盡牡丹。《中州集》卷八《宗御史端修》。

馮氏

馮氏，武安（今河北省邯鄲市武安市）農婦。泰和末，病卒。兹輯一首。

病後

城南池館夾蒲津，野色林光物色真。滿目烟霞蓬島遠，一溪花木武陵春。金元好問《續夷堅志》卷二《馮婦詩》：「武安縣新安農氏。病後，忽道一詩云云。泰和末，病卒。胡國瑞説。」中華書局一九八六年。

劉似

劉似，字稚章，號龍山，渾源（今山西省大同市渾源縣）人。南山翁撝孫、濬子。力學能文，稱其家聲。四試於庭，用恩賜第，授華州教授，再任沂水縣主簿。年五十十五終於家。遺文雄深簡古，有迺祖風。嘗訓子孫曰：「爲士當先行檢如絲之潔，將立其身，慎無點汙，汝佩吾言，則無忝矣。」屏山李純甫表其竁曰「善人劉公之墓」①。一子從益，二孫祁、郁，皆名士。兹輯佚句二。

夢中得句

山路嶄有壁，松風清無塵。金劉祁《歸潛志》卷九：「夢中作詩或得句，多清邁出塵。余先祖龍山君嘗夢得句云云。」中華書局一九八三年，第九二頁。

佚名

呂洞賓造像碑題詩

壬子年前過遼東，今歲丁卯到靈峰。碑文古像今猶在，不識唐朝呂洞賓。陳志健《塔營子古城呂洞賓造像碑爲金代文物考》，見《遼金契丹女真史研究》一九八八年第一期。詩中「丁卯」指泰和七年。

淅川木中詩

栽松種柏興唐日，解板沈舟破宋時。可惜香嚴千載樹，等閑零落歲寒枝。清郭元舒《全金詩增補中

①元王惲《秋澗集》卷五八《渾源劉氏世德碑銘》，《四部叢刊》本。

州集》卷六二：「金人侵宋時，伐淅川香巖寺木造舟，木中有紋理成詩云云。」上海古籍出版社一九九四年。

泰和童謡

易水流，汴水流，百年易過又休休。兩家都好住，前後總遲留。宋宇文懋昭《大金國志》卷二四《宣宗皇帝上》：「初，忠獻王粘罕欲贊太宗都燕，司天監郝世才本遼臣也，精于天文地理，忠獻攻討，每攜以行，所言皆驗。謂『燕京土燥山遠，水泉不潤，可以威守，難以文定。若南征北伐未已，此地可居。如持盈守成，禍變必作。又泰和末有童謡云云。至此，燕京王氣耗竭。』其言驗矣。」中華書局一九八六年，第三三三頁。